张少康文集

第一卷

先秦诸子的文艺观
中国古代文学创作论
钟嵘《诗品》

北京大学出版社
PEKING UNIVERSITY PRESS

图书在版编目（CIP）数据

张少康文集. 第一卷，先秦诸子的文艺观　中国古代文学创作论　钟嵘《诗品》/ 张少康著. — 北京：北京大学出版社，2024.5

ISBN 978-7-301-34458-3

Ⅰ. ①张…　Ⅱ. ①张…　Ⅲ. ①先秦哲学—文集 ②中国文学—古典文学—文学创作研究—文集 ③《诗品》—研究—文集　Ⅳ. ①I-53

中国国家版本馆 CIP 数据核字（2023）第 180295 号

书　　名　张少康文集・第一卷：先秦诸子的文艺观　中国古代文学创作论　钟嵘《诗品》
ZHANG SHAOKANG WENJI・DI-YI JUAN：XIANQIN ZHUZI DE WENYIGUAN　ZHONGGUO　GUDAI　WENXUE　CHUANGZUOLUN　ZHONG RONG《SHIPIN》

著作责任者　张少康　著

责 任 编 辑　高　迪　张文礼

标 准 书 号　ISBN 978-7-301-34458-3

出 版 发 行　北京大学出版社

地　　址　北京市海淀区成府路 205 号　100871

网　　址　http://www.pup.cn　新浪微博：@ 北京大学出版社

电 子 邮 箱　编辑部 wsz@pup.cn　总编室 zpup@pup.cn

电　　话　邮购部 010-62752015　发行部 010-62750672
编辑部 010-62755217

印 刷 者　涿州市星河印刷有限公司

经 销 者　新华书店
650 毫米 × 980 毫米　16 开本　29.25 印张　彩插 4 页　473 千字
2024 年 5 月第 1 版　2024 年 5 月第 1 次印刷

定　　价　138.00 元

张少康先生，2023 年 8 月摄于北京蓝旗营寓所

2013 年在京都与日本著名汉学家、京都大学名誉教授、《文心雕龙》日译本译者兴膳宏

1986 年中国文心雕龙学会屯溪第二届年会与王元化夫妇、郁源、杨星映

2014 年在福冈，日本九州大学名誉教授、《文心雕龙索引》作者冈村繁教授亲书赠书，两旁为福冈大学笠征教授及福冈国际大学海村惟一教授

2014 年米兰大学《文心雕龙》研讨会与《文心雕龙》意大利文译者兰珊德教授

2014 年与陈谦豫教授一起看望百岁文艺理论家、中国古代文学理论学会会长徐中玉教授

2007 年在台湾高雄《文心雕龙》国际学术研讨会上作学术报告，评议人为台湾著名龙学家王更生教授

2005 年访问哈佛大学，与美国汉学家、哈佛大学比较文学系主任斯蒂芬·欧文（宇文所安）教授

2016 年学术报告会后与香港大学邓昭祺教授、台湾成功大学张高评教授，以及香港中文大学张健教授、香港岭南大学汪春泓教授

2012 年在香港树仁大学主持“宋代都市文化与文学风景”国际研讨会

1983 年在埃及艾因·夏姆斯大学与施光亨、王绍新一起和学生合影

2020年与北京大学古代文论历届在京硕士、博士毕业生合影

《张少康文集》引

张　健

北京大学出版社汇集业师张少康教授旧著新撰，都为十卷，行将付印，先生命我弁言简端。先生德高望隆，学问博大，头白门生，未窥涯涘，故惶恐踌躇，然终欣然从命者，自惟亦有可言者，倘叙吾从师之闻见与诵读之心得，以敬告文集之未来读者，不亦可乎？

少康先生之志业在学术，在教育。先生1955年入读北京大学中文系，1960年毕业留校任教，2002年自北大退休后，移砚香港树仁大学，直至2017年。从教近六十年，作育人才，桃李天下。先生之教学与研究，领域广博，然主要在中国古典文学，尤其在中国文学批评史。在中国内地大学中文学科体制中，批评史或属古典文学，或隶文艺理论，差异之背后乃学术观念之分别。北大中文系设文艺理论教研室，涵盖文学概论、中国文论、西方文论、马列文论诸学科。此种建制盖基于文学统一之观念，谓天下文学原理一致，中西文论异体同理，马列文论为最高真理。又以文学与艺术，原理相通，故文艺理论兼综文学、美术、音乐之原理。少康先生自大学毕业即入文艺理论教研室，其间担任教研室主任数载，先生之教学、研究实与上述背景相关。明乎此，对于了解先生的学术甚为重要。

作为现代学科之中国文学批评史创立自20世纪20年代，其学术进路可分两类，朱自清先生称为纵剖的研究与横剖的研究。前者乃批评历史的研究，重在探寻中国文论之演变；后者为理论体系的研究，力图以范畴、命题为中心建构中国文论之系统。自学术史角度观之，郭绍虞、罗根泽二氏《中国文学批评史》及后来的同类著作属纵的历史的研究，朱自清《诗言志辨》、傅庚生《中国文学批评通论》及其同类著作属横的体系的研究。少康先生之《中国文学理论批评史》，历史的研究也；《中国古代文学创作论》,理论体系之建构也。先生以一人而兼上述两种路径,成就巨大且为中外学界公认,并世学人中所罕睹者也。

少康先生治中国文论虽上承前贤,然眼界与规模、基础与方法,亦有北大之传统学脉灌注乎其间。当时系主任杨晦先生兼任文艺理论教研室主任,主张治中国文论当熟悉西方文论,具比较眼光;应根基中国古代文学创作,兼通文学与艺术理论。少康先生研究中国文论,关注文论与创作之关系,注重文论与书画乐论之关联,杨晦先生之影响在焉。游国恩先生以经学方法治《楚辞》,功力深厚,少康先生治中国文论,亦借鉴其法。先生于本科期间参与集体编写文学史,熟读精思,故有深厚的中国文学史基础;"文革"中停授中国文艺思想史,改设马列文论,先生受命编写教材及参考资料,遂于西方文论亦了然于心。故先生治学,兼综博收,贯通熔铸,而自成一家。

少康先生于中国古代文艺思想史之见解与论述独树一帜,精义纷呈,其宏纲有二:一谓中国文艺思想之历史演变分萌芽产生(先秦)、发展成熟(汉魏六朝)、深入扩展(唐宋金元)、繁荣鼎盛(明清)、中西结合(近代)五期;一曰中国文艺思想"外儒家而内佛老",即文艺之政治道德功用理论主要受儒家思想影响,创作及审美理论主要受佛老思想影响。先生尤重探究与总结古代之创作及审美理论。少康先生于中国文论体系之建构有重大贡献。其《中国古代文学创作论》在中国古代文论的庞杂论述中寻绎创作理论,以艺术构思、艺术形象、创作方法、表现方法、艺术风格五方面为基本架构,通过创造性诠释,将纷纭复杂的范畴与命题组织起来,形成一个严密的创作论体系。中国文论自有内在的思想系统,但如何将它建成一个具有外在结构形态的理论系统,现代学者态度不同,取径有别。钱钟书先生对建立理论体系高度警惕,故不立体系。傅庚生则直接将中国文论置于当时通行的西方理论架构中,取径最为方便,但不能呈现中国文论自身之特征。朱自清先生以中国文论固有范畴命题构建自身之理论系统,其体系最具中国特色,但未能建立完整严密的逻辑架构。少康先生独辟蹊径,其总体架构具有现代性,然范畴与命题之组织却呈现出中国文论自身的内在脉络。先生更将古代文学创作论与书画音乐创作论结合起来,故其体系不仅是文学的,而且是艺术的,可谓中国古代文艺创作论。

少康先生每言，治文论当如经学家之治经，精研一经而兼通六经。通过深入研究关键性著作，进入中国文论自身之理论脉络，横向展开必涉及理论体系，纵向展开必触及历史演变。少康先生对中国文论之历史论述与体系建构皆基于扎实的个案研究。先生于《文赋》《诗品》《二十四诗品》等俱有研究专著，而于《文心雕龙》用力尤深。先生不仅著有《刘勰及其〈文心雕龙〉研究》等专著，更倾力搜集海内外《文心雕龙》版本，汇为《〈文心雕龙〉资料丛书》，还率众弟子撰写《文心雕龙研究史》。此次新收录文集之《文心雕龙注订语译》两卷，则是他近年结撰的新著。这部巨著是先生数十年学术积累之结晶，于文本考订、文意疏释、理论阐述诸方面俱极精当，学术价值极高，更难能可贵者是兼顾普及，全书俱有白话语译，精确流畅，相信对大学生、研究生以及普通的文学爱好者阅读与理解《文心雕龙》有极大之帮助。

少康先生著述宏富，流传天下，泽被学人，非止一代。此次北京大学出版社将先生著述汇为一集，无疑将为读者提供极大便利，其有功于学术可谓大矣。作为少康先生的老门生，得以先读为快，在温故知新、重受教益之际，谨向老师致敬致贺，也向支持文集出版的北京大学中文系、主持出版的北京大学出版社，向各位尽心尽力的师友致意致谢。

第一卷说明

本卷收入《先秦诸子的文艺观》《中国古代文学创作论》《钟嵘〈诗品〉》三部著作。

《先秦诸子的文艺观》上海文艺出版社1981年出版，日本神户大学釜谷武志教授翻译成日文，改名为《诸子百家的文艺观》，由兴膳宏教授作序，日本汲古书院1985年出版。

《中国古代文学创作论》北京大学出版社1983年出版，台湾文史哲出版社1991年出版繁体字本，韩国庆北大学李鸿镇教授翻译成韩文，改名《中国古典文学创作论》，韩国法仁文化社2000年出版。

《钟嵘〈诗品〉》辽宁春风文艺出版社1999年出版，原书名为《诗品》。

目　录

先秦诸子的文艺观

中国古代文学创作论

钟嵘《诗品》

先秦诸子的文艺观

日译本序*

兴膳宏

众所周知,春秋战国时期是中国文化的一大繁荣时期,但人似乎并不认为文艺或文学在这一时期有显著发展。这是因为以通常标准界定的文学,其形成的过程只能追溯到前汉时期。当然,从广义上说,本书所涉及的"诸子百家"的著作也可称为"文学"。海内外出版的各类中国文学史中,几乎都是将《论语》《孟子》《老子》《庄子》作为"文学"类书籍列举的。尽管如此,毋庸置疑的是,这些著作从第一意义上来看,还是应该属于哲学思想类的书籍。

在那个时代,哲学、文学、历史甚至政治都还没有达到我们今天所谓的这些概念的分化状态。在本书中,作者指出,直至战国中期以后的荀子时代,各类意识形态才从未分化状态逐步走向独立分化。从这个意义来说,这是值得关注的论点。而这个时代的作品中,与我们对文学的理解最接近的就是《诗经》了。《诗经》收录的三百零五篇诗歌如果排除与音乐并存的关系是不能独立存在的,也就是说"诗"即是"乐"。

此外,与诸子各派的思想发展密不可分的辩论术、绘画、工艺等各类技艺,其各种要素仍然处于混沌状态,应该包含在本书提及的"文艺"一词的范畴之内。因此,如果读者期待诸子百家也会像亚里士多德以叙事诗、悲剧这些有明确已知分类的内容为对象来阐述《诗学》那样,那么阅读本书时或许会有一种被搪塞的感觉。

---

* 《先秦诸子文艺观》在1985年由当时京都大学的釜谷武志翻译成日文,京都大学教授兴膳宏作序,在日本汲古书院出版,日译本书名为《诸子百家的文艺观》。釜谷武志后为日本神户大学教授,曾任文学部长。兴膳宏教授曾任京都大学文学部长,日本东方学会理事长,现已退休,为京都大学名誉教授。序文原为日文,由张璐译成中文。

尽管本书提及的“文艺”的意义存在多样性且混沌不清，但很明显作者将视点放在了今天我们定义的“文学”问题上。诸子百家的作品以不成熟的形态提出的一些问题是如何对后世文学理论的形成起到有效作用的，又或者是如何得以建立其理论基础的，在这些问题的探究上，作者的态度是一贯的，且在研究上颇有成效。如果读者能跨越诸子百家的范畴，带着通时性的关心来阅读本书，必定能领会作者的意图，有所收获。

本书作者张少康先生是我二十多年的知己。1965 年秋天，我就读于京都大学研究生院，应中国科学院之邀，参加了由京都派遣的中国研究者访中团，以北京为中心，在中国进行了为期三个月的访问学习。与现在不同，由于日中两国之间还未恢复邦交，那个年代去中国留学是一种遥不可及的梦想。在中国期间，最后的四十天我接受北京大学的诚挚款待，住在校内的留学生宿舍里，尽管条件有限，但得以专心从事我自己的专业领域六朝文学理论的研究。与张先生的知遇正是这个时期。在此引用一段回顾当年的旧文：

> 负责辅导我的是年轻讲师张少康先生。在留学生宿舍安静的室内，我们二人围绕我的研究课题六朝文学批评常常讨论至深夜。那时的北京已是隆冬，由于不适应干燥的气候，我的喉咙发干，不停地从大暖壶中倒出热水润润喉咙，再继续讨论。深夜送张先生走出房门时，干燥的空气像针刺般迎面而来。①

暂且不论词句的巧拙，读到这一段，我的脑海里至今仍然会浮现当时的情景。我在中国期间，正值文化大革命的前夜，切身体会到一种山雨欲来风满楼的紧张空气。回国后不久，文革开始，我与张先生的联系也彻底中断了。后来，直至文革结束的十几年中，我完全没有他的消息。文革接近尾声时，我曾托人给他带去我的旧作，得到的也只是“好像收到了”的不确切回答。但也由此可知他尚安好。

我们交往的重启新篇还是三年半以前的事。当时在中国留学的釜谷

① 此段引文见于筑摩书房 1968 年出版的兴膳宏日译本《文心雕龙》的“解说”。

武志君走访了张先生的宿舍，帮我联系到了他。据釜谷君回忆，张先生把我之前送他的旧作视若珍宝，仔细收藏着，拿出来时小心翼翼。我十分汗颜。此后，张先生又寄信给我，我们终于有了书信往来的联系渠道。同时他还将第一本著作赠予我。关于本书的内容，我在前面已经阐述了观点。经历文革风雨，还能这么快地拿出这样的研究成果，我十分钦佩他的努力。

附言，去年9月初，张少康先生结束了在开罗为期一年的讲学，在返程途中绕道京都，我们时隔二十年得以再度聚首。紧接着，当年11月在上海召开的文心雕龙会议上我们又一次见面，我经由北京回国途中，在北京受到了热情款待。望着张先生温和的笑容，我丝毫感觉不到岁月的流逝。

此次本书的日语翻译版得以出版，当然是与译者釜谷君的全力付出分不开的，同时也是他促成了我和张先生的重逢，我不由感到本书所具有的深远意义。本书对我们包括釜谷君在内的友谊也具有纪念意义。我们三人衷心希望读者能借助本书了解诸子百家一直以来不为人知的另一面。

1985年5月6日

小　引

春秋战国时期，是我国古代经济繁荣、学术文化发达的时期。活跃在这个时期中的先秦诸子，如老子、孔子、墨子、孟子、庄子、荀子、韩非子等，都是我国古代著名的思想家和文学家。他们像群星争辉，百花斗艳，各以自己的思想学说，显赫于一时；并且授徒讲学，著书立说，形成了许多不同的学派。在这些学派之间，又相互争辩驳难，出现了一个百家争鸣的热闹局面。虽然先秦诸子中多数在文艺理论方面没有完整的著作，缺乏系统的阐述，但是从散见在他们的哲学、政治著作里的一些有关论述中，仍然可以很清楚地反映出和他们的哲学、政治著作相适应的、具有不同特点的文艺思想观点。而他们的哲学、政治著作，同时也是各具不同风格和艺术特色的优秀散文。先秦诸子的文艺思想和散文创作实践，对我国两千多年来的文艺思想和文艺创作的发展，产生了广泛而深刻的影响，对于我国古代文学艺术的民族传统和特点的形成，起了很重要的作用。先秦诸子的文艺思想是我国古代极为珍贵的重要文艺理论遗产之一。

一　先秦诸子文艺思想产生的时代背景和历史渊源

马克思主义告诉我们,文艺(包括文艺思想和文艺创作)是意识形态的一种。每一个时代的特定意识形态的产生,都是有它现实的经济、政治原因的,同时又和前代意识形态的发展,有着密切的继承关系。经济是基础,对于意识形态的发展来说,它"归根到底还是具有决定意义的,它构成一条贯穿于全部发展进程并唯一能使我们理解这个发展进程的红线"①。然而,意识形态的发展又总是以"它的先驱者传给它而它便由以出发的特定的思想资料作为前提"的,"经济在这里并不重新创造出任何东西,但是它决定着现有思想资料的改变和进一步发展的方式"。② 先秦诸子的文艺思想是春秋战国时期经济、政治发展的产物,然而,它又和我国古代文艺思想的发展有着不可分割的历史联系。

先秦诸子文艺思想产生的时代背景

春秋战国时期是我国古代社会发展中的一个大变动时期。社会生产力得到了迅猛的发展,它的突出标志便是铁制生产工具和牛耕的普遍使用。大约在春秋中叶,齐国就已经开始有了铁器。到春秋末年,吴、越等国的冶铁业已经很发达,曾经造出了锋利无比的"干将""莫邪"宝剑。战国中期,铁制生产工具的使用已经相当普遍。牛耕在春秋末年也急剧地发展起来,甚至连祭祀用的牛也拿来耕地了。《国语·晋语》就有"宗庙之牺为畎亩之勤"的记载。孔子的弟子司马耕,字牛;冉耕,字伯牛。牛耕

① 恩格斯:《致瓦·博尔吉乌斯》,《马克思恩格斯选集》第4卷,人民出版社,1972年,第506页。
② 恩格斯:《致康·施米特》,《马克思恩格斯选集》第4卷,第485、486页。

反映到人的名字上来了，充分说明它是当时人们引以为荣和十分关注的大事。战国时还出现了很了不起的水利灌溉工程，如郑国渠长达三百多里，都江堰工程则长期以来一直为成都平原人民造福。城市普遍繁荣发展，齐国的临淄有七万多户，楚国的鄢郢也极为繁华。科学技术也十分发达，天文、地理、医学、农艺等都有很大进步，《墨经》中还有许多光学、力学、数学知识。生产力的发展促进了生产关系的变化，封建制逐步取代了奴隶制。承认“私田”，实行“初税亩”[①]，奴隶社会的井田制被破坏了。经济基础方面的变化引起了上层建筑领域的深刻变化和激烈斗争。广大奴隶不断地进行暴动和反抗斗争，新兴地主阶级也向奴隶主贵族夺权。“礼崩乐坏”，奴隶社会的上层建筑维持不下去了。铸刑鼎、作刑书[②]，新的封建的上层建筑开始发展起来了。由于经济、政治方面的这些变化，使得当时各个阶级、各派政治力量都十分活跃，反映在思想文化领域里，出现了代表不同阶级、不同政治力量的各种政治、哲学学说。与此相应的，是在文艺思想上也出现了许多不同的派别，提出了各种不同的文艺理论观点。

春秋战国时期，名义上有一个高踞于各国之上的周王朝，实际上不过是一个傀儡。各个诸侯国家分裂割据，争霸称王，彼此之间展开了十分复杂、十分激烈的政治、军事和外交斗争。周王朝对他们已完全失去了控制能力。周桓王由于不满郑庄公“挟天子以令诸侯”的跋扈作风，曾亲自率领陈、蔡、卫三国军队去攻郑，结果被郑庄公打得大败，连桓王自己也被射伤。各个诸侯国为了保存自己，向外扩张，从实际利害关系出发，需要有一批出谋划策之士，来为他们服务。在这种情况下，“士”的阶层大大地活跃起来了。这些“不稼不穑”、不工不商的知识分子，有的是从贵族降下来的，有的是从庶人升上去的，他们专门向上层统治者献计献策，提出各种理论、学说。同时为了扩大影响，他们广收门徒，私家讲学，如孔子的弟子据记载就有三千多人，齐国的稷下曾是著名的讲学场所。对于这些，当时

① 奴隶社会中土地归国王所有，称为公田，各级奴隶主只能占有，没有所有权。随着生产力发展，新开辟的土地归奴隶主私有，称为“私田”。公元前 594 年（鲁宣公十五年），鲁国承认“私田”合法性，不分公、私田，一律按亩收税，称为“初税亩”。这是一种封建性的生产关系的萌芽。

② 铸刑鼎，即是把成文法令铸在鼎上；作刑书，即是书面公布法令。这些措施规定大家都要按法律办事，是破坏奴隶社会贵贱等级的一种表现。

的各国统治者,不仅不加制止,而且还提倡、鼓励。齐国稷下的学者,许多人就被封为大夫。这样,在客观上造成了政治、思想、学术上比较自由和民主的空气,促进了百家争鸣局面的形成。有些学派的思想学说,尽管不受统治者的欢迎,但也未受到压制。这种状况对于先秦诸子各派文艺思想的发展,显然是一种非常有利的客观条件。

此外,春秋战国之际各种文学艺术的繁荣发展,也为文艺思想的发展提供了前提和基础。诗歌、音乐、舞蹈开始逐步地分家独立。无论是音乐、绘画、雕塑、建筑、诗歌、散文等都有极大的发展,具有很高的艺术水平。前几年从湖北随县出土的战国曾侯墓中的大批乐器,特别是规模巨大的编钟,就可以反映出当时音乐发展的盛况。河南汲县山彪镇出土的战国墓葬中的"水陆攻战铜鉴",有图像四十组,二百九十二人,有格斗、射杀、划船、击鼓、犒赏、送行等种种生动场面。《韩非子·外储说左上》中记载当时人在一个小竹片上就能画出龙蛇车马禽兽及各种人物。《韩非子·喻老》中讲当时用象牙雕刻的楮叶和真的一样。屈原的辞赋、庄子的散文,则充分反映了文学发展的高度。文学艺术在各个方面的繁荣发展必然要带来文艺理论批评上的突破。

先秦诸子文艺思想的历史渊源

春秋以前,我国古代文艺思想发展的状况,见于文字的材料是很少的。但是,从我国原始社会艺术的起源、春秋以前的文艺作品以及某些古书的零星记载中,仍然可以看出一个大致的轮廓和某些重要的特点,并且发现它和先秦诸子文艺思想之间的历史发展线索。按照时代的先后,我们觉得春秋以前我国古代文艺思想的发展,大致有以下五个阶段:

(一)考古发现和古籍记载中的我国原始社会艺术所反映的文艺思想

现在我们所见到的比较早、比较完整的艺术,大约可以算新中国成立后在西安发现的半坡遗址出土的陶器上的绘画了。半坡人距今约有六七千年,当时还处在母系社会阶段。半坡出土的陶器上有些很生动的画,像奔跑的鹿,游动的鱼,人面像,以及把鱼形抽象化而成的几何纹等。从文艺思想的角度来看,最值得我们注意的是人面像。在几个陶器的人面像上,笑眯眯的脸,嘴里都衔着两条对称的鱼。为什么半坡人要在人面像的嘴里画两条鱼呢?因为半坡人生活的主要来源是捕鱼和狩猎。人能在嘴里衔上两条鱼,获得那么丰美的食物,这该是多美的事啊!这些人面像说明半坡人的审美意识是建立在功用的基础上的。他们在生产斗争中获得了胜利,取得了丰硕的成果,就想到要用艺术来歌颂这种胜利,并且表达他们还要继续不断地去夺取这种胜利的信念。半坡人画的人面像,使我们很自然地联想起了《山海经》中的某些记载。《海外南经》说:“长臂国在其东,捕鱼水中,两手各操一鱼。一曰在焦侥东,捕鱼海中。”郝懿行注:“经云两手各操一鱼,又云捕鱼海中,亦皆图画如此也。”《山海经》的图像当然不是原始人所画,而是后人根据神话传说来创作的,然而,它不是和半坡人的画很相近吗?它们都反映了同样的美学理想和文艺观点。《海外南经》又说:“讙头国在其南,其为人,人面有翼,鸟喙,方捕鱼。”这就比半坡人的画更多了一些浪漫主义的想象。

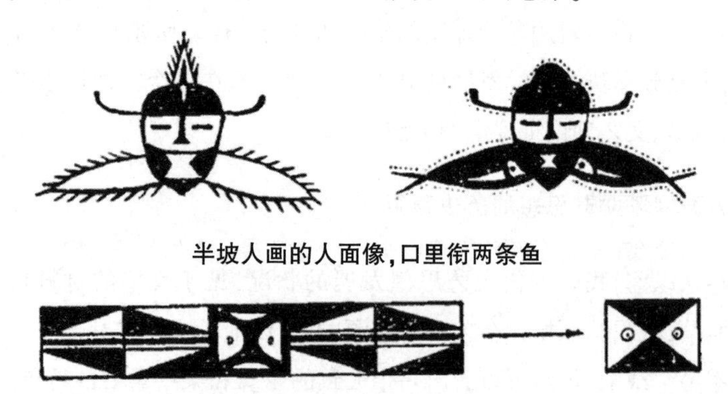

半坡人画的人面像,口里衔两条鱼

半坡人画的鱼纹到几何纹的演变

类似半坡人绘画的例子,还有淮海地区山东大汶口遗址出土的红陶兽形器。大汶口也是母系社会遗址。这个红陶兽形器是一只肥壮的猪的形象。猪本来是不易引起人的美感的,可是大汶口人为什么要以猪的形象来做陶器呢?这是因为大汶口人也正处在母系社会最繁荣的时期,当时的家畜饲养事业很发达,并成为他们重要的生活来源。肥胖的猪正是家畜饲养十分兴旺的标志。所以,肥胖的猪的形象就是很美的了。可见,大汶口人的审美意识也是和功用观念紧紧联系在一起的。根据《吕氏春秋·古乐》篇记载，原始人的音乐舞蹈也反映了同样的美学观点：

昔葛天氏之乐，三人操牛尾，投足以歌八阕。一曰载民，二曰玄鸟，三曰遂草木，四曰奋五谷，五曰敬天常，六曰达帝功，七曰依地德，八曰总禽兽之极。

葛天氏是神话传说中远古帝王的名字，是否真有其人，已经不可考了。他们唱歌跳舞的时候要拿着“牛尾”，而歌舞的内容又有“遂草木”“奋五谷”等劳动生活，说明他们正是通过歌舞来欢庆他们在畜牧业、农业方面所获得的丰收，也表示他们要争取在这方面取得更大胜利的信心。普列汉诺夫曾经说过：“劳动先于艺术，总之，人最初是从功利观点来观察事物和现象，只是后来才站到审美的观点上来看待它们。”①艺术和功用结合、美和善统一，正是我国原始社会人们的文艺思想和美学观点的重要特征。

（二）从我国古代文字的起源中反映的美学观点

我国文字的起源，最初是象形文字。它既是文字，又是图画，所以历来都讲“书画同源”。这种象形文字具有形象地象征客观事物的作用，如许慎《〈说文解字〉叙》所说的，“文者物象之本”。比如，“美”字甲骨文作[illegible]，即是“大羊”的意思。《说文解字》（以下简称《说文》）说：“从羊从大。”羊是当时一种高级食物。《说文》又说：“羊在六畜，主给膳也。”“羊者给厨膳之大甘也。”为什么要用“大羊”来表示“美”的概念呢？因为在创造文字那个时代，生产力是很低微的，人们为了求得生存，获得必要生活资料，需要和自然界进行艰苦的斗争。能够通过狩猎或饲养得到大羊作为食物，这是非常不容易的，是一件非常美好的事。所以要用“大羊”来表示“美”。这也反映了当时人们的审美意识和功用目的的密切联系。再拿“善”字来看，《毛公鼎》作[illegible]，《说文》亦作[illegible]，本是“羊”和“言”的结合。《说文》讲：“美与善同意。”“善”的观念也是和获得大羊这样的食物分不

① 普列汉诺夫：《论艺术（没有地址的信）》，曹葆华译，生活·读书·新知三联书店，1964年，第93页。

开的。可见,美和善的概念在那个时代人们的思想里,是不可分离的。这样,我们从文字创造过程中,可以看到和原始社会艺术中所反映的相类似的文艺思想和美学观点。

(三)《周易》中所反映的我国古代文艺思想

《周易》包括《经》和《传》两部分。根据许多学者的研究,《经》的部分包括八卦和由此推衍出来的六十四卦,以及说明卦的含义的卦辞和爻辞,它们的产生时代是比较早的,大概在殷周之际就已经有了。传说周文王被纣王囚禁而演《周易》,不一定可靠,但大致总是那个时代的产物。《传》的部分产生时代是比较晚的,可能也不会超过战国后期。《周易》的《经》的部分中所包含的一些文艺观点,大概地可以反映出《诗经》以前、文字创造以后那个时代的状况。《周易》的卦辞和爻辞,是用来预测吉凶祸福的,但其中有相当一部分是商代的故事和谣谚。根据许多学者的考证和分析,这是可以相信的。不过,它们在被编入《周易》时,是经过整理加工的。我们试举数例如下:

①归妹上六:女承筐,无实;士刲羊,无血。
②中孚六三:得敌,或鼓,或罢,或泣,或歌。
③屯六二:屯如,邅如,乘马班如,匪寇,婚媾。
④旅上九:鸟焚其巢,旅人先笑后号咷,丧牛于易。
⑤大过九二:枯杨生稊,老夫得其女妻。
⑥大过九五:枯杨生华,老妇得其士夫。
⑦中孚九二:鸣鹤在阴,其子和之;我有好爵,吾与尔靡之。
⑧明夷初九:明夷于飞,垂其翼;君子于行,三日不食。

以上八例中,①写的是男女劳动生活。男子割羊毛,好像用刀刮羊身,但没有血;女子用筐盛羊毛,很轻,好像没有东西。②写的是对敌作战后的状况。得胜之后,有的在擂鼓欢庆,有的因疲乏而休息,有的因战友牺牲或受伤而哭泣,有的兴奋得引吭高歌。③写的是恋爱、婚姻生活。在十分难走的路上,一队人乘马盘旋而来;他们不是寇盗,是来求婚的。④写的是殷朝祖先王亥的故事。王亥住在"有易"国,先很顺利,后来被杀,牛被夺。这里"旅人"即王亥。⑤⑥用对比方法,写老夫、老妇各得年轻配偶。⑦写和朋友痛饮。爵,是酒杯;靡之,即共饮。⑧写的是为王事行役。

从文艺思想上来看,《周易》的卦象和卦爻辞,有几点很值得我们重视。第一,八卦及由此演绎出的六十四卦的卦象,表现了用符号来模拟、象征自然事物的特点。它和诗的比兴是有相通之处的。章学诚在《文史通义》中就很有见地地指出了这一点。他在《易教下》中说:"易之象也,诗之兴也,变化而不可方物矣。""易象通于诗之比兴。""易象虽包六艺,与诗之比兴,尤为表里。"从易象中可以引申出文学模拟自然的思想。第二,爻辞通过歌谣、故事来测吉凶祸福,说明当时人们不仅把文艺和实际生活功用目的结合在一起,而且把文艺和实现宗教迷信方面的功用目的结合到一起了。殷人的宗教迷信思想是十分严重的,他们肯定灵魂不死,笃信上帝鬼神,尊敬祖先,因此也把文艺作为通神的一种手段。他们祭祀祖先天地鬼神时,就要唱歌、跳舞、奏乐。这种风俗习惯,在屈原生活的时代还可以看到一些残迹。王逸在《楚辞章句》中说,楚国巫风盛行,民间祭祀时,一定要"作歌乐鼓舞以乐诸神"。《九歌》大约就是这种风俗的产物。另外,古籍中关于"九鼎"的记载也可以说明把文艺和实现宗教迷信的功用目的结合在一起,确是殷周之际一种普遍的思想。《左传》宣公三年有王孙满关于"九鼎"的一段话:

> 昔夏之方有德也,远方图物,贡金九牧,铸鼎象物,百物而为之备,使民知神奸。故民入川泽山林,不逢不若,螭魅罔两,莫能逢之,用能协于上下以承天休(上下和而受天佑)。①

九鼎是否确实有过,目前没有材料可以说明。但从出土的青铜器来看,夏禹时代大概不可能有这样的鼎;九鼎如果确实是有过的,估计最早也是殷商时的东西,那时铸青铜器的水平可以达到九鼎的程度。根据传说,九鼎

① 括号中文字为本书作者对个别引文所作的简要注释。下同。

上铸有百物,能“使民知神奸”,在山林川泽不逢鬼神妖怪,这显然也是一种通过艺术来达到宗教迷信目的的思想。它和《周易》爻辞中借歌谣来测吉凶是一致的。第三,从爻辞中的歌谣来看,说明当时已经开始运用比兴的手法了。尤其是上引⑦⑧两例,和《诗经》中的兴诗几乎没有什么差别。而⑤⑥两例则明显地是运用比喻的方法。这些对《诗经》是有直接影响的。

(四)《诗经》中所反映的文艺思想

《诗经》中所收的作品,主要是反映了西周和东周的社会生活。《诗经》是我国最早的一部诗歌总集,它所体现的文艺思想是需要有专门的研究的。我们这里只是谈一点其中最明显和最主要的思想。《诗经》中有不少诗篇,作者曾明白地说出了写诗的目的和意图,从中我们可以窥见诗人创作时的指导思想。例如:

> 王欲玉女,是用大谏。(《大雅·民劳》)
> 吉甫作诵,其诗孔硕,其风肆好,以赠申伯。(《大雅·崧高》)
> 家父作诵,以究王讻,式讹尔心,以畜万邦。(《小雅·节南山》)
> 寺人孟子,作为此诗。凡百君子,敬而听之。(《小雅·巷伯》)
> 君子作歌,维以告哀。(《小雅·四月》)
> 作此好歌,以极反侧。(《小雅·何人斯》)
> 维是褊心,是以为刺。(《魏风·葛屦》)
> 心之忧矣,我歌且谣。(《魏风·园有桃》)

上述这些例子中,《民劳》相传是召穆公谏周厉王安民防奸的。作者说,王啊我是爱护你的,所以才对你用大谏!《崧高》相传是周宣王之舅申伯被封于谢,尹吉甫特作诗送他的。末四句尹吉甫说写诗目的是颂扬他的德行。《节南山》相传是周幽王时大夫家父讽刺太师尹氏弊政的。诗人说作这首诗是为了追究幽王身旁的“凶人”,以改变其心,而达到抚养“万邦”的目的。《四月》和《巷伯》是诗人叙述自己困苦状况,以期引起统治者注意的。《何人斯》是公卿大夫讽刺同僚小人反复无常的。《葛屦》和《园有桃》,则是诗人表达自己不满和忧伤心情的,也是对社会上不良现象的讽刺。从这里可以看出一个重要特点,就是强调诗歌要起到积极的社会政治作用。对于清明的政治、有益的功业,要作诗来歌颂;对黑暗的政治、丑恶的行为,要作诗来讽刺。《诗经》中这种强调文艺的社会政治作用的思想,也反映在有关"献诗""采诗"的记载中。据《国语·周语》记载,古代皇帝在了解国内政治状况时,要"使公卿至于列士献诗",要让乐师献曲、史官献书等等,听取各方面情况,从中观察民情风俗,来改进政治措施。在《国语·晋语》及《左传》中也有类似记载。稍后的《礼记·王制》及《汉书·食货志》中则记载了我国古代有采诗制度,从民间收集诗歌谣谚,供给当政者参考。这些在古代是否确曾有过,不能断定,但是,当时统治阶级注重了解民间对其统治状况的反映,以考虑如何巩固其统治秩序,这大概是有的。因为从西周以来,统治阶级就讲究"德治",注意从思想上加强对人民的控制。郭沫若同志在《金文丛考·周彝中之传统思想考》一文中,就曾指出西周统治者强调"德以齐家""德以治国""德以平天下"和"德大者配天"的思想。这对重视文艺的社会政治作用是有影响的。

(五)《左传》等书中所见春秋时代的文艺思想特征

儒家的"六经"在春秋时大体已定型了,传说孔子整理过"六经",这是有可能的。但是,"六经"除《春秋》之外,在孔子以前已经有较高的社会地位了。它们在当时的社会政治生活中起了很大作用。《诗》和《乐》即是其中两经。《左传》中赋诗、引诗一百六七十处,同时也有一些对诗乐的重要评论,可以反映出当时人们的部分文艺思想。最重要的是季札观乐。《左传》襄公二十九年记载季札观乐时发表的对音乐的评论,实际上也是对《诗经》的评论,诗乐在当时还没有分家。季札所观十五国风、大小雅和颂,其名目和编次与后来的《诗经》完全一致。乐工"为之歌《周南》《召南》"后,季札说:"美哉!始基之矣。犹未也,然勤而不怨矣。"认为从二南中所反映的民情可以看出,已经开始奠定了周代教化的基础,虽尚未尽善,但民心劳而不怨。乐工"为之歌《郑》"后,季札说:"美哉!其细已甚,民弗堪也。是其先亡乎?"认为音节烦琐细碎,象征郑国政令苛细,百姓无法忍受,是"先亡"的征兆。"为之歌《小雅》。曰:'美哉!思而不贰，怨而不言，其周德之衰乎？犹有先王之遗民焉。’”季札的评论完全是从音乐的内容来分析其所反映的政治得失、风俗盛衰的，强调了审乐、观诗可以知政的思想。在文艺批评上他也提倡中和之美，他赞扬《颂》是“直而不倨，曲而不屈，迩而不逼，远而不携（游离），迁（多变）而不淫，复而不厌，哀而不愁，乐而不荒”，认为这是盛德之世的反映。季札的这种文艺观成为后来儒家文艺思想的先驱。

《左传》中还有好几处论述诗的本事，从分析诗的具体历史背景来阐明其内容。如闵公二年狄人灭卫，卫人立戴公于曹邑。第二年，戴公同母姊妹许穆夫人至曹邑吊唁卫国之亡，而赋《载驰》。又，文公六年记载：“秦伯任好卒，以子车氏之三子奄息、仲行、鍼虎为殉，皆秦之良也。国人哀之，为之赋《黄鸟》。”这种解诗的例子，直接影响了孟子“知人论世”方法的提出。

此外，《左传》中记载的大量赋诗、引诗状况，反映了《诗经》当时在社会政治生活中的异常突出的地位。但当时这种赋诗、引诗又大都是离开诗的本意而为引者所用的。如襄公二十八年记载卢蒲癸就直截了当地说过：“赋诗断章，余取所求焉。”这对后来先秦诸子论《诗》也有很大影响，常常有主观臆断的毛病。

从上述我们对春秋之前我国古代文艺思想发展的简要分析中，可以看出：强调美和善的统一，强调文艺的社会功用，是一贯的思想，也是我国上古时代文艺思想发展中十分重要的特点。而它在产生、发展的过程中，随着社会经济、政治的发展，大致又经过了三个阶段：第一，在原始社会初期，侧重于把文艺和获得直接生活资料这种功用目的相结合；第二，从原始社会一直到奴隶社会前期，强调文艺和达到某种宗教迷信的功用目的相结合；第三，奴隶社会末期，由于阶级斗争的尖锐化，就突出了文艺和社会政治方面的功用目的相结合。

二　以“诗教”为中心的孔子文艺思想

孔子是我国春秋末年一个十分重要的政治家、思想家和教育家,同时也是我国历史上第一个重要的文艺理论批评家。孔子,正像西方文艺理论史上的亚里士多德一样,他的文艺思想对我国两千多年来的文艺创作和文艺思想的发展,曾经起了很大的作用,具有极为深刻的影响。

孔子的哲学、政治、教育思想对他文艺思想的影响

孔子(前551—前479),名丘,字仲尼,鲁国人,出身于一个没落贵族家庭。父亲曾做过鲁国的小官,很早就死了。孔子一生的遭遇是并不顺利的,早年生活比较贫困。中年之后,他除了做过三个月鲁国的司寇外,主要精力是从事教育工作,研究整理古代文化典籍。他培养了大批学生,创立了儒家学派,对我国古代文化的发展,有很大贡献。孔子生活的时代是我国封建制取代奴隶制的大变革时期,在社会生活的各个方面,从经济、政治一直到思想文化方面,都充满着新和旧、进步和保守的斗争。在这种形势下,孔子的思想也是十分矛盾、十分复杂的,既有保守的一面,又有进步的一面。这在他的哲学、政治、文艺思想上都有所反映。

在哲学思想上,孔子并不否定天命鬼神,认为“生死有命,富贵在天”(《论语·颜渊》)。人的命运是由上天决定的。当宋国大夫桓魋要杀孔子,他化装逃走的时候,曾说:“天生德于予,桓魋其如予何?”(《论语·述而》)又主张要“畏天命”(《论语·季氏》)。但是,殷周以来唯心主义天道观的动摇,唯物主义思想的发展,对他又有很明显的影响,产生了对天命鬼神的怀疑和动摇。他说:“天何言哉?四时行焉,百物生焉。天何言哉!”(《论语·阳货》)他不相信四时更替、百物生长,是一个有意志的天在主宰的。鬼神究竟存在不存在,他认为也不必去追究,假设它存在就是了。他说:"祭如在,祭神如神在。"(《论语·八佾》)他主张"敬鬼神而远之"(《论语·雍也》),认为"非其鬼而祭之,谄也"(《论语·为政》)。孔子注重人事而不注重鬼神,"子不语怪、力、乱、神"(《论语·述而》)。当他的学生问他事鬼神之事,他说:"未能事人,焉能事鬼!"(《论语·先进》)对于鬼神之事,他是不感兴趣的。

在政治思想上,孔子看到了他所属的奴隶主贵族阶级的没落,及其不可避免的灭亡命运,带着十分惋惜的心情,竭力想要挽回这种颓势。他不满于"礼乐征伐自诸侯出""陪臣执国命"的现象,谴责"八佾舞于庭"的僭越行为,反对晋国铸刑鼎,认为破坏了传统的等级制度和贵贱秩序,不同意实行承认私田合法化的"初税亩"制度。但是,孔子并不是拼命维护奴隶制度的顽固的保守派,他的思想是处于向新兴地主阶级过渡的状态的,是主张要改革的。孔子主张恢复周礼,恢复西周时代的各项制度,然而,实际上他所要复的"礼",已经注入了"仁"的新内容。他说:"克己复礼为仁。"(《论语·颜渊》)这个"仁",是春秋时代的新的社会思潮的反映。"仁"的核心是"爱人"。孔子的"爱人"当然不是专指要爱劳动者,但也不是专指要爱贵族。人,这里是从比较广泛的意义上说的。孔子的学生就并不都是贵族,"爱人"当然不会连他自己的学生都不包括在内。从"仁者爱人"的观点出发,孔子反对当时以人殉葬,甚至连用俑来代替他也反对。他曾说:"始作俑者,其无后乎?"(《孟子·梁惠王上》引)这都充分说明孔子对人的地位和作用的重视。从《论语》的记载来看,孔子一方面轻视体力劳动,但也承认他自己种田不如农民,种菜不如菜农。他在和劳动者的接触中,态度还是比较友善的。据《左传》记载,孔子认为对劳动者不能只是"猛",也要有"宽",要适当减轻剥削。他还提出"节用而爱人,使民以时"(《论语·学而》)的主张。这些大约就是后来孟子"民本"思想的来源。对人的地位和作用的重视,这在封建制代替奴隶制的历史进程中是进步思想。列宁在分析奴隶社会和封建社会区别时说过,奴隶社会的特点"是不把奴隶当人看待","奴隶不仅不算公民,而且不算是人"。而在封建社会,农民的人的地位提高了,因此,"农民已经不算是地主的直接私有物了”。这时,“通向农民解放的道路毕竟是比较广阔了”。①

孔子这种哲学、政治思想上的矛盾状况,也反映在文艺思想上。他既有主张文艺要“事父”“事君”,为巩固贵族阶级统治秩序服务的一方面,又有肯定可以用文艺来“怨”刺腐败政治、改革社会的一方面。由于他思想上有重视实际人事,不重视天命鬼神的唯物主义倾向,因此,他能够从实际出发,强调文艺要对现实的社会政治起积极作用。但是,他的唯心主义思想也使他在文艺批评的方法上不能摆脱当时社会上那种牵强附会的主观主义的影响。在文艺批评的标准上,孔子强调的是中和之美,这显然也是和他政治上企图调和矛盾的立场分不开的。此外,孔子是一个伟大的教育家,他在教学上所提倡的“知之为知之,不知为不知”的老实态度,在学习方法上强调“不耻下问”、学与思并重、“温故而知新”“举一反三”等等,也使他能够比较深入地去探讨和掌握知识学问。所以,他对文艺的特点和规律,也有一些比较深刻的体会。我们可以说,春秋末年的孔子是旧世界的最后一位思想家,又是新世界的第一位思想家。不论是在哲学上、政治上,还是在文艺思想上,孔子的一些进步思想,实际上成为新兴地主阶级思想家的先导。他在封建社会中被奉为圣人,他的思想发展成为封建社会的正统思想,都不是偶然的。他的文艺思想除了和他的政治、哲学思想有密切联系的一面外,还有对文艺本身的一些有价值的见解,这些也是不应该忽略的。

孔子文艺思想的特征及基本内容

恩格斯在论到对黑格尔思想的评价问题时,曾经说过:“黑格尔的思维方式不同于所有其他哲学家的地方,就是他的思维方式有巨大的历史感作基础。形式尽管是那么抽象和唯心,他的思想发展却总是与世界历史的发展紧紧地平行着,而后者按他的本意只是前者的验证。”②恩格斯这段话对我们认识孔子文艺思想的特征有很重要的指导意义。孔子文艺思想的基本特征就是它具有很深刻的现实基础。孔子的文艺思想乃是对

① 列宁:《论国家》,《列宁选集》第4卷,人民出版社,1972年,第49、50页。

② 恩格斯:《卡尔·马克思〈政治经济学批判〉》,《马克思恩格斯选集》第2卷,人民出版社,1972年,第121页。

当时文学艺术在实际社会政治生活中的地位和作用的理论概括，是对我国古代文艺思想发展的归纳和总结。这个特征贯穿在他的全部文学理论批评之中。

孔子文艺思想的核心是强调“诗教”。“诗教”说法最早见于《礼记·经解》篇：“孔子曰：‘入其国，其教可知也。其为人也温柔敦厚，诗教也。’”《礼记》是汉儒述作，所引孔子的话只是儒家传说，未必是孔子原话。“温柔敦厚”主要反映了孔子“诗教”思想中的保守方面和消极成分。实际上，“诗教”的中心是强调文艺必须严格地为政治教化服务。围绕这个中心，孔子提出了他的基本美学观点，论述了文艺和道德修养的关系，文艺和政治、外交活动的关系，文艺批评的标准，文艺的社会教育作用和美学作用，文艺的内容和形式关系等一系列重要问题。他对这一系列重要问题的分析，大都有着历史的和现实的依据。

（一）“尽美尽善”——孔子的美学观

孔子美学思想的核心，是主张美和善的高度统一。他的全部文艺思想都是建立在这个基础上的。《论语·八佾》记载道：“子谓《韶》：尽美矣，又尽善也。谓《武》：尽美矣，未尽善也。”《韶》是歌颂舜德的古乐，是孔子最喜欢的。《论语·述而》说：“子在齐闻《韶》，三月不知肉味，曰：不图为乐之至于斯也。”《武》是歌颂周武王的古乐，为什么说它“未尽善”呢？这个问题从汉代以来，有两种解释。一种是说周武王伐纣胜利之后，还没有来得及使天下太平就死了，所以说“未尽善”。汉代的郑玄，清代的焦循、刘宝楠等都主张这种解释。如焦循《论语补疏》卷上说：“武王未受命，未及制礼作乐，以致太平，不能不有待于后人，故云‘未尽善’。善，德之建也。”另一种解释是说周武王是以征伐取天下，而不是以揖让受天下，所以说是“未尽善”。汉代的孔安国、宋代的朱熹等都主张这种看法。我们认为这后一种解释可能比较符合孔子的原意。孔子这种说法大概是受季札的影响而来的。今人杨树达在《论语疏证》中对这一点分析得很详细。他引证了《左传》中季札观看演奏成汤乐舞《韶濩》时说的话：“圣人之弘也，而犹有惭德，圣人之难也。”在“惭德”下引杜预注：“惭于始伐。”说明季札认为成汤之得天下是以武力征伐，而不是以揖让，因此是有所欠缺的。虽则夏桀是个无道暴君,但成汤用武力征伐总不大好。接着他分析道:“又吾先民论政尚揖让,而征诛为不得已。文王三分天下有其二,以服事殷,孔子称其至德,善其不用武力也。《论语》称至德者二事,一赞泰伯①,二赞文王,皆贵其以天下让也。吴季札观汤乐而曰有惭德,亦以其用武力也。汤有惭德,武王从可知矣。……孔云《武》未尽善,犹季札之言《濩》有惭德也。”不过,前一种说法也能够解释通。从美学思想的角度来看,这两种解释虽然具体内容不同,但都反映了孔子对“善”的要求十分严格,标准是很高的。孔子认为文学艺术都必须符合他的政治道德原则,否则不管艺术上多么完美,也都是有欠缺的。孔子的一系列具体文艺观点都是在这个“尽美尽善”的美学思想基础上派生出来的。而这个“尽美尽善”的思想,却正是对春秋以前我国古代文艺思想的继承和发展。我国古代文艺思想发展中这个美和善相统一的特点,经过孔子的理论概括之后,随着孔子地位的提高,又深刻地影响了我国两千多年来文艺的发展。这一点和西方文艺思想发展相比较是很不同的。西方从亚里士多德开始,就比较侧重于强调文艺是模仿现实的,注重美和真的统一。而我国古代以儒家为代表,则侧重于强调美和善的统一,主张文艺要为政治教化服务。

(二)“兴于诗,立于礼,成于乐”——论文艺和道德修养的关系

孔子“诗教”思想的一个重要内容,是他认为诗歌乃是人的道德品质修养的教科书。《论语·泰伯》说:“子曰:兴于诗,立于礼,成于乐。”孔子把诗、礼、乐看作人的道德修养的几个必经的阶段。“兴于诗”,《论语集解》引包咸注说:“兴,起也。言修身必先学诗。”孔子认为人的道德品质修养,要先从具体的、感性的方面的学习入手。诗歌是以生动的形象、强烈的感情来激动人心,起到深刻的思想教育作用的。所以,修身就要先从具体、形象又体现了一定道德原则的《诗经》学起。清代李塨在《论语传注》中对此有很好的分析。他说:“《诗》之为义,有兴而感触,有比而肖似,有赋而直陈,有《风》而曲写人情,有《雅》而正陈道义,有《颂》而形容

① 周太王长子,文王伯父,曾将太子之位让给他弟弟即文王父亲。

功德。说(悦)之故言之,言之不足故长言之,长言之不足故嗟叹之。学之而振奋之心,勉进之行,油然兴矣,是'兴于诗'。"李塨从《诗经》的内容(风、雅、颂)和形式(兴、比、赋)两方面来说明为什么孔子主张修身必先学诗,是比较深刻的。但孔子认为学诗只是人的道德修养的开始,在这基础上还要进一步学礼,以为立身行事的准则。《论语·季氏》载孔子说:"不学礼,无以立。"《论语·尧曰》:"不知礼,无以立也。"都是讲的这个意思。李塨说:"恭敬辞让,礼之实也。动容周旋,礼之文也。朝庙家庭,车舆衣服,宫室饮食,冠昏丧祭,礼之事也。事有宜适,物有节文,学之而德性以定,身世有准,可执可行,无所摇夺,是'立于礼'。"这对"立于礼"的具体内容作了很详细的阐述。孔子认为到"立于礼",一个人的道德修养尚未最后完成,还需要通过音乐来陶冶情性,改造内心世界,达到从本能出发就做到"非礼勿视,非礼勿听,非礼勿言,非礼勿动"(《论语·颜渊》)。这就是"成于乐"了。《论语·宪问》记载孔子说:"文之以礼乐,亦可以为成人矣。"孔子把诗、乐和礼并列为修身三要素,说明他并不是把文艺只看作是文艺,而是把它看作道德品质修养的必要方面。殷周以来,统治阶级都是讲究"德治"的,而"德治"的主要内容就是礼乐。礼以节外,乐以和内。礼节仪式是从外表节制人的言论行动的,而音乐则要改变人的内心世界,使人们从思想感情上"正"而不"邪"。我国古代诗乐是不分的,诗和乐一样,也要对人的精神起作用。对于诗乐的这种看法,在春秋时代的上层社会中是非常普遍的。《左传》僖公二十七年曾记载了晋国赵衰的两句话:"《诗》《书》,义之府也;《礼》《乐》,德之则也。"因此,不懂《诗》《书》《礼》《乐》,就不能成为上层社会的人。《诗》《书》《礼》《乐》是上层社会人们一切言论行动的准则,是所谓的"雅言"。《论语·述而》说:"子所雅言,《诗》《书》执礼,皆雅言也。"《论语集解》引孔安国注说:"雅言,正言也。"郑玄曰:"读先王典法,必正言其音,然后义全。"据刘宝楠、杨树达等人的考证,认为"雅"和"夏",古字通,"雅言"即"夏言",指读西周典籍必须用周民族发源地陕甘一带的语音。孔子是鲁国人,说的是鲁国的方言,但读《诗》《书》、执礼,是用"夏言"的。因为《诗》《乐》在当时社会上有这么高的地位,所以孔子一再教育他的儿子说:"不学诗,无以言。"(《论语·季氏》)又说:"女(汝)为《周南》《召南》矣乎?人而不为

《周南》《召南》,其犹正墙面而立也与!”(《论语·阳货》)可见,孔子把诗乐作为道德修养的教科书,正是当时社会实际状况的反映。

(三)诵诗与从政、出使——论文艺和政治、外交活动的关系

孔子“诗教”思想的另一个重要内容,是他强调了《诗经》在当时社会政治生活中的突出地位和重要作用。《论语·子路》记载:“子曰:诵诗三百,授之以政,不达;使于四方,不能专对;虽多,亦奚以为?”孔子这段话是有非常现实的根据的。我们看《左传》中记载春秋时政治、外交活动中借赋诗来表达自己意图、体现一定礼节的状况,以及在言谈对答中引用诗的情况,都可以说是对孔子这段话的具体注脚。按一般情理来说,“六经”中的《书经》是记录政治事件、先王文告的,在政治、外交活动中应当有比较多的引用。可是实际上引用《书经》的很少,而赋诗、引诗却非常之普遍。这个原因,清代的崔述在《读风偶识》卷四中曾经讲到。他说:“《尚书》所言,乃朝廷兴革之大端。至于民情之忧喜,风俗之美恶,则《诗》实备之。”《诗经》是形象地反映社会生活的,内容十分丰富、广泛,又便于记诵,比《书经》要更能自由地运用。清代劳孝舆在《春秋诗话》卷三中说到当时引诗的情况:“自朝会聘享以至事物细微,皆引诗以证其得失焉。大而公卿大夫以至舆台贱卒,所有论说皆引诗以畅厥旨焉。余尝伏而读之,愈益知诗为当时家弦户诵之书。”春秋时,如果不懂《诗经》,不会灵活地引申诗的意义,那么就会在外交场合失礼,在政治活动中体会不了对方意图,更不能委婉地表达自己的要求,结果就会导致外交、政治活动的失败,甚至于引起“诗祸”。反之,如果能够熟练地运用“赋诗”的方法,就可能比较顺利地取得外交、政治斗争的胜利,而且可能取得比预期更好的效果。我们试举数例如下。

《左传》文公十三年记载,鲁文公归国途中遇到郑伯,郑伯想请鲁文公代为到晋国去说情,表示愿意重新归顺于晋。鲁文公先拒绝,后又同意,双方交涉全借赋诗来进行。郑国子家先赋《小雅·鸿雁》,取其首章:“之子于征,劬劳于野。爰及矜人,哀此鳏寡。”表示郑国弱小,希望鲁文公怜悯,代为向晋国求情。鲁文子赋《小雅·四月》,取其首四句:“四月维夏,六月徂暑,先祖匪人,胡宁忍予。”表示行役逾时,思归祭祀,急于返

回,无暇去晋了。郑子家又赋《载驰》之四章,表示小国有急难,恳求大国援助。于是鲁文子又赋《小雅·采薇》之四章,借“岂敢定居,一月三捷”之义,答应到晋国去为郑伯说情。这样,一场交涉就算办成了。又如《左传》襄公八年,晋范宣子出使鲁国,告诉鲁襄公晋将伐郑。范宣子使鲁的目的是要鲁助晋伐郑,但不好明言,同时也想先探探口气。于是就赋《召南·摽有梅》,借梅盛极则落,女子色盛则衰,故“众士求之,宜及其时”,表示此时伐郑正是一个好机会,希望鲁与晋一起行动。鲁季武子赋《小雅·角弓》,取“兄弟婚姻,无胥远矣”之句,表示兄弟之国,敢不从命。这也是由赋诗而产生具体政治行动的。

还有许多赋诗是在宴会上或出使时表示礼节应酬,联络感情,或求得道义上的支持,搞好相互关系的。例如《左传》僖公二十三年,晋公子重耳出奔在秦,秦伯接见重耳。重耳赋《河水》,此是逸诗,不见今本《诗经》,义取河水朝宗于海,对秦表示尊重和归顺,希望秦伯给以支持,以图恢复晋国,重振大业。秦伯赋《小雅·六月》,此诗是写尹吉甫佐宣王出征的,表示重耳他日返国,定能匡兴国家,辅助王室。为此,随重耳出奔的大夫赵衰立即叫“重耳拜赐”,并说:“君称所以佐天子者命重耳,重耳敢不拜。”如果赋诗不合礼节,对方就不还礼,严重的甚至会引起政治上恶果。《左传》文公四年卫国宁武子出使去鲁,鲁文公在宴会上赋《小雅·湛露》及《小雅·彤弓》,宁武子都不答礼。鲁文公让人私下里问他,他说,《湛露》和《彤弓》是天子赏赐有功诸侯奏的乐,而他则是一般诸侯的使者,不能受此大礼。《左传》襄公十六年还记载了这样一件事:晋平公即位不久,与诸侯宴会于温,叫参加宴会的诸大夫赋诗并配有乐舞,还提出“歌诗必类”,要求诗的内容符合宴会精神。结果齐国大夫高厚之诗“不类”,引起了晋大夫荀偃的愤怒,说“诸侯有异志矣”,认为齐有反叛之意,就和其他大夫盟誓:“同讨不庭!”齐国高厚只好逃归,因赋诗不当几乎引出一场大祸。

从上面这些事实中,可以看出《诗经》在春秋时的政治、外交斗争中,确实具有非常特殊的地位和重要的作用。孔子正是对这种地位和作用从理论上作了概括,强调文艺必须紧密地为政治和外交斗争服务。从此之后,诗歌和从政遂结下不解之缘。在我国历史上,许多政治家、军事家都是诗人。文学和政治的紧密结合成为我国文学的一个民族传统特点。

（四）“思无邪”——孔子的文学批评标准

孔子对《诗经》之所以评价如此之高，是因为他对《诗经》有一个总的认识，这就是《论语·为政》中说的：“诗三百，一言以蔽之，曰：思无邪。”“思无邪”本是《诗经·鲁颂·駉》中的一句话，孔子借它来说明全部《诗经》的思想内容的特点。“思”字也可以解作一个没有实际意思的语助词，可以不作“思想”的意思来讲，但对理解这句话的意思没有影响。“无邪”，《论语集解》引包咸注说：“归于正。”邢昺《论语注疏》卷二说：“诗之为体，论功颂德，止僻防邪，大抵皆归于正，故此一句可以当之也。”这都是说，诗三百篇的思想内容都是符合于孔子所主张的政治道德原则的，都是正而不邪的。但是，实际上诗三百篇的内容则是很复杂的。它里面确实有属于“归于正”的“雅言”，然而也有不少是与之截然相反的“不正”之作。从《诗经》的实际内容来看，有属于对统治阶级歌功颂德的作品，也有对统治阶级暴露批判的作品；有统治阶级文人写的、反映他们阶级意识的作品，也有劳动人民创作的、反映自己思想感情的作品。这怎么能统一起来，说他们都是“思无邪”的呢？美化统治阶级的剥削压迫和反抗统治阶级的剥削压迫的作品，是很难用一个标准来加以概括的。过去许多学者、思想家也看到了这一点，所以对“思无邪”就有两种不同的解释。一种解释认为，“思无邪”是讲诗三百篇的内容都是无邪而归于正的。由此出发，他们对《诗经》中那些反抗剥削压迫、表现劳动人民思想感情、批判暴露统治阶级的作品，给以种种歪曲解释，牵强附会地硬加上许多“史实”，然后加以主观主义的引申发挥，结果就把这些诗篇搞得面目全非，蒙蔽了许多人，使之长期弄不清这些诗篇的真实含义。这可以《毛诗》的大小序为代表。到了宋代，朱熹感到毛诗这样穿凿的解诗，实在不能说服人，于是提出了另一种解释，认为“思无邪”是指读诗人。《朱子语类》说：“思无邪，乃是要使读诗人思无邪耳。读三百篇诗，善为可法，恶为可戒，故使人思无邪也。若以为作诗者思无邪，则《桑中》《溱洧》之诗，果无邪耶？”《桑中》《溱洧》是民间的爱情诗，但在封建士大夫看来，当然是不正之作、邪僻之作。朱熹认为只要读诗的人“思无邪”，就可以把这些诗当作“反面教员”来读。他在《四书集注》中又说:“凡诗之言,善者可以感发人之善心,恶者可以惩创人之逸志,其用归于使人得其情性之正而已。”在《诗集传》中《鲁颂·駉》篇下,朱熹又指出:读者如果能够深入体会“思无邪”的意义,懂得不论对什么诗都要以无邪之思去读,那么必定能做到使自己“无所思而不出于正”。朱熹从道学家的立场出发,把那些反映对统治阶级不满和描写男女之间爱情的诗,都斥之为邪淫之作,要求人们以无邪之思去读它们,从中认识政治衰败、道德堕落的缘由,并引以为戒。朱熹这种看法,在宋以后有很大的影响。

其实,这两种解释都不完全符合孔子的原意。第一种解释认为“思无邪”是指诗篇的内容,这是对的。但是,他们把《诗经》中那些进步的和反映人民利益要求的作品,都歪曲成是反映统治阶级思想观点的,就不对了。第二种解释肯定了《诗经》中有两类诗,有“善者”和“恶者”,在思想上是对立的,这是对的。但是,他们把“思无邪”说成是读诗人以“无邪之思”去读,这就不符合孔子原意了。孔子对《诗经》的评价和《诗经》的内容之间所出现的这个矛盾,正是孔子本人思想上的矛盾的反映。他既想保持旧制度,又接受了某些新思想的影响,主张有所改革。这种政治态度和思想特点影响到他的文艺思想,使他对《诗经》中两种具有对立的不同内容的诗篇,都采取了肯定的态度。《诗经》中那些歌功颂德、赞美统治阶级的作品,孔子当然是肯定的。它们和孔子思想的保守方面是一致的。孔子对雅、颂就相当重视,他说:“吾自卫反鲁,然后乐正,雅、颂各得其所。”(《论语·子罕》)但是,孔子思想中是有进步方面的,他重视人的作用,主张减轻对人民的剥削。这些积极因素,使他在文艺上主张“可以怨”,可以运用文艺去批评不良的政治,可以在文艺中表现人民的某些疾苦,以引起上层统治者的注意。所以,孔子对《伐檀》《硕鼠》《七月》这样一些反映劳动人民剥削压迫不满的作品,以及其他情诗、怨诗,也都没有否定。显然,如果孔子对这些诗篇是采取否定态度的话,那么他在整理《诗经》时,是很可以把它们删去的。当然,孔子对有些诗篇也作过一些歪曲解释(如对《卫风》的《硕人》和《淇奥》),但是看不到孔子本人思想上的矛盾,是不能清楚地解释“思无邪”问题上的这种矛盾的。

孔子在文艺上是提倡中和之美的,这和“思无邪”是一个问题的两个方面，实质是一回事。无邪，就是不要过正，要恰好达到中和。清代的胡夤在《明明子论语集解义疏》中曾讲到这一点。他说："思虑悖礼违义之事为邪念。邪念者，过而不正者也。……思之疑于邪者，谓其有余而过于中正。……凡七情之过中皆得谓之邪思，非必专指郑卫之淫邪也。"无邪就是中正，就是中和之美。孔子说《关雎》是"乐而不淫，哀而不伤"（《论语·八佾》）。《论语集解》引孔安国注说："乐而不淫，哀而不伤，言其和也。"朱熹在《诗集传》中也说："此言为此诗者，得其性情之正，声气之和也。"孔子这种"无邪"和"中和"的文艺批评标准，从政治上来说，就是肯定可以通过文艺来揭露和批判政治上的弊端，但又不允许太过分，不能从根本上否定统治阶级的政权。因此，从孔子的这种文艺批评标准出发，可以引导出两种截然不同的倾向。强调要通过文艺来改革弊政的，可以走上进步的文艺批评道路，例如后来的杜甫、白居易等就是如此。强调文艺要维护统治阶级的政权，揭露批判不能过分这一方面的，则往往走上反对革命、反对进步的道路。所以，孔子的文艺思想对后代的影响是很复杂的，不能认为凡是受儒家文艺思想影响的，就都和孔子一样。

（五）"兴观群怨"——孔子对文艺的美学作用和社会教育作用的认识

《论语·阳货》中记载了一段孔子有关文艺的美学作用和社会教育作用的论述："子曰：小子何莫学夫诗？诗可以兴，可以观，可以群，可以怨；迩之事父，远之事君；多识于鸟兽草木之名。"下面我们对兴、观、群、怨，分别作一点具体分析。

什么是"兴"呢？"兴"指的是诗歌的美学作用。朱熹在《四书集注》中说的"感发意志"，就是说的诗歌具有艺术感染力，能使人产生美感。在《诗传纲领》中朱熹又解释为"托物兴辞"，《论语集解》引孔安国注说是"引譬连类"。这都是指诗歌艺术表现方面的形象特点。诗歌之所以具有艺术感染力，能使人产生美感，正是因为它运用了"托物兴辞""引譬连类"这样的形象思维方法。"诗可以兴"，说明诗歌通过具体的形象描写，可以引起人们极为丰富的同类联想，是人们对现实的审美掌握的一种形式。刘勰在《文心雕龙·比兴》篇中说："观夫兴之托谕，婉而成章，称名也小，取类也大。关雎有别，故后妃方德；尸鸠贞一，故夫人象义[1]。义取其贞，无从于夷禽；德贵其别，不嫌于鸷鸟；明而未融，故发注而后见也。”所以，“可以兴”是诗歌作为艺术所特有的一种美学作用，它是区别艺术和非艺术的一个标志。明末清初的王夫之曾说：“诗言志，歌永言，非志即为诗，言即为歌也。或可以兴，或不可以兴，其枢机在此。”[2]

关于诗的“兴”，在孔子以前大概还没有人讲到过。《周礼》中讲“六诗”，有赋、比、兴，但《周礼》是后人整理之作，比孔子要晚得多。据现有古籍记载，春秋战国时没有人讲过赋、比、兴，而只讲过风、雅、颂。赋、比、兴恐怕是汉儒根据先秦论《诗经》的经验，加以归纳总结而提出来的。赋、比、兴的“兴”作为诗歌艺术的一种表现手法，实际上是对孔子所讲的“诗可以兴”的“兴”的一种狭隘化的理解。而且“兴”是可以包括“赋”和“比”的含义的。刘宝楠《论语正义》说：“赋比之义，皆包于兴，故夫子止言兴。毛诗传言兴百十有六，而不及赋比，亦此意也。”到了六朝以后，一些比较懂得艺术特点的文艺批评家，才又把“兴”作为诗歌艺术特征来看待，并提出了“兴象”“兴趣”“兴致”等新概念。

什么是“观”呢？“观”讲的是文艺对社会政治的认识作用。诗可以“观”，在春秋时代具有两方面意义。一是可以从诗中观察到政治的良窳得失、社会风尚的好坏。《论语集解》引郑玄注说：“观风俗之盛衰。”朱熹《四书集注》中说：“考见得失。”都是讲的这方面的意思。季札观乐实际上也是观诗，这是诗“可以观”的具体例证。二是“观志”，即可以从诗中看到诗人作诗的目的和意图。例如《左传》隐公三年讲卫人赋《硕人》、闵公二年讲许穆夫人赋《载驰》、文公六年讲秦人赋《黄鸟》等，都是说明诗人之志。“观志”还有另一种意义，是可以从诵诗之中窥见诵诗人之志。例如《左传》襄公十六年、二十七年，昭公十六年所讲的赋诗“观志”和赋诗“知志”就是如此。襄公二十七年郑伯宴请赵孟，郑国的子展、伯有、子

---

① 刘勰这里引证《诗经》中《周南・关雎》和《召南・鹊巢》为例来说明，意思是说：雎鸠有雌雄之别，故用来比方周文王妃子作为贤内助的德行；鸤鸠贞静专一，故用来象征诸侯夫人的品质。所以下文讲：取其贞静之义，不管其是否为平常之鸟；贵其内外有别，不嫌它是猛禽鸷鸟。由此说明“兴”的作用是“称名也小，取类也大”。诗句是明白的，但其意义需要作注解来说清楚。

② 《唐诗评选》中孟浩然《鹦鹉洲送王九之江右》一诗的评语。

西、子产、子大叔、子石兄弟七人陪同。赵孟请七人赋诗，说要“观七子之志”。这些当然不是作诗人之志，而是诵诗人之志。诵诗人之志，本来在诗歌本身是并不存在的，但在当时谈诗成风，赋诗言志成为习惯的情况下，孔子讲的“观”，也自然应该包括这方面的内容。由此可知，“可以观”的内容，既包括了文艺作品所反映的客观现实生活，也包括了作者创作时的主观意图和思想倾向，甚至还包括了读者借诵诗来表达的自己的思想感情在内。“可以观”的问题涉及了文艺和现实的关系问题。孔子看到了文艺是社会现实生活的反映，并且要求文艺真实地反映政治状况和社会风尚，使它成为反映现实生活的一面镜子。这里比较集中地体现了孔子文艺思想中的现实主义特征。诗“可以观”的思想直接影响了后来现实主义文艺理论的发展。后来何休在《春秋公羊传解诂》中说《诗经》的内容是“饥者歌其食，劳者歌其事”。班固《汉书·艺文志·诗赋略论》中说汉代乐府诗是“感于哀乐，缘事而发”。一直到白居易说他的创作是“闻见之间，有足悲者，因直歌其事”（《秦中吟序》），都可以很清楚地看到孔子“可以观”的思想的影响。

“可以群”和“可以怨”是讲的文艺的教育作用。“群”指的是文艺团结群众的作用。《论语集解》引孔安国说：“群居相切磋。”朱熹在《四书集注》中说：“和而不流。”孔子在这里指的是通过诗可以使人们相互之间统一思想，提高认识，交流感情，加强团结。杨树达《论语疏证》中说：“春秋时朝聘宴享功必赋诗，所谓可以群也。”《左传》中记载通过赋诗表示礼节应酬，表达一些难以明言的思想，达到相互了解、搞好关系的目的，正是诗“可以群”的具体表现。在《论语》中也记载了孔子和他的弟子通过对诗的研究、琢磨、推敲，从而提高了对如何加强道德修养的认识的故事，这也是诗“可以群”的例证。例如，孔子和他弟子子贡从《卫风·淇奥》的“如切如磋，如琢如磨”两句中体会到了一个人的道德品质修养必须反复推敲，不断深入。孔子和他的弟子子夏从《卫风·硕人》中的“巧笑倩兮，美目盼兮，素以为绚兮”①几句，体会到了“礼后”的道理，懂得了“仁”是内在

① 今本《卫风·硕人》篇无“素以为绚兮”句。《硕人》这三句是说，女人笑得好看，眼珠黑白分明，她有洁白的素质，再加上文彩就更好看了。孔子说这三句的意思是“绘事后素”，绘画要先有白底子，然后再着色。子夏就说“礼后乎？”认为它说明仁是本质，礼是外表形式的意思。

的，“礼”是外在的，应该先仁后礼的意思。而子贡和子夏因此受到了孔子的赞扬，认为“始可与言诗”。

“可以怨”说的是对腐朽黑暗政治的批判作用。《论语集解》引孔安国注说：“怨刺上政。”这一方面比较突出地反映了孔子文艺思想的进步之处，也是孔子对我国古代文艺思想发展中的进步传统的总结。《诗经》中不但有很多的“怨”诗，而且如我们前面所讲，许多篇中作者就明确叙述了写诗目的就是要讽刺不良政治。关于“献诗”“采诗”的记载也是强调要通过诗来干预政治。孔子从理论上加以概括，提出“可以怨”的问题，就是肯定文艺应该起批判现实的黑暗、揭发统治阶级罪恶的作用。正是在孔子诗“可以怨”的影响下，后来在我们的文学理论批评中，出现了很多这方面的进步主张，强调文艺要反映人民的疾苦。白居易关于诗歌创作要“救济人病，裨补时阙”（《与元九书》），“惟歌生民病，愿得天子知”（《寄唐生》）的思想，就是继承了孔子的“可以怨”的思想的。孔子讲诗“可以怨”的时候，对“怨”并没有给以什么限制。当然，联系孔子关于“思无邪”和提倡“中和”之美的思想来看，他讲的“怨”自然也是有局限性的。但是，肯定“可以怨”，主要还是和他政治上的进步方面联系得比较紧的。后来一些维护封建统治的正统思想家，对“可以怨”的提法总是感到有些恐惧，因此千方百计地要加以限制，比如《毛诗序》讲要“发乎情，止乎礼义”，朱熹说要“怨而不怒”，就是很明显的表现。这是对孔子文艺思想中消极方面的引申和发挥，并不很符合孔子原意。

孔子的“兴观群怨”说，反映了他对诗歌的美学作用和社会教育作用的很深刻的认识。他把“兴”放在第一位也是有道理的，因为文艺的社会教育作用不同于一般科学著作的教育作用，文艺的社会教育作用是在引起人的审美意识之后才产生的，是要通过文艺的美学作用来达到的。“兴观群怨”四者之间是密切相联系的。王夫之在《姜斋诗话·诗绎》中说：“于所兴而可观，其兴也深；于所观而可兴，其观也审。以其群者而怨，怨愈不忘；以其怨者而群，群乃益挚。”这可以说是对孔子“兴观群怨”说的一种发展与补充。当然在孔子这一段话中也反映了他的阶级局限性，这就是所谓的“事父”“事君”之说。后来有些封建思想家专门发挥这两句话,正是把孔子思想中的糟粕当珍宝,不过是反映了他们自己的立场和世界观而已。

(六)“辞,达而已矣”——孔子对文艺的内容和形式关系的论述

孔子在对待文艺的内容和形式的关系问题上,是重视内容的决定作用,而又不忽略形式的相对独立性及其对内容的反作用的。他主张文质并茂,形式为内容服务,这是他的“尽美尽善”的美学观的另一个具体表现。他说:“辞,达而已矣。”(《论语·卫灵公》)文辞的目的是把意思表达清楚,但是,高标准的“达”,也不是很容易的。清代胡夤《明明子论语集解义疏》引黄薇香说:“辞莫贵乎达,亦莫难乎达。枯塞者不达,艳丽者亦未必达矣。”陆机在《文赋》小序中曾特别讲到辞“达”之难。他说:“余每观才士之所作,窃有以得其用心。夫其放言遣辞,良多变矣。妍蚩好恶,可得而言。每自属文,尤见其情。恒患意不称物,文不逮意,盖非知之难,能之难也。”语言文辞要能够正确、鲜明、生动地把意思充分表达出来,要能够形象、逼真、维妙维肖地把客观事物描绘出来,是需要有杰出的才能的。刘勰在《文心雕龙·神思》篇中说:“方其搦翰(执笔),气倍辞前,暨乎篇成,半折心始。何则?意翻空而易奇,言征实而难巧也。”刘勰这里讲的“巧”,也就是孔子所讲的辞的“达”。《礼记·表记》篇中曾记载了孔子的话:“情欲信,辞欲巧。”感情要真实,文辞要能巧妙地把这种真实的感情透彻地表达出来。语言文辞是文学作品的形式问题。形式是为内容服务的,但为了让它真正服务得好,就要充分重视形式问题。《左传》襄公二十五年曾引了孔子说的几句话:“言以足志,文以足言”,“言之无文,行而不远”。这里的“文”,是“文饰”“修饰”的意思,语言是表述人的心志的;但语言若不加修饰,就不能充分体现人的心志。形式和内容有主有从,但两者又是统一的,不可偏废。孔子讲文质①,是指的人的修养,但其原理可通于文艺。他说:“质胜文则野,文胜质则史,文质彬彬,然后君子。”(《论语·雍也》)孔子提倡文质共相炳蔚,这和“辞,达而已矣”是

① 质,指人的内在思想品质;文,指表现在外面的礼节学问。后来文学批评中引申为内容和形式关系。

一致的。同样,他在讲到言和德的关系时,虽重在德,但并不废言。他说:“有德者必有言,有言者不必有德。”(《论语·宪问》)孔子对内容和形式关系的看法,既是对传统观点的继承,又是当时社会上普遍认识的反映。《周易》中就讲过“言有序”和“言有物”的问题,反映了以内容为主、内容形式并重的思想。《尚书》中说:“辞尚体要,不惟好异”,和“辞达”之说是同样的意思。《左传》襄公二十四年曾记载了穆叔说的“三不朽”思想。当范宣子问穆叔,古人讲的“死而不朽”是什么意思时,穆叔就说:“鲁有先大夫曰臧文仲,既没,其言立,其是之谓乎?豹闻之,大上有立德,其次有立功,其次有立言,虽久不废,此之谓不朽。”立德、立功比立言的地位更高,但立言也是不朽之事。孔子对文艺的内容和形式关系的这些看法,对后来文论的影响是非常之大的。许多进步的文艺批评家,在批判形式主义文风的时候,总是运用孔子这些论述来作武器的。对于孔子的“辞达”之说,有些文艺批评家还作了与文艺创作特点相适应的发挥。比如苏轼在《答谢民师书》中说:

> 孔子曰:“言之不文,行而不远。”又曰:“辞,达而已矣。”夫言止于达意,即疑若不文,是大不然。求物之妙,如系风捕影;能使是物了然于心者,盖千万人而不一遇也,而况能使了然于口与手者乎。是之谓辞达。辞至于能达,则文不可胜用矣。

要能使客观事物不仅“了然于心”,而且“了然于口与手”,这才算做到了“辞达”。苏轼在这里讲的“辞达”,就是指的对客观事物的真实的、正确的描写。清代的章学诚在《文史通义·杂说》篇中,则认为文章必须做到事、理、情三者均备才算是真正的“辞达”。他说有许多人误以为“辞达”就是取“理明而事白”,而往往忽略了“情”的重要性,“不知使人由情而恍然于其事其理,则辞之于事理,必如是而始可称为达尔”。这些都可以看作是结合文学创作的特点,而对孔子“辞达”之说的进一步发展。

孔子文艺思想的保守方面和消极成分

孔子的文艺思想除了上面我们所分析的基本内容之外,由于他的哲学、政治思想上的保守方面的影响,还有一些明显的错误的和消极的方面。这主要表现在他在重视文艺的社会政治作用、主张"诗可以怨"的同时,也还有比较突出地强调文艺要为巩固奴隶主贵族统治服务的一面。孔子企图以文艺为武器来维护已经动摇了的,并且是正在崩溃的奴隶社会。这正是反映他奴隶主贵族阶级劣根性的具体表现。他主张文艺要起到"事父""事君"的作用,也正是为了达到这个目的。从这个角度出发,孔子对适应当时新的时代需要、为新兴地主阶级服务的新文艺,采取了否定和反对的态度。孔子在文艺上是偏向于提倡复古,而反对革新的。他说:"行夏之时,乘殷之辂,服周之冕,乐则《韶》《舞》,放郑声,远佞人。郑声淫,佞人殆。"(《论语·卫灵公》)又说:"恶紫之夺朱也,恶郑声之乱雅乐也,恶利口之覆邦家也。"(《论语·阳货》)"郑声"就是当时的新乐,而孔子对这些新文艺是很憎恶的,甚至对之加以咒骂。因为孔子看到这些新文艺对旧制度是起破坏作用的。他说"恶郑声之乱雅乐",这里的"雅乐"正是奴隶社会上层建筑的重要部分。而"郑声"却是代表了当时音乐发展的新成就的,它在新兴地主阶级和广大群众中是很受欢迎的。清代胡夤《明明子论语集解义疏》中说:"春秋时列国皆好郑音,至以歌伎为赂遗之物。襄公十一年郑赂晋以师悝、师触、师蠲,襄公十五年郑赂宋以师茷、师慧。魏文侯好听郑卫之音,赵烈侯独爱郑之歌者。"可是,孔子认为凡是不符合"先王之道"的文艺,不管艺术上怎么好,都应该采取排斥态度。孔子的这种思想在封建社会中,就被封建统治阶级所利用,竭力宣传文艺要为维护封建制度服务。比如汉代《毛诗大序》就发挥了这一点,强调诗歌要起到"经夫妇,成孝敬,厚人伦,美教化,移风俗"的作用。后来,许多正统的封建文人也竭力扩大这种消极影响,企图把文艺完全纳入宣传封建伦理道德的规范。

此外,在对待文艺和政治的关系问题上,孔子过分夸大了文艺的作用,甚至有文艺可以决定政治的倾向。后来荀子的《乐论》和《礼记·乐记》就进一步发展了这种思想,认为音乐可以决定政治的治乱,把文艺的地位看得比政治还高。在文艺批评的实践中,孔子也受到时代风气的干扰,对《诗经》的评论也有“断章取义”毛病,在文艺批评方法上有主观唯心主义的影响。如对《卫风》的《淇奥》和《硕人》的解释,完全离开了诗的原意,变成一种牵强附会的比喻。《淇奥》中“如切如磋,如琢如磨”两句是讲一个男子修饰得很美貌的意思,《硕人》中的“巧笑倩兮,美目盼兮,素以为绚兮”是形容女子之美的,这和“仁”“礼”之类,本是毫无关系的,但是,孔子却把它们硬扯到一起。

三　墨子从狭隘功利观点出发的反文艺思想

战国初年,与以孔子为代表的儒家学派针锋相对的是以墨子为代表的墨家学派,历史上称为儒墨显学。墨子不仅在政治、哲学思想上和儒家对立,而且在文艺思想上也是和儒家对立的。

儒墨显学及其在文艺思想上的分歧

墨子(约前 468—前 376),名翟,鲁国人。墨子出身贫寒,自称是贱人,大概属于当时的庶民阶级。据《墨子·鲁问》记载,他可能当过工匠。后来,墨子上升为“士”阶层中的一员,他自己曾说:“今翟上无君上之事,下无耕农之难。”(《墨子·贵义》)这是对他身份的一个说明。墨子的思想代表了当时小生产者和劳动者的利益,在政治上具有反对上层贵族阶级压迫、剥削的进步意义。墨子认为当时的老百姓有“三患”,即“饥者不得食,寒者不得衣,劳者不得息”(《墨子·非乐》)。墨子的政治纲领就是要解决这“三患”。他坚决反对当时诸侯国家之间的攻伐兼并,反对侵略战争,认为这种战争给人民带来了巨大灾难,使他们废弃春耕秋收,“饥寒冻馁而死者,不可胜数”(《墨子·非攻》)。为此,他提出了“兼爱”“非攻”的口号。但这在当时只能是一种幻想,因为在剥削阶级和被剥削阶级之间,不可能做到兼相爱;在阶级社会里也不能完全做到“非攻”。墨子要求上层统治阶级要任用贤人,打破世卿世禄制度,让一些出身贫贱而有才能的人,也能参预时政。“虽在农与工肆之人,有能则举之”(《墨子·尚贤》)。他谴责剥削阶级的弱肉强食,提出“有力者疾以助人,有财者勉以分人,有道者劝以教人”(《墨子·尚贤》)。这些都反映了小生产者的要求,它和儒家维护贵贱等级制度的思想是尖锐地对立的。为了实现这种政治主张，墨子还企图借助于宗教鬼神的力量。他提倡尊天事鬼，认为不为“民之利”、不符合“民之利”的，就要受到上天和鬼神的惩罚。这和儒家对上天鬼神不感兴趣的态度也是不同的。墨子鼓吹一种现实的、实质上是带有一定狭隘性的功利主义。他肯定和提倡一切对老百姓有实际利益的措施，反对统治阶级的奢侈淫乐，反对一切无用的礼节仪式，竭力主张节俭。对于儒家奉为治国之本的仁义礼乐，墨子非常反感，反复地给予了批判，认为它是不切实用的，有害的。但是，由于墨子只把百姓衣食住行这些眼前的直接利益作为衡量是非的标准，这就有很大局限性，容易导致一些荒谬的结论，直至从根本上否定文艺。

儒家认为《诗》《书》《礼》《乐》是治国之至宝，而墨子则认为是治国之大患，对它采取根本否定态度。在《公孟》篇中，墨子说孔子的“博于《诗》《书》，察于《礼》《乐》”，不算什么了不起的事，不过是“数人之齿，而以为富”[1]，更不应该因此把他捧为“圣王”，甚至说他可以为天子。荀子在《乐论》中还引用墨子说过的这样一段话：“乐者，圣王之所非也，而儒者为之，过也。”墨子正确地批判了儒家文艺思想中的一些弱点和消极方面，但是没有看到儒家肯定文艺在社会政治生活中的作用、重视文艺对人的思想教育作用的积极方面。他在《公孟》篇中说：

> 子墨子谓公孟子曰：“丧礼：君与父母妻后子死，三年丧服。伯父叔父兄弟期，戚族人五月。姑姊舅甥，皆有数月之丧。或以不丧之间，诵诗三百，弦诗三百，歌诗三百，舞诗三百。若用子之言，则君子何日以听治？庶人何日以从事？公孟子曰：“国乱则治之，国治则为礼乐；国贫则从事，国富则为礼乐。”子墨子曰：“国之治，治之废，则国之治亦废。国之富也，从事故富也，从事废，则国之富亦废。故虽治国，劝之无餍，然后可也。今子曰：国治则为礼乐，乱则治之，是譬犹噎而穿井也，死而求医也。古者三代暴王桀纣幽厉，苶为声乐，不顾其民，是以身为刑僇，国为戾虚者，皆从此道也。”……子墨子谓程子

① 齿，指契齿。古代的契刻竹木为记，刻的地方参差不齐，如牙齿之状。这两句是说：数人家契齿，而以为自己发了财。

曰:“儒之道,足以丧天下者,四政焉。……又弦歌鼓舞,习为声乐,此足以丧天下。”

墨子批判了儒家居丧就不干事,不居丧也只是以诗乐自娱,君子不“听治”,庶人不“从事”;指出按儒家那么办,必然要导致国家不治,百姓贫穷。墨子认为,如果“国治”“国富”的时候只搞礼乐,而到“国乱”才去治理,“国贫”才去从事,那就好像“噎而穿井”“死而求医”一样,就来不及了。墨子指出,“三代暴王”之所以身败国亡,就是因为耽于声乐,不顾百姓死活,把自己奢侈腐朽的享乐生活,建立在残酷剥削、压迫人民的基础上。所以,他说像儒家那样“弦歌鼓舞,习为声乐,此足以丧天下”。墨子看到了光搞文艺,不干实际事情,国家是治理不好的,百姓也不会富足起来。但是他为了反对这种弊病,把文艺整个地否定了,也是不对的。他没有看到文艺也可以为进步的政治服务,为天下大治、百姓富足服务。

在《三辩》篇中,墨子把音乐艺术和政治的关系,说成是互相排斥和互相妨害的。他列举了从尧舜到周成王的历代帝王对音乐爱好的情况和政治好坏的情况加以比较,认为凡是愈古的帝王,政治愈好,则音乐就愈是少而简;而愈到后来,政治愈来愈不如以前,而音乐反倒多而繁了。“尧舜有茅茨(茅草屋)者,且以为礼,且以为乐”。汤作《濩》,修《九招》,武王作《象》,成王作《驺虞》。音乐愈来愈丰富复杂了,而“周成王之治天下也,不若武王;武王之治天下也,不若成汤;成汤之治天下也,不若尧舜。故其乐逾繁者,其治逾寡。自此观之,乐非所以治天下也”。墨子这种对文艺和政治关系的论述,和儒家的观点也刚好是对立的。儒家认为文艺可以使人心向善而出善政得天下,墨子则认为文艺会使人心变坏而出弊政失天下。

墨子这种反文艺的思想是和他求质不求文的美学思想密切联系着的。《说苑·反质》篇曾记载了墨子和他弟子禽滑釐的一段对话。墨子说饥荒之年有人给你“隋侯之珠”作为装饰,又有人给你“一钟粟”,二者不能兼得,你愿意要什么呢?禽滑釐说:“吾取粟耳,可以救穷。”墨子认为很对,“食必常饱,然后求美;衣必常暖,然后求丽;居必常安,然后求乐”。“先质而后文,此圣人之务”。这就说明,墨子并不是不要美,不要文艺,不要修饰,认为这些都不好,而是因为在“三患”存在的情况下,都不是当务之急,所以在没有解决“三患”之前,可以先不要它。墨子把质和文对立了起来,没有看到它统一的方面,这和他的狭隘功利主义思想是分不开的。这种“先质而后文”的思想和儒家文质并茂的思想也是对立的。

《墨子·非乐》篇中对文艺的狭隘功利观点

墨子的《非乐》,仅存上篇,这里集中反映了墨子对音乐实际上也是他对整个文艺的否定态度,系统地论述了他为什么要反对音乐。这是墨子文艺思想的核心部分。墨子在《非乐》篇中首先申明他之所以否定文艺,并不是因为文艺没有艺术美,也不是因为文艺对人没有娱乐作用,而是因为它们“不中万民之利”。他说:“子墨子之所以非乐者,非以大钟鸣鼓琴瑟竽笙之声以为不乐也,非以刻镂华文章之色以为不美也。”但是,它们不能解决老百姓的“三患”。为此,墨子宁可不要这种艺术之美,不去享受这种艺术,而集中全部精力去解决有关“万民之利”的实际问题。墨子认为音乐不仅不能解决老百姓吃不饱、穿不暖、劳苦不得休息的“巨患”;相反,还会大大加深人民的困苦和灾难。为什么这样说呢?墨子举出了以下几条理由:

第一,上层统治阶级、王公贵族爱好音乐,就必定要“厚措敛乎万民”,大肆搜刮民脂民膏,用来置办乐器设备。墨子说古代圣贤的帝王虽然也向老百姓收税,但是他们是为了造“舟车”,是用于民而利于民的。而现在的帝王用这些钱来搞音乐,完全是为了自己享乐。而且,王公贵族爱好音乐,就必然要有许多乐工来为他们演奏,这些乐工显然不能让老人和小孩来充当,他们没有能力当好。因此就必须用很多青壮年男女来当乐工。这样,就会“废丈夫耕稼树艺之时”,“废妇人纺绩织纴之事”,必然要影响国家和人民的农桑大业。这岂不是大有害的事吗?所以,墨子认为音乐完全是劳民伤财之举。

第二,墨子指出,如果提倡音乐,就会使一个国家从上到下人人都爱好音乐,那样会妨害他们完成各自的本职工作,把兴趣转移到音乐方面,而不能尽自己应尽的责任。他说王公大人“说(悦)乐而听之”,就不能早朝晚退,管理政治事务,使国家混乱而社稷垂危。士大夫“说(悦)乐而听之”,就不能尽“股肱之力”,运用其智慧才能,帮助朝廷处理公务,收敛各项赋税,征收粮食充实国库。农夫“说(悦)乐而听之”,就不能早出晚归,辛勤耕作,多打粮食。妇女“说(悦)乐而听之”,就不能起早贪黑,努力纺织,生产丝麻绸布。如果一个国家上上下下都去欣赏音乐了,那么,国家的政治、经济不就都要垮掉了吗?

第三,墨子还指出,社会上大国侵略小国,贵族阶级压迫贱民阶级,强者欺侮弱者,这种不能容忍的现象,靠音乐也是解决不了的。当敌人进攻的时候,能靠音乐打胜仗吗?当人民面临亡国灾难的时候,能够靠音乐挽回危局、免国家于覆亡之险吗?墨子说:“今有大国即攻小国,有大家即伐小家,强劫弱,众暴寡,诈欺愚,贵傲贱,寇乱盗贼并兴,不可禁止也。然即当为之撞巨钟,击鸣鼓,弹琴瑟,吹竽笙,而扬干戚,天下之乱也,将安可得而治与?即我以为未必然也。是故子墨子曰:姑尝厚措敛乎万民,以为大钟鸣鼓琴瑟竽笙之声,以求兴天下之利,除天下之害,而无补也。”

从这些观点出发,墨子坚决反对提倡音乐,毫不犹豫地主张否定音乐。这个结论显然是错误的,但他讲的这些道理并不是都错的。特别是从墨子“非乐”的动机上来看,还是好的。墨子看到了当时音乐艺术成为上层统治阶级、王公贵族的专有品,被他们所把持;而他们为了追求声色之乐,满足自己荒淫腐朽的生活要求,根本不顾百姓饥寒、国家安危,而残酷地加重对老百姓的剥削。针对这种情况,墨子才提出要“非乐”的。他在《辞过》《节用》等篇中,曾对上层贵族统治阶级的奢侈生活进行了愤怒的揭发和批判:“暴夺民衣食之财,以为锦绣文采靡曼之衣”;“厚作敛于百姓,以为美食刍豢,蒸炙鱼鳖”;“台榭曲直之望,青黄刻镂之饰”,以为宫室;“饰车以文采,饰舟以刻镂”;而他们这种衣、食、住、行方面的豪华阔绰的排场,正是用百姓的饥寒冻馁换来的,是一种加害于民的行为。墨子认为,音乐就是统治阶级这种奢侈生活的一个重要组成部分,所以必须反对。这里,比较集中地反映了墨子文艺思想上的进步方面;但是,由于墨子是从小生产者的狭隘功利观点来看待文艺的,因此,他的结论是不正确的。墨子只看到眼前的具体的实际利益,看不到长远的多方面的利益。他不懂得文艺这种精神生产的成果,也可以变成物质的力量,而囿于具体的物质利益,不能站到更高的角度来看问题。他没有认识到音乐艺术并不只是统治阶级享乐的工具,它也同样可以对劳动人民的斗争起积极的作用,可以促进人民的觉醒,激发他们和反动统治阶级作斗争的革命精神,能够使人民精神振奋,更好地工作和劳动,促进物质生产力的提高。同时,音乐也可以揭露统治阶级,揭露社会的黑暗。正如荀子所指出的,他是“蔽于用而不知文”(《解蔽》)。事实上,并不是音乐艺术本身不好,而是要看它掌握在哪个阶级手里,为哪个阶级服务。

墨子的“三表法”及其在文艺批评上的运用

墨子的“三表法”是判断人们的言论行动是否正确的标准和方法。同时,它也是辨别文学艺术好坏优劣的标准和方法。什么是“三表法”呢?《非命》上篇说:

> 何谓三表?子墨子言曰:有本之者,有原之者,有用之者。于何本之?上本之于古者圣王之事。于何原之?下原察百姓耳目之实。于何用之?发以为刑政,观其中国家百姓人民之利。此所谓言有三表也。

在《非命》中、下篇中,墨子也讲到过类似的意思,有时称为“三法”。如《非命》中篇说:

> 子墨子言曰:凡出言谈由文学之为道也,则不可而不先立义法。若言而无义,譬犹立朝夕于员钧之上也①。则虽有巧工,必不能得正焉。然今天下之情伪,未可得而识也。故使言有三法。

可见,墨子提出“三表法”的目的是“识”天下之“情伪”,检验人们的言论行动是真是假、有用无用。墨子所说的“本之者”,是要考察一下“言谈”“文学”是否符合“古者圣王之事”,也就是说,要以先王提供的间接经验

---

① 员钧,陶工所用回转之圆盘。此句是说把测量东西方向、早晚时刻的测量器立在回转圆盘之上,那么肯定是测不准的。

来衡量“言谈”“文学”是否符合客观真理。墨子所说的“原之者”,是要考察一下“言谈”“文学”是否符合“百姓耳目之实”,也就是说,要以百姓的实际状况这种直接经验来衡量“言谈”“文学”是否符合客观真理。先王的间接经验是先王的实践,百姓的直接经验是百姓的实践。而墨子所谓“用之者”,就是要把人们的“言谈”“文学”直接放到“刑政”中去实施一下,看看它是否符合国家人民的利益。所以,从墨子的“三表法”的内容来看,是重视实践对检验真理的重要作用的;从认识论上来看,这是符合唯物主义的原则的。“三表法”的核心是要以对百姓是否有利来作为衡量“言谈”“文学”的标准,所以它在政治上是进步的。“三表法”运用在文艺批评中,就是强调要以百姓的利益来分析辨别文学艺术的优劣,重视文艺的实际功用,要求文艺能为增进“国家百姓人民之利”起积极作用。这对后来文艺的发展,尤其是对法家的文艺思想有较大的影响。

但是,“三表法”也有一些不科学的地方。比如所谓“先王之事”,各人的理解就可以很不一样,儒家所谓的“圣王之事”和墨家的“圣王之事”,就大不相同。另外,所谓“百姓耳目之实”也有狭隘功利主义的味道,而“国家百姓之利”在阶级社会里也不是统一的,而是有矛盾的。在剥削阶级统治的国家里,对国家有利的,对人民未必有利。所以,墨子在运用这种“三表法”时,得出的结论并不都是正确的,而常常是有片面性的。例如他的“非乐”观点就是按“三表法”得出来的。他认为古圣王是不讲究音乐的,他们都把精力放在治理国家上了。他们即使有音乐也是很简陋的。可是,实际情况是音乐本身有一个历史发展过程。在尧舜时代由于历史条件限制,生产力低微,音乐也还很原始,当然不会有复杂、丰富的音乐。墨子认为从“百姓耳目之实”来看,音乐对他们只起消极作用,是有害的,这也是简单化的错误结论。他没有看到音乐对百姓的积极作用。墨子还认为音乐在“发以为刑政”的实践中,对“国家百姓人民之利”是没有好处的,这自然也是一种片面的看法。但是,如果我们把“三表法”从墨子狭隘功利主义的束缚下解放出来,那么,它还是很有价值的。

四　孟子对文学批评理论的贡献

战国中期,继承和发展了儒家学说的重要代表人物之一是孟子。孟子在文艺思想上并无系统的独立的见解,他的主要贡献是在文学批评的方法方面。这对于后来的文学批评,特别是诗歌批评,有很大的影响。

“以意逆志”和“知人论世”的文学批评方法

孟子(约前372—前289),名轲,战国中期邹人。孟子曾受业于子思门人,而子思则是孔子弟子曾子的学生。孟子在政治上发展了孔子“仁”的思想,形成了系统的“仁政”学说。他在哲学上则发展了孔子学说中的唯心主义方面,提出了“万物皆备于我”的主观唯心主义思想体系。孟子曾是齐国稷下的大学问家,名声很大。他以“仁政”学说游说诸侯,但当时秦、齐、楚等国都重用法家实行改革而富强称霸,皆以孟子言论“迂远而阔于事情”,并不器重他。孟子在政治上很不得意,于是就“退而与万章之徒序《诗》《书》,述仲尼之意,作《孟子》七篇”(《史记・孟轲荀卿列传》)。

孟子对文学批评理论的贡献,主要是提出了“以意逆志”和“知人论世”的文艺批评方法。“以意逆志”是孟子在批评咸丘蒙对《小雅・北山》一诗的错误理解时提出来的。逆,《说文》解释为“迎也”,在这里就是“求”的意思。志,就是诗人所要表达的思想感情。《孟子・万章上》篇说:

> 咸丘蒙曰:“舜之不臣尧,则吾既得闻命矣。《诗》云:‘普天之下,莫非王土;率土之滨,莫非王臣。’而舜既为天子矣,敢问瞽瞍之非臣,如何?”曰:“是诗也,非是之谓也,劳于王事而不得养父母也;曰:

'此莫非王事,我独贤劳也。'故说诗者,不以文害辞,不以辞害志;以意逆志,是为得之。如以辞而已矣,《云汉》之诗曰:'周余黎民,靡有孑遗。'信斯言也,是周无遗民也。"

咸丘蒙只看诗的字面意思,向孟子提出:舜既然已经做了天子,而他的父亲瞽瞍又不是他的臣民,这岂不是和这四句诗的意思矛盾了吗?他不是从《北山》诗的全篇内容上来分析这几句诗的意思,也不懂得诗是艺术,是有夸张描写的,于是就产生了疑问。而孟子对这四句诗的分析是正确的,是符合全篇诗的本意的。《北山》首二章写道:

陟彼北山,言采其杞(枸杞)。偕偕士子,朝夕从事。王事靡盬(不休),忧我父母。

溥天之下,莫非王土;率土之滨,莫非王臣。大夫不均,我从事独贤。

朱熹在《诗集传》中集解这首诗是:"大夫行役而作此诗。自言陟北山而采杞以食者,皆强壮之人而朝夕从事者也。盖以王事不可以不勤,是以贻我父母之忧耳。"诗人有感于王事繁杂,不能奉养父母,而心怀愁苦;并对执政者安排劳逸不均表示不满:普天之下,都是"王臣",为什么只有我特别劳苦呢?孟子认为像咸丘蒙那样只拘泥于个别字句,而不从全诗内容出发,就不能正确领会诗的含义,就会以文害辞,以辞害意。为此,孟子还进一步举了《大雅·云汉》中的两句诗来作说明。这里孟子是体会到了诗歌是一种形象的描写,不能把艺术夸张当作真实事实来理解,否则,把诗解得太死、太实了,反而不能把握诗的真正含义。孟子提出"以意逆志",就是主张要在对全篇诗歌内容的正确理解基础上,去分析诗人写诗的目的。

那么,怎样才能够对全篇诗歌的内容有正确的理解呢?孟子认为这就要做到"知人论世",即了解诗人的情况和写诗的时代背景。《万章下》篇中说:

孟子谓万章曰:“一乡之善士,斯友一乡之善士;一国之善士,斯友一国之善士;天下之善士,斯友天下之善士。以友天下之善士为未足,又尚(上)论古之人。颂其诗,读其书,不知其人,可乎?是以论其世也,是尚友也。”

这段话本不是讲的文学批评方法,但是,孟子在论交朋友的过程中,提出了“颂诗读书”和“知人论世”的关系问题,这就涉及了文学批评的方法问题。要真正读懂诗和书,就一定要“知其人”“论其世”。怎样运用“知人论世”的方法来评论诗歌,正确地理解诗歌的全篇内容,孟子在和公孙丑讨论《小弁》和《凯风》两诗时作出了具体的榜样。《告子下》篇说:

公孙丑问曰:“高子曰:‘《小弁》,小人之诗也。’”孟子曰:“何以言之?”曰:“怨。”曰:“固哉,高叟之为诗也!有人于此,越人关弓而射之,则己谈笑而道之;无他,疏之也。其兄关弓而射之,则己垂涕泣而道之;无他,戚之也。《小弁》之怨,亲亲也。亲亲,仁也。固矣夫,高叟之为诗也!”曰:“《凯风》何以不怨?”曰:“《凯风》,亲之过小者也;《小弁》,亲之过大者也。亲之过大而不怨,是愈疏也;亲之过小而怨,是不可矶也。愈疏,不孝也;不可矶,亦不孝也。孔子曰:‘舜其至孝矣,五十而慕。’”

《小雅·小弁》传说是周幽王因为相信褒姒的谗言,而将太子宜臼放逐,宜臼的师傅就写了这首诗。另一说是周宣王时的尹吉甫因宠信后妻,驱逐了前妻之子伯奇,伯奇就写了这首诗。这些说法都不可靠,但这诗确是一个被放逐的儿子抒写忧愤之作。孟子、高子、公孙丑等是根据上述一类传说来评论这首诗的。高子认为这首诗有强烈的“怨”的情绪,对父母不满,这是不孝表现,所以说是“小人之诗”。孟子批评高子这种说法太机械、太死板了,即所谓“固”。孟子说对于自己亲人中犯了很大错误的,不怨,反而显得疏远而不亲近,而怨“亲之过大者”,正是一种“亲亲”的表现,是“仁”的表现。所以,不能认为《小弁》是“小人之诗”。这时,公孙丑就提出,既然这样说,为什么和《小弁》写同类事的《邶风·凯风》就不怨呢？传说《凯风》是写的这样一个内容：有一个七个儿子的母亲想要改嫁，这七个儿子为了尽其孝道，安慰母心，就写了这首诗。这也是亲人有过失，儿子加以劝导的。其实，《凯风》只是一首儿子怜悯母亲劳苦的诗，并不一定有上述那些事。不过孟子等也是按照这种传说而来评论这首诗的。孟子认为这首诗中所写的母亲犯的过失是比较小的，所以不怨；如果对"亲之过小而怨"，就是因微小的刺激而发怒，也是不孝的表现。孟子在评论《小弁》和《凯风》时，有两点明显的错误：第一，是他所根据的诗的背景，其实是根据不足的。第二，孟子所谓"亲亲""过大""过小"之说所依据的是封建统治阶级的道德原则，是不可取的。但是，从方法论的角度来说，孟子能够针对不同背景的诗作不同的分析，这是正确的。所以，"知人论世"如果运用得好，确实是文艺批评中的一个好方法，能够联系作品的时代和作家的思想来比较科学地分析诗篇的内容和意义。

孟子提出"以意逆志""知人论世"的文学批评方法，是和春秋以来对《诗经》评论中的"断章取义"倾向有密切关系的。根据《左传》及先秦其他典籍的记载，春秋时人们对《诗经》的运用，正如清代劳孝舆在《春秋诗话》中所分析的那样，有赋诗、引诗、解诗三种不同情况。赋诗，如我们前面已经讲过的，是借诗言志，如劳孝舆所说，"期于言志而止"，或如顾颉刚先生所说是"以意用诗"①，目的是借朗诵《诗经》的某篇或某章，来比喻说明自己的某种意图。赋诗虽然有时和原诗本意比较一致，例如《左传》襄公二十七年齐国的庆封出使鲁国，叔孙穆子请他吃饭，庆封没有礼貌，叔孙穆子就赋《相鼠》讽刺他。该诗首章说："相鼠有皮，人而无仪。人而无仪，不死何为！"这首诗本来就是讽刺人没有礼仪的。但是多数情况下，赋诗只取诗中某一层意思或者某章某句的字面意思，起一种象征作用、借喻作用，只要能说明己意，是否符合原诗的本意是不问的。顾颉刚先生说："他们对于诗的态度，只是一个为自己享用的态度；要怎么用就怎么用。……所以虽是乱用，却没有伤损《诗经》的真相。"②因为他们本来不是对诗的本意作解释。引诗的情况也和赋诗相类似。《左传》中记载引诗

① 顾颉刚：《〈诗经〉在春秋战国间的地位》，载顾颉刚编著：《古史辨》第三册，朴社，1930年，第364页。

② 同上书，第345页。

约有一百多处,绝大部分都是在谈话中引几句诗,借其字面意思来作为自己论证某件事、说明某个道理的根据。劳孝舆《春秋诗话》卷三说:“引诗者,引诗之说以证其事也。事,主也;诗,宾也。”诗的全篇意思,他们是不管的,只要引用之章或句的字面意思或引申意思有助于说明自己的观点就行了。引诗同样也并不伤害《诗经》的本来面目。

但是,由于赋诗、引诗“断章取义”的风气成了普遍的习惯,也就影响了对诗的解释。解诗应当是严格地符合诗篇的本意的。春秋时人的解诗也有正确的,比如前面讲过的对《载驰》《黄鸟》等的解释就是这样。但是有许多是“断章取义”地乱解诗,例如《左传》襄公十五年记载道:

> 楚公子午为令尹,公子罢戎为右尹,蒍子冯为大司马,公子櫜师为右司马,公子成为左司马,屈到为莫敖,公子追舒为箴尹,屈荡为连尹,养由基为宫厩尹,以靖国人。君子谓:“楚于是乎能官人。官人,国之急也。能官人,则民无觎心。诗云:‘嗟我怀人,寘彼周行。’能官人也。王及公、侯、伯、子、男、甸、采、卫、大夫,各居其列,所谓周行也。”

这里显然不只是引诗,而且是解诗了。按,《周南·卷耳》本是一首妇人怀念征夫的诗。其首章云:“采采卷耳,不盈顷筐。嗟我怀人,寘彼周行。”写妇女怀念征夫无心采摘卷耳,把筐搁到了大路上。可是,《左传》却把它说成是写“能官人”的,即善于把贤能之士安置到各个合适的岗位上,用它来证明楚国的人事安排的妥善。由于《左传》中这种穿凿附会的解诗,后来《毛诗序》就把它用来解释《卷耳》的主题思想:“卷耳,后妃之志也。又当辅佐君子,求贤审官,知臣下之勤劳,内有进贤之志,而无险诐私谒之心。朝夕思念,至于忧勤也。”于是,《卷耳》这首诗的真实含义就被掩盖起来了。又如《左传》昭公四年申丰解释《七月》末章,说是讲的“藏冰之道”,这也是很典型的曲解。古人对于冬天藏冰、春天取冰出来使用,有很多迷信的说法,所以都有一定的祭祀仪式,十分隆重。他们认为如果藏冰不敬,上天会来惩罚,降下雹灾。申丰认为《七月》卒章就是讲这个道理的。其实《豳风·七月》本是奴隶歌唱自己一年到头的辛勤劳动、受压迫受剥削的悲惨生活的。其卒章云：

> 二之日凿冰冲冲，三之日纳于凌阴（藏冰之处），四之日其蚤（取冰），献羔祭韭。九月肃霜，十月涤场。朋酒（两樽酒）斯飨，曰杀羔羊。跻彼公堂，称彼兕觥，万寿无疆。

这章写年终之际的劳动生活，十二月凿冰，正月藏冰，二月祭祀祖先，在农事完毕之后，举行一年一度的大规模宴享聚会。虽然它写到了"藏冰"，但并不是讲什么"藏冰之道"的。申丰完全是从字面出发随意解释。《左传》中记载春秋时人们这种对诗的曲解和《论语》中记载孔子对《卫风》的《硕人》和《淇奥》的曲解、附会是一样的。

孟子提出"以意逆志""知人论世"，显然是想要克服这种"断章取义"的倾向。《左传》中对"周行""藏冰"等的解释，和孟子所批评的咸丘蒙和高子的错误解释，是类似的，都是只看个别字句的表面意思，而不从全篇内容上去分析。因此，孟子提出"以意逆志""知人论世"乃是对春秋以来对《诗经》解释中的"断章取义"倾向的一种救弊措施。但是，孟子在自己的文学批评实践中，却并没有能够正确地去运用这种方法，相反的，他在对一些诗篇的解释中，反而比春秋时人曲解得更严重、更露骨。产生这种现象的原因，当然是和孟子的主观唯心主义思想有关，同时也暴露了"以意逆志"和"知人论世"的方法本身，还有不完善的地方。

孟子的文学批评理论和实践的矛盾

对于孟子的文学批评理论和实践的矛盾提出最尖锐批评的是顾颉刚先生。他在《〈诗经〉在春秋战国间的地位》一文中说："孟子能够知道'尚友论世'，'以意逆志'，对于古人有了研究历史的需求，确然是比春秋时人进步得多了。但既有了研究历史的需求，便应对于历史做一番深切的研究，然后再去引诗，才是道理。他竟不然，说是说得好听，做出来的依然和春秋时人随便用诗的一样，甚而至于乱说《闷宫》所颂的人，乱说《诗经》亡了的年代，造出春秋时人所未有的附会，下开汉人'信口开河'与'割裂时代'的先声，他对于诗学的流毒，到了这般，我们还能轻易的放过他吗!”①顾先生指出孟子文学批评理论和实践的矛盾,这是很深刻的、很有见地的,但对孟子贬斥得有些过分了。孟子提出“以意逆志”“知人论世”,是想克服春秋以来对《诗经》解释中的“断章取义”的错误倾向,但他对“赋诗言志”“以意用诗”是并不反对的。他的错误是在自己“以意用诗”时,主观地认为诗的本意就是诗所比喻、象征的意思,结果就把诗的本意搞得乱七八糟了。

下面我们来看孟子对一些诗篇的评论。比如《尽心上》篇记载道:

> 公孙丑曰:“《诗》曰:‘不素餐兮’,君子之不耕而食,何也?”孟子曰:“君子居是国也,其君用之,则安富尊荣;其子弟从之,则孝悌忠信。‘不素餐兮’,孰大于是!”

《魏风·伐檀》是一首大家很熟悉的诗,写劳动者对剥削阶级不劳而食的讽刺咒骂,其首章写道:

> 坎坎伐檀兮,寘之河之干兮,河水清且涟猗。不稼不穑,胡取禾三百廛兮?不狩不猎,胡瞻尔庭有县貆兮?彼君子兮,不素餐兮!

可是经过孟子一解释,这首诗就成了赞美君子安富尊荣孝悌忠信的了,完全把诗的本意给弄颠倒了。在《梁惠王下》篇中,孟子还引用《大雅》中的《公刘》和《绵》来说明“公刘好货”“太王好色”,这也是一种曲解。例如:

> (齐宣)王曰:“寡人有疾,寡人好货。”(孟子)对曰:“昔者公刘好货,《诗》云:‘乃积乃仓,乃裹糇粮,于橐于囊,思戢用光。弓矢斯张,干戈戚扬,爰方启行。’(把粮食装进仓库,把干粮全部包裹起来,装进口袋装进背囊,国家安定威名远扬。箭上弦,弓开张,带上干戈斧钺,向着远方开始出发。)故居者有积仓,行者有裹橐也,然后可以爰方启行。王如好货,与百姓同之,于王何有?王曰:“寡人有

① 顾颉刚编著:《古史辨》第三册,第366页。

> 疾，寡人好色。”对曰：“昔者太王好色，爱厥妃。《诗》云：‘古公亶父，来朝走马，率西水浒，至于岐下。爰及姜女，聿来胥宇。’（古公亶父，清晨驱马疾驰，沿着漆水河边，来到岐山之下，带着他的妻子姜女，到这里来观察住处。）当是时也，内无怨女，外无旷夫。王如好色，与百姓同之，于王何有？’”

《公刘》和《绵》都是《诗经》中写周民族兴起的史诗。孟子所引《公刘》那几句是写公刘率领周氏族由邰迁豳时准备迁移的状况的，与什么“好货”完全没有关系。孟子所引的《绵》中一段是写周文王祖父太王把周氏族从豳迁到岐时的情况的，和什么“好色”也没有任何牵连。孟子望文生义，看见“乃积乃仓，乃裹糇粮”之句，就说“好货”；看见“爰及姜女，聿来胥宇”之句，就说“好色”。类似这样的解诗，在《孟子》七篇中还有不少。如《梁惠王上》篇说《大雅·灵台》是写古代贤王“与民偕乐”的，《公孙丑上》篇说《豳风·鸱鸮》是写古圣贤努力治国的，等等。《鲁颂·閟宫》明明是写鲁僖公的，诗中就说到“周公之孙，庄公之子”，但孟子却说是写周公的。这些都表明孟子在论诗时，并没有能够正确地运用“以意逆志”和“知人论世”的方法。而“以意逆志”和“知人论世”的方法也存在一个如何认识和理解的问题。

对于“以意逆志”的“意”，历来有两种不同的认识和理解。一种认为这个“意”指的是读诗人的“意”。历来《孟子》注本，大都采用这一说。如后汉赵岐说：“志，诗人志所欲之事。意，学者之心意也。”说诗者“不可以辞害其志，辞曰：‘周余遗民，靡有孑遗。’志在忧旱灾民无孑然遗脱不遭旱灾者，非无民也。人情不远，以己之意，逆诗人之志，是为得其实矣。”朱熹在《四书集注》中也说：“当以己意逆取作者之志，乃可得之。”另一种看法则认为“意”是指客观地存在于诗篇中的“意”。如清代吴淇在《六朝选诗定论缘起》中说：“汉宋诸儒以一志字属古人，而意为自己之意。夫我非古人，而以己意说之，其贤于蒙（咸丘蒙）之见也几何矣。不知志者古人之心事，以意为舆，载志而游，或有方，或无方，意之所到，即志之所在，故以古人之意求古人之志，乃就诗论诗，犹之以人治人也。即以此诗论之，不得养父母，其志也；普天云云，文辞也。‘莫非王事，我独贤劳’，其意也。其辞有害，其意无害，故用此意以逆之，而得其志在养亲而已。”吴淇这个说法是符合诗歌的特点的，它对正确认识和理解“以意逆志”提出了很有价值的意见。诗歌是“以意为舆，载志而游”的，所以，像吴淇那样理解“以意逆志”，它确是一个客观地分析诗歌的好方法。但是孟子提出“以意逆志”的本意，却是以己意去逆诗人之志，所以有时正确，有时就不正确。如果己意是建立在对作品作客观分析的基础上的话，那是可以和诗篇之意统一起来的，如孟子对《北山》的分析；如果己意是建立在阶级偏见或主观猜测基础上的话，那就会歪曲诗篇的原意，如孟子对《伐檀》《公刘》《绵》等的分析。不过，对“以意逆志”的方法，后人尽可以不管孟子的原意，而像吴淇那样去理解。所以我们也仍然要充分肯定孟子提出这个方法的积极贡献。

过去有不少人也看到了以己之意去逆诗人之志，是很容易陷入主观唯心主义泥坑的。为此，他们强调“以意逆志”必须建立在“知人论世”的基础上。如清代顾镇在《虞东学诗》的“以意逆志说”条中说：“正惟有世可论，有人可求，故吾之意有所措，而彼之志有可通。”“夫不论其世，欲知其人不得也。不知其人，欲逆其志亦不得也。”“故必论世知人而后逆志之说可用也。”王国维在《玉溪生诗年谱会笺序》中也说：“由其世以知其人，由其人以逆其志，则古诗虽有不能解者寡矣。”他们都是为了使己意尽量符合诗篇客观的意，使两者统一起来。但是，“知人论世”也有一个正确运用问题。正如顾颉刚先生说的，必须认真地研究历史，研究诗篇所产生的时代，以及作家的思想状况。如果主观主义地任意乱断其人其世，再去推其意，逆其志，那也同样要走上穿凿附会的道路的。比如《毛诗》的大序、小序表面看来也是非常讲究“知人论世”的，但实际上绝大多数是不可靠的。

总之，对于孟子的“以意逆志”和“知人论世”的方法，如果我们能从历史唯物主义的高度，加以批判地继承，给予正确的解释和运用，对于我们科学地分析和评论文艺作品，则具有很重要的方法论的意义。可以使我们懂得怎样通过分析文学作品所产生的时代背景、作家的生活和思想，去比较客观地认识文学作品的思想内容。并且通过文学作品的具体思想内容去了解和掌握作家的创作意图和思想观点。孟子当时能提出

“以意逆志”和“知人论世”的方法,是由于文艺批评本身发展的需要,同时也是孟子对当时文艺批评方法的经验的总结。

“知言养气”说对文学批评的影响

孟子的“知言养气”说,是他哲学思想的一个重要部分,而并不是文学批评理论。然而它对后来的文学批评,特别是古文理论,有相当大的影响。《公孙丑上》篇云:

> (公孙丑曰:)“敢问夫子恶乎长?”(孟子)曰:“我知言;我善养吾浩然之气。”“敢问何谓浩然之气?”曰:“难言也。其为气也,至大至刚,以直养而无害,则塞于天地之间。其为气也,配义与道;无是,馁也。是集义所生者,非义袭而取之也。行有不慊于心,则馁矣。”……“何谓知言?”曰:“诐辞知其所蔽,淫辞知其所陷,邪辞知其所离,遁辞知其所穷。”

这里,孟子所说的“知言”,就是懂得什么是错误的言论,知道它错在什么地方。而孟子所说的“养气”,则是指要有一种正义感很强的精神状态,即所谓有一种正义凛然的“浩然之气”。“养气”和“知言”之间又是有密切关系的,有了这种浩然之气就能够分辨和认识错误的言论,并能把它驳倒,也就是说,“养气”而后才能“知言”。孟子认为言辞乃是人的一种外表形式,它是体现人的内心精神状态的。这样,孟子实际上是把文和气联系起来了。孟子所说的“浩然之气”,是有很鲜明的政治道德内容的,它是“配义与道”“集义所生”的,“无是,馁也”。“浩然之气”是人的道德修养达到一定程度的产物。道德修养愈深,“浩然之气”愈充沛,言辞也就自然理直气壮了。同时,也就能够辨别清楚诐辞、淫辞、邪辞、遁辞这些错误言论的实质。因此,由孟子的“知言养气”说,必然要得出这样的结论:要写出好文章,必须首先要从作家的道德修养上下功夫。

自从孟子提出“知言养气”说后,在我国文学批评史上,一直就很重视文和气的关系。六朝的文学批评家曹丕、刘勰、钟嵘等讲气,和孟子不同,都是泛指人的气质、风格,而不包含有像孟子所说的那种“配义与道”

的政治道德内容。直到唐代的古文家才又强调孟子那种充满儒家政治道德内容的气。如韩愈在《答李翊书》中说:“气盛则言之短长与声之高下者皆宜。”而“气盛”与否是决定于平时的道德修养的,需要“行之乎仁义之途,游之乎诗书之源,无迷其途,无绝其源”,才能达到。这种“气”显然是与孟子比较一致的。他们把加强道德品质修养作为写好文章的关键。宋代的苏辙则在《上枢密韩太尉书》中,对“气”的问题又有了进一步发展。他“以为文者,气之所形。然文不可以学而能,气可以养而致”。苏辙认为“养气”的方法除加强道德修养外,还可以通过加强阅历、观察和了解自然与社会来达到。“求天下奇闻壮观,以知天地之广大”,使“其气充乎其中,而溢乎其貌,动乎其言,而见乎其文”。这就把“养气”的范围大大地扩大了,并且赋予了朴素唯物主义的内容。这是对孟子和韩愈“养气”说内容的积极的补充和发展。

五　崇尚自然、神化的庄子文艺思想

战国中期,与儒家文艺思想对立的一个重要派别,是以庄子为代表的道家文艺思想。庄子文艺思想在反对儒家文艺思想这一点上,和墨子是一致的。但是,庄子和墨子在文艺思想上又有着极为明显的差别。庄子并不像墨子那样,完全否定文艺,而是否定人为造作的文艺,而倡导一种自然、神化的文艺。庄子的这种文艺思想,在我国古代文艺思想发展史上有着十分重大的影响,其地位仅次于儒家。而从艺术创作方面来说,他的影响甚至比儒家还要大。庄子的文艺思想是从老子的文艺思想发展来的。因此,在分析庄子文艺思想之前,先要谈谈老子的文艺思想。

老子的文艺思想

老子(约前580—前500),姓李,名耳,字聃,是楚国苦县厉乡曲仁里人。老子生活的时代和孔子差不多,年龄比孔子要稍微大一点,曾做过周王朝的史官,司马迁说他是"周守藏室之史也"。《老子》(即《道德经》)一书,大约是战国时人根据他的思想编定的。老子在当时是很有名的一个学者,传说孔子曾经问礼于老子,是他的学生。这在《史记》《大戴礼记》中都有记载,大概是有根据的。

老子哲学思想的核心是强调宇宙万物的本源是"道"。"道"是不以人们的主观意志而存在的、客观的、浑然一体的东西。它"视之不见""听之不闻""搏之不得",是"无状之状""无象之象"。然而,它在混沌、恍惚之中又有东西,它不是纯粹属于精神的东西,是一团极为细微的、人眼看不出来的精气。所以又说它是"有物混成,先天地生","其中有物","其中有象"。这一团混沌之气是始终在运动变化的,是永远长存的,故而又说它“独立而不改,周行而不殆,可以为天下母(天下万物的根本)”。可见,老子的“道”是万物之所以产生的根本原因。“道”既是宇宙万物的本体,又是宇宙万物发展变化的原因。从这个宇宙观出发,老子认为世界上任何事物都是“道”的体现,都有自身的发展变化规律,是不以人的主观意志为转移的。因此,不应该以人为的力量去改变万物的这个自然法则。他说:“人法地,地法天,天法道,道法自然。”一切都要按照自然的法则去进行。司马迁对老子哲学的概括是“无为自化,清净自正。”(《史记·老庄申韩列传》)唐代张守节《史记正义》解释这两句话道:“言无所造为而自化,清净不挠而民自归正也。”老子强调人要顺应自然规律,认为不能以人的主观愿望去任意改变自然规律,这是对的;但是,老子没有认识到人类还有能动地改造自然的一面。马克思、恩格斯在《德意志意识形态》中曾说:“人创造环境,同样环境也创造人。”①人类的生产和生活条件总是受一定的客观环境所制约的,但人类又在不断地改造客观环境。老子强调了自然的客观性,但却否定了人对自然的能动作用,把尊重客观规律和发挥人的主观能动性对立了起来,认为人的主观能动作用只会起到破坏客观规律的效果,因此,为了尊重客观规律,就必须抛弃一切人为的努力。

从这种哲学思想出发,老子提出了“无为”的政治主张,认为只有“无为”,才能“无不为”;只有任其自然,才能大治。他说:“我无为而民自化,我好静而民自正,我无事而民自富,我无欲而民自朴。”怎样做到“无为”呢?就是要虚静,“致虚极,守静笃”。司马谈论“六家要指”时,说道家是“以虚无为本”。从“无为”“虚静”的角度,老子否定了人的知识和技能的意义和作用,主张“绝学”“弃智”。因此,他也根本否定人为的文艺。他说:“五色令人目盲,五音令人耳聋,五味令人口爽。”又说:“信言不美,美言不信。”“善者不辩,辩者不善。”在老子看来,用人为的色彩、线条创作的绘画,用声音、节奏创造的音乐,用语言文字创作的文章,都是破坏了自然之美的,都是不好的、没有价值的。所以,道家不仅在哲学政治思想上和儒家对立,在文艺思想上也是和儒家对立的。司马迁说:“世之学老子者则绌儒学,儒学亦绌老子。道不同不相为谋,岂谓是邪?”(《史

① 《马克思恩格斯选集》第1卷,人民出版社,1972年,第43页。

记·老庄申韩列传》)

老子和墨子不同,他不是不要文艺,而是不要人为造作的文艺,提倡一种完全顺乎自然的文艺。他说:"大方无隅,大器晚成,大音希声,大象无形。"任其自然,就是最高的艺术,不必去作什么人为的努力。他所说的"大音希声"就成为后代对艺术上最高境界的一种要求。王弼在这句话下面注道:"听之不闻名曰希,不可得而闻之音也。有声则有分,有分则不宫而商矣。分则不能统众,故有声者,非大音也。"有了人为的某种具体的声音,就不能把全部声音之美表现出来。"分则不能统众",每一种具体的音乐之美只是整个音乐之美的一部分,而不可能是全部,所以就不是"大音",不是最高最美的音乐。在老子看来,最好的、自然的音乐是没有声音的,完全要靠你去体会。"大音希声"这种艺术境界,有点像白居易在《琵琶行》中所说的"此时无声胜有声"。在那种情景之下,"无声"比"有声"更能全面地体现出当时的思想感情和精神状态,从而构成高度的艺术之美。不过,白居易所说的"无声"也是依赖于"有声"才能产生艺术之美的。他的原诗写道:

> 大弦嘈嘈如急雨,小弦切切如私语;嘈嘈切切错杂弹,大珠小珠落玉盘;间关莺语花底滑,幽咽泉流冰下难。冰泉冷涩弦凝绝,凝绝不通声暂歇。别有幽愁暗恨生,此时无声胜有声。银瓶乍破水浆迸,铁骑突出刀枪鸣。曲终收拨当心画,四弦一声如裂帛;东舟西舫悄无言,唯见江心秋月白。

这里的"无声"正是处于两个"有声"的高潮之中,所以才能体现出一种含蓄不尽的高超艺术境界。如果没有这两个"有声"的高潮,也就不可能产生这个"无声"的境界。正是"嘈嘈切切错杂弹,大珠小珠落玉盘"的"有声"高潮,经过"间关莺语花底滑,幽咽泉流冰下难"的过渡,才引导人进入了"别有幽愁暗恨生,此时无声胜有声"的艺术境界,然后有"银瓶乍破水浆迸,铁骑突出刀枪鸣"的"有声"高潮来结束"无声"境界,才使这个"无声"的境界更具有使人回味无穷的艺术魅力。老子也是看到了"无"和"有"之间这种辩证关系的。他曾提出"有无相生"的观点,并举例说道:

三十辐共一毂(车轮中心的圆木),当其无,有车之用。埏埴(搏击陶泥)以为器,当其无,有器之用。凿户牖以为室,当其无,有室之用。

他以车轮、器皿、房子作比喻,说明“无”和“有”是相互依赖的。没有车毂中间的空处,也就没有车的作用;没有陶泥器皿中间的空隙的地方,也就没有器皿的作用;没有房屋中间的空的部分,也就没有房屋的作用。这个道理反映到艺术中来,就有许多艺术家强调空间之美。比如书法家、画家讲究“布白”,利用字、画中间的空白部分和有字、有画部分的和谐调配,构成强烈的艺术之美。这当然也是以字或画的“有”为基础的。清代戴熙在他的《习苦斋画絮》中说:“画在有笔墨处,画之妙在无笔墨处。”讲的就是这个道理。美学思想上的“虚”和“实”是和哲学思想上的“有”和“无”有着十分密切的联系的。“实”的部分是具体的,也即是“有”;“虚”的部分是抽象的,也即是“无”。“虚”的部分和“实”的部分相配合,可以给人留下丰富的想象余地。清代笪重光说:“虚实相生,无画处皆成妙境。”(《画筌》)在文学方面就提倡在言意之外别成妙境。如杨万里在《刘良佐诗稿序》中说:“夫诗何为者也?曰:尚其词而已矣。曰:善诗者去词。然则尚其意而已矣。曰:善诗者去意。然则去词去意则诗安在乎?曰:去词去意而诗有在矣。”但是不管怎么说,虚的、无的部分总是要依赖于实的、有的部分的。老子在阐明“有”和“无”的辩证关系时,也有严重的缺点,他把“无”看得比“有”更为重要、更为根本,于是,把“有”和“无”这一对矛盾的关系给颠倒了。这就给唯心主义的发展打下了基础。庄子后来就正是从这里加以发挥,提出了他系统的唯心主义思想,在文艺上强调“无”而否定“有”,使他的文艺思想具有浓厚的神秘色彩。老子留下来的思想资料只有《道德经》五千言,其中关于文艺的论述是非常少的。然而,老子的文艺思想却为我国古代文艺思想的发展,开辟了一条与儒家完全不同的新的途径,后来经过庄子的发展而更加完备,这是具有重大意义的。

庄子的哲学思想和文艺思想的关系

庄子(约前369—前286),名周,战国中期宋国蒙人,曾做过漆园吏,是一个很小的官。庄子和梁惠王、齐宣王同时,和孟子的生活年代是比较接近的。但比孟子稍晚。庄子和名辩家惠施的关系很好,往来较多。传说楚王知道他很有才能,曾请人拿了“千金”聘他做宰相,但是他拒绝了。他说:“我宁游戏污渎之中自快,无为有国者所羁,终身不仕,以快吾志焉。”后来他归隐著书“十余万言”(《史记·老庄申韩列传》)。庄子一生是比较穷困的,对于社会上种种黑暗,有比较清醒的认识,并且十分愤恨。他之所以消极出世,是和他的“看破红尘”的思想有关的。他为人佯狂不羁,不为统治阶级所器重,司马迁就说他“其言洸洋自恣以适己,故自王公大人不能器之”!

庄子哲学思想的核心也是讲“道”。他和老子一样,也认为“道”是宇宙万物的本体,又是宇宙万物发展变化的根源。庄子在《大宗师》中说:“夫道有情有信,无为无形,可传而不可受,可得而不可见,自本自根,未有天地,自古以固存,神鬼神帝,生天生地。”这段话的意思是,“道”是真实地存在的,它没有作为也没有痕迹,可以心传而不能口授,可以体会得到而无法看见,它有自己的本源和根基,没有天地之前,它已经有了,是它产生了鬼神上帝,产生了天地。庄子在这里讲的“道”很像老子的“道”。但是,他又说:万物都是具体存在的“有”,而“有”是产生于空虚的“无”的。《庚桑楚》中说:“万物出乎无有,有不能以有为有,必出乎无有。”也就是说,具体的有形的物质的东西不可能从具体的有形的物质的东西产生,而只能从无形的精神的东西产生。他还说,“道”是一种“非物”,物不能从物产生。《知北游》说:“物物者非物。物出,不得先物也。”产生物的一定是“非物”。又说:“昭昭生于冥冥,有伦生于无形,精神生于道,形本生于精,而万物以形相生。”有形的物是从无形的精神产生的,精神的东西有一个总的不变的根源,这就是“无有”“非物”的“道”。所以,庄子的“道”是类似于宇宙精神的东西,是唯心主义的“道”,它有点像柏拉图所说的“理式”。不仅如此,庄子还认为这种类似宇宙精神的“道”,又可以和人的主观精神融而为一。庄子认为“道”是无所不在的。《知北游》中记载东郭子曾经问庄子道:你说的“道”究竟在哪里呢?庄子就回答他说:“无所不在。”当东郭子要他具体说的时候,他说“蝼蚁”“稊稗”“瓦甓”乃至“屎溺”中都有“道”。“道”既然无所不在,当然也在人的主观精神之中。

庄子是非常重视人的主观精神与“道”合一的。他认为达到了这种精神境界,就能够齐物我、齐是非,进入“天地与我并生,而万物与我为一”(《齐物论》)的状态。而这种精神境界是不能通过对客观世界的认识和掌握来达到的,否则就会丧失这种精神境界。庄子认为人必须清静无为、无知无欲才能达到这种精神境界。因此,庄子也和老子一样,否定人的知识和技能的作用。他在《应帝王》中曾举了一个神话寓言来说明他这种思想:

> 南海之帝为儵,北海之帝为忽,中央之帝为浑沌。儵与忽时相与遇于浑沌之地,浑沌待之甚善。儵与忽谋报浑沌之德,曰:“人皆有七窍,以视听食息,此独无有,尝试凿之!”日凿一窍,七日而浑沌死。

人的七窍都是感觉器官,知识的获得必须通过这些器官的作用。庄子通过这个故事说明,人如果有了知识,就不能达到与“道”合一的精神境界,就不能“独与天地精神往来”,所以浑沌有了“七窍”,具备了感觉器官,反而死去了。在《养生主》中,庄子说过:“吾生也有涯,而知也无涯。以有涯随无涯,殆已。”要以有限的生命去追求无限的知识是不可能的。人通过感官,通过学习,只能得到部分的知识;而部分的知识是不全的,总有片面性的;如果执着于这部分的知识、不全的知识,就不能获得真正的全面的知识,也不能掌握“道”,达到与“道”合一的精神境界。因此,就必须反对一切人为地去获得的知识。

庄子认为人要获得“道”,在精神上达到与“道”合一的境界,只能通过“心斋”和“坐忘”的方法来实现。什么是“心斋”呢?《人间世》说:“若一志(心志专一),无听之以耳,而听之以心;无听之以心,而听之以气(用气去领会)。听止于耳,心止于符(心的作用只是感应现象)。气也者,虚而待物者也(空明而能容纳万物)。唯道集虚,虚者(空明的心境),心斋也。”“心斋”就是一种虚静养心、绝思绝虑的精神状态。什么是“坐忘”呢?《大宗师》说:“堕肢体,黜聪明,离形去知(离开本体,忘掉知识),同于大通(和大道融而为一),此谓坐忘。”也就是说,要做到忘记形骸的存在,抛弃一切知识的混沌状态。这和“心斋”是一样的,是“心斋”的进一步发展。

庄子的文艺思想是从他这个哲学思想体系中推导出来的,是他的哲学思想的一个重要组成部分。庄子强调“无以人灭天,无以故灭命”(《秋水》),反对以人为去改变自然(天);和老子一样,庄子也否定人对自然的能动作用,否定人的认识作用,因此也反对人为造作的文艺,而提倡天然的文艺。但是,庄子对老子的这种思想又有所发展。庄子认为人在主观精神上可以达到与“道”合一的境界,而在达到这种“天地与我并生,而万物与我为一”的精神境界后,他所创造的艺术也就无往而非天然神化的艺术了。所以,在庄子看来,人是可以通过达到“心斋”和“坐忘”的状态,而创造出天然的、与造物者同趣的艺术的。这样,庄子就把“心斋”和“坐忘”的方法运用到艺术创作中,而形成了他的系统的艺术创作理论。从哲学上说,庄子有一套很系统、很完整的主观唯心主义思想,但是,从文艺上看,由于庄子肯定了人可以通过“心斋”和“坐忘”而达到与“道”合一的境界,因此也肯定了人可以通过“心斋”“坐忘”而创造出合乎自然的最高的艺术来,反而得出了比老子更为积极的结论。

标举自然之美,反对人工雕琢

庄子继承和发展了老子“大音希声”的艺术思想。庄子认为“道”的特点是“全”,它无所不包,也无所不在。任何具体事物,对“道”来说,只是一个具体表现形式;“道”是包括了一切的客观真理,人的具体认识只是它的一部分,总是“偏”而不“全”的。为了获得“全”的“道”,就要排斥一切“偏”而不“全”的认识。艺术也是如此。人为造作的艺术总是不“全”的,它只能体现“偏”之美,而不能体现自然的“全”之美。这是庄子的一个基本的美学思想。《齐物论》中说:“有成与亏(成指表现出来的声音,亏指遗漏了的声音),故昭氏之鼓琴也;无成与亏,故昭氏之不鼓琴也。”郭象注说:“夫声不可胜举也,故吹管操弦,虽有繁手,遗声多矣。而执籥鸣弦者,欲以彰声也。彰声而声遗,不彰声而声全。故欲成而亏之者,昭文之鼓琴也。不成而无亏者,昭文之不鼓琴也。”不论有多么大的乐队,有技巧多么高的乐工,只要吹拉弹唱出声音来,总是有所遗漏的,不可能把所有的声音之美都表现出来。干脆不鼓琴,不奏乐,庄子认为反倒能体现出想象中的所有音乐之美。昭文尽管是最出色的音乐家,但他一鼓琴,也只能表现“偏”而不“全”的音乐美;他干脆不鼓琴,反而能使人体会到全面的音乐美。

从这个美学思想出发,庄子反对一切人为造作的艺术。《胠箧》篇说:“擢乱六律,铄绝竽瑟,塞瞽旷之耳,而天下始人含其聪矣。灭文章,散五采,胶离朱之目,而天下始人含其明矣。毁绝钩绳,而弃规矩,攦(折断)工倕之指,而天下始人有其巧矣。”有了人为造作的艺术,人们就不懂得什么是真正的艺术之美了,就会把这些不“全”的艺术当作是最美的了。特别是像师旷、离朱、工倕这样有很高技巧的音乐家、美术家、工艺家,创造出了从人为造作的角度来说是水平很高的艺术品,就更使人们忘记了什么是自然的艺术之美了。所以,庄子认为正是这些人为造作的不“全”的艺术,破坏了天然的、“全”的艺术。《马蹄》篇说:“五色不乱,孰为文采;五声不乱,孰应六律;夫残朴以为器,工匠之罪也。”人为的“文采”“六律”搅乱了自然的“五色”“五声”,一块璞玉,本来包含了天然之美,工匠把它做成玉器,就只有这种玉器之美了,丧失了它的天然之美,庄子认为这正是“工匠之罪”。庄子还打了一个比喻,他说像五色、五音之类,不过是像人的“骈拇”一样无用的东西。不仅无用,它还破坏了音乐、色彩的自然之美。正像人身上有了“骈拇”,就破坏了人体的自然美一样。在《骈拇》篇中,庄子还说:“属其性于五味,虽通如俞儿,非吾所谓臧也。属其性乎五声,虽通如师旷,非吾所谓聪也。属其性乎五色,虽通如离朱,非吾所谓明也。”人们认为最善识味的俞儿,最善辨色的离朱,最懂音乐的师旷,在庄子看来都不是最善识味、最善辨色、最懂音乐的,因为他们都只是人力所为的结果,而不是自然的美。不能顺应自然,再有本事也总不是最好的。至于用语言文字写的书籍,庄子认为不过是一堆糟粕。《天道》篇中曾记载了一个著名的故事:

桓公读书于堂上,轮扁斫轮于堂下,释椎凿而上。问桓公曰:“敢问公之所读者何言邪?”公曰:“圣人之言也。”曰:“圣人在乎?”公曰:“已死矣。”曰:“然则君之所读者,古人之糟魄已夫。”桓公曰:“寡人读书,轮人安得议乎?有说则可,无说则死。”轮扁曰:“臣也,以臣之事观之,斫轮徐则甘(松滑)而不固,疾则苦(滞塞)而不入,不徐不疾,得之于手，而应于心，口不能言，有数（奥妙的技术）存焉于其间。臣不能以喻臣之子，臣之子亦不能受之于臣，是以行年七十而老斫轮。古之人与其不可传也，死矣。然则君之所读者，古人之糟魄已夫！”

庄子以轮扁的斫轮作比喻。轮扁的技巧非常之高，他能“得之于手，而应于心”，但是这中间的奥妙是不能用语言来表达的，连他的儿子也无法传授，故而他到了七十岁还在斫轮。与轮扁的技巧相类似的是“道”。圣人之道也是不能用语言文字来表达的，圣人死了，他们的“道”也无法传下来了。所以即使是圣人所写的书籍，也只不过是古人的糟粕而已。

以上这些论述，从表面上看，庄子似乎把文艺都否定了，实际上庄子所追求的正是一种超乎言意之表、越乎声色之上的自然的艺术，也就是老子所说的“大音希声”的艺术。然而，庄子并不像老子那样说到这里就为止了。他还从音乐、绘画、文学等方面，具体论述了这种天然的艺术的状况和特点，这就比老子大大地进了一步。

在音乐上，庄子主张的是“天籁”“天乐”。《齐物论》一开始就讲到，声音可以分为人籁、地籁、天籁。用丝竹管弦所吹弹出来的是“人籁”，它是要依靠人的技术的；而人的能力毕竟是有限的，当然不可能把声音之美全部表现出来。地籁是风吹众窍而发出的声音，它是要依赖于风的大小来决定的，也不可能把声音之美全部表现出来。而天籁则是众窍皆自鸣，而不依赖于风之大小的。庄子说：“夫吹万不同，而使其自已也。咸其自取，怒者其谁邪？”人籁、地籁都是有所依待的，也就是说是有“怒者”的；而天籁则没有“怒者”，无所依待，完全是自发的。在《天运》篇中，庄子借助于神话故事来描绘了他所提倡的“天乐”的状况。北门成问黄帝说，你在洞庭之野所奏的咸池之乐，使人先是害怕，继而惧心略退，再而迷迷糊糊，最后乃悟玄理，达到“坐忘”境界。这是什么原因呢？为什么能有那么高的艺术感染力量呢？黄帝就说这是“天乐”，它的特点是完全符合于天理人事，阴阳谐调，四时和顺。这种“天乐”，“听之不闻其声，视之不见其形，充满天地，苞裹六极”。郭象注说：“此乃无乐之乐，乐之至也。”成玄英解释道：“大音希声，故听之不闻；大象无形，故视之不见；道无不在，故充满天地二仪；大无不包，故囊括六极。”可见，庄子认为理想的音乐乃是一种与自然同趣,无丝毫人为造作痕迹的音乐。

在绘画上,庄子所欣赏的是"解衣般礴"式的至高之画,它和"天乐"也是类似的。《田子方》篇曾讲了这么一个故事:

> 宋元君将画图,众史皆至,受揖而立。舐笔和墨,在外者半(在外面还有一半)。有一史后至者,儃儃然不趋(很安闲的样子),受揖不立,因之舍(随即回到住所),公使人视之,则解衣般礴(交叉着脚坐着),臝。君曰:可矣,是真画者。

在庄子看来,凡是用笔墨所能画出来的,总是有局限性的,很难把自然之美全部无所遗漏地画出来,只有不画而把本来的自然形态呈现出来,只有"解衣般礴"式的画,才是真正自然的、最美的画。

在文学上,庄子强调要注重"言意之表"。庄子在《天道》篇中说,世人最贵重书,因为书中有"道"。其实"道"是不能用语言来表达的,所以,"世虽贵之,我犹不足贵也,为其贵非其贵也",书并不是最贵重的东西。在《秋水》篇中,他说:

> 可以言论者,物之粗也。可以意致者,物之精也。言之所不能论,意之所不能察致者,不期精粗焉。

成玄英解释道:"夫可以言辩论说者,有物之粗法也;可以心意致得者,有物之精细也;而神口所不能言,圣心所不能察者,妙理也。必求之于言意之表,岂期必于精粗之间哉!"语言所能表达的只是事物粗糙的外表,心意所能领会的是事物比较精细的地方,而事物最深奥的"妙理",是无法用语言心意来表达的,只有无言无意,求之于言意之表,才能掌握。郭象在庄子这段话下面说:"唯无而已,何精粗之有哉!夫言意者,有也,而所言所意者,无也。故求之于言意之表,而入乎无言无意之域,而后至焉。"重在"言意之表",这一点对我国后来文学理论批评的影响是非常之大的。许多诗论家就常常借"求之于言意之表"来表明诗歌艺术的特征。文学是以语言为工具来塑造艺术形象的,因此考察文学作品艺术成就的高低,不能拘泥于语言文字,而要着重在形象塑造上。在诗歌中就要看诗人通过语言文字所构成的意境的高下。所以,后来在诗歌艺术上就讲究"情在词外"(张戒《岁寒堂诗话》引《文心雕龙·隐秀》篇佚文)、"义生文外"(《文心雕龙·隐秀》),要有"象外之象""景外之景"(司空图《与极浦书》),具备"味外之味"(司空图《与李生论诗书》),能够使读者感到"言有尽而意无穷"(钟嵘《诗品序》)。

庄子这种文艺思想,有它积极的一面,就是强调艺术要完全符合自然,天生化成,认为只有不违背自然旨趣的艺术才是最高最美的艺术。这一点就成为后来文艺批评家用来反对艺术上人工雕琢、矫揉造作倾向的思想武器,成为他们提倡清新质朴、具有本色美的艺术的理论根据。刘勰在《文心雕龙》中为了反对当时的形式主义文风,很重视提倡艺术要符合自然。钟嵘在《诗品》中反对烦琐的声律、反对"雕缋满眼"①的文风时,就特别强调"自然英旨"。唐代的李白在反对"自从建安来,绮丽不足珍"(《古风》)的浮艳文风时,则主张要有"清水出芙蓉,天然去雕饰"(《赠江夏韦太守良宰》)的文艺。这些都是和庄子思想中的积极方面影响分不开的。在文学创作中一些以朴素、自然见长的诗人和作家,也都是很推崇庄子的这种文艺主张的。比如陶渊明的诗歌创作就受庄子的文艺思想影响很深。宋代的惠洪《冷斋夜话》中曾说他的诗"似大匠运斤,不见斧凿之痕"。传说陶渊明在他的屋里曾挂了一张无弦琴②,倾心于"不彰声而声全"的"大音希声",十分崇尚艺术的自然之美。

但是,庄子这种文艺思想也有十分明显的消极方面。荀子在《解蔽》篇中批评庄子是"蔽于天而不知人",这是十分深刻而切中要害的。它不仅是对庄子哲学思想的批评,也是适用于对他文艺思想的批评的。庄子在艺术上提倡自然天成,反对人工雕琢,这是对的;但由于他否定人的主观能动作用,而反对通过人为的努力来进行艺术创造,这是错误的。艺术创作固然要符合客观的自然规律,然而它毕竟是要通过人的努力、充分发挥主观能动性来实现的。而且人类创造的艺术还可以更集中、更典型地

① 当时颜延之的诗以雕章琢句出名,这是鲍照批评他的话。见《南史·颜延之传》。

② 萧统《陶渊明传》:"渊明不解音律,而蓄无弦琴一张,每酒适,辄抚弄以寄其意。"

反映自然之美。完全听任自然,做自然的奴隶,否定了人为努力的作用,实际上也就没有艺术了。同时,由于庄子把“道”、把自然规律神秘化,因此也把艺术创作神秘化了。艺术创作的规律也变成不可言喻、不可传授的了。轮扁说他的斫轮技术是,“臣不能以喻臣之子,臣之子亦不能受之于臣”。影响所及,使后来有许多文艺批评家把艺术创作的规律也说得很神秘。比如汉代辞赋作家司马相如在论述辞赋创作时就说:“赋家之心,苞括宇宙,总览人物;斯乃得之于内,不可得而传。”(《西京杂记》)《淮南子·齐俗训》中论音乐艺术也是如此:“瞽师之放意相物,写神愈舞,而形乎弦者,兄不能以喻弟。”实际上,“赋家之心”和瞽师之技,都是可以言说的,也是可以传授的。后来,宋代的严羽在《沧浪诗话》中以禅喻诗,认为诗歌艺术的特点只能“妙悟”,不可言说,虽然主要是受佛教思想影响的结果,但和庄子这种思想的影响也是分不开的。

神妙化工的艺术创作论

庄子并没有专门讲过艺术创作的问题,但是他在讲述技艺神化的寓言中,却非常突出地体现了他的艺术创作思想,并且对后来创作理论的发展,产生了极为深远的影响。《庄子》一书中的《养生主》和《达生》两篇,都是讲如何使人在主观精神上做到与“道”相合的“养生”道理的。为了说明这个“养生”的道理,庄子列举了许多技巧、手艺达到神化境界的寓言故事。这些都不是讲文艺的,可是,在如何才能掌握和达到神化的技巧、手艺方面,却和艺术创作有着许多共同相通的道理。因此,这些寓言故事后来曾被许多文艺批评家用来说明艺术创作过程中的一些重要原则。这些寓言故事中最著名的是《养生主》篇中的庖丁解牛,《达生》篇中的梓庆削木为鐻,痀偻者承蜩,吕梁丈夫蹈水,津人操舟,以及《天道》篇中的轮扁斫轮等。

具体的技巧、手艺本来是物质劳动的经验,而不是精神劳动的经验。但是,庄子在分析这些物质劳动的经验时,主要是从精神、思想状况方面去研究的,因此,它们对于像艺术创作这样的精神劳动,也有着同样的重要意义。比如关于梓庆削木为鐻的故事:梓(木工)庆做的乐器——鐻,人们疑为鬼斧神工,鲁侯就问他:“子以何术为之?”庆答道:

> 臣将为鐻,未尝敢以耗气也,必斋以静心。斋三日,而不敢怀庆赏爵禄;斋五日,不敢怀非誉巧拙;斋七日,辄然忘吾有四枝(肢)形体也。当是时也,无公朝(忘了朝廷),其巧专而外骨消(外扰消失);然后入山林,观天性;形躯至矣(形态符合的),然后成见鐻,然后加手焉;不然则已。则以天合天,器之所以疑神者,其是与!

庄子通过梓庆的这一段自述,说明他之所以有这么高的技巧,能做出使人"惊犹鬼神"的鐻来,原因就在于他通过"斋以精心",达到了无知无欲、不为外物所牵念,甚至忘记了自己四肢形体存在的"心斋"和"坐忘"境界。同时,在这种精神状态下,进入山林观察,选其"天性"最合适的,加工做成鐻,所以能达到天生化成的程度。梓庆的经验概括起来说,就是"以天合天"。一切都顺乎自然的天性,这样就能创造出"疑神"的鐻来。成玄英注说:"所以鐻之微妙疑似鬼神者,只是因于天性,顺其自然,故得如此。此章明顺理则巧若神鬼,性乖则心老而自拙也。"这个解释是比较符合庄子原意的。"以天合天",即是"因于天性,顺其自然",这是庄子所要说明的梓庆削木为鐻的成功秘诀。庄子在《达生》篇中讲尧时的工匠倕禀性极巧,能够做到"指与物化",手做的和天生的一样,也是能"以天合天"的意思。这个原则运用到艺术创作中,则要求艺术家在创作过程中,以天然为最高标准,透彻地掌握创作对象的客观规律,并完全按照它的天然的客观状况去创作,从而创造出毫无人工斧凿痕迹、神妙化工般的艺术作品来。

那么,怎样才能做到"以天合天"呢?在这个问题上,庄子所强调的是要有"心斋"和"坐忘"式的精神境界,也就是人如果在主观精神上能达到与"道"合一的境界,那么,他所做的一切就能完全符合于"以天合天"的原则了。但是,庄子所叙述的这个寓言故事本身所说明的一些原理,却和庄子这种思想并不完全一致。在梓庆削木为鐻这个故事中,如果我们撇开庄子那些"心斋""坐忘"之类的玄虚、神秘思想因素的话,那就可以发现,梓庆之所以有这么高超的技艺,是因为:第一,他能够集中精力,专心致志地从事他的工作,不受任何私心杂念和外界事物的干扰。第二,他善于深入地观察和研究对象的客观规律,正确地认识和把握其特点。前者是从主观方面说的,后者是从客观方面说的,然而,这都需要通过人为的努力才能实现。既需要有正确的指导思想,不为名利所诱惑;又要认真地学习钻研,掌握丰富的知识。而庄子所强调的“心斋”和“坐忘”,恰恰是要人放弃一切人为的努力,排斥一切知识和学问的。从对后代文学理论批评的影响来说,这些故事本身所提供的思想意义,显然是要比庄子的解释更大的。

庄子在论述技艺神化的这一系列寓言故事中,这种主观解释和寓言故事本身的客观意义之间的矛盾,都有比较明显的表现。在庖丁解牛这个著名的故事中,庄子认为庖丁之所以在解牛时能够游刃有余,具备如此神妙的技艺,乃是因为他能在自己的主观精神上实现与“道”合一,达到“心斋”“坐忘”的境界。庖丁“所好者”是“道”,他得“道”之后,就能顺其自然,依其天性,解牛技术达到了运用自如的地步。庖丁说他自己在解牛的时候是:“臣以神遇而不以目视,官知止而神欲行。”成玄英注说:“官者,主司之谓也;谓目主于色,耳司于声之类是也。既而神遇,不用目视,故眼等主司,悉皆停废,从心所欲,顺理而行。”郭象注也说:“司察之官废,纵心而理。”庄子认为庖丁解牛的时候,他的感觉器官全都废弃不用了,但凭与“道”合一的主观精神来指挥,就能神妙莫测地解好牛。这里,庄子是完全否定了具体实践的必要性及其作用的。因为,既然一切感官都废弃了,人又怎样能进行实践活动呢?一个有再高技巧的人,也是不能闭着眼睛去解牛的。然而,庖丁解牛故事本身却说明了,他之所以能“以天合天”地解牛,正是通过无数次具体实践,积累了经验,掌握了牛的各种特点,懂得了解牛的客观规律的结果。庖丁解了数千头牛,从反复的实践中,才掌握了如此高超的技术。所以他一看到牛,就不是一个浑然一体的动物,而能一眼看穿牛的内部结构,对牛的各种筋骨、肌肉、经络、皮层等组织,了如指掌。他知道从何处下刀,才能迎刃而解。庖丁这种神妙的技巧,不是从虚无中得来的,不是从无知无欲的“心斋”“坐忘”状态中产生的,而恰恰是他的感官的实践、心和手的实践,使他从感性认识上升到理性认识,逐渐摸索出了解牛的规律。这个原理运用到艺术创作中,就是要求艺术家必须重视艺术实践,并且善于从中总结经验,探讨艺术创作的客观规律,懂得艺术创作的特点,从而使自己在创作中达到炉火纯青、自然神妙的境界。《达生》篇中庄子所讲的吕梁丈夫蹈水的故事也是如此。在二十多丈高的瀑布冲击下，在流速极大的旋涡中，吕梁丈夫居然能够蹈水自如，这是需要有很高的水性才行的。那么这种水性是怎么得来的呢？按照庄子的观点是因为他能够“从水之道而不为私”。郭象注说：“任水而不任己。”也就是说要随顺水的自然天性，而不以自己人为的力量去妨害它。实际上，吕梁丈夫之所以有这么高的水性，恰恰是他长期努力的结果。他长大以后一直生活在水边，长年累月地与水打交道，在实践中掌握了水的规律，在水中和在陆地上一样。可见，这和庄子想要说明的观点也是不一样的。

庄子所举的这些寓言故事本身，还清楚地说明了要掌握一种高超的技巧，不仅要有实践，而且这个实践过程还是相当艰苦的，必须付出辛勤的劳动，具有顽强的毅力，持久不懈的精神，方有可能达到出神入化的境界，绝不是单凭“纵心”“无为”所能获得的。《达生》篇中讲痀偻者承蜩的故事道：

> 仲尼适楚，出于林中。见痀偻者承蜩（以竿粘蝉），犹掇（拾取）之也。仲尼曰：“子巧乎？有道邪？”曰：“我有道也。五六月，累丸二而不坠，则失者锱铢（失手机会很少）；累三而不坠，则失者十一；累五而不坠，犹掇之也。吾处身也（安身处心），若厥株拘（像立着的枯树）。吾执臂也（执竿之臂），若槁木之枝。虽天地之大，万物之多，而唯蜩翼之知。吾不反不侧（心无二念，念无回顾），不以万物易蜩之翼，何为而不得？”孔子顾谓弟子曰：“用志不分，乃凝于神。其痀偻丈人之谓乎？”

按照庄子的解释，痀偻老人也是做到了“无己”“无待”的“坐忘”境界，才能承蜩如掇的。但是，实际上痀偻丈人说得很明白，他是经过了刻苦的练习，从竿子头上放二丸不掉，一直练到放五丸不掉，做到身体、手臂纹丝不动，才具有这么高的技巧的。这个练习过程是相当艰苦，而并不轻松的。他竿子头上放二丸不坠，就花了五六个月，由此可以想见其难。用这个思想来看艺术创作，那么要达到像杜甫说的那样“下笔如有神”，也是要经过艰苦的努力才能达到的。

庄子所讲的这一系列寓言故事,为我们提供了许多艺术创作值得借鉴的重要原理。两千多年来,它们一直为许多文艺理论批评家和作家所称引。尽管庄子对这些寓言故事作了一些唯心主义的解释,但并不能掩盖其中有价值的方面,特别是这些寓言故事本身所说明的一些客观真理。我们研究庄子文艺思想对后代的影响,必须看到其中的复杂方面。有些批评家在引用这些故事时,更多的是在于说明这些故事本身所包含的意义。

庄子文艺思想的浪漫主义特征

庄子的文艺思想及其散文创作实践,都表现了很鲜明的浪漫主义特征。所以,历来受庄子文艺思想和创作实践影响的作家,往往是以浪漫主义见长的。例如陶渊明、李白、苏轼等人,就是明显的例子。

庄子文艺思想的浪漫主义特征主要表现为:他认为宇宙万物都是"道"的体现,文艺的根本目的也是要能够体现"道"。庄子认为,"道"就是真理,而"道"又是很玄虚、很抽象而难以捉摸的。"道"虽然存在于每个具体事物之中,但是,人又无法把它具体地描绘出来。按照庄子的观点,你如果把它说得太具体、太现实了,也就不是"道"了,而且一定会丧失"道"。因此,这个"道"只能用一些神话寓言故事来加以比喻和象征,而无法用具体语言文字说清楚。庄子对艺术的要求,不是具体的、真实地描写现实生活,起积极的社会政治作用,而是要求艺术表现一种远离现实、超乎现实生活之上的理想的精神境界,也就是和"道"相契合的精神境界。只要能够表达这样一种精神境界,那么用什么样离奇古怪的神话寓言故事,用什么样的超现实的方式,都是可以的。而且,从庄子的思想来看,凡是具体地真实地描写现实生活的文艺,都是执着于具体事物,影响对至高的"道"的认识和掌握的。因此,都是必须加以排斥的。这种文艺思想,必然只能导向浪漫主义,而不可能导向现实主义。从根本上讲,庄子是排斥现实主义的。庄子要求艺术能体现他的哲学思想,而他这种哲学理想又是完全超乎现实之上、与具体的现实相对立的。如果你把它具体化、现实化,就会破坏它。显然,这种艺术只能以上天入地、放浪无羁的浪漫主义方式出现,以便与其内容相适应。

庄子自己的散文创作,就是他这种浪漫主义文艺思想的典型实践。在先秦诸子中,庄子散文的艺术价值是最高的,也是最富于形象性的。我国文学史上历来就是把庄、骚并称,作为我国文学发展中的浪漫主义文学最早的代表作。在《庄子·天下》篇中,庄子的后学对庄子的学说有一段很重要的概括,不仅是说的庄子哲学的特征,也是说的庄子散文的特征,从中也可以看到庄子浪漫主义文艺思想的特征。根据庄子的后学的说明,庄子学说的核心——"道"的特点是恍惚渺茫而没有行迹的,它变化无常,和生死、天地、神明同来同往。为了阐明这样一个"道",庄子就以悠远的论说,广大的言论,没有限制的语言,来加以解释。为了描绘"独与天地精神往来"的精神境界,庄子以无心之言来推衍,反复引用重言使人觉得真实,运用寓言来推广他的道理,文辞奇特,"諔诡可观"。用的是浪漫主义的方法,但又"彼其充实,不可以已"。王先谦解释这两句道:"夫其词理充实,不能自已。"成玄英说:"辞清理远","富赡无穷"。也就是说,庄子著作的道理又是很充分的。庄子既然要"上与造物者游,而下与外死生无终始者为友",要用文学艺术来描绘这种理想情操,当然也不能用现实主义的方法,而只能用浪漫主义的方法。庄子这种浪漫主义的文艺思想,对我国两千多年来的文学发展与文艺思想发展,都产生了很深刻的影响。

六　荀子对儒家文艺思想的继承和发展

战国后期,儒家内部和孟子的唯心主义相对垒的唯物主义思想家是荀子。荀子基本上是属于儒家思想体系的,他把孔子学说中的唯物主义因素大大地发展了,同时又吸收了各家学说中的一些积极因素,成为当时思想界的集大成者。荀子在文艺思想上也是如此,他基本上接受了孔子的文艺思想,在一些主要之点上作了系统发挥,也克服了孔子文艺思想中的某些消极方面,又吸收了道家文艺思想中的某些有价值的因素。

荀子的唯物主义思想在文艺思想上的体现

荀子(约前 313—前 238),名况,字卿,又称孙卿,战国后期赵国人。司马迁说他"年五十始来游学于齐",也是齐国的"稷下先生",并且是后来稷下的领袖人物。由于受到齐人排挤,他又到了楚国,春申君让他做兰陵令。春申君死后,荀子被罢官,居于兰陵。李斯曾当过他的学生。《史记》说:"荀卿嫉浊世之政,亡国乱君相属,不遂大道而营于巫祝,信禨祥,鄙儒小拘,如庄周等又猾稽乱俗,于是推儒、墨、道德之行事兴坏,序列著数万言而卒。"

荀子在自然观方面,具有鲜明的唯物主义思想。他否定了天是有意志的神学观点,明确指出:"天行有常,不为尧存,不为桀亡。"认为天道不能主宰人事。"强本而节用,则天不能贫。养备而动时,则天不能病。修道而不贰,则天不能祸。"(《天论》)人们的吉凶祸福,国家的治乱兴亡,都和天无关,并不是什么天的意志的表现。荀子所说的天就是指自然界。荀子吸收了道家在自然观方面的一些积极因素,指出自然界有自己的客观规律,它是不以人们的主观意志为转移的。他说,群星相随旋转,日月交替照耀,四时更替,阴阳化合,风雨滋润,万物“各得其和以生,各得其养以成”。人们看不见这个过程,而只看见它的功效,就称之谓“神”,都知道它已经生成的样子,而不知道它如何生成的情状,就称之谓“天”。荀子对万物的生成作了唯物主义的解释,充分肯定了自然的客观性,但也强调了人可以战胜自然,掌握自然,又充分肯定了人的主观能动性。他说:“大天而思之,孰与物畜而制之!从天而颂之,孰与制天命而用之!”尊敬天、思慕天,不如把它当作物来畜养而控制它;顺从天、颂扬天,不如掌握它的发展规律而利用它!这是我国古代光辉的唯物主义命题。荀子批判了老庄哲学中轻视和否定人的作用的弱点,坚决反对在人和自然的关系上,把人看作只能消极被动地去适应的无能为力、无所作为的观点。荀子从重视人的作用、强调人定胜天的思想出发,十分重视文艺的意义和作用。在这一点上,荀子和老庄那种否定人为文艺的观点是完全相反的。荀子之所以能比较全面地认识到人和自然的关系,肯定文艺并给以应有的地位,还和他思想方法上反对片面性、注重全面性有很大关系。荀子曾说:“凡人之患,蔽于一曲,而暗于大理。”(《解蔽》)对于任何事物,荀子认为都要明白它的“大理”,当然文艺也不例外。

荀子唯物主义思想还有一个很重要的方面,是肯定事物的发展变化,注重从现实出发。荀子认为事物都是发展变化的,因此不仅要“法先王”,而且也要“法后王”。后王的所作所为,是根据现实的具体情况,对先王原则的一种运用。荀子认为儒家的经典虽然很重要,但它不能反映后来发生的新的情况。对于已经发展变化了的客观现实来说,它总是有缺陷的。为此,荀子对儒家的“五经”也都有所批评。他指出,《诗》《书》《礼》《乐》《春秋》虽然体现了先王之道,但毕竟时代已经久远,不能解决当时的现实问题。他说:“《礼》《乐》法而不说,《诗》《书》故而不切,《春秋》约而不速。”《诗》《书》都是写的过去的事,不能当作教条来背诵。他主张“学莫便乎近其人”,要向现实中真正有学问的良师益友学习,那些“学杂识志、顺诗书”的书呆子不过是些“陋儒”而已!在《儒效》篇中,荀子把人分为四等:俗人,俗儒,雅儒,大儒,而俗儒的特点,他认为就是“不知法后王而一制度,不知隆礼义而杀《诗》《书》”。“杀”,在这里是贬低的意思。荀子是十分重视文艺的发展变化的,是肯定文艺发展的新成果的。

这也是对孔子反对新声、新乐的一种校正。荀子本人就创作了《赋》篇，对于“赋”这种新的文学体裁的发展，是起了很大作用的。刘勰在《文心雕龙·诠赋》篇中说荀况的《赋》和宋玉的赋在赋的发展史上有重大意义：“爰锡名号，与诗画境，六义附庸，蔚成大国。”荀子既重视《诗》《书》这样的文艺遗产，又不迷信它，更不以它来否定新发展起来的文艺，反而提倡和赞扬新的文艺，亲自进行创作实践，这是难能可贵的，也是他文艺思想上的重要进步方面。

在认识论上，荀子强调世界的可知性，反对庄子的不可知论。他特别重视学习的作用。荀子是主张性恶论的。性恶论本身当然也还只是一种社会问题上的唯心主义观点。但荀子提出性恶论的目的，很主要的一点是强调人的后天学习的重要性。既然人的本性都是恶的，那么怎样才可以使人变恶为善呢？荀子认为这就要学习。只要努力学习，积善成习，就可以改变性恶的本质，甚至可以成长为圣人。这种思想对文艺也有很大的影响。艺术上的最高境界究竟怎样才能达到呢？庄子认为人愈是去努力学习、丰富知识，就愈不能达到；而只有绝学弃智、无知无欲，通过“心斋”和“坐忘”才能达到。而荀子和庄子这种唯心主义观点正相反。他认为必须努力学习，不断思索，不断实践，才能掌握高度艺术技巧，才有可能创造出完美的艺术作品来。在《劝学》篇中他说过这样一段话：

> 君子知夫不全不粹之不足以为美也，故诵数以贯之，思索以通之，为其人以处之，除其害者以持养之。使目非是无欲见也，使耳非是无欲闻也，使口非是无欲言也，使心非是无欲虑也。及至其致好之也，目好之五色，耳好之五声，口好之五味，心利之有天下。是故权利不能倾也，群众不能移也，天下不能荡也。生乎由是，死乎由是，夫是之谓德操。

荀子这里讲的是如何才能做一个有高尚道德的完人，并且怎样才能获得渊博的学问，但其原则精神与如何才能创造出完美的艺术作品来，在道理上是相通的。他认为不论做人或求学问，都以“全”和“粹”为最美，而要达到“全”和“粹”，那就必须通过努力学习，认真思索，亲身实践，效法良师益友和克服种种错误有害的倾向来实现。从这个思想出发,显然,要创造出“全”和“粹”的完美艺术作品来,也必须经过艰苦的学习、思考和实践。既然本质是恶的人可以通过学习而变善,那么,自然也可以通过学习来掌握艺术的客观规律。荀子和庄子都是主张“全”才是最美的,但在如何达到“全”的途径上,他们是相反的。这实质上正是唯物主义和唯心主义两种美学观的不同表现。

从上述几方面来看,荀子的唯物主义思想对于他的文艺思想,确是有着十分深刻的影响。荀子的进步的文艺思想,是建立在他的唯物主义哲学思想基础上的。

“言志”和“明道”相结合的文学思想

荀子的文艺思想主要是继承和发展了孔子的文艺思想。荀子对孔子是非常崇敬的。在《非十二子》篇中,他批评了各家学说,唯独对孔子的评价相当高。他认为孔子的言行超乎各家之上,“总方略,齐言行,壹统类”,具有标准、示范的作用。荀子对于孔子的文艺思想也是相当重视的,对《诗经》很有研究,传说《毛诗》就是通过荀子传下来的。在美学思想上,荀子和孔子一样重视美和善的结合,《乐论》篇中就说过“美善相乐”的话。荀子也十分强调文艺的社会政治作用,他更明确地提出了文艺的目的是“明道”,认为“道”是一切言论行动准则,文艺也是如此。《正名》篇说:

> 辨说也者,心之象道也(心对道的认识的表现)。心也者,道之工宰(主管)也。道也者,治之经理也(治国之根本道理)。心合于道,说合于心,辞合于说,正名而期(正确的名称合于共同的约定),质请而喻(符合真实而易于了解),辨异而不过(辨别差异而无过错),推类而不悖(推论各类事物差别而不背正道);听则合文(礼法),辨则尽故(说清缘故)。以正道而辨奸,犹引绳以持曲直;是故邪说不能乱,百家无所窜。有兼听之明,而无奋矜之容(骄傲自大之神色);有兼覆(无所不包)之厚,而无伐德(自夸美德)之色。说行则天下正,说不行则白道(说明正道)而冥穷(隐居),是圣人之辨说也。

荀子在这里特别指明,言辞是应当符合于辨说需要的,辨说应当符合于人内心的意图,而人心的意图应当符合于“道”。因此,言辞是为了阐明“道”的。“以正道而辨奸,犹引绳以持曲直”,“道”就是衡量言辞辨说邪正的标准。荀子在这里讲的是广义的言辞辨说,当然也包括以语言为工具的文学在内。荀子认为一切学术文化,其最终目的都应当是阐明“道”的。他在《儒效》篇中说:

> 圣人也者,道之管(枢纽、总汇)也。天下之道管是矣。百王之道一是矣。故《诗》《书》《礼》《乐》之[道]归是矣。《诗》言是其志也,《书》言是其事也,《礼》言是其行也,《乐》言是其和也,《春秋》言是其微也。

荀子的这一段话很重要。他指出,天下之“道”都集中地反映在圣人那里。儒家推崇的“五经”都是阐明“道”的,但是他们“明道”的角度和方法是各不相同的。这里,实际上已经接触到了各种意识形态部门之间的相同方面和不同特点的问题。在“五经”中间,包括了政治、哲学、历史、文学、艺术等不同方面。荀子认识到“五经”虽然都是“明道”的,然而,《书》经是讲政治事情的,《礼》经是讲礼节制度和如何按此行动的,《春秋》是通过历史事实讲微言大义的,而作为文学艺术的《诗》经则是抒写人的心志的,《乐》经则是讲如何通过音乐来陶冶人的情性使之平和中正的。荀子的这些分析,反映了战国中期以后,我国的政治、哲学、历史、文学、艺术等不同意识形态部门由互相混而不分到逐渐分家形成独立领域这样一个事实。荀子对这些不同的意识形态部门的特点,开始作了比较的分析和研究,这对于我国学术文化的繁荣发展,是起了很大的促进作用的。

这里我们要着重分析的是荀子对《诗经》的看法。从上述《儒效》篇中这段话来看,荀子对《诗经》的认识有两点很值得我们注意。第一,他认为诗从根本上说也是“明道”的,在这一点上它和历史、哲学、政治等部门并无不同。第二,他认为诗的特点是通过“言志”来“明道”。“言志”,是诗歌不同于《书》《礼》《乐》《春秋》等的重要特点。“诗言志”,这是春秋战国时期人们比较普遍的认识。“言志”之说，一般认为最早见于《尚书·尧典》：“诗言志，歌永言，声依永，律和声，八音克谐，无相夺伦，神人以和。”然而，《尧典》是晚出的书，据许多学者考证，最早也是战国时的著作。《左传》襄公二十七年有“诗以言志”的话，那是指的赋诗言志，但也可以借以说明诗是言志之作。《庄子》中有“诗以道志”的话。据杨树达、闻一多、朱自清诸先生的考证，诗和志在古代本是一个字。许慎《说文》讲：“诗，志也，志发于言。从言，寺声。”诗本是人内心思想感情的一种表露。《毛诗序》说：“诗者，志之所之也。在心为志，发言为诗。情动于中而形于言；言之不足，故嗟叹之；嗟叹之不足，故永歌之；永歌之不足，不知手之舞之，足之蹈之也。”孔颖达说：“在已为情，情动为志，情、志一也。”（《春秋左传正义》）可见，“诗言志”和一般的“言志”是有所不同的。“诗言志”的“志”，是人们内心的愿望和要求，它是具体的、带有个人特色的，有强烈的感情色彩，这种“志”和“情”是一个东西。《左传》中讲的“赋诗言志”和《论语》中记载的孔子讲的“言志”，都是讲的“志”的政治内容，即儒家的修身、治国、平天下的抱负，也就是说，是讲的“言志”中所包含的“明道”的内容。《论语》的《先进》篇和《公冶长》篇中两次讲到孔子要观弟子之志，都是如此。如《公冶长》篇说：

> 颜渊、季路侍。子曰：“盍各言尔志？”子路曰：“愿车马、衣轻裘，与朋友共，敝之而无憾。”颜渊曰：“愿无伐善，无施劳。”子路曰：“愿闻子之志！”子曰：“老者安之，朋友信之，少者怀之。”

孔子和他的弟子讲的“志”，都是属于儒家之“道”的内容。而荀子讲“诗言志”则更进了一步，他强调诗是通过“言志”来“明道”；“言志”既是“明道”的一种特殊形式，那么，显然“言志”还有它本身的特点，不能和“明道”完全等同起来。这样，他既肯定了“诗言志”的政治道德内容，又指出了“诗言志”本身的特殊性。

诗是通过“言志”来“明道”的，而在对“道”的内容的理解上，荀子也比儒家讲的“道”要更宽广、更丰富。这可以从两方面来看：第一，荀子讲的“道”兼有孔子讲的社会政治之道和道家讲的自然之道的内容。荀子认为“道”存在于宇宙万物之中,《天论》中说:“万物为道一偏,一物为万物一偏。愚者为一物一偏,而自以为知道,无知也。”不论是自然万物还是社会人事,都是体现一定的“道”的。他又说:“百王之无变,足以为道贯。”经历了百代帝王都没有改变的东西,足以成为贯穿始终的“道”。可见,荀子讲的“道”乃是一种反映自然和社会客观规律的原理,而它又集中体现在圣人之道中。所以说:“圣人也者,道之管也。天下之道管是矣。”因此,仅仅把荀子之道归结为儒家之道是不合适的。第二,就荀子所讲的“道”的社会政治内容来说,也比孔孟讲的“道”要更为广阔一些。孔孟之道仅仅讲的是唐禹三代的先王之道,而荀子所讲的“道”,不仅是指先王之道,而且也包括后王之道。荀子认为“道”的内容既有固定不变的方面,又有随着社会的发展,而不断发展和变化的方面,它的内容是不断丰富的。在《解蔽》篇中,他说:“夫道者,体常而尽变,一隅不足以举之。曲知之人,观于道之一隅而未之能识也,故以为足而饰之,内以自乱,外以惑人,上以蔽下,下以蔽上,此蔽塞之祸也。”不懂得“道”的内容是不断发展、不断丰富的,就会造成“蔽塞之祸”。他在《天论》篇中又说:“一废一起,应之以贯,理贯不乱。不知贯,不知应变。”既要知道“道”有一贯的基本原则,也要懂得和适应它的变化。正如他在《儒效》篇中所说的,“修百王之法若辨白黑,应当时之变若数一二”,荀子是非常重视“道”的变化和它所不断增长的新内容的。因此我们不能把荀子之道和孔孟之道简单地等同起来,也不能说荀子已经提出了后来儒家所讲“原道”“征圣”“宗经”的文学观。

由于荀子明确地论述了“言志”和“明道”的关系,而他的“道”又是具有现实的新内容的。这样就进一步密切了文学和现实政治的关系。从这种“言志”和“明道”相结合的文学思想出发,荀子十分注意通过诗歌来反映现实的社会政治状况。他在《赋》篇中说:“天下不治,请陈佹诗。”佹诗,就是变诗。梁启雄《荀子简释》说:“杨树达曰:佹,假为‘恑’,《说文》:‘恑,变也’。变诗,犹‘变风’、‘变雅’。”王先谦《荀子集解》释此两句之意道:“荀卿请陈佹异激切之诗,言天下不治之意也。”荀子在这里正是强调要通过诗歌来讽刺和批评不良政治。这一点和孔子讲的“诗可以怨”是一致的。但是,孔子只是解释《诗经》,而荀子则是直截了当地针对当时现实的社会政治来说的。这和司马迁所说的荀子"嫉浊世之政",是密切相关的,也是可以互相印证的。所以,荀子对文艺的社会作用,也和孔子一样,有相当高的评价。他在《荣辱》篇中指出,《诗》《书》《礼》《乐》等都是有关国家大业的重要方面。他说:"彼固天下之大虑也,将为天下生民之属长虑顾后而保万世也。"荀子不像墨子那样只看到眼前的狭隘功利主义,也不像庄子那样否定人为的文艺创造,也不像孔子那样偏向于复古,对文艺的评价是比较全面的。但是,荀子主要是一位思想家,他对文学缺乏系统的分析和论述,所以他的一些比较有价值的文艺思想,并没有能够充分展开论述。

《乐论》篇中对文艺和政治关系的论述

荀子的《乐论》是一篇系统地论述音乐艺术的理论文章。这篇文章中集中地反映了荀子对文艺和政治关系问题的认识。荀子《乐论》和《礼记·乐记》有一部分在文字上是相同的,两篇文章的基本观点也是一致的。历来对这两篇文章的产生时代的先后,有很不同的看法。这个问题直接涉及了对荀子《乐论》的评价问题。郭沫若同志根据南朝和唐代有些人的记载,认为《乐记》是孔子后学公孙尼子所作①,断定它比荀子《乐论》更早,但根据并不很充分。我们认为荀子的《乐论》比《乐记》要早。《礼记》晚出这一点是学术界所公认的。而从《乐论》和《乐记》的内容上来比较,有以下几个值得注意的问题:第一,荀子《乐论》是专门批判墨子《非乐》篇的文章,论辩性很强,结构也是谨严的,文风和荀子其他文章一致,不像是抄录《乐记》的。第二,《乐记》是音乐理论方面的一篇系统的、集大成的重要著作。从音乐理论上看,它是更成熟、更完整、也更深刻的。可以很明显地看出是对《乐论》思想的进一步发展。它的一些带结论性的重要论述比《乐记》更有概括性。如果《乐论》是抄录《乐记》的,为什么这样一些更有概括性的论断反而没有呢?如《乐记》中的名言:"是故治世之音安以乐,其政和;乱世之音怨以怒,其政乖;亡国之音哀以思,其民困。声音之道与政通矣。"荀子《乐论》中就没有。而《乐记》这段话正是对《乐

① 见郭沫若:《公孙尼子及其音乐理论》,载《青铜时代》,群益出版社,1946 年。

论》中有关论述的概括和发展。第三,《吕氏春秋》中有关音乐的论述,《乐记》吸收了,而《吕氏春秋》是比《荀子·乐论》要晚的。《吕氏春秋》中有关音乐的论述正好是《乐论》到《乐记》的中间过渡,这是比较容易看出来的。可见,《乐记》正是概括了《乐论》《吕氏春秋》以及先秦儒家有关音乐的论述,而最后形成的一篇儒家音乐理论的总结性著作。我们应该很高地估价《乐记》的成就,但也不应否定《乐记》的先驱——荀子《乐论》的贡献。

荀子《乐论》的直接思想来源,就是《左传》记载的季札观乐的思想,这里有着十分清楚的历史继承关系。季札观乐时的评论,说明了《诗经》的各篇乐章都是反映了它所产生的时代的政治状况的。《乐论》的中心思想就是讲音乐与政治的关系,它从理论上系统地发挥了季札观乐的思想。《乐论》的主要内容有以下几点:

第一,论述了音乐和政治的密切关系,指出了音乐的好坏对政治的良窳有着重大的影响。荀子在《乐论》中提出了音乐可以感化人心,从而影响社会风尚、决定政治面貌这样一个基本思想。荀子指出音乐从本质上讲是人的内心感情的自然流露,所以人的思想性格及其变化,都可以从音乐中体现出来。他说:

> 夫乐者,乐(音 lè)也,人情之所必不免也。故人不能无乐;乐则必发于声音,形于动静;而人之道,声音动静,性术之变尽是矣。

人的内心世界所包含的种种思想、感情、欲望、要求,都必然要通过音乐反映出来,因此,为了防止人的思想、感情、欲望、要求产生邪而不正的因素,就需要对音乐加以适当的节制,给以正确的引导,使之能感动人之善心。如果音乐不正,发生了混乱,那么这种邪淫之乐就会使人产生恶心,出现种种坏思想、坏风气。而圣王立《雅》《颂》之乐就是为了引导人心向善。荀子认为人的情性之中有顺气和逆气,音乐中有正声和奸声,这是两相呼应的。“凡奸声感人而逆气应之,逆气成象而乱生焉。正声感人而顺气应之,顺气成象而治生焉。”所以音乐的好坏直接影响着政治的治乱。荀子还进一步分析说:如果“乐肃庄则民齐而不乱,民和齐则兵劲城固”;相反,音乐“姚冶以险”,就会导致乱争频起,“兵弱城犯”,而有亡国的危险。荀子的这些论述,也就是后来《乐记》中《乐本》篇的基本思想,不过后者更加概括简练罢了。荀子在这里对音乐和政治关系的论述,也是有片面性的。它表现在对音乐的作用有过分夸大的倾向,似乎有音乐可以决定政治的味道,这是不正确的。但是,这并非荀子的新发明,这种倾向从季札到孔子都是存在的,不过到了荀子的《乐论》,由于具体地从理论上论述音乐和政治的关系,所以就明朗化了,显得突出了。

第二,荀子在《乐论》中还分析了礼和乐的关系,比较全面地发挥了儒家关于礼以节外、乐以和内的思想。《乐论》说:

> 且乐也者,和之不可变者也;礼也者,理之不可易者也。乐合同,礼别异,礼乐之统,管乎人心矣。

礼是从人的行为举止方面来加以节制的,目的是区别不同的等级,使不同等级的人各有符合于自己那个等级的礼节仪式及与之相应的行为举动。乐是从人的内心感情方面来加以调和感化的,目的是使人在思想、感情、精神、品德方面都统一到一个共同的标准之下,而没有对立的思想意念出现。礼和乐互相配合,就能使人从外表到内心,都符合于一定阶级的要求。而当时荀子所强调的礼乐,正是为巩固新兴地主阶级的统治秩序服务的。所以,他说要“修宪命,审诗商(王引之曰:“商”读为“章”),禁淫声,以时顺修”(《王制》篇也有同样的话)。要按照现实的形势变化,来修改和制定法令文告,审查诗篇乐章,禁止淫邪有害的音乐。荀子所强调的“礼乐”,主要是反映着符合新兴地主阶级利益的法制的内容,是符合当时现实需要的“礼乐”。这样,荀子把音乐提到了政治道德教科书的地位,像孔子一样,把音乐看成是治国安民的重要手段。

第三,《乐论》中所提出的文艺批评标准,也和孔子一样,提倡中和之美。荀子在评论《诗经》时说过:“诗者,中声之所止也。”这是侧重于指《诗经》的乐章而言的,杨倞注说:“诗谓乐章,所以节声音至乎中而止,不使流淫也。”当然这里也有以论乐标准来论诗的意思在内。荀子又说:“乐之中和也。”(《劝学》)《乐论》中讲得更多:“乐中平则民和而不流。”“故乐者,天下之大齐也,中和之纪也,人情之所必不免也。”“故乐者,审一以定和者也。”在《儒效》篇中也说:“乐言是其和也。”荀子认为“中和”之美,就是“道”的体现。从这种文艺批评标准出发,他对《诗经》的《风》《雅》《颂》都进行了具体的评论。《儒效》篇说:《国风》之所以有“中和”之美,而不流荡者,是因为能取圣人之道“以节之”;《小雅》之所以正而不邪,是因为能取圣人之道而文饰之;《大雅》则发扬“道”的意义使之更加广大,《颂》则歌颂“道”的“盛德之极”。由于《风》《雅》《颂》都从不同方面阐明了“道”,所以都有“中和”之美。讲音乐强调“中声”,讲诗强调“中和”之美,这是春秋战国人们一种普遍的看法,尤以儒家为最。据《国语·周语》下篇记载,周景王时的伶州鸠论乐,就认为“中声”“中音”是合于“天道”“神人”的,是最高最美的音乐。他说:“古之神瞽(乐官)考中声而量之以制(合中和之声而量度以制乐者),度律均钟,百官轨议,纪之以三(天、地、人),平之以六(六律),成于十二(律吕),天之道也。”又说:“夫有和平之声,则有蕃殖之财。于是乎道之以中德,咏之以中音,德音不愆,以合神人,神是以宁,民是以听。”可见,他对“中声”评价之高,实际上是把“中声”神化了。《左传》昭公元年记载医和论乐时,也说:“先王之乐,所以节百事也,故有五节(五声之节),迟速本末以相及,中声以降,五降之后,不容弹矣。”荀子强调音乐的“中和”之美,显然也是接受了伶州鸠、医和一直到孔子的影响的。

荀子认为只有“中和”之美,才符合先王之旨,才能使人心向善,思想统一,和而不争,才能有利于巩固政治上的统治。“中和”之美从政治上说,是要调和本阶级内部的矛盾,调和对立阶级之间的矛盾。“中和”和“过分”是对立的。“中和”就是不要“过分”。从“中和”思想出发,主张统治阶级应当给予人民以一定的生活条件,剥削压迫不要过分;而人民也可以在适当限度内批评政治,但需以不推翻统治阶级的统治为限,同样也不能“过分”。上上下下有一个共同目的,就是巩固统治秩序。《臣道》篇中,荀子说:“恭敬,礼也;调和,乐也;谨慎,利也;斗怒,害也。故君子安礼乐利,谨慎而无斗怒。是以百举不过也,小人反是。”荀子认为“乐之中和”的核心是“调和”,从各方面调和矛盾而求得统一。他说:“故乐在宗庙之中,君臣上下同听之,则莫不和敬;闺门之内,父子兄弟同听之,则莫不和亲;乡里族长之中,长少同听之,则莫不和顺。”在当时,荀子讲的“中和”之美,显然是为巩固当时的新兴地主阶级统治服务的。

第四,荀子认为音乐的目的不是只为了满足人的享乐欲望,而是要能从中认识“道”。“君子以钟鼓道志,以琴瑟乐心。”音乐也是通过“言志”来“明道”的。他说:“乐者,乐(音 lè)也。君子乐得其道,小人乐得其欲。以道制欲,则乐而不乱;以欲忘道,则惑而不乐。”和诗歌一样,音乐也应当以得“道”为最高原则。

七　韩非子“以功用为之的彀”的文艺思想

战国后期代表新兴地主阶级的法家,从反对儒家的立场出发,在文艺上的看法和墨子比较接近。他们都是强调实际功用,而对文艺是十分轻视的。商鞅在否定儒家所提倡的文艺这一点上,和墨子很一致,而且比墨子更要激烈。但是,韩非对文艺的看法,比墨子和商鞅要稍为全面一些。他不像墨子和商鞅一样,从狭隘的功利观点出发,根本否定文艺,而是强调文艺要为其法家的政治主张服务。韩非作为新兴地主阶级的思想家,是比较注意从实际出发的,因此,也流露出了一些现实主义的文艺思想。在分析韩非的文艺思想前,要先简述一下商鞅的文艺思想。

商鞅对儒家《诗》《书》《礼》《乐》的批判

商鞅(约前390—前338),复姓公孙,名鞅,后来在秦国得到商、於等十五邑封地,遂号为商君,历史上因称为商鞅。商鞅是韩非以前法家的主要代表人物。他在政治上竭力推行“法治”路线,并在秦国实行变法,使秦国的封建经济、政治得到迅速发展。商鞅变法的主要内容是承认土地私有,允许自由买卖,反对井田制度;提倡耕战;实行“国以功授官予爵”,反对世卿世禄制度。他主张“治世不一道,便国不必法古”,提倡“法治”,反对儒家搞仁义礼乐的“德治”。他也从实际功利观点出发,否定儒家的《诗》《书》《礼》《乐》。《韩非子》中曾说:“商君教秦孝公以连什伍,设告坐之过,燔《诗》《书》而明法令。”商鞅把儒家的《诗》《书》《礼》《乐》斥为祸国殃民的虱子,在《商君书》中,他说:“国用《诗》《书》《礼》《乐》孝弟善修治者,敌至必削国,不至必贫国。”他认为凡是讲《诗》《书》、善言辩的人,都是对法治、农战起破坏作用的,只能使国家败亡。他说:“农战之民千人,而有《诗》《书》辩慧者一人焉,千人者皆怠于农战矣。”在商鞅看来,《诗》《书》辩慧,乃是一种毒害人民精神、使人不愿耕战而产生怠惰情绪的根源。他说:“今境内之民皆曰农战可避而官爵可得也,是故豪杰皆可变业,务学《诗》《书》,随从外权,上可以得显,下可以求官爵。……民以此为教者,其国必削。”又说:“辩慧,乱之赞也;礼乐,淫佚之征也。”他把《诗》《书》言辩一概目之为“法治”之敌,认为是与“法治”完全对立的。必须弃绝《诗》《书》言辩,而后民可富而国可强。商鞅这种根本上否定文艺的思想,虽然和墨子有着很不同的政治出发点,但是在对文艺的意义和作用的看法上,特别是对待儒家《诗》《书》《礼》《乐》的态度上,却达到了基本一致的结论。

韩非子“以功用为之的彀”的文艺批评标准

韩非(约前280—前233),是战国后期的韩国人。他曾经试图在韩国实行改革,推行“法治”路线,但得不到统治者的赏识。他和李斯都是荀子的学生,但韩非比李斯在思想文化方面的建树要大得多,而李斯主要是一个政治家。韩非的著作传到秦国后,秦始皇十分赞赏,曾说:“寡人得见此人与之游,死不恨矣。”公元前234年,韩非受韩国派遣,出使秦国,被秦始皇留下。可是后来由于李斯等人的排挤,被诬陷下狱而死。不过,韩非的思想却对秦国的政治、经济发展,产生了极大的影响。

韩非的文艺思想,从批判儒家的《诗》《书》《礼》《乐》来说,和商鞅有比较一致的方面。比如在《五蠹》篇中,他把儒家所提倡的文学列为“五蠹”之一。他说:“儒以文乱法,侠以武犯禁,而人主兼礼之,此所以乱也。夫离法者罪,而诸先生以文学取;犯禁者诛,而群侠以私剑养。”韩非这里讲的“文学”是广义的。他认为儒家的文学和游侠的武术,都是违反“法治”原则的,是导致国家混乱的主要原因。因此,他坚决反对仁义之说,不用文学之士。他又说:“故行仁义者非所誉,誉之则害功;工文学者非所用,用之则乱法。”韩非是主张“法治”,而反对儒家的“德治”的。在儒家学说中,文艺(诗和乐)是进行“德治”的重要手段。所以,韩非就把文艺看作破坏“法治”的东西而加以反对。他说:“不务听治,而好五音,则穷身之事也。”“耽于女乐,不顾国政,则亡国之祸也。”《十过》篇中他曾举晋平公好五音而穷身的故事来加以说明：

> 平公提觞而起为师旷寿，反坐而问曰："音莫悲于清徵乎？"师旷曰："不如清角。"平公曰："清角可得而闻乎？"师旷曰："不可。昔者黄帝合鬼神于泰山之上，驾象车而六蛟龙（以六蛟龙为马驾着用象牙镂其车辂的车），毕方（木的精怪）并辖（辖），蚩尤居前，风伯进扫，雨师洒道，虎狼在前，鬼神在后，腾蛇伏地，凤皇覆上，大合鬼神，作为清角。今主（吾）君德薄，不足听之，听之将恐有败。"平公曰："寡人老矣，所好者音也，愿遂听之。"师旷不得已而鼓之。一奏之，有玄云从西北方起；再奏之，大风至，大雨随之，裂帷幕，破俎豆（盛祭品礼器），隳（毁坏）廊瓦，坐者散走，平公恐惧，伏于廊室之间。晋国大旱，赤地三年。平公之身遂癃病（不治之症）。故曰：不务听治，而好五音不已，则穷身之事也。

韩非用这样一个生动的神话故事，说明一个君主如果只好五音而不努力从事政治事务，就会遭到国败家亡的结局。韩非认为，一个国家中如果大家都去爱好虚谈，搞不切实际的文艺，那么谁去努力耕战，又怎样能使国家富强呢？《五蠹》篇还说："今修文学、习言谈，则无耕之劳，而有富之实，无战之危，而有贵之尊，则人孰不为也？"他提出从当时的现实政治需要出发，最迫切的并不是文艺，而是实际的富国强兵措施。《五蠹》篇中说："故糟糠不饱者，不务粱（粱）肉；短褐不完者，不待文绣。夫治世之事，急者不得，则缓者非所务也。"文艺之事在他看来并非"急事"，而是"缓者"，所以也是当前"非所务"之事。韩非的这种观点和墨子"食必常饱，然后求美；衣必常暖，然后求丽；居必常安，然后求乐"的观点是一致的。但是，韩非对文艺的看法，并没有停留在这一点上，也没有轻易地全盘否定文艺，他比墨子、商鞅更进一步的地方，就是他明确提出文艺要服务于其"法治"主张，这是他对文艺看法上的比较积极的地方。

韩非文艺思想的核心，是强调文艺应该以功用为标准，要以能否对"法治"起作用来衡量。《问辩》篇说：

明主之国,令者,言最贵者也;法者,事最适者也。言无二贵,法不两适,故言行而不轨于法令者必禁。若其无法令而可以接诈应变生利揣事者,上必采其言而责其实,言当则有大利,不当则有重罪,是以愚者畏罪而不敢言,智者无以讼,此所以无辩之故也。乱世则不然,主有令而民以文学非之,官府有法民以私行矫之,人主顾渐(消亡)其法令,而尊学者之智行,此世之所以多文学也。夫言行者,以功用为之的彀(标准)者也。夫砥砺杀矢而以妄发,其端未尝不中秋毫也,然而不可谓善射者,无常仪的(目标)也。设五寸之的,引十步之远,非羿、逄蒙不能必中者,有常①也。故有常则羿、逄蒙以五寸的为巧,无常则以妄发之中秋毫为拙。今听言观行,不以功用为之的彀,言虽至察,行虽至坚,则妄发之说也。是以乱世之听言也,以难知为察,以博文为辩;其观行也,以离群为贤,以犯上为抗。人主者说辩察之言,尊贤抗之行,故夫作②法术之人,立取舍之行,别辞争(争辩)之论,而莫为之正。是以儒服带剑者众,而耕战之士寡;坚白(公孙龙子有坚白异同之辩)无厚(邓析子有《无厚》篇)之词章,而宪令之法息。故曰:上不明,则辩生焉。

韩非这里说的文学和言辩都是广义的,但其原理也通于文艺。韩非认为一切言行都应当以“功用”来作为衡量是非的标准;而“功用”的内容,他也说得很清楚,就是“法令”。“言行而不轨于法令者必禁”,凡是合于“法令”的言行,对“法令”有利的言行,就是好的,就有“大利”;凡是不合于“法令”的言行,就是坏的,就有“重罪”。在《二柄》篇中他也说过:“为人臣者陈而言,君以其言授之事,专以其事责其功。功当其事,事当其言,则赏;功不当其事,事不当其言,则罚。”要以“功用”来检验言论的是非,而决定如何行施赏罚。人主听言观行,都必须以“法令”来衡量,如果是违背“法令”,或是对行施“法令”无用的言行,“言虽至察,行虽至坚,则妄发之说也”。一定要坚决反对。他举射箭为例来作比喻:如果没有一定的目

① “常”字下脱“仪的”二字。

② “作”,应为“行”。

标,虽然射中了"秋毫",也不算是"善射者";如果有一定大小的目标,一定远近的距离,能百发百中就是像羿、逢蒙一样的神箭手。韩非特别不能允许的是以文学和言辩来破坏"法令",所以他认为儒家的文学和言辩都是不切实际、毫无用处的无知妄说。其实,儒家强调文艺的作用,也是有其功用目的的,不过不同于法家的以"法治"为中心的功用目的罢了。

重质不重文的美学观

韩非从"以功用为之的彀"的文艺思想出发,在对待文艺的内容和形式关系上,是重视内容而不大讲究形式之美的,是重质而不重文的。这种思想在《外储说左上》篇中,韩非表述得非常清楚。他通过两个生动的故事来说明这一点:

> 楚王谓田鸠曰:"墨子者,显学也。其身体则可,其言多而不辩,何也?"曰:"昔秦伯嫁其女(怀嬴)于晋公子(重耳),令晋为之饰装,从衣文(穿了很有文采的衣服)之媵(妾)七十人,至晋,晋人爱其妾而贱公女,此可谓善嫁妾而未可谓善嫁女也。楚人有卖其珠于郑者,为木兰之柜,薰以桂椒,缀以珠玉,饰以玫瑰,辑以翡翠,郑人买其椟而还其珠,此可谓善卖椟矣,未可谓善鬻珠也。今世之谈也,皆道辩说文辞之言,人主览其文而忘有用。墨子之说,传先王之道,论圣人之言以宣告人,若辩其辞,则恐人怀其文忘其直,以文害用也。"

韩非通过楚王和田鸠的一段对话,为墨子的"言多而不辩"作了辩护,从而阐明了要防止"以文害用"的思想。他借秦伯嫁女、楚人鬻珠的故事,指出:过多地讲究文饰,会使人只欣赏形式之美,而忘记了内容,而导致本末倒置,舍本求末。他认为形式只要能把内容体现出来就行了,不必追求形式上的美观。如果形式很美,而内容不合于用,那又有什么用呢?《外储说右上》篇中,韩非讲了这么一个故事,他说:韩昭侯时有个叫堂溪公的人曾对昭侯说,如果有一个价值千金的玉做的盛酒器——玉卮,它是漏的,那么连水都盛不了;如果有一个瓦器是不漏的,倒反可以盛酒,那么,这个瓦器就比玉卮更为有用。韩非这种重用轻文的思想,有重视内容、以内容为主的积极方面,但也有很大的片面性。片面地追求形式之美,形式不能为内容服务,这是不对的。韩非反对这种倾向是正确的,它对后代反对形式主义文风曾起了积极作用。但是,韩非没有看到形式和内容是统一的,而不是对立的,完全否定形式美的作用,对文学艺术的发展是不利的。因为对文学艺术来说,它的特点是寓功用于形象之中,它的社会作用是要通过美学作用来达到的。如果没有美的形式,内容的作用也就不易实现。

韩非这种重质不重文的观点,重内容不重形式的主张,是和他认为事物之美不在形式而在内容的美学观直接联系在一起的。《解老》篇说:

> 夫恃貌而论情者,其情恶也;须饰而论质者,其质衰也。何以论之?和氏之璧不饰以五采,隋侯之珠不饰以银黄(银金),其质至美,物不足以饰之。夫物之待饰而后行者,其质不美也。

在韩非看来,美只存在于事物的内部本质上,而不存在于形式上。凡是需要以形式之美来装潢的,它的本质都是不美的,不过是以美的形式来掩盖其不美的内容而已。凡是本质美的事物,则是不需要在形式上再加以修饰的。韩非认为不应该以形式之美来掩盖不美的本质,这是有价值的。但是,他认为美只在事物的本质,而不在事物的形式,这是不正确的。事物的本质和形式是统一的,本质总是要通过一定的形式来表现,而形式总是反映一定的本质的。事物的美不仅表现在它的内容本质上,也表现在它的形式上。而且只有本质的美和形式的美达到高度的统一,才可能构成具有最强烈美感的事物。如果把外表和本质、形式和内容对立起来,认为本质美的,不需要形式美来表现,形式美的就一定是掩盖本质不美的,这是一种错误的、形而上学的观点。

从这种重质不重文的美学观出发,韩非也否定文艺的娱乐作用。他认为娱乐的东西再好也不如实用的东西更有价值。《外储说左上》篇中,韩非讲过这么一个故事:墨子曾经花了三年的工夫,做了一只木头的鹞鹰。做得非常巧妙,能够凌空飞翔。可是只飞了一天就坏了。墨子由此认识到做这些娱乐的东西是没有意义的。他说,如果做大车的辕前端保持平衡用的“车輗”，只要用一尺左右木料，花一天就可以做成了。它可以装在车上，使车装很多东西，可以用很多年。这比花三年时间做的飞了一天就坏了的木头鹞鹰有用得多了。韩非把娱乐和实用两者完全对立起来。

韩非注重内容和功用的思想对后来文艺思想的发展，也产生过一定的影响。比如宋代的王安石曾提出过文章要“以适用为本”的观点。他在《上人书》中说：

> 且所谓文者，务为有补于世而已矣；所谓辞者，犹器之有刻镂绘画也。诚使巧且华，不必适用，诚使适用，亦不必巧且华。要之以适用为本，以刻镂绘画为之容而已。不适用，非所以为器也，不为之容，其亦若是乎？否也。然容亦未可已也，勿先之其可也。

王安石在政治上主张“变法”，强调文艺要为之服务，于是提出“以适用为本”，这和韩非有一致之处。不过王安石比韩非讲得全面，他并不否定形式的“巧且华”的作用，不过不应把它放在主要地位，“勿先之其可也”。这样，就一定程度上避免了韩非的那种片面性。

韩非画论中的现实主义文艺思想

韩非在《外储说左上》篇中，有好几处讲到绘画的问题，其中有关绘画理论的一段最有名的论述，就是讲犬马难画还是鬼魅难画的问题。这是我国古代画论中很可贵的遗产之一。韩非说：

> 客有为齐王画者，齐王问曰：“画孰最难者？”曰：“犬马最难。”“孰易者？”曰：“鬼魅最易。夫犬马，人所知也，旦暮罄（见）于前，不可类之，故难。鬼魅，无形者，不罄于前，故易之也。”

韩非在这段论述中，很明显地体现了倾向于现实主义的文艺思想。他所分析的犬马难画而鬼魅易画的原因，是从绘画应当真实地再现现实生活、按照生活的本来面目如实地去描绘的观点出发的。犬马是现实生活中人们所常见的,稍为画得不像一点,人们就会感觉出来;而鬼魅则是现实生活中根本不存在的,谁也没有见过,完全只是画家幻想的产物,你怎么画都可以,所以说最容易。可是,如果从浪漫主义的角度来看,那么,画鬼魅就不一定比画犬马容易了。浪漫主义艺术可以通过对超现实的形像的描绘,如画天神鬼怪等来曲折地反映现实,表现艺术家的理想。要在这样的形象中揭示现实的某些本质方面,同样也并不是很容易的。比如我国古代的一些浪漫主义小说,像《西游记》中的孙悟空、猪八戒,《聊斋》中的一些花妖狐鬼的形象塑造,就并不一定比塑造现实中的人物形象容易。画家如果要在所画的鬼魅中包含深刻的现实内容和寄托画家的积极理想愿望,那比普通的犬马,可能是要更难画的。所以,后来有些艺术家讲绘画理论时就表示了对韩非的不同意见。比如欧阳修在《题薛公期画》中说:

> 善言画者,多云:鬼神易为工。以为画以形似为难,鬼神人不见也。然至其阴威惨淡,变化超腾,而穷奇极怪,使人见辄惊绝;及徐而定视,则千状万态,笔简而意足,是不亦为难哉!

韩非的现实主义的文艺思想,在画论发展上的影响是很大的。如汉代的刘安在《淮南子》中说:“今夫图工好画鬼魅而憎图狗马者何也?鬼魅不世出,而狗马可日见也。”东汉的张衡也说过:“譬犹画工,恶图犬马而好作鬼魅,诚以实事难形而虚伪不穷也。”(《后汉书·张衡传》载《上疏论图纬虚妄非圣人之法》)这些都是发挥韩非思想的。至于唐代著名的画论家张彦远在《历代名画记》卷一《论画六法》中则是从强调神似的角度来肯定韩非的观点的。他说:“至于鬼神人物,有生动之可状,须神韵而后全。若气韵不周,空陈形似;笔力未遒,空善赋彩;谓非妙也。故韩子曰:‘狗马难,鬼神易。’狗马凡俗所见,鬼神乃谲怪之状。斯言得之。”他和欧阳修都是提倡神似的,但对韩非画论的看法又正好相反。

韩非之所以具有这种现实主义的文艺思想,是和他注重实用的文艺思想密切地联系着的。因为把实际功用作为衡量文艺的标准,所以在绘画上也强调真实地反映现实的本来面目,认为具体的现实的犬马比虚无缥缈的鬼魅要更难画。同时,我们还要看到韩非这种现实主义的文艺思想也是和他的唯物主义思想有关系的。韩非是不相信鬼神的,在《亡徵》篇中,他说:“用时日,事鬼神,信卜筮而好祭祀者,可亡也。”在《饰邪》篇中,他还提出占卜鬼神都是不可信的,政治军事上的成败,也不是通过占卜能够判定的,也不是鬼神意志的表现,而相信鬼神是愚蠢的。他说:“龟筴鬼神,不足以举胜,左右背乡,不足以专战。然而恃之,愚莫大焉。”正因为不相信鬼神,所以才会说“鬼魅,无形者,不罄于前”;如果相信鬼神,是尊敬鬼神的,就绝不会说画犬马比画鬼神容易了。可见,现实主义的文艺思想往往是和唯物主义思想分不开的。

八　其他先秦诸子的文艺思想

先秦诸子在文艺上的几个主要流派和代表人物，我们已在上面作了简单介绍。其他先秦诸子中大都没有直接讲到文艺问题，但还有一些重要的哲学思想派别的一些思想，对后来文艺思想的发展产生过重大影响。这些，我们择其重要的分述如下：

《易传》中的文艺思想

《易传》共有十篇，即《彖辞》上下、《象辞》上下、《系辞》上下、《文言》、《说卦》、《序卦》、《杂卦》，又称“十翼”，都是解释和论述《易经》的，总称《易传》。《易传》的作者已经不可考。司马迁《史记》说孔子晚年喜欢《易经》，整理过《彖辞》《象辞》《系辞》《说卦》《文言》，这可能性不大。从《易传》的内容来看，除少数（如《彖辞》《象辞》）可能比较早一些外，大部分可能产生在战国中期以后，有的可能是秦汉时人所作，或是经过他们整理加工的。《易传》中和文艺思想关系比较密切的是《系辞》《文言》《说卦》等几篇。这些篇中所反映的文艺思想，我们简略地介绍几点主要的内容。

第一，文学模仿自然的思想。

文艺和自然的关系问题，在《易经》中已经有了间接的表现。八卦本身就是模拟自然的产物。后来老庄强调自然之道，提倡天然的文艺，也是受到《易经》影响的。章学诚在《文史通义·诗教》上篇中说：“老子说本阴阳，庄列寓言假象，易教也。”《易传》作者发挥了《易经》的思想，比较明确地体现了文学是模仿自然的观点。《系辞》指出易象乃是对天地万物的一种模拟：

古者包牺氏(即伏羲氏,或作庖牺氏)之王天下也,仰则观象于天,俯则观法于地,观鸟兽之文与地之宜,近取诸身,远取诸物,于是始作八卦,以通神明之德,以类万物之情。

包牺氏是传说中的古代皇帝,究竟是否有过其人,是很难说的。至于说八卦是包牺氏所创造的说法,也只是一种古代的传说,并无确凿的事实根据。但说八卦是象征天地万物而创造出来的,这是有一定道理的。八卦中最重要的是乾卦(☰)和坤卦(☷),这是其他各卦的基础。乾卦代表天,代表阳;坤卦代表地,代表阴。震卦(☳)代表雷,巽卦(☴)代表风,坎卦(☵)代表水,离卦(☲)代表火,艮卦(☶)代表山,兑卦(☱)代表泽。这是自然界八种最基本的"物象"。然后由这八卦所代表的基本的"物象",又可引申出许多象征意义。如乾卦又可代表君、父、玉、金等等,坤卦又可代表母、布、釜等等。震为龙、巽为木、坎为月、离为日等等。然后,八卦两两之间互相组合又形成为六十四卦,每一种卦象又可代表许多事物。这正反映了古代人们认为宇宙万物是由阴阳二气组合产生的哲学观点。所以,《系辞》在解释卦象的"象"时说:"圣人有以见天下之赜,而拟诸其形容,象其物宜(物的特性),是故谓之象。"圣人把宇宙间那些深奥微妙的东西通过"易象"体现出来了。然而,易象还只是一种象征性的符号,它并非艺术形象,但其原理与文艺通过艺术形象来反映客观事物,是有相通之处的。因此,古代有些文艺批评家就认为"易象"乃是文学最早的起源。比如刘勰在《文心雕龙·原道》篇中说:

人文之元(源),肇(始)自太极,幽赞神明,易象惟先。庖牺画其始,仲尼翼其终(孔子作"十翼"完成《周易》)。而乾坤两位,独制《文言》。言之文也,天地之心哉!

当然,刘勰这里讲的"人文"的"文"是指广义的文章,但是包括文学在内。稍后,萧统在《文选序》中也说:远古的"茹毛饮血"之时,还没有文章,"逮乎伏羲氏之王天下也,始画八卦,造书契,以代结绳之政,由是文籍生焉"。《易经》中的卦、爻辞是解释"易象"的。《系辞》说:"卦有小大(卦的象征有大有小)，辞有险易(辞的内容有危险有平安)。辞也者，各指其所之(指明其应走之路)。"而爻辞中有很多是民间故事和当时的歌谣。因此，从这里可以很自然地引申出文学是模仿自然的思想。春秋以前，我国古代美学思想的发展，是侧重在强调美和善的结合，而从《易传》的文艺思想开始，逐渐注意到美和真的结合问题，后来，到王充的《论衡》就发展得比较完备了。道家是提倡自然的艺术的，但是又反对文艺具体地描写现实，而主张要表现"大音希声"的"道"。而《易传》的作者(主要是《系辞》的作者)则主张文艺要模仿自然，重视具体地反映现实，这是它和道家文艺思想的大不同处。这种思想对后来文艺思想发展的影响是很大的。例如对刘勰的文艺思想就产生了相当深的影响。在《文心雕龙》中，刘勰不仅从大的方面肯定了文学是对自然的模仿，而且突出了文学是社会现实反映的观点。

文学怎样模仿自然？《系辞》中关于言、象、意的关系的论述，为解决这个问题提供了很重要的思想资料。圣人模拟自然的意图，是借助于象征性的符号——易象来体现的，而易象的含义又是通过卦、爻辞(即言)来表达的。"极天下之赜(幽深奥妙)者存乎卦，鼓天下之动者(揭示宇宙事物变动的)存乎辞。"又说："子曰：书不尽言，言不尽意。然则圣人之意其不可见乎？子曰：圣人立象以尽意，设卦以尽情伪(真伪)，系辞焉以尽其言。"这种关于言、象、意的关系的论述，对于启发人们认识文学艺术反映现实的特点，有很重要的作用。文学艺术是通过形象来反映现实和体现作者思想的，而这种形象又是要借助于语言为工具描绘出来的。因此，这和《易传》中讲的言、象、意的关系在原理上有相通之处。王弼在《周易例略·明象》篇中，就曾详细地分析了言、象、意的关系，这对六朝的文艺理论有很深刻的影响。他说：

夫象者，出意者也；言者，明象者也。尽意莫若象；尽象莫若言。言生于象，故可寻言以观象；象生于意，故可寻象以观意。意以象尽，象以言著。

故言者，所以明象，得象而忘言；象者所以存意，得意而忘象。犹蹄(捉兔的器具)者所以在兔，得兔而忘蹄；筌(捉鱼的器具)者所以在鱼,得鱼而忘筌也。

然则,言者,象之蹄也;象者,意之筌也。是故存言者,非得象者也;存象者,非得意者也。象生于意,而存象焉,则所存者,乃非其象也。言生于象,而存言焉,则所存者乃非其言也。

然则,忘象者,乃得意者也;忘言者,乃得象者也。得意在忘象,得象在忘言。故立象以尽意,而象可忘也;重画以尽情,而画可忘也。

王弼在这里所说的"得意忘象""得象忘言"中所反映的他的哲学观点和文艺思想,我们这里暂且不论,但他强调的是要我们通过言去了解象,不要拘泥于言;通过象去掌握意,不要拘泥于象。他对言、象、意关系的分析对启发人们认识艺术特征有很大的作用。《易经》中的言、象、意的关系,和绘画中的色彩线条、画的形象、画中之情三者的关系是一样的。对于文学来说,也就是语言、意象、思想三者的关系。刘勰《文心雕龙·神思》篇中讲到艺术创作过程中,"意翻空而易奇,言征实而难巧"的困难时,曾经说道:"是以意授于思,言授于意,密则无际,疏则千里;或理在方寸而求之域表;或义在咫尺而思隔山河。"刘勰讲的"意",即"意象",亦即构思中的艺术形象。"思"即指作者通过艺术形象所表达的思想。"言"即指语言文字。文学创作中的形象和思想(通过现实生活体现的思想)、语言和形象之间的关系是比较复杂的,它实质上是一个艺术特征问题。在我国文艺思想发展史上,这么早就这样明确地提出这个问题,这是和《系辞》中讲言、象、意的关系有直接联系的。

第二,发展变化的文学观。

《易传》,特别是其中的《系辞》,反映了一种很突出的变化发展的观点。它认识到事物由于"刚柔相摩,八卦相荡",各种不同事物之间的相互作用,整个宇宙始终是处于经常的变动之中的。比如:"日往则月来,月往则日来,日月相推而明生焉;寒往则暑来,暑往则寒来,寒暑相推而岁成焉。"所以,象征客观事物的易象本身也是变化无穷的,它可以代表各种各样发展变化了的事物。"神无方而易无体",易象的内容不是固定不变的。易象之所以神妙无穷,是因为它能适应事物的变化发展。"知变化之道者，其知神之所为乎。”发展变化的思想是《系辞》的基本思想。《系辞》又指出，爻辞就是讲变化的，“爻者，言乎变者也”。它要把易象所代表的客观事物的发展变化，具体地体现出来。为此，《系辞》强调了要“通变”的思想：“参伍以变，错综其数，通其变遂成天下之文，极其数遂定天下之象，非天下之至变，其孰能与于此？”说明卦爻的错综复杂变化把宇宙间的各种现象都体现出来了。

为什么事物会不断发展变化呢？《系辞》认为任何事物内部都有阴阳或刚柔两种因素的作用。“刚柔相推，变在其中矣。”阴阳或刚柔这两种因素在不同时期、不同事物上所表现的不同关系或状况，就形成了事物的不同变化和特点。易象反映了这种变化，爻辞就把它具体表现出来。“爻象动乎内，吉凶见乎外。功业见乎变，圣人之情见乎辞。”必须懂得刚柔是事物变化的根本原因，而只有变通才能适合不同时期不同情况的需要。因此，辞也总是随着事物变化发展而变化发展的。“变则通，通则久。”从这种观点出发，《系辞》是非常肯定新的事物、新的变化的。它说：“日新之谓盛德，生生之谓易。”又说：“天地之大德曰生。”客观事物是日新月异的，易象也是生生变化不息的，辞当然也是不断变化以适应这种需要的。

《系辞》中这种发展变化的观点，对后来的文学理论批评产生了极大的影响。刘勰的《文心雕龙》全书就贯穿着这样一种发展变化的文学思想。在上编二十五篇文体论中，分析各种体裁的历史发展时，就运用了这种观点。在下编讲创作等问题时，也都反映着这种发展变化的观点。《时序》篇专论文学发展和社会发展的关系时，就深刻地指出了文学的发展变化，乃是社会的发展变化的反映：“故知歌谣文理，与世推移，风动于上，而波震于下者。”“文变染乎世情，兴废系乎时序。”他还专门写了一篇《通变》，篇末的“赞”说：“文律运周，日新其业。变则其久，通则不乏。趋时必果，乘机无怯。望今制奇，参古定法。”在文学艺术的创作中，也必须要懂得创作本身的历史发展和变化，不可拘泥于前人，而一定要有新的发展，“望今制奇，参古定法”，只有承继前人有益的经验，按照现实的需要加以发展，才能创作出真正有价值的作品来。

第三，关于文学的内容和形式的关系。

《易传》的《文言》中有一段很著名的话：“君主进德修业：忠信所以进

德也;修辞立其诚,所以居业也。"《文言》的作者提出"修辞"首先要"立其诚"。言辞是反映人的思想感情和道德品质的。只有有了纯正的思想感情,能在心中"立其诚",才可能有好的言辞。要写出好的文章,就必须先在思想修养和道德修养上下功夫。"修辞立其诚"的观点,对于后来古文家的文论影响特别大。他们把语言文辞看作人的内心思想品质的直接流露。这种观点反映在对内容和形式关系的看法上,则是强调内容决定形式,内容和形式相统一。《系辞》中说:"将叛者其辞惭,中心疑者其辞枝(模棱两可),吉人之辞寡,躁人之辞多,诬善之人其辞游(浮荡),失其守(操守)者其辞屈。"也就是说,有什么样的思想感情和精神状态,就会有什么样的言辞。从"修辞立其诚"的思想出发,必然会引导到立德为本、立言为表的观点。例如唐代韩愈在著名的《答李翊书》中说:"仁义之人,其言蔼如也。"强调作家的思想修养和道德修养是写好文章的根本。要立言,其关键在立德。这种观点当然也有对文学形式本身的相对独立性重视不够的缺点,但就其基本方面来说,对我国古代文学理论批评的发展,还是有积极意义的。

后期墨家的文论

墨子死后,墨家学派逐渐分化。据韩非《显学》篇记载,有相里氏之墨,相夫氏之墨,邓陵氏之墨。"墨离为三,取舍相反不同",但都认为自己是真正的墨家嫡传。现存《墨子》中有《经》上下、《经说》上下、《大取》、《小取》六篇,经学者考定乃是后期墨家的著作,成书约在战国后期。这几篇后期墨家的著作,对墨子的哲学思想,从唯物主义方面作了进一步发展,反映了当时在自然科学方面的成就,抛弃了墨子那些尊天事鬼的迷信思想,是我国古代很珍贵的一份哲学遗产。后期墨家在谈到辩论的作用和方法时,也涉及了一些文章写作方面的问题。例如《小取》篇说:

> 夫辩者,将以明是非之分,审治乱之纪,明同异之处,察名实之理,处(判别)利害,决嫌疑,焉(乃)摹略万物之然,论求(推论)群言之比(类别)。以名举实,以辞抒意,以说出故。以类取(就事物同一类型选取已知部分作例证),以类予(以同类事物推求未知部分)。

这段论述的前一半讲的是论辩的作用，这也可以看作是后期墨家对文章作用的看法，认为它可以阐明政治上的治乱、道理上的是非。墨家在这里说的“摹略万物之然，论求群言之比”（这里的“然”，俞正燮认为是“状”之误），指出了论辩有描述客观事物、比较分析各家言论的特点，和文学作品也有相类似的地方。这段论述的后一半讲的是论辩的方法，主要讲了三个方面，即“以名举实，以辞抒意，以说出故”。“以名举实”，是说论辩中所指的对象是“实”，但“实”要通过人的口说出来，这就是“名”了。《经》上篇说：“举，拟实也。”论辩中要以“名”来拟“实”，也就是说要“名”“实”相符。从这个思想出发，就要求文章也必须符合客观事物的实际。“以辞抒意”，说的是要用一定的命题把自己的意思表达出来。“辞”在这里指的是逻辑上的命题，通过一定的语言文字来表达，而不是单指某个字。荀子《正名》篇说：“辞也者，兼异实之名以论一意也。”梁启雄注说：“《孟子·万章》：‘不以文害辞，不以辞害志。’此‘文’谓一字，‘辞’谓一语。这辞字也指一语。”所以，“以辞抒意”实质上就是以辞达意的意思。所谓“以说出故”，这“故”即是指缘故，要通过辩论来说清道理。这三种方法说的都是如何使论辩加强逻辑性的问题。但是，它们对文章写作也有很重要的参考价值，这就是强调文章要正确反映客观事物，语言文字要正确表达意思，立论要有理论根据。

如何才能使论辩在道理上说得通、在逻辑上站得住，《小取》篇提出了九种方法：

> 或也者，不尽也。假者，今不然也。效者，为之法也；所效者，所以为之法也；故中效则是也，不中效则非也：此效也。辟也者，举他物而以明之也。侔也者，比辞而俱见行也。援也者，曰子然、我奚独不可以然也？推也者，以其所不取之，同于其所取者，予之也。是犹谓也者，同也。吾岂谓也者，异也。

这里的“或”“假”“辟”“效”“侔”“援”“推”“同”“异”这九种都是逻辑方法。“或”是逻辑上的“选言判断”，“假”是逻辑上的“假言判断”，“辟”是譬喻，“效”是通过演绎法来论证，“侔”是用一种辞来同另一种辞比较，

"援"是援引例子来论证,"推"是推理,"同"是论述事物相同方面,"异"是论述事物不同方面。这九种方法中,最值得我们注意的是"辟"。后期墨家解释"辟"是"举他物而以明之也"。说明了比喻方法的特点是通过一个具体事物的形象描绘来比喻说明一个道理或一件事。这个"辟"实际上就是后来讲的艺术上的"比"的方法,而这种解释也和后来解释《诗经》中的"比兴"手法的"比"是一致的。郑玄《周礼·春官·大师》"六义"下注说:"比者,比方于物也。"朱熹《诗集传》中说:"比者,以彼物比此物也。"所以,后期墨家对"比"是最早作了正确解释的。这也说明后期墨家对"比"的形象思维特点也是不自觉地有所认识的。后期墨家的这九种逻辑方法,在文章写作中也大都是常用的。他们这些丰富的逻辑思想,是我国思想史上的宝贵遗产,对于文章写作也起了不少积极的影响。

阴阳五行家的文艺思想

阴阳说和五行说,原是两种朴素的唯物主义学说,它主要是用以解释宇宙万物起源的。阴阳说认为世界的本源是阴阳二气,万物是由阴阳二气交感而生的。阴阳说的最早起源,究竟是什么时候,这还需要进一步研究。但是《易经》中的八卦的基本两卦——乾卦和坤卦,实际上就表现了阴阳的观念。到西周末年这种思想就比较明显了。据《国语·周语》上篇记载,周幽王三年伯阳父解释地震时,就说:"周将亡矣!夫天地之气,不失其序;若过其序,民乱之也。阳伏而不能出,阴迫而不能烝,于是有地震。"阳气在下,被阴气所迫,不能上升,天地之气失其次序,就要发生地震。这样解释地震当然是不正确的,但他把阴阳二气看作世界本源,是事物变化发展的原因,这是有朴素的唯物主义因素的。五行说的思想产生也是比较早的。它认为世界的本源是水、火、木、金、土五种物质元素,万物是由这五种元素交错结合而构成的。《尚书》的《甘誓》中已有"五行"之词出现,但没有具体解释。正式提出五行说法的是《尚书》中的《洪范》。关于《洪范》的时代,学者们是有争议的,它经过后人加工是没有问题的,但关于"五行"观念则可能是比较早的。到了春秋时代,阴阳说和五行说就相当普遍了,这在《左传》中有很多的记载。同时,阴阳说和五行说结合起来了,认为阴阳二气产生五行,产生万物。

阴阳五行家认为文艺的产生根源就是阴阳和五行。《国语·周语》上篇记载周宣王时的虢文公对宣公讲的一段话中,就流露了用阴阳二气来说明音乐起源的思想。他说:“瞽师、音官以风土。”韦昭注说:“风土,以音律省土风,风气和则土气养也。”虢文公认为从音乐中可以省察阴阳二气是否调和,对农事是否有益。也就是说,音乐就是反映阴阳二气状况的。《国语·郑语》记载郑国的史伯就曾经用“五行”来解释音乐的产生:“故先王以土与金、木、水、火杂,以成百物。是以和五味以调口,刚四支以卫体,和六律以聪耳。”土、金、木、水、火五种物质不但产生了“百物”,而且能“和五味”,强健四肢,形成和谐的音律。《左传》昭公元年秦国的医和把阴阳和五行结合起来说明音乐的起源。他说:

> 天有六气(阴、阳、风、雨、晦、明),降生五味(金味辛、木味酸、水位咸、火味苦、土味甘),发为五色(辛色白、酸色青、咸色黑、苦色赤、甘色黄),徵为五声(白声商、青声角、黑声羽、赤声徵、黄色宫),淫生六疾(六气过而生害,阴淫寒疾,阳淫热疾,风淫末疾,雨淫腹疾,晦淫惑疾,明淫心疾)。

“六气”之中,阴阳二气是最根本的。“六气”生“五行”,“五行”产生了“五色”“五声”等。《左传》昭公二十五年记载,郑国的子产也有过类似的看法,认为是“六气”生“五行”,“发为五色,章为五声”。可见,春秋时是有许多人用阴阳五行来解释万物起源和文艺起源的。这些说法中有唯心主义的色彩,比如史伯认为是圣人——“先王”用五种物质元素来造成万物的说法。但是,从主要方面看,还是注重于阴阳二气和木、火、水、金、土五种物质元素来具体说明文艺起源,是一种朴素的唯物主义文艺观。

但是,到了战国中期,阴阳五行说就发展成为一种解释自然天道和社会人事的模式图,以“天人感应”为其指导思想,完全是一种唯心主义思想了。这种思想的代表人物是驺衍。驺衍及其学说的内容,历史上留下的材料很少。据《史记·孟轲荀卿列传》说,驺衍和驺奭都是战国中期齐国稷下的学者,是倡导阴阳五行学说的主要人物。他们生活的时期比孟子稍晚。驺衍和驺奭被当时人称为“谈天衍”和“雕龙奭”。《史记集解》引刘向《别录》说:“驺衍之所言五德终始,天地广大,尽言天事,故曰‘谈天’。驺奭修衍之文,饰若雕镂龙文,故曰‘雕龙’。”后来刘勰称他的书为《文心雕龙》,即本于此。

驺衍“五德终始”说的内容在《吕氏春秋·应同》篇中基本上保留下来了。大意是说:社会人事变化、帝王朝代的兴亡是五行递变的结果。如黄帝是土德,夏禹是木德,成汤是金德,周代是火德,推论下去,秦则是水德。而五行递变是天的意志的表现。每当变化降临时,上天必先呈祥瑞于人间,如说姬周将代替殷商的时候,有赤乌衔丹书集于周之社庙之上。这是一种天命主宰人世的唯心主义循环命定论学说。这种学说后来构成为汉代谶纬之学的哲学思想基础,影响很大。故梁启超说:“阴阳五行说,为二千年来迷信之大本营。”①

按照这种思想,文学艺术的产生也是一种天命的表现。受这种思想影响的《系辞》在肯定“易象”是模仿宇宙万物的同时,又认为伏羲氏之创造八卦也是受到神的启示的。它说:“天垂象,见吉凶,圣人象之。河出图,洛出书,圣人则之。”圣人的兆卦是象征天命的。天神把自己的意志通过黄河中所出之图,洛水中所出之书,授于圣人。伏羲氏得河图而画八卦;夏禹治水获洛书而写出《洪范》。这是最早的文字和书本,后来就有了文学。刘勰《文心雕龙·原道》篇说:“若乃河图孕乎八卦,洛书韫乎九畴,玉版金镂之实,丹文绿牒之华,谁其尸之(主持其事),亦神理而已!”刘勰也把文学最早的渊源——模仿自然的“易象”的产生,同时归之于神明意志的一种体现。

阴阳五行说对后来的文艺思想和美学思想影响很大。例如历来讲艺术之美,都和阴阳说联系起来。刘勰《文心雕龙·体性》篇中就讲阴阳刚柔是决定文章风格的重要因素。严羽《沧浪诗话》中曾把诗歌的艺术美分为“优游不迫”和“沉着痛快”两大类,而到了桐城派论文,就有所谓阳刚之美和阴柔之美。这实际上也就是西方美学史上讲的壮美和优美。

---

① 梁启超:《阴阳五行说之来历》,载顾颉刚编著:《古史辨》第五册,朴社,1935年,第343页。

结束语

先秦诸子的文艺思想,在我国文艺思想发展史上占有很重要的地位。他们虽然还只是处于我国文艺思想发展的幼年时期,但是我国文艺思想史上一些最基本的要点,却已经在他们的文艺思想中萌现出来了。先秦诸子的文艺思想各有自己的特点,然而从大的方面归纳起来,主要有三大派:一派是儒家(如孔子、孟子、荀子等);一派是道家(如老子、庄子等);一派是墨家和法家(如墨子、商鞅、韩非子等)。在这三大派中,墨家和法家这一派的实际影响不大,主要还是儒道两家。儒家注重于文艺具体地为现实的社会政治服务,在创作上倾向于现实主义;道家注重于天然的艺术,反对为具体的现实服务,在创作上倾向于浪漫主义。墨家和法家是强调实用的,从创作上看,也是倾向于现实主义的。所以,在先秦诸子的文艺思想中,已经可以看出我国文艺思想发展史上现实主义和浪漫主义两支巨流的萌芽。六朝以后,随着佛教的广泛传播,佛教哲学思想也影响到文艺思想,并且愈来愈突出。但是,佛教哲学对文艺思想的影响,在一些比较重要的方面,与道家有相近之处。所以历来有佛老之称,而与儒家对立,佛教思想本身并未形成特殊的文艺思想派别。我国两千多年来的文艺思想发展历史证明,差不多每个重要的文艺理论批评家和作家,都离不开儒家或道家文艺思想的影响。为了总结我国文艺思想发展史上的特点和规律,必须认真地研究先秦诸子的文艺思想,尤其是儒家和道家的文艺思想,以便达到批判地继承我国古代的文艺理论遗产、丰富和发展马克思主义文艺理论的目的。

1979 年 8 月于北京大学中文系

中国古代文学创作论

韩译本序*

——致韩国的读者们

我的这本《中国古代文学创作论》能够受到韩国学者们的重视,由庆北大学的李鸿镇教授亲自执笔译为韩文得以出版,本人深感荣幸。

1991年我在日本九州大学担任客座教授期间,受韩国中国学会邀请访问了首尔市和首尔大学,又应岭南中国语文学会的邀请访问了大邱市及庆北大学。当时,李鸿镇教授专程来首尔把我接到大邱,访问结束后又一直把我送到釜山机场回福冈。在此期间,我们就中国古典文学研究问题交换了意见,同时李教授还向我介绍了很多韩国的中国文学研究情况。李教授提议把我的这本书翻译成韩文,我也非常希望能借助这本书向更多的韩国学者和专家请教,便欣然同意了。但是,这本书是我十年前写的,一直无暇修订。由于未能把近年来有关中国古代文学理论批评方面的一些新成果吸收进来,难免还有不少错误和欠妥之处。我真诚希望韩国的学者和专家们予以批评指正。

虽然在韩国的访问仅有短短的一周时间,但是韩国朋友们的亲切和热情、对中国学者的深厚友谊,以及韩国学者们在中国文学研究方面取得的巨大成就,都给我留下了极为深刻而难忘的印象。借本书韩文译本出版的机会,我向韩国研究中国文学的前辈、专家和朋友们表示真挚的敬意。

特别感谢李鸿镇教授为本书的翻译倾注了大量心血,这本书的出版也是我们真挚友谊的象征。

---

* 本文原稿丢失,此为北京语言大学韩国语言文学专业周鑫先生据韩文本翻译。

我相信中韩两国的学术文化交流将不断发展,祝愿中韩两国学者间的深厚情谊日益加深。

张少康

1993年9月于北京大学

前　言

我国古代有极其丰富而精深的文艺理论遗产。它涉及的范围相当广泛,差不多对文艺学的各个方面都有许多深入的研究和独到的见解。它不仅比较全面地阐述了文艺外部规律方面的诸问题,而且对文艺内部规律方面的诸问题,也有十分具体而生动的探讨和分析,尤其是对文艺创作中的一系列基本问题,从总结实际创作经验出发,作出了重要的理论概括。这是我国古代文艺理论遗产中的精华部分,对我们今天的文艺创作实践有着很现实的借鉴意义。

对于我国古代文艺理论遗产的整理和研究工作,"五四"以来,许多老一辈的专家和学者曾经作出了巨大的贡献,收集和整理了许多重要的资料,为一些专著作了注释,写出了很多种文学批评史,并且对一些重要的文艺理论家及其著作作了比较深入的专题研究,产生了大批有价值的学术专著和论文。新中国成立以来,很多同志努力用马克思主义观点、方法来研究我国古代文艺理论遗产,虽然受到一些"左"的倾向的干扰,但也是取得了不少成绩的。粉碎"四人帮"以来,这方面的研究有了突飞猛进的发展,取得了丰硕的成果。这是值得我们每一个从事古代文艺理论研究的同志高兴的。但是,在这个领域中,仍然存在着一些为大家研究不够的方面。其中很重要的一点,是历来在纵的研究,亦即历史发展的研究方面,花的力气比较多,对重点人物和专著的研究也比较多,而对于从横的方面,亦即从理论方面作比较系统的研究则显得不足。特别是从理论上比较全面地去探讨我国古代文艺理论的体系和特点,则是比较少的。而这种研究对于深入总结我国古代文艺理论遗产的民族特点来说,是非常必要的。我国古代文艺理论遗产中,虽然像《文心雕龙》这样有体系的全面论著不多，大都是比较分散而带有语录性的论述，但这并不意味着我国古代整个文艺理论遗产没有体系和特点。正好像马克思、恩格斯、列宁虽无大部头的文艺或美学著作，却仍然有完整、新颖的马克思主义文艺理论体系，不能说他们仅仅有“断简残篇”一样。系统地深入地进行这种横的研究，可以使我们对我国古代文艺理论的整体有一个比较清晰的认识，同时也有助于我们从理论上更进一步地把历史的研究引向深入，更好地总结我们古代文艺理论的特点。笔者不自量力，意图从这个角度对我国古代文艺理论作一点分析和研究，也无非是想抛砖引玉，引起大家对这方面的重视而已。

笔者深感要全面地系统地探讨我国古代文艺理论的体系和特点，是一件非常艰苦和困难的工作，它不是一两个人所能完成的，需要我们大家来共同挑这副重担。本书只是想从我国古代文艺理论的一个方面，亦即文艺创作理论方面，作一个初步的尝试。当然，即使是这一个方面，我国古代文艺家的论述也是相当丰富的，本书所论并不是全部，而只是文学创作的基本理论问题。诗歌、散文、戏剧、小说等不同体裁的特殊创作特点和表现技巧，还没有包括进来。也就是说，本书所论只限于不同体裁的文学在创作上的一些共同规律，而不包括分体的具体创作论。因此，严格地讲，本书只能算是古代文学创作论的正编，而分体的创作论则可以作为续编。笔者希望以后能有机会来完成本书的续编。我国古代文学创作的一般性理论问题，大部分是和绘画、书法、音乐创作中的一般理论问题相通的，因此，为了把这些基本理论问题讲清楚，本书也涉及画论、书论、乐论中的某些论述。我国古代的一些重要文艺理论问题，大都有一个历史发展过程，是随着创作的发展和研究的深化，而逐渐丰富起来的。因此，我们虽然着重在横向地研究一些理论问题，但是在分析某些具体问题时，又必须联系历史发展的状况。例如关于艺术表现的辩证法思想，就是在历史发展中逐步成熟的。这样分析，也许能更符合实际，而不至于把它们现代化、简单化。

在研究我国古代文艺理论的方法上，我们认为应该反对两种倾向。一种是以古解古，仅仅用古人的话去解释古人的论述，而拒绝用现代科学的文艺理论观点去对古人的理论作分析。这样的研究不能说没有用，但是不能真正解决问题。我们的任务是要用马克思主义的立场、观点、方法和现代科学的文艺理论学说,去分析和解剖古代的文学创作理论。另一种我们要反对的倾向是把古人现代化,对古人的文学理论概念不作细致的实事求是的分辨,而是把它们生硬地塞到现代科学的文艺理论概念中去,把它们简单地等同起来,而不去认真地研究我国古代文学理论的特殊体系和与之相适应的概念术语。这不是科学的研究方法,也不是研究历史的正确态度。我们认为研究我国古代文学理论,必须有严格的历史观点和实事求是的态度。只有注意到了上述两个方面,才能把我们的研究工作真正提到一个新的高度。

我国古代著名的文学理论批评家刘勰在《文心雕龙·序志》篇中说:"夫铨序一文为易,弥纶群言为难",又说:"识在瓶管,何能矩矱?"笔者对此,深有同感。对于古代文艺理论的研究,需要有一大批人,有一支宏大的队伍,在老一辈专家学者已经取得的成就的基础上,有所发现,有所创造,有所前进,以完成时代赋予我们这一辈的任务。笔者愿意成为这支队伍中的一名士兵,和大家一起学习、奋斗、前进!

第一章　论艺术构思

文艺创作过程中,最重要的是艺术构思问题,它对文艺创作的成败起着决定性的作用。我国古代的文艺家对这一点有相当深刻的认识和体会,他们在总结文艺创作的实践经验中,提出了许多关于艺术构思的重要理论。其中最突出的有四个方面:虚静说,神思说,感兴说,物化说。虚静,是指艺术家在进行创作构思时所应该具备的精神状态;神思,主要是指艺术想象的特征;感兴,是指艺术构思过程中的灵感现象;物化,是指艺术构思中艺术家与创作对象之间物我不分的融合统一。在探讨这些问题时,还涉及了作家的才能、学识和生活经历对艺术构思的影响和作用。我国古代这些有关创作构思的理论,深刻而精辟地揭示了艺术构思过程中的几个关键问题,具有相当的理论深度,同时又体现了我们独特的传统民族色彩,对于我们研究艺术构思的特殊规律,至今仍有很大启发。

一　虚　静

我国古代论艺术构思,首先强调艺术家必须有虚静的精神状态,把它看作进行艺术构思的基本前提。虚静,或者称为静思、空静、澄心、澄怀、凝心等,意思都是一样的,说的是一种不受任何主观或客观因素干扰、专心致志的精神状态。我国古代不论是文学,还是绘画、书法的创作,都讲究虚静。南齐谢赫在《古画品录》中曾说,刘宋时期著名的画家顾骏之"常结构层楼以为画所。风雨炎燠之时,故不操笔;天和气爽之日,方乃染毫。登楼去梯,妻子罕见"。顾骏之之所以要躲在高楼里,连家人都不肯见,正是为了使自己保持心平气和、不受任何干扰的虚静精神状态,以便有利于艺术构思的进行。东晋时著名的书法家王羲之也曾经说过:"欲书者，先干研墨，凝神静思，预想字形大小、偃仰、平直、振动，令筋脉相连，意在笔前，然后作字。”（《题卫夫人笔阵图后》）说明书法创作也必须有虚静的精神状态。明代吴宽在《书画筌影》中具体分析了唐代著名诗人兼画家王维的创作，说过这样一段很有启发意义的话：

> 右丞诗云：“夙世谬词客，前身应画师。”盖自道也。右丞诗与李杜抗行，画追配吴道子，毕宏、韦偃（按：均为唐代著名画家）弗敢平视。至今读右丞诗者则曰有声画，观画者则曰无声诗。以余论之，右丞胸次洒脱，中无障碍，如冰壶澄澈，水镜渊渟，洞鉴肌理，细观毫发，故落笔无尘俗之气，孰谓画诗非合辙也。世传右丞雪景最工，而不知其墨画尤为神品。若行旅图一树一叶，向背正反，浓淡浅深，穷神尽变，自非天真烂发，牢笼物态，安能匠心独妙耶？

吴宽说王维创作时“胸次洒脱，中无障碍，如冰壶澄澈，水镜渊渟”，正是对他虚静状态的具体描绘。能虚静方可“洞鉴肌理，细观毫发”，对客观现实有细致深刻的了解，使艺术构思具有“天真烂发，牢笼物态”之妙，从而创造出“匠心独妙”的“神品”来。这里讲的是绘画构思，而王维诗歌创作的艺术构思不也正是如此吗？诗画的原理本是一样的。

艺术家进入了虚静境界，就可以摆脱一切名利杂念的干扰，集中精力深入地进行艺术构思。明人李日华在《紫桃轩杂缀》中说绘画和书法一样，首先要人品高，没有庸俗的得失之虑，而后才能创造佳作。他说：

> 乃知点墨落纸，大非细事，必须胸中廓然无一物，然后烟云秀色，与天地生生之气，自然凑泊，笔下幻出奇诡。若是营营世念，澡雪未尽，即日对丘壑，日摹妙迹，到头只与髹采圬墁之工争巧拙于毫厘也。

艺术家心中虚静，则“胸中廓然无一物”，而种种生动形象的现实景象即自然涌入，笔下方能“幻出奇诡”。若是不能排除“营营世念”，不能“澡雪”精神，则决不能创造出高妙之作，而只能与一般的油漆工、泥瓦工争巧拙了。显然,一个斤斤计较于个人得失、整天盘桓着利害关系的人,是很难集中精力于艺术创作的。清代王原祁在《雨窗漫笔》中说绘画创作须“凝神静气”“扫尽俗肠”,方能“胸有成竹”“淋漓尽致”,如果“利名心急”,“毫无定见”,则必然会“扭捏满幅”“意味索然”。这和李日华所讲意思是一样的。艺术构思的进行,不仅要使艺术家有一个安静的客观环境,而且更需要艺术家主观上有虚静的内心境界。晚清况周颐在《蕙风词话》中有一段对艺术构思的生动描写,非常形象地展示了虚静在艺术构思中的重要地位。他写道:

> 人静帘垂,灯昏香直。窗外芙蓉残叶,飒飒作秋声,与砌虫相和答。据梧冥坐,湛怀息机,每一念起,辄设理想排遣之。乃至万缘俱寂,吾心忽莹然开朗如满月,肌骨清凉,不知斯世何世也。斯时若有无端哀怨枨触于万不得已;即而察之,一切境象全失,唯有小窗虚幌,笔床砚匣,一一在吾目前。此词境也。

这里前五句讲的是艺术家所处的寂静环境,下接四句讲艺术家本身的精神状态,努力排遣一切与艺术构思无关之意念。这样,当构思能进入“湛怀息机”的虚静境界,亦即庄子所说的那种既无“机事”缠身,更无“机心”缠神的境界,就会在艺术家的心胸产生豁然开朗、万象叠现、百感交集的生动局面。这时感兴萌发,想象力丰富,联翩不绝,奇特的艺术形象正是在这种情景下构成的。当然,这种艺术境界不会持续很长时间,艺术家应当在“境象全失”以前,就把它用物质形式(如语言、声音、色彩等)固定下来。

我国古代有许多文艺理论批评家,都把虚静看作进行艺术构思的最重要的前提条件。比如刘勰在《文心雕龙·神思》篇中说:

> 是以陶钧文思,贵在虚静,疏瀹五藏,澡雪精神。

刘勰这一段话的出处,见于《庄子·知北游》篇:

孔子问于老聃曰:"今日晏闲,敢问至道。"老聃曰:"汝斋戒,疏瀹而心,澡雪而精神,掊击而知。"

庄子认为,虚静是认识至高的"道"的基础,因为虚静可以使人"掊击而知",打破一切人为知识和技能的局限,而达到认识上的"大明"境界。《庄子·在宥》篇说:

至道之精,窈窈冥冥;至道之极,昏昏默默。无视无听,抱神以静,形将自正。必静必清,无劳女(按:即"汝")形,无摇女精,乃可以长生。目无所见,耳无所闻,心无所知,女神将守形,形乃长生。慎女内,闭女外,多知为败。我为女遂于大明之上矣。

庄子的虚静说是由老子的"致虚极,守静笃"发展而来的,是一种哲学上的认识论。它否定了具体的"视听"的作用,认为人为的知识和学问是和获得"大明"境界相矛盾的,具有主张无知无欲、绝圣弃智的神秘色彩和消极方面。但是,我们必须看到,它也还有要求人在精神上达到异常清醒地认识客观事物、能够不受任何主观或客观因素干扰而深入掌握事物本质的"大明"境界这一积极方面。庄子指出,能达到虚静,就好像水静下来,尘物下沉,极为清明,能照见一切;心静下来,排除了各种杂念杂事,就能像镜子一般清晰地照见天下万物。《庄子·天道》篇说:

圣人之静也,非曰静也善,故静也。万物无足以铙心者,故静也。水静则明烛须眉,平中准,大匠取法焉。水静犹明,而况精神?圣人之心静乎,天地之鉴也,万物之镜也。夫虚静恬淡,寂寞无为者,天地之平,而道德之至,故帝王圣人休焉。

虚静的目的是使人心如"天地之鉴""万物之镜",包括一切,洞察一切。庄子认为人只有抛弃了一切具体的、局部的、主观的"所见""所闻""所知",才能进入"大明"境界,获得对事物最高的、全面的、真正客观的认识。《庄子·天地》篇说:"视乎冥冥,听乎无声。冥冥之中,独见晓焉;无声之中,独闻和焉。”如果不能摆脱具体的、局部的、主观的“视听”,则不能“见晓”,亦不能“闻和”。庄子把虚静看作人的认识的高级阶段,认为人达到了这个阶段,对宇宙间一切事物及其变化发展规律,即能了如指掌,从而避免任何具体认识的片面性、主观性、局限性的影响。庄子虚静说的致命弱点是他把大明境界的获得和人的具体认识和实践对立起来了。他不是把这种认识的高级阶段的出现,看作人的无数具体认识和实践发展的必然结果,看作人在长期的具体认识和实践积累的基础上所产生的飞跃;相反地,他把人的具体认识和实践看作达到这种大明境界的障碍,认为必须抛弃一切具体的认识和实践,才能达到认识的高级阶段。这就把人的认识过程搞颠倒了。但是,庄子这种虚静的认识论确有要求达到“大明”境界,进入认识的高级阶段的积极方面,这是无法否认的。

刘勰在《神思》篇中所说的虚静的含义,主要是在文艺创作中对庄子虚静说积极方面的运用和发挥。其目的是强调作家在进行创作构思过程中,必须要有智照日月、洞鉴宇宙的高度清醒的精神状态,排除所有外界事物和内心杂念的干扰,能非常客观地认识现实,集中精力进行复杂的艺术创造活动。那么,刘勰为什么在运用虚静说去论述艺术构思时,能够摒弃其消极方面,而发扬其积极方面呢?这当然和艺术创作是一种艰苦的精神劳动,是艺术家具体地认识和掌握客观世界的产物这一点是分不开的。如果排斥了具体的认识和实践,也就没有了艺术创作。同时,从另一方面说,也是因为我国古代艺术创作论中所说的虚静,不是直接从庄子的哲学体系中搬过来的,而是受庄子以虚静论技艺创造的影响的结果。在庄子以虚静论技艺创造的寓言故事中,其积极方面在客观上占有着主导的地位。例如《庄子·达生》篇中关于梓庆削木为鐻的故事说道:

> 梓庆削木为鐻。鐻成,见者惊犹鬼神。鲁侯见而问焉,曰:“子何术以为焉?”对曰:“臣工人,何术之有?虽然,有一焉。臣将为鐻,未尝敢以耗气也,必斋以静心。斋三日,而不敢怀庆赏爵禄;斋五日,不敢怀非誉巧拙;斋七日,辄然忘吾有四枝形体也。当是时也,无公朝,其巧专而外骨消;然后入山林,观天性;形躯至矣,然后成见鐻,然后加手焉;不然则已。则以天合天。器之所以疑神者,其是与!”

梓庆之所以能制作出“见者惊犹鬼神”的乐器架子——鐻来,是因为他经过“斋以静心”而达到了虚静境界。这时,他“不敢怀庆赏爵禄”,抛弃了一切私心杂念的干扰;他“不敢怀非誉巧拙”,排除了各种主观成见的影响;他“辄然忘吾有四枝形体”,不再受具体事物认识局限性的束缚,而达到了认识的高级阶段,非常深入地掌握了木材的“天性”及造鐻的规律,从而使自己的技艺达到了“以天合天”的水平。这里,重要的是要求技艺创造者必须排除主观与客观的种种干扰,摆脱具体认识和实践的局限,而不是无知无欲、绝圣弃智。《庄子》中还有不少技艺神化的故事,虽然也贯穿了要抛弃一切具体认识和实践,方能获得最高认识、掌握事物客观规律的思想,但是,这些故事本身所提供给人的客观意义,正好是说明了要获得对事物的最高认识,必须通过无数次反复的具体认识和实践才有可能。例如《庄子·养生主》篇中著名的庖丁解牛故事,庄子认为庖丁之所以在解牛时能游刃有余,达到如此神妙的境界,是因为他在精神上进入了虚静状态,“以神遇而不以目视,官知止而神欲行”,所有感觉器官都弃置不用,但凭与“道”合一的主观精神指挥,即能神妙莫测地解好牛。显然,从庄子主观上说是一种否定具体认识和实践的唯心主义观点,实际上没有感官,人就无法进行具体实践,庖丁技巧再高也是不能闭着眼睛去“解牛”的。然而,庖丁解牛这个故事本身,却正好说明了这种高超的解牛本领,正是从长期的具体的解牛实践中认识和获得的。庖丁在解了数千头牛的反复实践中,充分掌握了牛的特点和解牛的规律。他目无“全牛”,看到的牛不是浑然一体之物,他能一眼看穿牛的内部构造,对牛的各种筋骨、肌肉、经脉、皮层等组织状况异常清晰明白,知道怎样下手能够迎刃而解。尤其是从《达生》篇所讲的佝偻者承蜩的故事中,还可以看出要达到技艺神化,要付出多少艰苦的劳动。佝偻丈人以顽强的毅力,克服了生理上的缺陷,持久不懈地进行艰苦练习,终于达到了承蜩如掇的出神入化的水平。这个过程当然是不会很轻松的。这就说明具体的认识和实践是何等的重要!可见,庄子的虚静说体现在一系列技艺神化的故事中,它的积极方面大大地突出了,而其消极方面则在减弱,甚至被这些技艺故事的实际所否定。因此,这些故事对艺术创作构思所产生的影响,主要是积极的。

虚静说在文学艺术创作理论中的运用,不仅不排斥具体的知识学问,而且正好是为了能充分发挥这些知识学问在构思过程中的作用。艺术家在虚静的精神状态下,才能把平日积累的丰富生活经验集中起来,作一番深入的思考,进行综合分析,发挥自己的想象能力,从而创造出生动的艺术形象来。《西京杂记》记载司马相如创作《上林》《子虚》赋的情况时说:

> 司马相如为《上林》《子虚》赋,意思萧散,不复与外事相关,控引天地,错综古今,忽然如睡,焕然乃兴,几百日而后成。

“意思萧散”是说没有任何主观欲念的考虑,“不复与外事相关”,是说不受一切外界事物干扰,这样,就进入了虚静状态。于是,他就能够充分发挥他的艺术才能,把平时积累的知识学问、生活经历,广泛地调动起来,使之成为艺术想象和形象构思的重要基础。西晋著名的文学理论批评家陆机的《文赋》,是专门论述创作问题的。他也是第一个自觉地把虚静说运用于文学创作理论的。陆机认为艺术构思成败的关键是能否做到内心虚静。《文赋》开篇就说:

> 伫中区以玄览,颐情志于典坟。

前一句讲虚静览物,后一句讲知识学问,两者是并重的。“玄览”即是虚静。李善注说:“《老子》曰:‘涤除玄览。’河上公曰:‘心居玄冥之处,览知万物,故谓之玄览。’”这个解释是正确的。近人许文雨在《文论讲疏》中说:“此道家深观物化之说。”《文赋》在讲到艺术构思时说:“其始也,皆收视反听,耽思傍讯。”李善注说:“收视反听,言不视听也。耽思傍讯,静思而求之也。”这就是庄子说的“无视无听,抱神以静”的境界。《文赋》在讲到创作过程中遇到“岨峿不安”的文思蹇塞状况时,主张要“罄澄心以凝思,眇众虑而为言”,也正是要求以虚静来促进感兴的产生,从而克服构思过程中的障碍。在陆机看来,这种虚静境界和知识学问不仅不矛盾,而且是相辅相成的,共同成为艺术创作构思的必要条件。“典坟”泛指古籍,是说要有广博的学识。下文所说:“咏世德之骏烈,诵先人之清芬;游文章之林府,嘉丽藻之彬彬。”即是对“颐情志于典坟”的具体发挥,强调要学习前人的道德和文章。陆机在这里讲的主要还是书本知识。刘勰后来在《神思》篇中则进一步扩展了它的内容,提出“积学以储宝,酌理以富才,研阅以穷照,驯致以怿辞”,这就全面得多了。刘勰把虚静和知识、道理、阅历、文章并列在一起,作为“驭文之首术,谋篇之大端”。这样,我们可以看到文学艺术创作理论中的虚静说和它所由来的庄子虚静说,已经有了根本原则的不同。它吸收和发挥了庄子虚静说的积极内容,克服了它的消极方面,弥补了它的不足,成为我国古代艺术构思论的一个首要的基本内容。

有些学者认为陆机、刘勰等论虚静的内容是积极的,但是老庄的虚静说则完全是消极的,从而认为陆机、刘勰等所说的虚静是出于荀子,而不是出于庄子。这样说显然是与陆机、刘勰本人的论述相矛盾的。陆机、刘勰论虚静的话均出于《庄子》,这是无法否认的,包括刘勰论虚静是积极的两句话:“水停以鉴,火静而朗”,也是从《庄子・天道》篇伸发出来的。尤其应该看到的是,庄子的虚静说确有积极方面,而文艺创作上讲的虚静又是直接从《庄子》中体现虚静说积极方面比较突出的技艺故事来的。说陆机和刘勰主张虚静不是从庄子那里来的,而是从荀子那里来的,目前尚没有什么充分的根据,但是在对虚静的积极方面的认识上,荀子和庄子是有共同之处的。荀子在《解蔽》篇中所说的由“虚壹而静”而至“大清明”境界,和庄子所说由虚静而至“大明”境界是一致的。道家的虚静说积极面自荀子以后亦为儒家所接受,并与佛家的空静观相融合,他们在由静至明这一点上是共同的。因此后来在文艺创作中,不论是道家、儒家、佛家,都讲究要虚静。例如支遁在《不眴菩萨赞》中说:“何以虚静间,恬智翳神颖。”慧远《念佛三昧诗集序》中亦说:“夫称三昧者何?专思寂想之谓也。思专则志一不分,想寂则气虚神朗。气虚则智恬其照,神朗则无幽不彻。”佛教徒主张空无寂静,用“空静”来说明艺术构思时应有的精神状态时,则主要是强调在精神上要专一不分,“神颖”“心朗”,充分发挥主观能动作用。唐代诗人权德舆在《送灵澈上人庐山回归沃州序》一文中曾说:“上人心冥空无而迹寄文字,故语甚夷易,如不出常境,而诸生思虑终不可至。”“故睹其容览其词者,知其心不待境静而静。”如此而方能做到“静得佳句”。佛家所说的“入定”,强调“由定生慧”,和老庄讲的由虚静而至“大明”是类似的。刘禹锡在《秋日过鸿举法师寺院便送归江陵引》中说“自近古而降,释子以诗名闻于世者相踵焉”,其原因即是能“因定而得境,故翛然以清;由慧而遣词,故粹然以丽”。儒家在论艺术构思中也强调虚静,如程颢在《秋日偶成》中说:“闲来无事不从容,睡觉东窗日已红。万物静观皆自得,四时佳兴与人同。”所谓“静观”,亦即虚静、玄览之意。宋代的理学大师朱熹也很注重虚静在文艺创作中的作用。陈文蔚等辑录的《晦庵诗说》中曾记载了朱熹的一段话:

> 今人所以事事做得不好者,缘不识之故。只如个诗,举世之人尽命去奔做,只是无一个人做得成诗。他是不识,好底将做不好底,不好底将做好底。这个只是心里闹不虚静之故。不虚不静,故不明,不明故不识。若虚静而明,便识好物事。虽百工技艺做得精者,也是他心虚理明,所以做得来精。心里闹,如何见得?

由此可见,不管是儒、道、佛哪一家,讲虚静在艺术构思中的作用,基本意思是一致的。

那么,艺术家这种虚静的精神状态,对艺术构思究竟有什么好处,能起到什么样的积极作用呢?对于哲学家来说,虚静是为其进行深邃的抽象思维活动创造条件的,所以,老庄把它作为认识不可言状的“道”的途径。但是,对于艺术家的创作构思来说,虚静并不像有些学者所说的那样,是突出冷静的理智在构思过程中的主宰作用,而主要是为艺术的形象思维活动的积极开展创造条件的。这主要表现在下面三点上。

第一,虚静能使艺术家的心胸容纳现实中的千景万象,开展丰富的艺术想象活动。就像如冠九在《都转心庵词序》中所说的:“澄观一心而腾踔万象。”艺术构思是一个生动的形象思维过程,它要在无数具体的现实形象基础上,驰骋艺术想象,经过形象概括,提炼而凝聚成为完美的理想的艺术形象。刘禹锡在《秋日过鸿举法师寺院便送归江陵引》中说:“能离欲,则方寸地虚,虚而万景入。”他的《秋江早发》一诗中说:“凝睇万象起,朗吟孤愤平。”没有虚静的精神境界,不能摆脱各种主客观干扰,就不可能使自己胸中涌现千景万象,也就开展不了艺术的想象活动。慧远说:“故令入斯定者,昧然忘知,即所缘以成鉴,鉴明则内照交映,而万象生焉。”然后“天地卷而入怀”。(《念佛三昧诗集序》)内心虚静,洞明百物,即能使万象萌生。所以,苏轼在《次韵吴传正枯木歌》中讲山水画的创作时曾说:必使“东南山水相招呼,万象入我摩尼珠”,方能使构思无比巧妙。又说李公麟画马之所以能达到形神兼备,“不独画肉兼画骨”,正是因为他“胸中有千驷”,是在概括了无数现实中的马的形象而创造出来的。只有把现实中的千景万象都纳入自己的脑海中供艺术想象的驱遣,才能创造出匠心独妙的艺术品来。南朝刘宋时期著名画家宗炳所说的要“澄怀味像”,正是说的虚静对艺术家的形象思维的作用。

第二,虚静可以提高艺术家的艺术概括能力。艺术家不仅要有“腾踔万象”的艺术想象,而且还必须要有深刻的形象概括能力。这就需要艺术家能深入地把握现实的本质,认清客观事物的内在规律,从大处落笔,而不局限于个别细微末节的描绘。清代画家恽格在《南田题跋》中说:“川濑氤氲之气,林风苍翠之色,正须澄怀观道,静以求之,若徒索于毫末间者,离矣。”有了虚静的精神境界,就可以为艺术家清醒地认识现实的本质,提供必要的主观条件。苏轼在《送参寥师》一诗中说:

欲令诗语妙,无厌空且静。静故了群动,空故纳万境。

空静即是虚静,它不仅可以“纳万境”,而且可以“了群动”,认识客观现实世界的变化发展及其内在规律。这是因为当艺术家进入虚静的精神状态后,就能把全部智慧集中于艺术创造之上,这时正如苏轼所说的:“其神与万物交,其智与百工通。”(《书李伯时山庄图后》)能够集中精力去对广泛的现实生活景象进行一番由此及彼,由表及里的思考和剖析。金圣叹在《水浒传序》中提出要“澄怀格物”,也即是指艺术家必能虚静,然后可以对现实生活现象作深入的观察、研究。这样,艺术家就可以从事物的表象进一步深入其本质之中,像庖丁解牛,轮扁斫轮、梓庆削木为鐻一样,对所要创造的对象有极其深刻的了解,并且能够形象地表现事物的本质和规律。这也就是朱熹所说的作诗要虚静而能“明”,“明”而能“识”的意思。艺术的形象思维并不只是一种感性认识,它也要由感性提高到理性认识。不过,形象思维由感性认识提高到理性认识的具体方法和抽象思维不同,不是抛弃具体形象而抽象出理性的概念,而是用形象概括的方法塑造具有典型意义的艺术形象,通过它来反映现实的本质。《宣和画谱》记载五代时的画家郭乾晖最善画花草禽虫。他“常于郊居畜其禽鸟,每澄思寂虑,玩心其间,偶得意即命笔。格律老劲,曲尽物性之妙”。有虚静的精神状态,才能集中全力去研究自己所要描写的对象,这样,就一定能够掌握它的本质特征,以“曲尽物性之妙”。

第三,虚静的精神状态可以促进艺术家创作灵感的爆发。虚静和感兴之间的关系,是非常密切的,灵感(即感兴)的涌现,需要艺术家排除一切欲念干扰,而进入沉思寂想的境地,方有可能。虚静可以诱发感兴的萌生。刘禹锡在《和仆射牛相公见示长句》一诗中说:“静得天和兴自浓,不缘宦达性灵慵。”艺术家总是在虚静的状态下,“神与物游”,留恋万象,从而发生强烈的兴会冲动的。虚静就是灵感爆发的前夕。皎然在《诗式》中说:

> 有时意静神王(按:即“旺”),佳句纵横,若不可遏,宛若神助。不然,盖由先积精思,因神王而得乎!

意静然后能神旺,然后“佳句纵横”,联翩不绝。表面看这好像是“神助”,其实这正是虚静所导致的必然结果。这种由虚静而“兴会标举”的状况,明代谢榛在《四溟诗话》中曾经作过一番具体的描写。他说:

> 凡作文,静室隐几,冥搜邈然,不期诗思遽生,妙句萌心,且含毫咀味,两事兼举,以就兴之缓急也。予一夕欹枕面灯而卧,因咏蜉蝣之句;忽机转文思,而势不可遏,置彼诗草,率书叹世之语云:“天地之视人,如蜉蝣然;蜉蝣之观人,如天地然;蜉蝣莫知人之有终也,人莫知天地之有终也。”

谢榛以自己的切身经历来说明当诗人进入到虚静的境界之后,就会产生不可抑止的创作冲动,灵感自然涌现,妙句脱颖而出。反之,如果心里不虚静,那是很难使“诗思遽生”的。

二　神　思

虚静还只是进行艺术构思的一个精神基础。艺术构思活动一展开,首先要使艺术想象的翅膀飞腾起来。“神思”,是我国古代文艺理论中对艺术创作的思维活动所用的专门概念。“神思”,从广义的角度讲,是指整个的艺术思维过程;从狭义的角度说,主要是论述艺术思维过程中的想象活动及其特征。“神思”这个概念在艺术领域中的运用,最早见于南朝刘宋时期宗炳的《画山水序》。宗炳提出画家应当“万趣融其神思”,这个“神思”,顾名思义,即是指一种非常微妙有趣、不同于一般的思维活动,亦即是以想象为中心的艺术思维活动。后来,刘勰在《文心雕龙》中单立篇章,正式把“神思”作为文学创作理论中的重要概念来使用。不过,“神思”这个概念在唐以后运用得并不广泛,我们这里主要是借它来阐述我国古代关于艺术想象的认识。

“神思”过程中最重要的是艺术想象问题。艺术想象是艺术创造的灵魂,艺术作品是艺术想象的结晶。没有艺术想象也就没有艺术作品。宋代诗僧惠洪在他的《冷斋夜话》中曾经说过一句很精辟的话,他说:“诗者,妙观逸想之所寓也。”妙观,是指艺术家的巧妙观察;逸想,是指艺术家的奇特设想。惠洪认为诗歌即是诗人绚丽多姿的艺术想象的寄托。诗歌所描写的内容是诗人观察、研究现实有所感而抒发出来的,但是它已经不是现实的简单的照相式反映,而是经过诗人心灵的改造,而成为“灵想之所独辟”(恽格《题洁庵图》)的意象了。恰如司空图在《二十四诗品》中所说的,它已经不是自然的原型,而是诗人所“妙造”的自然了。宋代的大诗人苏轼说过:“古来画师非俗士,妙想实与诗同出。”(《次韵吴传正枯木歌》)“妙想”,即是“妙观逸想”。不论在诗歌创作还是绘画创作中,它都具有头等重要的意义。艺术的产生就是人类想象能力发展到一定程度的结果。马克思在《摩尔根〈古代社会〉一书摘要》中曾经指出:早在人类野蛮时期的低级阶段,“想象力,这个十分强烈地促进人类发展的伟大天赋，这时候已经开始创造出了还不是用文字来记载的神话、传奇和传说的文学，并且给予了人类以强大的影响。"①不过，从理论上认识想象活动的特征是比想象力的发展要晚得多的。在西方，大约是亚里士多德最早提出了想象问题，并且研究了它的特征。他说："想象和判断是不同的思想方式。想象是可以随心所欲的。""想象里蕴蓄着感觉，而判断里又蕴蓄着想象。""想象不是感觉。""一切感觉都是真实的，而许多想象是虚假的。"②他讲的还不是艺术上的想象，而是哲学上的想象。公元1世纪希腊哲学家阿波罗尼阿斯才明确地提出是想象创造了艺术作品的问题。他说："是想象。它造作了那些艺术品，它的巧妙和智慧远远超过摹拟。摹仿只会仿制它所见到的事物，而想象连它所没有见过的事物也能创造，因为它能从现实里推演出理想。"③他指出了想象的创造性特征。

我国古代最初对想象活动的认识，从时代来说，和西方是接近的，大约在战国中期就提出了这个问题。不过，我国古代对想象的认识，不像西方那样有很强的理论性，而偏重对想象特征的具体描绘。《周易·系辞》中对"象"的解释，就包含有对想象的认识。其云："象也者，象也。"说明"易象"是人想象客观事物形态，加以模仿象征的产物。在《韩非子·解老》篇中，解释老子的"无状之状，无象之象"的时候，比较明确地指出了想象是人的一种"意想"活动。其云：

> 人希见生象也，而得死象之骨，案其图以想其生也。故诸人之所以意想者皆谓之象也。今道虽不可得闻见，圣人执其见功以处见其形，故曰："无状之状，无象之象。"

韩非子所说的也并不是艺术上的想象，但是他认为"象"乃是"意想"的产物，"道"虽然无状、无象，但人可以根据它的作用以想象其形其象，说明他

① 《马克思恩格斯论艺术》第2卷，曹葆华译，人民文学出版社，1963年，第5页。

② 亚里士多德：《心灵论》，载中国社会科学院外国文学研究所外国文学研究资料丛刊编辑委员会编：《外国理论家作家论形象思维》，中国社会科学出版社，1979年，第8页。

③ 斐罗斯屈拉德斯：《阿波罗尼阿斯传》，载中国社会科学院外国文学研究所外国文学研究资料丛刊编辑委员会编：《外国理论家作家论形象思维》，第9页。

已经认识到了想象可以创造人“所没有见过的事物”,甚至创造现实中所根本没有的事物。大约在和韩非接近的时代,我们看到了文学艺术中有和韩非的理解相类似的对艺术想象的描写。《楚辞·远游》中说:

> 涉青云以泛滥游兮,忽临睨夫旧乡。仆夫怀余心悲兮,边马顾而不行。思旧故以想象兮,长太息而掩涕。泛容与而遐举兮,聊抑志而自弭。

《远游》的作者是不是屈原,历来有争议,此处不论。但它最晚是战国后期的作品,不会更晚了。《远游》的作者不是讲述创作理论上的想象,而是用“想象”来说明诗人思维活动的状况。作者设想屈原虽与仙人俱游,周历天地,无所不到,但仍然怀念祖国故旧。当他遨游太空下临故土的时候,无限悲怆。他睨视“旧乡”,感情十分激动,诗人的想象开始飞腾,它回忆起了自己祖国的种种状况。从这里我们可以看出,艺术家的想象总是和感情的波涛起伏紧紧相连的,它能把自己曾经经历过的一切和想象中的状况生动地展现出来,它总是和现实的具体形象密不可分的。类似的情况我们在曹植的《洛神赋》中也可以看得很清楚。《洛神赋》最后一段写道:

> 于是背下陵高,足往神留,遗情想象,顾望怀愁。冀灵体之复形,御轻舟而上溯。浮长川而忘反,思绵绵而增慕。夜耿耿而不寐,沾繁霜而至曙。命仆夫而就驾,吾将归乎东路。揽骓辔以抗策,怅盘桓而不能去。

曹植在这里写洛神去后,自己虽然已经步下高山,心神却仍然留在那儿,想象着洛神的容貌神态,以及和洛神相遇的难忘情景。这就是诗人当时的“神思”内容,也即是艺术想象的具体内容。而这种想象活动的产生,又是和诗人与洛神相会的感情激动分不开的。可见,我国古代诗人所体会到的“神思”(主要是想象)的内容,都是具体的、形象的、伴随着强烈感情激动的一种“意想”活动。而这些也正是艺术的形象思维和想象活动的重要特征。然而,《远游》和《洛神赋》的作者,显然都还没有对想象活动的特征作出自觉的理论的概括,对艺术想象的自觉的理论认识是在六朝发展起来的。

公元3世纪,陆机在《文赋》中描绘了艺术想象活动的情状,它已经具体地反映出了艺术想象活动的特点。其后,东晋著名的画家顾恺之明确提出了绘画艺术构思是艺术家"迁想妙得"的结果。什么是"迁想妙得"呢?艺术家把自己奇妙的想象内容寄寓到具体的形象中去,这即是"迁想"的意思,而这两者天衣无缝地融合一致,即是所谓"妙得"。"迁想妙得",就是把艺术想象的内容凝聚成为具体生动的形象。惠洪在《冷斋夜话》中说:"山谷云:天下清景,初不择贤愚而与之遇,然吾特疑端为我辈设。"这正是因为只有诗人和艺术家才有"迁想妙得"之能的缘故。所以王国维在《人间词话》中说:"抑岂独清景而已,一切境界,无不为诗人设。世无诗人,即无此种境界。"自然界的"清景",经过艺术家想象的改造,就成了优美的艺术意境。比如李白的《独坐敬亭山》写道:

众鸟高飞尽,孤云独去闲。相看两不厌,只有敬亭山。

诗人把自己的想象"迁"到了敬亭山的形象上,于是敬亭山也成为活的人一样,与诗人"相看两不厌"了。"迁想妙得"和西方所说的"移情"作用,实际是一回事。从另一个角度讲,"迁想妙得"体现了艺术思维过程中精神内容和具体物象的完善统一。高尔基曾说:"想象在其本质上也是对于世界的思维,但它主要是用形象来思维,是'艺术的'思维。"①想象作为艺术思维,它总是和具体的现实形象紧密地结合在一起的。意大利的汤密达诺说:"想象是一种心理功能,它像纯洁而经琢磨的水晶,照映出感觉所获得的具体事物的形象。"②法国的伏佛纳尔格也说过:"凭形象的方式来产生对事物的观念,并借助形象来表达思想的那种禀赋,我称之为想

① 高尔基:《谈谈我怎样学习写作》,载中国社会科学院外国文学研究所外国文学研究资料丛刊编辑委员会编:《外国理论家作家论形象思维》,第146页。

② 汤密达诺:《德斯干语言论》,载中国社会科学院外国文学研究所外国文学研究资料丛刊编辑委员会编:《外国理论家作家论形象思维》,第9—10页。

象。因此,想象总诉诸人的感官;它是艺术的创造者,是精神的装饰品。"①和西方相比,我国古代对艺术想象的这种特点的认识,是要更早得多的。继顾恺之之后,公元5世纪前后,刘勰又对它作了生动形象的描绘和深刻的理论概括,指出艺术想象活动的特征是"神与物游"。刘勰指出艺术家在"神思方运",开始进行想象活动时,"纷哉万象,劳矣千想"(《文心雕龙·养气》),在各种纷繁复杂的景象中,闪现着无数新颖的构想。这时,古今四海的一切生动景象都伴随着艺术家的思维而出没。"吟咏之间,吐纳珠玉之声;眉睫之前,卷舒风云之色。"五代时著名的画家荆浩在《笔法记》中讲绘画的"六要",其中之一即是讲构思。他说:"思者,删拨大要,凝想形物。"前句说的是艺术思维过程中要从千景万象中按照自己所要表现的主题,进行深刻的艺术概括,以反映现实的本质和规律;后句说的是要按照艺术概括的需要来通过想象而构成形象。"删拨大要"和"凝想形物",是艺术想象过程中不可分割的两个方面,它正好说明了艺术思维从感性认识向理性认识飞跃的过程,也是不脱离生动的形象的。艺术想象过程中正是通过"凝想形物"来达到"删拨大要"的。这就是艺术思维中对现实形象的提炼、加工和典型化的进程,刘勰在《文心雕龙·神思》篇中称之为"杼轴献功"。好比把粗糙的麻通过纺织而成为精致的布一样,"焕然乃珍"。原来是普通的、平常的生活现象,经过艺术家的改造,就可以使"拙辞或孕于巧义,庸事或萌于新意",从而变成为有典型意义的艺术珍品。萧子显在《南齐书·文学传论》中说:"属文之道,事出神思,感召无象,变化不穷。俱五声之音响,而出言异句;等万物之情状,而下笔殊形。"艺术创作的"神思"过程,最重要的是"妙想"阶段,它"感召无象,变化不穷",要对万物情状在想象中进行形象的提炼与概括,创造出比现实更集中、更美的生动形象来。这种艺术形象随着不同才能、性格的作家,而有各种独特的风格,千姿百态,变化无穷。

"神与物游"是"神思"最基本的特点,然而,单就这一点还不能完全区别艺术思维和科学思维,还不能完全说明艺术想象的特征。科学思维

① 伏佛纳尔格:《人类心灵的认识》,转中国社会科学院外国文学研究所外国文学研究资料丛刊编辑委员会编:《外国理论家作家论形象思维》,第26—27页。

也要运用想象能力，科学的想象也常常是和具体物象结合在一起的。一个考古学家需要想象原始社会人民的生活和劳动状况，一个生物学家也需要想象某些动植物的祖先的形状及其生存情形。那么，艺术想象和科学想象究竟有什么区别和不同呢？关于这个问题，我国古代有关艺术想象的论述中，有许多深刻而精辟的见解，对于我们认识这个问题有很重要的启发。

第一，我国古代有关“神思”过程中艺术想象的论述，指出了艺术想象具有超越时空的无限广阔性和丰富性。《西京杂记》记载司马相如曾经说：“赋家之心”可以“苞括宇宙，总揽人物”。古人认为神存于心，心是思维活动的总枢纽，所以“赋家之心”也就是“神思”。《文心雕龙·神思》篇一开头就说：“古人云：形在江海之上，心存魏阙之下。神思之谓也。”当时人们对思维活动这种精神活动现象不能给以科学的解释，受佛学思想影响，认为人的精神和肉体是可以分离的，思维活动乃是一种纯粹的精神活动现象，是灵魂的活动。恩格斯说：“在远古时代，人们还不完全知道自己身体的构造，并且受梦中景象的影响，于是就产生了一种观念：他们的思维和感觉不是他们身体的活动，而是一种独特的、寓于这个身体之中而在人死亡时就离开身体的灵魂的活动。”①他们把人的思维活动神化了。刘勰是信佛的，在当时还深受“神不灭”论的影响。不过，刘勰所说“神思”的特点，主要还在强调思维活动可以不受肉体的限制，可以达到很远很远的地方。所谓“文之思也，其神远矣。故寂然凝虑，思接千载；悄焉动容，视通万里”，和司马相如所说的“苞括宇宙，总揽人物”是完全一致的；说明艺术想象是不受任何时间和空间的限制的。刘勰之前，陆机在《文赋》中对此就作过十分生动的描绘。他说艺术家的想象活动开展起来之后，可以“精骛八极，心游万仞”。李善注说：“精，神爽也。”方廷珪《文选集成》说：“精，神思。骛，驰也。”“精骛”与“心游”对文，都是指神思这种艺术想象活动的情状。八极、万仞，则如方廷珪所说，是指神思之“无远不到”“无高不至”。和科学思维的想象活动相比较，显然艺术想象活动的

① 恩格斯：《路德维希·费尔巴哈和德国古典哲学的终结》，《马克思恩格斯选集》第4卷，人民出版社，1972年，第219页。

范围和幅度，都是要更为广阔和丰富的。这种广阔性和丰富性还表现在艺术想象往往可以超出“常情”“常理”之外，不受其束缚，这在科学思维的想象活动来说，是不能允许也不能成立的。惠洪在《冷斋夜话》中曾引苏轼语云：“诗以奇趣为宗，反常合道为趣。”这种“反常合道为趣”的例子，我们也可以从《冷斋夜话》的记载中看到：

> 今人之诗，例无精彩，其气夺也。夫气之夺人，百种禁忌，诗亦如之。富贵中不得言贫贱事，少壮中不得言衰老事，康强中不得言疾病死亡事。脱或犯之，人谓之诗谶，谓之无气，是大不然。诗者，妙观逸想之所寓也，岂可限以绳墨哉！如王维作画雪中芭蕉诗，法眼观之，知其神情寄寓于物，俗论则讥以为不知寒暑。荆公方大拜，贺客盈门，忽点墨书其壁曰：“霜筠雪竹钟山寺，投老归欤寄此生。”坡在儋耳作诗曰：“平生万事足，所欠惟一死。”岂可与世俗论哉。予尝与客论至此而客不然予论。予作诗自志，其略曰：“东坡醉墨浩琳琅，千首空余万丈光。雪里芭蕉失寒暑，眼中骐骥略玄黄。”云云。

王维画雪中芭蕉，这在北方是不会有的。王安石正当拜相之际，仕宦的鼎盛时期，可是他却写了两句希望隐居深山、以终天年之诗。苏轼被贬官至海南岛，正当仕途坎坷、命运蹇塞时候，却写出了两句觉得什么都很满足了的诗句。这些从表面上看来确是与物之常理、人之常情不相吻合的。然而，诗歌是艺术品，它不是要讲科学道理。艺术想象在于充分表达艺术家的思想感情，因此不能按“常理”“常情”去要求艺术描写。

王安石在得志之时想到了晚年，苏轼在困顿之中表现了看破红尘之意，虽违反“常情”，却内中“合道”。惠洪尖锐地批评了给艺术创作设种种“禁忌”，要求它严格按“常规”去写的倾向，这正是他懂艺术的表现。在宋代由于受理学影响，有些人不懂艺术的特殊规律，不知道艺术想象有自己的特征，以科学、理论的思维方式去要求艺术思维，其实是违背艺术本身的发展规律的。惠洪说别人不服他的议论，这也是不奇怪的。其实，与惠洪看法一致的也大有人在。比惠洪略早的沈括在《梦溪笔谈》中，就发表过与惠洪类似的看法，他说：

书画之妙，当以神会，难可以形器求也。世之观画者，多能指摘其间形象位置、彩色瑕疵而已；至于奥理冥造者，罕见其人。如彦远画评，言王维画物，多不问四时。如画花往往以桃杏芙蓉莲花同画一景。予家所藏摩诘画袁安卧雪图，有雪中芭蕉。此乃得心应手，意到便成，故造理入神，迥得天意，此难可与俗人论也。

艺术家在想象过程中为了充分体现自己的思想情趣，往往在构想中出现某种不符合生活现象的状况，这在浪漫主义、象征主义作品中尤为常见，但我们不能因此而责怪艺术家，全盘否定其作品。因为艺术家创造的是艺术品，而不是科学成果。王维的绘画是体现其思想情操的艺术品，而不是科学挂图。宋代的朱翌在《猗觉寮杂记》中说沈括和惠洪所说王维画雪中芭蕉不合寒暑，是因为他们没有到过岭外（今两广地区），不知道岭外冬大雪，芭蕉乃自若，红蕉方开花。然而，正如俞剑华先生在《中国画论类编》中所说的，袁安卧雪系在洛阳，不在岭外。更何况即使真像朱翌说的，沈括和惠洪犯了识见不广的错误，也并不影响他们的观点，因为这种例子显然并不只是一个。如赵殿成《王右丞集笺注》卷末附录中曾引明代都穆《寓意编》中记载说，金陵王休伯家藏有王维所画济南伏生像。都穆看了之后大吃一惊，“以为平生之未见也。但古人之坐，以两膝着地，未尝箕股；而秦汉之书，当用竹简。今像乃箕股而坐，凭几伸卷。此则余所未晓，抑余闻维尝画雪中之蕉，毋乃类是，而不必拘拘于形似者邪？”王维画的是秦汉时人，而其坐的姿势和用的书写工具却是唐时人模样，按“常情”来说这也是不合的，但因他重在人物神态，故不拘泥于这些方面，结果仍作为名画流传下来了。这说明艺术想象比科学想象要更自由得多，是不受任何条条框框束缚的。

艺术想象之不同于科学想象的第二个重要特点，是艺术想象不仅伴随有强烈的感情活动，而且正是艺术家波澜起伏的感情活动，触发和激起了丰富多彩的想象活动，并且促使艺术想象活动的深化。艺术家没有感情的激动，就不能使想象的翅膀飞腾，更不会有“感兴”即灵感的爆发；同时，艺术想象的深入发展，兴会的炽烈，又必然要进一步燃起艺术家难以抑制的感情，使感情活动更为强烈。所以，王夫之在《古诗评选》中说：

“诗之所至,情无不至;情之所至,诗以之至。”艺术想象发展到什么地方,感情就随之而到什么地方;感情发展到什么程度,艺术想象也就随之而到什么程度。陆机在《文赋》中说:作家在创作过程中,经常是“思涉乐其必笑,方言哀而已叹”。刘勰在《神思》篇中也非常突出地强调了感情因素和艺术想象活动的密切关系。他说当一个艺术家驰骋神思的时候,“登山则情满于山,观海则意溢于海”。在《夸饰》篇中他又说:“谈欢则字与笑并,论蹙则声共泣偕。”在《神思》篇中他还指出艺术构思过程中,感情的复杂变化,对艺术想象活动的展开和形象的构成具有决定性的影响,起着支配性的主导作用。他说:“神用象通,情变所孕。”又说:“情数诡杂,体变迁贸。”不仅文学创作如此,书法、绘画创作也是如此。恽格在《南田画跋》中说过:“笔墨本无情,不可使运笔墨者无情。作画在摄情,不可使鉴画者不生情。”感情活动是绘画创作的基本因素之一。唐代著名的书法家和书法理论家孙过庭在《书谱》中指出,王羲之书法创作的重要特征之一,是他能按照书法内容所体现的不同感情,来驰骋不同的艺术想象,形成不同的艺术风貌,做到“岂惟会古通今,亦乃情深调合”。他举了王羲之所写书法的名篇《乐毅论》《黄庭经》《东方朔画赞》《太师箴》《兰亭集序》《告誓文》等为例来加以说明。其云:

> 写乐毅则情多怫郁;书画赞则意涉瑰奇;黄庭经则怡怿虚无;太师箴则纵横争折;暨乎兰亭兴集,思逸神超;私门诫誓,情拘志惨。所谓涉乐必笑,言哀已叹。岂惟驻想流波,将贻啴嗳之奏;驰神睢涣,方思藻绘之文,虽其目击道存,尚或心迷议舛。莫不强名为体,共习分区。岂知情动形言,取会风骚之意;阳舒阴惨,本乎天地之心。

孙过庭在这里不仅指出了王羲之书法艺术创作中的想象活动,是和由书法内容所引起的不同感情紧密相关的,而且说明了这一点是和文学、音乐创作完全一致的。所谓“驻想流波”即是指曹植《洛神赋》中描绘的“遗情想象”之意,而“啴嗳之奏”即是《礼记·乐记》中所说“啴谐慢易繁文简节之音作而民康乐”之意。乐毅本是燕国功臣,但燕惠王听信谗言,中齐国反间计,乐毅被迫出奔赵国,他的遭遇是不幸的,故王羲之书写《乐毅论》

具有"情多怫郁"的艺术风貌。东方朔是以诙谐滑稽出名的,故其书《画赞》能"意涉瑰奇"。《黄庭经》是道家经典,故"怡怿虚无"。其他各篇亦都有这种以书法内容所决定的感情特色来展开自己艺术想象的特点。

西方也有不少人探讨过艺术想象活动中感情因素的作用问题,但是比我国古代的这些论述要晚得多。当然,西方文艺家、哲学家的论述也有其长处,他们的理论色彩比较鲜明,而不像我国古代主要是通过对具体创作状况的描绘来体现理论内容的。应该说,一切创造性的想象中都是包含有感情的因素的,不能说只有艺术想象才有感情成分。但感情成分对艺术想象来说,确实具有头等重要的意义,我们甚至可以说,没有感情因素,艺术想象的翅膀就不容易飞腾起来。科学的想象中也不能说就没有感情的因素,然而它和艺术想象中感情因素的地位和作用是大不相同的。在非艺术的想象活动中,感情只是作为激起创造性想象的一种推动力量,它具体表现为因创造的成功或失败而体现出某种感情上的激动。在科学想象里,感情本身不能成为创造性想象的材料。然而,在艺术想象中,感情不仅表现为对艺术创造成败而产生的激动上,更重要的是感情本身就是艺术想象的创造材料。我国古代对感情因素在艺术想象中的地位和作用的认识,当然没有西方那样自觉的、理论色彩很强的叙述,然而确实已经比较早地感觉到了艺术想象中感情因素所起的重要作用和所处的突出地位。这是和我国古代一贯重视艺术要表现感情的特点完全一致的。因为我国古代在唐宋以前主要的文学形式就是诗歌,而诗歌中又主要是抒情诗。一则是诗歌创作十分普遍,凡是文人都会写诗;二则是抒情诗占百分之九十以上的绝对优势地位。因此,我国古代很早就提出了诗是人的感情的表现的问题。先秦时代诗乐还没有完全分家,荀子在《乐论》中讲音乐是人的感情的表现,实际上也说明了诗同样也是人的感情的表现。汉代的《毛诗大序》中明确提出"情动于中而形于言",发而为诗。到西晋陆机提出诗歌"缘情"的问题后,感情在文学中的地位就非常突出了。因此,反映到关于艺术想象的论述中,自然也就重视感情的作用。《文赋》中说"精骛八极,心游万仞"之结果,就是"情曈昽而弥鲜,物昭晰而互进",说明驰骋神思的重要目的之一就是要使感情更加鲜明,可见,感情本身即是艺术创造的材料。艺术想象从根本上说,乃是为表达艺术家的感情服务的，或者说，艺术想象的实质正是为充分体现艺术家的感情，而寻找最好的物质外壳——现实形象。

艺术想象不同于科学想象的第三个特点是艺术想象的产物及其所起的作用，和科学想象是根本不同的。艺术想象的结果是构成生动完美的艺术形象，并由它对人们起一种精神的作用。而科学想象的结果是为了创造改造自然的物质工具，要起一种具体的物质作用。《文赋》说想象活动最终要使之能"笼天地于形内，挫万物于笔端"，创造出具有高度概括意义的艺术形象。刘勰在《神思》篇中也说，"神思方运，万涂竞萌"的感兴高潮到来之后，经过艺术家对"万象""千想"的艺术综合、概括，就逐渐在自己心目中形成了"意象"，然后"窥意象而运斤"，使之通过语言文字而物质化。这时，艺术形象就栩栩如生地呈现在读者面前了。艺术家正是用它来感动人教育人。创造一件实用的东西，也非有想象不可。比如发明蒸汽机的时候，发明者就是对目前某些材料看到了前所未见的关系和可能性。这就是科学的想象活动。但是，艺术品却和机器不同。它不仅是想象的结果，而且它只在想象里而不在物质世界起作用。也即是说，构成艺术品的物质直接表现了想象所唤起的意义，它不像机器仅仅是个工具，供人用来达到机器本身之外的目的。艺术想象活动并不创造改造世界的物质工具，也不对改造世界起物质作用；它只是创造生动的艺术形象，给人以美感，从而起到教育作用。唐代著名的书法理论家张怀瓘在《书断》中讲书法的艺术想象及创造过程时，有一段很精彩的论述。他说：

尔其初之微也，盖因象以曈昽，眇不知其变化，范围无体，应会无方，考冲漠以立形，齐万殊而一贯，合冥契，吸至精，资运动于风神，颐浩然于润色。尔其终之彰也，流芳液于笔端，忽飞腾而光赫；或体殊而势接，若双树之交叶；或区分而气运，似两井之通泉。麻荫相扶，津泽潜应。离而不绝，曳独茧之丝；卓尔孤标，竦危峰之石。龙腾凤翥，若飞若惊，电烻燿爔，离披烂熳，翕如云布，曳若星流，朱焰绿烟，乍合乍散，飘风骤雨，雷怒霆激，呼吁可骇也！信足以张皇当世，轨范后人矣。

在这一大段对书法创作过程的描写中,“尔其初之微也”起十一句讲的是书法创作在落笔之前的艺术想象状况:由“曈昽”到“立形”,从“万殊”到“一贯”,想象逐渐成熟,并构成为意念中的书法形象。它合于自然之造化,又能体现艺术家的情致风貌。然后进入了具体书写。自“尔其终之彰也”以下,则是说的书法艺术创作完成之后,所具有的各种各样生动精美的形象状态。张怀瓘在这里对书法艺术的象征性形象特征作了异常生动的描绘,在我们眼前所展现的不是一篇书法,而是一幅形象鲜明生动的图画。由此可见,即使是像书法这样离现实生活比较远的艺术,想象的结果也是为了创造象征现实物象和体现艺术家感情的生气勃勃的艺术形象。我国古代对艺术想象特点的论述,不像西方那样有比较系统的抽象的理论分析,而更多的是对艺术想象特点的生动而具体的形象描绘。这有它的缺点,但也有它的长处。中西结合,取长补短,将能使我们对艺术想象的特点认识得更深入。

三　感　兴

我国古代文论中所说的感兴,即是指艺术创作中的灵感现象。感兴的萌发标志着神思最活跃、最丰富阶段的到来。感兴是神思过程中的一个组成部分,指的是神思活动发展到高潮时艺术家的一种高度兴奋状态。当艺术家的兴感之会到来的时候,创作的欲望特别强烈,想象极为丰富,无数生动的形象纷至沓来,思绪泉涌,通畅无阻,许多优美奇特的艺术构思正是在这样的状态下形成的。同时,也只有在感兴旺盛的情况下的创作,才能一气呵成,具备化工造物之妙。苏轼在《书蒲永昇画后》一文中记载,蜀人孙知微为成都大慈寺寿宁院壁作画,开始,他“营度经岁,终不肯下笔”,后来,突然“一日,仓皇入寺,索笔墨甚急,奋袂如风,须臾而成,作输泻跳蹙之势,汹汹欲崩屋也”。孙知微是当时一位著名的画家,《图画见闻志》曾记载有他的事迹。他之所以长久不愿落笔,正是由于他还在酝酿创作灵感,时机尚未成熟;一旦灵感爆发,他就立即趁感兴高潮一挥而就,创作出了栩栩如生的杰作。然而,感兴高潮的到来常常是带有一定的偶然性的。它并不是艺术家想要它到来,它就能到来的。经常有这样的情况:你迫切地盼望它到来,可它却始终不来;有时在无意之中,它却又突然涌上你的心头。而感兴对艺术构思的成败又有着十分重大的影响。艺术构思过程中如果没有感兴阶段的出现,神思是不能进入高潮的,那么,这种艺术构思往往显得很平庸,经常是要失败的。如果感兴阶段在艺术构思中很快到来,结果就能够使艺术构思进行得非常顺利,具有新颖独特之处。那么,应该怎样去正确认识和对待灵感这种现象呢?我国古代的文艺理论中对此有过许多的分析和研究。

最早提出艺术创作中的灵感问题,并对它在艺术构思过程中的重要作用进行了具体分析和描绘的是陆机。他在《文赋》中说:

> 若夫应感之会,通塞之纪,来不可遏,去不可止,藏若景灭,行犹响起。方天机之骏利,夫何纷而不理?思风发于胸臆,言泉流于唇齿。纷葳蕤以馺遝,唯毫素之所拟。文徽徽以溢目,音泠泠而盈耳。及其六情底滞,志往神留,兀若枯木,豁若涸流。揽营魂以探赜,顿精爽于自求。理翳翳而愈伏,思乙乙其若抽。是以或竭情而多悔,或率意而寡尤。虽兹物之在我,非余力之所勠。故时抚空怀而自惋,吾未识夫开塞之所由也。

陆机对灵感(即"感之应会")作了十分生动的描绘。他对灵感涌现时文思通畅、下笔琳琅的情状和灵感不来时文思阻塞、落笔艰难的情状,作了鲜明的对比,说明灵感乃是创作成败的关键。然而,对于灵感现象他又觉得无法控制、掌握,来去无踪,出没无常,为此他感到困惑不解,"故时抚空怀而自惋,吾未识夫开塞之所由也"。有的学者认为陆机在这里是对艺术创作的灵感作了唯心主义宿命论的解释,因为陆机说了"虽兹物之在我,非余力之所勠"这样的话。这样说自然也有一点道理,然而,我们应当看到在当时的历史条件下,要陆机对灵感这样复杂的精神活动现象作出科学的解释是不可能的。事实上,陆机在这里倒是说了大实话。他对创作中的灵感现象作了比较客观的描述,同时也明白地说自己对它还不能理解,因此也无法掌握它的规律。如果我们和西方文艺史上对灵感现象的解释相比,那么,陆机的论述还是比较实事求是的。比如柏拉图就把艺术创作中的灵感现象,看作神灵附身时的一种迷狂状态。他说:“凡是高明的诗人,无论在史诗或抒情诗方面,都不是凭技艺来做成他们的优美的诗歌,而是因为他们得到灵感,有神力凭附着。”“不得到灵感,不失去平常理智而陷入迷狂,就没有能力创造,就不能做诗或代神说话。”[①]西方在相当长一个时期内是盛行这种观点的,一直到文艺复兴以后才有较大变化。但是,我国古代讲灵感则是比较现实的。虽然宗教思想和唯心主义也很盛行,却没有人对灵感作像柏拉图那样的解释,而基本上都是像陆机那样,具体地描绘灵感与文思通塞的关系。比如张怀瓘在《书断》中说书法创作中,灵感不来时,“或笔下始思,困于钝滞”,“心不能授之于手,手不能受之于心”。而到灵感涌现时,则“意与灵通,笔与冥会,神将化合,变出无方”。清代的袁守定在《占毕丛谈》中说:“机㘣则文敏而工,机塞则文滞而拙。”这样一类的论述,在我国古代的艺术创作理论中是非常之多的。

灵感问题自陆机首先提出之后,在六朝就受到了广泛的重视。比如以沈约为首的声律派把声律之美作为评价诗歌优劣的主要标准,而在如何才能使声律协调、构成抑扬顿挫的音乐美的问题上,他们也把它首先归于灵感。沈约《答陆厥书》中说:“天机启则律吕自调,六情滞则音律顿舛。”在《宋书·谢灵运传论》中,他还说谢灵运诗歌之所以能有自然清新之美,也是因为他的诗都是“兴会标举”的产物。谢诗中如“池塘生春草,园柳变鸣禽”一类名句,当时被看作“出水芙蓉”一般的佳作,全是灵感涌现时书写即目所见的结果。颜之推在《颜氏家训·文章》篇中,也指出文章乃是“标举兴会,发引性灵”的具体表现。萧子显在《南齐书·文学传论》中说:“若夫委自天机,参之史传,应思悱来,勿先构聚。”明确提出文学创作必待灵感冲动时方可写作,绝对不可强思硬作。六朝最杰出的文学理论批评家刘勰也很重视创作灵感问题,更为可贵的是,刘勰注意到了灵感如何培养的问题。《文心雕龙·养气》篇其实就是讲灵感如何培养的问题的。黄侃《文心雕龙札记》中说:“此篇之作,所以补《神思》篇之未备,而求文思常利之术也。”这个看法是相当精辟的。《神思》篇的中心是分析艺术想象的情状和特点,但这显然是离不开感兴的。艺术创作没

---

① 柏拉图:《柏拉图文艺对话集》,朱光潜译,人民文学出版社,1963年,第8页。

有灵感的冲动,也就根本谈不到艺术想象翅膀的飞翔。刘勰在《神思》篇中说:“是以秉心养术,无务苦虑;含章司契,不必劳情。”已经涉及了感兴的培养问题。他在《养气》篇中认为神思高潮时的感兴现象乃是人的神气旺盛,精力充沛时才可能有的;如果精神过于疲劳,情绪低落,气衰力竭,就不可能出现感兴现象。为此,刘勰提出要使艺术构思进入感兴状态,就必须养气保神,即所谓“元神宜宝,素气资养”。人的气是神的具体体现,神旺神疲怎么才能看出来呢?它就反映在气盛气衰上,所以养气也即是保神,《养气》篇的开头说:

> 昔者王充著述,制《养气》之篇,验已而作,岂虚造哉!夫耳目鼻口,生之役也;心虑言辞,神之用也。率志委和,则理融而情畅;钻砺过分,则神疲而气衰;此性情之数也。

提倡“率志委和”,反对“钻砺过分”,这就是《神思》篇所说的“无务苦虑”“不必劳情”之意,其中心是强调要顺乎自然,不要勉强而作。率志,是随顺自己的心志;委和,是附合天地之和,亦即自然之意。所以,范文澜先生解释这一段话道:“彦和论文以循自然为原则,本篇大意,即基于此。”这是符合刘勰本旨的很有见地的话。要使创作顺乎自然,理融情畅,自然就有兴会标举之妙。那么,怎样才能使创作构思顺乎自然,“率志委和”呢?刘勰认为关键是要使神志清醒,具有虚静的状态,而不要被杂事杂念所干扰。他说:

> 夫学业在勤,故有锥股自厉;志于文也,则有申写郁滞;故宜从容率情,优柔适会。若销铄精胆,蹙促和气,秉牍以驱龄,洒翰以伐性,岂圣贤之素心,会文之直理哉!

艺术创作是一种艰苦的劳动,但它又不同于孜孜不倦地研究学问,而有自己的特殊规律。它不需要“锥股自厉”,而要求“从容率情,优柔适会”,必须在心平气和、神情舒畅的状态下,方能从容自若,文思泉涌,如果“销铄精胆,蹙促和气”,违反了自然之性,那么就会丧失感兴,灵感不来,也就无法写好作品。清代的纪昀评这一段话说：

> 此非惟养气，实亦涵养文机，《神思》篇虚静之说，可以参观。彼疲困纷扰之余，乌有清思逸致哉！

这是深得彦和“养气”要领的说法。所谓“涵养文机”，即是指培养灵感。日人遍照金刚《文镜秘府论》南卷论文意部分讲到“境思”问题，也表现了同样的思想：

> 夫作文章，但多立意。令左穿右穴，苦心竭智，必须忘身，不可拘束。思若不来，即须放情却宽之，令境生。然后以境照之，思则便来，来即作文。如其境思不来，不可作也。

所谓“境思”，即是指和形象化的境界相结合的思维，实际上就是说的感兴萌发时的形象思维活动。他认为“必须忘身，不可拘束”，“放情却宽之”，才可能使境象叠现，感兴浓烈，文思自然横溢。这也是要虚静其心，养气保神之旨。刘勰在《养气》篇中还说：

> 是以吐纳文艺，务在节宣，清和其心，调畅其气，烦而即舍，勿使壅滞，意得则舒怀以命笔，理伏则投笔以卷怀，逍遥以针劳，谈笑以药倦，常弄闲于才锋，贾余于文勇，使刃发如新，腠理无滞，虽非胎息之迈术，斯亦卫气之一方也。

刘勰在这里着重从精神修养的角度来讲灵感的培养，“清和其心，调畅其气”，只有当艺术家处于一种最佳的精神状态时，才能够促使灵感的爆发，兴会的到来。我国古代关于创作灵感的培养，虽然也涉及了生活积累等问题，但更侧重在对精神、情绪的涵养方面，这是我国古代灵感论的一个重要特点。现实生活经验的积累固然是产生灵感的重要基础，但并不是产生灵感的唯一条件。一个艺术家即使有丰富的生活经验，如果不能“清和其心，调畅其气”，也是绝不可能产生灵感的。

我国古代文艺家绝大多数对“两句三年得,一吟双泪流”的创作不感兴趣,而认为真正的优秀作品都应该是灵感涌现时天然凑泊、水到渠成的产物。因此,他们大都主张要“伫兴”,要等待灵感冲动时才进行创作。王士源的《孟浩然集序》中说孟浩然的诗歌创作“每有制作,伫兴而就”。张宗楠编纂的王士禛《带经堂诗话》中专门有“伫兴”一类。这都是为了强调没有灵感爆发,是写不好诗的。清代宋大樽在《茗香诗论》中说:

不伫兴而就,皆迹也;轨仪可范,思识可该者也。有前此后此不能工,适工于俄顷者,此俄顷亦非敢必觊也,而工者莫知其所以然。太虚无为之风,无始终之期;列子有待之风,登空泛云,一举万里,尚何有迹哉?

这里说的“俄顷”,即是指灵感冲动的时刻,此时创作才能自然化成,而无痕迹可寻,如列子待风而一举万里,这种“伫兴”主张,似乎给人以被动感觉,好像仍然避免不了偶然性的决定作用。其实,这偶然性中是有必然性因素的,只要条件成熟,是会产生灵感冲动的。萧子显《自序》中说:“登高极目,临水送归,蚤雁初莺,花开叶落,有来斯应,每不能已,须其且来,不以力构。”虽然强调“自来”,但显然亦是“感物”之结果。谢榛在《四溟诗话》中说:“诗有天机,待时而发,触物而成,虽幽寻苦索,不易得也。如戴石屏‘春水渡傍渡,夕阳山外山’,属对精确,工非一朝,所谓‘尽日觅不得,有时还自来’。”“天机”之发是与“触物”相联系的。艺术创作灵感的涌现,常常是受某种与自己经历过的生活和感情有所类似的景象的感触,或某种生活景象使自己产生了深刻体会而产生的。比如《宣和书谱》记载唐代著名书法家怀素,“晚精意于翰墨,追仿不辍,秃笔成冢。一夕,观夏云随风,顿悟笔意,自谓得草书三昧。斯亦见其用志不分,乃凝于神也”。而其书法遂“若惊蛇走虺,骤雨狂风”。“夏云随风”的景象,使怀素产生了丰富的想象,在平时积累的基础上,点燃了他灵感的火花,创作出了艺术珍品。《宣和书谱》还记载了唐代著名书法家张旭,“初见担夫争道,又闻鼓吹而知笔意,及观于公孙大娘舞剑,然后得其神”。这都是说的无意间受到某种现实事物或现实场面的触动,而激发了创作灵感。

但是,艺术创作的灵感,还可以自觉地、有意识地借助于某种现实生活景象,而促使它爆发。比如宋代郭若虚《图画见闻志》上就记载了这样一个故事:

> (唐)开元中,将军裴旻居丧,诣吴道子,请于东都天宫寺画神鬼数壁,以资冥助。道子答曰:"吾画笔久废,若将军有意,为吾缠结,舞剑一曲,庶因猛厉,以通幽冥!"旻于是脱去缞服,若常时装束,走马如飞,左旋右转,掷剑入云,高数十丈,若电光下射。旻引手执鞘承之,剑透室而入。观者数千人,无不惊栗。道子于是援毫图壁,飒然风起,为天下之壮观。道子平生绘事,得意无出于此。

吴道子在创作之初感到自己缺少灵感,一时激不起创作冲动,因而请裴旻舞剑,以猛厉之气来促发自己的创作灵感。裴旻的剑舞得如此神奇、雄壮,使吴道子的感情受到了强烈震动,同时在如何画神鬼"以资冥助"上他也受到了启发,于是创作出了他平生最得意的杰作,成为"天下之壮观"。由此可见,灵感也可以通过体会与自己所要描写的生活内容相类似的生活实际而得到诱发。这也说明一个艺术家在深入生活过程中是必然能够激发自己的创作灵感的。

在艺术创作灵感的源泉问题上,我国古代也有各种各样的解释,但是,比较多的人则认为灵感之产生是"观物有感"的缘故。葛立方在《韵语阳秋》中说:

> 自古工诗者,未尝无兴也。观物有感焉,则有兴。

这个"兴",虽然是从"比兴"之"兴"的角度讲的,实际上也是指的灵感勃兴之意。我国古代之所以把灵感称之为"感兴""应感",正是说明它是人心有所感的结果。而人心之感,物使之然也,这是从《礼记·乐记》以来一贯的传统观点。无论音乐和诗歌,历来都认为是人心有感于物,发而为声,以文字表现而为诗。刘勰说文学作品是"应物斯感"的产物。艺术家的情感是受外物的感召而兴起的,所以说是"情以物兴"。钟嵘在《诗品序》中说:“气之动物,物之感人,故摇荡性情,形诸舞咏。”人心受到外物的触动,而这种外物是包括了自然和社会两方面的,然后便会有兴会产生,而感之愈深,兴会也就更浓。我国古代讲诗人兴会无穷、佳作丰硕往往是“江山之助”的结果,其实就是指的自然景物对艺术家创作灵感的诱发作用。袁守定在《占毕丛谈》中说:“作文必有一段兴致,触景感物,适然相遭,遂造妙境。”“史称张说至岳州诗益进,得江山助(按:见《新唐书·张说传》)。王文恪(鏊)谓柳子厚至永州文益工,得永州山水之助(按:见《震泽长语》)。吴立夫谓胸中无三万卷书,眼中无天下奇山水,未必能文,纵文亦儿女语耳。皆是此理。”除自然事物之外,诗人所感受到的社会生活中许多惊心动魄的现实内容的影响,更会产生强烈的创作冲动。比如钟嵘在《诗品序》中说:“至于楚臣去境,汉妾辞宫,或骨横朔野,魂逐飞蓬;或负戈外戍,杀气雄边;塞客衣单,孀闺泪尽;或士有解佩出朝,一去忘返;女有扬蛾入宠,再盼倾国;凡斯种种,感荡心灵,非陈诗何以展其义?非长歌何以骋其情?”刘勰在《文心雕龙·时序》篇中说:“歌谣文理,与世推移,风动于上,而波震于下”,虽是讲的文学与时代关系,但也涉及社会现实生活对作家创作所起的激发作用。《文镜秘府论》地卷“感兴势”条中还对常建与王维的诗例作了具体分析。其云:

> 感兴势者,人心至感,必有应说,物色万象,爽然有如感会。亦有其例,如常建诗云:“泠泠七弦遍,万木澄幽音。能使江月白,又令江水深。”又王维《哭殷四诗》:“泱漭寒郊外,萧条闻哭声。愁云为苍茫,飞鸟不能鸣。”

常建被琴声所感动,琴声把他带入了一个幽静清澈的艺术境界,使他产生了无穷的遐思,于是灵感萌发,物色万象奔会于其胸中,艺术的意象也就这样诞生了。王维为朋友之死而深深地感到悲哀,感情的激烈波动,使他创作冲动异常强烈,于是借愁云苍茫,飞鸟不鸣的艺术境界以寄其哀。可见,所感至深,则所兴愈炽。我国古代一些有成就的大作家大多有自己深切的体会,他们深深地感到:丰富的、充实的现实生活乃是他们艺术创作灵感爆发的重要根源。杜甫晚年在夔州回忆自己在安史之乱时期的诗歌创作状况时说:“忆在潼关诗兴多。”(《峡中览物》)那时,杜甫生活在兵荒马乱之中,颠沛在京洛道上,看到和听到无数使人愤激和令人悲哀的生活现象,这一切强烈地震撼着诗人心灵,大大加深了他忧国忧民的浓厚感情,使他一泻如注地创作了“三吏”“三别”等许多名作。可见,他之所以“诗兴多”,正是丰富的生活实践所培育出的丰硕果实。南宋著名的爱国诗人陆游,对此也有十分深刻的体会。他在《九月一日夜读诗稿有感走笔作歌》一诗中总结他的创作情况时说道:

> 我昔学诗未有得,残余未免从人乞。力孱气馁心自知,妄取虚名有惭色。四十从戎驻南郑,酣宴军中夜连日。打球筑场一千步,阅马列厩三万匹。华灯纵博声满楼,宝钗艳舞光照席。琵琶弦急冰雹乱,羯鼓手匀风雨疾。诗家三昧忽见前,屈贾在眼元历历。天机云锦用在我,剪裁妙处非刀尺。世间才杰固不乏,秋毫未合天地隔。放翁老死何足论,《广陵散》绝还堪惜。

陆游四十八岁时,随四川宣抚使王炎从军南郑(汉中)。在军旅生活中曾有过雪中刺虎等壮举,并曾戍守边防要塞大散关。正是这种丰富的生活实践,使他的诗歌创作获得了不竭的源泉。陆游此处所说“诗家三昧”的忽现,即是指不可遏止的诗兴的感发,说明创作灵感乃是亲身经历的生活实际所激发出来的。陆游在《题庐陵萧彦毓秀才诗卷后》一诗中还说过:“法不孤生自古同,痴人乃欲镂虚空。君诗妙处吾能识,正在山程水驿中。”陆游所总结的创作经验最可贵的部分,是他生动地告诉了我们,深厚的现实生活基础乃是艺术灵感涌现的主要源泉。灵感的爆发虽有一定的偶然性,但其渊源还是在平时的长期积累。清代的袁守定在《占毕丛谈》中说:

> 文章之道,遭际兴会,摅发性灵,生于临文之顷者也。然须平日餐经馈史,霍然有怀,对景感物,旷然有会,尝有欲吐之言,难遏之意,然后拈题泚笔,忽忽相遭,得之在俄顷,积之在平日,昌黎所谓有诸其中是也。舍是虽刓精竭虑,不能益其胸中之所本无,犹探珠于渊

而渊本无珠，采玉于山而山本无玉，虽竭渊夷山以求之，无益也。

袁守定非常辩证地指出了平时积累和临文之顷的关系，又说明了在平时积累的基础上还必须有"对景感物"的诱发，然后才能使灵感爆发，这可以说是对灵感源泉作了比较科学比较实际的分析。当然，袁守定这里所说的平日积累还是偏重书本知识，即所谓"餐经馈史"，而对现实生活的实践经验则有忽视的倾向。但是，联系上述杜甫、陆游之论，我们可以看到我国古代的灵感论还是比较全面的。归结起来，我国古代对灵感问题的论述有三大贡献：一是强调了要有深厚的生活积累为基础；二是必须有某种特定的现实景象或对所经历过的生活的回忆，来诱发灵感的产生；三是必须有虚静自然的精神状态，要排除各种与创作构思无关的事物和欲念的干扰。这就是点燃灵感火花的基本条件。

我国古代关于艺术创作灵感的论述中，还有非常可贵的一点，是特别强调艺术家在灵感涌现时，要善于抓紧时机，捕捉艺术形象。因为灵感涌现有一定的偶然性，这种创作构思的极度兴奋的状态，是不会长时期继续下去的，不可能持久的，当灵感一过去之后，曾经在艺术家脑海里闪现过的一些奇妙的意象和境界，很快就会消失。而且还常常会碰到这样的情况，当感兴高潮到来的时候，突然遇到外界某一事件的干扰，或由于艺术家主观上某种杂念干扰使之分了心，这时感兴高潮就马上会消失，那些优美的艺术形象稍纵即逝，而且再也回忆不起来了。而要再重复出现类似的艺术构思，也绝不可能。袁守定说："凡意有所触，妙理乍呈，便当琢以慧心，著之楮上，缓之则情移理逸，不可复睹。"(《占毕丛谈》)为此，艺术家必须非常善于捕捉形象，而这也是艺术创作成败的关键。凡是真正优秀的艺术家都特别善于捕捉转瞬即逝的生动形象。苏轼在《文与可筼筜谷偃竹记》一文中说文与可画竹，每当"胸有成竹"时，就立即"急起从之，振笔直遂，以追其所见，如兔起鹘落，少纵即逝矣"。绘画是如此，诗歌创作也是如此。苏轼在《腊日游孤山访惠勤惠思二僧》一诗中说："作诗火急追亡逋，清景一失后难摹。"苏轼在游孤山访友回来时，被一路上景色所吸引，产生了强烈的创作冲动，涌现了不少优美的"清景"形象，他一回家就赶紧把它描写下来。这和《书蒲永昇画后》中说孙知微作画的情景是十分类似的。从某种意义上说，艺术家的才能也正表现在他能否不失时机地、确切而生动地捕捉住灵感涌现时所闪过的艺术形象。苏轼在《答谢民师书》中说的“求物之妙，如系风捕影”，也正是此意。灵感爆发时所闪现的形象，就如风与影一般，忽隐忽现，忽存忽亡。善于抓住，方为高手。唐代张怀瓘说书法创作中当“意与冥通”之际，要能够“追虚捕微”，也正是说的形象捕捉的重要性。我国古代有许多艺术家对灵感萌发时所展现的意象和境界这种“转瞬即逝”的特点，有很深刻的体会。如宋代的葛立方在《韵语阳秋》中说：

> 诗之有思，卒然遇之而莫遏，有物败之则失之矣。故昔人言覃思、垂思、抒思之类，皆欲其思之来；而所谓乱思、荡思者，言败之者易也。郑綮诗思在灞桥风雪中、驴子上，唐求诗所游历不出二百里，则所谓思者，岂寻常咫尺之间所能发哉！前辈论诗思多生于杳冥寂寞之境，而志意所如，往往出乎埃壒之外。苟能如是，于诗亦庶几矣。小说载谢无逸问潘大临云：“近日曾作诗否？”潘云：“秋来日日是诗思，昨日捉笔得‘满城风雨近重阳’之句，忽催租人至，令人意败，辄以此一句奉寄。”亦可见思难而败易也。

葛立方所说的“诗思”，即是指的灵感。他说郑綮的“诗思”产生于“灞桥风雪中、驴子上”，灞桥在长安之东，是古人送别之处，此处正是要说明诗歌创作的灵感需要在一定的境物感召之下才能产生。同时，葛立方又强调“诗思”的产生还需要“杳冥寂寞之境”，亦即有“虚静”的精神状态。在这些条件具备之后，灵感的涌现往往是艺术家本身也难以抑止的，然而，它又很容易消逝，只要有某种外在的或内在的干扰，就立即会丧失。比如潘大临写诗时，本来正当文思泉涌的高潮之际，意兴正浓，可是因为催租人来而打断了“诗思”，结果只吟得一句，怎么也无法再继续完成全诗了，只能以独句告终。这正是“思难而易败”之明证。类似的这种情况，王夫之在《姜斋诗话》中也曾经说过。他说诗歌创作，“以神理相取，在远近之间。才着手便煞，一放手又飘忽去”，这也是强调捕捉“转瞬即逝”的艺术形象之重要。艺术家必须十分敏锐地掌握好形象闪现的时机，把它十分逼真地描绘下来,并且还要善于去发展这种境界,扩大这种境界,深化这种境界,才能创作出有价值的、有艺术魅力的作品来。

四 物 化

我国古代文艺家认为,艺术构思的最高境界,是艺术家的主体和创作对象的客体合而为一的物化境界。清人贺裳在《皱水轩词筌》中讲过一段很有意思的话。他说:

> 稗史称韩幹画马,人入其斋,见幹身作马形。凝思之极,理或然也。作诗文必如此始工。如史邦卿咏燕,几于形神俱似矣。次则姜白石咏蟋蟀:"露湿铜铺,苔侵石井,都是曾听伊处,哀音如诉,正思妇无眠,起寻机杼。"又云:"西窗又吹暗雨,为谁频断续,相和砧杵。"数语刻划亦工。蟋蟀无可言,而言听蟋蟀者,正姚铉所谓赋水不当仅言水,而言水之前后左右也。

艺术家在创作中,当"凝思之极",亦即构思进入最微妙阶段的时候,就必然会达到主体和客体完全融合一致的境界。这时,艺术家的全部身心都倾注到了描写对象之中,往往也就身不由己地把自己变成了描写对象,使主体完全客体化了。艺术创造能进入这样的阶段,那么他的作品也就能如化工造物一般,不见丝毫人工斧凿痕迹,达到最高度的真实自然,形神俱备,使人难辨真假。韩幹画马是非常出名的,传说他画的马由于生动逼真,甚至能成神。韩幹画马而身作马形,正是因为他专心致志,凝思之极,不仅忘掉了周围一切,而且"忘身",忘掉了自己的存在,似乎自己也就是所要画的马了。这样,就进入了构思过程中主体和客体合而为一的物化境界。贺裳所举史达祖咏燕、姜夔咏蟋蟀,也同样进入了这样的境界。唐朝诗人符载有一篇文章叫《观张员外画松石序》,曾经记载了著名的画家张璪画松石图的情状,并且作了评论,也是对物化境界的生动描绘和论述。其文云:

> 主人(按:指张璪)奋裾,鸣呼相和。是时座客声闻士凡二十四

人，在其左右，皆岑立注视而观之。员外居中，箕坐鼓气，神机始发。其骇人也，若流雷激空，惊飙戾天。摧挫斡掣，㧑霍瞥列。毫飞墨喷，捽掌如裂，离合惝恍，忽生怪状。及其终也，则松鳞皴，石巉岩，水湛湛，云窈眇。投笔而起，为之四顾，若雷雨之澄霁，见万物之情性。观夫张公之艺非画也，真道也。当其有事，已知遗去机巧，意冥玄化，而物在灵府，不在耳目。故得于心，应于手，孤姿绝状，触毫而出，气交冲漠，与神为徒。若忖短长于隘度，算妍媸于陋目，凝觚舐墨，依违良久，乃绘物之赘疣也，宁置于齿牙间哉？

符载先描绘了张璪画松石图的具体情状，以及松石图在艺术上如天工化物般的高超水平，然后分析了张璪在构思和创作过程中的特点。所谓“遗去机巧，意冥玄化”，说明艺术家在构思过程中由虚静而进入物化状态。这样，创作对象的客体已经完全融入主体之中，所以“物在灵府，不在耳目”；同时，主体亦已完全注入客体，故与庖丁解牛、轮扁斫轮一样，得心应手，“与神为徒”。为此，符载感叹地说，张公之艺“非画也，真道也”。在张璪的构思、创作过程中，物与我合而为一，难分彼此了。这是绘画的最高境界，也是一切艺术创作的最高境界。我国古代文艺家认为，艺术创作中，艺术家必须能进入物化的境界，方能够创造出最优秀的佳作。

艺术创作中的物化理论也是从哲学上的物化思想发展来的。哲学上的物化思想，最早见于《庄子》。《庄子·齐物论》中说：

昔者庄周梦为胡蝶。栩栩然胡蝶也，自喻适志与，不知周也。俄然觉，则蘧蘧然周也。不知周之梦为胡蝶与，胡蝶之梦为周与。周与胡蝶，则必有分矣。此之谓物化。

庄周与蝴蝶本来是两回事，是有分别的。但是，进入梦境之后，则自己变成是蝴蝶，一切都与蝴蝶相同，而刚醒时发现自己又是庄周，这时他一下子弄不清是蝴蝶做梦变成了庄周呢，还是庄周做梦变成了蝴蝶。这种物我合一的境界，称之为物化。这种物化思想运用到了技艺创造中，即是所谓技艺神化的境界。《庄子·达生》篇中曾经讲了这么一个故事：

工倕旋而盖规矩，指与物化，而不以心稽，故其灵台一而不桎。忘足，履之适也；忘腰，带之适也。知忘是非，心之适也。不内变，不外从，事会之适也。始乎适而未尝不适者，忘适之适也。

传说工匠倕是尧时很出名的人物。他的工艺水平非常之高，造成的器物如天生化成一般，而其特点是"指与物化，而不以心稽"。成玄英注这两句话道："手随物化，因物施巧，心不稽留也。"倕在制造器物时，身心都与物相融合，没有任何主观的意念，完全是因物施巧，自己就变成是物了。工倕之所以能在技艺创造中进入这样一种神化境界，是因为他内心虚静，无一桎梏，不受任何外界干扰的影响，专心不二，用志不分，遗去机巧，身心俱忘，从"心与物化"，到"手与物化"。这种物化的思想贯穿在所有庄子论技艺神化的故事中。吕梁丈夫之所以能蹈水自如，"与齐俱入，与汩偕出"，在漩涡波浪中如履平地，正是因为他能够做到"长于水而安于水"，其身心与水俱化的缘故。技艺创造者能进入"物化"状态，其创造出的产品就能达到神化水平。技艺创造中的这种思想反映在艺术创造上，那么，艺术家在创作构思时能达到物化境界，他创造出的艺术品也就一定能如化工造物一般，具有自然天成之美。

《庄子》中所体现的物化思想，对我国古代的艺术创作理论影响极为深刻。贺裳所说"诗文必如此始工"。这不是他一个人的见解，而是绝大多数文艺家的见解。苏轼在他的艺术创作理论中，也十分强调这种物化境界，把它看作艺术构思的最高境界。他在《书晁补之所藏与可画竹》诗中说：

与可画竹时，见竹不见人，岂独不见人，嗒然遗其身。其身与竹化，无穷出清新。庄周世无有，谁知此疑神。

文与可是苏轼的好朋友，他名同，据郭若虚《图画见闻志》说，他"喜画墨竹，富潇洒之姿，逼檀栾之秀，疑风可动，不笋而成者也"。文与可的墨竹画得如此精妙无双，是由于他画竹之际，"凝思之极"，而竟至于"不见人"

"遗其身",进入了"身与竹化"的物化境界。他心胸之中唯有竹子,别的什么都忘记了,仿佛自己也就是竹子,恰如佝偻丈人之"唯蜩翼之知"。所以苏轼夸他说:"庄周世无有,谁知此疑神。"艺术创作中这种主观与客观高度统一所达到的物我不分状态,凡是有成就的艺术家都是经历过的。谢榛在《四溟诗话》中曾说,诗歌创作的艺术构思进入了物化境界时,物我双方就分不清了。其云:"思入杳冥,则无我无物,诗之造玄矣哉!"艺术创造中精诚专一而后自然能进入物化状态。《宣和画谱》卷十三戴峄条中讲到其兄戴嵩画牛时也曾经说道:

> 嵩以画牛名高一时,盖用志不分,乃凝于神。苟致精于一者,未有不进乎妙也。如津人之操舟、梓庆之削鐻,皆所得于此。于是嵩之画牛亦致精于一时也。

艺术家的全部身心都贯注到创作对象中去之后,这时他的所想所作所为也就是创作对象的所想所作所为。以小说创作来说,作家必须忘掉自己,而把自己也变成所要描写的人物,和他们同呼吸、共命运,以他们的喜怒哀乐为自己的喜怒哀乐,这样方能描绘得生动逼真。对于生活场景的描写也必须如同作家亲自置身于其间一般,方能刻画得使人感到如闻如见。惺园退士《儒林外史序》中引评语说:"慎勿读《儒林外史》,读之乃觉身世酬应之间无往而非《儒林外史》。"这是从读者的角度来讲的。但是,读者而能如此,则作者在写作时,毫无疑问地要更加强烈地感到"身世酬应之间无往而非《儒林外史》"了。这就是说的一种物化境界。金圣叹在《水浒传序一》中曾经说到文章有三种境界:"心之所至,手亦至焉者,文章之圣境也;心之所不至,手亦至焉者,文章之神境也;心之所不至,手亦不至焉者,文章之化境也。"前两种境界虽然也是艺术创作的很高的境界,但毕竟还是表现了物我之间的明显的距离的。"圣境"是可以通过人为努力而达到的,心中所想到的,手即能描绘出来。这种创作境界,人工痕迹还是可以看出来的。"神境"比"圣境"更高一等,即是不仅作家心中想到的一切可以如实描绘出来,而且心中还没有想到的或还没有想得很清楚的,也可以描绘出来了。这种境界虽然高妙,但也还是人力所创造的。而至于“化境”,则心与物化,手亦与物化,虽是心手之造作而与化工造物略无区别,丝毫也看不出一点人工斧凿痕迹来。艺术创作能达到这种“化境”,则物我合一、心手相合,这才是最了不起的艺术构思境界。

这种艺术构思中的“物化”境界的出现并不是偶然的,所谓“用志不分,乃凝于神”,它是艺术家经过长期、深入、细致地观察客观事物,熟悉自己所要描写的现实生活,通过研究、分析掌握其外在表现特点和内在本质规律之后,方有可能在构思创作时进入的状态。金圣叹在《水浒传序三》中说施耐庵能创作出《水浒传》,而达到“化境”,即是他长期“格物”的结果。他说:

> 施耐庵以一心所运,而一百八人各自入妙者,无他,十年格物而一朝物格,斯以一笔而写百千万人,固不以为难也。

金圣叹所说之“格物”,是从理学家那里借来的概念,然而他在讲施耐庵创作《水浒》人物时,实质上即是指艺术家经过长期的观察、研究、分析现实生活中各种人物,而后一旦对他们有充分的认识,这些现实生活中的人物和事件,就在艺术家的心中活了起来,站了起来,艺术家对他们的本质和个性特征,完全能清醒地把握了,这时创作出来的人物也就个个栩栩如生,各有自己特点了。小说创作是如此,诗歌、绘画创作也是如此。根据苏轼的《文与可筼筜谷偃竹记》等文及《宣和画谱》等书记载,我们知道文与可之所以能把墨竹画得那样好,能够做到“身与竹化”,是和他热爱竹子,长期地观察和研究竹子的特征分不开的。他在做洋州太守时,曾在筼筜谷竹林中修筑了一个亭子,作为他“朝夕游处之地”,文与可与竹为友,并曾与其妻一起遨游谷中,“烧笋晚食”。故苏轼在《洋州三十咏》之《筼筜谷》一诗中说:

> 汉川修竹贱如蓬,斤斧何曾赦箨龙?料得清贫馋太守,渭滨千亩在胸中。

文与可有千亩修竹在胸中,日夕玩味琢磨,故能达到“身与竹化”的程度。苏辙曾为《墨竹赋》赠文与可,并云:“庖丁,解牛者也,而养生者取之;轮扁,斫轮者也,而读书者与之,今夫夫子之托于斯竹也,而予以为有道者则非耶?”这也可以说明,文与可之“身与竹化”和庖丁解牛,轮扁斫轮是一样的物化境界,同时也都是经过长期的具体实践,才获得这样的境界的。文与可不仅熟悉竹子在各种不同情况下的形态,而且深入地领会到了竹子的内在原理及其生长规律,因此他能在创作之前就“成竹于胸中”。他不仅懂得竹子种种外形表象,而且能够掌握竹子的“常理”,既“曲尽其形”,又“得其理”。一个艺术家只有透彻地了解描写对象的本质及其特征,才能在构思创作过程中做到与物俱化;反言之,与物俱化也可以使艺术家进一步深入地把握客观事物的本质与特征。只有进入物化境界,方能做到传神;只有进入高度物化境界,才能最高度地传神。《宣和画谱》记载宋代范宽画山水的情状道:

> (范宽)卜居于终南太华岩隈林麓之间,而览其云烟惨淡风月阴霁难状之景,默云神遇,一寄于笔端之间,则千岩万壑恍然如行山阴道中,虽盛暑中凛凛然使人急欲挟纩也。故天下皆称宽善与山传神。

这里所说的“如行山阴道中”系用《世说新语·言语》篇的典故:“王子敬(献之)云:‘从山阴道上行,山川自相映发,使人应接不暇。’”范宽之画山水而能使人看了觉得“如行山阴道中”,虽然是大热天而感到寒冷,急欲穿棉衣。艺术创作能到如此传神程度,也是范宽长期观察自然景色,乃至与之俱化,神遇默会,然后才有如此高超水平的。

我国古代论艺术构思之所以强调要进入物化境界,它的目的是要求能够把客观现实最真实、最自然的状态逼真地再现出来。艺术创作所达到的这种最真实、最自然的状态,苏轼曾称之“真态”或“无人态”。他在《欧阳少师令赋所蓄石屏》一诗中,赞扬欧阳修屏风上所画的“峨眉山西雪岭上万岁不老之孤松”,处在“崖崩涧绝可望不可到,孤烟落日相溟蒙”这样的环境中,具有自然真美,其特点是“含风偃蹇得真态,刻划始信天自工”。在《高邮陈直躬处士画雁》诗中，他赞美陈画雁画得好，其云：“野雁见人时，未起意先改，君从何处看，得此无人态？”野雁的这种“无人态”，若非作者有“物化”的精神状态，怎么能描绘得出来呢？作者必须设身处地地体会野雁在无人时的自由自在姿态，方能把它真切地描绘出来。后来金圣叹在《水浒》的评论中说施耐庵把“武松打虎”一段写得那么好，也正是达到了《画雁》诗中这种“无人态”的境界。他说：

> 我常思画虎有处看，真虎无处看。真虎死有处看，真虎活无处看。活虎正走或犹偶得一看，活虎正搏人，是断断必无处得看者也。乃今耐庵忽然以笔墨游戏画出全副活虎搏人图来，今而后要看虎者，其尽到《水浒传》中景阳冈上，定睛饱看，又不吃惊，真乃此恩不小也。……东坡《画雁》诗云：“野雁见人时，未起意先改。君从何处看，得此无人态？”我真不知耐庵何处有此一副虎食人方法在胸中也。

《水浒传》中武松打虎一段描写，确是异常传神的，这也正是金圣叹所说的“文章之化境”的具体表现。作者在描写景阳冈打虎时，真如自己亲身经历一般。金圣叹说：

> 传闻赵松雪好画马，晚更入妙，每欲构思，便于密室解衣踞地，先学为马，然后命笔。一日管夫人来，见赵宛然马也。今耐庵为此文，想亦复解衣踞地，作一扑、一掀、一翦势耶？

自然，施耐庵并不一定真像金圣叹设想的那样去“作一扑、一掀、一翦势”，但是他在构思这一段描写时，确实是已经进入了物化境界。这种物化境界，标志着艺术家的构思和创作，已经由必然王国进入了自由王国。到了这个境界，艺术家在创作上才真正获得了自由。《图画见闻志》记载了这样一件事：宋代有一个画家名叫易元吉，他原来很喜欢画花鸟，后来见到赵昌的画，叹服不已，认为再也无法超过赵昌了。他就想要能够别出心裁，必须画一些古人所没有画过或者画得很少的东西。为此，他专门画一般人不易见到的獐、猿之类，并且专门到荆湖一带游历，“入万守山百余里，以觇猿狖獐鹿之属，逮诸林石景物，一一心传足记，得天性野逸之姿。寓宿山家，动经累月，其欣爱勤笃如此。又尝于长沙所居舍后，疏凿池沼，间以乱石丛花疏篁折苇其间，多蓄诸水禽，每穴窗，伺其动静游息之态，以资画笔之妙”。易元吉之所以要不怕危险，潜入深山，居住于山民之家，去观察猿、獐之属，以及各种山林景色，正是为了“得天性野逸之姿”，以便将其“真态”充分地再现出来。他把自己在长沙居处的后园布置得和无人的自然界一般，让水禽栖息其间，而自己则躲在窗户洞里观察其“动静游息”的情况，正是为了要把它们的“无人态”描绘出来。《宣和画谱》记载，唐代著名的画马专家韩幹被唐明皇召为供奉。唐明皇让他向当时以画马著名的陈闳学习，拜陈为师。但韩幹不愿意，他说：“今陛下内厩(万)马，皆臣之师也。”韩幹之所以画马而能传神，能达到物化水平，并不是随心所欲，非常容易实现的，是他经过对无数现实马的观察、研究、熟悉，掌握了马的“无人态”或“真态”的结果。而这种“真态”和“无人态”是无法向别的画家学到的，必须向实践学习才能认识到。

从诗歌创作的角度说，司空图在《二十四诗品》中所描绘的二十四种诗歌艺术境界，可以说都是充分地体现了物化境界的特色的。在司空图所描绘的每一品的艺术境界中，我们都可以看到艺术家的主体和创作对象的客体之间不分物我的融合一致境界。司空图强调诗人必须在精神上“素处以默，妙机其微”(《冲淡》)，能够“虚伫神素，脱然畦封”(《高古》)，处于完全遗去机巧、忘身忘心的虚静状态。这时诗人即能“俱道适往，着手成春”(《自然》)，“天地与立，神化攸同”(《劲健》)，“控物自富，与率为期”(《疏野》)，和天地自然合而为一，完全进入物化的精神境界。在这样的状况下构思的艺术形象，就具有天生化成之美，完全是自然而然，没有任何人为的主观作用影响的痕迹。所以是“意象欲出，造化已奇”(《缜密》)，“超以象外，得其环中”(《雄浑》)，“遇之自天，泠然希音”(《实境》)，“脱有形似，握手已违”(《冲淡》)，“妙造自然，伊谁与裁”(《精神》)，完全是高度真实、自然的艺术意境。司空图虽然没有从理论上明确讲到物化的问题，但是，他所描绘的这二十四种不同风格的艺术境界中，却都含有物化的思想，体现了物化的境界。它使后来的物化思想对艺术创作起了更加重大的作用。

综上所述,我们可以看到我国古代对艺术构思问题确是有相当精深的研究与分析的。这些论述虽然比较零散,见于各处,但是这些基本思想像一根红线似的贯穿于我国古代的文论、画论、书论等艺术创作理论之中,却是十分清楚的,它们是我国古代艺术家创作经验的生动总结,显示了我国民族文艺理论的传统特色。

第二章　论艺术形象

文艺创作的过程,实质上即是塑造艺术形象的过程,因此,研究艺术形象的构成及其特征是文艺创作理论中的一个基本问题。我们一般所说的艺术形象概念,包括两层意思:一是指文艺作品的人物;一是指整个艺术作品的形象画面。这里,我们讲的是后一方面的意义。我国古代文学艺术理论很早就触及了艺术形象问题,随着文艺创作的繁荣发展,对艺术形象的认识也逐步提高了,并对它的特征作了比较深入的研究。这些有关艺术形象的论述,涉及了艺术形象和现实生活形象的联系和区别,艺术形象构成的基本因素与构成方法,艺术形象的特殊美学作用等一系列重要艺术理论问题,包含了许多精辟、独特的见解。不少重要的问题比西方相应的认识要更早,有些是西方当时还没有涉及的。因此,它们对人类的美学和艺术理论的发展,无疑是有重大贡献的。

一　物象和意象

我国古代的艺术创作理论中,称客观现实的形象为"物象",而称文学艺术作品中的形象为"意象"。从这两个既有联系又有区别的不同概念中,反映出我国古代的文艺家对客观现实形象和文学艺术形象之间的联系和区别,有十分清晰的认识。"物象",是存在于客观现实生活中的、不以人的主观意志为转移的现实事物形象。它们可以是具体的人物、山水、禽兽、器物等,也可以是某种具体的社会生活形态,如我国古代戏曲、小说理论中所说的"世情""物态"。"物象"经过艺术家心灵的改造,被艺术地反映到了文艺作品中即是"意象"。"物象"和"意象"是两个本质不同的概念，然而在艺术构思过程中又有密切联系，是不易分开的。“意象”的概念产生得比较晚，它是六朝著名的文学理论批评家刘勰首先开始使用在文学理论之中的。在当时影响还不大，刘勰也还没有把它作为一个重要的概念广泛地运用。“意象”这个概念的产生，有一个历史发展过程。研究这个过程，有助于我们具体地了解我国古代对艺术形象的认识。如果用一个简单的公式来表示这个过程的话，那就是：物象——→易象——→意象。现实事物都有它具体的形相，这就是物象。我国古代很早就产生了模拟现实事物形相，亦即模拟物象的思想。早在原始社会时期，人们就懂得了通过模拟物象去认识和反映客观现实事物。最初的象形文字的创造，便可有力地说明这一点。我们的祖先是非常注意去研究事物的形相特征，并且也是十分善于去模拟这种形相特征的。这也就是最早的对形象的朦胧认识。距今约四千多年前，属于大汶口文化晚期的山东莒县陵阳河遗址出土的陶器上有四个象形符号，据专家们研究，大概是最早的文字了，它们和甲骨文、金文中有些字很相似。比如，是太阳在上，下面有火焰，表示很热。唐兰释为“炅”（音热）。而甲骨文中的“火”作。又如，表示太阳在山峰上，是早晨。于省吾释为“旦”，将这个原始的“旦”字写成楷书则为“昷”。至于甲骨文中的象形文字所反映的模拟物象的思想则更为鲜明突出了。例如“象”，写作，或作，还有好几个，都是鼻子特别长的样子。又如“马”字，写作，实际是图画文字。又如“豕”字，写作，或作。“豢”字写作，《说文解字》说：“以谷圈养豕也。”豕腹有子，象孕豕。而“彘”作，罗振玉说：“彘殆野豕，非射不可得。”故身上有箭穿过。“老”字写作，或作，叶玉森说：“像一老人戴发伛偻扶杖形，乃老之初文。”“儿”字写作，象小儿头囟未合。这些文字都有图画的性质，所以我国古代传统都说书画同源，它们都产生于对客观现实事物的形象模拟。可见，原始社会时期人们已经认识到客观事物具有形象的特征，并且自觉和不自觉地通过模仿这些形象特征而达到再现客观事物的目的。所以许慎在《说文解字叙》中说：

仓颉之初作书,盖依类象形,故谓之文。……文者,物象之本。

许慎关于仓颉造字之说属于神话传说内容,当然是不可信的,因为文字只能是人民群众在长期的生产和生活实践中的创造物。但是,他说初期象形文字是以物象为本而创造出来的,这是没有疑问的。文字、图画是模拟物象而产生的,所有文学艺术也都是模拟物象的结果,不过它比初期象形文字之模拟物象要复杂得多了,但在本质上和象形文字创造有共同点。苏轼在《欧阳少师令赋所蓄石屏》一诗中说:“古来画师非俗士,摹写物象略与诗人同。”指出了文学和绘画都是要“摹写物象”的,也即是说要具体地、形象地再现客观事物的形相。因此,这种象形文字也可以说是一种初期的、萌芽状态的艺术创造,它体现了上古时代人们对艺术形象的认识。

初期的图画文字和象形文字,在模拟物象时,用的是一种直接描写的方法。这种写实的方法类似于后来文学艺术上所用的“赋”的方法。也可以说,“赋”的方法正是受它的启发而发展起来的,是它在艺术创造过程中的具体运用。然而,在文字创造过程中,简单的象形模拟这种写实的方法,还不能反映和表达极其复杂的客观现实事物。生活中有许多事物和现象,是带有直观性的象形模拟所不能表现的。因此,从文字的创造来说,就必然要从象形而发展到会意等表意文字。表意文字从本质上来看也是模拟物象的,但它不是用的写实的方法,而是运用比喻和象征的方法。我国古代文字中有“六书”,其中指事和会意,即是用的比喻和象征物象的方法所创造的文字。许慎《说文解字叙》中说:“指事者,视而可识,察而见意,𠄞𠄟是也。”𠄞𠄟是“上下”之意,也写作丄丅,象征一在上,一在下。后来因为容易和“二”字相混,遂繁化为上、下。许慎又说:“会意者,比类合谊,以见指㧑,武信是也。”“武”字,甲骨文中写作[illegible],人脚上负戈,表示负戈前进。“信”字,《说文》写作[illegible],金文为[illegible],人言相合之意。象征,是要通过仔细观察而见意的;比喻,需要得体合宜,字义就清晰了。运用比喻和象征的方法,文字反映现实事物的范围就大大地扩大了。据清人朱骏声对《说文解字》的统计,其中象形字只有三百六十四个,而指事、会意字有一千二百多个。这种比喻,象征的方法,运用到文学艺术的创造中即是比兴的方法。它们和直写的方法一样,也都可以看出当时人们对模拟物象这种形象地反映客观事物的特征的认识。

与文字创造中这种对形象的认识相类似的,是我国古代“八卦”的创造。《周易》中的“八卦”也是运用比喻、象征的方法来模拟物象的。《周易·系辞》中说:

古者包牺氏之王天下也,仰则观象于天,俯则观法于地,观鸟兽之文与地之宜,近取诸身,远取诸物,于是始作八卦,以通神明之德,以类万物之情。

《系辞》属于《易传》,当比《周易》晚得多,大约是战国时的著作。《系辞》作者指出庖牺氏(即伏羲)创造八卦也是观察天地自然之物象,然后运用八卦来进行比喻和象征的结果。古人将八卦及其两两相配而成的六十四卦,以及每卦的六爻,叫作易象。如《左传》昭公二年说:“韩宣子适鲁,见易象。”易象是一种符号形象,它是比喻和象征具体的客观事物的,也即是说,它是以比喻、象征方法来模拟物象的。我国古代很多人认为八卦所组成的“易象”,是最早的文字,同时也是文学的起源。这种说法在六朝就很流行了。比如刘勰在《文心雕龙·原道》中说:

人文之元,肇自太极,幽赞神明,易象惟先。

又如萧统在《文选序》中说:

逮乎伏羲氏之王天下也,始画八卦,造书契,以代结绳之政,由是文籍生焉。

说八卦是文字的起源是错误的。因为八卦乃是受文字创作的启发而创造出来的,文字的产生则要更早一些。易象作为一种以比喻、象征方法模拟客观物象的形象符号,它所反映的人的思维和认识能力,特别是形象地认识客观事物的能力,比文字创造初期人们的思维和认识能力要提高得多了。正如《系辞》作者所指出的，易象模拟物象，不仅是模拟事物的表象，而且要努力模拟出事物内在的本质，“以通神明之德，以类万物之情”。《系辞》还说：

> 圣人有以见天下之赜，而拟诸形容，象其物宜，是故谓之象。……象也者，像也。

“拟诸形容”，主要是指客观事物的表象；而“象其物宜”，则是指事物内部的原理。也即是说，易象对客观事物的比喻和象征，是包括了客观事物的表象和实质两个方面的，是对这两方面的模拟。《系辞》中所说的这种“拟诸形容”“象其物宜”的含义，我们也可以从后人的论述中得到旁证。比如刘勰在《文心雕龙·诠赋》篇中讲辞赋创作对客观事物的描写时曾说：“拟诸形容，则言务纤密；象其物宜，则理贵侧附。”“言务纤密”，是讲的外形描写问题；“理贵侧附”，是讲的对事物内在原理的描写问题。由此可见，易象对客观现实物象的模拟，已经比象形文字的模拟大大前进了一步。易象以比喻、象征方法模拟物象的另一个重要特点是它具有“其称名也小，其取类也大”的特点。易象的八卦代表了天、地、水、火、风、雷、山、泽八种基本事物，它们两两相配而成六十四卦、三百八十四爻。总数是有限的，怎么去代表宇宙间无限多的事物呢？《系辞》的作者认为，易象具有同类相归、一卦多义的作用。比如《说卦》中说：“乾为天、为圜、为君、为父、为玉、为金、为寒、为冰、为大赤、为良马、为老马、为瘠马、为驳马、为木果。坤为地、为母、为布、为釜、为吝啬、为均、为子母牛、为大舆、为文、为众、为柄。其于地也为黑。”每一卦都可以代表一种类型的事物。而且还可以“引而伸之，触类而长之”，于是“天下之能事毕矣”。这就告诉我们，易象不仅有比喻、象征客观事物的作用，而且有概括典型的作用。因此，易象无论就其模拟事物的特点来说，还是模拟事物的方法来说，都和文艺创作中的比兴有重要的相通之处。《易经》这种“观物取象”的特征，实际上反映了我国古代极其重要的美学原则，它对诗歌创作中比兴方法的运用起了重要的促进作用。它和象形文字比，似乎离物象远了，它只是一些形象的符号；但是，从人的思维和认识能力的发展来说，它比象形文字大大前进了一步。

易象和比兴相通,它们在形象地认识和反映现实的思维方式上有共同点,这是前人早已看到了的。比如朱熹在《答何叔京》一文中曾经对此作过具体分析。他说:

“倬彼云汉”,则“为章于天”矣;“周王寿考”则“何不作人”乎(“遐”之为言“何”也)。此等语言自有个血脉流通处,但涵泳久之,自然见得条畅浃洽,不必多引外来道理言语,却壅滞却诗人活底意思也。周王既是寿考,岂不作成人材,此事已自分明,更著个“倬彼云汉,为章于天”唤起来,便愈见活泼泼地,此“六义”所谓“兴”也。“兴”乃“兴起”之义,凡言“兴”者,皆当以此例观之。《易》以言不尽意,而立象以尽意,盖亦如此。

朱熹在这里通过具体分析《诗经·大雅·域朴》的“兴”的象征特点,指出了它和易象中的“立象以尽意”的象征方法是一致的。广阔的银河,辉光满天,这个“象”是比喻和象征周文王百年长寿,培养和造就了无数人才的。它和易象的比喻和象征客观事物,如乾、坤分别表示天、地及男、女等是相类似的。比兴就是艺术创作中的“立象以尽意”。对于易象中这种特点和《诗经》中的比兴之关系,清代的章学诚在《文史通义·易教下》中讲得最好,也最充分。他说:

易之象也,诗之兴也,变化而不可方物矣。……

象之所包广矣,非徒《易》而已,六艺莫不兼之,盖道体之将形而未显者也。

雎鸠之于好逑,樛木之于贞淑,甚而熊蛇之于男女,象之通于诗也。……歌协阴阳,舞分文武,以至磬念封疆,鼓思将帅,象之通于乐也。

易象虽包六艺,与诗之比兴,尤为表里。

易象通于诗之比兴。

章学诚在上述这几段论述中,反复申述了易象和比兴相通的道理。他认为易象运用形象符号通过比喻、象征方法模拟物象的特点和艺术创作中通过塑造具体形象以比兴方法反映艺术家对客观现实的认识,是非常相像的。章学诚把易象之"观物取象"看作一个重要的美学思想原则,认为它对于诗歌、音乐、舞蹈的创作都是适用的,在形象地模拟客观事物这一点上是完全一致的。它们都是通过一定的"象",来体现某种"意",从而反映特定的现实生活内容的。这种"象"在《易经》中是符号形象;在《诗经》中则是现实的形象,如雎鸠、樛木、熊蛇之类;而在音乐中则是由一定的音节、声调而构成的音乐形象;在舞蹈中则是按某种节奏、动作而形成的舞蹈形象。可见,易象认识和反映现实的思维方法,与艺术地认识和反映现实的方法是有共同之处的。因为这种缘故,易象对于人们认识艺术的形象特征,有着十分重要的启发作用。

不过,易象虽然和艺术形象(意象)有相通之处,但是易象不等于艺术形象(意象),这两者又是有原则不同的。这种区别首先表现在易象是一种形象符号,艺术形象则是现实的形象的反映。易象没有艺术形象那种具体性、可感性和生动性。易象不是美感形象,没有感情色彩,没有审美的特征。它不能激起人感情上的共鸣,不能给人以美的感觉。其次,易象只是人们对客观事物的一种象征性的单纯模拟,它不像艺术形象那样,是人们经过对现实的观察、研究、分析之后,按照自己的审美理想进行的再创造。比如乾卦代表天、父等,坤卦代表地、母等,它并不包括人们对这些事物的感情和态度。而艺术形象则是体现人们审美认识的,它在反映客观事物的同时,包含了人们对它的感情和态度在内。艺术形象和易象一样采用了比喻和象征客观事物的方法,但它不是用符号,而是用生活中具体、生动的形象来比喻和象征客观事物,例如屈原之用香草、美人来比喻贤人,用恶禽、莠草来比喻小人,等等。而且文学艺术中的形象是人们意想中的形象,是人们认识和研究现实物象之后,按照自己的审美原则进行虚构的结果,所以,易象和物象的关系与艺术形象和物象的关系又是根本不同的。

艺术形象(意象)可以是客观现实物象的比较正确的反映,也可以是一种现实中并不存在的、完全是虚构的幻想的物象的反映。比如文学作品中许多幽魂灵怪的形象，在现实生活中是并不存在的，如果说这也是一种物象的话，那就不是物质性的物象，而只是人们精神上所幻化的物象。像《西游记》中的孙悟空、猪八戒等都只是人们精神上所幻化的物象在艺术中的表现。当然，这种人们精神上所幻化的物象，仍是有现实生活作基础的。不管是孙悟空，还是猪八戒，它们都有着人的心理、思想、感情。但是，从根本上说，艺术形象不是物象的简单的照相式反映，而是人们在物象基础上的一种心灵的创造。不管艺术形象是对现实物象的具体描写也好，还是完全虚构的幻想物象也好，都同样是艺术家创造的结果。而易象则必须是对物象的如实反映，不允许有人们主观的成分加进去，只能是完全客观的表述。简单说来，易象是客观的反映，而艺术形象既有客观性，又有主观性。对于这一点，章学诚在《文史通义·易教》中作过相当深刻的分析，他把"象"分为"天地自然之象"和"人心营构之象"。易象属于前者，艺术形象属于后者。他说：

> 有天地自然之象，有人心营构之象。天地自然之象，《说卦》为天为圜诸条，约略足以尽之。人心营构之象，睽车之载鬼，翰音之登天，意之所至，无不可也。然而，心虚用灵，人累于天地之间，不能不受阴阳之消息。心之营构，则情之变易为之也。情之变易，感于人世之接构，而乘于阴阳倚伏为之也。是则人心营构之象，亦出天地自然之象也。

"天地自然之象"即客观现实的物象，易象是直接比喻、象征"天地自然之象"的；而"人心营构之象"是艺术家创造的艺术形象。比如爻辞中的歌谣故事，像章学诚所举的"睽车之载鬼，翰音之登天"等，都是"人心营构"的产物。"睽车之载鬼"是《周易·睽卦》的爻辞，讲的是这样一个故事：一个离家在外的孤子在夜行路上，看见一头猪躲在路边，又有一车驰来，上面像是坐满了鬼，他弯弓欲射，仔细一看，不是鬼而是人，于是放下了弓箭。车上的人也不是盗贼，是求婚者，为寻猪而来。"翰音之登天"是《周易·中孚卦》爻辞，说的是鸡（即"翰音"）高飞而升天，必将跌落而死，因其无高飞之羽翼，比喻庸人没有处高位之才能，如得高官而升于朝廷，必将败亡。这种“人心营构之象”与“天地自然之象”不同，它是人的“意之所至，无不可也。”艺术形象不像易象那样是“天地自然之象”的客观表述，而是按照人心意图来构想的，具有主观性的一面，因此，可以是艺术家想象的情状，而非现实中真有的情状。比如：“庄列之寓言也，则触蛮可以立国，蕉鹿可以听讼。《离骚》之抒愤也，则帝阙可上九天，鬼情可察九地。他若纵横驰说之士，飞钳捭阖之流，徙蛇引虎之营谋，桃梗土偶之问答，愈出愈奇，不可思议。”章学诚在这里列举了《庄子》《列子》《战国策》等书中的许多寓言故事来说明艺术形象可以按照艺术家表达某种思想意图的需要而进行虚构，作夸张的想象，而并不一定像易象那样，只是客观地模拟物象。又比如作为雕塑艺术的佛像，有“丈六金身，庄严色相，以至天堂清明，地狱阴惨，天女散花，夜叉披发，种种诡幻，非人所见”。这种“人心营构之象”虽然“非其实也”，但和真实描写客观物象的艺术形象一样，都是为了达到“以象为教”的目的，即在“象”中寓一定的“意”，而起到一定的教育作用。虽然，“人心营构之象”和“天地自然之象”有原则的差别，可是这两者又是有非常密切的联系的。“人心营构之象”是体现人的一定的思想感情的；人的思想感情变化对艺术形象的构成又具有决定性的作用。“人心营构之象”受“情之变易”的制约，而“情之变易”又是人和社会现实接触（即“感于人世之接构”），受自然界变化影响（即“乘于阴阳倚伏”）的结果。所以，从根本上说，不管是真实的还是虚幻的“人心营构之象”，都是出于“天地自然之象”的。从这个角度说，艺术形象又有它的客观性。章学诚对“人心营构之象”和“天地自然之象”的联系和区别，作了相当深刻的、具有辩证因素的论述。由此可见艺术形象与物象、易象之间的关系，说明艺术形象（意象）正是在物象的基础上，运用了易象那种比喻、象征的方法，也包括写实的方法，而创造出来的，它不同于物象、易象，有自己特点，又与它们有共同之处。

作为客观现实形象的物象和作为艺术形象的意象的不同，归根到底是在于前者是客观存在，后者则是主观创造。当然，这种主观创造是不能离开客观存在的基础的，但毕竟不能把两者混同为一。我国古代用“意象”而不用别的概念来说明艺术形象，正是为了强调艺术形象中既有主观的“意”，又有客观的“象”，它既有主观性又有客观性，是两者的结合。我国古代也曾经用过“形象”的概念来称呼艺术形象，比如六朝时在佛教雕塑艺术中曾经比较流行。这些我们可举数例如下：

> 闻法音而称善，刍狗非谓空陈；睹形像而曲躬，灵仪岂为虚设。
>
> ——释道高《重答李交州书》

> 自今已后，敢有事胡神及造其形象泥人、铜人者，门诛。
>
> ——《魏书·释老志》

> 祭神如在，敬神之道既极……则暂列形象，自斯以后，封以箧笥。
>
> ——梁简文帝《与僧正教》

> 舍礼形象，菩提妙塔。
>
> ——《唱导文》

这些“形象”的概念即是指佛像雕塑的艺术形象。然而，“形象”这个概念在我国古代文学艺术领域中并未得到普遍使用，六朝以后也很少使用，而“意象”的概念则愈到后来运用得愈广泛。这正是因为“形象”的概念不容易区分现实生活中的形象与文学艺术中的形象，它不像“意象”的概念，能把艺术形象的主观性和客观性都比较鲜明地反映出来。人们对于艺术形象的认识，就我国古代的情况来看，是先认识到它的客观性，然后又进一步认识到它的主观性。意象这个概念的提出及其逐渐得到比较广泛的运用，是与人们对艺术形象创造中的主观作用的认识有十分密切的关系的。这一点从六朝文学理论发展中对形象的认识上可以看得很清楚。对艺术形象及其特征的自觉的认识和研究，是从魏晋开始的。初期，人们对于艺术形象的认识，也还是偏重在正确地摹写客观物象的方面。比如陆机在《文赋》中说：

> 虽离方而遁圆，期穷形而尽相。

对这两句话的解释，历来颇有些分歧。《文选》李善注说：“言文章在有方圆规矩。”这样解释显然是不正确的。清人何焯以为此即张融《门律自序》中所说的“夫文岂有常体,但以有体为常”之意,也不确切,未能中的。方廷珪《文选集成》释此二句云:“离、遁,谓不守成法。形,物之形。相,物之象。思必穷其形,辞必尽其相。”这个解释是比较符合陆机原意的。钱钟书先生在《管锥编》中亦同此说。陆机这两句话的主要意思是要求文学作品必须正确地、真实地把物象描绘出来,而不要受前人创作中已有的“成法”之限制。这和苏轼后来所一再主张的要“随物赋形”“尽物之态”的意思是一样的,都偏重讲艺术形象的客观性方面。从陆机讲“穷形尽相”,到刘勰使用“意象”这个概念,其间经过了将近二百年。这个期间,是玄学和佛学急骤发展的时期。玄学和佛学的美学思想,特别是佛教艺术的繁荣发展,促使人们对艺术形象有了进一步的认识,尤其是对艺术形象的主观性有了比较充分的认识,从而为“意象”这个概念的诞生,创造了必要条件。

著名的玄学家王弼在《周易例略·明象》篇中分析了《周易》中言、象、意的关系,从“言不尽意”的角度出发,提出了“言者,象之蹄也;象者,意之筌也”的观点,把言、象看作象征意的工具。这种说法也被佛教徒用来宣传对佛理的认识,强调至高的佛理也是不可言喻、不落言筌的。玄学和佛学所主张的“言为象蹄,象为意筌”,是为了说明“得意”必须“忘言”,强调“得意”的重要。这样,“言”和“象”的地位和作用下降了,“意”的地位和作用突出了。这种思想影响到文学理论,使之在艺术形象塑造中更加重视和突出了主观方面的作用。佛教艺术的大发展,也在这一点上给人们认识艺术形象的主观作用,带来不少启发。佛教是借助艺术来宣传佛法的,大批寺院中的无数佛像,是为了体现神佛意志和宣传佛理的,具有很大的“象教力”。佛教艺术中的许多形象,不论是庄严的天堂,还是阴森的地狱;不论是慈祥的菩萨,还是恐怖的夜叉,都是虚构的,是现实中所并不存在的。这就进一步促使人们能够更深刻地认识到艺术形象不是对现实的简单复制,而是在现实物象的基础上,为体现艺术家的某种思想、感情、愿望而虚构心造的产物。玄学和佛教都具有神秘色彩,然而它们对艺术发展却是起了积极作用的。他们都强调人的主观能动性,重视精神因素的作用,所以对艺术形象创造中的主观作用认识得比较深刻。正是在这种客观条件之下,刘勰提出了艺术创作中的“意象”的概念，他在《文心雕龙·神思》篇中说：

> 然后使玄解之宰，寻声律而定墨；独照之匠，窥意象而运斤。

就“意象”这个概念来说，它显然是根据《易经》中的象和意的关系而来的，但它在艺术创作理论中的运用，则已经有了新的含义，与易象根本不同了。刘勰在这里所说的“意象”，还不是指已经用语言文字物质化了的艺术形象，而是指处于构思过程中的艺术形象，即作家意想中的形象。意象这个概念比较确切地反映了艺术形象的特征，所以，它后来就受到许多文艺家的重视，逐渐发展成为代表艺术形象的一个比较常用的概念。比如唐代司空图在《诗品》中说：

> 意象欲出，造化已奇。

这个“意象”也是说的诗人构思中的形象，它也还没有被具体物质手段（如语言、色彩线条、声音节奏等）所固定下来。宋代《唐子西文录》中说的“意象”，则已经是指具体的文学作品中的艺术形象了。其云：

> 谢玄晖诗云：“寒城一以眺，平楚正苍然。”平楚犹平野也。吕延济乃用“翘翘错薪，言刈其楚”，谓楚，木丛。便觉意象殊窘。凡五臣之陋，类若此。

这里的“意象”，即是指谢朓这两句诗构成的形象，吕延济把“平楚”解释为“楚，木丛”，诗的境界就显得小气，窘迫而无味，而如唐庚那样理解为“平野”，诗的境界就十分开阔，艺术形象就气魄宏大，生动得多了。明人诗话中，意象的概念用得十分普遍，大都是指艺术作品中经过语言物质化了的艺术形象。例如李东阳《麓堂诗话》中说：

> “乐意相关禽对语，生香不断树交花。”论者以为至妙。予不能辩，但恨其意象太著耳。

所谓“意象太著”，即是指这两句诗的艺术形象不够含蓄，而过于直露，故诗味不足。又如陆时雍在《诗镜总论》中说：

> 《河中之水歌》亦古亦新，亦华亦素，此最艳词也。所难能者，在风格浑成，意象独出。

这里的“意象”指的是整首诗的形象鲜明突出。《诗镜总论》又说：

> 齐梁老而实秀，唐人嫩而不华，其所别在意象之际。
>
> 西京崛起，别立词坛。方之与古，觉意象蒙茸，规模逼窄，望湘累之不可得，况三百乎？

这两处所说“意象”，指的是一个时代的艺术形象的特点及其和别的时代的艺术形象特点的区别。明人朱承爵《存余堂诗话》中说：

> 诗词虽同一机杼，而词家意象，亦或与诗略有不同。

这是讲诗和词两种不同文学体裁中的形象的特点。《诗镜总论》中说：“古人善于言情，转意象于虚圆之中，故觉其味之长而言之美也。”这是讲的抒情诗的艺术形象的特点。从上述各条中所说的“意象”含义来看，显然与我们今天所说的艺术形象的概念是一致的了。

每一个科学概念的提出，都是反映了人们认识的深度和研究的水平的。意象这个概念的提出以及它在文学理论批评中得到充分的肯定，正说明了它的科学性和正确性，说明我国古代对艺术形象的特征是有相当深刻的认识的。

二　神用象通和拟容取心

意象既然是我国古代文艺理论中所用的关于艺术形象的概念，那么它又是由哪些基本因素构成的呢？是用什么方法构成的呢？我国古代文艺家认为意象即是意与象的结合。因此,意象虽是一个独立的概念,有时也可以意和象分说,分别指艺术形象中的意和象的不同特点。比如李东阳《麓堂诗话》中说:

> "鸡声茅店月,人迹板桥霜。"人但知其能道羁愁野况于言意之表,不知二句中不用一二闲字,止提掇出紧关物色字样,而音韵铿锵,意象俱足,始为难得。

这里"意象俱足",即是说温庭筠这两句诗在意和象两方面都很丰满之意。王世贞在《艺苑卮言》中说:

> "神光离合,乍阴乍阳","进止难期,若往若还,转盼流精,光润玉颜,含辞未吐,气若幽兰"。此子建之赋神女也。其妙处在意不在象。

这是说曹植对神女形象的描绘主要是在作者构想立意之妙,而不在对形象的具体摹写上。《诗镜总论》中说:

> 三百篇赋物陈情,皆其然而不必然之词,所以意广象圆,机灵而感捷也。

这是说《诗经》中的艺术形象含义深广,写物逼真。因此,我国古代文学理论批评中很重视意象中意和象的有机融合。何景明在《与李空同论诗书》中说:

> 夫意象应曰合,意象乖曰离,是故乾坤之卦,体天地之撰,意象尽矣。

意与象的天衣无缝的结合,就好像乾坤两卦结合而能产生天地万物一般。意象是意与象的结合。意是抽象的,象则是具体的,意是一般的、普遍的，象是个别的、特殊的。意象是一般与个别的结合，也即是概念与表象的结合。黑格尔在《美学》中说："美就是理念的感性显现。"他把理念看作外在于客观世界的绝对精神，这是主观片面的错误观点。但是，他指出了美是理性和感性的统一，是精神内容和物质形式的统一，是抽象和具体的统一，这是正确的。他指出了艺术形象构成的基本特点。我国古代文艺理论中对这一点有极为丰富的思想资料和十分生动的论述。

刘勰在《文心雕龙》中对于艺术形象亦即意象的构成，提出了两个十分重要的说法，这就是"神用象通"和"拟容取心"，分别见于《神思》篇和《比兴》篇。这两个提法角度不同，但本质上是一致的。我国古代对艺术形象的构成因素与构成方法的认识，是和对神话艺术和宗教艺术的认识有密切关系的，是从那里发展起来的。刘勰所说的"神用象通"和"拟容取心"，正好反映了这个发展过程。古人把神话中的人物当作真实的人物，实际上，它们只是一些艺术形象。神话中的这些不同于现实中的人物是怎样构成的。对于这个问题的认识，就直接涉及对艺术形象构成的认识问题。晋代的郭璞在《山海经序》中有一段十分重要的话，他说：

> 夫以宇宙之寥廓，群生之纷纭，阴阳之煦蒸，万殊之区分；精气浑淆；自相渍薄；游魂灵怪，触象而构，流形于山川，丽状于木石者，恶可胜言乎。

敦璞认为，《山海经》中的无数神话人物，包括像精卫这样的精灵形象，都是"游魂灵怪，触象而构"的产物。也就是说，幽魂神灵本是虚无缥缈的、无形无状的，它们触及具体物象，寄寓于其中，于是就变成了有形有象的神怪形象。"游魂灵怪"可以借助于人、禽、兽等动物形相来显现，也可以借助于山川、木石、花草等植物形相来显现。比如《西游记》中写孙悟空可以变成一座佛像、一扇门、一堵墙、一块石头，也可以变成一个虫子、一只飞鸟、一个人等等。这些具体形相，亦即象，只是寄托虚无缥缈的幽魂神灵的躯壳，它已经不是形相本身的意义了。这种"触象而构"的思想也被用来解释佛教雕塑艺术——佛像的构成。佛像是一种雕塑艺术品，但也和神话形象一样，被人们认为是神佛寄寓的形相。神灵是借助于塑像来显示他们的存在的,所以佛像也是一种"触象而构"的产物。人们见到那泥塑木雕的佛像,就好像是见到了真的神佛一般。佛像是神佛"触象而构"的思想在六朝尤其是佛教徒中间是十分流行的。比如东晋著名的庐山高僧慧远在《万佛影铭序》中说:

> 神道无方,触象而寄。

明确地指出神佛通过具体佛像而显现的特点。宗教神秘主义认为艺术可以通神,而其具体途径便是塑造形象来作为神寄寓的躯壳。慧远在《襄阳丈六金像颂序》中说他之所以要徒弟铸造一丈六尺高的巨大佛像,乃是为了寄托对佛的崇敬,使之神光再现。他说:

> 每希想光晷,仿佛容仪,寤寐兴怀,若形心目。……遂命门人,铸而像焉。夫形理虽殊,阶涂有渐;精粗诚异,悟亦有因。是故拟状灵范,启殊津之心;仪形神模,辟百虑之会。

慧远企图借助佛像,使神用象通,从而启迪人心,皈依佛法。这种宗教艺术思想直接影响到对艺术形象构成的认识,认为佛像这种雕塑形象乃是神与象的结合,即神用象通的产物。神用象通的思想也影响到对其他种类艺术形象构成的认识。慧远在《阿毗昙心序》中曾经说过用诗歌形式来宣传佛理的偈语的特点。他说:

> 其颂声也,拟象天乐,若灵籥自发;仪形群品,触物有寄。若乃一吟一咏,状鸟步兽行也;一弄一引,贵乎类物也。情与类迁,则声随九变而成歌;气与数合,则音协律吕而俱作。拊之金石,则百兽率舞;奏之管弦,则人神同感。斯乃穷音声之妙会,极自然之象趣,不可胜言者矣。

这里说的"触物有寄",即是"触象而寄"的意思,说明诗歌形式的偈语,无论其描写的内容还是吟咏时的音律节奏,虽是"仪形群品","贵乎类物”，是对物象的具体描绘，同时，其中又都有情气内蕴，乃灵性所寄寓，因此能够沟通人神，使之同感，又能触动万物灵性，使“百兽率舞”。这种偈语既“穷音声之妙会，极自然之象趣”，是非常精妙的音乐和文学形象，又是寓有神灵精气能触动人兽万物灵性的形象，是神用象通的具体表现。这里，慧远已把佛像的“触象而构”，扩展到了音乐和文学的领域。

宗教、神话艺术的“触象而构”虽然具有佛教哲学的神秘色彩，但它对认识艺术形象的构成有启发作用。艺术形象的构成不是神灵触象而寄，而是艺术家的心意情思触具体物象而产生的。刘勰在《神思》篇中说：

> 神用象通，情变所孕。

刘勰在这里正是用佛教塑像的“神用象通”来说明文学艺术中意象的构成的。佛教雕塑艺术中的神和象的统一与文艺创作中的意和象的统一有类似之处，都是精神内容和物质形式的统一。而且，刘勰所说的“神”，已经不完全是指神灵的神，实际上更多的是指人的精神、思想、意愿。古人认为人的精神、思想、意愿都是藏于心中的，心是神之舍。因此，心和神的概念是差不多的，是可以相通的。所以，“神用象通”实质上也就是“拟容取心”。刘勰认为文学作品也可以说是作家的心寄寓于物象的一种表现。《文心雕龙·序志》篇说：

> 文果载心，余心有寄。

象可以寄心、传心，这在六朝也是比较普遍的看法。例如谢灵运在《佛影铭序》中说：

> 摹拟遗墨，寄托青彩，岂唯象形也笃，故亦传心者极矣。

王融《皇太子哀策文》云：

> 寄灵心于万象，增恋恋于国都。

心是抽象的、无形的,象是具体的、有形的。“拟容取心”的“容”即是“神用象通”的“象”,“心”是“神”。但是,“神用象通”多少还有些神秘色彩,因为这个“神”在当时是和神佛之神相通的。而“拟容取心”,则是在吸取宗教艺术中对形象构成认识中的合理内核,而对文学艺术形象构成的一个理论概括。

“神用象通”和“拟容取心”,从本质上说是要通过具体的个别来体现抽象的一般。这是符合于艺术思维的特殊规律的。由具体上升到一般,由一般的抽象导致具体的再现,这是讲的人们认识事物的一个基本原则。然而这个原则在人们具体地认识和掌握世界时,可以通过不同的途径体现出来。科学的(理论的)、艺术的、宗教的和实践精神的认识和掌握世界的方式就是很不同的。艺术地认识和掌握世界也要由具体到一般,再由一般到具体。但是艺术地认识和掌握世界与科学地认识和掌握世界是不同的。后者要在由具体上升到一般时,抛弃事物具体感性形态,而抽象出概念,然后再由抽象概念上升到具体的再现。然而,艺术地认识和掌握世界则不同,它是通过把个别事物提炼、概括后,以具体形象的个别来体现一般的。由具体到一般和由一般上升到具体,在艺术构思中是交互影响、不可分割的,而且,它不存在一个抛弃具体形象的纯粹抽象思维过程。艺术创造过程中,把具体物象综合构想成为艺术形象,就体现认识的这两个阶段。我国古代的“拟容取心”说,就正是这样一种艺术思维特点的具体表现。“拟容取心”即是要把对物象的模拟和艺术家心意情思的寄托结合起来。这个过程既是由具体到一般,也是由一般到具体,它们都是在形象构成过程中完成的,是始终不脱离具体形象的。我国古代的绘画理论也十分强调这样一个形象构成的原则。唐代著名的画家张璪提出的“外师造化,中得心源”,也正是“拟容取心”之意,是对刘勰提出的这个原则的进一步发挥。“外师造化”即是指的“拟容”之意。所谓“造化”,即是指客观存在的自然界(包括自然和社会),亦即不以人的意志为转移的社会现实。“外师造化”就是要具体地逼真地描绘物象。“中得心源”即是指的“取心”。所谓“中得心源”,即是指要能在所描绘的物象中充分地体现艺术家的心意情思。“外师造化”的结果是得“象”,“中得心源”的结果是得“意”。这两者的密切结合就是“拟容取心”而构成艺术意象。

我国古代对艺术意象构成的这种分析,是建立在对审美过程中主体和客体辩证统一关系的认识之上的。我国古代很早就提出了艺术创作中的心物关系问题,认为艺术的本质是人心感物的结果。《乐记》中就说音乐的实质是人心感物而动,表现于声音的产物。其云:“乐者,音之所由生也,其本在人心之感于物也。”“感于物而动,故形于声。”刘勰在《文心雕龙》中极大地发挥了心物相感之说,并以此来说明艺术创作过程中形象构成的特点。他十分深刻地分析了艺术创作过程中心物交融、主体和客体交互作用的特点,明确地指出了正是这种交互作用才构成了意和象的结合,产生了艺术形象。

刘勰在《文心雕龙·诠赋》篇中讲赋的创作时所说的情和物的关系,实质上也就是讲的心与物的联系,也就是意和象的关系。刘勰认为艺术创作过程中主体和客体的关系表现为两个同时并行的过程:一方面是“情以物兴”,客观事物激起了人的特定的思想感情;另一方面是“物以情观”,人的思想感情又是借助于物而体现出来的。刘勰在《神思》篇中也讲到这一点。他指出,一方面是“物以貌求”,客观事物以其生动的形象的面貌吸引着作者;另一方面则是“心以理应”,作者又总是要把自己的思想感情寄寓于客观事物之中。这就是“神用象通,情变所孕”的具体内容。在《物色》篇中,刘勰又对这个艺术创作过程中两个相反相成的方面作了异常生动的描绘。他说:

> 是以诗人感物,联类不穷;流连万象之际,沉吟视听之区;写气图貌,既随物以宛转;属采附声,亦与心而徘徊。

从意象的形成来说,取象应当“随物宛转”,曲尽其妙;寓意应当“与心徘徊”,玲珑剔透。由于“物以貌求”“情以物兴”,故必须做到“随物宛转”;又由于“心以理应”“物以情观”,故必须做到“与心徘徊”。它非常形象地揭示了艺术创作过程中人和自然、主体和客体的辩证关系。“随物宛转”,也即是黑格尔《美学》中所说的心灵的感性化,而“与心徘徊”则正是感性东西的心灵化。

我国古代文艺理论中一贯强调情与物、情与景、意与境、理与貌等的辩证关系,实质上也就是从各个不同角度强调文学艺术是心和物的和谐统一产物,艺术形象是意与象的辩证结合产物,说明审美过程中的主体与客体的辩证统一。清初的王夫之在《古诗评选》中对艺术创作过程中的“物以貌求,心以理应”的状况,曾经有过一段相当精彩的分析。他说:

> 两间之固有者,自然之华。因流动生变,而成其绮丽。心目之所及,文情赴之,貌其本荣,如所存而显之。即以华奕照耀,动人无际矣。

现实世界所固有的绮丽景象,触发了艺术家的心灵,使之长上想象的翅膀,飞进对象之中,然后再把心目中所及之对象,按其“本荣”描绘出来,这样,它既是绮丽之物象,又是文情之所寄托。王夫之又说要“以追光蹑影之笔,写通天尽人之怀”,方是“诗家正法眼藏”。所以,我国古代文艺家都认为文学艺术的基本要素就是情和景,或意和境。也即是说,艺术形象的基本内容就是主观的意和客观的象,是两者的统一。

艺术形象“拟容取心”的构成方法,具体表现在诗词创作中主要就是赋、比、兴。在赋、比、兴这三种艺术表现方法中,赋既是艺术文学的一种表现方法,又是一般非艺术文章的写作方法,而比、兴则主要是艺术表现的方法。所以,一般常以“比兴”来代表赋、比、兴。比兴是艺术表现的具体方法,它反映了艺术形象构成的特点,但是不能把比兴说成就等于是艺术形象。有人说比兴的概念接近于我们今天艺术形象的概念,这是值得商榷的。赋、比、兴都是运用“拟容取心”原则构成意象的方法,而不是艺术形象本身。历代关于赋、比、兴的解释的角度不大一样,大体说来,一些经学家对赋、比、兴的解释,主要是从具体的艺术技巧方面来说的。例如汉代的郑众、郑玄,唐代的孔颖达、宋代的朱熹,等等,均是如此。如朱熹《诗集传》中说:“赋者,敷陈其事而直言之者也。”“比者,以彼物比此物也。”“兴者,先言他物以引起所咏之词也。”而一些文艺家对赋、比、兴的解释,则更侧重在揭示其形象思维的特征方面。比如钟嵘在《诗品序》中说:

文已尽而意有余，兴也；因物喻志，比也；直书其事，寓言写物，赋也。

钟嵘是从文学作品是“指事造形，穷情写物”的角度出发来解释赋、比、兴的，也就是说，是从“拟容取心”的角度来分析赋、比、兴的特征的。他解释兴时说的“文”与“意”的关系，解释“比”时讲的“物”与“志”的关系，解释“赋”时讲的“写物”与“寓言”的关系，实际上就是心和物的关系，意和象的关系，亦即思想和形象的关系。说明赋、比、兴都是寓思想于形象的几种不同的方法。

赋、比、兴都是以“拟容取心”为特征的，不过具体的方法有所不同。“赋”主要是直写，即直接的写实，而“比”主要是比喻，至于“兴”则是一种以象征为主的比喻。它们都是模拟物象的方法。以直写、比喻、象征的方法模拟客观物象，这在上古时代创造文字的“六书”和《周易》八卦中已经有所表现了，后来就突出地反映在《诗经》中。经过许多文艺家的总结，遂成为诗歌艺术的主要表现方法，这也即是诗歌艺术形象构成的三种具体方法。宋代的李仲蒙对赋、比、兴的解释，也是围绕着情和物双方的不同结合关系而展开的。宋代胡寅《裴然集》卷十八《与李叔易书》引其语云：

叙物以言情，谓之赋，情物尽也；索物以托情，谓之比，情附物也；触物以起情，谓之兴，物动情也。

李仲蒙说明了赋、比、兴乃是情物融合的三种不同的情况。“赋”是通过直接摹写物象而寓意于其中，物象之意即所寓之意，故云“情物尽”。“比”是一种明显的比喻，物象之意和所寓之意有共同之处，情附于物的某一种特点而显，故云“情附物”。“兴”是一种象征性的暗喻，借助于联想的作用，以物象之意来象征所寓之意，借物以起情，故云“物动情”。刘勰所说“比显而兴隐”，指的就是比喻和象征的不同。三者相比较，“兴”显然是含义更为深远，不易使人一下全了解，并且具有使人回味无穷，言尽意不尽的特点，所以更富有艺术魅力，也最受历代文艺家重视。

在一个具体艺术形象的创造过程中，赋、比、兴并不是截然分开，而往往是熔三者于一炉，互相叠用的。严格地说，不应该说哪一个作品是赋，哪一个作品是比，哪一个作品是兴。关于这一点，明末清初的黄宗羲在《淇仙毛君墓志铭》一文中曾经说过：

> 古之言诗者不出赋比兴三者，诗传多析言之。其实如庖中五味，烹饪得宜，欲举一味以名之，不可得也。后之为诗者，写情则偏于赋，咏物则偏于比，玩景则偏于兴，而诗之味亦漓矣。下此，则有赋而无比兴，顾卤莽于情者之所为也。

事实上真正的好诗也大多是赋、比、兴杂用的，不过在不同的作品中常常有所偏，而侧重于用某一种方法。在这里我们还要说到的是唐代皎然在《诗式》中对比兴的解释。皎然说："取象曰比，取义曰兴，义即象下之意。"有些学者根据皎然这几句话把比兴归结为就是艺术形象。说比是指形象，兴是形象中包含的意义，所以，比兴就是寓思想于形象。其实，这是一种简单化的解释，并没有弄清皎然所说的真正含义。比兴是两种不同的艺术表现方法，皎然在这里着重要说明的是比为明喻，所以在表象上就可看出比喻之意，而兴则是暗喻，从表象上不易看出比喻之意，而要从表象内蕴藏的含义中方能了解其比喻、象征之意义。因此，把比和兴说成象和义，把比兴看作寓思想于形象，是不符合皎然本意的，那样会把比兴的解释搞混乱了。

"拟容取心"的原则是我国古代文艺家从诗歌、雕塑、绘画等艺术创作经验中总结出来的，当时小说和戏剧还没有发展起来，但是它的精神也适用于小说、戏剧艺术形象的创造。我国古代小说理论中所说的要通过摹写人情、物态来寄寓作家匡世济时之志，这也就是"拟容取心"。比如明代笑花主人《今古奇观序》中所谓，既"极摹人情世态之歧，备写悲欢离合之致"，又寓作者善恶褒贬之意，使"善者知劝，而不善者亦有所惭恧悚惕"。又如睡乡居士《二刻拍案惊奇序》中所说，既"举物态人情，恣其点染"，又寓"作者之苦心"，使人读之，"欲歌欲泣于其间"。这些都说明小说创作一方面是对现实社会"人情""物态"的生动描绘，亦即"拟容"，另一方面又是作者借此以寄寓其对社会人生之观点态度，以及改革社会的主张，这就是“取心”。明代万历年间陈氏尺蠖斋所评《绣象东西晋演义》所载《东西两晋演义序》中说，罗贯中作《三国演义》《水浒传》，是由于“生不逢时，才郁而不得展，始作《水浒传》，以抒其不平之鸣，其间描写人情世态、宦况闺思种种度越人表”。这里更明确地指出了罗贯中（按：明代有一些人认为《三国演义》《水浒传》皆罗贯中所著）正是拟“人情世态”“宦况闺思”等“容”，来“抒其不平之鸣”，以寄其“心”的。有些作品表面上看来似乎完全是客观的描写，但作者之心意褒贬却又是十分鲜明地寄寓于其中的。如《儒林外史》即是如此。故卧闲草堂本评语中有“直书其事，不加断语，其是非立见”之说。“拟容取心”的原则在不同的文艺领域中具体运用方法不尽相同，其理论上的基本原则是一致的。

这里，我们还必须说到的一点是，有学者认为“拟容”即指对现实表象的摹写，“取心”即指对现实意义，即表象所含之现实意义的阐明，这是不太妥当的。“拟容”是对物象的描绘，而对物象的描绘并不只限于它的外表形态，也包括它的内在精神。而“取心”则主要是取作者寓于所拟之“容”中的“心”。当然，作者之“心”是借物象之含义而体现出来的，物象中所包含的现实意义虽有它的客观性，但在文学艺术中，它是作为作者意图的体现者而出现的。这两者有时在作品中并不完全统一，这就是我们经常所说的作家的主观思想与作品的客观意义的矛盾。象中之意确有客观性的一面，但又是被作者改造过，体现了作者认识，反映了作者感情的，这才构成了“拟容取心”的意象的内容。《文心雕龙·神思》篇说：“登山则情满于山，观海则意溢于海。”这里，山和海的意义已经不是自然意义上的山和海了，而是诗人情意之象征。所以，把“取心”理解为取物象之心，显然是不合适的。

三　隐　秀

我国古代关于艺术形象的论述，不仅探讨了它的构成因素及构成方法，而且还进一步研究了它的特征。艺术意象的“拟容取心”的构成方法，也就决定了它自己的美学特征。在艺术形象中，心、意、情、志这些艺术家对现实的认识和感情，都不是以抽象概念的方式出现的，而是寄寓于具体的现实形象之中的。一般地说，它们都不是以作者直接的、赤裸裸的叙述表达出来的，而是隐蔽地曲折地从艺术形象中流露出来的。“心”存于“容”中，“神”借“象”以显。我国古代称这种特征叫“隐秀”。“隐秀”，是刘勰总结出来的一个概念，《文心雕龙》中专门有这样一篇。可惜的是，《隐秀》是《文心雕龙》中唯一的一篇残文，早在明代已经看不到它的全文了。因此，我们对刘勰的论述，就无法窥其全豹了。然而，从现存的《隐秀》残篇中，以及后人所引的佚文中，还可以了解到”隐秀“的基本含义。所谓”隐“，说的是艺术形象中的心、意、情、志的特征；所谓“秀”，说的是物、象、容、貌的特征。刘勰在《隐秀》篇一开始就说：

> 夫心术之动远矣，文情之变深矣。源奥而派生，根盛而颖峻。是以文之英蕤，有秀有隐。

刘勰在这里首先指出了“隐秀”和“神思”之间的关系。艺术形象的特征从根本上说，是源于艺术的形象思维特征的。所谓“心术之动”即指“神思”。艺术形象是“心术之动”“文情之变”的产物，所以它既有秀，又有隐。那么，什么是秀，什么是隐呢？刘勰接着又说：

> 隐也者，文外之重旨者也；秀也者，篇中之独拔者也。隐以复意为工，秀以卓绝为巧，斯乃旧章之懿绩，才情之嘉会也。夫隐之为体，义生文外，秘响傍通，伏采潜发，譬爻象之变互体，川渎之韫珠玉也。

“秀”指“象”而言，它是具体的、外露的，故“以卓绝为巧”。“隐”指“意”而言，它是抽象的、内在的，故“以复意为工”。“意”隐于“象”中，故而如在“文外”，好像爻象之变包含在互体之内，晶莹的珠玉蕴藏于河水之中。宋人张戒在《岁寒堂诗话》中曾经引用过刘勰的两句话，不见于今本《文心雕龙》，从其内容看，当是《隐秀》篇佚文无疑。其云：

> 情在词外曰隐，状溢目前曰秀。

宋代可能还存在《隐秀》原文的全篇,张戒的引用大概是可靠的。"隐秀"的含义在这两句佚文中体现得特别清楚,和上述刘勰本人论述是一致的。

"隐秀"的问题过去不大为人们所重视,其实,它是古代文学艺术理论中的一个重大问题。黄侃在《文心雕龙札记》中曾经说道:

> 夫隐秀之义,诠明极艰;彦和既立专篇,可知于文苑为最要。

黄侃把"隐秀"的地位提得相当高,这个见解是很有价值的。可惜黄侃本人仅仅提出问题,并未对此作更深入的研讨。"隐秀"讲的是文艺作品中的思想和形象的关系。文艺作品的重要特征之一,是寓思想于形象之中。艺术形象中的意是从象中流露出来的,作者的观点和见解总是隐蔽于形象之中,而不是以思想概念的方式直白说出的。我国古代的文学理论批评是十分重视文学艺术这种特点的。后来许多文艺家所强调的"意在言外","文已尽而意有余",都是在"隐秀"这种特点的基础上发展起来的。唐宋以后虽然讲"隐秀"的不多,但是"意在言外"却一直是个中心议题,其实,这就是"隐秀"原则的具体发挥。

宋代著名的诗人梅尧臣曾经说过一段很精辟的话,欧阳修把它记录到了自己的《六一诗话》之中。梅尧臣说:

> 诗家虽率意而造语亦难。若意新语工,得前人所未道者,斯为善矣。必能状难写之景,如在目前;含不尽之意,见于言外,然后为至矣。……作者得于心,览者会以意,殆难指陈以言也。虽然,亦可以略道其仿佛。若严维"柳塘春水漫,花坞夕阳迟",则天容时态,融和骀荡,岂不如在目前乎?又若温庭筠"鸡声茅店月,人迹板桥霜",贾岛"怪禽啼旷野,落日恐行人",则道路辛苦,羁愁旅思,岂不见于言外乎?

梅尧臣(圣俞)这一段议论,对"隐秀"的含义作了更进一步的发挥。"状难写之景,如在目前",即是所谓"秀",这是对刘勰所说"篇中之独拔者"的"卓绝"内容的具体论述,与张戒所引"状溢目前"是一致的。"含不尽之意,见于言外”,即是所谓“隐”,这是刘勰所说“以复意为工”的“文外之重旨”的具体阐述,与张戒所说“情在词外”也是一致的。我们从梅尧臣对严维、温庭筠、贾岛诗句的分析中,可以看出“秀”即是指意象中之象的描写,而“隐”则正是含蕴于象中之意。托名白居易写的《金针诗格》中说:

诗有内外意。内意欲尽其理,理谓义理之理,美刺箴诲之类是也。外意欲尽其象,象谓物象之象,日月山河虫鱼草木之类是也。

托名贾岛写的《二南密旨》也有类似的话:

外意随篇目自彰,内意随入讽刺,歌君臣风化之事。

《金针诗格》和《二南密旨》是否白居易和贾岛所作不可考,或谓宋人伪托之作,亦无确证。但唐人写诗格之类是不少的,于《文镜秘府论》可见。所以,这两部著作出唐人之手,还是可能性比较大的。这里所说的内意和外意,实质上就是指诗歌的意和象。“外意”是说的对客观物象的描绘,即“拟容取心”之“容”,亦即“隐秀”之“秀”;“内意”是说的诗歌形象内的含义,即“拟容取心”之“心”,亦即“隐秀”之“隐”。之所以称为“内意”,因为它是隐蔽于形象之中的。诗歌创作中之所谓“意在言外”,其实并非在言外,而是在言内的,不过由于它是隐蔽于形象之中需要读者去体会的,故而好像是在言外。而且因为它不是直截了当的叙说,而是借形象来体现的,所以有含蓄不尽的特征,可以由读者的想象来补充它,丰富它。“内外意”实质上就是讲的“隐秀”问题。

提倡“隐秀”,强调“意在言外”,有人认为就是指诗歌的含蓄特点,我们觉得这样说不大确切。含蓄只是艺术风格之一种,而“隐秀”或“意在言外”则是对诗歌艺术的一种普遍要求,主要是说的诗歌艺术必须寓思想于形象中的特征,这个原则对其他艺术形式和种类,也同样是适用的。宋人诗话中把意在言外的隐秀特征作为诗歌艺术的一个中心问题,这也不是偶然的。由于受理学的影响,宋代有不少迂腐的道学家是不懂形象思维的,他们强调以理为诗,以抽象思维代替形象思维,不从形象塑造入手,而以发议论、讲道理为诗。因此,宋人诗话中注重意在言外的“隐秀”特征,显然是有一定针对性的。严羽在《沧浪诗话》中提倡“兴趣”,要求诗歌做到“言有尽而意无穷”,实质上也正是主张“隐秀”的意思。在宋人诗话中,我们可以看到很多关于“意在言外”的论述和分析。除《苕溪渔隐丛话》《诗人玉屑》之外,如《藏海诗话》《岁寒堂诗话》《竹坡诗话》《潜溪诗眼》《童蒙诗训》《白石道人诗说》《扪虱新语》《沧浪诗话》《对床夜语》等,都曾有过一些论述。

然而,“隐秀”并不仅仅是体现了艺术形象不同于思想概念的特点,而且也表现了我国古代对艺术形象的基本美学要求。这一点我们可以从分析“秀”和“隐”的具体内容而清楚地看到。对于“隐”和“秀”的基本美学标准,刘勰在《隐秀》篇中曾经有过一段概括的分析。他说:

> 或有晦塞为深,虽奥非隐;雕削取巧,虽美非秀矣。故自然会妙,譬卉木之耀英华;润色取美,譬缯帛之染朱绿。

刘熙载在《艺概》中说:“《文心雕龙》以‘隐秀’二字论文,推阐甚精。”又说刘勰上述论说,“其云晦塞非隐,雕削非秀,更为善防流弊”。从刘勰这一段话中,我们可以看到他对“隐”和“秀”都主张要以自然为基本原则,在这个前提下他也不否定润色。那么,什么是对“秀”的具体美学要求呢?从刘勰本人的论述和梅尧臣、张戒的阐发中,可以看出“秀”的目标是要能够把一些很不容易描写的景象,十分逼真、自然地描写出来,使人有目见耳闻、亲临其境之感。艺术家就是要把人人能体会到,但又不容易用语言把它确切地表达出来的景象,栩栩如生地展现在读者面前,使人感到无比亲切。我国古代小说、戏剧理论中常常用“逼真”“如画”来赞美对现实生活的真实自然的描绘,也即是指摹写物象之“卓绝”的意思。要做到这一点,没有高超的艺术表现能力是不行的。要能做到“卓绝”,要能“状难写之景,如在目前”,关键是要达到最高度的生动、真实、自然。这也就是后来王国维所主张的“不隔”境界。他在《人间词话》中说:“语语都在目前,便是不隔。”诗歌创作如果过于雕琢,用典深僻,不自然,不真切,人工斧凿痕迹明显，那么，就如同“雾里看花”一般，终隔一层，那就不能达到“秀”的要求。

在阐述对“秀”的形象的生动、真实、自然的美学要求上，后人诗话中有过不少具体的发挥，归结起来有以下四点：首先，“秀”的形象不一定要写奇特惊险的景象，主要在于要把生活中那些看似平凡，却又能激动人感情的景象，真实生动地再现出来。周紫芝在《竹坡诗话》中说：

> 暑中濒溪与客纳凉，时夕阳在山，蝉声满树，观二人洗马于溪中，此少陵所谓“晚凉看洗马，森木乱鸣蝉”者也。此诗平日诵之不见其工，惟当所见处，乃始知其为妙，作诗正要写所见耳，不必过为奇险也。

许多生活中的景象，看来都是平淡无奇的，但是通过艺术的形象再现，寓以作者的心灵情趣，使之具有了美的价值，即成了非常了不起的艺术作品。我国古代对艺术形象的要求，多数不主张奇险，而重在于平淡中见真实，将即目所见写得真情毕露，方为高手。钟嵘在《诗品序》中曾说道：

> “思君如流水”，既是即目；“高台多悲风”，亦惟所见；“清晨登陇首”，羌无故实；“明月照积雪”，讵出经、史？观古今胜语，多非补假，皆由直寻。

“直寻”也就是后人所说的要写出口头语言、眼前景致，亦即周紫芝所说“正要写所见，不必过为奇险”之意。对于小说、戏剧创作来说也是如此。如明代笑花主人《今古奇观序》中所说：“天下之真奇，在未有不出于庸常者也。”只要写得“真切可据”，如见云汉图觉热，见北风图觉凉，则就可以有“融性性通，导情情出”之妙。（无碍居士《警世通言叙》）范晞文在《对床夜语》中说：

> “马上相逢久，人中欲认难。”“问姓惊初见，称名忆旧容。”“乍见翻疑梦，相悲各问年。”皆唐人会故人之诗也。久别倏逢之意，宛然在

目，想而味之，情融神会，殆如直述。

范晞文所举的几联唐人诗句，都是着重在把当时的“神情”写得“状溢目前”，把久别重逢时的心理、感情、情状描绘得十分逼真。诗人描写的这些场面，都是十分平常的，并无奇险之处，然而却使人“想而味之”，久久不忘。所以，吕本中在《童蒙诗训》中说：“诗岂论多少，只要道尽眼前景致耳。”

其次，“秀”的景象妙处在于把人们所共同感受到，可又不易描写出来的景象自然贴切地再现出来。即所谓要“得人心之所同”，发他人所不能发。例如范温《潜溪诗眼》云：

老杜《樱桃诗》云：“西蜀樱桃也自红，野人相赠满筠笼。数回细写愁仍破，万颗匀圆讶许同。”此诗如禅家所谓信手拈来，头头是道者。直书目前所见，平易委曲，得人心所同然，但他人艰难不能发耳。

生活中有一些景象，是大家都经历过，也是非常熟悉、有体会的，即所谓“得人心所同”者，然而要用艺术形象把它淋漓尽致地表现出来是很不容易的。只有高明的艺术家才能做到这一点，而“他人艰难不能发”，以杜甫这首樱桃诗来说，樱桃本是人们所习见之物，樱桃之秀美可爱也是人们共同的感觉，艺术家常常用樱桃来比喻美人之口，即所谓“樱桃小口”。但是怎样才能把这种人人都体会到了的樱桃之秀美可爱具体生动地描写出来呢？这就不容易了。杜甫在他这首诗中，一方面写了它的鲜艳“自红”外表，同时又指出它“万颗匀圆讶许同”，每颗都一样大小，匀圆如珠。这就把樱桃之美写得恰到好处，把人们心里所体会到的透彻地说出来了，这就是其妙处之所在。又比如李白的《静夜思》写道：

床前明月光，疑是地上霜。举头望明月，低头思故乡。

月夜思乡的情景，是离乡背井之人所经常碰到的，但是，要把这种景象通过艺术生动深刻地再现出来，是很不容易的。李白这首绝句非常朴素、真实而自然，只是“直叙”眼前景致，然而却能道出一切月夜思乡人的共同心情。古人写过不少月夜思乡、思亲之作，如曹植的“明月照高楼，流光正徘徊”，是写思妇之情的。杜甫的“今夜鄜州月，闺中只独看”，是写他怀念妻子儿女的。但相比之下，上面李白这首诗具有更大的普遍概括意义，更为凝练，贴切动人。

再次，“秀”的景象要写得好，关键在于“中的”，能抓住当时当地情景的主要特点，把最有典型意义之处，突出地描绘出来，而不在于“过求”，作人为的过分的刻画。张戒在《岁寒堂诗话》中说：

> “萧萧马鸣，悠悠旆旌”，以萧萧、悠悠字，而出师整暇之情状，宛在目前。此语非惟创始之为难，乃中的之为工也。荆轲“风萧萧兮易水寒，壮士一去兮不复还”，自常人观之，语既不多，又无新巧，然而此二语遂能写出天地愁惨之状，极壮士赴死如归之情，此亦所谓中的也。

张戒所引《诗经·小雅·车攻》中两句诗，写的是军队出征时的庄严肃穆的行进情状。诗人在这里并没有正面写军队的情况，而只是抓住了战马的鸣声和军旗的飘动这两个具有典型意义的细节，就把队伍“出师整暇之情状”生动地展现出来了。人们只听见马鸣萧萧，只看见军旗悠悠，而整个队伍无一点嘈杂之声，这也就可以想见其严整的面貌了。荆轲的两句诗之妙也正是如此。它之所以能被人们千古传诵，也正是因为荆轲把他悲壮的心情与天地为之“愁惨”的情状充分地表达出来了的缘故。其所以能“中的”，就是因为它把荆轲“赴死如归”之心情突出出来了。现实生活中的情景，人们的思想感情，都有它的要害之所在，艺术作品能把这种要害之所在以生动的形象呈现出来，就可以创造出“秀”的形象，并不需要过多的描写刻画。过分求巧，反而会弄巧成拙。明人陆时雍在《诗镜总论》中说：“每事过求，则当前妙境，忽而不领。古人谓眼前景致，口头言语，便是诗家体料。”又说：“诗之所以病者，在过求之也。过求则真隐而伪行矣。”“过求”的结果，反而会使艺术形象显出人为斧凿痕迹，而丧失真实自然之美的。艺术描写要善于恰到好处，以“切至”为贵，这是塑造“秀”

的形象的重要原则之一。张戒在《岁寒堂诗话》中还举过这样一个例子。他说："古诗'白杨多悲风，萧萧愁杀人'。萧萧两字，处处可用，然惟坟墓之间，白杨悲风，尤为至切，所以为奇。"

最后，"秀"的景象切忌雕琢，必须做到平易而自然。我国古代文艺家对"秀"的理解，显然是和主张出水芙蓉、清新可爱的美学思想联系着，而和铺锦列绣、雕章琢句的人工藻饰思想背道而驰的。胡仔《苕溪渔隐丛话》后集卷三十七曾说：

> 予尝爱政黄《牛山中偈》云："桥上山万层，桥下水千里，惟有白鹭鸶，见我长来此。"造语平易，不加雕斫，而清胜之景，闲适之意，宛然在吾目中矣。

胡仔所举《牛山中偈》一诗，犹如口语一般，当然不能要求诗歌都以此为标准。但是，他提出的这个"造语平易，不加雕斫"的原则，是和我国古代文艺家所主张的"秀"的内容一致的。明人陆时雍《诗镜总论》中说：

> 绝去形容，独标真素，此诗家最上一乘。本欲素而巧出之，此中唐人之所以病也。李端"园林带雪潜生草，桃李虽春未有花"，此语清标绝胜。李嘉祐"野棠自发空流水，江燕初归不见人"，风味最佳。野棠句带琢，江燕句则真相自然矣。

陆时雍所引李端《闲园即事赠考功王员外》中两句诗写冬末春初景色，朴素真切而没有雕琢之痕。他引李嘉祐《自苏台至望亭驿人家尽空春物增思怅然有作因寄从弟纾》诗中前一句，原诗作"野棠自发空临水"，略有雕琢之痕迹，确不如后一句自然。反对人工雕凿，强调自然之美，这是我国古代的重要美学传统。李卓吾在著名的《杂说》一文中把人工雕削之美称为"画工"，把自然生动之美称为"化工"。认为"化工"比"画工"要高出一筹。而这种"化工"之美也就是我国古代所说的"秀"和"不隔"的重要内容。在后来的小说、戏剧评点中，"化工"也是十分重要的艺术标准之一。

关于“隐”的问题，也不是仅仅指寓思想于形象之中，这只是一个最基本的要求。所谓“文外之重旨”，要能“含不尽之意，见于言外”，即是要求艺术家要通过艺术形象来体现自己的思想感情，不要把意思说尽，使人一览无余，而要留有余地，启发读者的想象，让读者把自己的认识和体会补充进去，使形象的意义更加丰富。“隐”的目的不是要艰涩难晓，相反的，仍然要明朗易晓，只是不能流于浅近直露。我国古代文艺家对“隐”的特点的具体阐述，有以下几点是比较有价值的。首先，认为艺术形象中的“意”应当做到既能“道得人心中事”，又要含有“余蕴”。张戒在《岁寒堂诗话》中说：

> 元微之云：“道得人心中事。”此固白乐天长处，然情意失之太详，景物失于太露，遂成浅近，略无余蕴，此其所短处。

张戒认为，诗歌创作如果“词意浅露”，完全“道尽”，就没有诗歌的特点了。他批评元稹、白居易、张籍的诗的长处是能“道得人心中事”，而其短处是“略无余蕴”，这是比较全面而深刻的批评。既肯定了他们诗歌反映现实生活比较深刻，有较高的思想意义，又指出他们诗歌艺术性方面水平不够高，主要就是不能做到“隐”，使人一览而尽，“略无余蕴”。张戒认为我国古代诗歌的传统特色，是注重“意在言外”，而有丰富“余蕴”的。他举这方面的例子说道：

> 《国风》云：“爱而不见，搔首踟蹰。”“瞻望弗及，伫立以泣。”其词婉，其意微，不迫不露，此其所以可贵也。《古诗》云：“馨香盈怀袖，路远莫致之。”太白云：“皓齿终不发，芳心空自持。”皆无愧于《国风》矣。

张戒所举《国风》《古诗》、李白《古风》中的这些诗句，既能“道得人心中事”，却又没有“道尽”，没有具体详尽的叙说，而只是描绘了生动的形象，隐藏于形象中之意微而不露，使人感到“余蕴”连绵，无穷无尽。这三个例子都是写人心中的深情厚意的，但都是借助于不同的艺术形象来体现，而不是诗人直白说出的。诗歌之意不待明言，而应当从形象中自见。《苕溪渔隐丛话》后集卷十五说道：

(杜牧)《宫词》云："监宫引出暂开门，随例虽朝不是恩。银钥却收金锁里(按："里"原诗作"合")，月明花落又黄昏。"此绝句极佳，意在言外，而幽怨之情自见，不待明言之也。诗贵夫如此，若使人一览而意尽，亦何足道哉。

这正是讲的"隐"的问题，诗人所要表达之情意，隐寓于艺术形象中，读者接触到艺术形象，就很自然地体会到了其中的幽怨之情，完全不需要诗人直接明言。诗歌艺术之妙正是在此，如果诗人直接言明，那还有什么诗味呢？陆时雍《诗镜总论》中说："少陵七言律，蕴藉最深，有余地，有余情。情中有景，景外含情，一咏三讽，味之不尽。"也正是说的杜诗中之隐秀特点。盛唐人诗最富于这种含蓄不尽、意在言外的特征。张戒说："盖摩诘古诗能道人心中事，而不露筋骨，律诗至佳丽而老成。"他举了王维的《陇西行》为例。其诗云：

十里一走马，五里一扬鞭。都护军书至，匈奴围酒泉。关山正飞雪，烽火断无烟。

王维这首诗的目的是抒发去边塞杀敌立功、建立英雄业绩的渴望和羡慕之情，然而这种情和意完全是寄托在对塞上风光和紧急军情的形象描写之中的，并无一句正面叙述，却又使人能强烈地感受到诗人这种心情。这也是既能"道得人心中事"，又"余蕴"无穷的典型例子。

其次，"隐"的特点还表现在"意远"上。我国古代诗论中所经常强调的"意远"，其实就是指"隐"的特点。如范晞文在《对床夜语》中说：

诗在意远，固不以词语丰约为拘。然开元以后，五言未始不自古诗中流出，虽无穷之意，严有限之字，而视大篇长什，其实一也。如"旧里多青草，新知尽白头"，又"两行灯下泪，一纸岭南书"，则久别乍归之感，感远怀旧之悲，隐然无穷。

“意远”比有“余蕴”又进了一步，它不仅要求诗中之意能隐含于艺术形象之中，而且还要使人觉得这种意说不尽道不完，愈思愈多，愈想愈远。以范晞文所举的两联唐人诗句来说，这种“久别乍归”“感远怀旧”的具体内容可以随着人们不同的经历、遭遇而有极其丰富的设想，故而说是“隐然无穷”。张戒在《岁寒堂诗话》中分析杜甫的《哀江头》一诗的“隐秀”特征道：

如云“翻身向天仰射云，一笑正坠双飞翼”，不待云“缓歌慢舞凝丝竹，尽日君王看不足”，而一时行乐可喜事，笔端画出，宛在目前。“江水江花岂终极”，不待云“比翼鸟”“连理枝”“此恨绵绵无尽期”，而无穷之恨，黍离麦秀之悲，寄于言外。

“意远”的特点就是作者不把极为丰富的含义都表现出来，而只是引导读者去作这方面的联想，启发读者去往作者所要表达的意义上进行丰富的想象活动。如张戒所说杜甫《哀江头》中“江水江花岂终极”一句，就很自然会使人想起由于君王的昏庸误国而造成的河山破碎，百姓流离失所之种种悲惨景象，以及人民期望国家复兴、得以安居乐业的热切心情。诱发读者产生与作者相类似的联想，从而体会作者寄寓的深意，这是所谓“意远”的主旨所在。吕本中在《童蒙诗训》中说道：

读《古诗十九首》及曹子建诗，如“明月入我牖，流光正徘徊”之类，诗皆思深远而有余意，言有尽而意无穷也。

诗意的“深远”，也就是要“不尽”“无穷”“有余意”。它表现在另一个方面，就是要善于把难以用语言文字直接叙述的道理、情状，以艺术形象的方式展现在读者面前，让你自己去体会。叶燮在《原诗》中说道：“可言之理，人人能言之，又安在诗人之言之；可征之事，人人能述之，又安在诗人之述之，必有不可言之理，不可述之事，遇之于默会意象之表，而理与事无不灿然于前者也。”诗意之深远也正在这里，它不是为了表达“人人能言”之理，“人人能述”之事，只写这些必然会流于浅露，而是要善于把“不可名言之理，不可施见之事，不可径达之情”，通过艺术形象而传达出来，使读者感到十分亲切，说出了自己心中想要说而又说不出来的意思，描写出了自己难于叙述的事，抒发了自己内心深处的感情，因而就有无穷无尽的意味。

最后，艺术形象中“意”之“隐”还表现在它要读者必须“思而得之”，而不是很简单地直接获得。《苕溪渔隐丛话》引《迂叟诗话》云：

> 古人为诗，贵于意在言外，使人思而得之，故言之者无罪，闻之者足以戒也。

所谓“思而得之”，即是说要由读者通过对艺术形象的具体分析，在反复的感受体会中才能逐渐领会到的。文学作品的艺术魅力，它的美学价值，很重要的一方面也就表现在这里。因为要“思而得之”，所以才有味道，才能引起人的兴趣。同时在“思而得之”的过程中，不同人的“思”是不一样的，故而“得之”的内容也可以有深有浅，有不同的角度，正如王夫之在《姜斋诗话》中所说的：“作者用一致之思，读者各以其情而自得。”“人情之游也无涯，而各以其情遇，斯所贵于有诗。”作者在创作时是有一定之“思”的，但是，由于这种“思”是隐藏于艺术形象中的，所以，读者必须通过具体地分析艺术形象的意思，通过自己的反复思索，才能懂得和了解作者所寓于其中之意。而且不同时代、不同思想的人，所思往往就不同。即使同一个人在不同时期所思也会有所区别。总之，读者可以结合自己的认识，来理解诗中之意。因此优秀的艺术作品，往往在不同的历史时期都能为群众所喜爱。梅尧臣说，由于诗歌具有隐秀特征，所以能够“作者得于心，览者会以意”。作者之心是藏于诗中的，而读者则必须对诗进行分析、研究，通过深入思索，方能体会作者之心意。“隐秀”的这些极为丰富而生动的美学内容，充分说明它不仅体现了艺术形象的特征，而且包括了我国古代文艺家对艺术形象的具体美学要求，因而它在我国古代文艺创作理论中应当占有十分重要的地位。

四 意 境

在讨论到我国古代关于艺术形象的认识时,必然要涉及意境的问题。意境是我国古代一个十分重要的美学范畴,也是一个特殊的和具有民族特色的文艺批评标准。意境究竟说的是什么意思,学术界的看法不大一致。与意境相接近的概念是境界。意境和境界实质上是一回事,比如王国维在他的文学批评中就是混用的。《人间词话》中主要讲境界,但也使用意境概念,而《人间词乙稿序》中则主要讲意境。境界的概念不仅在艺术上运用,也可以在别的场合用,如讲精神境界、思想境界等等。至于意境的概念则主要在文艺领域中运用,是指艺术的境界。一种流行的看法认为意境即是指艺术形象,是主观的意和客观的境的结合,在诗词中即是情景交融的产物。按照这样解释,那么意境和意象实际上就是二而一的概念了。这种说法也不能说错,因为意境中显然是包含了意与境两种因素的,也就是说,它确实也是意象结合、情景交融的结果。显然,只要是艺术形象,其中就必定有主观与客观两方面的结合。但是,说意境就是艺术形象,是意象结合、情景交融的结果,只是讲了意境作为艺术形象的一般性,而没有把意境这种艺术形象的特殊性揭示出来。因此,总给人一种似是而非的感觉。意境当然是艺术形象,但是,即以诗词来说,并非都有意境,并不是凡有艺术形象就有意境。意境有情景交融特点,但是,并非所有情景交融的作品都有意境。所以,说意境就是艺术形象,就是情景交融,就是意象,这好像说一个国画家是画家一样,并不解决问题,因为没有进一步说清楚他是什么画家,是油画家呢,是版画家呢,还是其他类型的画家。对宇宙间一切事物来说,决定事物本质的是矛盾的特殊性。只讲意境作为艺术形象的一般性,不讲意境这种艺术形象的特殊性,就无法说明意境的本质。

意境是一种具有特殊美学内容的艺术形象,而非指一般的艺术形象。这一点从我国古代的文学创作实践和文学理论批评中,都可以找到极其充分的证明。王国维是大家所公认的意境说的最重要的倡导者和阐述者。他在《人间词话》中开宗明义两句就说得很清楚:

词以境界为最上。有境界则自成高格。

历来讲意境的人都很少对这两句话作贴切的分析。王国维讲的是有境界之词是“最上”的，是词中之“高格”。可见，并非所有的词都有境界，只是艺术水平最高的词才有境界。也就是说，大多数词虽然也写得还不错，也都有情景交融的艺术形象，但并不一定都有意境。他又说：

“红杏枝头春意闹”，着一“闹”字而境界全出。“云破月来花弄影”，着一“弄”字而境界全出矣。

这里，我们可以反过来说，如果不用“闹”字、“弄”字，显然，仍然有形象，仍然有情有景，但是境界就出不来了。可见，意境还有它自己的特殊内容，决不能和形象、情景交融等同。类似的例子我们还可以举出很多。比如王安石的《泊船瓜洲》是一首很有名的绝句，其云：

京口瓜洲一水间，钟山只隔数重山。
春风又绿江南岸，明月何时照我还。

据宋人洪迈在《容斋随笔》中说，这“春风又绿江南岸”的“绿”字，王安石是颇费了一番推敲之功的。他先用的是“到”，觉得不好，又圈去改为“过”，又觉得不好，改为“入”，还是不好，改为“满”，仍然不满意，最后用了“绿”，才定稿了。这里用“绿”还是用别的几个字，对于诗歌意境影响很大。也可以说，只有用了“绿”，才“境界全出”了。又比如陶渊明的名句：“采菊东篱下，悠然见南山。”后人易“见”为“望”，则陶渊明那种超然物外、自然淡泊的精神就不如用“见”体现得更充分。故苏轼在《东坡题跋》中说，用“见”字是“意与境会”，“最有妙处”，而改为“望”，则“一篇神气都索然矣”。

除了前人在文学批评中已经说到的这些以外，我们还可以从古代诗歌创作的实际上来说明这一点，比如王维的《送沈子福归江东》一诗写道：

杨柳渡头行客稀，罟师荡桨向临圻。惟有相思似春色，江南江北送君归。

这是一首意境深远的诗。张籍也有一首送别诗叫《送梧州王使君》，其云：

楚江亭上秋风起，看发苍梧太守船。千里同行从此别，相逢又隔几多年。

和王维一样，张籍写的也是在江边送朋友远行，然而张籍这首诗却说不上有什么意境，全诗都是直叙，一览而尽，略无余蕴。它的含义不需要"思而得之"，没有给读者留下多少想象、回味的余地。而读王维的诗，则使人感到"相思"化"春色"，"春色"变"相思"，不知是"春色"，还是"相思"。使读者想象到沈子福归江东路上将要见到的种种春色，无一不寄寓着朋友对他的思念。"春色"人化了，故情致缠绵；"相思"物化了，故无处不到。王维创造了一个多么含蓄深远的艺术意境啊！再看王维的《陇头吟》：

长安少年游侠客，夜上戍楼看太白。陇头明月回临关，陇上行人夜吹笛。关西老将不胜愁，驻马听之双泪流。身经大小百余战，麾下偏裨万户侯。苏武才为典属国，节旄落尽海西头。

我们也拿它和张籍的一首边塞诗《关山月》对比一下：

秋月明朗关山上，山中行人马蹄响。关山秋来雨雪多，行人见月唱边歌。海边茫茫天气白，胡儿夜度黄龙碛。军中探骑暮出城，伏兵暗处低旌戟。沙碛连天霜草平，野驼寻水碛中鸣。陇头风急雁不下，沙场苦战多流星。可怜万里关山道，年年战骨多秋草。

这两首边塞诗主题略有不同，王维是感叹赏罚不明，张籍是感叹边塞辛苦，但都是借写边塞而抒发一种悲愤不满之情。然而，王维的诗寓意深远，诗句凝练。以长安少年之渴望立边功与关西老将之深沉感叹作对比，借长安少年之状象征关西老将少年之状，又以关西老将之状象征长安少年将来之后果。虽然少年和老将的心情极为不同，但他们共同构成了一幅完整的形象图画，即从少年英武豪迈到老年颓然失望，是很多边塞征将的共同经历。所以诗歌使人感到含意无穷，回味不尽。可是，张籍的《关山月》虽然也具体描写了边塞风光，而且写得很细，强调了征战之苦，然而写到多少即是多少，全是平铺直叙，说得既详又尽，一点也不给读者留下思索、想象的余地。所以，王维的诗极富意境，而张籍的诗则没有什么意境，至少是意境十分贫乏。

由此可见，并非一切有形象、有情景交融的作品都有意境。意境乃是对艺术形象的一种极高的美学要求，它是艺术形象的“隐秀”之美高度集中体现的产物。意境是由艺术形象的比喻、象征、暗示作用的充分发挥而造成的一种比艺术形象本身更加广阔深远的美学境界。在这个美学境界里，艺术家的深邃的心灵世界，借助于艺术形象的比喻、象征、暗示作用而得到具体生动的形象显现，它能把艺术家心灵中无法用语言、物象具体表达出来的感受、体会、认识，形象地显现在读者面前。由于这种意境的创造使作者的心灵世界在作品中得到了比艺术形象本身所体现的内容有更多更充分的表达。意境不仅有意和境辩证统一的一般艺术形象特征，而且又是一种“意想”中的境界，既是作者意想中的境界，又是读者意想中的境界。正如梅尧臣所说，它是“作者得于心，览者会以意，殆难指陈以言也”。作者创作时有得于心，但并未具体描写出来，只是借艺术形象的比喻、象征、暗示，而让读者去体会和感受，达到和作者相默契，所以它能意会，而难以言传。意境所具有的特殊美学内容，根据我国古代文艺理论批评家的分析和论述，主要有以下几方面：

首先，是“境生象外”。意境不在艺术形象本身，而在艺术形象之外，这种说法似乎不大好理解，好像前面讲“隐秀”时所说的“意在言外”一样，它的意思是说意境不在艺术形象所已经具体描写出来的那部分上，而是在艺术形象的具体描写所比喻、象征、暗示的那一部分上。唐代的刘禹锡在《董氏武陵集纪》中分析诗歌和一般文章之不同时，曾经说到诗歌意境的特点问题，他说：

诗者,其文章之蕴耶?义得而言丧,故微而难能,境生于象外,故精而寡和。

所谓“义得而言丧”,即是讲的“得意忘言”“意在言外”之意,这是就诗歌的内容而言的。所谓“境生于象外”,即是讲的诗歌的意境是存在于艺术形象(即意象)的具体描写外的,这是就诗歌艺术的形象塑造问题而谈的。此所谓“境”即是指意境,而所谓“象”,即是指“意象”。“境生于象外”,这是意境的首要的和最基本的特点。唐末的司空图在《与极浦书》中说:

戴容州云:“诗家之景,如蓝田日暖,良玉生烟,可望而不可置于眉睫之前也。”象外之象,景外之景,岂容易可谭哉!

这也是说的诗歌意境的“境生象外”的特征,和刘禹锡之论是完全一致的。司空图这里所提出的“象外之象,景外之景”,其第一个象和景,即是指文艺作品中所具体描写的艺术形象,而第二个象和景,则是指由第一个象和景的比喻、象征、暗示作用而形成的意境而说的。意境就正是一种“象外之象,景外之景”,犹如蓝田日暖,良玉生烟,似乎隐隐约约地可以感觉到,但又无法具体来叙说。比如温庭筠的两句著名的诗:“鸡声茅店月,人迹板桥霜。”这里,鸡声、茅店、月光、人迹、板桥、霜冻,都是具体的形象描写,表现清晨在荒凉的乡村道路上踏霜而行。然而,在这个具体的景象之外,我们还可以清楚地领会到一个行旅人离乡背井、长途跋涉所产生的那种“道路辛苦,羁愁旅思”的心灵境界,这在诗句本身并没有具体写出来,然而我们从这两句诗的意象之外,却可以深深体会到这样一种心灵境界。这个心灵境界虽不在这两句诗歌的具体景象上,是由这两句诗的具体景象所象征和暗示出来的,然而它又必须依附于它而存在。只有将这种具体景象放在面前,才能产生后一个心灵境界。又比如王昌龄的《芙蓉楼送辛渐》一诗:

寒雨连江夜入吴,平明送客楚山孤。洛阳亲友如相问,一片冰心在玉壶。

这首诗意境的形成，关键是在第四句。这里诗人把自己内心纯洁、高尚的精神境界，借助于玉壶冰心的形象给比喻和象征出来了。这里包括诗人对洛阳亲友的真挚感情，和自己不受浊世污垢沾染的坚贞情操，对腐败黑暗现实的蔑视，和决心不与之同流合污的信念。许多难以言喻的思想情绪，都在这里体现出来了。这一切都用不到诗人去具体叙述，它们本是诗人"得于心"的，但诗人并不具体描写出来，而借"冰心玉壶"的形象象征出来了，使读者能默"会以意"。张戒在《岁寒堂诗话》中说：

> 子建"明月照高楼，流光正徘徊"。本以言妇人清夜独居愁思之切，非以咏月也；而后人咏月之句，虽极其工巧，终莫能及。渊明"狗吠深巷中，鸡鸣桑树颠"。本以言郊居闲适之趣，非以咏田园；而后人咏田园之句，虽极其工巧，终莫能及。……后人所谓含不尽之意者，此也。

曹植的诗中，咏月是具体的艺术形象，而"妇人清夜独居愁思之切"的意境，正是由咏月的景象象征和暗示出来的。陶渊明的诗中，咏田园是具体的艺术形象，而"郊居闲适之趣"的艺术境界，正是由于田园的景象而被象征和暗示出来的。意境生于象外，然而又离不开"象"，它比"象"要更广阔、更深远，又和象密不可分地联系在一起，是具体的，不是抽象而不可捉摸的。

其次，意境是实境和幻境相结合的产物。司空图说的"景外之景""象外之象"，其前一个景象是具体的、有形的、现实的，而后一个景象则是存在于想象中的无形的幻境，它是由前一个实境的比喻、象征、暗示作用而产生的。没有这个想象中的幻境，就不能形成诗歌的艺术意境。这个想象中的幻境是读者受到现实的具体境界的启发、诱导而出现的，它又不同于读者本人的想象，作者所描写的现实的具体境界必然要导致读者产生与作者所要传达的相一致的想象境界。例如谢朓的《之宣城出新林浦向板桥》一诗写道："江路西南永，归流东北骛。天际识归舟，云中辨江树。"王夫之评道：

"天际识归舟,云中辨江树",隐然一含情凝眺之人呼之欲出,从此写景,乃为活景。(见《古诗评选》)

这两句描写的是具体的实的景色,而隐藏在这两句后面的"含情凝眺之人呼之欲出",则是想象中的景象,是由这两句实景描写引发出来的。这种幻想中的境界当然是和实景描写分不开的,但没有这种幻想的景象,就不能构成诗的意境。清代的笪重光在《画筌》中说绘画意境的特点道:

含景色于草昧之中,味之无尽;擅风光于掩映之际,览而愈新。密致之中,自兼旷远;率易之内,转见便娟。山之厚处即深处,水之静时即动时,林间阴影无处营心,山外清光何从着笔。空本难图,实景清而空景现;神无可绘,真境逼而神境生。

绘画的意境也是如此,必须在已经绘出的景象之中,能让人体会到许多画家已经领略到而并未具体画出的景象,"林间阴影""山外清光"这是具体色彩、线条难以描绘的,但是要通过已经画出的林木、山峦而让人感受到它的存在。山之厚处,水之流动,这也是任何彩笔都画不出的,但是可以通过深山、静水的形象象征和暗示出来。这样,绘画就有了"味之无尽""览而愈新"的艺术意境。笪重光所说的"实景"和"真境",即是指画中具体描绘的实的景象;而所谓"空景"和"神境",即是说的由这种"实景""真境"所启示的一种幻想中的境界,而这两者相结合遂构成为艺术的意境。"空景"和"神境"必须有待于"实景清""真境逼"方能出现。"清"和"逼",在这里都是指十分真实、自然、生动之意。只有把实的景象写得十分真实、自然、生动,才能使读者产生许多联想,从而使幻想的景象呈现出来。故而王国维在《人间词话》中说:

境非独谓景物也。喜怒哀乐亦人心中之一境界。故能写真景物、真感情者,谓之有境界。否则谓之无境界。

王国维和笪重光一样,也是强调一个"真"字。不过,王国维和笪重光所说的“真”,不是一般的“真”,而是经过艺术家深思熟虑地研究、分析而提炼出来的最高度的“真”。创作实践表明,只是一般的普通的“真”,是并不能构成艺术意境的,事实上不能说凡是写了一般的普通的真景物、真感情,就有艺术意境。比如我们前面所举张籍的诗,其景物、感情不能说不真,但却没有什么意境。王国维所说的“真”,乃是在“深知”基础上的“真”,实质上,也就是经过艺术家概括集中典型化了的“真”。这一点,王国维在《人间词话》中曾经说过:

> 大家之作,其言情也必沁人心脾,其写景也必豁人耳目。其辞脱口而出,无矫揉妆束之态。以其所见者真,所知者深也。诗词皆然。持此以衡古今之作者,可无大误矣。

这种“真景物、真感情”,是以作者“所知者深”为其前提的。知深然后方能懂得什么最真,因而这种“真景物、真感情”就有典型意义,由于这种典型意义,就能使读者产生丰富的联想,形成幻境和实境结合的艺术意境。因此,作品中所描写的虽然是具体的、个别的艺术形象,只不过是局部的、有限的现实景象,但是它却能引导人进入到一个更加广阔无垠的艺术境界中去。例如王维的《送元二使安西》:

> 渭城朝雨浥轻尘,客舍青青柳色新。劝君更尽一杯酒,西出阳关无故人。

诗人在这里只是写了劝饮一杯送别酒,然而它却体现了主人对朋友远使边塞的无限关怀和深切感慨,它很自然地把读者带入了对边塞黄沙漠漠、愁云惨淡、荒无人迹、举目无亲的想象境界中去了。远离家乡,置身塞外,艰苦征战,存亡未卜的感伤之情油然而生。这就是由一杯送别酒的具体的实的景象描写而引出的想象中的境界。这样,劝饮一杯送别酒的景象和这一幅虚的景象紧密结合在一起,就使这首渭城曲的意境显得特别的深远。显然,并不是随便写一个实的景象都能起到这样的艺术效果,具有这样耐人寻味的艺术意境的。艺术家只有抓住了现实生活景象中某个具有深刻典型意义的片段,并对它作出了真实而生动的描写之后,才能借助于它的象征、暗示作用而产生幻想中的景象,并构成艺术意境,把艺术家心灵最深处的情状透彻地表达出来。

再次,是“化景物为情思”,用景物来象征情思。这里所说的“景物”是广义的,不是仅仅指山水花鸟宫室等具体物象,也包括了其他种种现实生活景象。艺术家在描写现实生活景象时,不是纯客观地简单复制,而是包括了自己对这种现实生活景象的认识和感情在内的。客观现实生活景象,经过艺术家的笔一写,就有了一种新的生命,具备了一副不同于它的自然形态的新颖独特的面貌,构成了另外一种奇妙的境界,这就是我们所说的意境。在艺术作品中,只有当具体的景物不仅仅是它自己,而且成为艺术家情思的一种象征时,才能够形成生动的艺术意境。况周颐在《蕙风词话》中说:

吾听风雨,吾览江山,常觉风雨江山外,有万不得已者在。此万不得已者,即词心也。

况周颐所说的“万不得已者”,即是艺术家之情思。艺术家在自己的创作中,正是要使“风雨”“江山”化为“万不得已”的情思,让它们作为“万不得已者”的情思的象征而出现,这样的作品才有“兴趣”,有“滋味”。作品虽然写的是“风雨”“江山”,然而读者却可以从中体会、领略艺术家那种“万不得已”的情思,从而引导人产生无穷的遐想,这样的作品方为有意境。为什么说“红杏枝头春意闹”着一“闹”字而境界全出,“云破月来花弄影”着一“弄”字而境界全出呢?就是因为这个“闹”字和“弄”字,把景物人化了,使景物化成了人的情思。用了这两个字,使这两句词所表现的不只是客观自然景象的本身,而主要是体现了词人对春色、月夜的体会和感受,于是也就有了优美的艺术意境。宋代的米芾在《画史》中提出绘画“心匠自得处高也”,正是为了说明有没有艺术意境,关键是看艺术家能否从客观现实景物中表现出“心匠自得处”,比如杜甫的《秋兴》八首之二:

夔府孤城落日斜,每依北斗望京华。听猿实下三声泪,奉使虚随八月槎。画省香炉违伏枕，山楼粉堞隐悲笳。请看石上藤萝月，已映洲前芦荻花。

此诗末二句写月光由石上藤萝，转移到了洲前芦荻花上，表面看只是写景，然而诗人在这里借以表现由日落（“落日斜”）到月上，又到深夜，月光推移，而忧国忧民的诗人却仍然在城楼上遥望京华，盼望着有国泰民安之日，能重返长安，为苍生效力。写的是月光移动，然而并非仅仅为了写月光，而是借此抒发诗人忧之深情之切。月光成了诗人忧国忧民之心的象征。清代的恽格在《南田画跋》中说过这样一段话：

春风如笑，夏山如怒，秋山如妆，冬山如睡。四山之意，山不能言，人能言之。秋令人悲，又能令人思，写秋者必得可悲可思之意，而后能为之。不然，不若听寒蝉与蟋蟀鸣也。

客观景物包括着各种各样不同的含义，但是它自己“不能言”，而“人能言之”。艺术家必须首先有“可悲可思之意”，然后带着这种“意”去描写景物，使景物成为自己“意”之所寄托，于是，这种景物的描写就有了生命，就能耐人寻味，从而构成生动的艺术意境。如果仅仅为写景而写景，不能“化景物为情思”，那就很难构成艺术意境。所以，艺术家必须选择好客观景象，善于把它化为自己情思的象征，然后描写出来，“因心造境，以手运心”，“于天地之外，别构一种灵奇”（方士庶《天慵庵笔记》）。这样，读者接触到的是具体景物描写，而他所体会到的则是艺术家“灵想之所独辟”的境界。要化景物为情思，决不可矫揉造作、生硬雕琢，必须是“即景会心”，“自然凑泊”，方能情景两浃，意与境合。司空图在《与王驾评诗书》中所说的“思与境偕，乃诗家之所尚”，即是从这一个角度来说的。景物只有化为艺术家情思之象征以后，才能够启发人丰富的联想，产生使读者感到含蓄不尽的意境。

最后，是“超绝言象”。意境的重要特征之一，是可以把那种无法用具体的语言、色彩、声音等来表达的境界，生动地展示出来，使人们通过艺术意境而具体地领略和体会。南齐谢赫的《古画品录》所录第一品第一人为陆探微，谢赫说他的作品之妙即在“穷理尽性，事绝言象”。南朝刘宋时期著名的画家宗炳在《画山水序》中说：“夫理绝于中古之上者，可意求于千载之下；旨微于言象之外者，可心取于书策之内。”绘画如能创造出丰富的艺术意境来，就可以表达出“超绝言象”的某种情状。文学创作也是如此。我国古代艺术受道家和佛家影响很深，不少艺术家常常要通过艺术来表现佛老之道，它主要就依靠艺术的意境。道家和玄学家所提倡的“道”的境界，是无法具体用语言文字来叙说的，庄子就认为“道”是超乎“言意之表”的。轮扁斫轮之所以有那么高的技巧，也是因为他有“道”，而这种“道”是无法言传的，所以连他自己的儿子也无法传授，只好“行年七十而老斫轮”。但是，这种“道”的境界，却可以通过艺术意境而体现出来。比如嵇康的《赠秀才入军》其二中所描写的“目送归鸿，手挥五弦。俯仰自得，游心太玄”就有这种特点。它通过“目送归鸿，手挥五弦”这样一个艺术意境，体现了作者对于“道”的领悟，而这种对“道”的具体内容的领悟，是很难用具体语言文字表达出来的。王士禛在《古夫于亭杂录》中对这一段作过如下的比较分析，他说：

> 宋景文（宋祁）云：左太冲“振衣千仞岗，濯足万里流”，不减嵇叔夜“手挥五弦，目送飞鸿”。愚案：左语豪矣，然他人可到。嵇语妙在象外。六朝人诗如“池塘生春草”，“清晖能娱人”，及谢朓何逊佳句多此类。读者当以神会，庶几遇之。顾长康云：“手挥五弦易，目送归鸿难。”兼可悟画理。

左思的诗也写得很好，但是和嵇康的诗相比，左思诗的内容是可以通过语言具体叙述清楚的，而嵇康诗的内容，则是无法用语言具体叙述出来的，只能由读者到诗的意境中去“神会”。谢灵运的诗也是如此。“清晖能娱人”，便是着重在表现诗人对玄学家那种“虑澹物自轻，意惬理无违”的精神境界，它的具体内容也是难以用语言来表述的。故而王士禛说这些诗句之妙是在“象外”。佛教的“至理”也是不能用语言文字来具体阐述的，尤其是禅宗强调“不立文字，教外别传”，所以，也讲究借助于艺术意境来体现禅理。比如著名的“拈花微笑”故事，就是通过世尊拈花、迦叶微笑来说明佛理要靠领悟,是无法言说的。当释迦牟尼在灵山上讲佛法时,听众有上千人,但他不发一言,只是拈花示众。大家都不知是什么意思,独有摩诃迦叶见了之后就微笑了,释迦牟尼认为他是真正领悟佛法了,就传位给了他。这种借具体形象来象征和暗示一种难以具体言说的境界的方法深刻地影响了艺术创作。比如王维的诗歌就常常通过塑造一个艺术意境来体现禅理。像他的名句"行到水穷处,坐看云起时",就象征着佛教徒那种超然物外、心无挂碍的心境。而他的《辋川集》中的许多诗歌所描写的自然景色,往往在寂静的意境中,体现着禅家空无寂灭的禅理。由于佛老思想及其艺术观的影响,我国古代诗歌中这种借艺术意境来描写玄理、禅趣的创作日益发展,这对艺术意境的形成又产生了深刻的影响。通过创造艺术意境来表现艺术家那种难以言喻的复杂心灵境界,成为艺术意境的一个十分重要的特征。特别是因为艺术的各种物质手段(如语言文字、色彩线条、声音节奏等)都在反映现实生活、表达人们的思想感情上,有一定的局限性,因此,利用具体艺术形象的比喻、象征、暗示作用造成虚实结合的艺术意境,以突破艺术的各种物质手段的局限性,扩大艺术表现的范围,就可以使艺术作品更有力地反映丰富多彩的现实生活,并使之具有更大艺术魅力。

第三章　论创作方法

文学的创作方法是作家艺术地认识现实和反映现实的基本原则,它是客观地存在于文学创作的实践之中的。一个作家不管他是自觉还是不自觉,总是遵循一定的原则来创作的。世界各国的文学尽管千姿百态,绚丽多彩,然而从创作方法的角度来看,总还是有那么几种基本类型。高尔基说:"在文学上,主要的'潮流'或流派共有两个:这就是浪漫主义和现实主义。"①这是一个具有普遍意义的概括。文学理论批评总是反映创作实际的,是对创作经验的总结,因此,关于浪漫主义和现实主义的创作方法特点,也必然会在文学理论批评的发展中有所表现。我国古代文学理论批评的发展历史上,虽然没有用过浪漫主义和现实主义的概念,但是却有很多关于浪漫主义和现实主义创作方法特点的论述,这是我们绝对不可忽视和弃置不问的。我们承认浪漫主义和现实主义是我国古代文艺发展中的两个基本潮流,并不否认它们有和我国具体历史条件、文学特点相适应的民族特色,相反地,我们正是要研究清楚我国古代浪漫主义和现实主义的这种民族特色。为此,我们必须认真地总结我国古代的现实主义和浪漫主义文学理论遗产。

我国古代的浪漫主义和现实主义文学艺术主要发达在封建社会,这和欧洲的浪漫主义和现实主义文学主要发达于资本主义社会有很大的不同。由于社会背景的差异,我国古代的现实主义和浪漫主义与欧洲相比,在思想基础和表现特点上都有明显的不同。我国古代的现实主义文

① 高尔基:《谈谈我怎样学习写作》,《论文学》,孟昌、曹葆华、戈宝权译,人民文学出版社,1978年,第162—163页。

艺和现实主义文艺思想,主要是受儒家思想的影响和史学写作原则的影响而发展起来的,而浪漫主义文学则往往较多地和道、佛思想有着密切的联系。而在浪漫主义的发展过程中,又有两大类型:一是主要由《楚辞》这条线上发展下来的,另一类主要是由《庄子》这条线上发展下来的。以古典诗歌为例,如果说杜甫和白居易是现实主义诗歌创作代表的话,那么,李白和李贺等则主要是受《楚辞》影响的浪漫主义诗歌创作代表,而陶渊明和王维等则主要是受《庄子》以及佛教禅宗文艺思想影响的浪漫主义诗歌创作代表。我国古代的现实主义文学理论是以儒家思想作为指导思想的,对于神话、传说以及后来受佛老思想影响的超现实的幻想、夸张,采取一种排斥态度,它是强调要"入世",要积极地干预现实的。而以《楚辞》为代表的这一种浪漫主义文艺,往往兼有儒家和佛老思想的影响,它也是主张"入世",干预现实的,但由于在现实生活中不能达到目的,因此只好把它寄托于浪漫主义的幻想之中,故亦常以超现实的幻想和浪漫主义的夸张,来抒发愤恨和歌颂理想。可是,以《庄子》为代表的这一条线上的文艺创作,由于受《庄子》的"得意忘言""言为意筌"的文艺思想和佛教崇尚"象外之趣"的文艺思想的影响,在对待现实的态度上抱"出世"主张,对儒家思想采取排斥的态度,常常注重于运用象征方法,来表现超现实的理想,所以,和以《楚辞》为代表的浪漫主义文学艺术,是有很大不同的。从艺术上说,《楚辞》这条线上的浪漫主义是以比喻、夸张手法为其主要特点的,而《庄子》这条线上的浪漫主义则以"寄言出意"的象征手法为主。

我们把我国古代文学艺术和文艺理论分为这样三种既有联系又有区别的不同类型,主要是考虑到我国文艺发展历史的实际,确是客观地存在着这样三种不同的文艺思潮和创作倾向,它在诗歌发展中特别鲜明,而在小说、戏剧和其他类型艺术中也是存在着的。这是我国古代文艺发展中的特点。现实主义和浪漫主义是人类文艺发展史上的两个主要流派,但是它在各个不同的国家和民族中,具体表现是不同的。必须从我国古代文艺发展的实际出发,来研究我国古代现实主义和浪漫主义的特征。黑格尔在《美学》第2卷中,曾经把艺术的种类分为象征型、古典型、浪漫型三种,他所说的古典型艺术实际上也就是现实主义的艺术。黑格尔是以艺术形象的精神内容和物质形式的不同结合方式来划分这三种不同类型的艺术的。黑格尔指出，象征型和浪漫型艺术有共同的地方，即都是以艺术形象的精神内容和物质形式不谐调为其特征的。然而，其不谐调的状况又并不相同。象征型艺术中，形象的具体物质形式并不直接体现精神内容，而是对精神内容起一种象征作用，如埃及之金字塔。它只是利用物质形式上的某一方面特点来象征一定精神内容，故朱光潜先生把它概括为“物质溢出精神”。浪漫型的艺术不像象征型艺术那样，除了象征一定精神内容外，物质形式本身还有很多自己的内容和特点，浪漫型艺术是用物质形式来比喻精神内容，精神内容远远超出物质形式本身的意义，比它要广阔和丰富得多。所以，朱光潜先生概括为“精神溢出物质”。其实，从反映理想这个角度上说，象征型艺术也可以说是浪漫主义的。黑格尔所说的古典型艺术亦即现实主义艺术，则是以精神内容和物质形式的和谐统一为其特征的。因此它和象征型、浪漫型艺术有很大的不同。当然，黑格尔在论述这三种艺术类型过程中，也表现出了许多形而上学的错误，比如他认为人类艺术的发展是按照象征型—古典型—浪漫型的方向发展的，这是他的从理念到物质再到理念的理论体系影响的结果。这些，朱光潜先生的《西方美学史》一书中已作了分析批判。但是，艺术可以物质形式和精神内容的结合方式而分为三种类型，这是黑格尔总结人类文艺发展实际而提出来的，对于我们认识我国古代文艺发展的特点，也是有参考价值的。它和我国古代文艺发展的实际有类似之处。

现实主义和浪漫主义并不是绝对地彼此不相关的，而是相互之间可以交叉沟通的。对于一个作家来说，可以是几种方法都有所运用，也可以主要运用一种方法。对于一个具体作品来说，一般以一种方法为主，但也并不排斥对其他方法某种程度上的并用。因为一个作家并不是先想好了创作方法才创作的，而是按照自己的思想和认识以及艺术经验，怎样最有效，就怎样写的。但是总结不同的创作方法的特点，总结这些创作方法的历史经验，仍是很必要的。

一　实录写真

我国古代存在着优秀的现实主义文学艺术，这是大家所公认的。这种文艺创作实践反映到理论批评中，就有强调按现实的本来面目真实地反映现实的现实主义文学理论。我国古代的现实主义文学与现实主义文学理论，和欧洲的现实主义文学和文学理论是不同的，因此，不能用西欧的现实主义理论来硬套。当然，现实主义文艺理论有它普遍的共同原则，但仅仅局限于这一点是远远不够的，问题是要找出中国古代现实主义文艺理论的特点来。

我国古代现实主义文艺理论的中心是强调实录写真，即真实地按照现实生活的本来面目来进行创作。早在《易经》中所体现的模拟客观物象的思想，就已经有了现实主义文艺思想的萌芽因素。《易经》后来成为儒家的哲学经典。以孔子为代表的儒家思想的发展，对现实主义文艺思想的萌芽与产生，有着极其重要的作用。孔子主张对现实采取积极入世的态度，强调要敢于面对社会和人生，具体地去干预它和改造它，而不像老庄那样采取消极态度。孔子十分重视文艺作品对社会现实生活的具体而真实的描写，认为像《诗经》中许多现实主义作品那样如实地反映了现实本来面目，就“可以观”，能够从中了解“风俗之盛衰”（郑玄），“考见得失”（朱熹）。由于孔子看到了《诗经》中许多现实主义作品反映现实生活的具体性和真实性，因此，他强调可以用文艺来作为提升思想品德修养和参预政治外交活动的必要手段。他说：“不学诗，无以言。”并告诫他的儿子伯鱼说“人而不为《周南》《召南》，其犹正墙面而立也与？”又说：“诵诗三百，授之以政，不达；使于四方，不能专对；虽多，亦奚以为？”孔子这种对文艺的现实的功利的观点，也必然要求文艺必须真实地反映现实的本来面目，同时对浪漫主义文艺采取排斥和否定态度。孔子是不讲怪、力、乱、神的，也根本不相信神话、传说。他对许多神话、传说作了完全现实化的解释。比如《韩非子·外储说左下》中曾经记载了这样一个故事：

> 鲁哀公问于孔子曰：“吾闻夔一足，信乎？”曰：“夔，人也。何故一足？彼其无他异，而独通于声。尧曰：‘‘夔一而足矣，使为乐正。’故君子曰：‘夔有一，足。’非一足也。”

原来是神话中一只脚的夔，经过孔子的解释，变成了非常现实的尧的乐官，不再是一只脚的怪物了。据《大戴礼记·五帝德》及《太平御览》卷七九引《尸子》，孔子对黄帝这个神话人物的传记，也作过类似的解释。当子贡问他说：传说黄帝有四张脸，是这样的吗？孔子回答他说："黄帝取合己者四人，使治四方，不计而耦，不约而成，此之谓四面。"有四张脸的黄帝，经孔子一解释，成了黄帝派四个人去治四方了。这种故事的可靠性如何，是值得怀疑的，但是它所表现的思想倾向，是和孔子的思想一致的。注重现实，鄙弃幻想，这是孔子文艺思想的基本特征，它对我国古代现实主义文艺思想的萌芽与产生，是有极为重要的作用的。

但是，孔子并没有从正面论述文艺创作的现实主义问题，更没有对它从理论上加以总结。一直到汉代班固提出"实录"问题，才开始对现实主义创作原则从理论上作了概括。我国古代文艺理论批评家经常用"实录"来评价优秀的现实主义文学艺术，"实录"可以说是我国古代现实主义文学理论的核心。当然，并不是所有提倡现实主义的文艺家都用"实录"这一概念，但是，作为一个文艺思潮来看，提倡"实录"，可以反映出我国古代现实主义文艺思潮的主要内容。"实录"，这是我国古代史学著作写作的原则，它是东汉的班固总结司马迁《史记》写作特点时提出来的。班固在《汉书·司马迁传赞》中说：

> 刘向、扬雄博极群书，皆称迁有良史之才，服其善序事理，辨而不华，质而不俚，其文直，其事核，不虚美，不隐恶，故谓之实录。

班固是从写历史著作的角度来讲"实录"的，然而，《史记》虽是一部伟大的历史著作，由于当时文史界限不清，司马迁在写作某些本纪、世家、列传时，也运用了不少神话传说材料，还在记叙人物事迹时，采取了一些文学的写作方法，所以有不少人物传记富有文学色彩，我国古代很多人把文学和历史相混淆，所以也把《史记》当作文学作品来看，并且学习《史记》的"实录"方法来进行文学创作。因此，"实录"的原则也被运用到了文学创作中，成为文学的一种创作原则。历史著作的写作和文学创作是有原则区别的，因而，文学上的"实录"应该怎样去正确地理解，就是一个很大的问题，它对现实主义文学的发展有很大的影响。

我国古代文学和历史关系特别密切。我国古代许多文艺家都以写历史的要求来要求文学创作,并且把最优秀的现实主义文学称为历史。比如在诗歌中称杜甫的作品为“诗史”,这是对杜甫现实主义创作的崇高评价。我国古代还把小说称为“稗官野史”,认为它可以“补正史之不足”,同时还创作了大批历史演义小说。对于把文学看作历史这样一个长期以来影响深刻的文艺思潮,我们不能像有些同志那样采取一种简单化的态度加以否定,认为它只是强调事实真实,排斥虚构,因此对文学发展起了不好的作用。这种评价显然是片面的、不公正的。以写历史的要求来要求文学创作,把优秀的文学作品看作历史教科书,这种文艺思潮有积极的一面,这就是要求文学创作必须按照现实生活的本来面貌,真实地反映现实,揭示现实的本质方面,并把它作为衡量文学作品优劣的基本原则。这种思想包含着现实主义文学创作的主要精神,对现实主义文学创作的发展,是起了重大的积极作用的。欧洲的一些伟大的现实主义作家也都作过这样的论述。巴尔扎克说:“法国社会将要作历史家,我只能当它的书记。”(《人间喜剧·前言》)托尔斯泰说他创作的意图“就是要表现历史”(《致阿·阿费特》,引自《文艺理论译丛》1957 年第 3 期)。当然,我国古代文艺家把文学比作历史远没有巴尔扎克、托尔斯泰认识得那样深刻,而且有些人还有忽视历史和文学差别,甚至否定虚构的作用等缺点,但是,决不能因此而把这种普遍的文艺思潮一笔抹杀。而且,更应当看到,我国古代不少文艺家在把文学比作历史、主张“实录”的同时,又肯定艺术虚构,已经对“实录”作了符合文学创作本身规律的理解,而不是简单地只是把历史著作写作上的“实录”不加分析地运用于文学创作。因此,我们必须对文学上的“实录”原则作具体的分析。

现实主义在不同国家、不同历史时期有很不同的思想基础。古希腊罗马的现实主义是以奴隶主民主精神为其思想基础的;文艺复兴时期以莎士比亚为代表的现实主义是以人文主义思想为基础的;19 世纪法国以巴尔扎克为代表的批判现实主义是以人道主义思想为基础的;俄国 19 世纪的现实主义是以农民民主主义思想为基础的。而我国长期封建社会的现实主义文学思想则是以儒家的民本思想为基础的。“实录”原则就是建立在民本思想上的。“实录”原则的一个基本出发点是要严格地做到“不虚美,不隐恶”,而要做到这一点在封建社会里是很不容易的。所谓“不虚美,不隐恶”,实质上其矛头就是针对封建统治阶级的。“不虚美”,即是不要对统治阶级阿谀奉承、歌功颂德,反对用文学作品去对统治阶级进行吹捧、美化。“不隐恶”,即是要敢于暴露封建统治阶级的罪恶,不为尊者讳,不为贤者讳,要敢于去真实地揭发社会政治上的黑暗、腐朽,如实地把它们呈现在自己的作品中,让广大人民群众都能了解。当然,“不虚美,不隐恶”的原则也适用于对人民群众的描写,但是,它所体现的进步的民主精神主要是在对封建统治阶级的态度上。这种“不虚美,不隐恶”的原则是我国古代现实主义文学创作和现实主义文艺思想的十分重要的指导思想。这种“不虚美,不隐恶”的精神,是司马迁对传统儒家民本思想的积极方面的一个重大发展。儒家的民本思想起源于孔子“仁者爱人”的“仁”的观点。孔子重视人的地位和作用,主张“节用而爱人,使民以时”,反对“苛政猛于虎”的弊政,反对对百姓的过分剥削,认为只有使百姓能生活下去,政治方能巩固,统治才能长治久安。因此,孔子肯定下层人民可以批评政治的弊端,对上层统治阶级进行讽谏,在文艺上提出“可以怨”。后来,孟子进一步发展了孔子“仁”的观点,提出了系统的“民为贵,社稷次之,君为轻”的仁政主张和民本思想。民本思想本身有两面性,它一方面强调“民贵君轻”,要求统治阶级注意人民疾苦,不能过分压迫、剥削人民群众;另一方面,它的出发点还是为了巩固封建统治秩序,所以不允许彻底否定封建统治,不允许推翻封建政权,还是要维护它的尊严。后来许多进步的思想家和文学家则主要是强调和发挥民本思想的积极方面,主张要有清明的政治,让人民能安居乐业。为此,要求文艺应该如实地揭露和批判现实的黑暗,政治的腐败,要如实地反映人民群众的疾苦,不能粉饰现实,美化丑恶的统治阶级。司马迁在《史记》写作中所贯穿的“不虚美,不隐恶”的“实录”精神,和他在《史记·屈原贾生列传》中强调《离骚》“盖自怨生”一样,正是儒家民本思想积极方面的进一步发挥。班固肯定司马迁这种“实录”精神,也是从民本思想出发的。所以,他在评论汉代乐府民歌时说,它乃是“感于哀乐,缘事而发”的产物,认为可以起到“观风俗,知厚薄”的作用(《汉书艺文志·诗赋略论》),说明乐府民歌乃是对现实生活的真实描写和记录。实质上,这也就是讲的文学创作的“实录”精神。"实录"的意义就是要"写真",要对现实生活作符合其本来面目的真实描写。

"实录"、写真的原则和民本思想积极方面的联系,我们可以从杜甫的创作思想和白居易的诗歌理论中看得非常清楚。杜甫和白居易是我国封建社会前期现实主义文学和现实主义文学理论的主要代表人物。民本思想的积极方面对现实主义文学理论的影响和作用,在他们的创作和理论中得到了最集中最突出的反映。因此,我们要研究分析我国古代现实主义文学理论的思想基础,就必须具体地阐述杜甫和白居易的创作实践和理论批评。杜甫的诗歌历来被认为是以"实录"精神写作的"诗史"。杜甫一生都是坚定地信奉儒家思想的。他说:"法自儒家有,心从弱岁疲。"(《偶题》)从小就辛苦地学习和研究儒家有关文学创作的原则和精神。他的政治理想是"致君尧舜上,再使风俗淳"(《奉赠韦左丞丈二十二韵》),希望有像尧舜那样的开明政治,使人民能够过"稻米流脂粟米白""男耕女桑不相失"的平安富裕生活。他始终把解除人民群众的痛苦和灾难放在第一位,"穷年忧黎元,叹息肠内热"(《自京赴奉先县咏怀五百字》),"再光中兴业,一洗苍生忧"(《凤凰台》)。一直到他临死之前,还担忧"战血流依旧,军声动至今",为百姓的苦难深深地叹息。"文章千古事,得失寸心知。"(《偶题》)杜甫的诗歌就正是安史之乱前后动乱的唐代历史的实录。杜甫是"忠君"的,这一点不应该为他讳避,他对唐玄宗也有过幻想:"生逢尧舜君,不忍便永诀。""葵藿倾太阳,物性固难夺。"但是,当他看到唐玄宗荒淫误国,使社会矛盾加剧,危机四伏的时候,他并没有掩盖它,而是真实地描写了它,并且对它作了尖锐的揭发和批判。"惜哉瑶池饮,日晏昆仑丘。"(《同诸公登慈恩寺塔》)直截了当地暴露了唐玄宗的昏庸和腐朽。他又说:"彤庭所分帛,本自寒女出。鞭挞其夫家,聚敛贡城阙。"正是统治阶级的横征暴敛,对人民的残酷剥削,造成了"朱门酒肉臭,路有冻死骨"的悲惨现实。杜甫总是把国家兴亡放在君之上,而他之所以如此关心国家兴亡,又正是为了使人民能够安居乐业。唐肃宗即位之后,杜甫原先对他曾抱有很大希望:"君诚中兴主,经纬固密勿。""不闻夏殷衰,中自诛褒妲。周汉获再兴,宣光果明哲。"但是,杜甫不是为了对他表示愚忠,而是期望他能够改变"乾坤含疮痍,忧虞何时毕"的局面。

然而当杜甫希望破灭,他看到唐肃宗并不是一个能够继承唐太宗事业的英明君主时,就不再对他有什么赞美了,而是带着更加深沉的忧国忧民之情,把他的笔锋转向了人民,进一步尖锐而深刻地揭露了统治阶级的腐败,具体而真实地描写了人民群众的悲惨遭遇,写出了著名的"三吏""三别"等光辉诗篇。这就是杜甫对孟子所说的"民为贵,社稷次之,君为轻"思想的具体发挥。他的诗歌创作中"不虚美,不隐恶"的"实录"精神,正是这种民本思想的体现。杜甫是一个诗人而不是理论家,他的创作中所体现的这种现实主义特征,白居易在自己的诗歌理论中作了比较深刻的总结。

白居易以"实录"为中心的现实主义文学思想,是直接从儒家民本思想的基础上引发出来的。他在《策林》里说:三皇五帝之所以贤明,是因为"以天下心为心""以百姓欲为欲";后来的帝王之所以不及三皇五帝,即是因为"以己心为心,抑天下以奉一人之心也。以己欲为欲。咈百姓以从一人之欲也"。从清明政治必须以民为本出发,白居易十分自觉地要求通过文学来为民请命。他说《秦中吟》的创作是:"是时兵革后,生民正憔悴;但伤民病痛,不识时忌讳;遂作《秦中吟》,一吟悲一事。"又说《新乐府》的创作是"不能发声哭,转作乐府诗","惟歌生民病,愿得天子知"。所以他坚决反对掩盖现实矛盾,歪曲现实真实的"虚美"之作。他说:"述作之间,久而生弊。书事者罕闻于直笔,褒美者多睹其虚辞。"(《策林》)于是,"郊庙登歌赞君美,乐府艳辞悦君意;若求兴谕规刺言,万句千章无一字"(《采诗官》)。其结果就是"贪吏害民无所忌,奸臣蔽君无所畏"。白居易提出要"直书其事",以"救济人病,裨补时阙",主张通过文艺作品来反映人民病痛,揭露时政的黑暗。这样,白居易就极大地发展了儒家的民本思想的积极方面,提出了在封建社会上升时期最进步的文艺纲领,把现实主义文艺思想发展到一个新的高峰。白居易在一定程度上突破了民本思想消极方面给文艺发展造成的障碍,针对《毛诗大序》强调文学创作不能越出封建礼义规范和对统治阶级的批评必须委婉曲折、温柔敦厚的要求,大胆地打破了"发乎情,止乎礼义",以及"主文而谲谏"的框框束缚,提出了"意激"和"言切"的原则,认为对黑暗现实揭发批判必须尖锐而激烈,不受封建伦理道德局限,为此要"不惧权豪怒,亦任亲朋讥”,以便使“下人之病苦闻于上”,“欲闻之者深诫也”。白居易把“实录”的原则与“救济人病,裨补时阙”的进步文艺纲领结合了起来。

从杜甫和白居易的创作实践和理论批评中,我们可以清楚地认识到现实主义文艺思想的政治思想基础正是儒家民本思想的积极方面。但是,杜甫和白居易所生活的时代,还是封建社会的前期。自从宋元以后,封建社会开始走下坡路了。随着封建社会的衰落,作为以“实录”为中心的现实主义文学思想基础的民本思想也有了新的发展。民本思想的积极方面和程朱理学“存天理,灭人欲”的反动纲领之间发生了尖锐的矛盾。这时,打碎封建礼教的枷锁,冲破理学的牢笼,深刻地揭露现实的矛盾,批判封建统治的黑暗腐朽,表现人民的真诚愿望和要求,真实地描写他们的生活和思想感情,就成为进步的民本思想的主要内容。元人杂剧中一些著名的现实主义作品,都表现了对封建礼教的大胆叛逆精神,这在《窦娥冤》《西厢记》等作品中都有鲜明的表现。窦娥不仅喊出了“官吏每无心正法,使百姓有口难言”的正义呼声,而且对天地也作了公开指责:“地也,你不分好歹何为地;天也,你错勘贤愚枉做天!”批判了封建社会的重要支柱——神权。王实甫则对被封建正统认为是大逆不道、淫贱不肖的莺莺和红娘给予了热烈赞扬与歌颂!而元明之交的《水浒传》则更进一步歌颂了敢于武装反抗封建统治的农民起义英雄。这种变化,在明代李卓吾的文艺思想中得到了重要的概括和总结。李贽(卓吾)文艺思想的核心是提倡写“真”,而反对虚假。所谓“真”,即是指要表现人们内心深处真实的思想感情,反映现实生活的真实;所谓“假”,即是指宋明理学那一套伪善的封建说教。李贽的这个思想集中反映在他的《童心说》一文中,他严厉地斥责了宣扬“天理”的假人假言假事假文章,大力赞扬了反映“人欲”的真人真言真事真文章,认为《水浒》《西厢》等之所以是“天下之至文”,即因为它们“真”而不“假”。关心老百姓的“日用”,反对道学家的“天理”,是李贽民本思想的重要特点。有人把李贽为首以反理学为中心的文艺思潮说成是浪漫主义思潮,是对以前后七子为代表的古典主义的反动。其实,这并不完全符合实际,多少有点拿欧洲的浪漫主义反对古典主义来硬套,其根据是十分不足的。我国明代中叶以后这个反理学为中心的文艺思潮是既包括了现实主义,也包括了浪漫主义的。而就李贽本人来说，主要还是倾向现实主义的。他所认为的抒写“真情”，表现了“童心”的代表作即是《水浒》与《西厢》，而这正是我国古代现实主义小说、戏剧的最重要的代表作。特别是我们应该看到，李贽所说的“童心”“真心”，是为了反对理学家虚假的“闻见道理”，亦即“天理”，其目的是要求以“百姓日用”为重，文学能表现“百姓日用”，即是“真言”“真事”“真文章”。也就是说，“童心”“真心”的具体体现，就在于真实地反映百姓的生活实际和思想愿望。他说：“穿衣吃饭，即是人伦物理；除却穿衣吃饭，无伦物矣。”（《焚书·答邓石阳》）他说要使“童心”能失而复得，主要是在于“好察”“百姓日用之迩言”（《焚书·答邓明府》）。故而，李贽在《焚书·答耿司寇》一文中说，道学家耿定向的言行“反不如市井小夫，身履是事，口便说是事，作生意者但说生意，力田作者但说力田。凿凿有味，真有德之言，令人听之忘厌倦矣”。反对道学“天理”之虚假，而提倡百姓日用之真实，这是李贽现实主义文艺思想的主要内容。

以李贽为首，以焦竑、公安三袁、冯梦龙、汤显祖等为骨干的，提倡表现“真情”的文艺思想流派，显然是受到当时资本主义思想萌芽因素的影响的。但是，由于中国资本主义发展的缓慢，又极为软弱，且和封建势力有十分密切的联系，在当时还不足以形成特殊的思想体系，而主要是对传统的民本思想给以新的发展和推进。这一点比较集中地表现在他们对君、对民的态度上，从对“民”的方面来说，他们不仅是同情人民、反映人民疾苦，而且进一步肯定了人民反抗斗争的合理性，认识到了“官逼民反”的真理。李贽是不赞成用武力来推翻封建统治的。但是，他对人民的反抗斗争给予了道义上的同情和支持。对于当时在福建沿海武装反抗官府的渔民领袖林道乾，李贽认为他本人是英雄豪杰，只是被官家逼迫，不得不为盗耳。他说：“唯举世颠倒，故使豪杰抱不平之恨，英雄怀罔措之戚，直驱之使为盗也。”（《因记往事》）在《忠义水浒传序》中也充分表现了这种思想。这些，在传统的民本思想中显然是找不到的。在对待“君”的态度上，这时期君权绝对化的思想也有所动摇。比如《封神演义》中所宣传的“仁政”就已经包含了某些民主主义思想因素。它肯定“臣伐君”，认为“天下非一人之天下，乃天下人之天下”，君不正，则“天下人皆得而伐之”。它赞扬了殷纣王的大臣黄飞虎一家反商投周的正义行动，并通过姜子牙之口批判了伯夷、叔齐的“扣马而谏”，指出他们恪守“君为臣纲”，是在这“天翻地覆之时，四海鼎沸之际”，违逆“天怒”“民怨”的“一得之见”。《封神演义》主要是一部浪漫主义小说，但其中反映的这种民本思想的新特点有代表意义，是和现实主义作品中所体现的民本思想新特点相一致的。它和后来黄宗羲在《明夷待访录》中对“君为臣纲”的批判是完全一致的。黄宗羲说：“今也天下之人，怨恶其君，视之如寇仇，名之为独夫，固其所也。而小儒规规焉以君臣之义，无所逃于天地之间，至桀纣之暴，犹谓汤武不当诛之，而妄传伯夷、叔齐无稽之事，使兆人万姓崩溃之血肉，曾不异夫腐鼠。岂天地之大，于兆人万姓之中独私其一人一姓乎？是故武王圣人也。”黄宗羲明确指出，对于残暴的帝王，臣民百姓是可以推翻他的。由此可见，这一时期民本思想已经有了新的民主主义的色彩了。这是我们在研究以“实录”为中心的现实主义文学理论的思想基础时，必须清楚地看到的。但是在整个封建社会阶段，现实主义文学理论的思想基础始终是儒家民本思想的积极方面。

“实录”的创作原则从艺术表现方面来说，它的核心是要求按照现实的本来面目去真实地反映现实。这里的关键是要对历史和文学加以区别，要认清历史著作写作上的“实录”和文学创作上“实录”的不同。文学创作上的“实录”可以吸取历史著作写作上“实录”的精神，即要表现历史的真实面貌，但是又必须按照文学创作的特点和规律对它加以改造。我国古代文学理论批评中讲的“实录”，就经过了这样一个逐渐从历史著作的写作那种“实录”中分化出来，并且按照文学的特点和规律加以改造的过程。我们的任务正是要研究这个发展过程，阐明这个发展过程。有人认为文学上讲的“实录”是没有自己的特点的，凡讲“实录”就是历史著作写作的“实录”，因而不能肯定。那么，还是让事实说话吧。伟大的现实主义作家曹雪芹在《红楼梦》第一回中就明确地宣布他所遵循的创作原则就是“实录”。他首先批判了那些公式化、概念化的宣扬封建说教而违反现实真实的创作倾向，认为这种创作远不如“按自己的事体情理”所创作的作品“反倒新鲜别致”，那些“大不近情，自相矛盾”之作，“竟不如我这半世亲见亲闻的这几个女子，虽不敢说强似前代书中所有之人，但观其事迹原委，亦可消愁破闷；至于几首歪诗，亦可以喷饭供酒。其间离合悲欢，兴衰际遇,俱是按迹循踪,不敢稍加穿凿,至失其真"。他说他的作品"大旨不过谈情,亦只实录其事"。这里,曹雪芹所讲的"实录",显然和史学上的"实录"是有原则不同的。曹雪芹此处所说的"实录",并非简单地记录生活中的真人真事,而是强调了贾府的"兴衰际遇",宝黛的"离合悲欢",都不是随意编造,主观臆想的,而是"按迹循踪",反映了客观现实中的规律性和必然性的。《红楼梦》的创作,显然不是"实录生活,成为信史",而是曹雪芹"披阅十载,增删五次",付出了呕心沥血的精神劳动,经过精心的虚构和典型化的作品。他所说的"实录",不失其真,是指的不违背现实的本质真实,而不是指全部是真人真事。他讲的是文学上的"实录",文学创作的真实,而不是历史著作的"实录",历史事实的真实。《红楼梦》不是按真人真事来写的,这一点前人早已指出。甲辰本《红搂梦》卷首梦觉主人序中就曾说:"今夫《红楼梦》之书,立意以贾氏为主,甄姓为宾,明矣真少而假多也。假多即幻,幻即是梦,书之奚究其真假,惟取乎事之近理,词无妄诞,说梦岂无荒诞,乃幻中有情,情中有幻是也。"至于梁恭辰《东北园笔录》中则说得更为肯定,其云:"此书全部中无一人是真的,惟属笔之曹雪芹实有其人。"由此,也可说明曹雪芹所说之"实录",不过是指它符合于生活之本质真实而已。

不过,对于文学上的"实录"的这样一种认识,并不是一开始把"实录"运用到文学创作上时,就已经具有了的。唐宋以前对文学上的"实录"和史学上的"实录"的区别是缺乏认识的。班固讲"实录"是指《史记》写作,他讲乐府诗产生虽也体现了"实录"精神,但是他并未把文学和历史混淆。王充是一位伟大的、进步的思想家,他在强调文章写作的真实性,反对谶纬神学的虚妄荒诞过程中,却没有注意区别文学和历史、哲学等科学的不同,把艺术和非艺术的著作混淆了起来,用科学著作的真实性来要求文学创作的真实性。所以,他把除了经书以外的一切著作中的夸张和虚构描写全部给否定了。虽然,王充提倡真实,反对虚妄,对现实主义文艺思想的发展起了一定的积极的影响。但是,以科学的真实来要求文学创作的真实,否定夸张和虚构的错误思想认识,也给文学理论上现实主义的发展,带来了消极的影响,起了不好的作用。王充在讲经书中的夸张描写时,基本上是正确的。他在《艺增》篇中说:"《诗》曰:'维周黎民，靡有孑遗。’是谓周宣王之时遭大旱之灾也。诗人伤旱之甚，民被其害，言无有孑遗一人不愁痛者。夫旱甚，则有之矣；言无孑遗一人，增之也。”但是，“增益其文”，是为了“欲言旱甚也”。可是，他认为除了《尚书》《易经》《诗经》《论语》《春秋》之外，其他不管是否文学作品，所有的夸张描写都是失实，而不能肯定的。这样，就在实际上把艺术创作中的夸张描写全部否定了，至于虚构那当然是更不允许的了。王充这种混淆艺术与非艺术，用科学真实来要求艺术真实的错误思想，对文学创作所起的作用是不好的，对现实主义文学理论的发展也是不利的。在这种思想影响下，就不可能把史学写作上的“实录”原则，按照文学创作的特点去认识和运用。比如左思对赋的创作的论述，就很明显地可以看出王充这种错误思想的影响。左思在《三都赋序》中所提倡的“真实”，就是王充所强调的那种科学的真实，而非文学艺术的真实。左思批评汉代辞赋创作中“失实”的情况道：

> 然相如赋《上林》，而引卢橘夏熟；扬雄赋《甘泉》，而陈玉树青葱；班固赋《西都》，而叹以出比目；张衡赋《西京》，而述以游海若。假称珍怪，以为润色。若斯之类，匪啻于兹。考之果木，则生非其壤；校之神物，则出非其所。于辞则易为藻饰，于义则虚而无征。

从科学真实的角度来看，这确是不能允许的。“卢橘夏熟”“玉树青葱”，皆非西京之所有；“比目”“海若”，均海中神物。然而，对于艺术作品来说，则是可以允许的，司马相如设想上林苑中具备各方珍奇，扬雄、班固、张衡等则描写西京作为帝都，各种神物无所不有，这又有什么奇怪呢？左思这种批评正说明他对艺术的夸张和虚构所持的否定态度。左思以历史的和科学的真实来要求艺术的真实这种思想，在论述他创作《三都赋》的原则时讲得更为清楚。他说：

> 余既思摹《三京》，而赋《三都》，其山川城邑，则稽之地图；其鸟兽草木，则验之方志；风谣歌舞，各附其俗；魁梧长者，莫非其旧。何则？发言为诗者，咏其所志也；升高能赋者，颂其所见也。美物者，贵

依其本；赞事者，宜本其实。匪本匪实，览者奚信？且夫任土作贡，《虞书》所著；辩物居方，《周易》所慎。聊举其一隅，摄其体统，归诸诂训焉。

左思强调了文学创作的真实性，要如实地描写现实的本来面貌，这对现实主义文学理论的发展有一定的积极作用。但是，左思认为的"真实"，是科学的真实，而非艺术的真实，他要求文学创作要"稽之地图""验之方志"，不能有一点夸张想象，不允许虚构，说明他对文学本身的特点和规律是缺乏认识的。这对现实主义文学理论的健康发展又是不利的。因此，我们也必须对他这种"真实"论作实事求是的分析，正确地估计它的功过。

唐代前期著名的史学家刘知幾是大力提倡"实录"的。他在《史通》这部著作中，把"实录"提到了极高的位置。他对史学著作的写作所提出的一系列主张，对文学创作和文学理论批评也有很大的影响。刘知幾反对虚伪的溢美之词，反对以主观好恶去篡改历史，提倡客观的、不加任何主观成分的真正的"实录"，主张"直书其事"，做到"事皆不谬，言必近真"。这些对唐代以白居易为首的诗人所倡导的新乐府运动，一直到后来明清时期的小说创作，都产生了非常深刻的影响。这种影响的主要方面是积极的，它促使文艺家要重视具体地真实地反映现实的本来面目，具有历史著作那种具体性、真实性和深刻性。但是，它也有消极的方面，这就是使文学创作的真实性也要以历史、科学的真实性为标准，忽视甚至否定艺术虚构的重要性和必要性，使有些作家追求写真人真事，而排斥虚构和想象，助长了以历史著作写作的"实录"来要求文学创作的错误倾向。白居易以"实录"为中心的现实主义诗歌理论从艺术表现的角度来说，正好比较明显地反映了刘知幾讲"实录"的这种优点和缺点。白居易主张诗歌创作必须"直书""核实"，一定要真实地具体地、深刻地反映现实的真实。他说自己创作新乐府诗的原则便是"其事核而实""其言直而切"。他说他创作《秦中吟》的情况道："贞元、元和之际，予在长安，闻见之间，有足悲者，因直歌其事，命为《秦中吟》。"(《秦中吟序》)他强调要选择现实中那些"难于指言者"和"有足悲者"来写，也就是说，要选择那些在揭露现实黑暗和反映人民疾苦方面最有代表性、最尖端的人和事来写，以便起到某种典型示范的作用。这些都表现了现实主义文学理论在当时所已经发展到的高度。但是，白居易的这种"实录"，又明显地可以看出还远没有摆脱史学著作写作上的"实录"那种局限性。他侧重在写亲见亲闻的真人真事，而没有认识到虚构的重要意义。这种缺点也给他的创作实践和理论批评带来了不足之处，产生了片面的和简单化的倾向。他对历代诗歌发展的评价，否定过多，甚至认为李白、杜甫的诗歌可以肯定的也没有几首。《与元九书》中这种错误观点，除了对政治和艺术关系认识上的绝对化这个原因之外，也和他用"实录"真人真事的标准来要求文学创作有密切关系。这正说明他的现实主义文学理论还不太成熟。

宋代对"实录"的认识，基本上还是停留在白居易那种认识上。直到元明时期，随着对文学和历史区别的认识逐渐加深，以及多种文学体裁，尤其是戏剧、小说创作的繁荣，人们对艺术的虚构及其重要作用，有了进一步认识，此后，才对文学上的"实录"有了正确的认识。这一点主要反映在明清的文学理论批评中，特别是小说理论批评中。明代的杨慎和清初的王夫之，都明确提出要区分"诗"和"史"。明代的小说理论批评中，许多人认真地研究了小说和历史的关系问题。张尚德在《三国志通俗演义引》中指出，历史著作"事详而文古，义微而旨深"，不如小说那样通俗，能"入耳而通其事，因事而悟其义，因义而兴乎感"。历史和小说各有自己的作用，为此，不能要求小说像正史那样，事事翔实有据。熊大木《大宋演义中兴英烈传序》中说："稗官野史实记正史之未备，若使的以事迹显然不泯者得录，则是书竟难以成野史之余意矣。"他以西施的事迹为例，说明文学创作完全可以不必拘泥于具体历史记载。比如杜牧、苏轼等诗中所写之西施与《吴越春秋》这样的史书中记载的就不同。他说：

> 《吴越春秋》云："吴亡西子被杀。"则西子之在当时固已死矣。唐宋之问诗云："一朝还旧都，靓妆寻若耶。鸟惊入松网，鱼畏沉荷花。"则西子尝复还会稽矣。杜牧之诗云："西子下姑苏，一舸逐鸱夷。"是西子甘心于随蠡矣。及东坡题范蠡诗云："谁遣姑苏有麋鹿，更怜夫子得西施。"则又以为蠡窃西子，而随蠡者或非其本心也。

质是而论之，则史书小说有不同者，无足怪矣。

文学作品即便是历史小说，也不需要事事与史相合。甄伟在《西汉通俗演义序》中说："若谓字字句句与史尽合，则此书又不必作矣。"文学创作的真实性是在于作品中所体现的现实本质之真实，而不是具体事实的真实。这一点明代中叶以后的许多文艺家都是认识到了的。所以，他们所说的"实录"是指"实录"当时现实的某一方面本质真实，而不是"实录"具体的人物和事件。比如容与堂本《水浒传》第五十五回回评中，就说到过这样一种对"实录"的理解。其云：

李和尚曰：宋公明凡遇败将，只是一个以恩结之，所云知雄守雌也。的是黄老派头。吾尝谓他假道学、真强盗，这六个字，实录也。即公明知之，定以为然。

这"假道学、真强盗"六个字是说的宋江的本质，而说这六个字是"实录"，那么，这种"实录"即是指人物的本质特征的真实，而非指其具体的行为完全符合现实中真事。我国古代对文学作品的一个很高的评价，是说它可以"进于史"，这是指它的作用不下于史。这种评述非常之多，它显然不是赞美文学像历史一样记录了现实中具体的事实，这是文学作品做不到也不应该这样做的。它主要是在说明文学作品可以像历史一样揭示现实的本质，能起到劝善惩恶的教育作用而言的。"进于史"就要靠"实录"，以便起到与史相类似的思想教育作用，同时又由于文学的形象性，它比历史有更大的感染作用。比如闲斋老人的《儒林外史序》中说：

稗官为史之支流，善读稗官者可进于史；故其为书亦必善善恶恶，俾读者有所观感戒惧，而风俗人心庶以维持不坏也。

因此，用"实录"和"进于史"来要求文学作品，主要是为了强调现实主义文学要以现实的本来面目，真实地反映现实的本质，它和艺术虚构并不是矛盾而不能统一的。关键是要看评论者对"实录"和虚构的关系如何理解了。

“实录”作为文学创作的现实主义方法，由于突破了作为史学著作写作原则的局限，而使之与虚构相统一，在明清之际就进一步认识到在小说、戏剧之中，不是要“实录”现实生活中的真人真事，而是要“实录”现实生活中的典型性格。这种文学创作上的“实录”，主要不是写真人真事，而是要创造真实的典型性格，这才是最高的“实录”。上面我们所举容与堂本《水浒传》评宋江性格特征那一段话中就可以看出这种思想，而在金圣叹对《水浒传》的评论中则有了更进一步的发挥。金圣叹在《读第五才子书法》中说：“《水浒传》方法，都从《史记》出来，却有许多胜似《史记》处。若《史记》妙处，《水浒》已是件件有。”这实际上说的《水浒》也是运用的“实录”方法。然而，《水浒传》之“实录”是有虚构的，《史记》的“实录”是不允许虚构的。这就是《水浒》胜于《史记》之处。《史记》是“以文运事”，《水浒》是“因文生事”。《史记》之“事”是真的，《水浒》之“事”是假的。《史记》要求的是事实真实，《水浒》要求的是性格真实。《水浒》“实录”之妙，即在塑造出了符合现实真实的人物性格。这正是对“实录”在文学创作上意义的进一步认识，也可以看到现实主义文学理论发展的高度。

“实录”作为文学创作的现实主义方法，它还有一个重要特点，是要求作家通过具体而真实的描写，比较客观地把现实生活展现在读者面前，而作家的观点和倾向则是通过这种客观的描写流露出来的，并不是由作家在作品中进行直接的说教。作家的观点和倾向通过对现实的真实描写而自然地流露出来，这是我国古代以“实录”为中心的现实主义文学的一个重要特点。这是受史学著作写作中“春秋笔法”影响的结果。孔子修《春秋》，讲究“微言大义”，所谓一字褒贬，甚于诛伐，就是指在客观的叙述中寓主观褒贬之意。刘勰在《文心雕龙·史传》篇中说：“夫子闵王道之缺……因鲁史以修《春秋》，举得失以表黜陟，徵存亡以标劝戒；褒见一字，贵踰轩冕；贬在片言，诛深斧钺。”后来在文学创作中就称为“皮里阳秋”。在以“实录”为原则的文学创作中，一般都通过客观地描写现实真实，来寄寓作家的观点和倾向。比如葛立方有《韵语阳秋》，他在序中说：

书成，号《韵语阳秋》。昔晋人褚裒为皮里阳秋，言口绝臧否，而心存泾渭,余之为是也,其深愧于斯人哉!

“口绝臧否,而心存泾渭”,这是“春秋笔法”在人物品评中的表现,而运用到文学创作理论上,就是要通过对现实生活的真实而客观的描写,从中流露出作家的思想倾向来。我国古代文学创作理论很重视这一点。这种特点在一些著名的现实主义作品,尤其是现实主义小说中非常突出。金圣叹在批评《水浒传》的过程中,就曾多次指出《水浒传》的这种“皮里阳秋”的创作特点。第二十一回宋清陪宋江出去避难,宋太公送别,“洒泪不住,又吩咐道:‘你两个前程万里,休得烦恼。’”在此处,金圣叹批道:“无人处却写太公洒泪,有人处便写宋江大哭。冷眼看破,冷笔写成,普天下读书人,慎勿忽《水浒》无皮里阳秋也。”所谓“冷眼”即指作家要有客观的态度,所谓“冷笔”,即指作家的客观描写。要使读者从“冷眼”“冷笔”之中体会到作家的爱憎褒贬。卧闲草堂本《儒林外史》第四回回评中说:

张静斋劝堆牛肉一段,偏偏说出刘先生一则故事,席间宾主三人侃侃而谈,毫无愧怍,阅者不问而知三人为极不通之品。此是作者绘风绘水手段,所谓直书其事,不加断语,其是非立见也。

“直书其事”即是指“实录”,亦即指真实的客观的描写。“不加断语”,是说明不由作者自己来对所描写的内容作是非褒贬的判断,阐明观点。“是非立见”,指客观的真实描写本身已经流露出了作者的观点和倾向。这里,卧闲草堂本说的是第四回的末尾,写汤知县宴请门生范进,南海县张师陆作陪。席间汤知县被小厮叫出去说了一件事,接着作者写道:

(汤知县)回来又入席坐下,说了失陪,向张静斋(即张师陆)道:“张世兄,你是做过官的,这件事正该商之于你,就是断牛肉的话。方才有几个教亲,共备了五十斤牛肉,请出一位老师夫来求我,说是要断尽了,他们就没有饭吃,求我略松宽些,叫做‘瞒上不瞒下’,送五十斤牛肉在这里与我,却是受得受不得?”张静斋道:“老世叔,这话断断使不得的了。你我做官的人,只知有皇上,那知有教亲?想起洪武年间，刘老先生——”汤知县道：“那个刘老先生？”静斋道：“讳基的了。他是洪武三年开科的进士，‘天下有道’三句中的第五名。”范进插口道：“想是第三名？”静斋道：“是第五名。那墨卷是弟读过的。后来入了翰林。洪武私访到他家，就如‘雪夜访普’的一般。恰好江南张王送了他一坛小菜，当面打开看，都是些瓜子金。洪武圣上恼了，说道：‘他以为天下事都靠着你们书生！’到第二日，把刘老先生贬为青田县知县，又用毒药摆死了。这个如何了得！”知县见他说的口若悬河，又是本朝确切典故，不由得不信，问道：“这事如何处置？”张静斋道：“依小侄愚见，世叔就在这事上出个大名。今晚叫他伺候，明日早堂，将这老师夫拿进来，打他几十板子，取一面大枷枷了，把牛肉堆在枷上，出一张告示在傍，申明他大胆之处。上司访知，见世叔一丝不苟，升迁就在指日。”知县点头道：“十分有理。”当下席终，留二位在书房住了。

第二天汤知县按张静斋说的一办，把老师夫枷在县前，牛肉堆在枷上堵住颈脸，到第三天就把老师夫枷死了。结果闹出一场风波，差点把官也丢了。在这段描写中，张静斋所举的刘基之事，全是张冠李戴，一派胡言。刘基乃元末进士，辅助朱元璋而为开国功臣，怎么说是明朝洪武进士？他与范进还争论什么第三名、第五名，实际根本就没有这样的事。至于说洪武（即朱元璋）夜访，遇张王送瓜子金更是瞎扯。那是赵匡胤雪夜访赵普，碰到吴越王钱俶派人送海味给赵普，里面全是瓜子金。赵匡胤对赵普说：“你不妨收下，他不过以为国事都由你们书生作主罢了。”此事见《宋史·赵普传》。可是张静斋却说成是张士诚给刘基送瓜子金，而且朱元璋大怒，贬刘基为青田知县，这也是根本没有的事。至于刘基之死，乃是奸臣胡惟庸在朱元璋叫他请医生给刘基看病时，暗下毒药，并非朱元璋毒死刘基。可是，张静斋乱编的这些东西，进士范进和汤知县却都信以为真，认为是“本朝确切典故”，可见他们三人愚蠢无知、不通之极。然而，作者对此，并无一字断语，完全是如实描写，但其是非褒贬却已异常鲜明地流露了出来。这就是“实录”的“皮里阳秋”特点在小说中的典型表现。卧闲草堂本《儒林外史》在评语中说“作者以史汉才作为稗官”，故其描写有如“铸鼎象物”一般，也是说的这种特点。第三回回评说《儒林外史》的描写“此如铸鼎象物，魑魅魍魉，毛发毕现”。当然，“铸鼎象物”不一定是现实主义之作，此处是就其通过客观描写来流露作者的观点与倾向而言的。“实录”所具有的这种“皮里阳秋”的特点，是现实主义文学理论的一个十分重要的内容，也是和我国古代现实主义文学创作的实际相符合的。

二　奇幻夸诞

我国古代有十分丰富的浪漫主义文学艺术。在总结这些浪漫主义文学艺术的创作特征和艺术经验的过程中，我国古代的文艺理论批评家提出了许多重要的有关浪漫主义创作方法的见解。我国古代对浪漫主义创作特征的概括，用过许多不同的概念，比如奇、幻、夸、诞、虚、怪、异等等。其中也有某些区别，例如诗文中一般用“奇”为多，而小说、戏剧中则用“幻”较多，“幻”不常用于诗文。我们这一节以“奇幻夸诞”为题，是举其中主要的、常用的几个概念为代表，并非说我国古代对浪漫主义特征的概括只用这几个概念。

屈原是我国古代第一个伟大的浪漫主义诗人。对于屈原作品的浪漫主义特征，刘勰在《文心雕龙·时序》篇中曾有一段扼要的概括。其云：

> 屈平联藻于日月，宋玉交彩于风云。观其艳说，则笼罩雅颂，故知炜烨之奇意，出乎纵横之诡俗也。

所谓“炜烨之奇意”，即是指《楚辞》的浪漫主义艺术构思和形象塑造的特色。在《辨骚》篇中，刘勰说：“自风雅寝声，莫或抽绪，奇文郁起，其《离骚》哉！”这个“奇”，虽然不全是指浪漫主义之“奇”，而具有高超、杰出之意，但其含义与浪漫主义的“奇意”也是分不开的。我国古代文艺家对浪漫主义的小说、戏剧，则不仅讲“奇”，而且同时讲“幻”，或着重讲“幻”如睡乡居士《二刻拍案惊奇序》中就说《西游记》的特点是以幻为奇。张书绅《新说西游记》中在指出《西游记》写的是“奇地”“奇人”“奇事”“奇想”的同时，还着重说明“其事极幻，其旨又极隐”的特点，这个“幻”即是《西游》"奇"之所在。袁于令以"幔亭过客"为名写的《西游记题词》中,亦以"极幻"来概括《西游记》的浪漫主义特征。张无咎的《绣像平妖传叙》中认为"幻奇"是浪漫主义作品区别于现实主义作品的"真正"之所在。他说:

> 小说家以真为正,以幻为奇。然语有之:"画鬼易,画人难。"《西游》幻极矣,所以不逮《水浒》者,人鬼之分也。鬼而不人,第可资齿牙,不可动肝肺。《三国志》人矣,描写亦工,所不足者,幻耳。然势不得幻,非才不能幻,其季孟之间乎?尝辟诸传奇:《水浒》《西厢》也;《三国志》《琵琶记》也;若《西游》,则《牡丹亭》之类矣。

张无咎在这里对现实主义和浪漫主义的不同特征作了对比概括,这是相当深刻的见解。

"奇"和"幻"虽然经常用来概括浪漫主义文学的创作方法特征,但是,并不是凡讲到"奇"和"幻",即是指浪漫主义,尤其是"奇",作为高超、杰出的含义来理解时,也可以用来泛指优秀的作品,从这个角度,则现实主义作品亦可称"奇"。王充《论衡》中有《超奇》篇,他认为文人中那种"能精思著文,连结篇章者为鸿儒","鸿儒"即是文人中之"超而又超""奇而又奇"者。王充所说的"鸿儒"虽然也包括像屈原那样的浪漫主义诗人在内,但主要说的不是文学家,而是指有独到见解、论说精辟的政治家、哲学家,如桓谭等人,因此,他说的"奇"是广义的、泛指的。他说:"文由胸中而出,心以文为表,观见其文,奇伟俶傥,可谓得论也。""夫射以矢中效巧,论以文墨验奇,奇巧俱发于心,其实一也。"王充认为,能够写出有真实内容,发自胸中的好文章,即为"奇"。刘勰论"奇",有些地方是和王充所论"奇"的含义一致的,或对王充所论之"奇"作了某些发挥,比如《神思》篇中讲的"意翻空而易奇",是指艺术构思之巧妙、奇特,非专指浪漫主义。《定势》篇中讲的"辞反正为奇",则是指语言文辞风格上之"奇"。《风骨》篇所谓"莩甲新意,雕画奇辞",也是指瑰玮的辞藻。当然它也可以包括浪漫主义作品的文辞特征在内。因此,这种一般意义上的"奇",和特定的浪漫主义之"奇",是应该加以区分,而绝不可混为一谈的。浪漫主义之

“奇”,往往是和夸、诞、怪、幻等联系在一起的。比如刘勰在《文心雕龙·辨骚》篇中提出的“酌奇而不失其真”之“奇”,实际上即是指《楚辞》中的“夸诞”内容。“奇”具体地落实到了“夸诞”上。他说的“论其典诰则如彼,语其夸诞则如此”,即是“酌奇而不失其真”中的“真”与“奇”两方面内容。我国古代论李贺诗的浪漫主义特征,则比较多地强调了他在“奇”中有“怪”的方面。如周紫芝《古今诸家乐府序》中云:“李长吉语奇而入怪。”姚文燮《昌谷集注序》中说李贺之诗“幽深诡谲,较《骚》为尤甚”。杜牧在《李长吉歌诗叙》中则说他的诗有“虚荒诞幻”之特色。“幻”虽然有时也用以指艺术的虚构,但在多数情况下,是指浪漫主义创作特征。即使是着重指艺术虚构,也是指浪漫主义的虚构,基本上不用于对现实主义作品的评论。比如胡应麟《少室山房笔丛》中说的“幻设”问题,诚如鲁迅《中国小说史略》中解释的,是“意识之创造”,主要是说虚构。但胡应麟指六朝志怪与唐人传奇,主要也是说的浪漫主义作品虚构之特点。而小说、戏剧中之“幻”,亦常常与怪僻荒诞等联系在一起。如汤显祖在《点校虞初志序》中说:

> 《虞初》一书,罗唐人传记百十家,中略引梁沈约十数则,以奇僻荒诞,若灭若没,可喜可愕之事,读之使人心开神释,骨飞眉舞。虽雄高不如《史》《汉》,简澹不如《世说》,而婉缛流丽,洵小说家之珍珠船也。

汤显祖这里的论述,就比胡应麟更进了一步,“奇僻荒诞,若灭若没”,这是对浪漫主义作品创作特征的一个概括。被冯镇峦称为“千古奇书”(《读聊斋杂说》)的《聊斋志异》,是一部以浪漫主义为主的古代文言短篇小说集。沈烺在《聊斋题辞》中说:

> 《聊斋志异》若干卷,鬼狐仙怪纷幽明。跳梁载车已诞幻,海楼山市尤支撑。谛观命意略不苟,直与子史相抗衡!中藏劝惩挽浇薄,外示诙诡欺纵横。浸淫秾郁出变态,雕镂藻馈穷奇情。

可见,“诞幻”与“奇情”,乃是《聊斋》的重要特点。

与现实主义相比,我国古代对浪漫主义创作的论述,更加强调作家才能的作用。例如白居易在《与元九书》中就曾对李白作过这样的评价:

诗之豪者,世称李杜。李之作才矣,奇矣,人不逮矣。

又如诗人钱起在《江行无题》一诗中也说:

笔端降太白,才大语终奇。

李商隐在《李长吉小传》中评李贺之诗云:

噫!又岂世所谓才而奇者,不独地上少,即天上亦不多耶?

现实主义以实录写真为中心,有现实生活的原型,是“有法可循”的;浪漫主义则奇幻夸诞,更强调作家的幻想,无法可据。诚如顾璘《息园存稿》中所说:“文至庄,诗至太白,草书至怀素,皆兵法所谓奇也。正有法可循,奇则非神解不能及。”所以,我国古代许多文艺家认为,作家的才能,在浪漫主义文学创作中的地位是更为突出的。

一般地说,现实主义的文艺思想与儒家思想的联系十分密切,而浪漫主义文艺思想,则往往和道、佛思想有更多的联系。儒家注重入世,面对现实,不讲“怪、力、乱、神”,因此往往把浪漫主义视为荒诞不经之作。受儒家文艺思想影响较深的文艺家,对浪漫主义文学常常表现出贬斥,甚至否定的态度。班固就说屈原的作品“多称昆仑冥婚宓妃虚无之语,皆非法度之政、经义所载”(《离骚序》)。王充在《论衡》中提倡真实,反对谶纬之学的“虚妄”,这是正确的,但由此而对经书以外的著作中一切夸张都加以否定,显然也是不利于浪漫主义文艺的发展的。刘勰虽然对屈原的作品给予了较高的评价,但基本上也还是从儒家思想出发,肯定其中合于经典的方面,而对其“夸诞”的内容是不无微词的。

我国古代文学理论批评中所说的以奇幻夸诞为中心的浪漫主义,其具体内容主要表现在三个方面，这就是：幻想的超现实的内容，豪迈愤懑的激情和奇特夸张的艺术表现手法。由于我国古代浪漫主义作家受道、佛出世思想影响比较深，所以它常常是通过神话、传说、童话等方式，或是花妖狐鬼等幻想的超现实内容，来寄托作家的爱憎好恶和理想愿望的。刘勰在《文心雕龙·辨骚》篇中总结《楚辞》内容上的特征有同乎经典的四条和异乎经典的四条，后者就正是说的“夸诞”之奇的具体表现。其云：

至于托云龙，说迂怪，丰隆求宓妃，鸩鸟媒娀女，诡异之辞也；康回倾地，夷羿彃日，木夫九首，土伯三目，谲怪之谈也；依彭咸之遗则，从子胥以自适，狷狭之志也；士女杂坐，乱而不分，指以为乐，娱酒不废，沉湎日夜，举以为欢，荒淫之意也。摘此四事，异乎经典者也。故论其典诰则如彼，语其夸诞则如此。

刘勰所说这四条中的前两条，是指《楚辞》中神话、故事、传说等所体现的幻想的超现实内容；而后两条主要是讲屈原那种极度愤慨，乃至以酒乐消愁的强烈激情。这就是屈原作品中在描写内容方面的浪漫主义特征。而《楚辞》中奇特夸张的艺术表现手法，正是为表达这样的内容服务的。王逸在《离骚经序》中所说的，“善鸟香草，以配忠贞；恶禽臭物，以比谗佞；灵修美人，以媲于君；宓妃佚女，以譬贤臣；虬龙鸾凤，以托君子；飘风云霓，以为小人”，这正是指的《楚辞》中浪漫主义的艺术表现手法，亦即刘勰所说的“自铸伟辞”的内容。

我国古代文艺家对李白浪漫主义诗作的内容的分析，虽然具体说法与评价屈原不同，然而基本精神则是一致的。他们认为李白之“奇”，突出地体现在两个字上，这就是“仙”和“豪”。“仙”是说的李白诗歌以抒写理想为主的超现实的幻想内容；“豪”，则是就李白作品中那种不满黑暗现实、蔑视权豪贵戚的愤懑激情而言的。杜甫在《送孔巢父谢病归游江东兼呈李白》一诗中说：

自是君身有仙骨，世人那得知其故。

当涂县令李阳冰在《草堂集序》中说李白的诗歌特点是：

> 其言多似天仙之辞。

魏颢在《李翰林集序》中说：

> 宾客贺公（贺知章）奇白风骨，呼为谪仙子。

裴敬在《翰林学士李公墓碑》中也说：

> 且曰：先生得天地秀气耶？不然何异于常之人耶？或曰：太白之精下降，故字太白。……故为诗，格高旨远，若在天上物外，神仙会集，云行鹤驾，想见飘然之状。

把李白说成是仙人下凡，未免太玄了，自然是不可信的，可是李白为了在诗歌中充分地抒写理想，确实有皮日休所说的“言出天地外，思出鬼神表”（《刘枣强碑文》）的特点。他所描写的内容：“麟游龙骧，不可控制。粃糠万物，瓮盎乾坤。狂呼怒叱，日月为奔。或入金门，或登玉堂。东游沧海，西历夜郎。心触化机，喷珠涌玑。”（方孝儒《李太白赞》）确实是超乎现实世界之外的。恰如释齐己所说，李白觉得人间之物象已不够他写诗所用了：“人间物象不供取，饱饮游神向玄圃。锵金铿玉千余篇，脍吞炙嚼人口传。”（《读李太白集》）在描写这种超现实的幻想内容时，李白也和屈原一样，注入了自己对污浊现实的憎恨和追求纯洁美好理想的强烈激情。刘世教《合刻李杜分体全集序》中说李白之诗是“出于情之极而以辞群者也”。刘鉴在序中说李白的诗是“情从愤入”，这都是很深刻的评论。李白这种激愤之情尤其突出地表现在对权贵的轻蔑上。任华《杂言寄李白》说李白是“身骑天马多意气，目送飞鸿对豪贵”，“平生傲岸其志不可测，数十年为客未尝一日低颜色”。可见，李白这种“仙”与“豪”，和屈原之“夸诞”在精神实质上是完全一致的。

我国古代文艺史上，称李白为“仙才”，称其诗为“仙诗”；而与之相对的是称李贺为“鬼才”，称其诗为“鬼语”。李贺的浪漫主义作品的奇幻夸诞之处，就在“鬼才”“鬼语”上，而从根本上看，也是指其超现实的幻想内容与强烈的愤激之情。只是在表现形式上，李白以描写天上之“仙辞”为其特色，李贺以描写地下之“鬼语”为其特色。姚文燮《昌谷集注序》说：

> 唐才人皆《诗》，而白与贺独《骚》。白近乎《骚》者也；贺则幽深诡谲，较《骚》为尤甚。后之论定者以仙予白，以鬼予贺，吾又何能不为贺惜！

姚文燮指出了李白和李贺都是从屈原这条线上发展下来的，都是我国古代杰出的浪漫主义诗人，但是具体表现特点又不相同。王思任《昌谷诗解序》中曾经对李贺诗歌以“鬼语”写“孤愤”的特点，作了很好的分析。他说：

> 贺既孤愤不遇，而所为呕心之语，日益高渺。寓今托古，比物征事，大约言悠悠之辈，何至相吓乃尔！人命至促，好景尽虚，故以其哀激之思，变为晦涩之调。喜用“鬼”字、“泣”字、“死”字、“血”字，如此之类，幽冷溪刻，法当夭乏。

“鬼语”“冥境”，是李贺诗歌艺术表现上的特点，然而在其浪漫主义基本精神上，则都是和屈原、李白一致的。

我国古代浪漫主义诗歌的这种基本特征，同时也在浪漫主义的戏剧、小说中有所反映。浪漫主义戏剧、小说的奇幻夸诞，也是通过对超现实幻想内容的描写，来寄托作家的理想和抒发对黑暗现实的忿忿不平之情的。比如余集在《聊斋志异序》中说，《聊斋》之作，乃是蒲松龄“平生奇气，无所宣渫，悉寄之于书，故所载多涉淑诡荒忽不经之事，至于惊世骇俗，而卒不顾”。蒲松龄自己在《聊斋自志》中也非常明确地说他的《聊斋》是继承了屈原、李贺的传统而写作的。他说：“披萝带荔，三闾氏感而为骚；牛鬼蛇神，长爪郎吟而成癖。”他的《聊斋》正是在他们的启发之下，“集腋为裘，妄续幽冥之录；浮白载笔，仅成孤愤之书”。余集在序中还进一步发挥了此点，指出《聊斋》不仅是继承了屈原的浪漫主义精神，而且还受到佛教思想及其宗教艺术表现特点的影响。他说：

> 昔者三闾被放，彷徨山泽，经历陵庙，呵壁问天，神灵怪物，琦玮僪佹，以泄愤懑，抒写愁思。释氏悯众生之颠倒，借因果为筏喻，刀山剑树，牛鬼蛇神，罔非说法，开觉有情。然则是书之恍惚幻妄，光怪陆离，皆其微旨所存，殆以三闾侘傺之思，寓化人解脱之意欤？

借花妖狐鬼之幻事，抒作者幽愤之激情，寄善良美好之愿望，这正是《聊斋》之"奇幻夸诞"之内容所在。吕熊在《女仙外史》自跋中也说过，要在"仙灵幻化之情，海市楼台之景"中寓"善善恶恶"之意，这是我国古代浪漫主义小说的基本特点。

然而，对于优秀的浪漫主义作品来说，仅仅看到它的"奇幻夸诞"这一面，还是远远不够的。我国古代对浪漫主义文学的批评中，特别强调和重视"奇"中要有"正"，"幻"中要有"真"，虽然"夸诞"不稽，却能体会到其合乎"人情物理"之深意，也就是说，十分注意浪漫主义的现实基础问题。所谓"真""正"，所谓"人情物理"，即是指浪漫主义作品中包括和反映的现实生活内容。浪漫主义作品以抒写理想为主，因此，它往往要通过一些超现实的、幻想的题材与内容来表达，要表现自己的激情，常常运用夸张而奇特的艺术形式。浪漫主义作品所写的常常是天庭、地府而非人间所实有，然而，浪漫主义在描写这些超现实的内容时，仍是有现实生活依据的，并非任意的荒诞之作。离开了现实生活的基础，这种浪漫主义也就没有任何积极意义了。我国古代优秀的浪漫主义作品既翱翔于现实之上，又是深深地扎根于现实生活土壤之中的。高尔基在《苏联的文学》一文中说：

> 神话是一种虚构。虚构就是从客观现实的总体中抽出它的基本意义并用形象体现出来，——这样我们就有了现实主义。但是，如果在从客观现实中所抽出的意义上面再加上——依据假想的逻辑加以推想——所愿望的、可能的东西，并以此使形象更为丰满——那末我

们就有了浪漫主义。这种浪漫主义是神话的基础，而且它是极其有益的，因为它帮助激起对现实的革命态度，即实际地改变世界的态度。①

高尔基对现实主义和浪漫主义所下的定义是否合适，我们不详论，但他指出了不管是现实主义还是浪漫主义都要有现实生活的基础，并且对现实的改造起一种积极的作用，这一点是非常重要的。我国古代浪漫主义文学理论最可贵的一点也正是在这里。刘勰对《楚辞》的评论中曾经说道：

观其骨鲠所树，肌肤所附，虽取熔经意，亦自铸伟辞。

这里的“取熔经意”自然是指其中和儒家经典相一致的思想内容。但是由于儒家是强调文艺要反映现实真实的，刘勰所说《楚辞》“取熔经意”的方面就其具体内容来看，亦即《楚辞》所反映的现实生活内容。比如，刘勰说《楚辞》中“同乎经典”的四事云：

故其陈尧舜之耿介，称汤武之祗敬，典诰之体也；讥桀纣之猖披，伤羿浇之颠陨，规讽之旨也；虬龙以喻君子，云蜺以譬谗邪，比兴之义也；每一顾而掩涕，叹君门之九重，忠怨之辞也。

这些虽然是从与经典相同的角度提出的问题，但实质上也是《楚辞》的浪漫主义之现实基础。刘勰在《辨骚》一篇最后，总结了《楚辞》的创作经验，他说：

若能凭轼以倚雅颂，悬辔以驭楚篇，酌奇而不失其真，玩华而不坠其实，则顾盼可以驱辞力，欬唾可以穷文致，亦不复乞灵于长卿，假宠于子渊矣。

---

① 高尔基：《高尔基选集·文学论文选》，孟昌、曹葆华译，人民文学出版社，1958年，第337页。

刘勰这里所提出的“酌奇而不失其真，玩华而不坠其实”，前一句是就《楚辞》的经验而强调浪漫主义艺术必须有现实生活基础，后一句说的是必须做到华美的形式和充实的内容相统一的问题。“真”，据唐写本及翻宋本当作“贞”，“贞”即“正”之意。我国古代一些从儒家观点出发的文艺家，都强调对现实生活的描写必须符合儒家观点，故称为“正”。“正”和“奇”也常分别用来指《诗经》和《楚辞》的不同特点。刘勰此处即有此意。《诗经》，特别是其中的雅颂，刘勰依据传统观点，认为是“正”的代表。《诗经》和《楚辞》相比，显然更注意以现实的本来面目来反映现实，现实主义色彩较为鲜明。“酌奇而不失其贞”，即有重视浪漫主义创作要有现实生活基础之含义。

我国古代重视浪漫主义文学的现实生活基础问题，也表现在重视写天上地下和写现实人间相结合的问题上。我国古代优秀的浪漫主义文艺家，他们写的虽然是天庭地府，然而并不忘记现实人间，并且正是为了回答现实人间所提出的问题。晚唐诗人皮日休在《七爱诗·李翰林》中说李白的诗歌创作是：“五岳为辞锋，四海作胸臆。”“口吐天上文，迹作人间客。”认为李白的诗歌虽然写的是天仙之语，但他的思想和行为，仍然是扎根于人间的。他并没有使自己的言行脱离开现实，而是和现实休戚相关的。比如他的《古风十九》中所写，一方面是“西上莲花山，迢迢见明星。素手把芙蓉，虚步蹑太清”；另一方面则又“俯视洛阳川，茫茫走胡兵。流血涂野草，豺狼尽冠缨”。这种特征贯穿在李白所有的浪漫主义诗歌之中。李阳冰说李白的诗歌，“凡所著述，言多讽兴”，也是指的这些诗歌所反映的具体现实生活内容。李贺写的是地府之言，然而也不是随意而为，同样是针对现实人间的。宋琬《昌谷集注序》云：

> 贺，王孙也。所忧，宗国也，和亲之非也，求仙之妄也，藩镇之专权也，阉宦之典兵也，朋党之衅成而戎寇之祸结也。以区区陇西奉礼之孤忠，上不能达之天子，下不能告之群臣，惟崎岖驴背，托诸幽荒险涩诸咏，庶几后之知我者。而世不察，以为神鬼悠谬不可知。其言既无人为之深绎，而其心益无以自明，不亦重可悲乎！

宋琬说得太实了,也可能有某些牵强之处,然而他指出李贺之诗都有一定的现实生活基础,则是不错的。姚文燮《昌谷集注序》中也说:

> 贺不敢言,又不能无言。于是寓今托古,比物征事,无一不为世道人心虑。……故贺之为诗,其命辞、命意、命题,皆深刺当世之弊,切中当世之隐。

他们这些分析,不能说都非常确切,但是,强调李贺的“鬼才”“鬼语”并非纯属荒诞不稽,而深深地包含着作者对现实人生的愤激不满和对改造黑暗现实的理想愿望,这一点是很有价值的。

在戏剧和小说中,我国古代很强调浪漫主义作品必须“幻中有真”,也就是说,作品中的人物、情节虽然是虚幻不实的,然而,从它所表现的思想内容来看,又是很现实的,是针对现实有所为而发的。我国古代小说理论中,把能不能做到“幻中有真”,作为评价浪漫主义作品有没有价值的基本标准之一,作为衡量浪漫主义作品优劣的首要条件。比如明代睡乡居士《二刻拍案惊奇序》中说:

> 即如《西游》一记,怪诞不经,读者皆知其谬。然据其所载,师弟四人,各一性情,各一动止,试摘取其一言一事,遂使暗中摹索,亦知其出自何人,则正以幻中有真乃为传神阿堵,而已有不如《水浒》之讥,岂非真不真之关,固奇不奇之大较也哉!

把“真不真”作为“奇不奇”的关键,这就说明我国古代的浪漫主义文学理论是把有没有现实生活基础,看作浪漫主义创作的成败关键的。明人谢肇淛在《五杂俎》中曾说:“小说野俚诸书,稗官所不载者,虽极幻妄无当,然亦有至理存焉。”这个“至理”就是说的浪漫主义作品中所体现的客观现实生活真理。《聊斋志异》中所写的花妖狐鬼,都是“幻设”的,然而它们又都有人性,诚如高珩《聊斋志异序》中所说的,它具有“驰想天外,幻迹人区”的特点。心驰天外,而足立人寰,这正是蒲松龄《聊斋志异》的最可贵之处。余集在《聊斋志异序》中说:

嗟夫！世固有服声被色，俨然人类；叩其所藏，有鬼蜮之不足比，而豺虎之难与方者。下堂见虿，出门触蜂，纷纷沓沓，莫可穷诘。惜无禹鼎铸其情状，镯镂决其阴霾，不得已而涉想于杳冥荒怪之域，以为异类有情，或者尚堪晤对；鬼谋虽远，庶其警彼贪淫。呜呼！先生之志荒，而先生之心苦矣！

余集在这里指出蒲松龄正是由于对现实中的丑类的极度不满，而又无法改变这种黑暗现实的面貌，因而不得不借精灵鬼怪来抒写自己的理想、愿望，发泄自己内心的愤恨。冯镇峦说《聊斋》是“文奇义正”，又说“先生意在作文，镜花水月，虽不必泥于实事，然时代人物，不尽凿空”，也正是指的这种特点。

我国古代文艺理论中，不仅强调要“奇”中有“正”，“幻”中有“真”，而且还提出了“极幻极真”、愈幻愈真的观点。也就是说，浪漫主义作品运用奇幻夸诞的形式，有时比现实主义那种如实地描写现实本来面目的方式，更能深刻地反映现实的真实，揭示其本质方面。幔亭过客《西游记题词》中说：

文不幻不文，幻不极不幻。是知天下极幻之事，乃极真之事；极幻之理，乃极真之理。

其所以会极幻极真，原因就在于它不仅可以通过幻想的方式把现实的真实体现出来，而且可以通过幻想的方式把理想的境界描绘出来，这样就能更加深入而透彻地反映现实的某些本质方面。同时，在当时的社会中，有些现实的尖锐问题，直接地如实地描写是很困难的，作家在那种环境下往往只能借助于浪漫主义的幻想方式来表现。例如《西游记》中所写车迟国王敬仰道士，致使妖魔残害百姓的故事，就是有现实针对性的。吴承恩在嘉靖年间寄居京师之时，正是明世宗朱厚熜喜好道术，而陶仲文之流炙手可热之时。吴承恩痛恨帝王之腐朽，道士之可恶，但他在那个时代怎么能直接讽刺和批判皇帝呢？所以“愈幻愈真”的观点，在那个时代显然是有现实意义的。这正是对浪漫主义文学反映现实特点的一种更为深刻的认识。寓真实于奇幻夸诞之中，这是我国古代对浪漫主义作品的最基本的也是最主要的认识。

浪漫主义文学写的是虚幻的内容，然而在具体艺术描写上也并不是任意落笔的，必须要做到合情合理。冯镇峦说过一句很有意思的话，叫作"说谎亦须说得圆"，这是就《聊斋》中的"幻中有真"原则在具体艺术描写上的表现而说的。他在《读聊斋杂说》一文中道：

> 昔人谓：莫易于说鬼，莫难于说虎。鬼无伦次，虎有性情也。说鬼说到不来处，可以意为补接；若说虎说到不来处，大段着力不得。予谓不然。说鬼亦要有伦次，说鬼亦要得性情。谚语有之：说谎亦须说得圆。此即性情伦次之谓也。试观《聊斋》说鬼狐，即以人事之伦次，百物之性情说之。说得极圆，不出情理之外；说来极巧，恰在人人意愿之中。虽其间亦有意为补接，凭空捏造处，亦有大段吃力处，然却喜其不甚露痕迹牵强之形，故所以能令人人首肯也。

说鬼易，说虎难，这和我国古代绘画上讲的画鬼魅易，画犬马难，是一样的，都属于现实主义文艺思想范畴。从现实主义的角度来看，则必然要求文艺能如实地按照现实的本来面目去描写，所以绘犬马也好，说虎也好，就不容易了，因为这都是现实中存在的，描写得不像，人们就会感觉出来。而鬼魅是艺术家幻想的产物，现实中没有，谁也没有见过，所以怎么描写都可以。然而，从浪漫主义的角度来说，那就不一定描写鬼魅比犬马虎等容易了。艺术家要通过幻想的内容来反映现实的某些本质方面，那也是很不容易的。要以"人事之伦次，百物之性情"来说鬼，从某种意义上说，甚至比描写现实中所有的事物，比说虎画犬马要更难。比如欧阳修在《题薛公期画》中说："善言画者，多云：鬼神易为工。以为画以形似为难，鬼神人不见也。然至其阴威惨淡，变化超腾，而穷奇极怪，使人见辄惊绝；及徐而定视，则千状万态，笔简而意足，是不亦为难哉！"冯镇峦的看法与欧阳修有比较接近的地方，即都认为说鬼、画鬼不是很容易的，要描写得好也是极难的。不过欧阳修和冯镇峦在说鬼、画鬼为什么也并不容易的看法上，又是不大相同的。欧阳修说的是要画出鬼之神态不易，冯镇峦则认为说鬼也要说得符合人情物理不容易。但欧阳修之所以强调要画出鬼之神态的不易，其原因正是在于鬼之神态也要符合于某种现实人的神态，所以不容易。《聊斋志异》中的花妖狐鬼，确有冯镇峦所说的这种特点，一方面它们是精灵，可以来无影去无踪，忽隐忽现，可以办人所办不到的事情；然而，另一方面它们又要在思想上、行动上受人的感情的支配，它们的一举一动，都不是与人无关，而是按照现实人的指导思想去展开。它们既符合现实生活的逻辑，“不出情理之外”，又能较好地体现理想愿望，“在人人意愿之中”。

能够以“人事之伦次，百物之性情”说狐鬼，不但《聊斋志异》有此特点，其他的浪漫主义作品也有此特点。以《西游记》来说，孙悟空、猪八戒的形象既有现实的人的典型思想性格特征，同时又具有猴子、猪的特征，两者融合统一在艺术形象之中。对于许多幻想中的事件描写，超现实的情节安排，也都要具有合情合理的特点。张书绅《新说西游记》第十回评云：“龙王之犯天条，秦王之游地府，皆非人世之事，魏征以人臣而上奉天命，下通冥吏。极其幻渺，读之入情入理，如闻如见，不啻出诸信史，真乃妙想天地外，下笔鬼神惊。”因此，浪漫主义之奇幻夸诞绝不是任凭主观臆想，随意瞎编，其中应该都是含有深意在内的。恰如张书绅所说：“殊不知所谓奇书者，原是借题写景，言在此而意却不在此。其中别有一种奇妙，实与他书不同，若必拘而执之，一字不可读矣。”这“别有一种奇妙”，正是指它所写的虚幻之内容均有合乎一般的人情物理之妙。它写的似乎不是现实人间的事，但是又能相当深刻地揭示现实的“人情”“世态”。故蒲松龄之孙蒲立德在《聊斋跋》中说：

> 其事多涉于神怪；其体仿历代志传；其论赞或触时感事，而以劝以惩；其文往往刻镂物情，曲尽世态，冥会幽探，思入风云；其义足以动天他、泣鬼神，俾畸人滞魄，山魈野魅，各出其情状而无所遁隐。此《山经》《博物》之遗，《远游》《天问》之意，非第如干宝《搜神》已也。

这样的浪漫主义绝不是荒诞不经，也并非虚无缥缈，而是对现实有相当深刻的反映的。“说谎”又要“说得圆”，这确实是并不容易的。因此，我国古代对浪漫主义作品艺术描写的要求是能够做到“备人鬼之态，兼真幻之长”（《绣像平妖全传叙》），要能在“海市蜃楼”般的描写之中，给人以“似幻似真”的感觉。所以，我国古代的浪漫主义文学非常丰富，而且绝大多数是积极的，这与我国古代文学理论批评中一贯重视浪漫主义的现实生活基础，是有密切关系的。

以上我们所说的主要是由《楚辞》这条线上发展下来的浪漫主义文艺思想的特征。但是，要全面地探讨我国古代浪漫主义文艺思想的特征，还必须涉及我国古代浪漫主义文艺思想的另一个重要方面，即以《庄子》为代表的具有浓厚象征色彩的浪漫主义文艺思想的特点问题。

我国古代的浪漫主义文学有两个源头，一是“骚”，一是“庄”，“骚”即指《楚辞》，“庄”即《庄子》，这是大家所公认的，也是反映了我国古代文学发展的实际状况的。但是，“骚”和“庄”虽然都属于浪漫主义的大范围之内，它们在文艺思想和创作特征上又有什么区别呢？这一点，我们过去从理论上研究得比较少，其实，这是我国古代文艺思想发展中的一个很重要的问题。它涉及对许多受庄子影响的文艺创作的评价和对其艺术特征的认识问题。庄子的文艺和美学思想对我国古代文艺和美学有极其深刻的影响。以诗歌而言，我国古代的山水田园隐逸诗派，主要就是受庄子思想及其变种玄学思想的影响而发展起来的。这一流派不仅有大量创作，产生过像陶潜、谢灵运、王维、韦应物等许多著名诗人，而且还有一批理论批评家，如司空图、王士禛等等。自从六朝玄佛合流之后，他们又受到佛教文艺思想的很深的影响，从而形成我国文艺史上与《楚辞》相区别的另一个重要的浪漫主义文艺流派。为了研究这一派浪漫主义文艺思想的特点，首先就要研究《庄子》和《楚辞》在文艺思想和创作特征上的联系与区别。

庄子是一部哲学著作，然而，由于当时文、史、哲不分的历史条件的影响，《庄子》这部书也有很浓厚的文学色彩。《庄子》和《楚辞》相比，有共同的一面，即它们都是以表现理想为主的，而不是以具体描写现实真实为主的。从这个角度说，可以认为它们都是浪漫主义的。但是，《庄子》所体现的文艺思想和创作特征，和《楚辞》相比又有很大的不同。它集中表现在以下三个方面：首先，从对现实的态度上看，《楚辞》采取的是一种积极入世的态度。屈原虽然对现实的黑暗异常愤恨,坚决不与它同流合污,上天入地地追求美好的理想,表现对它的憧憬,然而,他并不忘记现实,而且是时时刻刻关切地注视着现实的。在《离骚》中他虽然遨游天上,但是,最后还是“陟升皇之赫戏兮,忽临睨夫旧乡;仆夫悲余马怀兮,蜷局顾而不行”。屈原的宗旨是:“路漫漫其修远兮,吾将上下而求索。”庄子对黑暗的现实也是非常之不满的,他说:“彼窃钩者诛,窃国者为诸侯;诸侯之门,而仁义存焉。”(《胠箧》)楚王拿了千金请他为官,他也不干。然而,庄子对现实采取的是一种弃绝态度,而醉心于超然物外的出世乐趣。屈原的理想是很具体的、现实的,“彼尧舜之耿介兮,既遵道而得路;何桀纣之猖披兮,夫唯捷径以窘步!”“举贤而授能兮,循绳墨而不颇。”“长太息以掩涕兮,哀民生之多艰!”他希望有清明的政治,能够达到济世安民的目的。这和儒家的民本思想是接近的。但是,庄子的理想则是抽象而超现实的“道”,是使自己在精神上与“道”合一,与“自然”同化,清静无为,复归于朴。他说:“古之畜天下者,无欲而天下足,无为而万物化,渊静而百姓定。”(《天地》)因此,庄子的理想和屈原的理想以及对待现实的态度是很不同的。

其次,由于庄子和屈原的理想不同,所以在艺术地表现这种理想时所运用的方法也不同。《楚辞》在艺术表现上的主要特点是通过超现实的方式来体现现实的内容。它借助于神话、传说等来抒写自己现实的政治理想,以及对现实中美丑的鲜明爱憎态度,虽心游天外,而立足现实,在艺术上运用的是夸张、幻想的比喻手法。它尽管充满了浓厚的浪漫情调,可是作品所显示的思想意义仍然是十分现实的。《庄子》则不同,它所要表达的是玄妙而抽象的“道”,这个“道”是无形无象、不可言喻的,故而常常运用一些具体的现实的形象或故事来象征。当然,“道”也可以用一些幻想的神话传说来象征,但那样就更不易使人领悟,所以,庄子更多的是通过很多人们所习见的、平常现实中的事物来象征“道”这种境界。比如庖丁解牛、轮扁斫轮、梓庆削木为鐻、吕梁丈夫蹈水、津人操舟、佝偻者承蜩等等,讲的都是一些小生产者的故事,内容是非常具体而现实的,但是庄子的目的是要从中象征理想的“道”的境界,“以天合天”的境界。庄子要求人们能从具体的现实生活现象中去悟出超现实的、理想的与“道”合一境界。庄子认为,不管是梦为蝴蝶,还是观鱼之乐;是死了妻子,还是见到空髑髅,都可以从中悟“道”。同时,一切现实的具体的生活景象,在庄子看来也都可以用来象征“道”。因此,庄子和屈原在艺术地表现理想的方法上,就体现了很不同的特点。屈原是借超现实的形象来表现现实的内容,而庄子则是借现实的形象来象征超现实的理想。

最后,由于理想的内容和表现特点不同;所以,屈原的浪漫主义以幻想奇特的比喻为主,而庄子的浪漫主义主要是运用象征的方法。《庄子》的象征方法,从历史渊源上看,大概是和《周易》有关系的。《周易》的八卦(易象)就是一种用象征方法创造的符号形象。老庄学说受《易经》影响,这一点章学诚在《文史通义·诗教》篇中曾经说过:“老子说本阴阳,庄列寓言假象,易教也。”所谓“寓言假象”,即是指象征的方法,而这正是受《易经》影响的产物。罗根泽先生也指出过在模拟自然这一点上,道家受《易经》启发的问题。① 老庄从“道”之无形无象、不可言喻的角度出发,认为言是不能尽意的,语言不能把人的思维内容都表达出来,意是只能默会而无法言传的,轮扁说斫轮的奥秘他也不能传授给他的儿子,故“行年七十而老斫轮”。庄子强调“言不尽意”,可是他这种学说也还是要通过语言文字表达出来的,这中间就有了矛盾。怎么解决这个矛盾呢？庄子提出言虽不能尽意,但可以作为象征意的工具,使人们由此而获得意。《庄子·外物》篇说:

> 筌者所以在鱼,得鱼而忘筌。蹄者所以在兔,得兔而忘蹄。言者所以在意,得意而忘言。吾安得忘言之人而与之言哉。

按照这种观点,言只是筌和蹄,而意则是鱼和兔,言和意之间不是等同关系,而是象征关系,为此要“得意”必须“忘言”。“言为意筌,得意忘言”,遂成为庄子美学和文艺创作的理论基础。到了魏晋时期,以王弼为代表的玄学家又进一步发挥了这种学说,使之成为玄学的核心思想,随着玄学的泛滥而产生了巨大影响。在这个过程中佛教思想发展起来了,而

① 罗根译:《中国文学批评史》卷一,人文书店,1934年,第36—37页。

佛教哲学也是利用玄学的言意关系来宣传其学说的，他们认为佛教的至理和道家的“道”一样，也是不可言传的，只能用一些具体形象来象征，如我们上一章中讲的拈花微笑故事即是如此。在“言为意筌，得意忘言”这一点上，玄佛合流了。

“言为意筌，得意忘言”的实质就是用言来象征意，它在六朝被广泛地运用到了艺术创作中，在文学、绘画、书法等的创作和理论中都有很突出的表现。绘画中顾恺之的“以形写神”论即是用言和意的象征关系来说明形对神的象征作用。而书法则基本上就是一种象征的艺术。在文学上，特别是对诗歌创作的影响最为突出。“言为意筌，得意忘言”的思想反映在文学创作中就是通过具体的形象来象征作者所要表达的意思。作者所要传达的内容不是直接体现在形象之中，而是借助于形象的某种特点象征出来的。比如深受玄学思想影响的诗人阮籍和嵇康，在诗歌创作中就具有这种艺术特征。阮籍在他的《咏怀》诗中，常常通过对现实中许多具体事物的形象描写，来象征在残酷的政治迫害和黑暗的社会现实下那种忧伤、愤激、悲凉、寂寞的心情。如第三首“嘉树下成蹊”，即是借植物的夏盛秋衰，被无情的风霜所吹折，来象征世道的险恶，荣悴之无常。第十九首“西方有佳人”，则是借男女相悦无由得遂，来象征自己理想不能实现的忧愁与悲伤。由于用的是象征方法，言在此而意在彼，故其诗旨不易为人所解。过去有些文艺家曾经指出过他这种创作特征。例如钟嵘在《诗品》中说阮籍的诗“厥旨渊放，归趣难求”，其特点是“言在耳目之内，情寄八荒之表”。也就是说，他的诗中所描写的具体内容一般都是“耳目之内”的现实景象，然而它所象征的内容却极为深远，出于“八荒之表”。故而李善说他的诗“百代之下，难以情测”。这就是“得鱼忘筌”“得意忘言”的妙处所在。

这种“言为意筌”“得意忘言”的象征方法，在山水田园诗派的创作中运用得更为明显和普遍。晋宋之际的大诗人陶渊明，就有许多主要以象征方法来创作的浪漫主义诗歌。陶渊明不肯为五斗米折腰，隐居乡村，他对当时尔虞我诈的黑暗腐朽现实十分厌恶，决心与之弃绝，通过对田园山水的朴素、自然、纯洁、无瑕景色的描写，来象征自己所理想的境界，也就是那种人与人之间真诚相待、和睦相处、安宁恬静、无忧无虑的桃花源般的社会生活。陶渊明在他的诗中一再表现了对园林的羡慕与赞美,把它和现实的“人间”“世情”对立起来。他说:“园田日梦想,安得久离析。”(《乙巳岁三月为建威参军使都经钱溪》)“诗书敦夙好,园林无世情。”(《辛丑岁七月赴假还江陵夜行涂口》)他要远离污浊现实,而投身清静的“园林”。他说:“静念园林好,人间良可辞。”(《庚子岁五月中从都还阻风于规林》)“久在樊笼里,复得返自然。”(《归田园居》)他把“园林”当作了理想的世界,而认为“人间”就是一个“樊笼”,只有“园林”才是广阔的“自然”。其实,园林不也是在“人间”吗?“田园”难道就没有“世情”吗?问题是陶渊明笔下的田园已经不是现实中的田园,而是他的理想世界之象征了。他说:“结庐在人境,而无车马喧。问君何能尔?心远地自偏。”(《饮酒》)宋代的陈岩肖《庚溪诗话》说:“寄心于远,则虽在人境,而车马亦不能喧之。”道理就在这里。田园虽在人间,但是作者把它当作理想世界,它也就变得不像是人间所有的了。陶渊明不是像屈原一样,通过描写天上地下的神话传说内容去体现自己的理想,而是要从对田园山水的现实生活景象的描写中,来象征自己所理想的世界。“人境”本来是喧嚷斗争、极不平静的,但陶渊明偏要从中写出一个平静无波的理想“人境”来。因此,陶诗中所写的虽然是极为平常的田园生活、劳动情况、山水清景、云雾月色,然而呈现在读者面前的不仅仅是这些景色本身,还有它们所象征的那个远离浊世、美好诱人的桃花源中人们的纯朴自然、与世无争的精神境界。陶诗的这种特点非常集中地反映在他的“采菊东篱下,悠然见南山”两句名诗中。清人温汝能《陶诗汇评》评此两句云:“境在寰中,神游象外。”这是颇能说明这两句诗的象征特色的。诗人借现实中的极其普通的田园生活景象,用以象征生活在桃花源般的理想社会中的人们那种精神和情趣。前人论陶诗,多说他重在“意趣”,这是不错的。这种“意趣”,正是诗人理想的生活、精神、情操的表现。以平常之境来象征理想之“趣”,这是陶诗在艺术表现上的一个重要特征。明人许学夷在《诗源辩体》中评道:

晋宋间……惟陶靖节超然物表,遇境成趣,不必泉石是娱,烟霞是托耳。其诗如“暧暧远人村,依依墟里烟。狗吠深巷中,鸡鸣桑树颠”,“春秋多佳日,登高赋新诗。过门更相呼,有酒斟酌之”,“平畴交远风,良苗亦怀新。虽未量岁功,即事多所欣”,“孟夏草木长,绕屋树扶疏。众鸟欣有托,吾亦爱吾庐”,“蔼蔼堂前林,中夏贮清阴。凯风因时来,回飙开我襟”,“春秫作美酒,酒熟吾自斟。弱子戏我侧,学语未成音”,“蕤宾五月中,清风起南飔。不驶亦不迟,飘风吹我衣”,“日入群动息,归鸟趋林鸣。啸傲东轩下,聊复得此生”等句,皆遇境成趣,趣境两忘,岂尝有所择哉!

从许学夷这一段分析中所引用的陶诗来看,正可比较典型地反映陶渊明的目的是要从现实的田园生活中创造出一个超脱现实的理想世界来。他不是用“仙境”来比喻“人境”,而是用“人境”来象征“仙境”。这也就是顾恺之所主张的“以形写神”,也即是庄子和玄学的“言为意筌”“得意忘言”的美学原则在诗歌创作中的具体运用。

唐代山水田园诗派的代表作家王维,在他的诗歌创作中也很明显地表现出这种用象征方法来描绘理想境界的浪漫主义特色。王维早年也曾经有过建功立业的政治抱负,想好好干一番事业,但是随着唐代政治的逐渐腐败,经济的转向衰落,特别是在安史之乱后一蹶不振的局面下,他变得心灰意冷,只好到佛老思想中去寻求精神上的解脱,从田园山水中去创造一个理想的世界。他成为一个笃信佛教的虔诚的佛教徒。他在后期的许多田园山水诗中,努力通过塑造恬静、自然的优美意境,来象征空静寂灭、超尘绝俗的佛老精神境界,使诗境和理想的精神境界融合为一。过去有很多文艺家曾经指出王维善于通过描写山水田园景色,来体现禅趣和禅境。而这种所谓的禅趣和禅境,本身是具有宗教神秘色彩,无法具体言说的,即所谓“心行处断”“言语路绝”(慧皎《高僧传·义解论》),它只能靠具体的形象来象征。王维正是善于借山水田园的艺术意境来象征空无寂灭的禅宗佛理境界。故清代的王士禛曾说:“王、裴《辋川绝句》,字字入禅。”(《蚕尾续文》)在《香祖笔记》中他又说:“唐人五言绝句,往往入禅,有得意忘言之妙,与净名默然,达磨得髓,同一关捩。观王、裴《辋川集》及祖咏《终南残雪》诗,虽钝根初机,亦能顿悟。”王士禛把他们的诗说得过于玄妙,似乎可以从中顿悟而成佛,这当然是荒谬的。但是,他看到了王维等人正是通过写山水田园来象征禅境，这是不错的。例如王维《辋川集》中的《鹿柴》一诗写道：

空山不见人，但闻人语响。返景入深林，复照青苔上。

又如《辛夷坞》一诗写道：

木末芙蓉花，山中发红萼。涧户寂无人，纷纷开且落。

这些自然界的风光寂静无声，自生自灭，它正好象征着老庄与物俱化、佛教禅宗所理想的空寂境界。在运用这种象征性的艺术表现方法时，王维比陶渊明更进了一步。如果说陶渊明是通过对田园风光的描写，表现了对超现实的桃花源式理想世界的羡慕和憧憬的话，那么，王维则已经使自己完全置身一个空寂的禅境之中。陶诗侧重于写主观的感受，而王维的诗主要是一种客观的描写，把自己完全融化到了这种客观描写之中。按照王国维在《人间词话》中的说法，陶诗写的当是"有我之境"，而王维写的则以"无我之境"为主。在这种"无我之境"中，象征者与被象征者，达到了更加完美的、天衣无缝的融合。

我国古代的文学理论批评家对于这种以象征方法为主要手段的浪漫主义文学，作过许多理论上的分析和论述，其中最突出的就是司空图、严羽和王士禛。司空图的诗歌理论主要在总结唐诗的艺术成就，而其中主要就是总结王维、韦应物一派山水田园诗的艺术成就。他所强调的"象外之象，景外之景"，主要是讲诗歌意境的特点的，但其中也包含着对象征的艺术方法的理论总结。他所说的"象外之象，景外之景"的第二个象和景，一般说都是由第一个象和景的比喻、象征、暗示作用而产生的。象征方法在创造"象外之象"的过程中起着十分重要的作用。他的《二十四诗品》是对二十四种不同风格的艺术意境的描绘，大多是通过艺术意象来象征佛老的精神境界和理想世界的。后来严羽以禅喻诗，归于妙悟，其中很重要的一点就是要求诗人能够体会到艺术形象所象征的内容和意义。王士禛则进一步发挥了司空图、严羽的论述，更加集中地对这种以象征方法为特点的浪漫主义文艺从理论上作了阐述。他在《香祖笔记》中说:“舍筏登岸,禅家以为悟境,诗家以为化境,诗禅一致,等无差别。”佛学上的“舍筏登岸”,与老庄的“得鱼忘筌”是一样的。“舍筏”即“忘筌”,“登岸”即“得鱼”,目的都在说明工具与所要达到的目的之间关系,工具并非目的,只是象征目的的一种手段。“舍筏登岸”,是佛家用以说明如何获得佛理的方法,“筏”只是渡到彼岸世界的工具,它并不是“岸”。这种原理运用在诗歌创作中,说明用语言塑造的形象,仅仅是象征作者所要表达意思的一种工具,而并不是所要表达的意思本身。世尊拈花,迦叶微笑,这都不是佛理本身,但它却可以象征世尊和迦叶对佛法的领悟。王士禛认为正是在这种象征方法的运用上诗禅是一致的,没有差别的。他在《蚕尾续文》中说:

> 严沧浪以禅喻诗,余深契其说,而五言尤为近之。如王裴《辋川绝句》,字字入禅。他如“雨中山果落,灯下草虫鸣”;“明月松间照,清泉石上流”;以及太白“却下水精帘,玲珑望秋月”;常建“松际露微月,清光犹为君”;浩然“樵子暗相失,草虫寒不闻”;刘慎虚“时有落花至,远随流水香”;妙谛微言,与世尊拈花、迦叶微笑等无差别,通其解者,可语上乘。

从王士禛的这一段论述中,我们也可以看出这种象征手法的运用确在山水田园诗派中带有一定的普遍性,同时也反映了佛老思想对这一派创作的深刻影响。

当然,我们在说明以“骚”为主和以“庄”为主这两种不同的浪漫主义文艺的不同艺术特征时,也必须看到它们毕竟同属于浪漫主义,因此互相之间又是有密切联系的。从文学发展实际看,以“骚”为主的作家也有不少象征手法的运用,如李白就有接近王维《山居秋暝》一类的诗歌。李贺、李商隐的创作则有更多象征方法的运用,而且主要不是表现在山水田园诗中。而陶渊明、王维也有不少优秀的、接近于“骚”的创作。这是我们不应该忽视的。

第四章　论艺术表现的辩证法

我国古代有极为丰富的艺术辩证法思想。

任何艺术作品的内部都包含着许多矛盾因素的对立统一。例如我国古代文艺理论中所说的形与神、假与真、一与万、虚与实、情与理、情与景、意与势、文与质、通与变等等。每一件艺术品,每一个艺术形象,都是这一组组矛盾关系的统一,是它们的综合产物。因此,如何正确地认识和处理好这一系列复杂的矛盾关系,对艺术创作的成败有着十分重大的影响。是辩证地去认识和处理这些矛盾关系,还是形而上学地去认识和处理这些矛盾关系,甚至能直接影响到一个时代艺术发展的方向,这在我国古代文艺思想发展史上是可以找到无数例证的。

从我国古代文艺思想发展的实际状况来看,由于封建统治阶级的政治需要,迷信思想的泛滥,错误的文艺思想等因素的影响,在不同的历史发展阶段,曾经出现过各种形而上学的、绝对化的创作倾向。比如六朝唐初有文胜于质、“为文造情”的倾向;宋代由于理学发达,出现了重道轻文、理多情少的倾向;明代前期则只讲“通”,不讲“变”,强调继承过头,而忽略创新;等等。从各个重要的文学理论批评家来说,也往往在某些问题上有偏激观点。比如王充在文艺上有提倡绝对的真,忽略虚构、夸张必要性的缺点;司空图、严羽则有偏重艺术的审美特征,而轻视艺术作品理性内容的倾向;以袁宏道为代表的公安派和清代的袁枚重视文学要表现感情、抒写性灵,却又忽略情感的社会内容,甚至肯定宫体色情东西;王士禛强调文艺的传神,但又过分贬低了形似作用,因而流于玄虚神秘,给人以不可捉摸之感。凡此等等,也是非常多的。但是,我国古代文艺思想发展的主流是健康的。每当出现某种形而上学的文艺思想倾向时,总有不少人出来对之进行批评，克服这种片面性，促使文学创作的发展，走上正确的道路。每一次争论和斗争，都使我国古代的文学创作和理论批评向前迈进一大步。所以，也可以说，我国古代文艺思想发展的历史，也就是辩证的艺术观和形而上学的艺术观斗争的历史。

在反对形而上学的艺术思想的斗争过程中，我国古代的文艺家积累了丰富的、生动的艺术辩证法思想。这是在长期的历史发展中，总结了正反两方面艺术创作经验的产物，因而是十分珍贵的。它不仅对我国古代艺术创作的健康发展，起了重大的积极作用，而且对我们今天的艺术创作仍然有着重要的借鉴作用。根据我国古代文学理论批评的实际，我们觉得我国古代的艺术辩证法思想比较集中地反映在以下一些方面：

1. 形与神——艺术地真实描写客观现实中的现象和本质的关系；
2. 假与真——艺术创作中的虚构和真实的关系；
3. 一与万——艺术形象塑造中的个别和一般的关系；
4. 实与虚——艺术形象塑造中的有形描写和无形描写的关系；
5. 情与理——艺术创作中的感情和思想的关系；
6. 理与趣——艺术形象的理性内容和审美特征的关系；
7. 情与景——艺术形象塑造中的主体和客体的关系；
8. 意与势——艺术作品中作者的主观意图和创作对象的内在客观规律的关系；
9. 文与质——艺术作品中内容和形式、文华和质朴的关系；
10. 通与变——艺术创作中的继承和革新的关系；
11. 风骨与辞采——艺术形象的精神风貌美和物质形式美的关系；
12. 自然与法度——艺术创造中的天然和人工的关系。

这里，我们只是举出我国古代最主要的几个方面的艺术辩证法思想，绝不是说只有这十二个方面。在我国古代文学理论批评史上，有些问题还有相类似的提法，比如幻与真、似与不似等也和假与真一样，都是讲的虚构和真实的关系。情和景的问题，有时也从情和物、情和境的角度说，其含义是一致的。有些属于风格的问题，如阳刚与阴柔等，我们将在论艺术风格的部分再谈。

一　形与神

形神关系问题，是我国古代艺术形象塑造中的核心问题，以传神为主，形神兼备，这是我国古代文学理论批评中的基本标准，也是一个十分重要的美学原则。形神问题的实质是要解决艺术地反映现实的真实性问题。我国古代非常重视艺术反映现实的真实性，即以明清的小说、戏剧评点来说，到处都可以见到"逼真""肖物""如画"一类的批语，其实就是对艺术反映现实真实性的赞美。那么，怎样才能达到"逼真""肖物""如画"呢？我国古代传统的看法认为仅仅是形似，显然是不够的，还必须做到神似。神似是主要目的，但神似又不能完全离开形似；根本不要形似，也就谈不上神似了。

文学艺术中的形神论，来源于哲学和美学上的形神论。我国古代最早从哲学和美学高度提出系统的形神关系说的是庄子。庄子哲学的中心是把"自然之道"看作宇宙万物的本源，同时又是宇宙万物变化发展的规律。庄子把抽象的形而上的"道"看得高于一切，贬低和否定具体的形而下的"物"。他崇尚自然，反对人为。"道"是无形的，"物"是有形的。"道"和"物"的关系，实际上即是神和形的关系。庄子从这个基本的哲学思想出发，提出了重神轻形的主张。庄子认为对于一个人来说，形体是生是死、是存是灭、是美是丑，都是无关紧要的，重要的是他的精神能否与"道"合一，达到与自然俱化的境界。所以，庄子"以生为附赘县疣，以死为决疣溃痈"（《大宗师》），主张人应该做到"外其形骸"，不拘泥于物。庄子认为形神是可以分离的，提出了"形残而神全"、美在神不在形的美学观。尤其是在《庄子·德充符》篇中，他比较集中地论述了这个问题。他说卫国有一个形貌极端丑恶可怕的人叫哀骀它，可是，他虽然以"恶骇天下"，却能在精神上与"道"相合，一切任其自然，故而人人都非常喜欢他。男子见了离不开他，希望做他的朋友；妇女见了，甚至情愿做他的妾而不做别人的妻；国君见了他，竟至于想要"授以国"。他们为什么会这样呢？

原因就是:"非爱其形也,爱使其形者也。"成玄英说:"使其形者,精神也。"说明哀骀它虽然形貌很丑,但内在精神是很美的,所以谁都喜欢他。庄子还举了畸形残废的"闉跂支离无脤"和长着大瘤子的"瓮盎大瘿"受到卫灵公、齐桓公欢迎的故事,反复说明美在神不在形的观点。美在神不在形,也即是美在道不在物、美在自然不在人为思想的具体表现。因此,在庄子看来,凡是具体的、有形的艺术都不是最美的艺术,而艺术美的最高境界是在无形的抽象的神上。音乐一形诸具体的声音,就不是最美的了,最美的音乐艺术境界要从"无声"中去体会。绘画一形诸具体的画,就有局限性了,最美的画是存在于想象中的"解衣般礴"式的画。对文学来说,最好的作品是超乎言意之表的,如果执着于具体的言意,就不是最美的作品了。庄子在形神关系上也表现了一种形而上学的片面性。他重视了神,但过分贬低了形,这显然是错误的。神总是要通过一定的形才能体现出来的,如果根本否定了形,神也就变得玄虚而不可捉摸了。

庄子在形神关系上所表现的美学观点,在西汉前期淮南王刘安主编的《淮南子》中得到了进一步的发挥。《淮南子》强调神乃是形之君,形是受神所主宰的。《原道训》云:"故以神为主者,形从而利;以形为制者,神从而害。"《精神训》云:"故心者,形之主也;而神者,心之宝也。"《淮南子》在形神关系上和庄子一样强调了以神为主,但又比庄子论述得更全面,它不否定形的作用,只是认为它和神相比,是处于从属地位的。《泰族训》云:"太上养神,其次养形。"这样就在某种程度上克服了庄子的片面性,而发挥了其合理因素。更可贵的是把注重传神的思想具体地运用到了艺术上。《说山训》云:

> 画西施之面,美而不可说;规孟贲之目,大而不可畏,君形者亡焉。

西施是吴越的美女,孟贲是战国时的勇士。画美女的面貌、英雄的眼睛,关键是要把他们的神态传达出来,否则,虽然西施外形画得很美,孟贲的眼睛画得很大,总还是缺少"君形者",不能传神,这样就无法把美的精髓表现出来。《说林训》提出"画者谨毛而失貌"的问题,也是指的这一点。高诱注道:“谨悉微毛,留意于小,则失其大貌。”所谓“微毛”,即指形似,而“大貌”则正是指神似。“君形者”,据高诱注即“精神也”。绘画是如此,音乐也是如此。《说林训》云:“使但吹竽,使氐厌窍,虽中节而不可听,无其君形者也。”“但”,是古时候不懂音乐的人,高诱注说是“古不知吹人”。“氐”,是指懂得音乐的专业人员。让不懂音乐的人吹竽,即使有懂音乐的人给他按音孔,尽管节奏合拍,也不能传送出君音之形的神,还是不会使人喜欢听的,因为它只有合节奏的音之形,而无真正美的音之神,不能造成动人心魄的音乐艺术境界。《淮南子》关于形神关系的论述,已经反映出了以传神为主、形神兼备的艺术思想。但是,《淮南子》中所反映的道家文艺和美学思想,在汉代并没有得到充分的发展。由于汉武帝“罢黜百家,独尊儒术”,文艺思想主要是在儒家思想影响下发展的。因而从汉代创作的主流来说,还是重形似的,这在汉赋中反映得相当清晰。

传神思想在艺术领域中的广泛流行,是在六朝,主要是受玄学思想影响的结果。玄学家把庄子重神不重形的思想用来作为品评人物的依据。品评人物的风气在汉末就非常盛行了,它是为封建统治阶级选拔人才服务的。汤用彤先生在《魏晋玄学论稿》中说:“汉代相人以筋骨,魏晋识鉴在神明。”“筋骨”还比较重在形的方面,而“神明”则很明显是以“神”为主了。鉴别人物重在神鉴,这是从刘劭的《人物志》开始的。刘劭说:“物生有形,形有神精。能知精神,则穷理尽性。”但是,神是抽象的,它还是要借具体的形来体现。“夫色见于貌,所谓征神。征神见貌,则情发于目。”刘昞注云:“貌色徐疾,为神之征验”,“目为心候,故应心而发”。刘劭并不否定形,但认为主要是在借形而见神。由于玄学的泛滥,魏晋时期遂提出了许多有关品评人物神鉴的新概念,如神气、神情、神姿、神隽、风神、风韵、风骨、气韵、生气等等。神、气、风、韵、骨都是指人的“神”的特征,而不是“形”的特征。魏晋以后讲的“骨”,角度与汉人也不同,不是指骨骼之形,而是指由骨骼所显示的人的神气。由品评人物到品评文艺,这是很自然的发展。品评人物中这些神鉴的新概念,亦被运用来品评文艺作品。六朝文艺批评中所用的神、气、风、韵、骨等概念,也都侧重在指作品的“神”而不是作品的“形”的特点。曹丕讲“文以气为主”,刘勰、钟嵘讲“风骨”,谢赫论画讲“气韵”,王僧虔评书法讲“神彩”,都是体现了重神似、不重形似的特征的。但是他们也并不否定形似,而是主张以神似为主,形神兼备的。像刘勰、钟嵘就是既讲“风骨”,也肯定“辞采”的。谢赫重在“气韵”,但也赞扬“形妙”。王僧虔则明确指出:“神采为上,形质次之。”(《笔意赞》)

那么,文艺上的形似和神似究竟指的是什么呢?概括起来说,形似的实质是指对艺术创作对象的外形或表象的真实描写;神似的实质是指对艺术创作对象的内在本质特征的真实描写。我国古代的文艺家强调神似为主,这正是重在对客观事物的本质特征作真实描写这一方面。文艺上的形神关系说,首先是在人物画中发展起来的,然后扩展到了整个绘画领域,同时也影响到文学、书法等领域。宋代的邓椿在《画继》中说:“世徒知人之有神,而不知物之有神。”这就是把形和神看作事物的现象和本质的代称了,即是说,宇宙万物都有形和神两个方面。事物的本质总是要通过一定的现象来体现的,因此,神似离不开形似。现象不一定都能典型地反映事物的本质,所以艺术上只讲形似,不讲神似,就不能真实地反映事物的本质。形似,在人物画中是指对人物的脸形、五官、身材、衣着等的描绘,在其他画中则是对绘画对象外在形态的描绘。文学上的形似也类似于此。比如沈约《宋书·谢灵运传论》中说:“相如巧为形似之言。”指的是司马相如辞赋创作中对城阁、山水、花鸟、树木等等的形状的具体摹写。刘勰《文心雕龙·物色》篇中说:“自近代以来,文贵形似,窥情风景之上,钻貌草木之中。”则是指对风景花草形状的刻画。钟嵘《诗品》中评张协诗云:“文体华净,少病累。又巧构形似之言。”陈延杰《诗品注》引《何义门读书记》云:“张景阳《杂诗》‘朝霞’首,‘丛林森如束’,钟记室所谓‘巧构形似之言’。”形似,钟嵘又称为“巧似”。如评谢灵运诗云:“其源出于陈思,杂有景阳之体。故尚巧似,而逸荡过之。”评颜延之云:“尚巧似。体裁绮密,情喻渊深。”又评鲍照云:“善制形状写物之词。得景阳之諔诡,含茂先之靡嫚。……然尚巧似,不避危仄,颇伤清雅之调。”颜之推《颜氏家训·文章》篇中也说:“何逊诗实为清巧,多形似之言。”钟嵘所说的“善制形状写物之词”可以说是对“形似”在文学上具体表现的概括。苏轼所说物之“常形”,王夫之所说“物态”,也都指的是“形似”描写。在小说、戏剧中,由于主要是塑造人物形象,“形似”主要是指对人物的外形、衣着、行为、动作等的具体描写。神似,是比形似更高的一种要求,其目的是要形象地反映事物的内在本质特征。我国古代讲的“神”,有各种不同的含义。它除了指有意志有性格的宗教神和指人的内心精神之外,还可以指对客观事物的内在本质和规律的透彻了解。比如《周易·系辞》中说:“知几其神乎。”称能懂得事物最微妙、最深奥的道理为神。庄子讲技艺的神化,亦是从这个角度说的。神,具有掌握客观事物本质特征的意思。神似的精神实质也即在此。然而,更为重要的一点是,艺术上的神似,并不是对事物本质特征的一种抽象的描写,而是对事物本质特征的一种具体的形象的把握。这一点很重要,这也是哲学上的形神论和文艺上的形神论之分歧所在。《世说新语·巧艺》篇记载,晋代著名的画家顾恺之在给谢鲲画像时,为了传神,说:“此子宜置丘壑中。”因为谢鲲是乱世隐士,“一丘一壑,自谓过之”。要突出这样一个人物的本质特征,画出他的精神面貌,就应该把他置于丘壑中。可见,我国古代绘画艺术家已约略体会到了环境描绘对突出人物思想性格特征的重要作用。而传神很重要的一点正是要充分体现人物的思想性格特征。此点后来在小说理论批评中表现得非常突出。唐末的司空图在《诗品》中提出“离形得似”的原则,主要即是强调艺术描写的着眼点应该放在对创作对象内在精神实质的刻画上,而绝不能够泥于形迹。以诗歌来说,不应只是在辞藻华艳、模山范水上下功夫,而要着重在意境的创造上。“离形”,不是不要“形”,而是不要受“形”的束缚,这样才能得到真正的“似”,具有传神之美。所以他又说:“脱有形似,握手已违”,要求做到“不知所以神而自神”(《与李生论诗书》)。重在神似,方能使艺术作品具备化工造物之“真态”,达到最高度的艺术真实,故皎然在《诗式》中说,诗歌必须“得若神表”,这样,“天真挺拔之句,与造化争衡,可以意冥,难以言状”。严羽在《沧浪诗话》中说,诗歌最高境界是“入神”。“入神”之作,毫无人工斧凿痕迹,如“羚羊挂角,无迹可求”,“如空中之音,相中之色,水中之月,镜中之象,言有尽而意无穷”。严羽的说法有点神秘化倾向,但其精神实质仍在说明传神之作要害是在形象化地反映事物的本质特征。

对于艺术传神的特点,作了比较科学的深刻分析的是苏轼和王夫之。

他们指出了要传神必须描写出客观事物内在的“理”来。这个“理”不是抽象的概念的“理”,而是指人情物理之“理”,即是说的事物内部的本质和规律。苏轼在《净因院画记》中说:

> 余尝论画,以为人禽、宫室、器用皆有常形,至于山石、竹木、水波、烟云,虽无常形而有常理。常形之失,人皆知之;常理之不当,虽晓画者有不知。……世之工人或能曲尽其形,而至于其理,非高人逸才不能辨。与可之于竹石枯木,真可谓得其理者矣。如是而生,如是而死,如是而挛拳瘠蹙,如是而条达遂茂。根茎节叶,牙角脉缕,千变万化,未始相袭,而各当其处,合于天造,厌于人意。盖达士之所寓也欤!

苏轼这里所说的“常形”和“常理”,实际上就是形似和神似的问题。客观事物之形,有的有“常”,有的无“常”。对于有“常形”的事物来说,画得像不像,人们一眼就可以看出来;对于无“常形”的事物来说,很难有一个形状方面的标准,来考察其画得像不像。但是,客观事物内在的“常理”,则是更高一筹的问题,“虽晓画者有所不知”,并非每个艺术家都能表现出来的。苏轼以文与可的画竹为例,说明只有“得其理”,才能使绘画由“必然的王国”,进入“自由的王国”,挥笔自如,传神写照,“合于天造,厌于人意”。所以,仅仅“曲尽其形”,还只是“形似”,必须画出“常理”,方为传神高作。这种“常形”“常理”,王夫之在《姜斋诗话》中称之为“物态”与“物理”。他说:

> 苏子瞻谓“桑之未落,其叶沃若”,体物之工,非“沃若”不足以言桑,非桑不足以当“沃若”,固也。然得物态,未得物理。“桃之夭夭,其叶蓁蓁”,“灼灼其华”,“有蒉其实”,乃穷物理。夭夭者,桃之稚者也。桃至拱把以上,则液流蠹结,花不荣,叶不盛,实不蕃。小树弱枝,婀娜妍茂,为有加耳。

从这个具体例子的分析中,王夫之指出《诗经·周南·桃夭》之所以写得生动传神,正是因为作者不仅描绘出了桃的“物态”,而且能够按照桃树之开花结实过程中各个阶段的特点,写出其叶、华(花)、实之不同特征,抓住了桃树的本质特征,写出了“物理”,故而能描绘得栩栩如生。我国古代文学理论批评中经常运用“神理”这个概念,它虽然最初是从佛教中借用过来的,但是早已没有了宗教神学上的神理含义,而是指在艺术描写上能自然地体现神似的意思,亦即指能写出事物之“常理”,反映其内在精神本质。比如王夫之在《唐诗评选》中评杜甫《石壕吏》云:

> 片断中留神理,韵脚中见化工,故刻画愈精,规模愈雅。

又评杜甫《千秋节有感》云:

> 杜于排律,极为漫烂,使才使气,大损神理。庸目所惊,正以是为杜至处。

从这一褒一贬中,可以看出“神理”即是指自然物理而言,亦即传神之意。王国维于《人间词话》中说道:

> 美成《青玉案》(当作《苏幕遮》)词:“叶上初阳干宿雨。水面清圆,一一风荷举。”此真能得荷之神理者。

此“神理”亦是指传神而能得物理之意。

传神要害在写出“常理”“物理”,这一点在我国古代小说理论中也有很突出的表现。比如容与堂本《水浒传》评和金圣叹《水浒传》评,在分析武松打虎一段之所以传神时,都指出其关键在对武松的描写能够得其“神理”,不是仅写其勇武,而能描绘得入情入理。容与堂本评道:

> 人以武松打虎到底有些怯在,不如李逵勇猛也。此村学究见识,如何读得《水浒传》?不知此正施、罗二公传神处。李是为母报仇,不顾性命者;武乃出于一时,不得不如此耳。俗人何足言此!

正因为写武松"有些怯在",这才符合他打虎是"出于一时,不得不如此"的情状,而后写他虽不免有怯,但仍能打死猛虎,更显出其神威和真本事。这就是既写了他的勇武,又符合情理,所以才能传神。金圣叹在具体评点中进一步发挥了容与堂本这一分析,指出《水浒传》中武松打虎一段在艺术描写上有"三折":一是武松上景阳冈时,原先不相信有虎,待到山神庙前见了官府印信榜文,"方知端的有虎。欲待转身再回酒店里来,寻思道:'我回去时,须吃他耻笑,不是好汉,难以转去'"。金圣叹于此处批道:"有此一折,反越显出武松神威。"在大风过后,树背后跳出吊睛白额大虫来时,"武松见了,叫声:'啊呀!'从青石上翻将下来"。金圣叹于此又评道:"有此一折,反越显出武松神威。不然,便是三家村中说子路,不近人情极矣。"等武松把老虎打死后,"就血泊里双手来提时,那里提得动?原来使尽了气力,手脚都苏软了"。金圣叹批道:"有此一折,便越显出方才神威。"在写"武松再来青石上坐了半歇"一句下又批道:"写出倦极,便越显出方才神威。"这些都说明艺术上的传神其关键在充分体现"物理",能"神理自然",则必定可以收到传神写照之妙。

文学艺术中的形神问题,其核心在如何辩证地处理好形似和神似的关系。既不能只讲形似,不讲神似;也不能只讲神似,否定形似。在我国古代文学创作实践和文艺思想发展过程中,这两种偏向都曾经反复地出现过,但是,主流是在强调两者的辩证结合。从创作上来看,汉代的大赋偏重形似,建安文学则较重神似,六朝总的倾向在形似,但也有一些作家如陶渊明等是重神似的。唐初的诗歌创作也以形似较多,自"贞观来,标格渐高。景云中,颇通远调。开元十五年后,声律风骨始备矣"(《河岳英灵集序》)。殷璠此说也可以用以说明唐诗由形似到神似的转变。传神特色在盛唐诗歌中发展到了一个高峰。由于人们对唐诗传神艺术的叹服,也在文艺思想上出现过偏向,把神似强调得过于绝对化,而贬低和否定形似。然而,绝大多数文艺家是主张以传神为主,而形神兼备的。

在文艺领域中最早提出比较完整的形神结合、以传神为主的创作理论的是东晋著名的画家顾恺之。顾恺之所总结的一个十分重要的创作原则是"以形写神"。他从自己的创作实践中认识到了传神是不能离开具体的形似描写的，而形似描写的目的则不是为了形似，而是为了传神。比如《世说新语》记载，顾恺之画裴楷的像，为了传神，就在他脸颊上添了三笔，于是使人感到"益三毛如有神明"。顾恺之说："裴楷俊朗有识具，正此是其识具。"这"三毛"当然是"形似"的问题，它本身不是"神"，但是这"三毛"之"形"却可以传裴楷之神。这是由于顾恺之研究了裴楷的本质特征，并且找到了可以象征他"俊朗有识具"的神态特征的颊上三毛，把这个"形"一突出出来，裴楷的像就传神了。顾恺之画人物还特别重视画眼睛，传说他画人物画有时几年也不点眼睛，他说："传神写照，正在阿堵中。"点眼睛是一个形似问题，但也是一个神似问题，眼睛画得如何，对能否传神有重要作用。神总是要借一定的形来表现的，根本不要形，也就无法达到神似。顾恺之的"以形写神"论是建立在玄学家王弼的"言为象蹄，象为意筌"的理论基础上的，他不是把"形"看成长"神"的某种具体的表现，而是把"形"看作象征"神"的工具，如同蹄之于兔，筌之于鱼一样。从这一点上看，有过于玄虚之处，但是，顾恺之确实看到了形和神之间有不可分离的辩证关系，懂得写形是为了传神，传神要依赖写形，他要求在创作中把两者结合起来，这是有极大贡献的，也为后来文艺家正确认识和处理形神关系奠定了基础。我们也可以说，我国古代艺术传统上所主张的以传神为主、形神兼备的思想，正是从顾恺之开始的。

顾恺之这种形神并重，以传神为主的思想后来又得到了许多文艺思想家的进一步阐述与发挥，而逐渐有了更加完备的内容。唐代前期的著名诗人张九龄在《宋使君写真图赞并序》中就提出了"意得神传，笔精形似"的主张，明确指出神似和形似两者都是不可缺少的。中唐著名的文艺理论家和诗人白居易在形神关系问题上的主张和张九龄是一致的。他一方面很注重传神，在《画竹歌》中曾经赞美萧郎画竹"枝活叶叶动"，"下笔独逼真"，"举头忽看不似画，低耳静听疑有声"。他在《画记》中明确提出了传神的重要性。另一方面他又不否定形似，认为两者都不能偏废。他要求绘画达到"形真而圆，神和而全"，既要有形似，又不可见斧凿痕迹；更要有神似，并且应当全面反映其神态。他说："画无常工，以似为工；学无常师，以真为师。"这"似"和"真"都是包括了形和神两方面的。唐代著名的绘画理论家张彦远在《历代名画记》中说："象物必在于形似，形似须全其骨气。”这“骨气”即是指“传神”。他又说:“古之画或能移其形似而尚其骨气,以形似之外求其画,此难可与俗人道也。今之画纵得形似而气韵不生,以气韵求其画,则形似在其间矣。”张彦远并不否定“形似”,但是,比较强调有了神似,形似也就在其中了;而没有强调神似又必须依赖于某种形似才能体现出来。从这一点说,认识又不如顾恺之等深刻。明代的董其昌在《画旨》中对此有比较清晰的论述,他说:“传神者必以形,形与心手相凑而相忘,神之所托也。”这可以说是对张彦远的一个很好的补充。

在形神关系问题上,我国古代历来反对形而上学的片面性,反对只讲形似,或只讲神似的绝对化倾向,主张应当对两者关系作辩证的认识。宋代著名诗人苏轼写了一首关于神似和形似问题的诗,曾经引起了一场持续几个朝代的争论,从中我们可以看到我国古代文艺家对形神之间辩证关系的认识,以及对这个问题上的形而上学观点的尖锐批评,苏轼在《书鄢陵王主簿所画折枝》一诗中说:

论画以形似,见与儿童邻。作诗必此诗,定知非诗人。

苏轼在这里着重提出了传神的主导地位,其实他是并不否定形似作用的。然而单从这四句诗看,对形似就贬得低了一些。所以当时就有人提出了不同看法。与苏轼差不多同时的晁说之说:

画写物外形,要物形不改。诗传画外意,贵有画中态。

这当然是为了说明形似的重要,以纠正苏轼诗论之偏,但说得比较委婉。清代方薰《山静居画论》中说:“以道(晁说之字)特为坡老下一转语。”明代杨慎则直截了当地指出苏诗之论“有偏”,“非至论也”,认为晁诗出而“论始为定”(见《升庵诗话》)。不过,苏轼实际上并不是主张根本否定形似的。葛立方在《韵语阳秋》中说:

欧阳文忠公诗云:“古画画意不画形,梅诗写物无隐情。忘形得意知者寡，不若见诗如见画。”东坡诗云：“论画以形似，见与儿童邻。赋诗必此诗，定知非诗人。”或谓：“二公所论，不以形似，当画何物？”曰：“非谓画牛作马也，但以气韵为主耳。”谢赫云：“卫协之画，虽不该备形妙，而有气韵，凌跨雄杰。”其此之谓乎？

葛立方的解释是比较符合欧、苏之本意的。不过，苏轼之论在客观上确实容易使人误解，从而产生一种忽视形似的倾向。此点金代的王若虚在《滹南诗话》中也说道：

夫所贵于画者，为其似耳；画而不似，则如勿画。命题而赋诗，不必此诗，果为何语！然则，坡之论非欤？曰：论妙于形似之外，而非遗其形似；不窘于题，而要不失其题。如是而已耳。世之人不本其实，无得于心，而借此论以为高。画山水者，未能正作一木一石，而托云烟杳霭，谓之气象；赋诗者，茫昧僻远，按题而索之，不知所谓，乃曰格律贵尔。一有不然，则必相嗤点，以为浅易而寻常。不求是而求奇，真伪未知，而先论高下，亦自欺而已矣。岂坡公之本意也哉！

王若虚此论对于苏诗所论在客观上所产生的流弊作了较为具体的分析，也给那些曲解苏诗之论为自己错误创作倾向找根据的人以尖锐的批评。相比之下，晁说之、杨慎之说反而显得有些对神似重视不够的缺点，认为画就是写物“外形”，没有看到形似之目的应该是为了传神，对神似的主导地位有些忽略。为此，明代王绂在《书画传习录》中说道：“东坡此诗，盖言学者不当刻舟求剑，胶柱而鼓瑟也。然必神游象外，方能意到圜中。”李卓吾在《诗画》一文中专门针对晁、杨之说而补充道：“画不徒写形，正要形神在。诗不在画外，正写画中态。”从这场争论中我们可以清楚地看到，我国古代关于文学艺术中形神关系认识的主流，是既突出传神的主导地位，又看到两者之间的辩证关系。在我国文艺思想史上，一般地说，浪漫主义的文艺家往往强调神似更突出一些，有时也有忽略形似的倾向；现实主义的文艺家则大多对形似比较重视，但有时也有重视神似主导地位不够的倾向。然而，不管是浪漫主义还是现实主义文艺家，都没有离开过以传神为主、形神兼备这条主线。历来对那种过于偏向一方面的绝对化倾向，都是有所批评的。

顾恺之的“以形写神”论，对文艺创作中如何使形神结合，更好地反映现实真实，提出了一个基本原则。但是并不是任意的写形都能传神的。那么，怎样写形，写什么形，才能传神呢？这是掌握好“以形写神”原则的关键。顾恺之对此没有从理论上作进一步的阐述，不过他在绘画实践中倒是提供了一些有益的启示。对此苏轼在著名的《传神记》中作了重要的总结和发挥。苏轼从顾恺之画裴楷像时颊上加“三毛”中体会到了艺术家必须善于抓住事物的“形”中那些能够鲜明突出地反映事物本质特征的现象，通过对它的生动描写，来形象地表现事物的本质特征。这样才能做到“以形写神”。也就是说，艺术家要善于发现事物的典型特征，用苏轼的话说，即是必须抓住“得其意思所在”的形的特征。他说：

> 凡人意思各有所在，或在眉目，或在鼻口。虎头云：颊上加三毛，觉精采殊胜，则此人意思盖在须颊间也。优孟学孙叔敖，抵掌谈笑，至使人谓死者复生，此岂举体皆似，亦得其意思所在而已。使画者悟此理，则人人可以为顾陆。吾尝见僧惟真画曾鲁公，初不甚似。一日往见公，归而喜甚。曰：“吾得之矣。”乃于眉后加三纹，隐约可见，作俯首仰视，眉扬而额蹙者，遂大似。

对于一个人来说，他的神态最突出地反映在哪一个“形”的特征上，不同的人是不一样的，“或在眉目，或在鼻口”，裴楷在“须颊间”，曾鲁公则在“眉后”。优孟学孙叔敖为什么能那样像，也并非所有各处都像，而只是在反映其本质特征之处，觉得特别像而已。所谓“得其意思所在”，即是要得其传神之意思所在的形似特征。人物是如此，推而广之，凡宇宙间之万物也都各有得其意思之所在处。作为一个高明的艺术家就是要善于找到能得其意思之所在的形似特征，这样就可能做到使创作对象神态毕露地呈现在读者面前。“使画者悟此理，则人人可以为顾陆。”使诗人能悟此理，则人人可以为李杜了。苏轼说僧惟真画曾鲁公之像，起先一直画不像，后来经过再次认真观察，发现他的神态最典型地反映在眉后三纹上，于是就画出了传神之作。这个故事说明要掌握创作对象的本质特征,要想把最能反映创作对象本质特征的形似之处描写出来,必须作深入的观察和研究。我国古代文学理论批评特别强调作家所必须具备的一个重要条件是"识",即是对创作对象要有深刻的认识,要善于透彻地掌握创作对象内在的本质规律。清代的蒋济在《传神秘要》中说,画家在未画人物之前,"即留意其人行止、坐卧、歌咏、谈笑,见其天真发现、神情外露,此处细察,然后落笔,自有生趣"。所谓"天真发现、神情外露"处,即是指对象的本质特征所流露之处。这种关键地方,艺术家必须敏感地觉察到,及时捕捉住。当然,这是不容易的,有时需要"从旁窥探","彼以无意露之。我以有意窥之,意思得,即记在心上"。要善于发现和抓住反映事物本质特征的细节,并通过对它的生动逼真描写,来传事物之神。这是我国古代讲形神关系的最重要之处,也是我国古代塑造艺术典型的最重要艺术经验之一。

我国古代小说理论中对"以形写神""得其意思所在"的艺术经验也有十分生动的总结。传神是我国古代小说理论中评价人物形象塑造成功与否的最重要标准。在我国几部优秀长篇小说的评点中,都十分重视通过对小说中人物描写的分析,以具体生动的典型例子,来说明善于抓住有代表性的"形似"特征,是创造传神的人物形象,深入揭示人物性格特征的重要手段。比如金圣叹在《水浒传》第三十七回曾经有这样一段评论。当《水浒传》在此回中写李逵出场道:"戴宗便起身下去,不多时引着一个黑凛凛大汉上楼来。"金圣叹批道:这"黑凛凛大汉"五字已把李逵"画得出相","不惟画出李逵形状,兼画出李逵顾盼,李逵性格,李逵心地来"。袁无涯刊本《水浒传》在此下也评道:"只三字,神形俱现。"这"黑凛凛"三字是写李逵之"形",然而却能传李逵之神,因为它比较典型地反映了李逵的本质特征。李逵的性格具有粗鲁而蛮的特点,而"黑凛凛"三字正好能从"形"上显出他这种"神"。"以形写神""得其意思所在",正是要求艺术形象的塑造要表现出它不同于其他人物性格的独特特征来。这种"以形写神",不仅仅表现在以人物的外形特征来传神,如写李逵那样,还可以通过写人物某种具有特征性的行为、动作、处理事件的方式方法等等来传神。比如《儒林外史》第五回"王秀才议立偏房,严监生疾终正寝",写严监生之妻将死,他的两个小舅子王德、王仁二秀才劝他立偏房为正室,以及后来严监生病死时伸着两个手指头不肯咽气一段,是非常传神的。卧闲草堂本《儒林外史》评道:“看财奴之吝啬,荤饭秀才之巧黠,一一画出,毛发皆动。”而严监生之吝啬本质正是通过垂死之人还惦记着油灯里有两根灯芯太费油这个细节而充分表现出来的。这个细节就是传严监生之神,能“得其意思所在”的“形”的特征。又如第十一回写书呆子杨执中,也是如此。卧闲草堂本评道:“杨执中是一个活呆子,今欲写其呆状、呆声,使俗笔为之,将从何处写起?看此文只有摩弄香炉一段、叙说误认姓柳的一段、闯进醉汉一段,便活现出一个老阿呆的声音笑貌,此所谓颊上三毫,非绝世文心未易辨此。”这段评论告诉我们,吴敬梓正是抓住了杨执中没有柴米,和老妻摩弄香炉过年三十;把老妪说的娄公子误听为姓柳的县差,吓得不敢与娄公子会面;以及把酒醉的儿子用火叉赶出去三件事,十分生动地刻画出了这个书呆子的性格特征。这三件事就如裴楷颊上“三毛”一般,通过它们传了杨执中之神。

“以形写神”这种塑造人物形象的方法,其实质就是要求突出人物性格的个性特征,并通过这种特殊的个性特征来反映人物的本质。所以,我国古代对于艺术典型是更着重在要写出同中有异,方能传神。容与堂本《水浒传》第三回评道:“描写鲁智深,千古若活,真是传神写照妙手。且《水浒传》文字,妙绝千古,全在同而不同处有辨。如鲁智深、李逵、武松、阮小七、石秀、呼延灼、刘唐等,众人都是急性的。渠形容刻画来,各有派头,各有光景,各有家数,各有身份,一毫不差,半些不混,读去自有分辨,不必见其姓名,一睹事实就知某人某人也。”只要抓住了每个人性格中的独特处,把它写充分,就必然能把人物写活,生动传神。尔后,金圣叹又发挥容与堂本评中的这一思想,明确指出:“《水浒传》只是写人物粗卤处,便有许多写法:如鲁达粗卤是性急,史进粗卤是少年任气,李逵粗卤是蛮,武松粗卤是豪杰不受羁靮,阮小七粗卤是悲愤无处说,焦挺粗卤是气质不好。”必须把能体现各个人“得其意思所在”之处找出来,才能逼真传神,把人物描绘得栩栩如生。《水浒传》之所以能传神,正是在此。故金圣叹在《水浒传读法》中说:“独有《水浒传》,只是看不厌。无非为他把一百八个人性格,都写出来。”“《水浒传》写一百八个人性格,真是一百八样。”

这种抓住人物性格的同中有异之处，使之达到传神写照的特点，毛宗岗在对《三国演义》的评点中，也作过总结，这可以说是对金圣叹这种思想的进一步发挥。他在《三国演义》的《读法》中说：

> 《三国》一书，有同树异枝、同枝异叶、同叶异花、同花异果之妙。作文者以善避为能，又以善犯为能。不犯之而求避之，无所见其避也。惟犯之而后避之乃见其能避也。如纪宫掖，则写一何太后，又写一董太后；写一伏皇后，又写一曹皇后；写一唐贵妃，又写一董贵人，写甘、糜二夫人，又写一孙夫人，又写一北地王妃；写魏之甄后、毛后，又写一张后，而其间无一字相同。纪戚畹，则何进之后写一董承，董承之后又写一伏完；写一魏之张缉，又写一吴之钱尚，而其间则无一字相同。……

由于能写出人物之独特个性，因而尽管是同类人物，亦能个个传神。重视描写艺术典型的个性特征，这在我国古代关于形神关系的辩证思想中反映得相当突出。这和西方在文艺复兴之前，着重讲典型的共性、类型性，是很不同的。

二　假与真

艺术创作中的假和真的关系，即是说的艺术的虚构和生活真实的关系。艺术创作必须有真实性，因为不管是何种类型的作品，都是反映现实的。真实与否是我们衡量艺术作品质量好坏的基本标准之一。然而艺术的真实性不同于科学的历史的真实性，它不要求所描写的内容事事皆是现实生活中所实有。艺术不仅不排斥虚构，而且必须要有虚构。艺术作品是艺术家审美理想的集中表现，它总是比实际生活要更集中更概括，更高更美。然而，艺术的虚构又必须要有现实生活的基础，而不是随便的主观臆造。因此，我国古代的文艺家认为艺术创作的基本特点之一是真真假假，这正是对艺术和现实的辩证关系的生动表述。

唐代著名的诗人元稹在《杨子华画》一诗中说道：

真赏画不成，画赏真相似。

这两句诗的意思是说，一个画家如果过分欣赏真实，一笔一画都要按照现实的真实情状去画，不敢越雷池一步，没有一点“假”，那是一定画不成的。而真正懂得“画理”的画家，必然只是在他的作品里表现和现实的“相似”之“真”，而不是绝对之“真”。宋人洪迈在《容斋随笔》中从人们欣赏艺术品之美和欣赏自然美的评价之矛盾中，更加具体地提出了这个问题。他说：

江山登临之美，泉石赏玩之胜，世间佳境也，观者必曰“如画”，故有“江山如画”“天开图画即江山”“身在画图中”之语。至于丹青之妙，好事君子嗟叹之不足者，则又以“逼真”目之。如老杜“人间又见真乘黄”（《韦讽录事宅观曹将军画马图》）、“时危安得真致此”（《题壁上韦偃画马歌》）、“悄然坐我天姥下”（《奉先刘少府新画山水障歌》）、“斯须九重真龙出”（《丹青引赠曹将军霸》）、“凭轩忽若无丹青”（《题李尊师松树障子歌》）、“高堂见生鹘”（《画鹘行》）、“直讶松杉冷，兼疑菱荇香”（《奉观严郑公厅事岷山沱江画图十韵》）之句是也。以真为假，以假为真，均之为妄境耳。人生万事如是，何特此耶？（按：以上杜诗出处，均为引者所加。）

洪迈所说的“妄境”以及他对人生的感叹，我们且不去管它。这里使我们感兴趣的是，人们为什么要把优美的江山胜景说成“如画”，而又把优秀的艺术品赞美为“逼真”？这看来似乎是矛盾的，然而，这种“如画”和“逼真”的评论却又是我们平常生活中经常碰到的。比如杨万里《诚斋诗话》中说：

杜（甫）《蜀山水图》云：“沱水流中座，岷山赴北堂。白波吹粉壁，青嶂插雕梁。”此以画为真也。曾吉父云：“断崖韦偃树，小雨郭熙山。”此以真为画也。（按：韦偃、郭熙均为著名画家。）

一幅四川山水图挂在墙上,就好像进入了真山真水的境地;置身于真山真水之间,又好像见到了名画家的画一样。为什么要“以真为假,以假为真”呢?这就涉及了艺术和现实的关系问题。艺术是现实生活的反映,它必须要有真实性。没有现实生活基础,虚假的、不真实的作品是肯定要被人民唾弃、为历史所淘汰的。所以,我们总是运用“逼真”的说法来评价优秀的作品,这是指它反映了生活的真理、现实的本质。然而,艺术绝不是现实的简单复制,不是对现实的照相式反映,艺术创作是艺术家对现实进行集中、概括、加工、提炼的产物,它通过虚构而比普通的现实生活更高、更美、更典型,从这个角度说,普通的现实生活总是比不上优秀的艺术作品的,因此,我们又常常把现实生活中最美的景象称为“如画”。一个“逼真”,一个“如画”,看来似乎是矛盾的,其实却非常辩证地体现着艺术和现实的复杂关系,反映了艺术既要虚构又要真实的基本特点。

艺术作品中的假和真是紧密地联系在一起的,真中有假,假中有真,这两者是难于截然分开的。故而,明代的杨慎在《画品》中说他小时候回答“景之美者,人曰似画;画之佳者,人曰似真,孰为正”这个问题时,曾经写了这样一首诗:

> 会心山水真如画,巧手丹青画似真。梦觉难分列御寇,影形相赠晋诗人。

杨慎用《列子·周穆王》篇中记载的蕉鹿之争故事和陶渊明写的形、影、神互赠诗的事,来强调这种真假难分的特点。列子讲蕉鹿之争故事是为了说明梦觉难分。据说郑国一樵夫在砍柴时得了一只鹿,怕人知道,用蕉叶把它盖了起来。打完柴后,他自己也忘了所藏之处,遂以为是做了一个梦。别人听他说此事后,就按他说的地区去找,果然找到了鹿,很高兴地拿回家了。郑人做梦时又梦见自己的鹿被别人拿走了,就去找到得鹿之人,要他归还自己所得之鹿。二人争吵不休,告到官府。官吏也断不清什么是“梦”,什么是“觉”,就把鹿一分为二给了他们两人,杨慎就用这个故事来说明艺术创作中的真和假犹如这梦觉一样的难分。陶渊明的诗中所表现的影、形、神也是如此,孰真孰假难以区别。这就是因为艺术虽是虚构，但它是有现实生活依据的，因此虽假而真。清初的贺贻孙在《答友人论文书》中曾以演戏和画牛为例对这一道理作过很精辟的分析。他说：

> 里中有老优者；尝为不佞述其为优五十年，其视起居饮食，对妻子，酬宾友，无一事而非剧场；及其登场，则又如身在离合生死荣辱得失之内，自为悲喜啼笑，与观剧者同为悲喜啼笑，不敢以轻心居之，怠气应之也。吾友龙仲房，少以画牛得名。尝裸逐牛队，学其斗角磨痒，啮草眠云之势，居然牛也。人皆知剧场非真境，画牛非真牛矣，而不知优人不真则戏不成，画牛不真则似不显。天下极假之事，必以极真之功力为之，岂可以读书作文极真之事，反视以为假，藐以为易乎？

艺术作品是虚构的，但是作者在创作过程中，是深入体验了现实生活，观察研究了现实生活才进入虚构创作过程的，因此艺术创作虽是“极假之事”，却是以“极真之功力为之”，因此又是非常真实的。他又说道：

> 世有至真之文疑于假者：国策设辨，有同系影；漆园著论，譬诸画风；龙见鸟澜，初无定质；波诡云谲，难以形求；然此幻笔空肠，皆依实相真体。……以是为文，则假乃即真之谓，而非反真之谓。

虽然像《战国策》之诡辩，《庄子》之奇诐，亦非全假，而是“皆依实相真体”的，都是以一定的现实真实为依据的。

艺术作品之妙，正好是在真真假假、假假真真这一点上。我国古代有许多文艺家都是看到了这个妙理的，并且从各个不同的角度作过分析和论述。比如明代谢榛在《四溟诗话》中说：

> 或问作诗中正之法。四溟子曰：“贵乎同不同之间：同则太熟，不同则太生。二者似易实难。握之在手，主之在心。使其坚不可脱，则能近而不熟，远而不生。此惟超悟者得之。”

谢榛所说的“同”与“不同”，即是指艺术作品所描写的内容与现实生活相同还是不相同。他认为应当是既同又不同，应该做到“近而不熟”，既和现实生活相近，又不可完全等同；同时还要“远而不生”，既比现实生活更高，又不可脱离现实生活。“须半生半熟，方见作手。”虚构的目的是典型化。谢榛这个“半生半熟”的主张，很自然会使我们想起别林斯基提出的艺术典型应当是“熟悉的陌生人”的著名论断。他们讲的角度不一样，但是从本质上来看，其内容是接近的。艺术作品不是写真人真事，它是有虚构的，故使人见了觉得生；艺术虚构又是依据于现实生活实际的，所以使人见了又觉得熟。这种假和真的艺术辩证法，在我国古代画论中也有很突出的反映，称之为似和不似的关系。如明代的王绂在《书画传习录》中就提出了绘画要达到“不似之似”，方为高妙的看法。清代著名的画家和绘画理论家石涛，曾经写过这样一首诗，其云：

> 名山许游未许画，画必似之山必怪。变幻神奇懵懂间，不似似之当下拜。（《大涤子题画诗跋》）

又说：

> 天地浑熔一气，再分风雨四时。明暗高低远近，不似之似似之。（同上）

所谓“不似似之”或“不似之似”，都是指艺术作品所描写的内容，既要和现实生活相似，又要不相似，在“似”与“不似”之间，方是最佳之妙作。因为艺术作品所反映的“自然”，已经不是原始形态的“自然”，而是按照艺术家的理想改造过的“自然”，恰如司空图所说，是诗人的“妙造自然”（《二十四诗品》），也即是高尔基所说的“第二自然”[①]，它对原始的“自然”来说，必然是既似又不似。对于艺术作品来说，太似了反而不似，不太似反而更似。艺术的真实不是事事皆宜，否则反而会离现实的真实更远。

① 高尔基：《论“渺小的”人及其伟大的工作》，《高尔基选集·文学论文选》，第71页。

必须是在现实基础上的虚构,有似有不似,这样才能更深刻地反映现实的真实。清代的画家兼绘画理论家恽格在《题迂翁》中曾说到这个道理。他说:

> 迂翁之妙,全在不似处。其不似正是潜移默化,而与天游,此神骏灭没处也。近人只在求似,愈似所以愈离,可与言此者,鲜矣!

恽格很深刻地指出,人们只知道"似"的必要,往往认识不到"不似"之妙,而艺术之真,正需要有"不似"处。因为艺术必须舍弃掉一些没有价值的、不能反映本质的偶然现象,而把能典型地反映现实本质的现象集中起来,按照现实生活的内在逻辑,大胆地进行虚构,这样才能更深入地反映现实本质,达到更大真实。他所说的"愈似所以愈离",不是说愈真实愈不好,而是在于强调不要囿于事实真实的局限,而要重视借"不似"(利用虚构)来获得更大的真实。迂翁之画正是由于注重了虚构,懂得了"不似"之妙,因此才达到了"潜移默化,而与天游"的水平。由"不似"而更"似",借"假"而更"真",这就是假和真的深刻辩证关系之所在。

在小说和戏剧理论中,假和真的关系经常又称为虚和实的关系。我国古代讲虚和实有各种不同的含义,其他含义我们下面再专论,这里主要介绍一下作为虚构和真实的虚和实。明人谢肇淛在《五杂组》中曾说:"凡为小说及杂剧戏文,须是虚实相半,方为游戏三昧之笔,亦要情景造极而止,不必问其有无也。"这里所说的"虚实相半",即是指小说和戏剧创作必须既要有虚构,又不脱离现实生活真实。这种主张,清初著名的戏剧作家和戏剧理论李渔在《闲情偶寄》的"审虚实"一节中曾作了更深入的阐述。戏剧创作要"审虚实",即是说的戏剧创作中的假与真的关系。李渔对艺术真实和生活真实关系有比较清楚的认识,因而对艺术创作中的假与真也有很辩证的分析。李渔认为凡是艺术作品都是有虚构的,必然有"假"。他说:"传奇无实,大半皆寓言耳。"要考证艺术作品内容是否都真有其事,这是可笑的。他说"凡阅传奇而必考其事从何来,人居何地者,皆说梦之痴人,可以不答者也"。然而,艺术的虚构绝非毫无现实根据的胡乱编造,其目的是使艺术作品有更广阔的概括性,反映更深刻的社会内容。比如“欲劝人为孝,则举一孝子出名,但有一行可纪,则不必尽有其事;凡属孝亲所应有者,悉取而加之。亦犹‘纣之不善,不如是之甚也’,一居下流,‘天下之恶皆归焉’。其余表忠表节与种种劝人为善之剧,率同于此”。虚构的目的是使艺术形象具有更大的典型概括性,它可以把许多人的“孝行”集中到一个“孝子”身上。比如《封神演义》中的殷纣王,和现实中的殷纣王相比,就很不同了。历史上的殷纣王其实是不能一笔抹杀的,他在平定东夷,保卫黄河流域的进步文化等方面是有过一定历史功绩的。他的残暴和腐朽,并不一定有小说中所写的那么严重。然而,《封神演义》中的纣王写的是一个暴君的典型,是作者把无数暴君罪恶集中概括到他一人身上的结果。虚构离不开现实生活的基础,它是集中了现实中无数真实现象而提炼出来的。虚中有实,实中有虚,这才符合于艺术的客观规律。清人金丰《说岳全传序》中说:“从来创说者不宜尽出于虚,而亦不必尽出于实。苟事事皆虚则过于诞妄,而无以服考古之心;事事皆实则失于平庸,而无以动一时之听。”艺术作品是要起到应有的社会教育作用的,过于虚妄而失实,则不能使人心服;过于讲究真实,则类似于普通生活,使人觉得没意思,打动不了读者的心。金丰以《说岳全传》为例,指出这部小说中既有岳飞之“忠”、秦桧之“奸”、金兀术之“横”,反映了现实真实,而其书又以“上帝降灾”“大鹏临凡”写起,“其间波澜不测,枝节纷繁,冤仇并结,忠佞俱亡,以及父丧子兴,英雄复起,此诚忠臣之后,不失为忠,而大奸之报,不恕某奸,良可慨矣”。这些虚构正是为了更加突出“忠”“奸”“横”的。这样,“实者虚之,虚者实之,娓娓乎有令人听之而忘倦矣”。金丰在这里比较辩证地说明了艺术创作中虚和实、假和真相结合的重要性。

在关于假和真的关系上,我国古代的文艺家清楚地认识到了艺术的真实应当是情真、理真,而不是人真、事真。艺术作品中所描写的人物和事件都可以是虚构的,也可以是半真半假的,但其中所体现的理和情,则必须是真实的。容与堂本《水浒传》第一回回评中说:“《水浒传》事节都是假的,说来却似逼真,所以为妙。”为什么事节都是假的,说来又却似逼真呢?第十回回评道此原委云:“《水浒传》文字原是假的,只为他描写得真情出,所以便可与天地相终始。”事是假的,情是真的,这正是艺术真实的要害之处。借假事诉真情,所以就有真真假假的特点,使人有半生半熟之感觉,产生“不似之似”的印象。不仅是情真,而且有理真。这情中之理也是十分真实的。冯梦龙在《警世通言叙》中说:

> 野史尽真乎?曰:“不必也。”尽赝乎?曰:“不必也。”然则,去赝而存其真乎?曰:“不必也。”……人不必有其事,事不必丽其人。其真者可以补金匮石室之遗,而赝者亦必有一番激扬劝诱,悲歌感慨之意。事真而理不赝,即事赝而理亦真,不害于风化,不谬于圣贤,不戾于诗书经史,若此者其可废乎?

人和事均可虚设,而情与理必须真实,这就是小说的艺术真实,也就是艺术真实与生活真实的区别之所在。

从对假和真关系的这样一种认识出发,我国古代的文学理论批评,在对待假和真的关系上,一贯反对“假而不真”和“真而无假”这样两种形而上学的绝对化倾向。对“假而不真”的问题,早在东汉的王充就作过尖锐的批评。汉代由于谶纬迷信思想的流行,也影响到文艺创作,出现了“虚妄之言胜真美”的现象。王充对此作了坚决斗争。他说:“夫贤圣之兴文也,起事不空为,因因不妄作。”(《对作》)他说他的“《论衡》篇以十数,亦一言也,曰:疾虚妄”(《佚文》)。但是,王充又有以科学真实要求艺术真实的缺点,走向了另一极端,主张完全真而无假。不过他对“虚妄之言”进行批判,强调“真美”,是起过积极作用的。唐代白居易一再批判“虚美”不实之词,就受到他的影响。这种“假而不真”的倾向,在我国古代小说理论中称为“失真之病”,它在古典小说创作中是有很多表现的。在一些浪漫主义作品中,“失真之病”比较突出地表现在这样一个方面,即没有现实生活基础,而瞎编一些毫无现实意义的仙魔斗法、道佛幻化之类的荒诞不经之说。比如一些二、三流的神魔小说中所写的许多魔法、宝贝的争斗,摆设许多仙阵、魔阵之类,枯燥无味,大同小异,既无现实社会内容,更无助于人物刻画、性格描写。像《封神演义》中这一类描写就有不少,它使作品大为减色。至于在那些末流的神魔小说中,占主导地位的就是这类东西。甚至于像《水浒传》这类现实主义作品也有此种影响。容与堂本

《水浒传》第十回回评在指出《水浒传》能以假事写真情的优点之后，接着又说："若到后来混天阵处，都假了，费尽心机，亦不好看。"第八十八回回评又说："混天阵竟同儿戏，至玄女娘娘相生相克之说，此三家村里死学究见识。"这些内容都是受宗教迷信思想影响而产生的不实之处，也正是《水浒传》的败笔之处。在一些现实主义作品里，"失真之病"还表现在千篇一律的公式化、概念化倾向上，它比较多地反映在明清的世情小说中。例如明末清初的许多才子佳人小说，故事情节大致雷同，无非是"后花园私订终身""落难公子中状元"之类。曹雪芹在《红楼梦》第一回中曾对这种创作倾向作了尖锐的揭露和讽刺。他指出这些作品"开口文君，满篇子建，千部一腔，千人一面"。"假捏出男女二人名姓，又必旁添一小人拨乱其间，如戏中小丑一般。""大不近情，自相矛盾。"这显然是受封建伦理道德毒害较深的缘故。

明代睡乡居士《二刻拍案惊奇序》中曾经指出，"失真之病，起于好奇"。"舍目前可纪之事，而驰骛于不论不议之乡。"不去观察研究现实生活，而光凭主观主义的臆想，就必然会流于荒诞无稽的地步，而使这种虚构丧失了现实基础，结果必然只能给艺术创造带来失败。《西游记》之所以与其他二、三流神魔小说不同，就在于它的虚构幻想都是深深地扎根于现实生活土壤的。正如张书绅《新说西游记》回评中所说的，它能于"神奇幻渺"之中写出"一片至理"来。以孙悟空三打白骨精一段为例即可看到这一点。尸魔三变，虽然也是属于精灵幻变一类内容，但作者借此要描写出孙悟空之善于识别人妖，唐僧则糊涂到人妖不分，寓意极为深刻，有广泛的现实基础。同样，从《封神演义》来看，写哪吒的部分虽然也有不少宝贝斗法之类内容，但因为他敢于斗横行霸道的龙王三太子，不把玉帝封敕的东海龙王放在眼里，并背叛封建社会中"父为子纲"的伦理道德，反对李靖之不分是非，唯玉帝之命是从，具有强烈的反抗精神，所以，这部分内容就和其他那些毫无意义的宝贝斗法之类描写大不相同，而长期以来为群众所喜爱。在我国古代的文艺理论批评中，对那种主观主义的瞎编，是一贯持否定态度的。

"真而无假"的创作倾向，在我国古代文艺创作和文艺思想发展史上，也是有过许多表现的，并且产生过不良的影响。这种错误创作倾向的出现，主要是由于不懂得文学艺术的特征，把艺术作品和历史著作、科学著作等同起来，混淆了它们之间的原则区别。这一点在我国古代文艺史上有深远的历史渊源。我国古代文史哲不分，到汉以后虽然大的方面区分开来了，但文的概念仍然很宽，包括了许多非艺术的应用文章在内。从文学创作上来看，往往以科学、历史著作的要求来要求文艺创作。比如宋代以诗证史的倾向就非常严重。如黄彻《䂬溪诗话》卷一说道：

> 子美世号“诗史”，观《北征》诗云：“皇帝二载秋，闰八月初吉。”《送李校书》云：“乾元元年春，万姓始安宅。”又《戏友》二诗：“元年建巳月，郎有焦校书。”“元年建巳月，官有王司直。”史笔森严，未易及也。

这就简直是把一部杜诗当作记事的历史了。当然，从诗中引证某个历史事实，也不是绝对没有根据，但是，绝不能认为诗中所写时时事事都是绝对真实的。如宋人陈岩肖的《庚溪诗话》卷上中，更是借杜诗来考证历史人物的亲属了。其云：

> 杜少陵子美诗，多纪当时事，皆有据依，古号“诗史”。顷见蔡绦《西清诗话》云：“唐史载王珪母卢氏，尝谓其子：‘汝必贵，但未见汝与游者。’珪一日引房玄龄、杜如晦过之。母曰：‘汝贵无疑。’及质之少陵《送重表侄王砅》诗曰：‘我之曾老姑，尔之高祖母。’则珪母杜氏，非卢氏也。又曰：‘尔祖未显时，归为尚书妇。隋朝大业末，房杜俱交友。长者来在门，荒年自糊口。家贫无供给，客位但箕帚。俄顷羞颇珍，寂寥人散后。入怪鬓发空，吁嗟为之久。自陈翦髻鬟，鬻市充杯酒。上云天下乱，宜与英俊厚。向窃窥数公，经纶亦俱有。次问最少年，虬髯十八九。子等成大名，皆因此人手。下云风云合，龙虎一吟吼。愿展丈夫雄，得辞儿女丑。秦王时在坐，真气惊户牖。及乎贞观初，尚书践台斗。夫人常肩舆，上殿称万寿。六宫师柔顺，法则化妃后。至尊均嫂叔，盛事垂不朽。’其诗详谛如此，而史谬误之甚。”今以余考之云。然其诗曰：“尔祖未显时，归为尚书妇。”又曰：“及乎

贞观初，尚书践台斗。"尚书者，盖指珪也。为尚书妇者，乃为珪妻也。然则少陵所称杜氏，实珪之妻，而史所称乃珪之母也。两事自不同。想以其诗中有"翦髻鬟""充杯酒"事，与陶侃母同，故亦以为珪母也。余又以唐史珪传考之，珪母乃李氏，亦非卢氏也。然则《西清诗话》非独不详考事实，又并姓氏亦误也。呜呼，以珪之贤，上禀训于贤母，下得助于贤妻，宜其为一代宗臣也。少陵诗非特纪事，至于都邑所出，土地所生，物之有无贵贱，亦时见于吟咏。如云："急须相就饮一斗，恰有青铜三百钱。"丁晋公谓：以是知唐之酒价也。

我们引这样一大段话，为的是可以从中看到宋代在文艺思想上把诗、史相混淆的具体情况。诚然，诗歌中写到的某些内容，有时也未尝不可以作为史实之旁证，但是，诗歌不是历史，把诗歌中涉及的人和事，乃至于"都邑所出，土地所生，物之有无贵贱"都作为真实之史证是可笑的，这就抹杀了艺术的特征，甚至会得出荒唐之结论。比如陈岩肖以杜诗定唐时之酒价即是如此。王夫之在《姜斋诗话》中曾以生动的事实揭示了这种说法的错误。他说：

杜诗："我欲相就沽斗酒，恰有三百青铜钱。"遂据以为唐时酒价。崔国辅诗："与沽一斗酒，恰用十千钱。"就杜陵沽处贩酒，向崔国辅卖，岂不三十倍获息钱耶？求出处者，其可笑类如此。

杜甫和崔国辅是同时人，而酒价在当时能差那么多吗？其实，杜甫和崔国辅诗中都不是实写唐时酒价，而是用的典故。杜甫用的是北齐卢思道说的："长安酒钱，斗价三百。"是借用成语。崔国辅则是用的曹植诗中之语。曹植《名都篇》云："我归宴平乐，美酒斗十千。"以诗证史，强调"诗史"，在创作上必然会要求"真而无假"，扼杀艺术的虚构，使创作走上邪路。为此明清时期许多人对"诗史"之说进行了批评，其中以王夫之为最深刻。他明确指出，"诗不可以史为"，并且嘲笑那种把诗当作史的人，是"见驼则恨马背之不肿"。他是坚决反对那种"真而无假"的创作倾向的。

诗歌是以塑造艺术形象、抒发感情为主的，因此，它可以大胆虚构，不

能要求事事皆实。甚至于诗中涉及的地理问题,也不能按地理书的要求去对待。王士禛在《渔洋诗话》中说道:

香炉峰在东林寺东南,下即白乐天草堂故址。峰不甚高,而江文通《从冠军建平王登香炉峰》诗云:"日落长沙渚,层阴万里生。"长沙去庐山二千余里,香炉峰何缘见之?孟浩然《下赣石》诗:"暝帆何处泊,遥指落星湾。"落星湾在南康府,去赣亦千余里,顺流乘风,即非一日可达。古人诗祇取兴会超妙,不似后人章句,但作记里鼓也。

显然,如果一切都要按实际地理情况来写诗,就会把艺术想象扼杀掉了。王士禛《池北偶谈》又说:

世谓王右丞画雪中芭蕉,其诗亦然。如"九江枫树几回青,一片扬州五湖白。"下连用兰陵镇、富春郭、石头城诸地名,皆寥远不相属。大抵古人诗画只取兴会神到,若刻舟缘木求之,失其指矣。

王士禛这里说的是王维《同崔傅答贤弟》一诗,在王士禛所引两句之后的几句是:"扬州时有下江兵,兰陵镇前吹笛声。夜火人归富春郭,秋风鹤唳石头城。"其中所写到的地方,从地理上看确实是"寥远不相属"的,然而它并不影响诗歌的"兴会神到"。文学艺术可以允许虚构、夸张、想象,只要能做到情真、理真,这些具体方面是可以不必"刻舟缘木求之"的。如果我们要从诗歌中来考证地理,那就太荒谬了。

反对"真而无假"这种倾向的斗争,也反映在小说理论批评中,在关于历史演义小说的评论中尤为突出。我国古代所创作的大量历史演义小说中,思想内容和艺术水平的高下相去甚远。这里除了作者的才能有高低之别外,还有一个很重要的原因是对假和真,即虚构与真实的关系的认识问题。在创作指导思想上是事事求实呢?还是允许"劈空捏造"只求情真理真?拿历史演义小说中最有名的两部著作《三国演义》和《东周列国志》作一番比较,就可以清楚地看出前者是正确的,后者是错误的。从作者驾驭语言文字的能力上来说,这两部小说的作者相去是不太远的。但是，这两部小说在艺术魅力上则极为悬殊。这里有一个基本的创作指导思想问题。《三国演义》虽然基本上也是依据陈寿《三国志》所记史实来写的，但它不要求事事与正史皆合，它广泛收集各种记载上的有关传说、故事，按照作者塑造形象的需要来加以剪裁选择，要略去什么，要突出什么，不是以是否有确凿历史依据为标准，不是以这些事情在历史上重要不重要为标准，而是以如何表现人物性格为标准，以如何突出主题思想为标准的。它是有作家的虚构、想象在内，是对现实生活进行概括、集中、典型化的结果。比如拿曹操这个人物形象的塑造来说，小说中的曹操和历史上的曹操就很不一样。作者不是为了写历史人物曹操，而是要塑造一个“乱世奸雄”的典型。因此，作者在材料选择上不是以是否确有其事为准，而是以如何突出人物性格特征为准的。以曹操杀吕伯奢这一情节为例，即可明白地看出这一点。这个情节在刻画曹操那种宁可我负天下人，不可让天下人负我的奸雄性格上是很典型的。此事不见于陈寿《三国志》，是根据裴松之注所引佚书记载来写的。关于此事，裴注共引了三种佚书的材料。《魏书》云：

> 太祖（曹操）以卓终必覆败，遂不就拜，逃归乡里。从数骑过故人成皋吕伯奢；伯奢不在，其子与宾客共劫太祖，取马及物，太祖手刃击杀数人。

又《世语》云：

> 太祖过伯奢。伯奢出行，五子皆在。备宾主礼。太祖自以背卓命，疑其图己，手剑夜杀八人而去。

又孙盛《杂记》云：

> 太祖闻其食器声，以为图己，遂夜杀之。既而凄怆曰：“宁我负人，毋人负我。”遂行。

从这些记载中可以看出,吕伯奢本人当时根本不在家,曹操也没有杀他。吕伯奢之子对曹操的态度,《魏书》和《世语》《杂记》讲得截然相反,未知孰是。同时,即使如《杂记》所载,曹操杀吕伯奢家人后,内心是极为凄怆的。然而,小说中所写则大不相同了。吕伯奢不仅在家,而且还出去为曹操打酒。当曹操杀其家人,到厨房发现捆有一猪,知道是错杀后,在离吕家后路上又恰好碰到吕伯奢打酒回来。曹操明知错杀,反而又诱伯奢回头而杀之,则是知错而更犯之。可见,作者正是从刻画和突出"奸雄"性格的需要出发,改造了历史材料,加上了作者的虚构和夸张的,和历史实际已经大大不同了。因此,这是一个通过虚构而更加典型化了的细节。它充分说明罗贯中写《三国演义》是假真结合,虚实并存的。

可是,《东周列国志》则不同,它是严格地按照史实来写的,没有什么虚构的成分。至多是因为先秦时文史不分,有些史籍中也记载一些传说故事,所以就某一小段看,《东周列国志》也有点小说味道。《东周列国志》虽然能给读者不少历史知识,但是没有能够塑造出一个经过了历史考验真正能站得住的人物形象来,它的致命弱点就在"事事皆实"上。清人蔡元放是推崇这种"事事皆实"的创作倾向的,但我们从他的《东周列国志读法》中,恰好可以看出《东周列国志》和《三国演义》等作品的区别之所在。他说:

> 《列国志》与别本小说不同。别本都是假话,如《封神》《水浒》《西游》等书全是劈空撰出,即如《三国志》(按:即《三国演义》,非陈寿《三国志》)最为近实,亦复有许多做造在内。《列国志》却不然,有一件说一件,有一句说一句,连记实事也记不了,那里还有功夫去添造。故读《列国志》全要把作正史看,莫作小说一例看了。
>
> 小说是假的,好做,如《封神》《水浒》《西游》诸书,因是劈空捏造,故可以随意补裁,联络成文。《列国志》全是实事,便只得一段一段,各自分说,没处可用补裁联络之巧了,所以文字反不如假的好看,然就其一段一段之事来看,却也是绝妙小说。

蔡元放的这种观点和我们完全不同,他是把小说当作历史来写,不允许有一点虚构，否定艺术的虚构作用。按他的路子去创作，也就没有艺术了。但他的分析从客观上也说明了《列国志》之不如《水浒》《西游》《三国》等优秀小说的原因，正是因为它"真而无假""事事皆实"。像蔡元放这样主张的人，在我国古代并非只他一个，而是有一批人的。我国古代历史演义小说，除《三国演义》外，大都艺术水平不高，类似于通俗历史，其主要原因之一，就是受这种文艺思潮的影响。然而，明清以来，我国小说理论的主流是反对这种倾向的，是充分肯定虚构的重要性和必要性的。睡乡居士《二刻拍案惊奇序》中就提出过"若云赝也，不已胜于真者乎"的问题，认识到只有充分肯定虚构，才能达到最大的真实，而胜于事实之真实。很多人看到没有"假"就不成其为艺术了。二知道人《红楼梦说梦》中说：

> 盲左、班、马之书，实事传神也；雪芹之书，虚事传神也。然其意中，自有实事，罪花业果，欲言难言，不得已而托诸空中楼阁耳。

历史著作也可以写得很好，甚至有文学色彩，但那总是"实事传神"，而艺术作品之妙正是在"虚事传神"上。这种"虚事"不是任意编造的，而是有"实事"藏于"意中"。《红楼梦》如果没有艺术家的精心虚构，是绝不可能成为如此伟大的现实主义巨著的。王希廉《红楼梦总评》中说："《红楼梦》一书，全部最要关键是'真假'二字。读者须知，真即是假，假即是真；真中有假，假中有真；真不是真，假不是假。"这不仅是对《红楼梦》中假与真关系的深刻分析，也可以用来概括我国古代艺术创作论中假与真辩证关系的论述。

三　一与万

我国古代文艺理论中所说的一与万的关系，其核心是讲的艺术形象塑造中的典型概括问题。艺术形象总是具体的、个别的，按照黑格尔的话说是一个"这个"。但是，它又有普遍性、代表性，体现着一般的意义。对于这一点，我国古代的文艺家很早就有所认识，并且从实践过程中总结出了不少具体生动的经验。所谓"一"，即是指艺术形象的个别性；所谓"万"，并非说"一万"，而是指"多"的意思，即指艺术形象的代表性。北宋的大诗人苏轼在《书鄢陵王主簿所画折枝》之一中写过这样两句诗：

谁言一点红，解寄无边春。

苏轼这首诗讲的是绘画问题，但是，“诗画本一律”，其理是相通的。从“一点红”来写出“无边春”，充分地体现了艺术的典型化特征。在自然界，每当冬去春来之际，各种各样的景象都发生了较为显著的变化，艺术家要通过自己的作品来表现春到人间的情状，不可能把它们都描写出来，也不必要把它们都描写出来。但是，艺术家可以而且也必须抓住最有特征的典型事物，通过对它的逼真描写，来显示整个无边的春色。虽然艺术家只描绘了“一点红”，然而，它却预示着无数“一点红”即将随之而出现，标志着一个桃红柳绿、百花争艳的时刻即将到来了。艺术家要善于以“一点红”来表现“无边春”，必须对现实生活作深入细致的观察和研究，他应该具有敏锐的艺术嗅觉，去找到能够充分地反映“一般”的“个别”。宋代的《王直方诗话》中曾经记载了这样一个故事：

荆公（王安石）作内相时，翰苑中有石榴一丛，枝叶茂盛，惟发一花。公诗云：“秾叶万枝红一点，动人春色不须多。”

王安石和苏轼一样，发现了“红一点”所蕴藏着的言说不尽的“动人春色”。苏轼说的是艺术作品，王安石说的是现实中的自然美，但是道理是一样的。从这两个例子中，我们也可以看到艺术上通过“一点红”来体现“无边春”，这在生活中本来就是存在的，问题是在于艺术家是否具有这种敏感，能不能从众多的生活现象中去发现它。应该说，艺术典型化的源泉是在现实生活。艺术家懂得了要通过典型的个别来反映一般的道理，那么，即是以“春色”来说，也不是只有描写“一点红”才能体现“无边春”的。比如谢灵运《登池上楼》中的名句：“池塘生春草，园柳变鸣禽。”即是通过春草、园柳、鸣禽来体现春到人间、一片喜悦之景象的。宋代陈善在《扪虱新话》中说：

唐人诗有“嫩绿枝头红一点，动人春色不须多”之句。闻旧时常以此试画工。众工竞于花卉上妆点春色，皆不中选。惟一人于危亭缥缈、绿杨隐映之处，画一美妇人凭栏而立，众工遂服。此可谓善体诗人之意矣。

用这两句诗来试画工，其意并不是让画工按诗意作画，而是要求画工能通过具体、生动、形象的个别来反映一般，创造一个具有高度典型概括性的优美艺术形象，来表现明媚的春光，这才是“诗人之意”之所在。所以，众工竞于花卉上妆点春色，进行模拟，其实并未真正懂得这两句诗的深刻含义。而于“危亭缥缈，绿杨隐映之处，画一美妇人凭栏而立”的画工，是真正体会到了这两句诗在艺术创造理论上的意义的。所以，他创造了另一个典型的“个别”来反映“一般”，终于获得了成功，使众工叹服。艺术家的任务即是要善于把这种有典型意义的“个别”挖掘出来，经过加工改造，把它生动地再现出来。通过“一”来概括“万”，“万”又借“一”而体现出来。这里包括两层意思：首先，“一点红”必须是具体、生动、形象，而具有独特性的；其次，它又能代表“万”，反映一般，具有概括性。我国古代文艺理论中对这两方面，都是十分重视的。

我国古代文艺理论中对“一”和“万”关系的辩证认识受《周易》哲学思想的影响很深。《周易》中用八卦来模拟和象征客观事物的时候，曾运用了同类相归的方法。一个卦象并不只代表一个事物，而是代表着一类事物。《易传》的《说卦》中就对卦象的含义和所象征的事物作了具体分析。如乾卦是代表天、君、父等，坤卦代表地、母、后等，离卦代表火、日、电等，坎卦代表水、月、后等。《系辞》总结易象这种特点，提出了“其称名也小，其取类也大”的问题。一个形象符号可以象征和代表一大类事物，这实质上也就是以“一”来表现“万”的方法。在这里“小”和“大”的关系也就是“一”和“万”的关系。

汉代的《毛诗大序》正是运用这种认识来分析《诗经》的创作特征的。其云：

是以一国之事，系一人之本，谓之风；言天下之事，形四方之风，谓之雅。

《毛诗大序》中这种对风、雅的解释，虽然是从儒家政教观点出发的，但是其中也包含着对文艺的典型概括作用的认识。《毛诗大序》作者认为《诗经》中的各篇诗歌，都不只是诗人个人之言、个人之事、个人之情，而是体现了"一国之事"或"天下之事"的，也即是说，诗中所写虽是个别的言、事、情，然而它却是有代表性的，有广泛的概括意义，是一国或天下之言、事、情的集中表现。唐代的孔颖达对《毛诗大序》中这几句话，作了很具体的阐述和发挥。他说：

> 言诗人作诗，其用心如此。一国之政事善恶，皆系属于一人之本意，如此而作诗者，谓之风。言道天下之政事，发见四方之风俗，如是而作诗者，谓之雅。言风雅之别其大意如此也。一人者，作诗之人。其作诗者，道己一人之心耳，要所言一人心，乃是一国之心。诗人览一国之意以为己心，故一国之事系此一人使言之也。但所言者，直是诸侯之政，行风化于一国，故谓之风，以其狭故也。言天下之事，亦谓一人言之。诗人总天下之心，四方风俗，以为己意，而咏歌王政，故作诗道说天下之事，发见四方之风，所言者乃是天子之政，施齐正于天下，故谓之雅，以其广故也。

孔颖达这段话，把《毛诗大序》的含义讲得更加清楚明白了。《毛诗大序》讲诗歌的产生是"在心为志，发言为诗"，而诗人之心并不是他个人之心，而是要"览一国之意以为己心"，诗人之所言，并非只是言个人之事，而是代表着"一国之事"的。而对于"雅"诗来说，是要以天下之心为己心，使天下之事借一人而言之。这里有受儒家传统政教观念影响之形而上学色彩，具体反映在对风、雅区别的论述上。其实，诗歌所具有的普遍意义是代表一国，还是代表天下，不是以风雅来分的。艺术作品的典型概括意义的宽和狭，主要应看它的内容所体现的现实意义之大小，而不是看它是写地方(一国)的"风"，还是写天下的"雅"。实际上，代表"诸侯之政"的许多"风"诗，远比代表"天子之政"的"雅"诗的现实意义和社会作用要大得多。但是,如果我们撇开这种儒家传统观念的影响,那么,《毛诗大序》在这里所指出的诗歌的典型概括作用,还是很有价值的。而且通过对“风”诗和“雅”诗的分析,清楚地流露出了艺术作品的普遍概括意义愈广阔愈好的思想,这也是很可贵的。这里,我们还要指出的是,孔颖达在阐述《毛诗大序》这一说法时,举出了一些具体例子,从他对这些例子的分析中,我们可以更具体地看到他对艺术的典型概括特征的认识。他说:

> 《谷风》《黄鸟》,妻怨其夫,未必一国之妻皆怨夫耳。《北门》、《北山》、下怨其上;未必一朝之臣皆怨上也。但举其夫妇离绝,则知风俗败矣。言己独劳从事,则知政教偏矣。莫不取众之意,以为己辞,一人言之,一国皆悦。假使圣哲之君,功齐区宇,设有一人,独言其恶,如弁随、务光之羞见殷汤,伯夷、叔齐之耻事周武,海内之心,不同之也。无道之主,恶加万民,设有一人,独称其善,如张竦之美王莽,蔡邕之惜董卓,天下之意不与之也。必是言当举世之心,动合一国之意,然后得为风雅,载在乐章。不然,则国史不录其文也。

孔颖达这一段分析是相当精辟而深刻的,他对艺术的典型概括作用的认识已大大超出了《毛诗大序》之意了。他在这段分析中告诉我们,艺术形象的典型概括作用,不是简单的平均数。不能认为一首诗中写了“妻怨其夫”,就是“一国之妻皆怨夫”,一首诗中写了“下怨其上”,就是“一朝之臣皆怨上”。而是指艺术作品中所揭示的思想意义具有普遍性,如“举其夫妇离绝,则知风俗败矣”,“言己独劳从事,则知政教偏矣”。艺术作品所选择的“个别”,常常是现实中很特殊的事,但要求其思想意义能反映广大群众的要求。像弁随、务光之不肯事商汤(事见《庄子·让王》篇),伯夷、叔齐之不肯事周武王,张竦草奏称颂王莽功德,蔡邕之哭董卓之死,都不是广大群众所赞同的。这些典型事例不能反映当时绝大多数百姓的意愿,就不值得用诗歌去赞美、歌颂。当然,孔颖达在这里也有一些不全面之处,像弁随、务光、伯夷、叔齐、张竦、蔡邕之类“海内之心不同之”的事,也可以作为反面典型来写的,也可以有另外一种概括意义。然而,总的来看,从孔颖达所分析的这些事例中,可以看出他对艺术作品的典型概括意义,是体会得比较深入的。他具体地指出了艺术作品怎样通过“个别”的、特殊的典型的描写,来表现普遍的、一般的意义,从而起到积极的社会教育作用。

《毛诗大序》中对艺术典型概括作用的认识,很深刻地影响了著名的诗歌理论家白居易。在白居易的诗歌理论中,也反映出了与孔颖达相类似的认识。他在《读张籍古乐府》一诗中说:

> 读君《学仙》诗,可讽放佚君;读君《董公》诗,可诲贪暴臣;读君《商女》诗,可感悍妇仁;读君《勤齐》诗,可劝薄夫淳。

又《与元九书》云:

> 凡闻仆《贺雨》诗,而众口籍籍,已谓非宜矣。闻仆《哭孔戡》诗,众面脉脉,尽不悦矣。闻《秦中吟》,则权豪贵近者相目而变色矣。闻《乐游园》寄足下诗,则执政柄者扼腕矣。闻《宿紫阁村》诗,则握军要者切齿矣。

白居易也看到了诗歌所描写的虽然是一些具体事情,但是,却有普遍的概括意义,可以起到广泛的社会作用。在他对张籍的诗和自己诗作的社会效果的分析中,充分地表现了这种认识。正是从对文艺作品的这种典型概括作用的认识出发,我国古代的文艺家一贯认为从具体的文艺作品中可以反映出一个国家的政治得失、风俗盛衰、人心向背。显然,文艺作品如果只是表现“一”,只写个人的情事,而不能代表“万”,没有普遍的社会意义,那是不可能有这样重大的社会政治作用的。我国古代对文艺作品的社会政治作用的认识,正是建立在对文艺作品的典型概括作用的认识基础之上的。

《毛诗大序》以及孔颖达、白居易等虽然表现了对艺术的典型概括作用有比较深入的认识,但主要是从艺术的社会作用、社会效果角度讲,而不是从创作的角度来讲的。从创作的角度来研究如何才能更好地进行典型概括,是从六朝才开始的。陆机在《文赋》中说:

笼天地于形内，挫万物于笔端。

五臣注云："谓天地虽大可笼于文章形内，万物虽众可折挫取其形以书于笔之端。"陆机在这里已经朦胧地感觉到了艺术的概括作用。刘勰在《文心雕龙》一书中对艺术创作的典型概括特征作了进一步的探讨。他从三个不同的角度对艺术创作中的典型概括特征作了分析。首先，刘勰从具体的艺术形象和它所体现的思想意义的关系上，提出了文艺创作中的"称名也小，取类也大"的问题。这是刘勰总结了易象的概括作用以及《毛诗大序》中对诗歌的社会意义的分析，而从创作的角度来说明如何以小取大的问题。他在《比兴》篇中说：

观夫兴之托谕，婉而成章，称名也小，取类也大。关雎有别，故后妃方德；尸鸠贞一，故夫人象义。义取其贞，无从于夷禽；德贵其别，不嫌于鸷鸟。

刘勰以具体分析《诗经》中的《关雎》和《鹊巢》两篇作品为例，说明艺术作品描写的虽然是现实中很小的个别现象，如《关雎》中写雎鸠和鸣，《鹊巢》中写尸鸠居于鹊巢，等等，然而，它们所体现的思想意义则是很大的，具有普遍的代表意义。雎鸠雄雌成对，各自有别，诗人写它们在河洲上应声和鸣，借以比喻妃子是君王的贤内助，具有美好的德行。尸鸠住于鹊巢而坚贞专一，诗人借以比喻诸侯夫人的高尚品质。刘勰对这两首诗的解释，采用的是《毛诗》之说，这不很正确。但他由此而说明艺术创作要通过描绘"小事"，而寓以"大义"，这是相当精辟的见解。艺术反映现实的特点是具体性和形象性，因此，它必然是"小"的，是"一"；然而，艺术又包含有广泛的代表意义，故而又必然是"大"的，是"万"。刘勰在这里着重是讲"兴"的方法，由此而谈到寓大于小的特点。其实，整个艺术也都是有这种特点的。刘勰在这里讲的是"比兴"，但只讲"兴"的寓大于小，不讲"比"的寓大于小，这是什么缘故呢？这一点他在《比兴》篇中是有明确回答的。他说自从辞赋兴起之后，特别是汉赋虽然用了比的方法，但只是一些具体的形象比喻。"或喻于声，或方于貌，或拟于心，或譬于事"，很少能寓有广泛的社会内容、深刻的思想意义。他说："若斯之类，辞赋所先，日用乎比，月忘乎兴，习小而弃大，所以文谢于周人也。"可见，他是有鉴于汉赋的形式主义倾向，"习小而弃大"，不能赋予艺术形象以巨大的思想内容，缺乏概括意义，所以才不讲"比"的以小寓大的作用的。当然，艺术之不能以小寓大，以一寓万，并非用"比"忘"兴"之故，但是，刘勰能够强调和提倡以小寓大，反对"习小而弃大"，这是难能可贵的。

其次，刘勰指出了艺术创作应当通过对现实生活景象中的个别的特征的描写，来展现整个现实生活景象，以简要的笔墨，来画出丰富而完整的形象图画。这就叫："以少总多，情貌无遗。"他在《物色》篇中说：

> 故灼灼状桃花之鲜，依依尽杨柳之貌，杲杲为出日之容，瀌瀌拟雨雪之状，喈喈逐黄鸟之声，喓喓学草虫之韵。皎日嘒星，一言穷理；参差沃若，两字连形。并以少总多，情貌无遗矣。

这是从具体的艺术描写上来说的。艺术描写现实必须"以少总多"，善于抓住客观对象具有典型性的特征，对它作切中要害的真实描写，这样就可以把客观对象的形貌神态生动地再现出来。客观存在的现实事物，即从一个具体对象来说，它也有许多不同的侧面，有各种不同的具体形相和特征。艺术家如果想把它们都详尽地描绘出来，那样也太烦琐了，而且反而会使人不得要领。但是，如果能抓住现实事物的典型特征，就能够概括其本质，做到传神写照，情貌无遗。比如《诗经》中就有许多生动的例子。诗人善于通过简要的笔墨来创造一个艺术的意境，虽然只用两个字，如灼灼、依依、杲杲、瀌瀌、喈喈、喓喓等，却把桃花之鲜、杨柳之貌、出日之容、雨雪之状、黄鸟之声、草虫之韵，描绘得淋漓尽致，使人感到仿佛是身临其境一般。这样的描写，既尽物态，又得物理，形神俱备，逼真如画。当然，我们也应该看到，刘勰所说的"以少总多"，还只是停留在对自然景色的描绘上，而并没有深入社会生活内容的描写上。社会生活显然是要复杂得多的，因而，对它们进行"以少总多"的描写，自然也就更加困难了。所以，我们说刘勰这种"以少总多"说，还只是对艺术描写现实的典型概括特征有些初步的认识。

最后，刘勰还从作家的艺术构思过程，分析了艺术创造中通过个别来反映一般的特征。他在《文心雕龙·隐秀》篇中提出了“言之秀矣，万虑一交”的问题。前面我们在分析“隐秀”时已经指出，“秀”即是指艺术形象，“言之秀矣”，即是指用语言构成的艺术形象。而所谓“万虑一交”，则正是说的艺术构思过程中，作家经过对无数纷繁复杂的现实生活现象的反复思虑，最后凝聚成为一个生动的艺术形象。这个艺术形象的产生是艺术家从“万虑”中集中、概括、提炼，而后才获得，即“一交”的。艺术家要把现实中的千景万象熔铸到一个生动的艺术形象中去，这是很不容易的，但又是艺术创造的必经过程。李公麟画马而胸中有千驷，文与可画竹而胸中有千亩修竹，韩幹画马而以厩中万马为师，都是艺术创造中融“万”于“一”的表现，是艺术家概括了广泛的现实生活内容，通过具体的个别的形象来表现的结果。

上述三个方面，不管是小中寓大也好，以少总多也好，万虑一交也好，讲的角度尽管各不相同，但问题的实质都是一致的，说明艺术作品都是典型概括的产物，都要通过个别来反映一般。刘勰的这些论述虽然还是比较表面、比较幼稚的，但从文艺思想的发展角度来看，则是很先进的，而且是很有创造性的，给后代文艺家以很大启发，对他们进一步深入探讨艺术的典型概括特征，有重要的促进作用。

唐代的刘禹锡就发挥了刘勰这些思想，提出了“片言可以明百意，坐驰可以役万象，惟工于诗者能之”（《董氏武陵集纪》）的问题。后来薛雪在《一瓢诗话》中解释“片言可以明百意”指的是“诗之用”，而“坐驰可以役万象”指的是“诗之体”。也就是说，刘禹锡这两句话是从诗的社会功用和诗的创作两方面来说明其典型概括作用的。前一句讲的即是“称名也小，取类也大”的问题，也是“以少总多”的问题，后一句讲的即是“万虑一交”的问题。唐末的司空图在《二十四诗品》中更加明确地提出了诗歌艺术境界创造上的“万取一收”问题。其“含蓄”一品写道：

> 不著一字，尽得风流。语不涉己，若不堪忧。是有真宰，与之沉浮。如渌满酒，花时返秋。悠悠空尘，忽忽海沤。浅深聚散，万取一收。

司空图在这里对“含蓄”这种诗歌艺术境界作了生动的形象化的描绘。他指出这种“含蓄”诗境的特点是“不著一字,尽得风流”,“浅深聚散,万取一收”。孙联奎《诗品臆说》中对此有一段很好的解释。他说道:“万取,取一于万,即‘不著一字’;一收,收万于一,即‘尽得风流’。”这个解释可以帮助我们具体地了解“万取一收”的含义。诗境的创造是诗人从千景万象中选择、综合而获得的,它虽是一境,却可以概括千景万象。“万”集中于“一”,“一”代表着“万”。这就是“一”和“万”的辩证关系。司空图所说的“万取一收”比刘勰更进一步的地方,是在他是针对诗境的创造来说的,亦即是说,他是就整个艺术形象的塑造来说的,而不是仅仅指具体的艺术描写上的概括性。因此,这“万取一收”可以包括刘勰所说的小中寓大、以少总多、万虑一交等几个方面的意思在内。从完整的总体艺术形象上来讲“一”和“万”的关系,这就比从某些角度涉及这个问题,要大大地提高了一步。司空图在“洗炼”一品中说这种诗境的创造过程,“如矿出金,如铅出银”,说明这个“一”不仅是出于“万”,而且是“万”中之精华,是艺术家从众多的生活景象中加工提炼出来,而又高于一般的生活景象的。前面我们说的苏轼和王安石对“一点红”和“无边春”的关系的论述,正是对司空图这种“万取一收”思想的具体运用。后来,清代的王士禛在《渔洋诗话》中所说的“一滴水可知大海味也”,正是对司空图的“万取一收”说的形象化表述。这“一滴水”即是“一”,而“大海”则是由亿万滴水汇成的,这就是“万”。从“一滴水”可以知道“大海味”,“大海味”亦要通过“一滴水”体现出来。文艺作品所描绘的,只是广阔的现实生活中的一部分,一个小的侧面,如果说广阔的现实生活是大海的话,那么,文艺作品就只是“一滴水”,但是这“一滴水”却可以反映广阔的现实生活内容。艺术的这种典型概括作用,刘熙载在《艺概·诗概》中称之为“小中见大”“借端托寓”。他说:

以鸟鸣春,以虫鸣秋,此造物之借端托寓也。绝句之小中见大似之。

绝句意法,无论先宽后紧,先紧后宽,总须首尾相衔,开阖尽变。至其妙用,惟在借端托寓而已。

以鸟、虫鸣春、秋,即借端托寓。借鸟虫之端,小也;托春、秋之寓,大也。这就是通过个别来体现一般。我国古代诗歌中的绝句,最讲究通过片段的现实情景的描写,来托寓深远的意义。它虽然只有凝练的四句话,却可以构成含蓄的意境,做到"言有尽而意无穷"。比如王昌龄的《长信秋词》写道:

> 奉帚平明金殿开,且将团扇共徘徊。玉颜不及寒鸦色,犹带昭阳日影来。

诗人写的是汉成帝时班婕妤失宠后在长信宫打扫宫殿,看到寒鸦从昭阳殿方向飞来这一情景,然而,它却把班婕妤的忧怨心情非常充分地寄寓出来了,更重要的是它写的虽是班婕妤的心情,实际上也代表了一切失宠嫔妃所共有的忧怨悲哀之情。

我国古代文艺理论中对"一"和"万"关系的论述,不仅是重视了艺术形象以"一"驭"万"的概括作用,而且特别重视"万"寓于"一"的个别性特征。从实际创作中说,如何做到使"一"具有自己独特的特点,是更被注意的。明代谢榛在《四溟诗话》中曾特别强调诗歌创作要做到"异其异",实质上也正是说的艺术形象要有自己独特的个别性问题。他说:

> 夫情景有异同,模写有难易,诗有二要,莫切于斯者。观则同于外,感则异于内,当自用其力,使内外如一,出入此心而无间也。景乃诗之媒,情乃诗之胚,合而为诗,以数言而统万形,元气浑成,其浩无涯矣。同而不流于俗,异而不失其正,岂徒丽藻炫人而已。然才亦有异同,同者得其貌,异者得其骨。人但能同其同,而莫能异其异。吾见异其同者,代不数人尔。

谢榛在这里所提出的"以数言而统万形",也即是以一驭万,以少总多之意。但他这一段论述的重点是在说明这"数言"的描写,必须能够"异其同",具有自己的独特之处。他认为艺术形象的塑造,要做到"同其同",是比较容易的,然而要做到"异其异",则是比较难的。但是,艺术创作的关键也正是在这一点上。因为,“同者得其貌,异者得其骨”,只有能做到“异”,方能反映其本质特点,而具备独立存在的价值。艺术创作必须要以新颖独特的“数言”去统“万形”,这样也才能有迷人的艺术魅力。

这种以“一”驭“万”,又更侧重在“一”的特殊性的典型概括思想,在我国古代小说理论中也有很突出的反映。它主要体现在关于小说人物形象塑造的理论上。在李贽、金圣叹、毛宗岗等的著名的小说评点中,都特别强调我国古典小说中善于刻画具有特殊个性的人物形象来体现现实生活中同类人物的特点。容与堂本《水浒传》第二十四回回评道:

> 说淫妇便像个淫妇,说烈汉便像个烈汉,说呆子便像个呆子,说马泊六便像个马泊六,说小猴子便像个小猴子,但觉读一过,分明淫妇、烈汉、呆子、马泊六、小猴子光景在眼,淫妇、烈汉、呆子、马泊六、小猴子声音在耳,不知有所谓语言文字也。何物文人,有此肺肠,有此手眼!若令天地间无此等文字,天地亦寂寞了也。

潘金莲、武松、武大郎、王婆、郓哥在《水浒传》写武松那一部分中,都是非常生动的人物,各有自己异常鲜明的个性特征,同时又都充分地体现着社会上淫妇、烈汉、呆子、马泊六、小猴子这些不同类型人物的共同本质特征。他们既是有某些代表性的人物,又是具体的“这一个”。这些人物之所以写得好,就是因为他们各有自己的“异”。《水浒传》第二十回写阎婆和她女儿阎婆惜也是非常生动传神的。金圣叹评道:

> 写淫妇便写尽淫妇,写虔婆便写尽虔婆,妙绝。

此所谓“写尽”,正是说的小说人物形象塑造上的以“一”驭“万”特点。通过特殊的、个别的阎婆“写尽”了天下虔婆的本质;通过特殊的、个别的阎婆惜“写尽”了天下淫妇的本质。对此,金圣叹还作过具体分析。他说:

> 如何是写淫妇便写尽淫妇?看他一晚拏班做势,本要压伏丈夫,及至压伏不来,便在脚后冷笑,此明明是开关接马,送俏迎奸也。

无奈正接不着，则不得已，乘他出门恨骂时，不难撒娇撒痴，再复将他兜住。乃到此又兜不住，正觉自家没趣，而陡然见有赃物，便早把一接一兜面孔一齐收起，竟放出狰狰食人之状来，刁时便刁杀人，淫时便淫杀人，狠时便狠杀人，大雄世尊号为花箭，真不诬也。

如何是写虔婆便写尽虔婆？看他先前说得女儿恁地思量，及至女儿放出许多张致来，便改说女儿气苦了，又娇惯了。一黄昏嘈出无数说话，句句都是埋怨宋江，怜惜女儿，自非金石为心，亦孰不入其玄中也。明早骤见女儿被杀，又偏不声张，偏用好言反来安放，直到县门前了，然后扭结发喊，盖虔婆真有此等辣手也。

金圣叹非常具体地剖析了《水浒传》这一回具体描写中如何通过个别的、生动的形象，把淫妇、虔婆的本质活灵活现地呈现出来。金圣叹对《水浒传》的赞扬，最主要的是认为它所写的人物个性极为鲜明，而它的共性则是寓于这些独特的个性之中的。故而他在《读法》中说："只是贪他三十六个人，便有三十六样出身，三十六样面孔，三十六样性格。"总之，力求把人物写得无一个相同，而又能反映某一类人的共同特点，这是《水浒传》的最重大艺术成就，也是我国古代小说理论中所注意的中心。从"一"和"万"的关系来说，即是要在肯定"一"中要寓"万"的前提下，着重强调"一"的个别性特点。这和在形神关系上讲究以"得其意思之所在"的特殊之形来传神，其精神实质是一致的。

四 虚与实

虚和实的关系在我国古代文艺理论中有几种不同的含义，比较常见的有以下三种：一是指艺术形象塑造中的实的部分和虚的部分，亦即艺术形象中的具体的有形的描写和由它所引起的联想所构成的虚的无形的部分。二是指虚构和真实的关系，亦即我们前面已经说过的假与真的关系。三是指文学作品（主要是诗词）中的虚字和实字所起的不同作用。我们在这里主要分析第一种含义上的虚和实，第三种含义也涉及艺术形象的塑造，因此也要附带论及。艺术形象塑造上的虚和实相结合，是我国古典美学的重要特征，也是我国古代文艺创作理论中具有民族特色的重要内容之一。虚实结合的重点是强调虚的作用。在艺术形象塑造中要使实的描写能引导人产生某种必然的联想,从而构成一个虚的境界,使实的境界和虚的境界相结合,从而形成更加丰富的生动艺术形象。这种艺术表现特征在我国古代的艺术创作中非常突出。比如,我国古代的书法艺术讲究空间布白之美,所谓"计白以当黑,奇趣乃出"(包世臣《安吴论书》),要求把整个书法画面上的有字部分和无字部分有机地结合起来,使"点画之间皆有意"(王羲之语,见《法书要录》引),以构成强烈的美感。梁武帝萧衍在《观钟繇书法十二意》中提出要有"字外之奇",就是强调书法要通过有形的字引起人们的联想,从而形成字外之意境。我国古代的绘画很注意发挥画面上空白之处的作用,把有画部分和无画部分(即空白部分)结合起来,让有画部分引起观赏者的联想,使空白之处产生无形之画,这样就能做到无画而有画,使"画中之白即画中之画,亦即画外之画"(华琳《南宗抉秘》)。这样,就能够做到"画在有笔墨处,画之妙在无笔墨处"(戴熙《习苦斋画絮》),从而产生"虚实相生,无画处皆成妙境"(笪重光《画筌》)的生动景象。我国古代的诗歌创作讲究要有"象外之象,景外之景",要通过具体的艺术描写,引起人的丰富联想,从而在象外构成一个虚的境界,也就是刘禹锡所说的要使"境生于象外"。我国古代戏剧中这种虚实结合的艺术表现方法运用得更为突出。我国古代的戏剧、舞台上没有什么布景,室内室外、下雨下雪、骑马乘船、山水风景,全都靠演员的手势和动作来虚拟,然而它却非常逼真,甚至比有实景布置得更具有真实感。比如梁祝故事中之十八相送,处处景色全是虚设,却能使人如入画中。《白蛇传》中许仙和白娘子、小青在西湖相会,湖中划船、下雨,也都是虚拟的,但使人能清晰地看到这一幅画面。我国古代小说创作中,在人物形象塑造上经常运用虚写与实写相结合的方法,使人物形象更加活灵活现,如闻其声,如见其形。因此,总结我国古代关于虚和实的艺术理论,给以科学的分析,是非常重要的,可以更好地发扬我们民族的优秀艺术传统。

在艺术表现上强调虚的作用,讲究虚实结合,这在我国文艺思想发展史上很早就有所表现,有它的深刻的历史渊源。它主要是受道家的文艺和美学思想影响的产物。艺术表现上的虚和实的关系,是在老庄哲学中所讲的无和有的关系基础上逐渐发展起来的。老庄所理想的“大音希声”和“大象无形”的艺术境界,即是建立在“有无相生”,以“无”为本的哲学思想基础上的。艺术上的“无声之乐”和“有声之乐”的关系,“无形之象”和“有形之象”的关系,实质上就是形而上的“道”和形而下的“物”的关系,也就是“无”和“有”的关系之一种表现。老庄认为“有无相生”,而“有”是生于“无”的,“无”是处于主导地位的。老子说:

> 三十辐共一毂,当其无,有车之用。埏埴以为器,当其无,有器之用。凿户牖以为室,当其无,有室之用。

他以车轮、器皿、房屋作比喻,说明:没有车毂中间的空隙,就没有车轮的作用;没有陶土器皿中间的空处,就没有器皿的作用;没有房屋中央的空间,就没有房屋的作用。老子看到了“无”和“有”之间的辩证关系,但是他过分地强调了“无”的作用,把这两者的主次关系搞颠倒了。庄子在这一点上走得更远,认为“万物出乎无有,有不能以有为有,必出乎无有”(《庚桑楚》)。为此,他在艺术上肯定“无声”“无形”“无字”的境界,而否定“有声”“有形”“有字”的境界。

但是,实际上从老子所举的三个例子中,我们可以看到恰恰是说明“无”是依赖“有”的,“有”比“无”更重要。没有车轮的辐和毂,怎么能构成车毂中间的空隙呢?没有陶土器皿,也就不会有它中间盛物的空处,没有房屋四周的墙和门窗,显然也就不存在房屋中央的空间。艺术上也是如此,“无声”“无形”“无字”的境界是要依赖于一定的“有声”“有形”“有字”才能产生的。比如白居易在《琵琶行》中写道:

> 大弦嘈嘈如急雨,小弦切切如私语;嘈嘈切切错杂弹,大珠小珠落玉盘;间关莺语花底滑,幽咽流泉水下难。冰泉冷涩弦疑绝,疑绝不通声暂歇。别有幽愁暗恨生,此时无声胜有声。银瓶乍破水浆迸,铁骑突出刀枪鸣。曲终收拨当心画,四弦一声如裂帛;东舟西舫悄无言,唯见江心秋月白。

在一种特定的条件下,“无声”确比“有声”更能深刻地体现琵琶女的感伤心情。然而这种“无声”的境界并不是偶然产生的。白居易说“此时”的“无声”比“有声”更妙,而“此时”的“无声”境界正好是处于两个“有声”高潮的中间,并且是依靠这两个有声高潮而出现的。如果没有前面“大珠小珠落玉盘”的“有声”高潮的引导,没有“幽咽流泉水下难”的过渡,没有后面“银瓶乍破水浆迸”的“有声”高潮的呼应,也就不可能构成“此时无声胜有声”的境界,人们也就无法领会到“无声”中包含的意义。可见,“无声”还是要依赖于“有声”的,“无声”境界的内容,它所引起人的想象,是要受这前后两个“有声”高潮的制约的。“无声”是建立在“有声”的前提之下,是“有声”的进一步发展的结果。不过,老庄虽然把“无”和“有”的主次关系搞颠倒了,但是他们重视“无”的重要作用这个思想对艺术却产生了广泛而深远的影响。

老庄从以“无”为本出发,把艺术上“有声”和“无声”“有形”和“无形”“有字”和“无字”的关系,看作是必须抛弃前者才能获得后者,前者是后者的障碍。这种主张显然是错误的。在这方面,汉代的《淮南子》对老庄的绝对化倾向有所克服。《淮南子》在美学思想上继承和发挥了老庄关于“无”和“有”的论述,但是,它不否定“有”,而是着重阐明应当由“无”来主宰“有”。它认为音乐上的“无声”是“有声”之君,“无声”主宰着“有声”。对艺术领域来说,“无形”是“有形”之君,“无形”是主宰“有形”的。《齐俗训》云:“故萧条者,形之君也;寂寞者,音之主也。”《泰族训》云:“使有声者,乃无声也。”《原道训》云:“夫无形者,物之大祖也;无音者,声之大宗也。”“是故视之不见其形,听之不闻其声,循之不得其身。无形而有形生焉,无声而五音鸣焉,无味而五味形焉,无色而五色成焉。是故有生于无,实出于虚。”《淮南子》虽然也强调以“无”为本,但并不把“有”看作达到“无”的障碍,不否定“有”。它强调“虚”的重要作用,但不排斥“实”,这种思想对艺术的影响更为直接。因为艺术上虽然要发挥“虚”的作用,但决不能否定“实”;否定了“实”,也就没有了艺术,自然也就谈不到“虚”的作用问题了。

从艺术形象塑造的角度所说的虚和实的关系,在我国古代文艺理论中经常讲到的,大致有以下三种情况:

一是以实出虚。通过部分有形的实的描写,借助于艺术的比喻、象征、暗示等作用,引导人产生一种必然的联想,从而传达出一种虚的境界,使实的部分和虚的部分结合而形成完整而丰满的艺术形象。比如《图画见闻志》记载宋代著名山水画家郭忠恕,一日乘醉在大幅素绢的一角画"远山数峰",别处都是空白,使人们从"远山数峰"而想象出山峦起伏的浩瀚气势。后来在文艺上遂以郭忠恕画天外数峰传为美谈。王士禛在《香祖笔记》等著作中,就一再引王楙《野客丛书》中所说:"郭忠恕画天外数峰,略有笔墨,然而使人见而心服者,在笔墨之外也。"认为这个说法"得诗人三昧"。郭忠恕这幅画之所以对我国古代文艺理论产生了这么大的影响,正是因为他能以实景出虚景。天外数峰本身并不很难画,也不一定成为杰出的作品。它的可贵之处,是郭忠恕能借助于天外数峰的象征、暗示作用而使画面的大片空白之处也无画而有画,在人们心目中展现了一幅山峰若隐若现、云水缭绕翻滚的生动图画。这种由具体的实景而联想产生的虚的幻景,即是发挥艺术形象塑造上的虚的作用而产生的。这"实"的"天外数峰"就和"虚"的山峦和云水,互相结合,共同构成一幅河山浩瀚、气势壮阔的形象图画。这种由实而出虚的艺术表现方法,王士禛在关于诗的创作中曾作过一个十分生动形象的比喻。赵执信在《谈龙录》中有过这样一段记载,他说:

> 钱塘洪昉思(昇)久于新城之门矣。与余友。一日,并在司寇宅论诗。昉思嫉时俗之无章也,曰:"诗如龙然,首尾爪角鳞鬣,一不具,非龙也。"司寇(即王士禛)哂之曰:"诗如神龙,见其首不见其尾,或云中露一爪一鳞而已,安得全体?是雕塑绘画者耳。"余曰:"神龙者屈伸变化,固无定体,恍惚望见者,第指其一鳞一爪,而龙之首尾完好,故宛然在也;若拘于所见,以为龙具在是,雕绘者反有辞矣。"昉思乃服。

王士禛认为画龙可以比喻作诗,真正的神龙,不必画出全体,而只要画云雾中露出的"一鳞一爪"就行了。这"一鳞一爪"是"实"的部分,而由此产生的对龙的全体的想象,就是"虚"的部分。这"实"的"一鳞一爪"和云雾中由想象而得的龙的虚的部分，互相结合，就构成为生动逼真的活的龙的形象。洪昇的艺术表现方法，完全是实的描绘，而王士禛的艺术表现方法，则是虚实结合而重在虚的表现方法。这种以实出虚的艺术表现特点的关键，是要使“实”的部分必须能引起人们的一种联想，以导致人们在自己脑海中出现与作者所要表达的情景相一致的虚的境界。显然，不是任何一种“实”的景象的描绘都能产生这样的效果和作用的。要使这种“实”的描写能出虚的效果，首先在艺术家的心目中必须有包括虚的境界在内的完整艺术形象在。画出来的虽是龙之“一鳞一爪”，但是脑子里应当有“神龙”的全体在。此点赵执信已经讲得很清楚了。其次，艺术家所描写的具体的“实”的部分必须具有一种比喻、象征、暗示作用，能够启发人的联想。我国古代诗歌艺术中注重“言外之意”“言有尽而意无穷”，正是要发挥艺术上联想的作用，而使虚实结合，故有不尽之味。比如李白所写乐府诗中的名篇《玉阶怨》一诗云：

玉阶生白露，夜久侵罗袜。却下水精帘，玲珑望秋月。

诗人在这里描写了一位女子深夜怀念远出未归亲人的那种幽怨心情。但是，诗人并没有具体描写这种怨情，而是通过夜幕转深，白露湿袜，女子放下水精帘，隔帘而望皎皎明月这些“实景”，以“夜久”来比喻女子思念之深切，以“秋月”来象征女子悲凉之心境，从而把那种幽怨之情生动地暗示出来了。故而萧士赟赞此诗曰：“无一字言怨，而隐然幽怨之意见于言外。”（见《李太白集》王琦注引）王士禛在《渔洋诗话》中说：“柳子厚‘渔翁夜傍西岩宿’一首，如作绝句，以‘欸乃一声山水绿’结之，便成高作，下二句真蛇足耳；而盲者顾称之，何耶？”王士禛这个说法，也是从强调发挥诗歌艺术描写上的“虚”的作用，反对把诗写得太实太具体出发的。此亦反对把龙之首尾爪角鳞鬣都画出来之意。柳宗元的《渔翁》诗云：

渔翁夜傍西岩宿，晓汲清湘燃楚竹。烟销日出不见人，欸乃一声山水绿。回看天际下中流，岩上无心云相逐。

这首诗的末句用的是陶渊明《归去来辞》中“云无心而出岫”之意,表示渔翁与世无争,怡然自乐的处世态度。然而,诗的前四句已经把渔翁的这种精神境界很形象地表现出来了,有如陶渊明之“采菊东篱下,悠然见南山”,以及王维之“行到水穷处,坐看云起时”一般,完全用不着再写这两句。这首诗前四句的“实”的形象描写中,已经暗示出了这两句诗的意思,不必再把它如实地写出来了。写了这两句反而对读者的联想内容起一种限制的作用,所以说是“蛇足”。这一点,惠洪在《冷斋夜话》中说,苏轼早就指出此诗“其尾两句,虽不必亦可”。王士禛当是对苏轼之论的进一步发挥。

二是化实为虚。诗歌创作中古人经常运用这样的艺术表现手法,即是把自然界的实的景物,通过艺术描写,化为作家虚的情思。此点我们在第二章论意境的美学特征时已作过分析,此处从虚实结合角度再作一些补充论述。宋代范晞文在《对床夜语》卷二中说:

(周伯弜)“四虚”序云:“不以虚为虚,而以实为虚,化景物为情思,从首至尾,自然如行云流水,此其难也。否则偏于枯瘠,流于轻俗,而不足采矣。”姑举其所选一二云:“岭猿同旦暮,江柳共风烟。”又“猿声知后夜,花发见流年。”若猿,若柳,若花,若旦暮,若风烟,若夜,若年,皆景物也,化而虚之者一字耳,此所以次于“四实”也。

强调化实为虚,使虚实有机地结合,和当时诗坛上那种割裂情景,强分虚实的形而上学创作风气相比,是一个大进步。宋代一些讲诗法者,往往规定一些机械的、死板的格式。比如说诗歌中情是虚,景是实,虚实结合的一种方法就是一句情一句景。律诗中间对偶的四句,必须两句言景,两句言情,言景在前,言情在后。又有所谓“四实”,即四句全是言景,“四虚”即所谓四句皆言情。在现实生活中,景物是实的,情思是虚的,但是在艺术作品中,则是景中有情,情中有景,实中有虚,虚中有实,不能把情景、虚实截然分开的。黄宗羲在《景州诗集序》中说:

周伯弜之注三体(唐)诗也,以景为实,以意为虚。此可论常人之诗,而不可以论诗人之诗。诗人萃天地之清气,以月露风云花鸟为其性情,其景与意不可分也。月露风云花鸟之在天地间,俄顷灭没,而诗人能结之不散;常人未尝不有月露风云花鸟之咏,非其性情,极雕绘而不能亲也。

黄宗羲指出"诗人之诗"和"常人之诗"的区别,即在于"常人"不能借景物来体现情思,不能把景物之实和情思之虚紧密地结合起来,写景只是写景,"非其性情";而"诗人"则写景即其性情,"景与意不可分",实和虚是统一在形象中的。周伯弜虽然在对情景、虚实的总的看法上是形而上学的,但就范晞文所引部分看来,在指出虚的描写不一定都是以虚为虚,可以化实为虚,化景物为情思这一点上,则和黄宗羲的基本意思是一致的。

景物是具体的,实的,如果只是把它当作照相一般地描写在艺术作品中,那就是死板的、单调的,然而,如果把它作为艺术家的情思之所寄托,它就活了,丰富了,有了生气。原来是美的景物更加美了,原来说不上什么美的景物,也变得美了。景物原来只有它本身那么一点固定的意义,有了作家情思的寄托之后,它的意义就变得无穷无尽了,可以用读者的想象不断地丰富它。马致远的散曲《天净沙》云:"枯藤、老树、昏鸦,小桥、流水、人家,古道、西风、瘦马。夕阳西下,断肠人在天涯。"前三句中每句均是三种景物名称,作者未作任何描绘之语,而境界自出。经过后两句点出主题,这九种景物遂均变为沦落天涯断肠人的愁思,全带上了忧伤的情调。表面上写的全是实景,实质上都成为愁思之表现,故古人说它是"秋思之祖"。王国维《人间词话》中曾说:"寥寥数语,深得唐人绝句妙境。"实化为虚,诗歌就有言说不尽的滋味。因此,我国古代文艺家认为诗歌创作不宜于太实,必须虚实结合,充分体现虚的作用,才能成为好诗。谢榛在《四溟诗话》中说:

写景述事,宜实而不泥乎实。有实用而害于诗者,有虚用而无害于诗者。此诗之权衡也。

予与李元博秋日郊行,荆榛夹径,草虫之声不绝。元博曰:"凡秋夜赋诗,多用'蛩螀'而昼则弗用,何哉?"予曰:"此实用而害于诗,所谓'𪛊子在颡则丑'是也。"

贯休曰:"庭花蒙蒙水泠泠,小儿啼索树上莺。"景实而无趣。太白曰:"燕山雪花大如席,片片吹落轩辕台。"景虚而有味。

谢榛在这里所说的"实用而害于诗"以及"虚用而无害于诗"的意思,可以从他所举的两个具体例子的分析中看得很清楚。为什么秋夜赋诗多用蟋蟀寒蝉,而白天赋诗则不用呢?因为秋夜虫声常常引起人更加深切的愁思,此时写虫声,实际非在虫声,而在表现愁思之不尽,而白天如写蟋蟀寒蝉之声,则没有这种效果,不易把虫声与愁思相联也。"𪛊子在颡则丑","蛩螿"在白天就不像在夜晚那样能触动人的愁思之切也。可见,实用之害与虚用之无害,正是在于能否在景物中寄托作家情思。贯休之诗所以"景实而无趣",即在就景写景,而不能把景物人化。而李白之诗所以"景虚而有味",不仅是因为用了夸张手法,更主要的是这种景物的描写,已经成为诗人情思的寄托,使人感到有含蓄不尽之余味。

三是以虚出实。在塑造艺术形象的过程中,虚实结合的另一个重要表现是,常常通过以侧面的间接的描写为主,而以正面的直接的描写为辅的方法,来突出艺术形象的特征。前者称为虚写,后者称为实写。这种虚实结合的表现形式,在诗歌、小说、戏剧中都有,但在小说、戏剧创作中体现得尤为突出。这种以虚出实的表现方式和前面所说的以实出虚的方式正好相反,但是,其艺术效果则是一致的,都是要把具体的实的景象和想象的虚的景象结合起来。从诗歌创作上来说,王夫之在《诗绎》中曾有过一段生动具体的论述。他说:

唐人《少年行》(《全唐诗》作《青楼曲》)云:"白马金鞍从武皇,旌旗十万猎长杨。楼头少妇鸣筝坐,遥见飞尘入建章。"想知少妇遥望之情,以自矜得意,此善于取影者也。"春日迟迟,卉木萋萋;仓庚喈喈,采蘩祁祁。执讯获丑,薄言还归。赫赫南仲,玁狁于夷。"其妙正在此。训诂家不能领悟,谓妇方采蘩而见归师,旨趣索然矣。建旌旗,举矛戟,车马喧阗,凯乐竟奏之下,仓庚何能不惊飞,而尚闻其喈喈?六师在道,虽日勿扰,采蘩之妇亦何事暴面于三军之侧邪?征人归矣，度其妇方采蘩，而闻归师之凯旋，故迟迟之日，萋萋之草，鸟鸣之和，皆为助喜；而南仲之功，震于闺阁，室家之欣幸，遥想其然，而征人之意得可知矣。乃以此而称“南仲”，又影中取影，曲尽人情之极至者也。

和历代的经生家相比，王夫之对《小雅·出车》末章的分析，是比较正确的。此章本旨是写大军凯旋之时，征人的喜悦欣幸心情，然而诗人并不直接写征人的欣喜状况，而是描写了征人归途中想象他妻子在看到他们凯旋场面时的无比欣喜心情，借此来间接地衬托出征人当时的心情。征人归途上所想象的内容都是虚的，但它却反映出了征人胜利归来之时，自己欣喜欢愉的实情。王昌龄的《青楼曲》亦是如此。跟从皇帝狩猎的武士，想象其妇遥望他们队伍的威武，及其夫的雄姿，为此而感到骄傲。而这实际上是写武士本人的自矜之情，只不过是通过想象其妇之自矜来间接地加以衬托罢了。

这种以虚出实的表现方式，在小说中是经常运用的。比如毛宗岗在评点《三国演义》中，就很注意其中虚写和实写相结合的这种描写人物形象的特点。《三国演义》第五回写袁绍率各路诸侯讨伐董卓，与董卓手下名将华雄交战，其中着重刻画关云长的勇武卓群，即是运用的这种以虚出实的方法。作者为了突出关云长的形象，首先强调了华雄的英勇气概，而写华雄，只有刚出场斩鲍忠、战孙坚是实写，其他都是虚写。如华雄刀斩袁绍手下俞涉、潘凤等，都是通过探子报信，从探子口中间接描写的。华雄威风，致使“众皆失色”，袁绍甚至感叹：“可惜吾上将颜良、文丑未至，得一人在此，何惧华雄！”这些其实又都是为衬托关羽之英勇而写的。到写关羽之温酒斩华雄，又完全是虚写。作者没有直接描绘关羽与华雄之战的具体情况，只是写“众诸侯听得关外鼓声大振，喊声大举，如天摧地塌，岳撼山崩，众皆失惊。正欲探听，鸾铃响处，马到中军，云长提华雄之头，掷于地上。——其酒尚温”。显然，这里从写诸侯闻战鼓听喊声来间接地写关羽斩华雄，比从正面实写的效果要更好，它给人以极丰富的想象余地，使关公的英雄形象更加高大了。毛宗岗在对这段描写的评论中，着重说明了这就是“虚写”与“实写”相结合的艺术效果。又比如第三十七回写刘备三顾茅庐，其目的主要在刻画诸葛亮，但诸葛亮并未出现，作者通过描写诸葛亮住处的环境，诸葛亮的童子、友人、弟弟、岳父，从侧面来烘托诸葛亮的形象，纯用虚写。故毛宗岗评道：

> 此篇极写孔明，而篇中却无孔明。盖善写妙人者，不于有处为，正于无处写。写其人如闲云野鹤之不可定，而其人始远；写其人如威凤祥麟之不易睹，而其人始尊。且孔明虽未得一遇，而见孔明之居，则极其幽秀；见孔明之童，则极其古淡；见孔明之友，则极其高超；见孔明之弟，则极其旷逸；见孔明之丈人，则极其清韵；见孔明之题咏，则极其俊妙。不待接席言欢，而孔明之为孔明，于此领略过半矣！

孔明出场之前，读者对他的思想性格早已有了清晰的印象。脂砚斋在评《红楼梦》中也指出了人物塑造上这种虚实结合的描写特点。如书中对宝玉的描写即是如此。作者在描写贾宝玉出场之前，已经对他的思想性格特征采用了“虚写”的方式点出来了。先是通过冷子兴之口交代了一个大概，说这位衔玉而生的公子，从小就喜欢脂粉钗环，并且说见了女儿清爽，见了男子便觉浊臭。然后是在林黛玉初到贾府时，从王夫人向黛玉介绍宝玉情况，来进一步写宝玉的性格特征，说宝玉是一个“孽根祸胎”“混世魔王”。然后黛玉又想起她母亲未死之前曾经对她说过的一番话，说“有个内侄，乃衔玉而生，顽劣异常，不喜读书，最喜在内帏厮混，外祖母又溺爱，无人敢管”。这样，宝玉虽尚未出场，而黛玉心中、读者心中则已有一个活的宝玉形象在了。所以，脂砚斋在王夫人谈宝玉一段话下评道：“不写黛玉眼中之宝玉，却先写黛玉心中已毕有一宝玉矣，幻妙之至。只冷子兴口中之后，余已极思欲一见，及今尚未得见，狡猾之至。”这不是作者狡猾，而正是虚写之妙。当读者心中已有一宝玉之后，再写宝玉正式出场，这幻想中的宝玉遂与实的宝玉合而为一，此时，宝玉的形象在人们心目中就活灵活现地站立起来了。这正是充分运用“虚”的表现方法所起的作用，所产生的艺术魅力。

在艺术上强调和重视“虚”的作用，注意虚实结合的艺术表现方法，其主要目的是试图突破艺术的物质手段在表现丰富复杂的现实生活时的局限性。不论是音乐、绘画、书法、文学,不管是诗歌、小说、戏剧,它们在反映现实生活过程中,虽然各有其特点和长处,各有自己不同的物质表现手段,比如音乐的声音、节奏,绘画的色彩、线条,文学的语言文字,戏剧的布景、动作等等,但由于受具体条件的限制,在表现社会现实生活时,都是有缺陷的。它们只能表现有限的一部分,而不是无限的。即以文学来说,语言文字在表达人的思维内容时,并不是一种很称职的工具。人的思维活动过程中,有抽象的部分,也有形象的部分,而语言文字在表达这两方面的思维内容时,都不可能是十全十美的。因此用语言文字来描绘现实生活,并不是一切都可以最充分地表现出来的。而且应当说,它能够描绘的只是有限的一部分。俗语说:"百闻不如一见。"其原因即是在此。运用虚实结合的表现方法,充分发挥"虚"的作用,就有可能使艺术作品除了用某种具体物质手段已经表现出来的部分之外,同时还能引导和唤起人们对另外一些还没有表现出来,或是无法用这种物质手段具体表现出来的部分的想象和联想,使创作者和欣赏者互相达到默契和意会。实的部分,可以通过物质手段具体表现的部分,是能够通过视觉听觉感觉而具体地看到听到感觉到的,虚的部分则是存在于人的意想之中的。虚实相生,就能使人从看到的和听到的部分中,很自然地领会到看不到和听不到而存在于意想之中的那一部分。这样,就大大地扩展了艺术表现的深度和广度,可以使艺术更加生动、深刻地反映无比广阔的现实生活。

五 情与理

艺术创作中的情和理的关系,是我国古代文艺思想史上一个非常重大的问题,它对各个时代艺术创作的方向,影响甚大。情和理的关系,实质上即是艺术创作中的感情和思想的关系。无论是中国或外国,在文艺史上都有过强调以表现思想(即"理")为主和以表现感情为主的不同派别,但是,多数人还是主张情理结合,而不偏废的,这在我国古代有关情理关系的论述中尤为明显。俄国著名的现实主义作家托尔斯泰认为艺术是沟通人们之间感情的工具,强调艺术是表现感情的(参见他的《艺术论》)。普列汉诺夫针对他的这个观点,又作了如下的补充。他说:

说艺术只是表现人们的感情，这一点也是不对的。不，艺术既表现人们的感情，也表现人们的思想，但是并非抽象地表现，而是用生动的形象来表现。艺术的最主要特点就在于此。[①]

普列汉诺夫对这个问题作了相当深刻的说明，我们觉得这个结论还是能够站得住的，是经受了文艺史的实践所检验的。普列汉诺夫在这里着重表述了以下两方面的意见：第一，艺术作品不仅表现感情，也表现思想，即是说，既有情，也有理。第二，艺术作品中的思想不是以抽象概念形式出现的，而是寓于生动的形象之中的。艺术作品中的理，不同于一般科学理论的理，它有自己的独特表现方式。普列汉诺夫这个论述主要是总结欧洲文艺发展的历史经验而得出来的，但是，它也符合我国古代情理之争的基本倾向。我国古代在不同的历史发展阶段，由于受当时具体历史条件的影响，也曾经出现过主情派和主理派，并且有过相当激烈的争论，但是从总的发展趣向来看，更多有识见的文艺家，都是强调情理统一的，并且明确地指出了艺术创作中的理，有它独特而不同于一般抽象理论的表现特点。可以说，我国古代文艺思想的发展中，早就接近和达到了普列汉诺夫的见解，并且对情和理的辩证关系有许多深刻而精辟的分析。

对文艺创作中的情和理的关系的认识，最早表现为在诗歌本质问题探讨上的“言志”和“缘情”两大派的斗争。“言志”之说在先秦时代就已经比较普遍。如《尚书·尧典》中说：“诗言志，歌永言，声依永，律和声。”然而，《尧典》晚出，据学者们研究，大约是战国时著作。不过，“言志”之说在春秋战国时期的其他著作中亦有记载。如《左传》襄公二十七年有“诗以言志”之说。《庄子·天下》篇中也讲过“诗以道志”的话。《荀子·儒效》篇讲“诗言是其志也”。这就说明“言志”是当时对诗歌本质的一个共同认识。根据杨树达、闻一多、朱自清诸先生的考证，认为诗和志在古代本是一个字。许慎说：“诗，志也，志发于言。从言，寺声。”所谓“志”，本来是指人内心的思想和感情，应该说，它是既有情又有理的。不过先秦早期讲的“言志”，主要是指思想而言的，具体地说就是指儒家的政

① 普列汉诺夫：《论艺术（没有地址的信）》，曹葆华译，生活·读书·新知三联书店，1964年，第4页。

治怀抱。比如《论语》中的《先进》篇和《公冶长》篇中都记载到孔子和他的弟子“言志”的问题,而其内容均没有离开这一中心。如《论语·公冶长》篇中写道:

> 颜渊、季路侍。子曰:“盍各言尔志?”子路曰:“愿车马、衣轻裘,与朋友共,敝之而无憾。”颜渊云:“愿无伐善,无施劳。”子路曰:“愿闻子之志!”子曰:“老者安之,朋友信之,少者怀之。”

这里所讲的“志”,即是指儒家之道,儒家的政治理想和人生处世态度。《左传》中所讲的“赋诗言志”也是如此。比如《左传》僖公二十三年晋公子重耳出奔在秦,秦伯接见。重耳赋《河水》,取河水入海,表示尊重归顺。秦伯赋《小雅·六月》以尹吉甫出佐宣王来比喻重耳他日归国,重振国家,辅助王室。所谓“赋诗言志”,就是通过吟诵《诗经》中的某个篇章,来表达自己的政治观点、政治理想。但是,“志”的内容在战国后期,逐渐有所变化发展,从荀子开始,对“志”的理解就不仅仅是思想,也包括感情在内。荀子一方面讲“言志”,一方面在《乐论》中又说:“夫乐者,乐也,人情之所必不免也。故人不能无乐;乐则必发于声音,形于动静;而人之道,声音动静,性术之变尽是矣。”荀子在这里强调了音乐乃是人的感情的表现。在荀子的时代,诗乐还刚开始分家,而荀子有时所论,也是诗乐不分的。比如他在《劝学》篇中说:“诗者,中声之所止也。”杨倞注云:“诗谓乐章,所以节声音至乎中而止,不使流淫也。”所以,他讲音乐是人感情的表现,也可以说明诗的本质。由此可见,他所说的“言志”不只是有思想成分,也有感情成分。他认为人的喜怒哀乐之情动于心,发而为声即是音乐。这个分析也适用于诗。《礼记·乐记》发挥了荀子这一思想,提出:“凡音者,生人心者也。情动于中,故形于声;声成文谓之音。”汉代的《毛诗大序》就把这一说法直接用来说诗。它一方面主张“诗言志”,说:“诗者,志之所之也。在心为志,发言为诗。”另一方面又肯定诗是“吟咏情性”的,说:“情动于中而形于言;言之不足,故嗟叹之;嗟叹之不足,故永歌之;永歌之不足,不知手之舞之足之蹈之也。”为此,唐代的孔颖达甚至提出了这样的看法:“在己为情,情动为志,情、志一也。”(《春秋左传正义》

昭公二十五年)因此,我们可以说,所谓的"言志"派,其实也并非只讲文学是表现思想,而不主张文学表现感情,其"志"中是既有理又有情的。

传统所谓的"缘情"派,一般都以西晋初年的陆机为创始人,因为他在《文赋》中提出了"诗缘情而绮靡"的主张。但是,实际上主张文学,特别是诗歌以表现感情为主的思想,其历史渊源也是很早的。比如《楚辞》中就提出了"发愤抒情"的主张。《离骚》中说:"朕怀情而不发兮,余焉能忍与此终古。"《惜诵》云:"惜诵以致愍兮,发愤以抒情。"《抽思》云:"结微情以陈词兮,矫以遗夫美人。"不过,作为一个与"言志"相对立的文艺思想派别来说,则是在陆机提出"缘情"说之后。"缘情"派其实也并不是只讲文学要表现感情,不承认文学也要表现思想。屈原在《离骚》中就表现了他"举贤而授能"的政治理想。他说:"屈心而抑志兮,忍尤而攘诟;伏清白以死直兮,固前圣之所厚!"抒情言志也是不能分的。即使是提倡"缘情"的陆机,也并不否定"理"。他在《文赋》中明白地讲到要做到"理扶质以立干,文垂条而结繁",并且坚决反对那种"遗理存异""寻虚逐微"的创作倾向。说明他不仅不抛弃"理",而且也是重视"理"的。

由此可见,不管是"言志"派还是"缘情"派都没有把情和理对立起来,都没有把文学绝对化地看成只是表现思想或只是表现感情。说明我国历来的传统是强调情理结合的,是既肯定文学要表现感情,也肯定文学要表现思想的。但是,这样说,并不是"言志"派和"缘情"派就没有原则的区别了。问题是在"言志"和"缘情"的区别不是表现为一方肯定文学要表现思想,否定文学要表现感情,另一方肯定文学要表现思想,否定文学要表现思想。这两派的区别主要是在文学作品中所表现的情和理要不要严格地受儒家的政治思想和伦理道德的规范这一点上。"言志"派认为文学作品中的感情必须受儒家礼义的约束,所以荀子在《乐论》中肯定音乐是人的感情表现的同时,又明确地提出了"以道制欲"的问题,认为文学作品中的感情如不符合礼义原则,就是邪而不正之情,就不能加以肯定。《毛诗大序》则更进一步说明诗歌虽然是"吟咏情性"的,但是必须"发乎情,止乎礼义",不能超出这个范围。越出了这个疆界,就要加以排斥。按照"言志"派的这种主张,显然会使诗歌创作的范围变得十分狭小,成为儒家礼教的附庸。"缘情"派的实质就是要打破儒家思想对文艺创作所加上的这个枷锁，冲开礼义的大防，把诗歌创作从儒家之道的框框中解放出来，不受它的限制，要求让诗人和作家能够比较自由真切地去抒写自己的感情，扩大文艺反映现实的范围，丢掉“发乎情，止乎礼义”这根绳索。陆机在《文赋》中提出这个“缘情”的主张，是有它的历史背景的。东汉末年，儒教衰落，建安文学的崛起，就没有受到“发乎情，止乎礼义”的局限，曹氏父子和建安七子的诗歌，“慷慨以任气，磊落以使才”，抒发了悲壮之情，显然是越出了儒家礼义的界限的。思想界和文学创作实践上对儒家思想的突破，必然会引起文学思想和文学理论上对儒家传统文艺观的突破，“缘情”说就是在这样一个客观社会条件影响下的必然产物。

整个六朝时期，“缘情”派是占有主导地位的。但是，在文学要表现感情的问题上，摆脱了儒家礼义的束缚之后，仍然可能产生两种截然不同的倾向。一是强调要表现具有进步的社会内容的感情，一是不对感情加任何限制，认为只要是表现感情的作品就好，甚至对那些反映反动阶级腐朽没落之情的也加以肯定，如对那些宫体色情之作也给予赞扬，那就会走上另一个极端。而在六朝的“缘情”派中就确实存在着这样两种不同的倾向。前一种我们可以称为健康的进步的“缘情”派，这可以钟嵘为代表。钟嵘一方面突出强调诗歌应当表现感情，而且要不受儒家礼义束缚，以建安文学为最高典范。他在《诗品序》中说：“气之动物，物之感人，故摇荡性情，形诸舞咏。”而且强调这种“感人”之“物”，不仅指“春风春鸟，秋月秋蝉，夏云暑雨，冬月祁寒”这样的自然事物，更主要的还是指“楚臣去境，汉妾辞宫”“骨横朔野，魂逐飞蓬”等等的社会生活内容。另一方面，钟嵘认为文学所表现的这种感情应当是有进步意义的感情。特别是他提倡的“怨”情，在当时主要是反映了贫寒庶族知识分子对豪门世族反动统治的不满。他在具体评论各个诗人时，非常明确地以有没有“怨”，作为衡量文学作品优劣的一个重要的准则。因此，我们说钟嵘所重视的是怨情，要求文学作品的感情，不以儒家礼义为标准，而以怨不怨为标准，这是非常值得我们注意的。钟嵘是六朝“缘情”派中进步倾向的代表。与钟嵘同时，梁简文帝萧纲、梁元帝萧绎等则正是“缘情派”中消极倾向的代表人物。他们不讲情感的进步社会内容，认为“至如文者，惟须绮縠纷披，宫徵靡曼，唇吻遒会，情灵摇荡”（萧绎《金楼子·立言》）。他们的主张实际上为门阀世族阶级放纵情欲大开方便之门。可见,对强调“缘情”也必须有分析地看待,不能笼统地一概而论。

对于我国古代的“言志”和“缘情”这两大派,一方面我们要看到他们在理论实质上还是强调情理统一的,另一方面又要看到他们在感情要不要受儒家思想约束这一点上又是有原则分歧的。所以,后来的一些受儒家影响较深的人,都是竭力反对“缘情”说的。如清代汪师韩在《诗学纂闻》中,曾说自从陆机提出“缘情”说后,有不少人就“斥为不知礼义之所归”。沈德潜是强调儒家温柔敦厚的,所以在《说诗晬语》中曾说“缘情”说一提出,使“言志章教,惟资涂泽,先失诗人之旨”。正因为如此,“言志”派一般来说是更注重思想的,而“缘情”派则是更注重感情的。不过不能把这种区别绝对化。否则,就无法正确地认清我国古代强调情理结合的主流。

我国古代大多数文艺家是看到了在创作中情理之间的辩证关系的,并对此作过比较科学的分析。刘勰就曾提出了两个十分重要的观点。首先,他指出了在文学作品中,情和理是构成作品内容的基本因素。《体性》篇说:“情动而言形,理发而文见。”《情采》篇说:“情者文之经,辞者理之纬。”他认为在文学作品中情理是不能偏废的,都是文学作品内容的重要组成部分,文学创作就是作家内心情理通过文辞的具体表现。所以在《文心雕龙》中处处都是情理连用的。比如:

> 《熔裁》:情理设位,文采行乎其中。
>
> 蹊要所司,职在熔裁,檃括情理,矫揉文采也。
>
> 《辨骚》:山川无极,情理实劳。
>
> 《明诗》:巨细或殊,情理同致。
>
> 《诠赋》:贾谊《鹏鸟》,致辨于情理。
>
> 《章句》:控引情理。
>
> 《指瑕》:抚训执握,何预情理。

刘勰告诉我们情和理在文学创作中是紧密联系,并由艺术形象具体体现出来的。

其次，刘勰不仅指出了情和理是文学作品内容构成的基本因素，而且指出了这两者是互相依赖并存的，而不是两个互不相关的独立方面。在实际创作中的情况是情中有理，理中有情。感情中必然是体现了一定思想的，而思想中也同样包含着感情色彩，对艺术作品来说，这两者是不能截然分开的。《才略》篇中说："卢谌情发而理昭。"《养气》篇说："率志委和，则理融而情畅。""情"总是在一定"理"的基础上之"情"，所以只有达到理的融和透彻，方能做到情之通畅抒发；"理"需要在"情"的充分抒发后方能清晰昭明，所以说情发而可理昭。两者之间有着十分辩证的关系。理常常是寓于情中的，情又要以理为基础。因此，对任何一方的否定，都是不利于艺术创作的。

从"言志"和"缘情"两派的斗争来看，刘勰是采取了一种调和折中的立场与态度的。这种倾向集中反映在《明诗》篇中。他说：

> 大舜云："诗言志，歌永言。"圣谟所析，义已明矣。是以在心为志，发言为诗，舒文载实，其在兹乎！诗者，持也，持人情性；三百之蔽，义归无邪，持之为训，有符焉尔。人禀七情，应物斯感，感物吟志，莫非自然。

这里似乎偏重"言志，但在《体性》篇中，他又说过"吐纳英华，莫非情性"的问题。在《诠赋》篇中，他又提出艺术创作乃是"情以物兴""物以情观"的产物。在论创作各篇中，"情"的位置就更加突出了。可见，刘勰是想把"言志"和"缘情"从理论上统一起来的。从这两派文艺思想斗争的角度来看，刘勰有比较保守的一方面，对"缘情"说的积极意义认识不足，这是和他受儒家思想影响太深有密切关系的。但是从艺术理论的角度来考察，刘勰的认识又是比较全面的，而且具有朴素的辩证法因素。他对情理关系的认识，为后来文艺家对情理关系的正确分析和论述奠定了基础。

宋元明清时期在情与理关系上有过一场激烈争论，这场文艺思想的争论促进了对情理关系的更深入的分析和论述。唐代的文学创作实践中，从主流来说是情理并重的。但从文艺思想倾向来说，则有偏向于"言志"一派和偏向于"缘情"一派的不同。以白居易为代表的一派虽然不否定情感的作用,但显然是更倾向于要求文学创作符合于儒家政治道德原则的。而以皎然、司空图为代表的一派,则更侧重于文学以“吟咏情性”为主,是不受儒家这种政治道德原则的束缚的。到了宋代,则无论在创作中还是理论批评中,都出现了以理为主的倾向,而对文学表现感情的特点比较忽略。这种倾向的产生,主要有两方面的原因。从政治思想的角度来说,是由于理学的泛滥。道学家强调“存天理,灭人欲”,把封建礼义、三纲五常那一套教条看作至高无上的“天理”,而把一切人民进步的思想感情、愿望要求视为“人欲”而加以扼杀。他们要求文艺作品成为宣扬封建礼教的“单纯的传声筒”,凡是他们认为不合“天理”的感情,一概斥之为“人欲横流”的结果,视作大逆不道的洪水猛兽。强调文学作品要表现“天理”,反对描写“人欲”这种文艺思潮的一个主要特点,是在理论上偏重要求文学作品“言理”,而轻视甚至反对“缘情”,以理为主的创作倾向的产生,从文学本身来说,是由于受唐宋古文运动中所倡导的“文以载道”“以文为诗”的消极方面影响的结果。“以文为诗”有它独辟蹊径的积极意义,扩大了诗歌艺术的表现特点,这是不应当否定的。但是,我国古代对“文”的概念的理解,是非常广泛的。即以唐宋古文之“文”的含义来说,其中既有艺术文学作品,也有大量非艺术文学的作品。比如大量的章表奏议序跋墓志铭等等,基本上是一般理论文章、应用文章而不是艺术文学。片面强调“以文为诗”,结果就会抹杀艺术与非艺术的区别,以抽象思维去代替形象思维,以抽象说理去代替形象的抒情。这种消极的“以文为诗”倾向的发展,其结果就是严羽在《沧浪诗话》中所批评的“以文字为诗,以议论为诗,以才学为诗”,而不以吟咏情性、塑造艺术形象为主。宋代文艺创作和文艺思想发展中这个关键问题,很多文艺家早已指出。比如何景明在《汉魏诗序》中说:“宋诗言理。”吴乔在《围炉诗话》中说:“唐人以诗为诗,宋人以文为诗。唐诗主于达性情,故于三百篇近;宋诗主于议论,故于三百篇远。”这些分析和论述都是比较中肯的。

文艺创作中当然都是有“理”的。但是,理不能排斥情,而应当是通过抒情而寓理于其中。理不应以抽象的形式出现,而应当从具体形象中流露出来。可是,道学家却偏偏强调理而否定情。比如邵雍在《伊川击壤集序》中,虽然也引用《毛诗大序》所说,承认诗是人的感情的表现,但是,他认为文学创作必须从“天理”出发，而不能从“情好”出发，即所谓的要“以天下大义而为言”而反对“溺于情好”。他认为“情之溺人也甚于水”，“水能载舟，亦能覆舟”，“水之情亦由人之情也”，“其伤性害命一也”。这实际上就把“情”完全否定了，而且说成是十恶不赦之物了。道学家把诗歌创作变成了“语录讲义之押韵者”（刘克庄《吴恕斋诗稿跋》），而以抒情写景为“玩物丧志”之作。这样，就把诗歌创作中情理关系的辩证原则抛弃了，而搞成一种水火不相容的对立关系。由于以“理”为主而否定“情”，所以在艺术上也就不在形象塑造上下功夫，而仅仅以堆砌典故、炫耀学问、搜集生僻辞藻作为追求目标。江西诗派正是这一倾向的突出代表。黄庭坚就提出要“以理为主”（《与王观复书》），“精读千卷书”（《书旧诗与洪龟父跋其后》），强调“无一字无来历”，“取古人之陈言入于翰墨，如灵丹一粒，点铁成金”（《再答洪驹父书》），提出了“夺胎法”和“换骨法”（参见惠洪《冷斋夜话》），即对古人名作“不易其意而造其语”“窥入其意而形容之”。南宋末年，严羽在《沧浪诗话》中坚决反对江西诗派，提倡“盛唐气象”，其核心就是反对宋诗主理，而强调诗歌要主情，反对以抽象思维写诗，而强调要用形象思维写诗。他说：“诗有别才，非关书也；诗有别趣，非关理也。”其要害即在此。他又说：“诗者，吟咏情性也。”为此，要“不涉理路，不落言筌”。严羽主张诗歌创作要以情为主，不能以理为主，可是并不否定理，不否定理的作用。他紧接“非关理也”之说，就明确地说：“然非多读书、多穷理则不能极其致。”他在《诗评》中对“理”的具体表现特点，讲得更加深刻。他说：

> 诗有词理意兴，南朝人尚词而病于理，本朝人尚理而病于意兴，唐人尚意兴而理在其中，汉魏之诗，词理意兴，无迹可求。

可见严羽并不否定“理”，而是认为“理”应当寓于“意兴”之中。所谓“意兴”，即指诗歌的审美意象所具有的引起人审美趣味的特征，即是指诗歌的美学特征。后来有许多文艺批评家认为严羽不要理，只要情，其实是一种误解。严羽对情理关系的认识基本上是正确的，是有一定辩证因素的。但是，严羽对诗歌中“理”的认识也有过于简单化的地方。这就表现在诗中是否也可以有理语、有议论的问题上。诗歌应当塑造艺术形象,寓理于情中,这个原则是对的。但是,不是说诗歌中就不可以有几句发议论、讲道理的话,问题是在于总的方面还是应该以形象思维为主,以塑造形象为基本原则。把它绝对化了,似乎诗中就一句理语也不能有,一点议论也不能发,这就不能说服人了。不过,这种不全面之处,不是严羽诗论的主流,以这一点来否定他的理论,显然是不合适的。

严羽对宋代以理为主、忽略表情的创作倾向的批评,是从维护艺术的形象思维原则,重视艺术特殊性的角度出发的,还没有接触到这种文艺思想的社会政治思想根源。然而,不反掉道学家"存天理,灭人欲"的反动纲领,是很难彻底反掉这种错误的文艺思想和创作倾向的。这后一方面,是明代后期以李贽为首一批进步的文艺思想家经过激烈的斗争才实现了的。李贽和他的崇拜者公安三袁、汤显祖、冯梦龙等人在各个文艺领域(包括诗文、戏剧、小说等)中,大力提倡"真情",反对虚伪的"天理",其矛头首先是指向反动理学的,同时,也在文艺理论上批评了只讲"理"不讲"情"的错误,重新把文艺表现感情的重要性,强调得更为突出了。李贽在《童心说》中强调文艺作品要表现"童心",实质也就是说的要写出"真情"来,他所反对的"闻见道理",亦即那些与真实感情相对立的虚伪抽象的封建伦理道德。重视情而反对抽象虚伪之"理"的思想在李贽的《读律肤说》一文中表现得相当鲜明。他说:

> 盖声色之来,发于情性,由乎自然,是可以牵合矫强而致乎?故自然发于情性,则自然止乎礼义,非情性之外复有礼义可止也。

这是针对"发乎情,止乎礼义"的儒家原则而来的,李贽认为发于情性,其中自然已有礼义,不必再讲什么"止乎礼义"。这实际上就是强调发乎情性,而否定了"止乎礼义"。肯定文艺是情性的自然流露,而用不到以什么"礼义"去束缚它的发展。这是一个重要的文艺主张,它体现了李贽大胆的反传统的精神,它直接启发和诱导了袁宏道、冯梦龙、汤显祖等人的文艺思想。袁宏道提出诗文要做到"情真而语直"(《陶孝若枕中呓引》),反对"假事假文章"(《与江进之》)。在《序小修诗》中他说:"大概情至之语,自能感人,是谓真诗,可传也。”主张诗歌要抒发“真情”,这是公安派诗论的核心。冯梦龙在《序山歌》中说,要“借男女之真情,发名教之伪药”,其矛头所指也是十分清楚的。汤显祖更为突出,他说:“情有者,理必无;理有者,情必无。”(《寄达观》)他这里所说的“理”,即是指道学家的“天理”。以“情”来反对“理”,在这里提得非常尖锐。汤显祖是坚决主张文学作品要表现感情,而反对只去描写抽象的“天理”的。他在《徐司空诗草序》中说:“诸公所讲者性,仆所讲者情也。”这“性”即是道学家的“天理心性”之学。汤显祖认为他所强调的,正是这种与“天理”相对立的“情”。他在《牡丹亭题词》中说“情之至者”,即便是生与死、梦与真也都无法加以界限,比如杜丽娘就正是如此。她就是用无法限制的深情,体现了对封建礼教的背叛。李贽等人所说的情和理,与严羽所说的情和理,不完全相同。李贽等人反对的是“天理”之“理”,理学家之“理”,而不是指理论之“理”。对于一般的人情物理之“理”,是并不反对的。他们强调情,反对理,实质上就是主张写“人欲”,而反对写“天理”,针对道学家“存天理,灭人欲”的反动纲领,反其道而行之。他们所掀起的这场声势浩大的文艺思想论争,使人们对艺术理论上的情理关系有了更加正确的认识,同时也初步克服了文艺创作和理论批评中所存在着的重理轻情的错误倾向。

这场有关情理关系问题的大争论的开展,促使很多人开始去深入研究文学作品中的“理”的表现特点。文学作品不能没有“理”,但是,这种“理”又不同于一般理论著作中的“理”。对于这个重要问题,明清之交有很多人发表了不少精辟的意见。比如王夫之就把“理”分为“经生之理”和“诗理”两种。所谓“经生之理”是指非艺术著作中的“理”,亦即一般的理论、科学之理;而所谓“诗理”则是文学艺术作品中通过形象而流露出来之理,王夫之在《古诗评选》中说:“经生之理,不关诗理,犹浪子之情,无当诗情。”他在《古诗评选》中又说:“王敬美谓‘诗有妙悟,非关理也’。非谓无理有诗,正不得以名言之理相求耳。”所谓“名言之理”,即是抽象之理,而非文学作品中之具体形象之理。同时,王夫之又指出,文学作品中的“理”,不是“死理”,而是“活理”。他举司马彪《杂诗》为例作了分析。他说司马彪诗中有两句是:“搔首望故株,邈然何由返。”这是写蓬草的。

王夫之评道:“且如飞蓬何首可搔,而不妨云搔首,以理相求,讵不蹭蹬。”按经生家“死理”来看,飞蓬怎么能“搔首”呢?又怎么能“望故株”呢?但在诗歌中,飞蓬已经拟人化了,成为自然人化了的一种表现。故而它是符合于“诗理”的,是艺术想象力十分丰富的表现。然而,从经生家的“死理”来看,它就变成是荒谬的了。按严格的科学来要求,这样写是不通的;然而,从文学创作来说,它不仅通,而且十分生动形象。它自有自己的“诗理”在内。因此,文艺创作中恰如王夫之所说的:“通人不言理而理自至。”(《古诗评选》)诗歌中,也可以说是整个文学艺术中,理是通过具体形象而体现出来的。清代的冯班曾说诗中的理不同于一般非艺术的文章中之理。诗歌中是有理的。“但其理玄,或在文外,与寻常文笔言理者不同。”(《严氏纠谬》)冯班是反对严羽“不涉理路”之说的,但是,他和严羽对文学创作中理的表现特点的认识是差不多的。他所说的“寻常文笔”就是指一般非艺术的文章、应用文章。他所说的诗歌之“理玄”,“或在文外”,也就是说的“理”不能以抽象方式来出现,而应当从形象中流露出来。而这一点,严羽的看法也是和他一样的。这些,可以充分说明在明清之际,我国古代文艺家对文艺作品中“理”的表现特点,已经有了十分清晰的认识。

六　理与趣

我国古代文学理论中的理和趣的关系的提出,是和上面所说的情和理的关系的争论有密切关系的,是从研究文学作品中的理的特点而总结出来的。理和趣的关系实质上就是文学创作中理性内容和审美特征关系的一种特殊的表现。情和理的争论中,涉及了文学艺术中的理和一般非艺术文章著作中的理的区别问题。文学艺术中的“理”,不是经学家那种抽象的概念化的“名言之理”,而是隐藏于艺术形象中的“理”。但是,这不能完全解决文学艺术中的“理”的问题。因为从实际创作来看,确实也有一些直接说理、发议论的作品,也是写得很好的。有一些诗歌虽然写了“理语”,却仍然具有审美的特征,能引起人浓厚的美学趣味,这种作品我国古代称为有“理趣”之作。

文艺作品一般地说,是以表现感情为其特点的,是以形象描写为其主要形式的，而不是以抽象的赤裸裸的概念来写作的。不过，这只是一个总的原则，它并不排斥在作品中有部分的直接说理和发议论之处。事实上还有一些主要是说理、发议论的作品，仍不失为名作，为群众所喜爱。甚至于在某种情况下，其妙处恰恰是在这种议论和说理上。它们和概念化、抽象化而完全丧失了审美特征的那些作品，如玄言诗、佛教的偈语诗、道学家的“语录讲义之押韵者”是完全不同的。那么，这两种同为说理作品，一种是优秀的艺术品，一种根本算不上是艺术，其区别究竟在哪里呢？我国古代文艺家认为主要就在于前者有理有趣，后者有理无趣。首先还是从作品分析入手来看吧。比如，苏轼的名作《题西林壁》云：

横看成岭侧成峰，远近高低各不同。不识庐山真面目，只缘身在此山中。

这是一首家喻户晓的名作，但它是一首地地道道的说理诗，苏轼以身处庐山为喻说明人如果陷在某个具体事件或环境中，往往不能客观地去认识事情的真相，总会带上各种主观的偏见。不过，苏轼在讲这个道理的时候并非用纯概念的方式来说的，而是以生动形象的比喻来说的。所以，虽言理而有趣。这种理虽然和一般艺术形象中的理不同，但还是带有具体性和形象性特点的，是符合于艺术的审美特征的。又比如杜甫的《自京赴奉先县咏怀五百字》，也有很多议论说理的内容。我们试举两段为例：

生逢尧舜君，不忍便永诀。当今廊庙具，构厦岂云缺？葵藿向太阳，物性固难夺。

……

彤庭所分帛，本自寒女出。鞭挞其夫家，聚敛贡城阙。圣人筐篚恩，实欲邦国活。臣如忽至理，君岂弃此物？

这些是议论而加说理，但是我们读起来并不觉得枯燥，而且觉得写得真切，说得深刻。这个原因就在于它是全诗有机组成部分之一，是作品所塑造的忧国忧民的抒情主人公形象的具体表现之一。同时，它也是具有一定的具体性和概括性的。因此，这些描写是富于“理趣”的。

我国古代文艺家论说理诗有“理趣”和“理障”之别，认为优秀的说理诗应当是具有“理趣”，而不坠入“理障”之作。“理趣”说之提出是由于宋代诗歌创作以“言理”为重要特征，但有的说理诗多趣有味，有的说理诗无趣少味。包恢在《答曾子华论诗》中曾说到“状理则理趣浑然”的问题。而明代胡应麟在《诗薮》中则明确提出要力戒“事”“理”二障的主张。其云：

> 禅家戒事理二障，余戏谓宋人诗，病政坐此。苏、黄好用事，而为事使，事障也；程、邵好谈理，而为理缚，理障也。

事障、理障即针对诗歌中堆砌典故和说理而来的。诗歌是艺术品，如果诗歌创作违背了艺术本身的规律，大量地运用典故，发议论、讲道理，就必然会导致形象贫乏和艺术魅力的丧失，甚至根本不成其为艺术品。宋诗中这种倾向确是比较严重的。张戒在《岁寒堂诗话》中就曾说：“子瞻以议论作诗，鲁直又专以补缀奇字，学者未得其所长，而先得其所短，诗人之意扫地矣。”李梦阳《缶音集序》云：“宋人主理，作理语。……诗何尝无理！若专作理语，何不作文而诗为邪？”可见，“事障”“理障”之产生，实际上是对诗歌艺术的形象思维和审美特征缺乏认识所致。

那么，应该怎样从文学创作实践中来具体地区别“理趣”和“理障”呢？怎样才能做到虽有议论说理而不违背艺术的审美特征呢？对此，我国古代的文艺家曾作过不少具体的分析和总结。刘熙载在《艺概·诗概》中曾以六朝陶谢的理语入诗和玄言诗之区别，来说明“理趣”与“理障”之别。其云：

> 陶谢用理语各有胜境。钟嵘《诗品》称“孙绰、许询、桓、庾诸公诗，皆平典似道德论”，此由乏理趣耳，夫岂尚理之过哉！

钟嵘《诗品》中对孙绰、许询、桓温、庾亮等人的玄言诗是很不感兴趣的，曾经给予了尖锐的批评。钟嵘认为他们诗歌中大量描写抽象的玄理，好像老子的《道德经》一般，没有什么生动的形象，“理过其辞，淡乎寡味”。钟嵘所说的“味”或“滋味”，亦即是后来严羽所谓的“兴趣”。不论是“滋味”或“兴趣”，其含义是一致的，都是指艺术作品能引起人的审美趣味的特点。对玄言诗之流为“理障”，而乏“理趣”，刘勰在《文心雕龙·明诗》篇中也有过深刻的批评。他说：“江左篇制，溺乎玄风，嗤笑徇务之志，崇盛忘机之谈，袁孙以下，虽多有雕采，而辞趣一揆，莫与争雄。”玄言诗是坠入“理障”的代表作。可是，当时陶渊明和谢灵运之诗歌创作，虽然也有说道谈玄之处，却不入理障，而富“理趣”。尤其是谢灵运的诗，它虽也有些玄理内容，却和玄言诗有根本区别。他的这些诗作，并不使人感到枯燥乏味，反而有“理趣”映发之妙。刘熙载指出了这一点，但没有作具体分析，并从理论上进一步展开说明。其实，这个原因就在陶谢诗中的说理内容是他们诗歌创作所塑造的总的形象的一部分，是与整个诗的形象描写、诗人感情的抒发，紧密地联系在一起的。比如谢的《石壁精舍还湖中作》一诗云：

昏旦变气候，山水含清晖。清晖能娱人，游子憺忘归。出谷日尚早，入舟阳已微。林壑敛暝色，云霞收夕霏。芰荷迭映蔚，蒲稗相因依。披拂趋南径，愉悦偃东扉。虑澹物自轻，意惬理无违。寄言摄生客，试用此道推。

这首诗中的末四句纯是理语。但是，这是诗人从傍晚时分的山光水色、林峦夕照中体会和感受到的，它是和诗中对自然景色的生动而幽美的描写密切地联系在一起的，起着一种互相补充、相得益彰的作用。谢灵运诗中这种特点具有一定的普遍性。清代的沈德潜在《古诗源》中评谢灵运的《从游京口北固应诏》一诗云：“理语入诗，而不觉其腐，全在骨高。”所谓“腐”，即是指“理障”；而“骨高”，实际上即是指诗中体现了诗人形象，风格鲜明，故而也是写理语而有理趣。陶渊明也有一些说理诗，但仍然是很好的艺术品。比如《饮酒》诗之十七云：

幽兰生前庭，含薰待清风；清风脱然至，见别萧艾中。行行失故路,任道或能通。觉悟当念还,鸟尽废良弓。

此诗后半四句全为理语,但也不入"理障",而有"理趣"。正如王夫之在《古诗评选》中所说的:"真理真诗。浅人日读陶集,至此种作则全不知其所谓,况望其吟而赏之?说理诗必如此,乃不愧作者。"陶渊明描写的是脱离黑暗官场,隐居田园的乐趣,而这四句理语不仅没有冲淡前四句形象描写,反而把这种形象描写所体现的怡然自得之乐趣,所包含的意义更加深化、扩展了,使人有了更进一步的认识和体会,它不是和诗歌的形象描写相对立,而是互相补充的。王夫之评庐山道人《游石门诗》和慧远《庐山东林寺杂诗》时曾说:"说理而无理臼,所以足入风雅。"这两首诗尽管有不少佛理内容,但也是属于诗歌总体艺术形象之一部分,而不是以说理代替形象塑造。对于"理趣"和"理障"之别,刘熙载在《艺概》的《赋概》中,曾以孙绰之《游天台山赋》为例,作过一个很具体的分析。他说:

以老、庄、释氏之旨入赋,固非古义,然亦有理趣、理障之不同。如孙兴公《游天台山赋》云:"骋神变之挥霍,忽出有而入无。"此理趣也。至云:"悟遣有之不尽,觉涉无之有间。泯色空以合迹,忽即有而得玄。释二名之同出,消一无于三幡。"则落理障甚矣。

这里,"骋神变"二句之所以有"理趣",是因为它虽然是讲的道家"有无相生"之理,但是结合着诗人神思之幻变来说的,仍有具体、可感之一面,因此还是比较生动、形象的。可是,到了"悟遣有"以下六句,则纯粹是抽象玄理,不仅说理本身深奥难解,而且毫无具体形象之可感,这就必然要落入"理障"了。

宋诗言理多,因此也特别重视"理趣"问题。除了像苏东坡的《题西林壁》那样的诗是富于理趣之作外,又如陆游的名句"山重水复疑无路,柳暗花明又一村"(《游山西村》),也同样是富有理趣之作。然而,我国古代论宋诗中的"理趣",也常常有这样的情况,即对有些并无"理趣"的诗,因为作者是著名的理学家或有极高名望地位的人,所以也就说是有"理趣"之作,实际上完全是名不符实的。比如南宋著名的道学家朱熹,有许多诗作不过是理学讲义之押韵者，但后来不少人都吹捧他，说他的作品有“理趣”。比如他的《感兴诗》二十首，是对理学哲学思想的阐发，完全是抽象的说教，根本没有什么“理趣”，但是，刘熙载在《艺概·诗概》中却说：

朱子《感兴诗》二十篇，高峻寥旷，不在陈射洪下，盖惟有理趣而无理障，是以至为难得。

实际情况是陈子昂的《感遇诗》是真正艺术作品，而朱熹的《感兴诗》则完全坠入“理障”而无“理趣”，我们试举其一如下：

昆仑大无外，旁礴下深广。阴阳无停机，寒暑互来往。皇羲古神圣，妙契一俯仰。不待窥马图，人文已宣朗。浑然一理贯，昭晰非象罔。珍重无极翁，为我重指掌。

这首诗中心是讲理学所谓“太极而无极”之原理的。首四句说明天（“昆仑”句）地（“旁礴”句）无边无涯，深而且广，阴阳寒暑迭相交替，表明由“太极”（即“无”）生“两仪”（即“天地”），而在变化中生万物。中四句赞美伏羲氏画八卦而揭示了“太极”之深义，八卦即“人文之元”。末四句说周敦颐作《太极图》而将其意进一步具体化了。这样的诗怎么谈得上“理趣”呢？朱熹的《感兴诗》，据他自己在《序》中说，是因为“读陈子昂《感遇》诗，爱其词旨幽邃，音节豪宕”，而想仿效他，同时又“恨其不精于理，而自托于仙佛之间以为高也”。为此，写这二十首来阐述理学之要旨，“探索微妙”。然而从上面的具体诗例及朱熹按语来看，朱熹恰好抛弃了陈子昂《感遇》诗作的审美艺术特征，而以抽象之理代替了具体形象。这样的诗只是理学讲义的押韵，而不能看作艺术品。这种情况，常常把“理趣”的真正含义搞乱，而使人分不清“理趣”“理障”，是我们在讨论“理趣”时必须注意到的。

诗歌创作中真正言理而有趣，必须把理念的东西和审美特征统一起来，不违背艺术的形象思维的基本原则。在这种言理之诗中，诗人所述之理必须是诗人从现实生活中体会到和感受到的具体的“理”，而不是运用抽象的概念通过判断推理而得出来的“理”。王夫之在《古诗评选》中说道：

> 诗入理语，惟西晋人为剧。理亦非能为西晋人累，彼自累耳。诗源情，理源性，斯二者岂分辕反驾者哉？不因自得，则花鸟禽鱼，累情尤甚，不徒理也。

王夫之认为不管是“情”还是“理”，都要做到“自得”；“不因自得”，不是自己亲身体会感受到的，则不要说“理”，即使是“情”也会显得生硬不自然，纵然写了许多花鸟禽虫，但可能与情没有必然关系，反而成为表情的障碍。反之，如果是从生活实践中悟出之理，那么虽写“理”而有“趣”。如果只写些从书本上得来的空洞抽象之理，则与不体现感情的花鸟禽虫一样，会成为说理之障碍。沈德潜在《说诗晬语》中曾经对杜诗中的理趣，作过极好的分析。他说：

> 杜诗：“江山如有待，花柳更无私。”“水深鱼极乐，林茂鸟知归。”“水流心不竞，云在意俱迟。”俱入理趣。邵子则云：“一阳初动处，万物未生时。”以理语成诗矣。王右丞诗不用禅语，时得禅理。

沈德潜所引杜甫之诗，分别见于他的《后游》《秋野》《江亭》。杜甫在游修觉寺时看到江山胜景，花柳倩姿，好像都在等待人们去欣赏，从而体会到大自然是毫无自私之心的，但现实人间则又有多少“私心”之争啊！这里杜甫讲的大自然无私之“理”，就是具体的、形象的，是使人感到亲切自然，而不是抽象的、难以理解的。《秋野》诗中的“水深”两句，讲的是很深刻的道理，水深鱼才能乐，林茂鸟才知归，正说明了必须有清明政治，百姓方能安居乐业。这种“至理”，也同样是杜甫在长期接触人民群众，深入观察唐代社会的变动中才得出来的，绝不是从书本上搬来的抽象概念。而在分析这种道理时，用了很具体形象的比喻，同样使人易于接受。可以说，是把理念的东西和审美的特征比较好地统一的产物。《江亭》一诗中的这两句，借“水流”“云在”而说明诗人“心不竞”“意俱迟”的道理，也有上述两例之妙处。杜甫从“水流”“云在”中体会到自然界的不以人的意愿为转移的内在规律,感觉到自己虽有忧国忧民之迫切心情,然而并不能改变现实的状况,如不能改变“水流”“云在”的自然规律一样。因此,杜甫不得不感到心意懒散。讲的是很深刻的道理,然而又是具体地从生活实践中体会到的,因此带有具体性和形象性。这才是真正有“理趣”的作品。而像道学家邵雍的两句诗,则纯粹是道学家抽象哲理的表现,毫无具体性、形象性,使人感到极其费解,当然也就说不上是什么“理趣”了。

从沈德潜所举的杜甫的诗和邵雍的诗的对比中,我们还可以看到,杜甫的诗虽然也是说理,但由于这些道理是从现实生活实践中体会到的,因此都带着诗人鲜明而又强烈的感情色彩,我们从这些诗句中可以听到诗人心脏的激烈跳动,体会到一个饱经人世沧桑的诗人那种深沉的感叹。虽然是说理,而不是抒情,但理中充满了情,是诗人丰富感情的理性结晶。杜甫那些发议论的诗句也都是如此,无不充满了浓郁的感情。我们且看《北征》中的一段:

> 至尊尚蒙尘,几日休练卒?仰观天色改,坐觉妖氛豁。阴风西北来,惨澹随回纥。其王愿助顺,其俗善驰突。送兵五千人,驱马一万匹。此辈少为贵,四方服勇决。所用皆鹰腾,破敌过箭疾。圣心颇虚伫,时议气欲夺。伊洛指掌收,西京不足拔。官军请深入,蓄锐伺俱发。此举开青徐,旋瞻略恒碣。昊天积霜露,正气有肃杀。祸转亡胡岁,势成擒胡月。胡命其能久?皇纲未宜绝!

这一段完全是议论当时的形势和大局的,杜甫对借兵回纥、扫平战乱问题,表示了自己的看法,希望唐肃宗以官军为主,配合回纥的援兵,一举而收复两京,并且对形势持非常乐观的态度。这里虽然写的都是议论说理内容,但是我们可以深深地体会到杜甫关心国家的安定统一,希望能让老百姓结束战争带来的灾难,获得一个安居乐业的生活环境那种迫切的愿望。这里可以说是字字句句都洋溢着杜甫忧国忧民的深情厚意。而且可以说,这种议论和说理正是充分表达诗人内心感情的一种重要方式,它是很难用其他的描写来代替的。由此可见,诗歌中的说理和议论,如果是为了更好地表达诗人的感情而写,并且也确实真实地传达出了诗人的感情的话,那么它在诗歌创作中也是完全可以允许的,是有耐人寻味的“理趣”的。而邵雍的诗则是以哲学家思想家的姿态去说理,看不到诗人感情的状态,这就自然要陷入“理障”了。

王维的诗,过去很多人指出,它是以生动的形象去描写禅理,因此是富有禅趣的。所谓的“禅趣”,实际上即是说的“理趣”,它讲的是禅宗的哲理,故云“禅趣”,这正是“理趣”的一种。徐而庵在《而庵诗话》中说:“摩诘以理趣胜。”亦即指其“禅趣”之意。沈德潜说王维的诗有“禅理”而不用禅语,这是切中要害之论。他在《息影斋诗钞序》一文中说:

> 诗贵有禅理禅趣,不贵有禅语。王右丞诗:“行到水穷处,坐看云起时。”“松风吹解带,山月照弹琴。”韦苏州诗:“经声在深竹,高斋空掩扉。水性自云静,石中本无声。如何两相激,雷转空山惊。”柳仪曹诗:“寒月上东岭,泠泠疏竹根。山花落幽户,中有忘机客。”皆能悟入上乘。宋人精禅学者,孰如苏子瞻。然赠三朵花云:“两手欲遮瓶里雀,四条深怕井中蛇。”意尽句中,言外索然矣。

王维、韦应物等人的诗歌,都是写禅家空无寂静的心境,但是,他们都不是以抽象的枯燥无味的禅语来表达,而是通过具体的山水田园景色的描绘,来写出诗人对于禅理的某种领会和感受。因此,它是具体的、形象的,并且是能够引起人的审美趣味的。同时在这些诗篇中,在表现禅理的境界后面,我们还可以体会到诗人在欣赏大自然的优美景色时所具有的愉悦舒畅心情。诗人从山水田园这些自然景色中发现了禅境,创造了一个禅宗哲理上的彼岸世界,同时又从这种形象化的禅境中领略到了人生的真谛,这就使他情不自禁地感到高兴。所以,他们这些诗之所以有禅趣,而不成为抽象禅理的说教,也是由于它们不仅有具体形象,而且也是表达了一个隐居出世的方外之人的淡泊心情的,仍是具有鲜明的感情色彩的。

从上面的分析中,我们可以看出,我国古代文艺家之所以要强调区分“理趣”和“理障”,正是为了强调诗歌创作中,即使是直接说理、发议论的作品,也不能和抽象的、理论的叙述混同,而应当是服从于诗歌的整体形象和抒发感情的需要的,是它的一个有机组成部分或一种独特的表现方式。文学创作中也可以有比较直截了当的说理,甚至以“理语”的方式出现,但是它必须有审美的特征,不能和艺术的形象性、抒情性完全隔绝。“理”必须与“趣”相结合,说理必须有趣,方能使作品不违背艺术的基本特征。理趣说的提出,说明我国古代对文学创作中的理性内容与审美特征的关系是有相当深刻的认识的。

七 情与景

我国古代文学理论中,关于情景关系有非常丰富的论述。这些论述的角度是常常有所不同的。有些是从艺术形象构成的角度,亦即从心物关系的角度去讲情景关系的,这一点我们在第二章第二部分中已经讲过了。有些是从虚实关系的角度去讲的,这些我们在本章第四部分中也已作过分析,但更多的是在探讨具体艺术描写中如何才能使情与景达到水乳交融、浑然一体的境界,以及情景交融的各种不同类型,也就是说,要从艺术表现的角度来探讨如何使创作的主体与客体和谐地统一,以及实现这种统一的不同方法。这是这一部分将要论述的主要内容。在对情景关系的论述中,古代文艺家所说的“景”的概念,在不同的场合往往有不同的意义。狭义的“景”,即是指自然景物而言的;广义的“景”,则是指艺术作品中的形象。狭义的“景”是广义的“景”中之一种。这一点,王夫之在《古诗评选》中评曹植的《当来日大难》一诗时曾说:

> 于景得景易,于事得景难,于情得景尤难。“游马后来,辕车解轮”,事之景也;“今日同堂,出门异乡”,情之景也。子建而长如此,即许之天才流丽可矣。

“于景得景易”,这里的两个“景”字,含义是不同的。前一个“景”是狭义的,即指自然景物,后一个“景”是广义的,即是诗中之客观形象。王夫之在这里分析了三种情况,说明以自然景物构成形象,比较容易,以描写具体事件构成形象稍难,而以抒情来构成形象则更难。这三句中所说“得景”之“景”,其含义相当于我们今天所说的“形象”。这种广义的情景关系,实质上就是艺术作品中作家的思想感情和作品所描绘的现实形象(包括自然事物和社会生活两方面)的关系。故而,王国维在《文学小言》中说:

> 文学中有二原质焉:曰景,曰情。前者以描写自然及人生之事实为主,后者则吾人对此种事实之精神的态度也。

文学创作过程是作家的主观思想感情和客观现实生活形象相统一的过程。

我国古代文艺家特别重视创作过程中情景之间相生相融、互为依存的密切关系。他们从实际创作经验中深深体会到,在艺术创作的过程中,情与景是自始至终紧紧地联系在一起的,两者不是生硬的混合,而是有机的化合,是无法分割开的。缺少了任何一方面,就不成其为艺术了。宋代的范晞文在《对床夜语》中就曾经说过:“景无情不发,情无景不生。”“情景相触而莫分也。”这是我国古代对情景关系的一个基本认识,也是研究情景交融境界如何创造的一个出发点。情和景在他们没有“相触”的时候,都不成其为艺术。外界的、客观存在的“景”,并非艺术中之“景”,而且也不一定都是美的,然而,它被作家的思想感情注入以后,即成为艺术之“景”,而用物质手段把它表现出来,便成为艺术品了。原来是美的“景”,这时就会显得更美,具有一种新的美学内容;原来并不美的“景”,甚至是很平常、很普通的“景”,经过作家的融情入景,就可以变为非常美的景象。谢灵运的诗“池塘生春草”,写春天到来时池塘里外长满了青草,这并不见得有多美。但是,当诗人把自己对春天到来时的欢快喜悦心情注入此景之后,在诗人借它而表现了冬去春来时的一派生机勃勃的气氛时,它就变得非常之美,而且含有使人遐想不尽的艺术魅力。又比如,秋风萧瑟、树叶凋零,这也并不一定给人以美感。然而,当诗人把它和自己的离愁别绪、悲哀之情相结合时,就可以创造出优美的艺术境界。例如《古诗》:“白杨多悲风,萧萧愁杀人。”曹丕的名诗《燕歌行》:“秋风萧瑟天气凉,草木摇落露为霜。群燕辞归鹄南翔,念君客游多思肠。慊慊思归恋故乡,君何淹留寄他方?”即是如此。景无情则不能发而为艺术境界,它必待与情相合,融为一体,方能成为艺术形象。同时,我们还可以看到,同样的“景”,由于作家所注入之“情”的不同,会产生很不同,甚至是相反的意义。王夫之在《姜斋诗话》中就举过这样一个例子。他说:

> 当知“倬彼云汉”,颂作人者增其辉光,忧旱甚者益其炎赫,无适而无不适也。

《诗经》中的“倬彼云汉”(广阔的银河)的形象在《大雅·域朴》中是诗人借以赞美周文王的功德,歌颂他培养造就了无数人才的,而在《大雅·云汉》一诗中,则是描写银河辉光满天而无下雨之迹象,以表示对当时严重旱灾的无限忧虑之情的。这也可以从另一方面说明,“景”无“情”确实不能成为艺术之“景”。

文学作品,尤其是诗歌,是表现人的感情的,但是,“情”无“景”也不成其为艺术,艺术之“情”的产生也是离不开“景”的。艺术作品的“情”不能抽象地表达,它必然是要借一定的“景”才能体现出来的。而且从根本上说,作家的思想感情总是由于受到客观现实生活的触动,才产生了创作的欲望,因此,这种思想感情总是和一定的现实生活有不可分割的密切关系的。从艺术创作的实际情况来看,即使是最纯粹的抒情,也总是有一定的“情中景”的。例如杜甫的《登岳阳楼》一诗中写道:“亲朋无一字,老病有孤舟。”这是写情的,但也有具体的“景”在。情只有通过具体而形象的“景”,才能使人们感觉到、体会到,而且传达得更为具体、生动、透彻。情如果只是抽象的,概念的表达,就不能打动人。景触情,情动景,这两者的和谐统一才产生了艺术。情而能通过“景”来表达,可以更加细微、曲折、深入,把那些用语言无法直接表达的妙处都传达出来。故而,王夫之在《姜斋诗话·夕堂永日绪论内编》中说:

> 不能作景语,又何能作情语邪?古人绝唱多景语,如“高台多悲风”“胡蝶飞南园”“池塘生春草”“亭皋木叶下”“芙蓉露下落”,皆是也,而情寓其中矣。以写景之心理言情,则身心中独喻之微,轻安拈

出。谢太傅于《毛诗》取"讦谟定命,远猷辰告",以此八字如一串珠,将大臣经营国事之心曲,写出次第;故与"昔我往矣,杨柳依依;今我来思,雨雪霏霏",同一达情之妙。

艺术家的"言情"不是一般的言情,而是要"以写景之心理言情",这是他的独特之处,因此就能够把艺术家心中难以言喻的"独喻之微,轻安拈出"。谢安为什么如此欣赏《毛诗》中这两句诗呢?正是由于《毛诗》中这两句诗以简练的八个字,非常贴切地把一位大臣对国事深入思考、细心经营的心灵世界传达出来了,而这种心灵世界是很难用语言来透彻地表述的。所谓"以写景之心理言情",即是要使"言情"能够有具体性、形象性,使情与景相结合。为此,谢榛在《四溟诗话》中说:"作诗本乎情景,孤不自成,两不相背。""夫情景相触而成诗,此作家之常也。"对情景之间这种辩证关系,我国古代文艺家是认识得相当深刻的。

我国古代文艺家认为,艺术创作过程中的情景交融,是贯穿于整个创作过程的,作家并不是先有了"情",再去找"景",与之相配,也不是先有了"景",再去找一点"情"来纳入。按照王夫之的话说,就是:"夫景以情合,情以景生,初不相离,惟意所适。"说明在艺术的形象思维中,作家的情与外界的景是同时出现的,也就是说,思想感情和艺术形象是一起产生的,而主题的深化和意境的深化也是同时并进的。情景双方在艺术家的脑海里是自然凑泊,共相萌现的。故而,王国维在《人间词话删稿》中写道:"昔人论诗词,有景语、情语之别。不知一切景语,皆情语也。"元代的方回在《瀛奎律髓》中对此也有过一些精辟的论述。他说杜甫《登楼》一诗中所写的"锦江春色来天地,玉垒浮云变古今"两句诗的特点就是"景中寓情",他认为优秀诗歌所描写的景物,必定"有情思贯其间",这就是所谓"以情穿景"。方回所说诗歌中情景交融,"景在情中,情在景中"这种特征,王夫之在《姜斋诗话》中称之为"互藏其宅"。他说道:

关情者景,自与情相为珀芥也。情景虽有在心在物之分,而景生情,情生景,哀乐之触,荣悴之迎,互藏其宅。

例如王夫之所举的沈佺期《独不见》一诗中两句:“九月寒砧催木叶,十年征戍忆辽阳。”前句以写景为主而藏情于其中,后句以抒情为主而藏景于其中,虽然情景结合的方式不同,但从本质上说都一样是情景交融之作。又比如李颀《题璿公山池》一诗中所写的:“片石孤云窥色相,清池皓月照禅心。指挥如意天花落,坐卧闲房春草深。”正如王夫之所说是“情景双收,更从何处分析?”难道能说前二句是写景,后二句是言情吗?其实,它们都是情中含景,景中寓情,情景“互藏其宅”之作。

我国古代在强调情景交融的同时,又明确指出它必须为一定的主题思想服务,而不是为情景交融而情景交融。为此提出了主宾关系问题。所谓“主”,即是指作家的立意内容,即主题思想,而“宾”即指作品中艺术形象。只有主宾合一,方能情景交融。因此,从根本上说,情景的辩证统一必须服从于主题思想的要求。王夫之说要做到情景融洽,必须懂得“立主御宾”的原则。他在《唐诗评选》中说:“诗之为道,必当立主御宾,顺写现景。若一情一景,彼疆此界,则宾主杂遝,皆不知作者为谁。意外设景,景外起意,抑如赘疣上生眼鼻,怪而不恒矣。”所谓“意外设景,景外起意”,即是不能使艺术形象描写与主题思想紧密结合,这样自然也就不易做到情景交融。而反过来说,强分情景实际上也即是割裂宾主。情景交融之境界,必须是“唯意所适”的结果,方能使“宾主历然,情景合一”(《古诗评选》),以便达到“景中宾主,意中融合,无不尽者”(同上)。情景交融境界的创造能切合立意之需要,有利于主题思想的鲜明突出,才有价值,否则就没有什么深远的意义了。王夫之在《姜斋诗话·夕堂永日绪论内编》中说:

> 诗文俱有主宾。无主之宾,谓之乌合。俗论以比为宾,以赋为主;以反为宾,以正为主,皆塾师赚童子死法耳。立一主以待宾,宾无非主之宾者,乃俱有情而相浃洽。若夫“秋风吹渭水,落叶满长安”,于贾岛何与?“湘潭云尽暮烟出,巴蜀雪消春水来”,于许浑奚涉?皆乌合也。“影尽千官里,心苏七校前”,得主矣,尚有痕迹;“花迎剑佩星初落”,则宾主历然,熔合一片。

贾岛和许浑的诗，从写景本身来说是不错的，因此曾得到过不少人的称赞，如谢榛在《四溟诗话》中就说贾岛这两句诗“气象雄浑，大类盛唐”。王世贞在《艺苑卮言》中称许浑此两句诗“大是妙境”。但他们只是从艺术角度着眼，并未从全诗中这两句的意义与作用作深入分析。王夫之的文学批评比他们要大大高出一头，因为他是从全诗主题思想的角度来看待这几句描写的。这样，他就看出了贾岛和许浑之诗句写景虽妙，却与全诗主题无大关系，故而不能做到情景合一。我们试以贾岛之《忆江上吴处士》为例来看：

闽国扬帆去，蟾蜍亏复圆。秋风吹渭水，落叶满长安。此地聚会夕，当时雷雨寒。兰桡殊未返，消息海云端。

通篇写的是对朋友的怀念与回忆，“秋风”两句只是表明已经到了秋天，而朋友尚未归来，虽然也借秋景抒发了离愁别绪，但总的说和全诗的主题关系不是很大。拿它和杜甫的《喜达行在所》和岑参的《和贾至舍人早朝大明宫之作》相比，那么杜甫和岑参的景象描写显然和全篇的主题思想联系得紧密多了。“影尽千官里，心苏七校前”把杜甫经过在战乱中的颠簸，而终于到达了唐肃宗所在之地的喜悦心情，以及对唐肃宗满怀希望的敬佩之意，表达得淋漓尽致。岑参诗中“花迎剑佩星初落，柳拂旌旗露未干”两句则把早期大明宫时的情景，群臣之肃敬静穆写得十分真切。所以，必须“宾主历然，熔合一片”，方能真正做到高水平的情景交融。

情景交融的境界，按照具体创作情况来看，一般说可以分为三种类型。这一点王夫之在《姜斋诗话·夕堂永日绪论内编》中说：

情景名为二，而实不可离。神于诗者，妙合无垠。巧者则有情中景，景中情。

王国维在《人间词乙稿序》中也说过：

上焉者意与境浑，其次或以境胜，或以意胜。

王夫之说的“神于诗者,妙合无垠”者,即王国维说的“意与境浑”者,指的是诗中的情与景浑然一体,难分你我。这是我国古代所认为的最高的境界。然而这样的境一般说是不多的。比较多的情况是情中景或景中情,也即王国维说的“以境胜,或以意胜”。景中情是指作家在客观地具体地描写景物的过程中来体现出作家的某种思想感情,它比较侧重于客观的描写,作家之情是隐含于所描绘的现实形象之中的。作者所描绘的现实形象所包含的意义,正是作家所要表现的意义,现实形象所体现的感情,恰好是作家所要表达的感情。因此,从表面上看完全是对客观现实生活的不带主观色彩之描写,但实质上是隐含着作家主观的情思的。比如李白的《子夜吴歌》中所写“长安一片月,万户捣衣声”。看来全是“景”,但其中“自然是孤栖忆远之情”。这种境界也就是王国维《人间词话》中所说的“无我之境”,其特点是“以物观物,故不知何者为我,何者为物”。实际上,“无我之景”只是表面上看好像无我,而并非真正“无我”,不过是“我”隐藏于“物”中,以“物”为“我”罢了。王夫之《唐诗评选》中说:“悲喜亦于物显,始贵乎诗。”“我”不以“我”之面目出现,而以“物”的面目出现。比如王国维所举陶渊明的“采菊东篱下,悠然见南山”及元好问之“寒波澹澹起,白鸟悠悠下”,这也并非没有“情”,只是“情”是从对物的描写中隐蔽地流露出来的,主观色彩不明显。此种诗的妙处,诚如王夫之在《古诗评选》中说的,“语有全不及情而情自无限者”。艺术家在客观地真实地描写现实生活的过程中,把主观情思寄托于其中,竭力不显出主观的意愿,使人看到仿佛完全是对现实的纯客观描绘,然而,作家在选择这种现实景象时,从选这样的景象而不选那样的景象中,已经把自己情思隐藏于其中了。

情中景与上述特点恰恰相反,它是指作家在抒情过程中着重突出主观的方面,使所描写的现实形象都带上浓厚的主观色彩,让“物”以“我”的面目出现,在诗歌中就是要着重突出抒情主人公的形象。此即王国维所说的“以意胜”,亦即“有我之境”。其特征是“以我观物,故物皆着我之色彩”(《人间词话》)。在这种境界中,客观现实形象不是以其原来的自然面目出现,而是以人化了的面目出现的。王夫之说:“情中景尤难曲写,如‘诗成珠玉在挥毫’,写出才人翰墨淋漓、自心欣赏之景。”(《姜斋诗话·夕堂永日绪论内编》)“诗成珠玉在挥毫”是杜甫《和贾至舍人早朝大明宫》一诗中的句子,其上句是“朝罢香烟携满袖”,正是对早朝时的诗人形象的描绘。又如“‘亲朋无一字,老病有孤舟’。自然是登岳阳楼诗。尝试设身作杜陵,凭轩远望观,则心目中二语居然出现,此亦情中景也”(同上)。诗人在抒情过程中,着重描绘具体内心情状,从而构成鲜明生动的诗人自我形象。这种“情中景”也不是没有景物的描写,不过这种诗歌中的景物和“景中情”中的景物不同,它完全主观化了。如王国维在《人间词话》中所举的例子:冯延巳《鹊踏枝》中的“泪眼问花花不语,乱红飞过秋千去”,以及秦观《踏莎行》中的“可堪孤馆闭春寒,杜鹃声里斜阳暮”。这里不管是红花、孤馆,还是杜鹃、斜阳,都带有诗人强烈的主观感情色彩,是以诗人的感情之象征而出现的,它们本身的意义已降到了次要地位。这一类的作品是非常之多的。比如杜甫《春望》中写的名句:“感时花溅泪,恨别鸟惊心。”花和鸟已经不是平时的一般的花和鸟了,而是以杜甫本人忧国忧民感情之代表而出现的了。花和鸟也都通了人性,与杜甫一样为社会的动乱不安而悲伤。

对于“情中景”和“景中情”,过去的文艺家各有偏好,所以评价亦不一。有些文艺家认为“情中景”是更难“曲写”的,是更高的艺术境界。如王夫之即是这样主张的。但是,也有很多文艺家认为“景中情”或“以境胜”者要更加难得,它比“有我之境”,比“情中景”要更难写,水平也更高。如王国维即是如此,他说:“古人为词,写有我之境者为多,然未始不能写无我之境,此在豪杰之士能自树立耳。”一般地说,受儒家文艺思想影响较深,重视和强调文艺的社会作用的文艺家,往往把“情中景”看得高一些,而受道佛思想影响比较深的浪漫主义文艺家,以超然物外、任其自然为人生目的,故更欣赏“景中情”“无我之境”,认为那最难,最高级。

情景交融的境界,不仅有相辅相成的特点,而且还可以有相反相成的艺术效果。如王夫之在《姜斋诗话·诗绎》中说:

> “昔我往矣,杨柳依依;今我来思,雨雪霏霏。”以乐景写哀,以哀景写乐,一倍增其哀乐。

情景的结合,并不一定都是一种格式。要抒写自己悲哀之情,不一定非得写有悲伤色彩之景物,要写自己的欢愉之情,也不一定非得写有风和日丽之态的景物。王夫之在《诗广传》中对《小雅·采薇》的这种特点,还作过很详细的分析。他说:

往而咏杨柳之依依,来而叹雨雪之霏霏,善用其情者,不敛天物之荣凋以益己之悲愉而已矣。夫物其何定哉?当吾之悲,有迎吾以悲者焉;当吾之愉,有迎吾以愉者焉,浅人以其褊衷而捷于相取也。当吾之悲,有未尝不可愉者焉;当吾之愉,有未尝不可悲者焉,目营于一方者之所不见也。

故吾以知不穷于情者之言矣:其悲也,不失物之可愉者焉,虽然,不失悲也;其愉也,不失物之可悲者焉,虽然,不失愉也。导天下以广心,而不奔注于一情之发。是以其思不困,其言不穷,而天下之人心和平矣。

人的感情的表达是很复杂而多种多样的。《诗经·小雅·采薇》中这几句著名的描写,是以欢乐之景色来写自己之悲哀,而以悲哀之景色来写欢乐之情感,结果就更加鲜明,起到了反衬的作用。王夫之在《诗广传》中这一段分析,就是为了说明,在现实生活实际中,人们欢乐之时所见到的不一定都是欢乐之"景",也可以遇到悲哀之"景";而人们悲哀的时候所见到的,也不一定都是悲哀之"景",也常常碰到欢乐之"景",所以,艺术创作中也不要固守成法,而应当从生活实际出发。这正是王夫之独具慧眼之处。

情景交融的境界还有大小之别。这是指形象描写是对大的画面的概略勾勒呢,还是对小的景物的精细描摹。例如王维的"大漠孤烟直,长河落日圆",这就是大景,杜甫的"细雨鱼儿出,微风燕子斜",就属于中景或小景。情景交融的境界虽有大小之别,却并不以此区分优劣。大景写得不好,不如小景;小景写得好,可以超过大景。王国维在《人间词话》中说:

境界有大小,不以是而分优劣。"细雨鱼儿出,微风燕子斜",何遽不若“落日照大旗，马鸣风萧萧”。“宝帘闲挂小银钩”，何遽不若“雾失楼台，月迷津渡”也。

小景写得好，不仅本身生动形象，而且往往还能把周围的大景借象征、暗示的方法体现出来，人们读了之后就会感到有比小景更丰富的大景在后面。这就是所谓“以小景传大景之神”。王夫之在《姜斋诗话·夕堂永日绪论内编》中说：

有大景，有小景，有大景中小景。“柳叶开时任好风”，“花覆千官淑景移”，及“风正一帆悬”，“青霭入看无”，皆以小景传大景之神。若“江流天地外，山色有无中”，“江山如有待，花柳更无私”，张皇使大，反令落拓不亲。宋人所喜，偏在此而不在彼。近唯文徵仲《斋宿》等诗，能解此妙。

这一段里，“柳叶”句引自杜审言《大酺》，“花覆”句引自杜甫《紫宸殿退朝口号》，“风正”句引自王湾《江南意》，“青霭”句引自王维《终南山》，它们的共同特点是能够从小景的描写中使人联想到大景。比如柳条嫩芽舒展开放，微风轻轻吹拂，使人很自然地想象到春天的大好风光。唐代的百官在花柳下站着上朝，体现了一派兴旺的盛况。风顺帆高，显示了河面的辽阔。山间云气（青霭）灭没，隐现出山峦起伏的雄伟气概。由此可见，小景和大景亦不是绝对的。

情景交融的境界，不管是景中情，还是情中景，不管是大景还是小景，总而言之，都是情景相结合的产物。那么怎样才能做到“情景相入，涯际不分”呢？我国古代文艺家认为关键是在于“即景会心”，自然得之，而不是人为地、生硬地加以捏合。诗人即心即目有所感兴，自然境与意会，情触景生。司空图在《与李生论诗书》中说，诗歌创作贵在“直致所得，以格自奇”，即正是说的这一点。心中目中，情景自合，不劳拟议，无须苦思。王夫之《姜斋诗话·夕堂永日绪论内编》中说：

“池塘生春草”，“胡蝶飞南园”，“明月照积雪”，皆心中目中与相融泱，一出语时，即得珠圆玉润，要亦各视其所怀来而与景相迎者也。

又说：

> “僧敲月下门”，只是妄想揣摩，如说他人梦，纵令形容酷似，何尝毫发关心？知然者，以其沉吟“推”“敲”二字，就他作想也。若即景会心，则或推或敲，必居其一，因景因情，自然灵妙，何劳拟议哉？“长河落日圆”，初无定景；“隔水问樵夫”，初非想得；则禅家所谓现量也。

王夫之把情景的自然结合，看作能否创造优美的情景交融境界的关键。他对“推敲”问题的看法不能说没有偏激之处，因为有了艺术意境之后，文字上如何表达更有力，是可以研究的，同时也不必完全以当时实情为依据。但是王夫之把现实生活实际作为情景交融境界的基本来源，把能否真实地反映生活实际作为衡量艺术境界优劣的重要标准，这是十分有价值的精辟见解。他在这里用了“现量”这个佛教术语。“现量”在佛教哲学中是指三种内心与外境关系（现量、比量、非量）之一种。据《相宗络索》说：“现量，现者有现在义，有现成义，有显现真实义。现在不缘过去作影；现成一触即觉，不假思量计较；显现真实，乃彼之体性本自如此，显现无疑，不参虚妄。”王夫之借“现量”来比喻即景会心的情景交融境界，主要在说明这种境界之获得，不凭借于“思量计较”，是诗人有感于眼前实景，一触即发之结果。从艺术创作的过程来看，这种境界的产生，乃是艺术家通过观察现实，受外界事物的感触，而激发出艺术创作灵感时，所产生的艺术形象。所谓“各视其所怀来而与景相迎”，正是指兴会浓烈、灵感涌现的一刹那。王夫之在《唐诗评选》中说：“只于心目相取处得景得句，乃为朝气，乃为神笔。景尽意止，意尽言息，必不强括狂搜，舍有而寻无。在章成章，在句成句。文章之道，音乐之理，尽于斯矣。”王夫之认为这种艺术灵感的产生，即景会心的境界的获得，主要是要依靠艺术家有亲身的生活实践与耳闻目见的经历。他说：

身之所历，目之所见，是铁门限。即极写大景，如“阴晴众壑殊”，“乾坤日夜浮”，亦必不逾此限。非按舆地图便可云“平野入青徐”也，抑登楼所得见者耳。隔垣听演杂剧，可闻其歌，不见其舞；更远则但闻鼓声，而可云所演何出乎？

这就涉及文艺创作与生活的关系问题了。我国古代文艺家由于受唯心主义思想影响，以及受儒家传统思想影响，有很多人都强调从古人创作和书本中去寻找创作的源泉，并获得灵感，对生活实践的第一位作用缺乏认识。而王夫之在这一点上就远远超出前人，把生活实践作为情景交融境界的主要源泉，这是难能可贵的。当然，我们应该看到王夫之在这里也有过于简单化和偏激之处。因为对于一个艺术家来说不可能事事都亲自经历过、体验过，如果只能写自己亲身经历过、体验过的内容，那么就会过于狭隘了。但是，把亲身经历作为创作的“铁门限”，在当时的风气下，无疑地是有极大的进步意义的。

八　意与势

我国古代文学理论中所说的意和势的关系，是文学创作中的一个十分重要的理论问题，它讲的是文艺作品中作家的主观意图和作品所描写的现实生活本身的客观规律之间的关系，亦即作家的立意和作品所描写内容的具体形态特点之间的关系问题。学术界对意和势这两个概念的理解很不一致，为此，我们需要先对这两个概念的内涵作一点分析，然后再进而讨论这两者之间的关系。

我国古代文学理论批评中所说的“意”，在不同的情况下，其含义是很不同的。意，有时指的是比较抽象的作家的主观思想意愿、观点倾向，有时则是指作品中包含了作家主观意图的具体现实生活内容。这两种不同的“意”，有共同的方面，但又有很大的不同，不能混而为一。比如陆机《文赋》中所说的“意不称物，文不逮意”，这个“意”即是上面所说的第二种“意”，指作家构思中所形成的、反映具体现实生活内容的“意”。刘勰在《文心雕龙》中所说的“意授于思，言授于意”的“意”，也是指的这种具体的意。不把这两种含义不同的“意”严格地区别开来，就容易造成理论上的混乱。比如,王夫之在诗歌理论批评中对这两种“意”的态度便是完全不同的。他在《姜斋诗话·夕堂永日绪论内编》中说:“无论诗歌与长行文字,俱以意为主。”明确提出文学创作必须以意为主。然而,他在《古诗评选》中又说:“诗之深远广大,与夫舍旧趋新也,俱不在意。唐人以意为古诗,宋人以意为律诗绝句,而诗遂亡。如以意,则直须赞《易》陈《书》,无待诗也。”又在《古诗评选》中说:“宋人论诗以意为主,如此类直用意相标榜,则与村黄冠、盲女子所弹唱亦何异哉!”同是一个人这里讲“以意为主”,那里又狠狠批评“以意为主”,岂不大相矛盾了吗?其实,这一点也不矛盾,而是互相补充的。王夫之所主张的“以意为主”,是说的上述第二种“意”,而他所反对的“以意为主”,则是说的上述第一种“意”。第二种“意”是具体的、形象的意,而第一种意,则是抽象的、概念化的“意”。具体的、形象的“意”是和“意象”的概念接近的,而抽象的、概念的“意”则和“理”的概念是接近的。刘勰《文心雕龙·神思》篇中说:“意翻空而易奇,言征实而难巧。”又《时序》篇说屈宋的作品,其“炜烨之奇意,出乎纵横之诡俗”。这两处所讲的“意”都是指具体的艺术意象,而非抽象的“意”。艺术家已经把自己抽象的“意”化为作品中具体形象的“意”了。我国古代文学理论批评中多数人讲的“意”,都是指的这种具体的、形象的“意”。王夫之反对以抽象的概念化的“意”来写诗,而主张要以具体的形象的“意”来写诗,所以就有这种提倡“以意为主”,又反对“以意为主”的矛盾现象的出现。只要我们懂得了有两种不同的“意”,就很容易理解王夫之的文学理论,并且也会感到他的诗歌理论,确是相当精辟的。这种对于“意”的具体的、形象的特点的分析,我们还可以从皎然《诗式》中看到。皎然在《诗式》中曾经说到所谓:“三不同:语、意、势。”这个“意”即是指具体的形象的文意,是与象结合的意,而不是抽象的概念化的“意”。皎然举出的“偷意诗例”写道:

> 如沈佺期《酬苏味道诗》:“小池残暑退,高树早凉归。”取柳恽《从武帝登景阳楼诗》:“太液沧波起,长杨高树秋。”

沈佺期的诗是“偷”了柳恽诗中借池水和高树的变化写暑去秋来之“意”。

可见,皎然所说的“偷意”,实际上即是指模仿其立意,也即是偷其意象。我国古代讲“意”和“势”中的“意”,正是讲的这种具体的、形象的“意”,而不是指抽象的、概念的“意”。正确地理解“意”和“势”关系中的“意”的内涵,方能使我们对这两个概念之间的辩证关系有比较清醒的正确的认识,并真正弄懂意和势关系的实质。

“势”,即是指这种具体的、形象的文意中所包括的现实生活内容本身的内在客观规律性。不过这种客观规律性也不是抽象的、概念的,而是具体的、形象的。它是文学作品中艺术形象所描写的具体现实生活内容的客观规律性所具有的独特形态。我国古代很早就提出了“势”的问题。比如《周礼·考工记》中说:“审曲面势,以饰五材,以辨民器,谓之百工。”这个“势”即是讲建筑和器物都有自己一定的内在规律,表现出某种具体的形态。《管子》有《形势》篇,据唐代尹知章的注说:“自天地以及万物,关诸人事,莫不有形势焉。夫势必因形而立,故形端者势必直,状危者势必倾。”不同的事物有自己不同的“形”,而“形”本身的特征决定了它必然有某种具体的“势”。事物的这种“形”和“势”的关系,反映在文学中就是所谓的“体势”。对此,刘勰在《文心雕龙·定势》篇中说道:

> 夫情致异区,文变殊术,莫不因情立体,即体成势也。势者,乘利而为制也。如机发矢直,涧曲湍回,自然之趣也。圆者规体,其势也自转;方者矩形,其势也自安;文章体势,如斯而已。

机发矢直、涧曲湍回和端者势直、危者势倾一样,说明任何事物都有自己的特殊规律,从而表现为某种特殊的势态,这就是客观事物的“势”。文学作品中的“势”也是如此。因为文学作品中的形象都是反映了特定的社会生活内容的,而这种社会生活内容,必然有自己的“势”。《定势》篇赞中说:“形生势成,始末相承。湍回似规,矢激如绳。”刘勰强调这种“势”乃是“自然之趣”,正是为了说明它不是以人的意志为转移的,而是事物本身所固有的特征。

意和势的关系也是依据文学作品的艺术形象既有其主观性,又有其客观性的特征而提出的。其目的是要求创作中应当重视这两者的统一,而不要使二者发生矛盾。使艺术作品做到既能够充分地体现作家的主观意图,同时又符合于现实生活本身的逻辑。我国古代的文学、绘画、书法创作,都讲究"立意"和"取势",这就是"意"和"势"的问题。"立意",也叫"构意"或"会意",讲的是文艺作品中如何依据主题思想的需要来构成意象的问题。吕凤子先生在《中国画法研究》中将意象的构成分为"立意"和"为象"两个方面,同时又指出这两者是不可分割的,即是绘画创作的打"腹稿"过程。"立意"是指艺术创作中具体的主题设想,而它必须通过形象的创造才能落实。而这个形象则是作者对现实形象经过惨淡经营、加工改造而构成的。形象本身有它的现实依据,是有客观性的,因此必须符合它本身内在的规律。以画马为例,马的形象固然是画家按照自己某种主观意图的需要,综合了现实中无数不同的马的特点,选择其中最能符合自己"立意"要求的方面,而创造出来的,但既然画的是马,就必须符合马的基本特点,以及马的某种特殊形态,如奔跑的马或躺卧的马等,不能画牛作马,也不能画马所不可能有的姿态。为此,就必须重视"取势",要把创作对象所具有的本质规律,以及由此而形成的独特姿态,真实而充分地体现出来。清代著名的绘画理论家沈宗骞在《芥舟学画编》中指出,绘画必须要讲究"会意"和"取势",而"会意"之"意",并非抽象之意,而是要借具体的形象来呈现的。绘画创作就要善于通过描绘客观现实形象来体现画家之"意"。他指出:

> 两间之形形色色,莫非真意之所呈。浅者见其小,深者见其大。为文词、为笔墨,其用虽殊而其理则一。岂仅求规模形似,便可谓已尽画道哉。

天地之间的事物,蕴含丰富的意义,可以从各个不同角度去认识,它被艺术地描写在文艺作品中,其意之深浅大小,就要看作者认识到什么程度了。艺术家的才能主要就表现在是否善于发掘客观事物中所蕴藏的深意,以便借此来体现自己"立意"的要求。不过,仅仅善于"会意"还是不够的,还必须对"两间之物"的内在本质和外在姿态都描绘得生动逼真。这就要懂得如何"取势"。沈宗骞说:"天地之故,一开一阖尽之矣。"说明客观事物都是按一定的自然规律而形成的。“取势”就是要把这种事物的自然规律所体现的具体形态正确地表现出来。沈宗骞说:“笔墨相生之道,全在于势。势也者,往来顺逆而已。而往来顺逆之间,即开阖之所寓也。”可见,艺术作品中的“势”,也就是指不同的客观事物所具有的独特内在规律。艺术创作如果只讲“意”,而不讲“势”,那是不能成为艺术作品的。

由于“势”在艺术创作中具有极为重要的地位,所以我国古代文学理论批评中很早就提出了“势”的问题。还在建安时期,我国自觉的文学理论批评刚刚开始的时候,建安七子之一的刘桢就说过这样一段话:“文之体指,虚实强弱,使其辞已尽而势有余,天下一人耳,不可得也。”(见刘勰《文心雕龙·定势》篇引)突出地强调了文学作品中“势”的重要性。南齐陆厥在《与沈约书》中说:“刘桢奏书,大明体势之致。”刘桢是最早从文学创作角度来讲“体势”的。他认为文学创作中“势”的问题比辞藻的问题重要得多。“势”是属于形象塑造方面的问题,而辞藻则是具体物质表现手段的问题。形象塑造不能体现“势”,不能把事物内在规律所呈现的特殊形态表现出来,那么,辞藻尽管很华丽,也不能把作品写好。文学创作必须做到“辞已尽而势有余”,方为艺术之最高境界。当然,要用凝练的语言把作品的“势”表现得很充分,这也是十分不容易的,但辞藻毕竟是第二位的问题。唐代的皎然在《诗式》中论诗歌创作,首先提出要“明势”。他说:

> 高手述作,如登荆巫,觌三湘鄢郢之盛,萦回盘礴,千变万态。(文体开阖作用之势。)或极天高峙,崒焉不群,气腾势飞,合沓相属。(奇势在工。)或修江耿耿,万里无波,欻出高深重复之状。(奇势雅发。)古今逸格,皆造其极矣。

皎然举了三个例子,说明三种不同的“势”,都是符合其所描写的现实内容之特点的。有了“势”,就能使你感到有如亲眼所见、身临其境一般。皎然在《诗式》中还举出了以下“偷势诗例”:

如王昌龄《独游诗》:“手携双鲤鱼,目送千里雁。悟彼飞有适,嗟此罹忧患。”取嵇康《送秀才入军诗》:“目送归鸿,手挥五弦。俯仰自得,游心太玄。”

这两首不同的诗,其“立意”是明显不一致的,但“取势”是类似的,都是写的“手携”“目送”的势态。

在对待意和势的关系上,我国古代文艺家认为,艺术创作过程中,要以立意为主,取势为辅。立意精到,取势巧妙,方能构成生动感人的艺术形象。王夫之在《姜斋诗话·夕堂永日绪论内编》中说:

把定一题、一人、一事、一物,于其上求形模,求比拟,求词采,求故实,如钝斧子劈栎柞,皮屑纷霏,何尝动得一丝纹理?以意为主,势次之。势者,意中之神理也。唯谢康乐为能取势,宛转屈伸以求尽其意;意已尽则止,殆无剩语;夭娇连蜷,烟云缭绕,乃真龙,非画龙也。

这里,王夫之对意和势的辩证关系作了相当深刻的分析,而这对于我国古代文学理论批评中有关意和势关系的认识,也是一个重要的总结。它主要有三个基本观点:第一,提出了文学创作中意和势之间的主从关系。王夫之认为文学创作过程中的模山范水、雕琢词采、堆砌典故等都不是创作的主要方面,关键是在于如何充分体现作家立意的要求,又如何对体现立意要求的物象作出符合其本身特点的描写,使之姿态逼真。而在“立意”与“取势”中,“立意”又显然是处于主导地位的。如果“立意”不当,则“取势”再妙也就是空的了。但是“立意”虽好而“取势”不当,也不能真正体现“立意”的要求。必须做到意中有势,势能尽意,这样才能自然神妙,进入理想的最高境界。如果片面地只讲“势”而不讲“意”,是很容易陷入形式主义的错误创作倾向中去的。颠倒了“意”和“势”的主从关系,是不可能写出有价值的好作品来的。陆云在《与兄平原书》中说:“往日论文,先辞而后情,尚势而不取悦泽。及张公论文,则欲宗其言。”陆云和陆机原先对待文学创作有颠倒情辞关系,片面“尚势”而不取“悦泽”的倾向。他们在“势”和“辞”的关系上重“势”,这是对的,但是辞之“悦泽”也仍然是不能废弃的，而更主要的是只讲“取势”，而不以“意”为主，就更错误了。故而刘勰说：“夫情固先辞，势实须泽，可谓先迷后能从善矣。”（《文心雕龙·定势》）既批评了他们原先的错误，又肯定了他们后来能根据张华的主张而加以改正。刘勰批评当时的形式主义文风，认为他们的问题正是在于不能“因情立体，即体成势”上，不能摆正“意”和“势”的关系，而是“为文而造情”“先辞而后情”，结果其“取势”也就没有了依据，以致去追逐诡巧之势，文体遂弊。他在《定势》篇中说：

> 自近代辞人，率好诡巧，原其为体，讹势所变，厌黩旧式，故穿凿取新，察其讹意，似难而实无他术也，反正而已。……然密会者以意新得巧，苟异者以失体成怪。旧练之才，则执正以驭奇；新学之锐，则逐奇而失正；势流不反，则文体遂弊。

六朝时期许多作家程度不同地偏重形式而忽略内容，不能正确地处理好“意”与“势”的关系是重要原因之一。所以，王夫之强调“意”和“势”的主从关系，也是总结了历史经验教训的。

第二，王夫之提出了“势乃意中之神理”的观点，说明了“势”的本质。这里说的“意”，即是指与“象”所结合的具体的“意”，亦即是指作品中的“意象”。“意中之神理”，非常深刻地指出了“势”即是作品的意象中所体现的内在规律。它告诉我们，“意”和“势”必须非常自然地统一在文学作品的艺术形象之中。每一种不同的文学体裁，每一篇不同的作品都有它不同的“势”的特点。刘勰在《文心雕龙·定势》篇中说：

> 是以模经为式者，自入典雅之懿；效骚命篇者，必归艳逸之华；综意浅切者，类乏酝藉；断辞辨约者，率乖繁缛；譬激水不漪，槁木无阴；自然之势也。

文学作品不同的内容和表达方式，就有不同的艺术风貌，这也是“势”的一种表现。刘勰讲“定势”，并不是说任何作品都有共同的“势”，而是说每一篇作品都有符合自己特点的“势”。每篇作品之“意”不同，故其“意中之神理”亦不相同。所以,对一篇作品来说有“定势”,对整个创作来说是无“定势”。黄侃《文心雕龙札记》中说:“彼标其篇曰《定势》,而篇中所言,则皆言势之无定也。其开宗也,曰:‘因情立体,即体成势。’明势不自成,随体而成也。申之曰:‘机发矢直,涧曲湍回,自然之趣’;‘激水不漪,槁木无阴,自然之势。’明体以定势,离体立势,虽玄宰哲匠有所不能也。又曰:‘循体成势,因变立巧。’明文势无定,不可执一也。”文学作品的体,既是反映客观现实生活内容的,又是包含了作家主观思想意图的,因此,所谓“体势”问题,实际上已蕴含了“意”与“势”的辩证关系在内。“体”是因“情”而立的,这“情”就是作家“意”的具体表现。所以,强调“体”“势”的统一,一定的“体”中要有与之相应的“势”,这里既说明客观现实内容都有按照自己内在规律形成的“势”,同时又说明了这种“势”必须能和作家主观情意和谐而统一。由此可见,王夫之所提出的“势乃意中之神理”的命题,正是对我国传统所说的“体势”问题中所包含的作家主观意图和作品内容客观规律性的辩证统一因素,作了更加明确的分析和论述。

第三,王夫之认为在有了新颖的“立意”之后,能否“取势”是关系到作品艺术描写的真假的大问题。“真龙”与“画龙”的区别,就在于有没有“势”。谢灵运诗之所以是“真龙”而非“画龙”,其原因就在于他善于“取势”。他那些生动诱人的山水描写,如“野旷沙岸净,天高秋月明”(《初去郡》),“春晚绿野秀,岩高白云屯”(《入彭蠡湖口》),“林壑敛暝色,云霞收夕霏”(《石壁精舍还湖中作》),等等,确如鲍照所说,“如初发芙蓉,自然可爱”。谢灵运能够把山水风景的真实姿态形象地再现出来,其势宛转屈伸以尽其意,故而达到了逼真传神的程度,而不使人感到是为创作而创作的虚假之作。王夫之在《姜斋诗话·夕堂永日绪论内编》中还进一步发挥此意道:

论画者曰:“咫尺有万里之势。”一“势”字宜着眼。若不论势,则缩万里于咫尺,直是《广舆记》前一天下图耳。五言绝句,以此为落想时第一义。唯盛唐人能得其妙,如“君家住何处?妾住在横塘。停船暂借问,或恐是同乡”。墨气所射,四表无穷,无字处皆其意也。李献吉诗:“浩浩长江水,黄州若个边?岸回山一转,船到堞楼前。”固自不失此风味。

按,“咫尺有万里之势”,最早见于《南史·竟陵文宣王子良传》。其云:“(萧贲)幼好学。有文才,能书善画,于扇上图山水,咫尺之内,便觉万里为遥。”在咫尺之内所画山水,使人见了似觉真山水一般,感到万里之遥的“远势”,故杜甫于《戏题王宰画山水图歌》中说:“尤工远势古莫比,咫尺应须论万里。”画上的山水本是假的,但由于画出了“势”,显得与真山真水一模一样了。所以,艺术作品能不能表现出描写对象的“势”来,是艺术表现成功不成功的重要标志之一。不讲“势”,则如地理图一般,它只能表示山水方位、大小比例等,而不可能把山水的形象真实地再现出来。崔颢《长干曲》中这一首诗之所以写得好,就是因为诗人把女子的心理、感情、性格特征通过短短的四句话全都传达出来了。热情、羞怯、天真、纯洁的善良女子的音容笑貌,写得如闻如见。故王夫之说“无字处皆其意也”。这正是讲究“取势”的艺术效果。李梦阳的《黄州》诗是写长江风光,黄州先是连影子也看不到,但在曲折的长江中岸回山转,一下就到了黄州城边了。这也是善于把长江行船之“势”充分体现出来,使人如身临其境一般的作品。

正确地认识文学创作中的“意”和“势”的关系,是一个十分重要的问题。文艺创作都是要体现作家的某种具体的主观意图的,但是,它又是要通过描绘现实生活来流露的。而现实生活本身是有自己内在逻辑和规律的。只讲“立意”,不讲“取势”,只企图贯彻作家主观意图,而不研究生活本身逻辑,并使两者统一,就会使创作变成一种纯粹是抽象观念的宣传,变成时代精神的单纯传声筒。反之,只讲“取势”,而不顾“立意”,也可能陷入形式主义泥坑。因此,只有使“意”与“势”辩证结合,方是健康、正确的创作方向。

九　文与质

文和质是我国古代文学理论批评中经常运用的一对概念。文和质的关系主要是指文学作品的内容和形式的关系,同时也具有文华和质朴的含义,有时在不同的场合其侧重点是不完全相同的。

文和质的概念最早是由孔子提出来的。孔子讲文质关系并不是指文学作品,而是指人的内在思想品质与外在的礼节学问之间的关系。比如《论语·雍也》篇说:

质胜文则野,文胜质则史,文质彬彬,然后君子。

孔子认为一个上层社会的人,如果只有内在的好的思想品质,而没有仁义礼乐等的修养,不懂得礼节,缺少学问,那么就会和普通的粗野的百姓一样,而没有分别了。但是,如果一个上层社会的人虽有仁义礼乐的修养,懂得许多礼节学问,而内在的思想品质不能与之相配,那么也只能做一个普通的史官,而不能干大事业,成为国家栋梁之材。必须既有高尚的内在思想品质,又有深厚的仁义礼乐等修养,文质兼备,这样才能算是一个彬彬君子。孔子认为对于一个人来说,文质是不能偏废的。孔子对于人的修养的这种要求,后来被引申到文学创作的领域中,用来比喻对文学作品的内容与形式的要求,主张文学创作必须内容和形式并重,这是我国古代文学理论批评一个十分重要的传统特点。

《论语·颜渊》篇还记载了子贡所说的这样一段话:

文犹质也,质犹文也;虎豹之鞟,犹犬羊之鞟。

这里提出了对文质关系的相当辩证的看法。文和质虽然可以从不同的角度来分析其内容,但是它们实质上是分不开的,是一个事物的两个不同方面。比如虎豹之皮,如果没有其毛色上的特征,那么,怎样和犬羊之皮加以区别呢?文是外在的,质是内在的,事物都是由这两方面结合才能构成的。没有无文之质,也没有无质之文,因此,也可以说,"文犹质也,质犹文也"。质必须以一定的文表现出来,而文又必然是反映了一定的质的。对文质关系的这种辩证的认识,反映在对文学作品的内容和形式关系的认识上,就是强调内容必须通过一定的形式体现出来,而形式又总是反映一定的内容的。所以,在具体的创作中必须内容和形式并重,既要看到内容的决定作用,又必须注意形式的修饰,因为形式不恰当会影响内容的表达,形式愈完善,也就更能充分地体现内容,把它传达得更好。

以孔子为首的儒家正是从这种文质观出发,所以对文学作品在内容和形式关系的要求上是比较全面的。《左传》襄公二十五年引孔子的话说:“言以足志,文以足言”,“言之无文,行而不远”。语言是为表达人的心志服务的,但是,语言作为一种工具和手段来说,如果不加以修饰,那么就不能充分地体现人的心志。因此也就不能起到更好的作用。《礼记·表记》中曾引孔子说:“情欲信,辞欲巧。”这当然不一定是孔子的原话,因为《礼记》大约是汉人之述作。但是这种思想是与孔子的观点一致的。孔子说过:“辞,达而已矣!”(《论语·卫灵公》)“辞达”,后人作过许多发挥,如苏轼、章学诚等所论,已不完全是孔子本意了。但是,孔子的“辞达”也确是包含了两方面意义的。一方面说明文辞的目的是达意,另一方面这达意也不是很容易的,达意要达得好是对文辞的一种很高的要求。孔子这里关于文辞和表达心志关系的论述,直接就涉及了文学创作的问题。文学就是语言的艺术,它就是通过用语言塑造形象来表达作家的特定情意心志的。孔子这种有关文学作品内容和形式关系的看法,也有它的历史渊源。《周易》中就提出过“言有物”和“言有序”的要求,《尚书》中也讲过“辞尚体要,不惟好异”的问题。都是主张内容和形式要一致的。孔子当时虽然没有直接把文质和言文联系起来,然而其思想脉络是一致的。所以后来很自然地就用文质来论述文学作品的内容和形式了。至于文华和质朴的意思,则正是从内容和形式的关系上派生出来的。

在我国古代文艺思想发展史上,也出现过片面地尚质而轻文的倾向,以及片面地尚文而轻质的倾向,这都是与一定历史条件下的社会思潮与文艺思潮密切联系着的。早在先秦时期与孔子文质并重的观点相对立的,就有墨子和韩非的重质轻文的观点存在着。孔子是主张文艺作品之美既包括内容又包括了形式的,他的“尽善尽美”说即可充分说明这一点。《论语·八佾》记载他说歌颂舜德的古乐《韶》是“尽善”又“尽美”,而歌颂周武王的古乐《武》,则是“尽美”而“未尽善”。这就是说《武》反映的是周武王以征伐取天下,而不像舜是以揖让得天下,所以“未尽善”,不够美,但它的艺术形式则是相当美的。可见,在孔子看来,美不仅在内容,也在形式。然而，墨子和韩非的看法就不同了。他们认为美在质而不在文，即美只在内容而不在形式。墨子主张"先质而后文"，认为质是最重要的，在保证质的前提下，才能讲到文的问题。实际上认为文是可有可无的了。比如《说苑·反质》篇中记载了这样一个故事：墨子对他的徒弟禽滑釐说："今当凶年，有欲予子隋侯之珠者不得卖也，珍宝而以为饰。又欲予子一钟粟者，得珠者不得粟，得粟者不得珠，子将何择？"禽滑釐说："吾取粟耳，可以救穷。"墨子很同意禽滑釐的意见，并且指出："故食必常饱，然后求美；衣必常暖，然后求丽；居必常安，然后求乐。为可长，行可久。先质而后文，此圣人之务。"《说苑》的记载是否可靠很难说，但这种思想是和墨子在《非乐》篇中表现的观点一致的。墨于认为质是最重要的，文是次要的，在衣食住行不能保证的情况下，必须"先质而后文"。韩非的看法比墨子更偏，他认为美在质而不在文，而文是害质的，是掩饰质之丑的。他在《韩非子·解老》篇中说：

> 夫恃貌而论情者，其情恶也；须饰而论质者，其质衰也。何以论之？和氏之璧不饰以五采，隋侯之珠不饰以银黄，其质至美，物不足以饰之。夫物之待饰而后行者，其质不美也。

韩非在这里把质和文对立了起来，认为文之美是掩饰质之不美的，真正美的事物是在质而不在文，文美质必丑，因此只能弃文而求质了。韩非在《外储说左上》篇中还以秦伯嫁女、楚人鬻珠的故事来说明文以害质的观点。秦伯之女嫁到晋国去，带了穿戴华丽的美女七十人为侍从，结果晋人爱其侍女而贱其女。楚人卖珠给郑人，将珠子装在"木兰之柜，薰以桂椒，缀以珠玉，饰以玫瑰，辑以翡翠"，结果，"郑人买其椟而还其珠"。韩非用这两个故事来说明文对质之美是起危害作用的。因此，从墨子和韩非的观点出发，那么，文学作品也只要讲内容而不必讲究形式了。他们之所以片面地主张这种尚质而轻文的观点，是因为他们过分地强调了实用，而没有看到艺术正是要在一定的美的形式中才能真正起到教育作用的。形式和内容是不能分开的。韩非把实用看得高于一切，他在《外储说右上》中说，如果一个价值千金的玉做的酒器是漏的话，连水都盛不了，那有什么用呢？岂不是还不如一个瓦器不漏而可以盛酒更有用吗？这当然也有一定道理，但是玉做的价值千金的酒器，如果不漏不是比瓦器要好出不知多少倍吗？墨子和韩非这种重质轻文的思想是建立在以实用为主的基点上的，它与后来儒家（如宋儒）那种重道轻文的尚质思想并不完全相同，对后世的影响并不很大。

在文质关系上的另一种形而上学观点，是片面地尚文而轻质。从文学创作上看就是拼命追求形式的华艳，而忽略内容的深刻。每当文学史上形式主义倾向严重的时候，大都有这种文艺思想的出现。不过它主要表现在创作中，而从理论上突出地强调尚文为主的是不多的。汉代的大赋具有比较明显的形式主义倾向，明显地是尚文而轻质的，这种情况到六朝就发展得比较严重了。从理论上说，梁元帝萧绎在《金楼子·立言》篇中认为文学作品只要词采华艳，音律铿锵，能动人心弦就是好作品了。当时的文坛情况，就像李谔《上隋高祖革文华书》中说的："遂复遗理存异，寻虚逐微，竞一韵之奇，争一字之巧，连篇累牍，不出月露之形；积案盈箱，唯是风云之状。"在反对这种创作倾向的斗争中，有两种不同的倾向，一种是从尚质轻文的角度来批判尚文轻质的，实际是从一个极端走向另一个极端。这可以当时裴子野的《雕虫论》为代表。其实，这种倾向早在汉代就有所表现。扬雄虽然是汉赋的大作家之一，但是他后期对辞赋持否定态度，认为是"童子雕虫篆刻"，"壮夫不为"，虽然他指出了"诗人之赋丽以则，辞人之赋丽以淫"的区别，但从《法言》中总的倾向看偏于尚质是明显的。裴子野把这种尚质倾向又进一步发展了。他认为创作上这种形式主义文风是从《楚辞》开始的，并且从汉赋、建安文学，一直到六朝全在被否定之例。后来隋代李谔、唐初王通，就是沿着这条线下来的。这一股文艺创作思潮有其积极的方面，就是反对形式主义创作倾向，但也有很大的片面性，这就是对文质关系的理解具有形而上学的倾向。

另一种反对重文轻质倾向，则是从对文质关系比较全面的、辩证的理解与认识出发的。它集中反映在六朝最有影响的几个文艺理论批评家陆机、刘勰等的文学理论批评中。他们在文质关系上都是坚持了以质为主导，以文附质，文质并茂的正确方向的。他们都认为文学作品的形式是为表达内容服务的，然而形式也必须重视，两者是密切结合的。陆机在《文赋》中分析十种不同的文体时，也都是从质和文两方面同时立论的。如说："碑披文以相质"，便是对碑这种文体的内容和形式关系的比较辩证的论说。陆机在分析各种文病时，既反对"清虚以婉约""既雅而不艳"的倾向，又反对"遗理以存异""寻虚而逐微""言寡情而鲜爱，辞浮漂而不归"的倾向。也就是说，陆机对尚质轻文和尚文轻质的现象都是很不满意的。

陆机这种有进步意义的文质观，对刘勰的《文心雕龙》发生了积极的影响。刘勰在自己的著作中对文质关系问题作了比较全面而深入的理论分析，提出了文质并茂的理论，这是我国古代文艺思想史上对文质关系阐述得最好最深刻的一部分。刘勰的《文心雕龙》的全部理论便是建立在文质并茂的美学思想基础上的。刘勰在《文心雕龙·征圣》篇中总结作为后人楷模的圣人文章之特点就是"衔华而佩实"。他在《辨骚》篇中提出文章要"玩华而不坠其实"，也是这样的意思。所谓华实，实际上也即是文质的意思。尤其是在著名的《情采》篇中，他更是集中地分析了文与质的关系，批评了当时重文轻质的形式主义倾向。情和采就是文学作品中的质和文。刘勰从内容与形式并重的思想出发，首先非常辩证地阐述了文和质之间的相互依存关系。他说：

> 夫水性虚而沦漪结，木体实而花萼振，文附质也。虎豹无文，则鞟同犬羊；犀兕有皮，而色资丹漆，质待文也。

"文附质"，是说文学作品的形式总是要依附于一定的内容的。这和宇宙间任何客观事物都是一样的，文必须依附于一定的质才能存在。"沦漪结"是"水性虚"的表现，"花萼振"是"木体实"的表现。文不附质，也就没有文了。"质待文"，说明内容必须要有一定的形式才能具体反映出来。无论是虎豹之皮，还是犀兕之皮，总是要以一定的毛色方能显示出其特征来的。刘勰通过生动的比喻所阐明的"文附质""质待文"的观点是很精当而辩证的。它指出了内容和形式都绝不可轻视，不可偏向一面的基本原因。刘勰在阐述文质并重、互为依存的过程中，还清楚地说明了在文和质中，"质"又是占有主导地位的，"文"是为充分表现"质"服务的。他说：

> 夫铅黛所以饰容,而盼倩生于淑姿;文采所以饰言,而辩丽本于情性。故情者文之经,辞者理之纬;经正而后纬成,理定然后辞畅,此立文之本源也。

情(理)和辞也即质和文,情和理是文学作品的内容,这是文学创作中的主导方面,只有以内容为主,形式才有了具体的目的和方向,这也就是刘勰所说的"经正而后纬成,理定然后辞畅"的意思了。刘勰指出,在创作过程中处理文质关系,即内容和形式关系,可以有两种办法,两条道路,一是为文而造情,一是为情而造文。刘勰是肯定后一种办法,主张走后一条道路的。他认为前一条道路即是形式主义的道路,是颠倒了文学创作中的内容和形式关系的。文学创作是先确立了具体内容再去写作呢?还是为文而文,生硬地造情,这是一个重大的原则问题。刘勰认为当时重文而轻质的形式主义创作倾向的特点就是"为文造情"。他说:"为情者要约而写真,为文者淫丽而烦滥。""故体情之制日疏,逐文之篇愈盛。"对这种形式主义创作倾向,刘勰是非常不满意的。为此,他在批判这种错误的同时,提出了自己正面的主张。他说:

> 是以联辞结采,将欲明理;采滥辞诡,则心理愈翳。固知翠纶桂饵,反所以失鱼,"言隐荣华",殆谓此也。是以衣锦䌹衣,恶文太章;贲象穷白,贵乎反本。夫能设模以位理,拟地以置心,心定而后结音,理正而后摛藻,使文不灭质,博不溺心,正采耀乎朱蓝,间色屏于红紫,乃可谓雕琢其章,彬彬君子矣。

过多的在形式上下功夫,而不去考虑内容的问题,就可能导致"翠纶桂饵,反所以失鱼"的状况,必须"理正而后摛藻",才能使"文不灭质,博不溺心"。刘勰对文质关系的论述,正是总结了自孔子以来关于文质关系的辩证思想的结果,同时也是在同形式主义的重文轻质和绝对化片面化的重质轻文两种倾向斗争中的产物。

刘勰这种对文质关系的辩证论述,在唐代的创作实践和理论批评中都得到了很好的继承和发扬。唐代前期在反齐梁文风的斗争中也和六期时期一样有两种不同的倾向。王通、王勃等沿袭裴子野、李谔的路子,继续发挥重质轻文的主张,他们的思想在中唐以后又直接影响了白居易、韩愈等人。后来在宋代被道学家推上重道弃文的极端。但是,唐代反齐梁文风中的另一派是主张文质并茂的。这可以令狐德棻、李白、殷璠等为代表。令狐德棻在《周书·王褒庾信传论》中主张文学创作要"摭六经百氏之英华,探屈、宋、卿、云之秘奥,其调也尚远,其旨也在深,其理也贵当,其辞也欲巧。然后莹金璧,播芝兰,文质因其宜,繁约适其变。权衡轻重,斟酌古今,和而能壮,丽而能典,焕乎若五色之成章,纷乎犹八音之繁会"。他不但没有否定《楚辞》,而且对汉赋也是有所吸取的。他提出的文质因宜、繁约适变,"和而能壮,丽而能典"的原则,正是接受陆机、刘勰等思想影响的结果。李白在对待文质关系上的看法,是和令狐德棻一致的。李白也很尖锐地批判了齐梁文风,但是他主张文质并茂,对齐梁也不是一笔抹杀的。李白在《古风》中对文学的历史发展,作过这样的评述。他说:

> 自从建安来,绮丽不足珍。圣代复元古,垂衣贵清真。群才属休明,乘运共跃鳞。文质相炳焕,众星罗秋旻。

李白指出了自建安以后,文学发展上出现了形式主义倾向。他说"绮丽不足珍",并不是否定"绮丽",说它不好,而是反对因追求"绮丽",忽视了内容的翔实。李白对齐梁的优秀作家作品是充分肯定的。如他在《赠江夏韦太守良宰》中就赞美了江淹和鲍照。他说:"览君荆山作,江鲍堪动色。清水出芙蓉,天然去雕饰。"在《宣州谢朓楼饯别校书叔云》中又说:"蓬莱文章建安骨,中间小谢又清发。俱怀逸兴壮思飞,欲上青天览明月。"他对谢朓是十分心折的。"文质相炳焕"是李白的理想,也是唐代诗歌创作的基本特征之一。这种强调内容和形式并重的思想在唐诗的创作中占有主导地位。李白之后,殷璠在总结盛唐诗歌创作经验的时候,也明确地指出了"文质半取,风骚两挟",是唐诗在艺术上所遵循的基本原则。从六朝到隋唐所形成的这种"文质相炳焕"的文艺思想,是我国文学思想发展中的基本观点,它充分说明我国古代对文质关系的认识是全面的辩证的。

在宋代由于理学的影响,出现了极端的尚质轻文的倾向。这种尚质轻文的思想和墨子、韩非的思想不同。它不是为了实用,而是为了强调封建之道。它的具体表现是认为“作文害道”“学诗妨事”,把文学创作看作“玩物丧志”的事,是主张重道而弃文的。宋代邵雍、周敦颐、二程的文论中就集中反映了这样一种创作思想。这是我国古代在文质关系上最极端化、最没有价值的一部分,从宋代开始就不断受到进步文艺家的批判。大多数人都是文质并重的,但从具体论述上说,对文质关系的理解,一般都没有超出刘勰在《文心雕龙》中的论述的范围。但是,也有一些重要的文艺家,在刘勰所论述的基础上,对文质的辩证关系作了更进一步的比较系统的阐发,这可以明末清初的王夫之为代表。

王夫之《古诗评选》中评萧子良《登山望雷居士精舍同沈右卫过刘先生墓下作》一诗时,曾经提出了文艺创作中“文因质立,质资文宣”的观点。这实际上也即是对刘勰的“文附质”“质待文”观点的发挥。文无质不能立,没有一定内容,还有什么形式呢?形式必须附着于一定内容才有意义。从另一方面看,内容必须依据于一定的形式,才能展示其意义,得到宣明。在《尚书引义》中,王夫之在分析《毕命》篇“辞尚体要”的含义时,非常深刻地批判了“体要者质也,质立而文为赘余矣”的重质弃文思想。这显然正是针对宋明道学的形而上学文质观而发的。王夫之从哲学的高度深刻地阐明了“文质不可分”的原理。他说:“物生而形形焉,形者质也。形生而象象焉,象者文也。形则必成象矣,象者象其形矣。”任何不同的事物都有自己特殊的形,而形必须借象具体显现出来。他举例说,白马之不同于人,不仅其质不同,即是马不是人,同时其文也不同,马之白不同于人之白。白雪和玉不同,不仅因为雪和玉之质不同,而且也因为白雪之白与玉之白,亦即其文也不同。所以,他说:“欲损其文者,必伤其质。犹以火销雪,白失而雪亦非雪矣。”他指出,人各为质,而质以文为别,因此,没有了文,也就没有了质,不能把文和质割裂开来。“盖离于质者非文,而离于文者无质也。”这种辩证的质文观,反映在文学创作上,就是要求内容和形式的辩证统一,既重视内容又重视形式,把它们看作是互相联系、互相依存、互相促进、互相发明的一个有机的整体。

文质关系所反映的这种辩证的思想,反映了我国古代文艺家对内容和形式的关系,有非常深入而精辟的认识,并且自古以来就始终在文艺思想上占有主导地位,因此对我国古代文学的健康发展,起了良好的积极作用。

十 通与变

我国古代文学理论批评中所说的通和变的关系,即是指文艺创作中的继承和创新的关系。文学创作中的继承和创新关系处理得好不好,是否正确,对文艺创作的能否健康发展,有十分重大的影响。任何一个时代的文艺创作如果不能正确地对待继承和创新的关系,是一定会走上邪道的。这是为我国文学发展的历史所证实了的。文艺创作是一种精神生产,它必然是在前人已经达到了的基础上的创造,它绝不可能撇开前人的成果与经验,只凭主观的“聪明”去创造。每个时代、每个作家的创作也都是以前代留下的特定的文艺“思想资料”作为前提而出发的。比如在我国古代文艺发展中,汉代的辞赋就是在《楚辞》的基础上发展起来的。刘勰在《文心雕龙·时序》篇中说:“爰自汉室,迄至成哀,虽世渐百龄,辞人九变,而大抵所归,祖述《楚辞》,灵均余影,于是乎在。”没有《楚辞》,就不会有汉赋。然而,文艺创作又必须在前人创造的基础上有所创新,要从前人已经达到的高度上,继续向前迈进一大步,有所发明,有所创造,有所前进。如果是一味因袭,那是没有出路的,只能成为最没出息的文学教条主义和艺术教条主义。在我国古代文艺发展过程中,片面强调继承和片面强调创新的现象都曾经出现过。但主要是片面强调继承的倾向更为突出一些。这大概是和以孔子为代表的儒家主张“述而不作”的思想的深刻影响有密切关系的。不过,在继承和革新关系上对形而上学倾向的斗争中,我国古代文艺家积累了十分丰富的经验,对继承和创新的全面的辩证的认识逐渐深入,并且从理论上作了比较系统的阐述。这是我国古代十分可贵的一份理论遗产。

我国古代称文艺创作中的继承和创新为“通变”。什么是“通”。这是说文艺创作过程中有一些基本经验,是历代的文艺创作都必须遵循的,是应该学习和继承的。因此,虽然各个时代都有自己不同特色的创作,但其中又可以找到一条贯通始终的历史发展线索,有其共同的方面。什么是“变”。这是说文艺创造必须随着时代的发展,以及文体的差异、作家的不同等等，而有所变化，在艺术上有新的创造，有自己的特色，而不能只是模拟因袭。

我国古代文艺批评中所说的通和变，是和我国古典哲学中的变化发展观点和朴素的辩证法因素影响直接相关的。通和变的概念就是从我国古代的《易传·系辞》中来的。《易传·系辞》中比较集中、鲜明地反映了事物是发展变化的观念。《系辞》作者认为整个宇宙是处于不断的变动之中的，其云："日往则月来，月往则日来，日月相推而明生焉；寒往则暑来，暑往则寒来，寒暑相推而岁成焉。"一切事物就是在这种变化发展中产生和成长的。"易象"是模拟客观事物的，是适应客观事物的变化发展而发明的，因此它本身也是多变的，所谓"神无方而易无体"。"知变化之道者，其知神之所为乎。""爻辞"是对"易象"如何体现客观事物变化发展的说明，故云："爻者，言乎变者也。"在这种思想基础上，《系辞》作者提出了通和变的概念。其云：

> 参伍以变，错综其数，通其变遂成天下之文，极其数遂定天下之象，非天下之至变，其孰能与于此？

这里，《系辞》作者着重强调了事物既有其相联系的一方面，又是不断地发展变化的。易象在模拟客观事物时也是适应这种既通又变的情况的。"刚柔以立本，变通以趋时。"《系辞》作者不仅提出了通变的概念，而且对它们之间的关系，也有比较辩证的论述。《系辞》作者认为客观事物是日新月异地发展变化的，易象也是生生变化不息的，故而历史的发展总是不断地产生和创造出新事物的过程。"日新之谓盛德，生生之谓易。"因此，通和变也是一种辩证的关系，"变则通，通则久。"有变方能通，通亦即是变之过程。易象既然是通变的产物，那么，说明易象的辞自然也有一个通变的问题。这种思想遂直接影响到对文学创作的继承与创新的认识。除了《易传·系辞》以外，荀子的哲学思想也对文学创作上通变思想的形成有重要影响。荀子认为客观事物是变化发展的，而不是一成不变的。他之所以提出要"法后王"，而不主张"法先王"，正是由于他认为不管是自然事物，还是社会人事，都是变化发展的，时代前进了，就需要适应当时的具体情况,符合变化了的新情况的需要。先王之道是针对当时情况提出来的,现在现实已经有了变化发展,仅靠先王之道就不行了。后王之道乃是对先王之道在具体变化发展了的情况下的运用,所以应当“法后王”。儒家的经典虽然很重要,但并不能完全适应今天变化了的现实的需要。这种思想反映到文学创作上,他就强调要针对当时的现实需要来创作,而不能仅仅以反映过去的现实的《诗经》为模仿对象,搞因袭模拟的创作。他在《劝学》篇中说:“《礼》《乐》法而不说,《诗》《书》故而不切,《春秋》约而不速。”他认为《诗》《书》是适应当时情况的,并不能切合当前已经变化了的现实情况。因此,《诗》《书》这样的著作也不是可以万世效法、因袭模仿的,必须有新的发展,方能适应变化了的现实的需要。荀子本人就是在探讨着新的文学创作形式的。他的《赋》篇就是一种新的文学创作形式,对后来辞赋的发展有很大的影响。在荀子的文艺思想中已经比较鲜明地反映了既讲继承又重视创新的观点,这对后来的文艺理论批评家如刘勰等人都有很深远的影响。

从文学理论上首先明确提出继承和革新思想的是西晋初年的陆机。陆机的《文赋》是专门论述创作问题的。《文赋》中一方面强调要认真学习和吸取前人的创作经验,另一方面又主张要有所创新,反对模拟剿袭。《文赋》提出作家创作之前要“颐情志于典坟”,必须“游文章之林府,嘉丽藻之彬彬”,这并不只是要学几部儒家经典,同时也是泛指一切前人优秀之作的。但是,这种学习和继承,并不是要求作家去抄袭模拟,而是必须要有自己新的创造。陆机认为,如果写得和前人大同小异,那么尽管很美也应该毫不犹豫地舍弃掉。他的原则是要做到“谢朝华于已披,启夕秀于未振”。他在论文病时专门说道:

> 或藻思绮合,清丽芊眠。炳若缛绣,凄若繁弦。必所拟之不殊,乃暗合于曩篇。虽杼轴于予怀,怵他人之我先。苟伤廉而愆义,亦虽爱而必捐。

陆机的“朝华”“夕秀”之论,古代有一些人只把它解释为语言文字上的创新,其实这是不全面的。他所说的“朝华”“夕秀”,显然是包括文意和文辞两方面的,是包括着艺术形象创造上革新和语言文辞物质手段的革新在内的。“朝华”“夕秀”不过是一种形象的比喻而已。这一点从上引他在《文赋》论文病中的一段话里,可以看得非常清楚。“藻思绮合”四字即是说的艺术构思和形象塑造的情况,当然也包括词采、音律在内。“所拟不殊”更是明确地指出了是形象描写的问题。后来有些古文家将它和韩愈之“惟陈言之务去”相提并论,甚至于强调成为要在语言上追求怪怪奇奇、十分生僻的语词,则离陆机的本意就更远了。陆机并没有提到通和变的概念,但是他主张在创作前要广泛学习前人之作,创作中又要尽量摆脱雷同因袭之弊,而有独创精神,这实质上也即是讲的通变的问题。

从文学理论上全面地论述了文学创作的继承和创新问题,并且概括为“通变”这一理论概念的是刘勰。《文心雕龙》专门有《通变》一篇,但关于通变的思想则是贯穿于《文心雕龙》全书的。《文心雕龙》上篇的文体论中,对每一种文学形式的历史研究和创作特点的分析,都鲜明地体现了既要通又要变的思想。而下篇论创作问题中的《时序》一篇则更突出地体现了文学历史发展过程中必然要随时代的变化而变化,必然是既有通又有变的思想。归纳起来,刘勰对“通”和“变”的内容及其相互之间的辩证关系的论述,有如下几个要点。

首先,刘勰指出了文学发展过程中必然有通的方面和变的方面,两者都是客观存在的事实。文学创作之所以有通、有变,归根到底是因为文学是反映社会现实生活的。社会现实生活的不断发展、变化,文学作品的面貌也必然有新的发展、变化。“时运交移,质文代变,古今情理,如可言乎!”在历史发展的“交移”更替中,文学创作也代有所变,有兴有废。“故知文变染乎世情,兴废系乎时序。”变,这是必然的。“歌谣文理,与世推移,风动于上,而波震于下。”然而在这种“变”的过程中,也有一些基本原则是不变的,是代代相传下来的。比如文学创作的“序志述时”,则“其揆一也”。不论是哪个朝代的文学在表现作家的思想情感、反映时代的风貌特色这一点上,都是一致的。这就是通的方面。

其次,从文学作品本身的体式方面来看,也必然是有通又有变的。刘勰在《通变》篇中说:

夫设文之体有常,变文之数无方,何以明其然耶?凡诗赋书记,名理相因,此有常之体也;文辞气力,通变则久,此无方之数也。名理有常,体必资于故实;通变无方,数必酌于新声;故能骋无穷之路,饮不竭之源。

刘勰指出不同的文学形式,既然各有自己的名称,这就说明它们是都有自己的某种特点的,没有这种特点就不成其为这种文学形式了,这是历代所"通"的方面。如"诗赋书记,名理相因",即是"有常之体"。但是,就每篇作品来看,"文辞气力"则都是不同的,没有一篇是一样的。作品的具体内容、艺术风格、表现特点等等都是随着不同的作家而各有特点,这是"无方之数",是历代均有所"变"的。刘勰在叙述每一种文体发展时,一般都指出了以下四方面的内容:"原始以表末,释名以章义,选文以定篇,敷理以举统。"这四个方面包含了通和变两方面的内容。叙述历史发展不同阶段的不同内容,这是"变";而"释名以章义""敷理以举统",指出每一类文体的基本特征,这就是"通"。这种"通"的方面,是从每一类文体历史发展中总结出来的共同经验。比如《诠赋》篇中,刘勰总结赋的创作之特征是:

原夫登高之旨,盖睹物兴情。情以物兴,故义必明雅;物以情观,故词必巧丽。丽词雅义,符采相胜,如组织之品朱紫,画绘之着玄黄,文虽杂而有质,色虽糅而有本,此立赋之大体也。

刘勰在这里对赋的创作基本特点的总结是否确切,是否全面,这是可以讨论和研究的。但是从通变的角度说,刘勰确是看到了文学发展在变的同时,每一类文学形式都有一些共同的、不变的、为历代所承传的方面,这是正确的。这种对通变的认识也是难能可贵的。对每一种文学形式的发展过程中这种通和变的方面,刘勰曾举了一个十分生动的比喻来加以说明。他说:

故论文之方,譬诸草木,根干丽土而同性,臭味晞阳而异品矣。

文学创作中“通”的方面,亦即“名理相因”的部分,犹如草木之“根干丽土”;而其“变”的方面,即“文辞气力”的部分,犹如草木之“臭味”异品,有同有不同,有继承有创新,这就是辩证的通变说。

再次,他还指出了在作品的具体艺术描写上,历代也都是有继承有创新的。比如拿艺术的夸张来说,也明显地表现了这种有通有变的特点。刘勰说:

> 夫夸张声貌,则汉初已极。自兹厥后,循环相因,虽轩翥出辙,而终入笼内。枚乘《七发》云:“通望兮东海,虹洞兮苍天。”相如《上林》云:“视之无端,察之无涯,日出东沼,月生西陂。”马融《广成》云:“天地虹洞,固无端涯,大明出东,月生西陂。”扬雄《校猎》云:“出入日月,天与地沓。”张衡《西京》云:“日月于是乎出入,象扶桑于蒙汜。”此并广寓极状,而五家如一。诸如此类,莫不相循,参伍因革,通变之数也。

刘勰从五家赋中对宇宙的广阔无垠的形容,来说明艺术的具体描写也是有继承创新关系的。刘勰这里比较侧重在说明艺术描写的继承方面,不过,这个例子举得不算太好,容易给人以模拟的感觉。

最后,刘勰从理论上提出了如何处理通与变关系的原则。他说:

> 文律运周,日新其业。变则其久,通则不乏。趋时必果,乘机无怯。望今制奇,参古定法。

刘勰在这里所提出的创作上的今古通变原则,从理论上说,是比较辩证的,也是比较全面的。要求做到通中有变,变中有通。既要从古人创作中吸取其基本原则、经验,又要按照现实的需要来创新。既有历代相沿之法则,又有今天创造之新奇。要把这两方面有机地结合在一起,才能创造出优秀的文学艺术产品。同时,我们还要看到,刘勰的通变说,是针对当时文坛上强调“变”比较多,而重视“通”不够的倾向而发的。刘勰认为当时形式主义文风的泛滥,很重要的一点就是一味追逐新奇,而抛弃了文学创作的一些历代相传的基本原则之缘故。比如比刘勰稍晚的萧子显在《南齐书·文学传论》中说：

> 习玩为理，事久则渎。在乎文章，弥患凡旧。若无新变，不能代雄。

萧子显这种“新变”论从强调文学必须创新的角度来说，无疑地是很正确的，而且说明了没有创新，文学就不能发展的道理。他明确地表示反对因袭模拟，这都是有价值的。不过，对于文学创作也必须继承前人成果这一点来说，萧子显似乎有所忽略，这自然也是代表了当时社会上流行的一般看法的。从这一点说，是有一定偏向性的。刘勰在这方面比萧子显要全面一些。不过刘勰所说的“通”的具体内容上，也有受儒家思想影响而不够科学的片面性。他把征圣、宗经作为确立继承和创新原则时的一个重要标准。认为继承的具体内容要以是否符合儒家文艺思想为原则，而创新也不能离开儒家文艺思想的要求，这就必然要给通变带来很大的局限性，所谓“练青濯绛，必归蓝蒨，矫讹翻浅，还宗经诰”。所以，在涉及具体的通变内容时，刘勰所论往往就不一定都合适了。

从隋唐开始一直到明清，在如何正确对待继承和创新的问题上，曾经出现过两种形而上学的绝对化倾向。一种是只讲创新而不讲继承，对待遗产基本上是采取全盘否定的倾向。这种现象在唐初是比较突出的。从隋至唐初在反齐梁文风的斗争中，多数人对齐梁文风采取一笔抹杀的态度。因此，对于唐诗发展来说，面临着一个重要的问题，即是如何正确对待六朝文学，要不要继承六朝文学的成果。事实证明，唐诗的繁荣是离不开六朝文学发展的基础的。离开了这个基础，就不能发展到新的高峰。然而，按照李谔、王通、王勃这样一些人的见解，那么，从《楚辞》一直到六朝，甚至唐初，都几乎没有什么值得肯定的，自然也就谈不上什么继承了。但是，也有一些人是能比较全面地评价六朝文学，并且在继承和创新关系上有正确态度的。李白在这方面是很清醒的，而杜甫则能够坚决地顶住这股对六朝文学全面否定的潮流，充分肯定了继承六朝包括唐初文学成就的重要性。他在《戏为六绝句》中批评了当时人们对庾信的轻蔑,指出了王、杨、卢、骆这初唐四杰的重要贡献,提出"不薄今人爱古人,清词丽句必为邻。窃攀屈宋宜方驾,恐与齐梁作后尘"的主张。可见,他对齐梁文学是采取一分为二的态度的。以李杜为代表的盛唐诗人,由于对继承和革新有比较全面的认识,所以才创作出了那么多优秀的诗篇,这也正是唐诗获得繁荣发展的重要原因。中唐以后,随着阶级矛盾尖锐化,社会危机的加深,复古主义文艺思潮泛滥起来了,又产生了一种偏向继承、忽略创新的倾向。这在唐代古文运动中有比较明显的反映。而到宋代,由于理学的发展,这种倾向更加突出了。它在明代前期发展到了顶峰。前后七子提倡"文必秦汉,诗必盛唐",完全走向了只讲继承、不讲创新的另一个极端,使得文学创作其高处不过是"古人影子"。明代中叶以后,李贽、公安三袁、王夫之、叶燮等在反对因袭模拟的过程中,对文学创作中的通变问题,从理论上作了更进一步的阐述,这些主要表现在下列几个方面。

首先,他们比刘勰更深入、更透彻地阐明了文学随时代的变化而变化的道理,指出复古模拟的创作倾向的主要错误,就是不懂得这个道理。为此,他们强调了革新对文学创作的重要性和必要性。袁宏道在《雪涛阁集序》中说:

> 文之不能不古而今也,时使之也。妍媸之质,不逐目而逐时。是故草木之无情也,而鞓红鹤翎,不能不改观于左紫溪绯。唯识时之士为能堤其隤而通其所必变。夫古有古之时,今有今之时,袭古人语言之迹而冒以为古,是处严冬而袭夏之葛者也。

不同的时代,有不同的社会特点,有不同的社会现实生活内容,因此,也必然要表现为不同的文学内容和形式。"古有古之时,今有今之时",古有古之文,今有今之文,决不能以古代今,以模拟复古代替革新创造。否则就好像天气已经到寒冬腊月,而仍然穿着夏天的单薄衣服一样,就不能符合于时代的要求了。这一点,叶燮在《原诗》中也讲得很清楚,他说"风雅之有正有变,其正变系乎时","时有变而诗因之"。又说:"盖自有天地以来,古今世运气数,递变迁以相禅。古云:'天道十年一变。'此理也,亦势也,无事无物不然,宁独诗之一道胶固而不变乎?"这些论述对于批判只讲继承不讲革新,只讲通不讲变的创作倾向,正是切中要害的致命一击。自然,叶燮的后一段论述中,也有一些历史循环论的色彩,这一点在刘勰的《文心雕龙·时序》篇中亦有所表现。但是这种局限性,并不能掩盖他们强调时代在变,文学创作也必须变这一积极主张的意义与价值。

其次,他们明确地指出,文学创作是作家抒发性灵、描写真情的产物。而作家的性灵,郁积于内心的真情是各不相同的,每个作家都有自己独特的个性、气质、思想、感情,因此文学创作也必然不能因袭模仿,而必须具有自己的特点。既然性灵、真情是各不相同的,那么文学创作也必然要有"变",也肯定会有"变"。刘勰虽然也讲到过"各师成心,其异如面"(《文心雕龙·体性》)的问题,但那是讲风格,而没有从这个角度来讲"通变"。明清时期文艺家对这一点则讲得很充分。袁宏道在《与丘长孺》的书信中说:"大抵物真则贵,真则我面不能同君面,而况古人之面貌乎?"在《叙小修诗》中,他说文学创作必须"独抒性灵,不拘格套,非从自己胸臆流出,不肯下笔",能够做到这样,那么,"佳处自不必言,即疵处亦多本色独造语。"因此,即使是"闾阎妇人孺子所唱《擘破玉》《打草竿》之类,犹是无闻无识,真人所作,故多真声。不效颦于汉魏,不学步于盛唐,任性而发,尚能通于人之喜怒哀乐嗜好情欲,是可喜也"。文学创作之可贵即在能发"真声",出"真情",而这种"真声""真情"是各不相同的,即使当时也是如此,更不要说古今的差异了。所以,王夫之在《姜斋诗话·夕堂永日绪论内编》中说:"盖心灵人所自有,而不相贷,无从开方便法门,任陋人支借也。"这一点对于批判前后七子只讲继承、不讲创新的形而上学观点也是很有力量的。

再次,以公安派为代表的一些文艺家,比较深刻地指出了文艺创作中的继承和创新之间的辩证关系,说明了继承和创新乃是一件事情的两个不同方面。没有继承则不能创新,没有创新也就不能继承。继承必须有创新,创新也不能离开继承前人优秀成果。袁宏道说过一段非常深刻的话,他在《雪涛阁集序》中说:

骚之不袭雅也,雅之体穷于怨,不骚不足以寄也。后之人有拟而为之者，终不肖也，何也？彼直求骚于骚之中也。至苏、李述别及《十九》等篇，骚之音节体致皆变矣，然不谓之真骚不可也。

袁宏道通过对文学发展历史的具体分析，指出模拟因袭并不是真正的继承，而只有对前人创作中的积极因素，在新的历史条件下给以新的发展和创造才能算是真正的继承。《诗经》是一部伟大的诗歌总集，但是要继承《诗经》这份遗产，并不是对它进行模拟，而是要发挥其精神实质。《诗经》中的"怨"是其十分进步的地方，而《楚辞》正是在这一方面作了进一步的发挥。《楚辞》从内容到艺术形式都不同于《诗经》，但是不能不说它是《诗经》的真正继承和发扬者。后来模仿《楚辞》的，也没有好作品，因为它们只是继承而没有创新，即所谓"求骚于骚中"也。然而苏李赠答之作、《古诗十九首》，虽然和《楚辞》绝不相同，却不能不说是《楚辞》的真正继承者，其原因就在于能以创新来发扬其积极精神。"音节体致"都变了，但《楚辞》的精神实质被继承并以新的方式加以发扬了。这就告诉我们，文学创作中的"因"和"革"是不能分的，是密切地结合在一起的。这种思想后来叶燮在《原诗》中也有所论述。他说：

汉苏、李始创为五言，其时又有亡名氏之《十九首》，皆因乎三百篇者也；然不可谓即无异于三百篇，而实苏、李创之也。建安、黄初之诗，因于苏、李与《十九首》者也。然《十九首》止自言其情；建安、黄初之诗，乃有献酬、纪行、颂德诸体，遂开后世种种应酬等类；则因而实为创。此变之始也。三百篇一变而为苏、李，再变而为建安、黄初。建安、黄初之诗，大约敦厚而浑朴，中正而达情。一变而为晋，如陆机之缠绵铺丽，左思之卓荦磅礴，各不同也。其间屡变而为鲍照之逸俊，谢灵运之警秀，陶潜之澹远。又如颜延之之藻缋，谢朓之高华，江淹之韶妩，庾信之清新。此数子者，各不相师，咸矫然自成一家。不肯沿袭前人以为依傍，盖自六朝而已然矣。其间健者如何逊、如阴铿、如沈炯、如薛道衡，差能自立。此外繁辞缛节，随波日下，历梁、陈、隋以迄唐之垂拱，踵其习而益甚，势不能不变。小变于沈、宋、云、龙之间，而大变于开元、天宝。高、岑、王、孟、李，此数人者，虽各有所因，而实一一能为创。而集大成如杜甫，杰出如韩愈，专家如柳宗元、如刘禹锡、如李贺、如李商隐、如杜牧、如陆龟蒙诸子，一一皆特立兴起。

叶燮在这一段对汉魏至唐的诗歌发展的分析中，非常具体地阐述了其间如何有因有创的具体历史发展线索，指出因中有创，创中有因，无创不能因，欲因必须创的辩证关系。

最后，明清之际的文艺家认识到继承和创新是文学发展的基本规律。一种新的创作倾向，在不断发展的过程中，必然要走向事物的反面，因此，必然就要有所变革。这种变革的原因正是为了克服事物发展到极端化之后所产生的流弊。所以，袁宏道就提出了"法因于弊而成于过"的问题。一种新的创作，开始总是比较少，比较特殊的，当它逐渐被多数人所承认，并且大家都来学习创作之后，就必然要产生因过滥而出现的流弊，为此，又要有新的创造来矫正这种流弊。而这种新的创造逐渐发展到一定阶段，又会出现因过滥而产生的流弊，于是又要有新的创造来矫正它。袁宏道认为文学创作正是在这样的因和创的交替过程中不断向前发展的。他在《雪涛阁集序》中说：

矫六朝骈丽饤饾之习者，以流丽胜，饤饾者，固流丽之因也。然其过在轻纤，盛唐诸人以阔大矫之；已阔矣，又因阔而生莽，是故续盛唐者，以情实矫之；已实矣，又因实而生俚，是故续中唐者，以奇僻矫之；然奇则其境必狭，而僻则务为不根以相胜，故诗之道，至晚唐而益小。有宋欧、苏辈出，大变晚习，于物无所不收，于法无所不有，于情无所不畅，于境无所不取，滔滔莽莽，有若江湖。今之人，徒见宋之不唐法，而不知宋因唐而有法者也。如淡非浓，而浓实因于淡。然其弊至以文为诗，流而为理学，流而为歌诀，流而为偈诵，诗之弊又有不可胜言者矣。

在这个历史分析中，袁宏道着重指出了任何时代的文学，任何形式的文学，发展到一定阶段就必然要出现流弊，从而被一种新的文学所代替，这正是历史发展的一个必然规律。由此，他指出了变革、创新正是为了使文学创作健康发展，而不至于走上歧路。

从以上这些分析中，我们可以看到，我国古代关于"通变"的论述中，对于文学创作的继承和革新关系的分析是相当深刻的，也是很辩证的，并且对于在继承和革新关系上的各种形而上学的错误思想曾经给予了十分尖锐有力的批判。这些至今仍有着很重要的现实意义。

十一　风骨与辞采

我国古代文艺理论批评中，对艺术形象塑造上的风骨与辞采的关系有很辩证的论述。风骨和辞采的关系从创作理论的角度来看，究竟指的是什么问题，是和对风骨内容的理解有密切关系的。如果对风骨的含义没有较为确切的认识，那么也就搞不清楚风骨与辞采关系的实质。

风骨的含义究竟指什么，长期以来学术界没有一致的意见，但是都承认它是我国古代文艺理论批评中一个重要的美学标准。风骨这个概念在文艺理论中的运用始自六朝，至唐以后各家相沿袭用，不胜枚举。然而，在不同的历史时期、不同的艺术领域、不同的文艺家那里，风骨的具体内容是不完全相同的。不过，既然都是讲风骨，必然还是有一些共同方面。如果我们对这些同与不同的方面作一些细致的辨析，那么，对风骨的含义是可以有一个基本符合实际的理解的。从时代来说，齐梁时期讲的风骨和唐初讲的风骨是并不完全相同的。虽然齐梁时期刘勰、钟嵘所说的文学上的风骨论和陈子昂讲的风骨都有反对齐梁时期绮靡华艳的形式主义文风的意义，可是陈子昂侧重在诗歌的寄托上，他在《与东方左史虬修竹篇序》中说："文章道弊五百年矣。汉魏风骨，晋宋莫传，然而文献有可征者。仆尝暇时观齐梁间诗，彩丽竞繁，而兴寄都绝，每以永叹。"其提倡"风骨"之要害在于要求诗歌能寓以深义。这和刘勰、钟嵘讲风骨之含义就不完全一致了。刘勰所讲的"风骨"比较偏重在要表现儒家思想的精神力量，强调要"熔铸经典""思摹经典"(《风骨》)，"取熔经意"(《辨骚》)，"骨鲠训典"(《诔碑》)，等等。而钟嵘讲的"风力"，则着重在要"怨"，体现一种愤激不平的强烈感情，故其评曹植之诗歌创作为："骨气奇高，词采华茂。情兼雅怨，体被文质。"又评左思的诗歌创作是"文典以怨”,故而有“风力”。由此可见,即使是同一时代同一艺术领域之中,不同思想观点的作家所理解的风骨的内容也是很不相同的。如果我们看到其有某些相同的方面,就把他们所讲的风骨内容等同起来,而不注意去研究他们的区别,是无法给风骨的含义以正确说明的。至于不同艺术领域中所讲的风骨之含义,差别就更大了。比如齐梁之际,不仅文学上讲风骨,而绘画、书法上也讲风骨,而且提出得比文学上更早。东晋时著名画家顾恺之所主张的“天骨”“天趣”“奇骨”(参见张彦远《历代名画记》所引),以及著名女书法家卫夫人《笔阵图》中提倡的“多骨”“多力”都是指的风骨之意。而南齐谢赫《古画品录》中说曹不兴画的龙,“观其风骨,名岂虚成”。更明确地用“风骨”来评画,而他所提到的“风力顿挫”“力遒韵雅”“风趣巧拔”“气韵生动”等实际也是指的风骨。而庾肩吾《书品》中提出的“天骨”“风彩”,也是指的书法中之风骨。然而,书论、画论中这些讲风骨的地方,主要是从艺术形象塑造上的气韵生动、传神写照、挺拔有力、精练明朗这些方面着眼的。基本上没有刘勰、钟嵘所讲的风骨那种思想内容方面的具体内容和要求。

文艺理论批评中的风骨论,虽然各人所讲含义不完全相同,但是又有着一些共同的美学内容。这些我们觉得主要有以下几个方面:

首先,风骨指的是艺术描写对象的一种神态特征,因此必须传神,才可能有风骨。当然,传神的描写不一定都有风骨,但是只有形似而没有神似,是绝对不会有风骨的。文学理论中所讲的风骨与辞采的统一,即包含着神似和形似统一的意思在内。画论中讲的风骨与气韵、神气等几乎是同义词。如谢赫评顾骏之画时提出的“神韵气力”,既是指风骨,亦是指神气。袁昂《古今书评》中评蔡邕书云:“骨气洞达,爽爽有神。”正是说明因具备风骨而有神态毕露之感。唐代张彦远《历代名画记》中论谢赫“六法”时说:“古之画或能移其形似,而尚其骨气,以形似之外求其画,此难可与俗人道也。”此骨气即指风骨,亦是指神似而言。谢赫的“气韵生动”,张彦远称为“骨气”。元人杨维桢在《图绘宝鉴序》中则说:“传神者,气韵生动也。”清人李重华在《贞一斋诗话》中释风骨之意道:“风含于神,骨备于气,知神气即风骨在其中。”杜甫论韩幹画马道:“幹惟画肉不画骨,忍使骅骝气凋丧。”(《丹青引赠曹将军霸》)不能画出马的“风骨”,因而使之神气索然矣。杜甫又论书法说:“苦县光和尚骨力,书贵瘦硬方通神。”(《李潮八分小篆歌》)所谓瘦硬,即是骨力,亦即有风骨之意。可见,风骨,是指要表现艺术创作对象的神态,这一点是不同艺术领域不同人讲风骨所共有的特征。

其次,风骨之美必须是一种自然之美。没有自然之美,人为雕琢,是不可能把艺术创作对象的神态生动地体现出来的,因此也就谈不上风骨。在南朝自然和雕琢两种美学倾向的对立中,风骨显然是和“初发芙蓉,自然可爱”的一派联系着的,而和“错采镂金”一派相对立的。像颜延之的诗那样“铺锦列绣,雕缋满眼”,是绝不可能有“风骨”的。所以一心向往“蓬莱文章建安骨,中间小谢又清发”的李白,是最痛恨“雕虫丧天真”的,是竭力主张“清水出芙蓉,天然去雕饰”的。刘勰和钟嵘在提倡风骨的同时,竭力主张自然,这绝不是偶然的,因为风骨必须要求自然。刘勰在《文心雕龙·原道》篇中说:“云霞雕色,有逾画工之妙;草木贲华,无待锦匠之奇。夫岂外饰,盖自然耳。”《明诗》篇说:“人禀七情,应物斯感,感物吟志,莫非自然。”《体性》篇说:“触类以推,表里必符,岂非自然之恒姿,才气之大略哉!”《定势》篇说:“势者,乘利而为制也。如机发矢直,涧曲湍回,自然之趣也。”这些强调自然之美的主张,是和他提倡风骨之美密不可分的。钟嵘也是如此,他所提倡的“自然英旨”,正是他所推崇的“建安风力”的重要内容之一。而他所反对的“拘挛补衲,蠹文已甚”的排比典故、“殆同书钞”的创作和“襞积细微,专相陵架”,使“文多拘忌,伤其真美”的声律派创作,之所以不可能有风骨,主要即是因为缺乏自然之美。明代曹学佺《文心雕龙序》中说:“诗贵自然,自然者,风也。”风骨本身就体现着自然之美,此点在画论、书论中尤为明显。顾恺之《论画》中所说的“天骨”“天趣”,正是强调风骨之美的自然的特征。庾肩吾《书品》中所说的“天骨”,实际上也即是指的自然之风骨而说的。风骨正是建立在自然之美的基础上的。

再次,凡是有风骨的艺术作品,都有感情鲜明突出的特点。感情的鲜明突出具体地反映在作品的“气”上。提倡风骨的作家都重“气”,“气”和作者的情是分不开的。刘勰在《风骨》篇中说:“情与气偕”,又说:“情之含风,犹形之包气。”“深乎风者,述情必显。”鲜明的感情色彩正是通过

“气”而呈现出来的。黄叔琳说:“气是风骨之本。”纪昀则更进一步认为:“气即风骨,更无本末。”“气”有时和风骨含义是差不多的。钟嵘在《诗品》中评刘桢之诗说:“真骨凌霜,高风跨俗。但气过其文,雕润恨少。”这里的“气”即是指“真骨”和“高风”,亦即风骨。因此,刘勰认为他讲风骨和曹丕的“重气之旨”是一样的。建安文学之所以风骨凛然,即是因为它表现了鲜明强烈的慷慨激昂之情。建安诗人对社会动荡不安感慨很深,又无力改变这个现状,壮志不遂,发为浩歌,故而感情极为深沉而炽烈,具有一种忿忿不平之气。刘勰说建安文学的特点即是“梗概多气”。风骨所具有的这种抒发感情鲜明突出的特征,在书论、画论中也有所表现。例如谢赫论画中所说的“壮气”“生气”等等,实际即是讲风骨,说明这些绘画作品具有较为鲜明的感情色彩。王僧虔《书赋》中说的“气陵厉其如芒”,也是就有风骨的书法作品的感情色彩而言的。但是,风骨所具有的这种鲜明的感情色彩,并不都一定像建安文学那样,是一种慷慨激昂之情。从现有材料来看,文学中的风骨,以讲慷慨激昂之情为多,而绘画、书法中则柔和悠远之情亦可以构成风骨之美。比如谢赫评戴逵画说:“情韵连绵,风趣巧拔。”评张墨、荀勖画时说:“风范气韵,极妙参神。”评陆绥画时说:“体韵遒举,风彩飘然。”这些,都可看出谢赫所说风骨,其感情都是属于阴柔之美,而非阳刚之美的。因此,从整个艺术领域来说,风骨所体现的这种感情鲜明突出的特点,既可以是阳刚之美的感情,也可以是阴柔之美的感情。这种状况和人物品评中所讲的风骨含义也是类似的。例如说刘琨有“清刚之气”,是指他的阳刚之美的风骨;说王羲之“风骨清举”,则是指他作为清谈名士的阴柔之美的风骨。

最后,具有风骨的艺术作品,在形象塑造上都有精练有力的特点。文学、绘画、书法等虽然所运用的物质手段各不相同,但在这一点上是一致的。有风骨的作品在形象塑造上都没有芜杂拖沓之病,总是十分凝练、苍劲有力的。刘勰在分析具有风骨特色的建安文学的形象塑造特点时曾说:“造怀指事,不求纤密之巧;驱辞逐貌,唯取昭晰之能。”具有风骨的文学作品,要求以形象的鲜明生动为主,而不追求辞藻堆砌和烦琐刻画。所以刘勰在《风骨》篇中说,“瘠义肥辞,繁杂失统”,乃是缺乏“风骨”的表现。内容冗繁,辞藻芜杂,是必然要损害风骨的。钟嵘在《诗品》中也反复批评过诗歌创作中义辞过于繁富的毛病。我国古代书法理论上特别重视瘦硬的“骨力”,而反对多肉的“墨猪”。在绘画理论中讲究“意存笔先,画尽意在”,要求做到“笔迹磊落”“紧劲联绵”(张彦远《历代名画记》),有时淡彩轻描,更易见出“风骨”,而浓彩重笔刻削过细,反而缺乏生气,也没有风骨。

从上面我们对各家论风骨的共同的美学内容的分析中,可以看出,风骨乃是对艺术形象的精神风貌方面的一种美学要求。风骨是一个完整的美学概念,而不是风和骨两个概念相加的混合物。风骨是艺术形象的内容和形式高度统一所显示出来的一种神态特征,它的具体内容又是随不同的文艺思想家而有所不同的。在对风骨内涵的解释中,有一种颇占优势的看法,是认为文学理论中的风骨,风指文意(或文情),骨指文辞。风骨是分别指文意(或文情)和文辞方面的特点。这种看法由黄侃先生首先提出,经范文澜先生加以补充,得到不少人的赞同,近年来又得到进一步发展,认为:“风指思想感情表现得鲜明爽朗,骨指语言端直刚健。”[①]这是一种很有代表性的意见,但实际上是很值得商榷的。它不仅和风骨这个概念的历史演变和作为齐梁各个艺术领域的共同美学标准的含义不尽相符,而且和刘勰《文心雕龙》全书中的运用也有不少矛盾。说“风”指文意或文情的特征,和文辞没有关系;说“骨”指文辞的特征,和内容没有什么关系,这是很值得怀疑的。风骨是一个统一的概念,刘勰在《风骨》篇中之所以常常把它分开来说,是和他用骈体文写作的特点有关的。为照顾骈俪对偶的需要,他往往用“风”或“骨”来代替“风骨”。比如说:“若骨采未圆,风辞未练,而跨略旧规,驰骛新作,虽获巧意,危败亦多。”这里“骨采”和“风辞”同义,均指具有“风骨”的作品。《文心雕龙》中很多地方讲到“文骨”,都不是单指文辞方面特点,而均与内容(即文意或文情)有密切关系。比如:

《宗经》:经也者,恒久之至道,不刊之鸿教也。……洞性灵之奥

① 参见王运熙:《从〈文心雕龙·风骨〉谈到建安风骨》,《文史》第9辑,中华书局,1980年,第171—186页。

区,极文章之骨髓者也。

《檄移》:陈琳之《檄豫州》,壮有骨鲠,虽奸阉携养,章实太甚,发丘摸金,诬过其虐;然抗辞书衅,皦然露骨矣。

《封禅》:树骨于训典之区,选言于宏富之路,使意古而不晦于深,文今而不坠于浅。

《奏启》:杨秉耿介于灾异,陈蕃愤懑于尺一,骨鲠得焉。

这样的例子在《文心雕龙》中还很多。总之,"骨"是不能与文意(文情)分开的。《风骨》篇说:"若瘠义肥辞,繁杂失统,则无骨之征也。"亦是说明"骨"与义、辞两方面都有联系。"风"和文辞也是不能截然分开的,比如刘勰说:"捶字坚而难移,结响凝而不滞,此风骨之力也。"这里讲的是用辞问题,但也是与风骨都有关系的。"风辞未练",也是很明确地讲到风和文辞之不可分。所以,我们说,风骨是一个概念,它是艺术形象所体现的一种精神气貌特征,是艺术描写中对表现创作对象的神态的特定美学要求,它和艺术形象的物质表现手段,形成为一种对立统一的辩证关系。

刘勰在《文心雕龙·风骨》篇中所要阐明的一个中心思想,即是指出风骨与辞采的主从关系。刘勰认为风骨和辞采是文学创作中两个必备的重要因素,它们之间既有统率和被统率之分,然而又是不可缺一的。文学作品应当在"风清骨峻"的前提下,做到"辞采华茂",方是最美之佳作。刘勰既反对片面追求辞采而丧失风骨的倾向,也反对只讲风骨而无辞采的创作。他说:"若丰藻克赡,风骨不飞,则振采失鲜,负声无力。"又说:"若风骨乏采,则鸷集翰林;采乏风骨,则雉窜文囿。唯藻耀而高翔,固文笔之鸣凤也。"这种风骨与辞采的关系,也反映在别的文艺家的理论批评中。钟嵘在《诗品》中提出诗歌创作要"干之以风力,润之以丹采",认为只有达到这样的要求,才能"使味之者无极,闻之者动心,是诗之至也"。他把曹植作为五言诗创作之典范,即是因为他不仅"骨气奇高",而且"词采华茂"。他评刘桢诗说:"气过其文,雕润恨少。"正是对刘桢诗歌有风骨而乏文采的惋惜。文学创作中的风骨与辞采的关系,表现在绘画中即是风骨与精彩(色彩、线条)的关系,在书法中即是骨与肉、骨力与媚趣的关系。如南齐谢赫在《古画品录》中评夏瞻云:"虽气力不足,而精彩有余。”“气力”即指风骨。又评张则云：“意思横逸，动笔新奇，师心独见，鄙于综彩。”这是说张则作品风骨有余而精彩不足。又评顾骏之云：“神韵气力，不逮前贤，精微谨细，有过往哲。始变古体，创为今范，赋彩制形，皆创新意。”可见，风骨和精细的色彩、线条，是对立统一的两方面，都不可缺少。南齐著名的书法理论家王僧虔评王献之书法时说：“骨势不若父，而媚趣过之。”又评郗超草书说：“紧媚过其父，骨力不及也。”又评谢综书法说：“书法有力，恨少媚好。”庾元威认为书法要具备“骨力婉媚”。（以上均见《法书要录》所引。）梁武帝论书法时，把“纯骨无肉”和“纯肉无力”作为两种不好的倾向（见《答陶隐居书》）。这和刘勰讲的“风骨乏采”和“采乏风骨”，实质上是一致的，只是因为不同艺术种类，有不同特点罢了。在这里，我们可以看到，风骨和辞采之间的关系，实质上正是指的艺术形象创造中的精神气貌美和物质表现形式美之间的关系。我国古代关于文学创作的理论中，很重视这两者之间的关系，能否处理好这两者的关系，对于文学创作的成败有着重要的意义。

由于不同时代不同作家的思想观点和审美理想的差异，对于艺术形象中应当有什么样的精神气貌之美的要求也不同，所以，正如我们前面已经说到的，各家对风骨之美的具体内容认识是不一致的。但是，对于风骨和辞采关系的认识则不同时代不同文艺家基本上是一致的。从唐代提倡风骨的文艺家来说，在这一点上和刘勰、钟嵘等人也是一致的。陈子昂所反对的是齐梁文风中那种不讲风骨而只求词采华艳的倾向，他强调要把风骨之美放在首要地位来加以充分的重视。殷璠在《河岳英灵集序》中说唐诗至盛唐而“声律风骨始备”，批评“都无兴象，但贵轻艳”的倾向，也是要求风骨与辞采之间应当有主有从，同时又不能但取一方，丢掉另一方。语言文辞是文学创作的一种物质表现手段，就好像色彩、线条是绘画的表现手段一样。语言文辞是为塑造艺术形象服务的。辞采的华美首先要能够充分地体现出艺术形象的精神气貌来，必须为表现风骨的目的而决定取舍，而不能是无目的地追求辞采华美。刘勰在《风骨》篇中说：“昔潘勖锡魏，思摹经典，群才韬笔，乃其骨髓峻也；相如赋仙，气号凌云，蔚为辞宗，乃其风力遒也。能鉴斯要，可以定文，兹术或违，无务繁采。”刘勰所举这两个例子都是有风骨的，不过是因为骈俪文的对偶要求，才写成一有骨、一有风。“骨髓峻”和“风力遒”应该看作互文见义的表现。刘勰强调说明，只有具备了风骨，辞采之设施才有了标准；如果没有风骨的话，那么根本就谈不上辞采的问题了。钟嵘把“风力”看作主干，“丹彩”看作润色的问题，其精神与刘勰所论也是一样的。如果作品没有风骨，不能显示出艺术形象的精神风貌特征来，那么辞采的运用也就失去了依据。艺术形象塑造本身不成功，体现不出客观事物的精神风貌特征，那么，辞采再华丽也是没有用的。从另一方面来说，艺术形象的精神风貌又是必须通过一定的物质手段才能体现出来的。因此，没有华美的文辞，没有熟练地驾驭语言文字的能力，则无法把艺术形象的精神风貌充分地丰满地表达出来。对于艺术创作来说，首要的是要能把描写对象的精神气貌正确生动地传达出来，然后也要讲究物质表现手段，以便使艺术形象的精神气貌得到具体的落实。努力做到艺术形象的精神气貌美和物质形式美的辩证统一，是我国古代对文艺创作的一个十分重要的美学原则。

十二 法度与自然

任何艺术创作都不是凭空而为的，它必须要吸取前人创作的经验。我国古代文学创作理论中所说的法度，正是指的前人创作经验的总结。学习和掌握这种法度是必要的，但是，真正优秀的艺术创作则又不能受这种法度的局限和束缚，而应当从现实出发，有所革新，有所创造。艺术是反映现实生活的，如何真实、生动、深刻地反映现实，如何正确、传神地描绘客观事物形象，这才是最根本的。学习和掌握法度的目的正是在这里。因此，如果反映前人创作经验的法度，不能完全符合这个根本目的的需要，甚至成为它的一种障碍时，就要大胆地打破它，不受它的框框限制，而以实际创作中应当如何才能做到反映现实生动逼真、描绘形象自然传神为具体目标。所以，创作中又必须讲究要自然，而绝不可以矫揉造作，生硬地剪裁现实去适应固定的法度框框。要使法度和自然辩证地统一起来，这才是创作所应遵循的原则。

我国古代对文艺创作影响最大的是儒家和道家的文艺思想。在对待法度和自然的关系上，他们两家都有一定的片面性。一般地说，儒家是比较偏重法度，是讲究人为的力量的，注重于研究人工创造的具体方法。儒家对文艺创作，从思想内容到艺术形式，都有比较严格的规范化要求。比如对于诗歌创作，他们要求在内容上必须符合于儒家礼义，要“思无邪”，在风格上要“温柔敦厚”“主文而谲谏”，在表现方法上要按照赋比兴的形式，要求诗歌能起到美刺的社会作用，等等。所以在汉代著名的儒家文艺批评家扬雄、班固那里，就明确地提出了文章法度的问题。班固在《汉书·扬雄传》里，曾经叙述了扬雄对当时的赋的创作的批评，其云：

又颇似俳优淳于髡优孟之徒，非法度所存、贤人君子诗赋之正也。

这就是说，辞赋的创作不符合于当时儒家经义的法度，所以都不是好作品。扬雄在《法言·吾子》篇中还说过这样一段话：

或问公孙龙诡辞数万以为法，法欤？曰：断木为棋，梡革为鞠，亦皆有法焉。不合乎先王之法者，君子不法也。

由此可见，扬雄不仅强调法度，而且还不是一般泛指的法度，必须是儒家的法度，是以儒家经典为标准的法度。班固与扬雄的观点是比较一致的。他在《离骚序》中批评屈原及其作品的许多言论中，很重要的一条就是认为《离骚》等作品不符合儒家的法度。他说：“多称昆仑冥婚宓妃虚无之语，皆非法度之政，经义所载。”而道家则强调自然，反对人为，以能达到天生化成为目的，认为人为造作是达到天然之美的障碍，故鄙弃一切法度。道家把法度和规矩看作创作之大忌。他们提倡“天籁”“天乐”，以“解衣般礴”为创作之最高境界。儒家和道家的文艺思想都有其有价值的方面，但是也有过于绝对化的错误方面，这从他们对法度和自然关系的认识上就可以看得很清楚。在对待法度和自然的关系上，我国古代绝大多数文艺理论批评家都有比较辩证的观点，能够取儒道两家之长，而避其所短，强调应当把自然和法度有机地统一在一起。

陆机的《文赋》，是我国古代第一篇全面地论述创作问题的重要著作。陆机一方面总结了前人的创作经验，根据自己的切身体会，提出了创作中的许多重要的具体规矩和法度；另一方面又认为创作中的实际情况相当复杂，必须从现实出发，不受前人的这些规矩和法度局限，而应该以如何正确地描绘客观创作对象为依据。创作中的许多细微巧妙之处是无法用一些死板的条条框框来归纳的，只有从创作实际出发，去确定不同的表现方法。文学创作不是不要“方圆规矩”，但是它应当服务于如何“穷形尽相”的根本目的。如果这些方圆规矩妨碍了“穷形尽相”，那么就可以也必须抛弃它，另走自己的新道路，要毫不犹豫地突破这些方圆规矩。陆机的原则是“因宜适变”，然而，创作过程中的“随手之变，良难以辞逮”，“譬犹舞者赴节以投袂，歌者应弦而遣声，是盖轮扁所不得言，故亦非华说之所能精”。陆机并没有具体讲到法度与自然的概念，但是，却体现了对这两者的辩证关系的认识。

刘勰的《文心雕龙》总结了文学创作各个方面的经验，提出了许多文学创作中应当遵循的法度和规矩。针对创作过程中各方面的问题，如构思、风格、继承和创新、内容和形式，以及声律、用典、句法、字法等等，刘勰从基本原则到具体方法都作了详细的论述，全面地发展了陆机在《文赋》中所论的各种创作问题，还提出了大量新问题。他所阐明的这些艺术创作经验是十分可贵的。然而，刘勰也和陆机一样，并不要求人们把这些法度和规矩看作死的教条，也不认为仅仅有了这些法度和规矩就已经够了，就一定能写出好作品了。刘勰认为这些法度和规矩虽然很重要，但创作的最终目的还是要“自然”，符合客观事物本来面貌。这些法度和规矩只是为了真实自然地反映客观现实的一种手段。刘勰在《文心雕龙·原道》篇中指出，美的最高原则是自然。无论是天文、地文、还是人文，都是事物自然之美的一种外在表现形态。云霞雕色、草木贲华，都不是人为外饰的结果，而是事物本色之美的表现。任何事物都是“道”的具体体现，而“文”即是“道”的外在表现形式。文章也不例外，也必然要以自然为最高的美学标准。从这个意义上讲，一切从人们创作实践中总结出来的经验，亦即文学创作方面的种种法度和规矩，都只是为了更好地使之达到自然之美的一种具体手段。因此，从刘勰的基本美学观来看，自然是第一位的，法度是第二位的。然而，刘勰又认为要达到自然之美的高度是很不容易的，必须要以各种法度、规矩来作为桥梁。刘勰是主张法度与自然的辩证结合的，他把自然放在很重要的位置，然而，从具体创作来说，他又是十分重视法度和规矩的，这是刘勰论文的基本出发点。这一方面，他和陆机是一致的。不过对这种法度和规矩，要有灵活性。对艺术构思来说，既要遵循一定法度，又强调“思表纤旨，文外曲致，言所不追，笔固知止。至精而后阐其妙，至变而后通其数，伊挚不能言鼎，轮扁不能语斤，其微矣乎”（《神思》）。范文澜先生在《文心雕龙注》中说：“彦和论文以循自然为原则。”这是不错的。自然，是刘勰论述文学创作具体法度规矩各篇之灵魂，但是，刘勰之自然，是由法度而至自然，而不是弃法度而至自然。这说明刘勰虽然在创作思想上也受到道家思想的深刻影响，但是，儒家文艺思想的影响，在他思想深处，还是根深蒂固的。自然之美，也不是无规律可循，也还是可以通过法度与规矩而达到的。这是刘勰创作思想的一个要点。

在法度与自然的关系上，还有与陆机、刘勰为代表的一派不大相同的另一派，这可以苏轼为代表，即是主张在法度与自然统一的前提之下，更多地强调要突破法度之束缚，在不否定法度的情况下，把顺乎自然提到了更为突出的地位。他们的中心思想是要摆脱法度和规矩的限制，不要严格地遵循法度和规矩去创作，而要以自然为原则去自由地创作。因此，他们在论述创作原理时，基本上不提什么具体的法度规矩，而主要在着重指出以自然为主的重要性。苏轼曾多次强调描写客观事物，必须“随物赋形”，而不应该有什么死板的格式与方法。他认为客观事物是丰富多彩的，各有自己不同于他物的独特特征，世界上绝没有两个事物是完全一样的。因此，文学作品在反映客观事物时，要善于按照它本身特点，确切地把它再现出来，能符合于事物的自然之美，即是最高水平，是没有什么具体的法度和规矩的。苏轼在《自评文》中写道：

> 吾文如万斛泉源，不择地皆可出。在平地滔滔汩汩，虽一日千里无难。及其与山石曲折，随物赋形，而不可知也。所可知者，常行于所当行，常止于不可不止，如是而已矣。其他虽吾亦不能知也。

苏轼以泉水涌出流经山石曲折为比喻，说明“随物赋形”之重要。他所指的"物",当然不仅仅是对自然事物之描绘,而且也是对社会生活内容的描绘。社会生活内容也是纷繁复杂而又千姿百态的,其中各有着自己的发展规律。所谓"常行于所当行,常止于不可不止",正是要求艺术家要尊重客观现实本身的自然规律和状态,而不要以主观偏见去强行改变它,更不能用几条死板的法度规矩去把它框起来。"物"本身是什么"形",就赋予它以什么"形"。他在《书蒲永昇画后》一文中说:

> 唐广明中处士孙位始出新意,画奔湍巨浪,与山石曲折,随物赋形,尽水之变,号称神逸。

苏轼指出不论是文章还是绘画,都要按照现实形象本身的自然之态,把它淋漓尽致地表现出来,而不受任何已有的法则之局限,达到"尽万物之态"(《文与可飞白赞》)的目的。

苏轼在许多论述中都反映了重视自然天成之美的思想。他在《雪浪石》一诗中说:"画师争摹雪浪势,天工不见雷斧痕。"他反对人为的搜索枯肠,断须苦吟,在《次韵孔毅甫集古人句见赠》中他说:"诗人雕刻闲草木,搜抉肝肾神应哭。""天下几人学杜甫,谁得其皮与其骨。""前生子美只君是,信手拈得俱天成。"在《书韩幹牧马图》中,他说:"鞭棰刻烙伤天全,不如此图近自然。"他在著名的《答谢民师书》中提出文章应当做到"文理自然,姿态横生",也正是这种主张的具体表现。苏轼的可贵之处,是在于他强调自然天成的时候,并没有忘记人工创造的必要,而是重在如何由人工创造而达到自然天成的水平。所以他对艺术技巧还是很重视的。他在《书李伯时山庄图后》一文中说:"有道而不艺,则物虽形于心,不形于手。"也就是说,艺术家仅仅懂得客观事物的规律性及特点还是不够的,还必须有能把它表现出来的高度技巧。要使物既形于心,又形于手,才能完成创作。道和艺的关系,他也叫道和技的关系。在《跋秦少游》中,他提出了"技进而道不进,则不可",必须"技道两进",才能创作出真正的艺术作品来。所以,苏轼在法度和自然关系上主张文艺创作既要不失法度,又不能拘泥于法度。法度和自然统一,又以自然为主,这是苏轼对两者辩证关系的认识。他和陆机、刘勰等的区别在于:在法度和自然辩证统一的基础上，刘勰重在通过法度而达到自然，而苏轼则主张以自然为法度，要冲破法度的框框。和刘勰所理解的“法度”内容是不一致的。他在著名的《诗颂》中说：

冲口出常言，法度去前轨。人言非妙处，妙处在于是。

法度并非不重要，但创作绝不能拘泥于“前轨”。法度也是活的，应当以能反映对象本身所具有的独特特征为主。诗歌创作之妙处正在于自然而然，脱口而出，而这中间又包含了一定的法度。苏轼在论书法时说：“浩然听笔之所之，而不失法度，乃为得之。”（《书所作字后》）浩然听笔之所之，即是要不受法度的束缚，而按书法本身的自然逻辑去创作，但又不否定法度，这种遵循自然的原则，他认为即是一种最重要的法度，这正是艺术创作的辩证法。苏轼所说的这种法度，是自然的法度，灵活变化而符合描写对象的自然之态，而不是死的法度。他认为必须以自然为法度，方能使创作达到传神逼真。在《书吴道子画后》一文中说：

道子画人物如以灯取影，逆来顺往，旁见侧出，横斜平直，各相乘除，得自然之数，不差毫末。出新意于法度之中，寄妙理于豪放之外，所谓游刃余地，运斤成风，盖古今一人而已。

苏轼在这里所说的“自然之数”，即是指能够掌握符合于事物自然规律的法度。吴道子画人物即是能掌握自然之法度，懂得其妙处，故而无论是逆来顺往，旁见侧出，均可运用自如，不受任何拘束，而又有法度行乎其中。在《跋蒲传正燕公山水》一文中，他对此又作了进一步阐述。他说：“燕公之笔，浑然天成，粲然日新，已离画工之度数，而得诗人之清丽也。”以自然为法度，这是苏轼论述的中心，这也是他受道家特别是庄子的文艺思想影响颇深的一种表现。

唐宋时期，诗歌创作特别发达，曾经出现了不少诗法、诗格一类著作。不过在唐代它们的实际影响不大，唐诗的创作，尤其是盛唐，是更侧重于遵循自然之原则的。中唐以后，复古主义思潮兴起，儒家文艺思想影响比较突出,因此在一部分作家中逐渐讲究格和法。皎然《诗式》虽然受儒家思想影响不大,但也立了不少格式,为此,后来王夫之曾对他骂得很凶,说“有皎然《诗式》而后无诗”(《夕堂永日绪论外编》),但是,皎然实际上还是相当重视自然之美的。他曾竭力反对“失于自然”“伤乎天真”的创作倾向。所以,王夫之对他的批评未免过激。宋代由于理学的泛滥,道学家对诗歌创作从内容到形式,都提出了严格的规范,于是出现了一股讲究死法的文艺思潮。江西诗派正是在这种潮流之下出现的,他们所主张的“脱胎换骨”“点铁成金”,正是这种死法的一个表现。此外,当时诗坛上所流行的一情一景、一虚一实等等作法,都是此种创作思潮之流弊。江西诗派中有些人也觉得这种创作倾向只能把诗歌引向死胡同,于是像吕本中等就竭力倡导“活法”。他在著名的《夏均父集序》中说:

> 学诗当识活法。所谓活法者,规矩备具,而能出于规矩之外;变化不测,而亦不背于规矩也。是道也,盖有定法而无定法,无定法而有定法。知是者,则可以与语活法矣。谢元晖有言:“好诗(流)转圆美如弹丸,此真活法也。近世惟豫章黄公,首变前作之弊,而后学者知所趣向,毕精尽知,左规右矩,庶几至于变化不测。然余区区浅末之论,皆汉魏以来有意于文者之法,而非无意于文者之法也。

吕本中提出的“活法”,就其无法而有法的论述来看,是有一定辩证法因素的,然而,吕本中等提倡“活法”是在模拟古人的“脱胎换骨”“点铁成金”的大前提下的“活法”。所以,“脱胎换骨”“点铁成金”即是“有法”;而运用要灵活即是“无法”。从这个角度来看“活法”,那么,吕本中之论不过是为江西诗派的理论加以装扮,而延续其寿命而已,恰如给垂死之人打强心针一般,并不能从根本上解决问题。然而,后人却又可以抛弃他的模拟剿袭之前提,而利用“活法”之说来反对道学家死法和江西诗派理论。这是吕本中提倡“活法”在客观上的积极效果。明代前后七子提倡复古模拟,创作上讲究死法又发展到了一个高潮。因此,从明代中期以后一直到清前期,在反对复古主义的同时,也对创作上遵循死法的倾向展开了激烈的批评与斗争。在这场斗争中大大突出了要以自然为法的思想,并且对之又有了进一步的阐述与发挥。

明代前后七子提倡格调，实际上就是强调诗歌创作要遵循古人法度和规矩，具体地说也就是秦汉之文与盛唐之诗的法度和规矩。李梦阳在《答周子书》中说：

> 文必有法式，然后中谐音度，如方圆之于规矩。古人用之，非自作之，实天生之也。今人法式古人，非法式古人也，实物之自则也。

他认为法式古人乃是法式物之自则，因之按照法式即是遵循自然。这种说法表面看来似乎很有道理，而且也是尊重物之自然形态的，然而只不过是对模拟复古的一种美化而已，因为法式虽是反映“物之自则”的，但那是古人所处时代的“物之自则”，而非当前的“物之自则”，事物在发展变化，而还用老法式，那又怎么能反映当前的事物面貌呢？后七子讲法虽然比前七子要活一些，但也是在复古模拟大前提之下的“活法”，和吕本中之说是类似的，而不是真正的“活法”。不过，后七子确也看到死法流弊之大，尽量想作一些改变。王世贞在《艺苑卮言》中说：“法极无迹，人能之至，境与天会，未易求也。”由人工之极，而达到天然，这比讲死法要灵活得多了，可是总还是不能跳出“文必秦汉，诗必盛唐”之窠臼。

公安派在反对前后七子的斗争中，也曾尖锐地批评了他们的死法。如袁中道在《中郎先生全集序》中说道：

> 自宋元以来，诗文芜烂，鄙俚杂沓。本朝诸君子出而矫之，文准秦汉，诗则盛唐，人始知有古法。及其后也，剽窃雷同，如赝鼎伪觚，徒取形似，无关神骨。先生出而振之，甫乃以意役法，不以法役意，一洗应酬格套之习，而诗文之精光始出。

“以法役意”还是“以意役法”，这是一个重大的原则问题。一切讲死法者之弊即是在于“以法役意”，而把“意”削足适履地纳入固定的法式之中；反对死法的诸家其中心思想即是要求“以意役法”，使“法”为“意”的需要而设，不能让“意”屈从于“法”。同时，“以意役法”，按照表意的要求灵活地运用法式,那样就没有固定法式,而实质上也就是以自然为法了。这就和苏轼之主张相接近了。公安派从抒写性灵的角度出发,而性灵是人人都不相同的,古人有古人之性灵,今人有今人之性灵,即今人之间,性灵也无一个相同的,所以创作也必然是没有定法的,人们千差万别的心灵个性,是无法纳入几个固定的格式框框之中的。对宋明以来死法的批判,以明末清初王夫之最为尖锐。王夫之提出的"非法之法",也正是苏轼所说的以自然为法之意。他在《夕堂永日绪论内编》中说:

> "海暗三山雨"接"此乡多宝玉"不得,迤逦说到"花明五岭春",然后彼句可来,又岂尝无法哉?非皎然、高棅之法耳。若果足为法,乌容破之?非法之法,则破之不尽,终不得法。诗之有皎然、虞伯生,经义之有茅鹿门、汤宾尹、袁了凡,皆画地成牢以陷人者:有死法也。死法之立,总缘识量狭小。如演杂剧,在方丈台上,故有花样步位,稍移一步则错乱。若驰骋康庄,取涂千里,而用此步法,虽至愚者不为也。

王夫之在这里所引岑参的《送张子尉南海》一诗全文如下:"不择南州尉,高堂有老亲。楼台重蜃气,邑里杂鲛人。海暗三山雨,花明五岭春。此乡多宝玉,慎莫厌清贫。"此诗腹联对仗十分工整,然而王夫之认为它并非为对仗而对仗,而从其描写内容上看,必须有"花明五岭春"一句,然后方可与下句相联。以内容上如何透彻地表达情意为依据,而不以严格对仗为目的,又不妨害严格对仗,这岂不更好?这就是"不法而法"之意。王夫之在《明诗评选》中评张治《江宿》一诗时说:

> 诗有诗笔,犹史有史笔,亦无定法。但不以经生详略开阖脉理求之,而自然即于人心,即得之矣。

无定法并非等于没有法,而是以能否"自然即于人心"为法,不是经生家做八股文那一套详略开阖之死法。他在《古诗评选》中说:"以当念情起,即事先后为序,是诗家第一矩矱。"(庾阐《观石鼓》评语)要以具体的感情意念作为写作的主要依据，而不以死法去割裂自己生动的真情实感，要"因自然而昭其象"（《古诗评选·五言近体序》），才是创作必须遵循的原则。元代杨载《诗法家数》中说："律诗要法：起、承、转、合。"这种说法在当时社会上是比较普遍流行的，一直到清代，据《师友师传录》记载，王士禛也说过律诗创作"离此四字不得"的话。王夫之认为那只是一种方法，并非人人都要遵守，真正的好诗也不是用"起承转合"写出来的。他说：

> 起承转收，一法也。试取初盛唐律验之，谁必株守此法者？法莫要于成章；立此四法，则不成章矣。且道"卢家少妇"（沈佺期《独不见》）一诗作何解？是何章法？又如"火树银花合"（苏味道《正月十五夜》），浑然一气；"亦知戍不返"（杜甫《捣衣》），曲折无端。其他或平铺六句，以二语括之；或六七句意已无余，末句用飞白法扬开，义趣超远；起不必起，收不必收，乃使生气灵通，成章而达。至若"故国平居有所思"（杜甫《秋兴》），"有所"二字虚笼喝起，以下曲江、蓬莱、昆明、紫阁，皆所思者，此自《大雅》来；谢客五言长篇，用为章法；杜更藏锋不露，抟合无垠；何起何收？何承何转？陋人之法，乌足展骐骥之足哉！（按：括号中出处为引者所加。）

传统的起承转合，在大诗人那里根本不放在眼里。所谓"事自有初终，意自有起止"，此乃"天然一定之则"（《明诗评选》杨慎《近归有寄》评语），而所有这些"起承转收"之类，皆"俗子画地成牢""誓不入焉可也"（《唐诗评选》杜甫《夜出左掖》评语）。

"不法之法"，亦即以自然为法，与王夫之同时的不少诗人和诗论家，也都有此主张。而且在绘画方面也很重视这种"不法之法"。例如清初著名的绘画理论家石涛，就提出了"无法之法，乃为至法"的思想。他把艺术创作的最高境界，概括为"无法之法"，亦即顺乎自然之法。石涛指出"法无定相，气概成章耳"。他对死法也是非常不满意的。他说：

> 古人未立法之先，不知古人法何法？古人既立法之后，便不容今人出古法。千百年来，遂使今之人不能出一头地也。师古人之迹而

不师古人之心，宜其不能出一头地也，冤哉！（《大涤子题画诗跋》）

在石涛看来，能不能破死法，是能不能有新的艺术创造的关键。比石涛稍后的郑板桥在这一点上，和石涛的主张也是完全一致的。他说："我今不肯从人法，写出龙须凤尾排。"此种"无法之法"的思想，在我国古代创作思想中占有着主导地位。但是，不管是由法度而至自然，还是以自然为法度，都是反对创作上以固定死法来束缚作家手足，而是主张要比较辩证地看待法度和自然的关系的。这是我国古代所强调的主要方面。

第五章　论艺术风格

文艺创作中的风格问题，是我国古代文艺理论批评中研究得比较多，也是论述得比较深入的重要问题之一。艺术风格是作品的内容和形式相统一的特征的表现。它是一个综合性的美学范畴，既表明了内容方面的美学特征，也表现了形式方面的美学特征；既反映了创作主体的特征，也反映了创作对象的特征。艺术风格是创作过程中诸方面因素有机结合而呈现出来的一种美的风貌。

我国古代之所以特别重视艺术风格，并且在文学理论批评中给予很突出的地位，这绝不是偶然的。这和我国古代盛行人物品评的历史状况有极为密切的关系。“文如其人”，这是我国古代文艺家很早就认识到了的，因此，从对人物的品评而发展到对文艺风格的品评，是非常自然的事。我国古代品评人物的风气是从东汉开始盛行起来的，到汉末已十分普遍，并逐渐影响到文艺批评。人物品评的目的是研究和考察人物的才能和品德，辨别才能的高下和品德的优劣，它是为统治阶级选拔人才服务的。从魏晋开始，人物品评特别注重于人物的风貌神态，而不像汉代那样主要从人物外形骨相来考察。认为从人物的风貌神态中可以最确切地察知人物的才性。同时，在品评人物的风貌神态时，往往都用一些描写性的词汇来概括其特征，如雄浑、清奇、冲淡之类。由人品发展到画品、书品、文品、诗品，而在文艺品评中也大都沿用了人物品评中的一些概念。我国古代的人物品评特别重视人物的独特特征，认为每一个人都有自己不同于别人之所在，只有把这种独特之处找出来了，才能把握人物的本质。这种思想反映在艺术风格问题上，就是特别重视艺术风格的多样化和独创性，要求每一个作家都应当有自己不同于别人的特殊风格。

文艺作品风格的形成，是多种因素相互作用的产物。文艺作品是主观和客观相结合的产物，因此，艺术风格中也包含着主观因素和客观因素两个方面。从艺术风格的主观因素来说，每个作家都有自己的创作个性，而这种创作个性是由作家特殊的审美理想、个性气质、艺术修养等多方面的因素构成的。从风格的客观因素来说，每一个作家都是生活在一定的时代中的，都是属于一定的阶级和民族的，这些必然要对作家的创作个性产生某种影响，因此，艺术风格也必然会具有鲜明的时代和民族色彩。此外，不同的文学形式在反映社会现实生活内容上也是有所区别的，这些也要影响到风格的特征。我国古代关于艺术风格的理论，不仅对风格的构成及其特征作了相当深入的理论探讨，而且研究了风格的类型和特点，并且对许多重要作家和作品的风格，作了精确的概括，这对我们今天研究文艺风格和发展多样化的、有独创性的风格，仍然有很重要的借鉴意义。并不是所有的作家都有自己的风格的，艺术风格的形成是作家的艺术创作成熟的标志，它是需要作家经过深入的艺术实践，不断地总结经验，才有可能获得的。因此，研究前人关于风格的理论，是很重要的，也是很必要的。

一　才气学习

从作家的创作个性角度来说明艺术风格的特征，这在我国古代文艺理论批评发展上有悠久的历史。早在战国时期，孟子就提出了读书诵诗要“知人”的问题，开始把作家的为人和作品的特点联系起来了。孟子在《万章下》篇中说：

> 颂其诗，读其书，不知其人，可乎？

这里虽然不是讲的风格问题，但是他强调了必须了解作者的情况，知道他为什么要写这篇作品，才能真正懂得作品的意义，这对我们认识作品风格是反映作家创作个性的道理是有启发的。孟子在《公孙丑上》篇中提出的“知言养气”说，则对我国古代文艺风格理论的形成有深刻的影响。孟子认为“养气”而后才能“知言”，言辞是人的内心精神状态的一种外在表现形式。他说:“诐辞知其所蔽,淫辞知其所陷,邪辞知其所离,遁辞知其所穷。”有什么样的言辞,就可以从中了解作者的思想性格、精神状态。比孟子稍晚的《易传·系辞》中发挥了这种思想,更明确地指出了不同思想性格和精神气质的人,必然会有与其相适应的言辞特征。其云:“将叛者其辞惭,中心疑者其辞枝,吉人之辞寡,躁人之辞多,诬善之人其辞游,失其守者其辞屈。”这就比较深刻地阐明了语言文辞风格和作者的精神状态、性格特征的关系。汉代的司马迁在评论屈原的作品时,也是从其为人来说明其作品的风格特征的。他在《史记·屈原贾生列传》中说:

> 其文约,其辞微,其志絜,其行廉,其称文小而其指极大,举类迩而见义远。其志絜,故其称物芳,其行廉,故死而不容自疏。

屈原作品中其“文”、其“辞”的特点,是由屈原之“志”、之“行”所决定的。其后,东汉的王逸在为《楚辞》作注过程中,在《离骚经序》《九歌序》《天问序》等文中也是从屈原之人品来论述其文之特征的,其中也包括了对艺术风格是表现作家创作个性的认识在内。然而,在建安以前,毕竟还没有自觉地从理论上去探讨风格、专门研究艺术风格问题的文艺论著。

最早自觉地从作家的创作个性去说明作品艺术风格特征的是曹丕。他在《典论·论文》中,结合建安七子的创作实践,精辟地分析了艺术风格形成的原因,特别突出了作家的个性气质对文学艺术风格所起的决定性作用。曹丕提出“文以气为主”,这个“气”主要是指作家的气质个性特征。曹丕讲的“气”和孟子讲的“气”虽然都是指作家精神修养方面的特点,亦即都是属于作家创作个性方面的问题,但是具体内容是很不相同的。孟子的“气”是由道德修养的积累而产生的,是“配义与道”而获得的“浩然之气”;而曹丕的“气”则是人的天生禀赋所具有的气质个性。孟子之“气”可以通过修养而使之充实起来,曹丕的“气”则“虽在父兄,不能以移子弟”,很难用后天的条件来改变的。曹丕认为建安七子文学风格之差异,正是由于他们禀气不同而造成的。他对建安七子的才能与风格特征曾作过如下一段著名的评论,他说:

王粲长于辞赋，徐幹时有齐气，然粲之匹也。如粲之《初征》《登楼》《槐赋》《征思》，幹之《玄猿》《漏卮》《圆扇》《橘赋》，虽张、蔡不过也。然于他文，未能称是。琳、瑀之章表书记，今之隽也。应玚和而不壮，刘桢壮而不密。孔融体气高妙，有过人者，然不能持论，理不胜辞，以至乎杂以嘲戏。及其所善，扬、班俦也。

曹丕指出建安七子的才能并不一致，各有所长，各有所短，而各种文体有自己不同于别种文体的特点，建安七子不可能人人对各种文体都驾驭自如，而只是擅长与自己个性气质相近的文体，因此也都有自己特殊的风格，而归根到底，这种差别乃是由于他们禀气有异。曹丕说：

气之清浊有体，不可力强而致。譬诸音乐，曲度虽均，节奏同检，至于引气不齐，巧拙有素，虽在父兄，不能以移子弟。

所谓"气之清浊"，亦即指阴阳二气。曹丕在这里沿用了我国古代哲学史上关于阴阳二气形成万物的说法，说明人也是禀阴阳二气而生，但阴阳二气的组合不同，故人的个性气质也就千差万别，而这种差别乃是天赋所有，不是后天"力强"所能改变的。有如音乐，虽然同是一个曲调，然而各人吹拉弹奏出来就各不相同。人的气质个性之差异，必然要反映到文学创作中来，这就是产生多种多样艺术风格之原因。作家的个性气质不同，兴趣爱好亦迥异，诚如陆机在《文赋》中所说："夸目者尚奢，惬心者贵当，言穷者无隘，论达者唯旷。"作家都往往喜欢选择与自己兴趣爱好比较一致的文学形式和风格特色。这样在文艺领域就形成了"笔区云谲，文苑波诡"的百花争艳局面。

对作家的创作个性和文学风格关系论述得最深入的是刘勰。他在《文心雕龙·体性》篇中专门对这个问题从理论上作了全面的探讨。首先，刘勰从创作过程分析出发，指出了文学作品乃是作家内在情理的外在显现。他说："夫情动而言形，理发而文见，盖沿隐以至显，因内而符外者也。"作家内在的情理总是具有自己的气质个性特征的，同时也是和作家的学识和经历分不开的，因此它必然要反映到作品具体的文辞上，而形成为不同的风格特色。其次,刘勰对作家的创作个性的具体内容作了分析。他认为作家的创作个性包含着才、气、学、习四个方面的因素。才,是指作家的才能,这里主要是指创作才能。创作才能有高有低,有俊拔超群的,也有平庸粗浅的。气,是指作家的气质,每个人的禀赋不一样,不同的气质造成作家不同的性格特点。学,是指学识和修养,这是和各人所受的教养以及自己的努力都有密切关系的。习,指生活环境、社会环境给予作家的影响,它是由作家的具体生活经历所得到的结果。在这四种因素之中,刘勰认为才和气是属于先天方面的因素,而学和习则是属于后天方面的因素。刘勰对构成作家创作个性的四个方面因素的分析,比曹丕和陆机大大前进了一步,是相当深刻的。由于作家这四个方面的情况都是不一样的,所以艺术风格就显得千姿百态、绚丽多彩。对于这种“各师成心,其异如面”的艺术风格,刘勰曾举出十二个作家的例子,具体而生动地总结了他们的创作个性和艺术风格之间的有机联系。他说:

> 是以贾生俊发,故文洁而体清;长卿傲诞,故理侈而辞溢;子云沉寂,故志隐而味深;子政简易,故趣昭而事博;孟坚雅懿,故裁密而思靡;平子淹通,故虑周而藻密;仲宣躁锐,故颖出而才果;公幹气褊,故言壮而情骇;嗣宗俶傥,故响逸而调远;叔夜俊侠,故兴高而采烈;安仁轻敏,故锋发而韵流;士衡矜重,故情繁而辞隐;触类以推,表里必符,岂非自然之恒资,才气之大略哉!

刘勰对这十二个作家的创作个性特点的分析和对他们的作品风格特色的概括都是十分精确的。比如司马相如的个性气质特征,嵇康在《高士传》赞中曾有一段生动的描写:“长卿慢世,越礼自放;犊鼻居市,不耻其状;托疾避患,蔑此卿相。乃赋《大人》,超然莫尚。”司马相如穿着卖酒人的衣服,在市上卖酒,而不以为耻,对公侯卿相也很轻蔑,不放在眼里,这就是他的“傲诞”思想性格的表现。而这种性格特征也就决定了他的作品中“理侈而辞溢”的风格特征。又如刘桢的性格比较偏激,谢灵运《拟邺中集诗序》中曾说他“卓荦偏人”,《三国志·王粲传》中说“桢以不敬被刑”,均可看出他的这种特点。因此他的诗歌创作,有比较鲜明的慷慨激昂之情,而较少细致的润色,故而说是“言壮而情骇”。刘勰所举其他十例,也都是如此。由此可见,刘勰对作家的创作个性和艺术风格的关系,不仅在理论上作了深入的阐述,而且还运用这种理论,具体地总结了文学创作的实践,对许多作家的风格与其创作个性关系作了深入的研究。最后,更为可贵的是,刘勰对形成作家创作个性的先天因素与后天因素的关系,提出了很有价值的见解。刘勰认为先天的才气和后天的学习是有密切关系的。从作家的创作个性来说,其中虽然有先天的因素,这是人力所难以改变的,但是创作个性中也有后天的因素,这是人力可以驾驭的。所以,从总体上来说,创作个性仍是可以通过人为的力量来使之有一个理想的面貌的。刘勰说:

> 夫才有天资,学慎始习,斫梓染丝,功在初化,器成彩定,难可翻移。故童子雕琢,必先雅制,沿根讨叶,思转自圆,八体虽殊,会通合数,得其环中,则辐辏相成。

天赋才气只是一个客观的基本条件,究竟如何才能形成作家特殊的创作个性,还要看作家在天赋才气的基础上如何学习。比如斫梓染丝,才气只是作为原料的梓和丝,要造成什么样的“器”和“彩”,亦即要形成什么样的创作个性,还必须依靠学和习,亦即必须经过“斫”和“染”的功夫。如果学习不当,“斫”“染”不妥,就不能造成理想的“器”和“彩”。刘勰这种观点很可能是受荀子思想影响的结果。荀子对人性的看法,一方面认为人性原本是恶的,是先天的禀赋;另一方面则又充分强调学习的作用。荀子指出,人性虽恶,但只要认真学习礼义,即可以变恶为善。所以《荀子》一书开宗明义第一篇即是《劝学》,他把学习提到了极高的位置。刘勰对于才气和学习之间的关系,正是运用和发挥了荀子关于人性问题观点的结果。刘勰说道:“习亦凝真,功沿渐靡。”说明人的才气虽属天资禀赋,不能按照人的主观愿望来改变,但是,学习则是可以由人自己来掌握的。学习得当,可以弥补天资之不足,改造才气,而形成自己的创作个性。如斧斫之于梓材,染织之于原丝,可以起一种定型的作用。天资愚钝者,固难以变为聪颖,而学习之功,仍可以使之在先天条件基础上做出最大成绩。

天资聪颖者，亦必须学习得法，方能发挥更大作用，否则，这种先天的优越条件亦不能得到充分利用，甚至可能走上邪路。比如梓材、原丝，质地虽好，斫、染不当，结果亦不能成器出彩。

一个作家要形成自己的独特风格并不是很容易的，必须从创作实践中来形成自己作品的思想和艺术方面的特征。我国古代的著名作家都很重视艺术风格，并且大都能比较自觉地创造自己鲜明独特的风格。有些作家的艺术风格不但有突出的特点，而且还对别的作家发生了深刻的影响，发展成为各种不同流派的风格。我国古代文学理论中也总结过许多著名作家的风格特征。比如严羽在《沧浪诗话》中说：

> 以人而论，则有苏李体（李陵、苏武也）、曹刘体（子建、公幹也）、陶体（渊明也）、谢体（灵运也）、徐庾体（徐陵、庾信也）、沈宋体（佺期、之问也）、陈拾遗体（陈子昂也）、王杨卢骆体（王勃、杨炯、卢照邻、骆宾王）、张曲江体（始兴文献公九龄也）、少陵体、太白体、高达夫体（高常侍适也）、孟浩然体、岑嘉州体（岑参也）、王右丞体（王维也）、韦苏州体（韦应物也）、韩昌黎体、柳子厚体、韦柳体（苏州与仪曹合言之）、李长吉体、李商隐体（即西昆体也）、卢仝体、白乐天体、元白体（微之、乐天，其体一也）、杜牧之体、张籍王建体（谓乐府之体同也）、贾浪仙体、孟东野体、杜荀鹤体、东坡体、山谷体、后山体（后山本学杜，其语似之者但数篇，他或似而不全，又其他则本其自体耳）、王荆公体（公绝句最高，其得意处，高出苏黄陈之上，而与唐人尚隔一关）、邵康节体、陈简斋体（陈去非与义也。亦江西之派而小异）、杨诚斋体（其初学半山后山，最后亦学绝句于唐人。已而尽弃诸家之体，而别出机杼，盖其自序如此也）。

严羽所说的“体”，在这里即是指风格。他所说的某个人的体，即是指某个人的风格，而几个人合在一起的体即是指某个流派的风格。在这里严羽所列举的各种个人风格中，唐人所占比重最大，这也是符合事实的。从诗歌创作实际来看，唐人风格特色最为明显。宋代诗人虽然很不少，但是能形成自己独特风格的并不多。严羽是南宋人，不能了解宋以后的诗人。

但是，到了明清，在诗歌创作上能形成自己独特风格的就更少了。

我国古代文艺理论批评中论风格的很多，涉及作家创作个性和作品风格的也不少，但从理论上说，基本上没有超出刘勰所论述的范围。明清时期强调文学创作中要充分表现作家的个性，并进而主张文学风格多样化，这种思想非常集中地反映在公安派和性灵派的文学理论中。袁宏道提出"独抒性灵，不拘格套"的主张，认为诗歌都是诗人独特的"性灵"之表现。因此，他坚决主张文学创作应当有各自不相同的风格特征。他强调每个作家都应有自己"新奇"的风格，在《答李元善》中说："文章新奇，无定格式。只要发人所不能发；句法、字法、调法，一一从自己胸中流出，此真新奇也。"这种提倡作家有自己独创性风格的思想，也是针对前后七子复古模拟思潮而发的。清代中叶继公安派余绪的袁枚也十分注重文学要反映作家独特的个性。《随园诗话》卷七云：

> 为人不可以有我，有我，则自恃很用之病多，孔子所以"无固""无我"也。作诗，不可以无我，无我，则剿袭敷衍之弊大，韩昌黎所以"惟古于词必己出"也。北魏祖莹云："文章当自出机杼，成一家风骨，不可寄人篱下。"

创作中做到"有我"，即是能突出作者的个性，这样就可以形成自己的风格，"自出机杼，成一家风骨"。他在《随园诗话》卷四中又说：

> 凡作诗者，各有身份，亦各有心胸。毕秋帆中丞家漪香夫人有《青门柳枝词》云："留得六宫眉黛好，高楼付与晓妆人。"是闺阁语。中丞和云："莫向离亭争折取，浓阴留覆往来人。"是大臣语。严冬友侍读和云："五里东风三里雪，一齐排着等离人。"是词客语。夫人又有句云："天涯半是伤春客，飘泊烦他青眼看。"亦有慈云护物之意。张少仪观察和云："不须看到婆娑日，已觉伤心似汉南。"则的是名场耆旧语矣。

五个人都是就一个主题写的，但各有自己的"身份""心胸"，从他们不同的风格中可以清楚地表现出他们各自的个性特征。因此,袁枚认为艺术风格的关键是看它有没有独创性,如果有独创性,那么不管是什么样的风格,都可以具有美的特征。他说:“诗如天生花卉,春兰秋菊,各有一时之秀,不容人为轩轾。”不管是公安派也好,袁枚也好,都从风格是表现作家个性角度出发,对风格的多样化和独创性作了比较深入的阐述,这一点是比刘勰讲得更为充分的。

二　世情与体式

我国古代认为作家的创作个性是形成作家风格的主观因素,而世情与体式亦即时代和文体形式则是形成艺术风格的客观因素。文学创作过程是主体与客体相统一的过程。文学作品要反映客观现实生活,而这种现实生活内容必然是带有深刻的时代色彩的,作家的思想感情也不能不受时代的影响。文学作品的形式虽然可以随着不同的作家而有不同的创造,但是它总是要继承前人已经达到的成果的,不同的文体形式对风格往往有不同的要求。同时这些不同的文体形式在反映社会生活内容上也各有所长,各有所短,并不是完全一致的。这些都必然要直接或间接地影响到文学的风格。不过文学风格的这些客观因素在创作过程中又往往是要通过作家的主观因素来起作用的。我国古代对文艺创作中的时代风格和不同文体形式所具有的不同风格特点,都有过相当深入的研究。

风格和时代的关系,我国古代很早就注意到了。孟子说读书诵诗除了“知人”之外,还要“论世”,即是说的要懂得文学作品和时代有密切的联系,这对后世重视研究风格的时代特征,是很有启发的。我国古代对文艺影响最深的儒家文艺思想,十分重视文艺和现实的关系,认为文学艺术都是要反映时代面貌的。《礼记·乐记》中说:“治世之音安以乐,其政和;乱世之音怨以怒,其政乖;亡国之音哀以思,其民困。”汉代的《毛诗大序》又引用此段话来说明诗歌和时代的关系,着重强调从文学艺术中可以看出时代的盛衰,这就为论述艺术风格的时代特色奠定了理论基础。《毛诗大序》中所讲的正风、变风、正雅、变雅问题,实质上也是说的《诗经》中风雅部分的两类不同时代风格的作品。后来,刘勰在《文心雕龙》中继承和发展了这种思想,专门写了《时序》一篇讨论了文学发展和时代变化的关系,同时也对风格的时代特色作了系统的历史分析。刘勰具体地总结了每个历史时期文学创作的风格特征,指出了形成这种特征的具体的时代原因。从刘勰对这种原因的具体分析看来,他已经认识到了政治、经济、思想、文化各个方面的状况都可能对文学风格产生明显的影响。从政治方面看来,盛世和衰世的文学风格是不相同的。他说:

> 昔在陶唐,德盛化钧,野老吐“何力”之谈,郊童含“不识”之歌。有虞继作,政阜民暇,“薰风”诗于元后,“烂云”歌于列臣。尽其美者,何乃心乐而声泰也。至大禹敷土,九序咏功,成汤圣敬,“猗欤”作颂。逮姬文之德盛,《周南》勤而不怨;大王之化淳,《邠风》乐而不淫。幽厉昏而《板》《荡》怒,平王微而《黍离》哀。

政治清明的盛世,文学作品大半有“心乐而声泰”的风格特色,也即是像《诗经》中正风正雅的风貌。而政治昏暗的乱世,文学作品大半有怨怒哀伤的风格特色,也即是像《诗经》中变风变雅的风貌。从经济方面来看,社会安定,生产发展,经济繁荣,人民安居乐业,则需要文学来“润色鸿业”,在艺术风格上就有“辞藻竞骛”、华艳丰硕之特色,如汉赋即是反映了这种特点的。反之,如果经济凋弊,民不聊生,反映在文学上就有悲凉情调。如刘勰分析建安文学风格与时代的关系道:

> 观其时文,雅好慷慨,良由世积乱离,风衰俗怨,并志深而笔长,故梗概而多气也。

当然,经济和政治状况是不能分的。不过,建安时期,北方曹操掌权,政治上情况还是比较开明的,然而,由于长期军阀混战,国家分裂,生产遭到严重破坏,经济发展受到很大影响,因此对文学风格特色的影响,和太平盛世就很不同了。从思想方面来说,刘勰也看到某一时期的占统治地位的哲学政治思想会对文艺发展产生十分深刻的影响,从而也影响到文学的风格特色。刘勰讲到东汉时期谶纬之学盛行,对文学就有很大影响。“自哀、平陵替,光武中兴,深怀图谶,颇略文华。”在儒家章句之学繁荣时,“磊落鸿儒,才不时乏,而文章之选,存而不论”。魏晋时期盛行玄学思想,而儒教衰落,这时,诗歌创作的内容和风格都受到很深影响。刘勰说:

自中朝贵玄,江左称盛,因谈余气,流成文体。是以世极迍邅,而辞意夷泰,诗必柱下之旨归,赋乃漆园之义疏。

玄言诗这种玄奥难晓、平淡无味的特色,正是时代思想发展影响之结果。一般说来,儒家比较重视藻饰之美,而道家则比较讲究自然之美。所以在南北朝时期就有以颜延之为代表的“镂金错采”之美和以谢灵运为代表的“出水芙蓉”之美的对立。从文化方面来说,不同时代所受的文化影响不同,因此也会反映到文艺创作的风格特色上来。例如汉代的辞赋创作受《楚辞》的深刻影响,因此在风格上也可以看出与《楚辞》之联系。刘勰说:

爰自汉室,迄至成哀,虽世渐百龄,辞人九变,而大抵所归,祖述《楚辞》,灵均余影,于是乎在。

不同作家的创作,尽管各有其与本人创作个性相一致的风格,而在同一时代又总有某些共同的时代风格特色的表现。当然,这种时代风格表现在具体作家风格上,也是有深有浅的,但是毕竟可以清楚地看出来,这是不可否认的。

我国古代关于文艺作品的时代风格,有过不少的归纳和总结。比如严羽在《沧浪诗话》中曾经说过:

以时而论,则有建安体(汉末年号。曹子建父子及邺中七子之诗)、黄初体(魏年号,与建安相接。其体一也)、正始体(魏年号。嵇阮诸公之诗)、太康体(晋年号。左思潘岳三张二陆诸公之诗)、元嘉体(宋年号。鲍颜谢诸公之诗)、永明体(齐年号。齐诸公之诗)、齐梁体(通两朝而言之)、南北朝体(通魏周而言之。与齐梁体一也)、唐初体(唐初犹袭陈隋之体)、盛唐体(景云以后,开元天宝诸公之诗）、大历体（大历十才子之诗）、元和体（元白诸公）、晚唐体、本朝体（通前后而言之），元祐体（苏黄陈诸公）、江西宗派体（山谷为之宗）。

严羽在这里所归纳的，大部分是讲的不同时代风格，但有些实际上讲的是一个流派的风格，如永明体、元和体、元祐体等，当然这些流派的风格也是带有比较鲜明的时代色彩的，在我国古代文艺发展史上，时代风格特征最为鲜明，最被后人推崇的是“建安风骨”与“盛唐气象”。从我国古代诗歌发展来看，建安和盛唐无疑是我国古典诗歌发展的黄金时代。“建安风骨”即是说的建安时代诗歌所表现的时代风貌特征。“建安风骨”的提出，最早是梁代的钟嵘。他在《诗品序》中所说的“建安风力”，即是指“建安风骨”。在此前后，裴子野在《雕虫论》中说到“曹刘伟其风力”，亦即钟嵘所说之意。沈约说建安文学是“以气质为体”（《宋书·谢灵运传论》），刘勰对建安文学风格的具体描述，也都包含有“建安风骨”之意。唐初陈子昂提倡“汉魏风骨”，中心也是指建安文学，而后李白遂有“蓬莱文章建安骨”（《宣州谢朓楼饯别校书叔云》）之说。“建安风骨”与一般意义上的“风骨”不同，它指的是建安文学所特有的风貌神态，其主要特征是具有一种慷慨悲凉的强烈感情，在艺术形象塑造上有明朗昭晰之特点。当时许多有志之士面对残破的现实，渴望统一和安定，然而壮志满怀却不能得到施展与实现，为此感到有无限的悲哀伤痛。与表达这种内容相适应的，是他们在艺术上重在自然神到，不过于追求雕琢辞藻。这种风格特色比较典型地体现在曹操、曹植、刘桢、王粲等人的作品中，而在其他诗人作品中也都不同程度地存在着。曹操有感于“白骨露于野，千里无鸡鸣。生民百遗一，念之断人肠”的现实状况，在《短歌行》中写道：

对酒当歌，人生几何。譬如朝露，去日苦多。慨当以慷，幽思难忘。何以解忧？唯有杜康。……月明星稀，乌鹊南飞，绕树三匝，何枝可依。山不厌高，海不厌深，周公吐哺，天下归心。

曹操这首诗比较突出地反映了“建安风骨”的特征。虽然有“人生几何”之叹，却并不使人感到消极，反而更深地体现了曹操完成统一大业的理想抱负和因岁月流逝而担心理想不能实现的慷慨悲壮感情。在艺术上这首诗很少用典,直抒胸臆,不求纤密之巧,唯取昭晰之能。曹植是建安时期最负盛名的作家,他在艺术上的成就也确比当时其他作家要高出一头。他早年随曹操南征北战,“生乎乱,长乎军”,是很有理想抱负,期望要干一番大事业的。他在《与杨德祖书》中说自己的人生目的,便是要“戮力上国,流惠下民,建永世之业,流金石之功”。但是,曹操死后,他受到曹丕的猜忌,受尽了迫害,壮志不遂,心情压抑。因此,充满了慷慨悲壮之情,发为诗歌,成为“建安风骨”之最有代表性的作家。例如他的《杂诗》之五云:

> 仆夫早严驾,吾行将远游。远游欲何之?吴国为我仇。将骋万里涂,东路安足由?江介多悲风,淮泗驰急流。愿欲一轻济,惜哉无方舟!闲居非吾志,甘心赴国忧。

为了解除深重的“国忧”,济苍生于水火之中,诗人满怀壮志豪情,然而现实的地位和处境使他面对“急流”,无“方舟”可济,只有悲慨恸哭而已!刘桢是七子中最能体现“建安风骨”特色的诗人。他的《赠从弟》三首之二写道:

> 亭亭山上松,瑟瑟谷中风。风声一何盛,松枝一何劲。冰霜正惨凄,终年常端正;岂不罹凝寒,松柏有本性。

刘桢描绘了不畏严寒的松柏形象,歌颂和赞美了坚持理想、矢志不移的品格和情操,这也是一首比较典型地体现了“建安风骨”特色的优秀诗作。

与“建安风骨”可以相提并论的时代风格的另一个突出表现是“盛唐气象”。“盛唐气象”是后人对盛唐时代诗歌风格特征的一种称呼。首先突出地推崇“盛唐气象”的要推严羽。严羽在《沧浪诗话》中说:“唐人与本朝人诗,未论工拙,直是气象不同。”又说:“盛唐诸公之诗,如颜鲁公书,既笔力雄壮,又气象浑厚。”所谓“气象”,实际上即是指时代风貌。“盛唐”这个概念,从社会发展,从政治经济状况的角度来看,应当是指唐代安史之乱前一个时期。但是文学上讲的“盛唐气象”是指诗歌发展而言的,是以李白、杜甫为代表人物的,而李白杜甫创作上的成就则有很大一部分是在安史之乱以后,尤其是杜甫,他的名作绝大部分都创作于安史之乱以后。在唐玄宗开元天宝年间,我国封建经济高度繁荣发展,社会政治局面比较安定,思想文化领域相对地说比较自由解放。特别是科举取士的制度,给广大中下层知识分子带来了仕进的希望,展示了理想的美好前景。当然,尽管是在蓬勃上升时期,也免不了仍然隐藏着极为深刻的矛盾。然而,到了安史之乱后,封建经济的发展由盛而衰,开始逐渐走下坡路,而社会矛盾则十分尖锐,人民处于水深火热的深重灾难之中。不过,刚刚由盛而衰的时期,人们还没有绝望,总是在向往着恢复“开天盛世”。因此,我国古代所说的反映了“盛唐气象”的文学作品,从思想内容方面来说,都有着一些共同的特点。它们一方面表现为对蓬勃发展的封建社会上升时期的歌颂,反映了一种开朗、乐观、追求理想的英雄豪迈情调;另一方面又表现为期望这种盛世能持久下去,或迫切地要求能恢复这种盛世,而对现实的黑暗腐败所作的尖锐批判与深刻揭露。例如王维的《少年行》写道:

新丰美酒斗十千,咸阳游侠多少年。相逢意气为君饮,系马高楼垂柳边。

意气昂扬,青春焕发,充满了希望与活力,表现了一派欣欣向荣的时代气息。又比如王昌龄那首被推为盛唐七绝压卷之作的《出塞》:

秦时明月汉时关,万里长征人未还。但使龙城飞将在,不教胡马度阴山。

历史与现实相结合,气势磅礴。其中虽然包含着对连年征战、士兵不得生还的无限感慨,但是仍然反映着将士们誓死保卫边疆、保卫百姓和平生活的英勇气概。又比如李白的《行路难》三首之一云:

金樽清酒斗十千，玉盘珍羞直万钱。停杯投箸不能食，拔剑四顾心茫然。欲渡黄河冰塞川，将登太行雪满山。闲来垂钓碧溪上，忽复乘舟梦日边。行路难！行路难！多歧路，今安在。长风破浪会有时，直挂云帆济沧海！

诗人虽然看到社会的深刻矛盾，感到前途的坎坷，充满了痛苦与忧伤，但是仍旧激情满怀，抱有强烈的希望，绝不放弃对理想的追求，相信总有一天能够“长风破浪”，历尽艰险，而达到光明的彼岸，实现自己济世安民之壮志。杜甫的名作大都写于安史乱后，像《望岳》中那种“会当凌绝顶，一览众山小”的气概早已没有了，主要是对现实矛盾的深刻揭露。但是，处处又流露出希望重新恢复“开天盛世”，使唐王朝得到中兴的强烈愿望。其《北征》诗云：“昊天积霜露，正气有肃杀。祸转亡胡岁，势成擒胡月。胡命其能久，皇纲未宜绝！”“凄凉大同殿，寂寞白兽闼。都人望翠华，佳气向金阙。园陵固有神，扫洒数不缺。煌煌太宗业，树立甚宏达！”我们不能简单地把杜甫这些热切的希望单纯看成是对帝王的忠诚，其实它主要是反映了杜甫心灵深处对封建王朝全盛时代的向往与怀念。这种情绪是贯穿于他后期诗作的基本线索。他在成都时还追念往事：“忆昔开元全盛日，小邑犹藏万家室。稻米流脂粟米白，公私仓廪俱丰实。九州道路无豺虎，远行不劳吉日出。齐纨鲁缟车班班，男耕女桑不相失。”（《忆昔》）杜甫用他的笔，描绘了人民所遭受的灾难，表达了他们的愿望和要求，正是希望能重新回到开元天宝年间经济繁荣发展、人民安居乐业的极盛时代。他在著名的《秋兴》八首中说：“彩笔昔曾干气象，白头吟望苦低垂。”他是多么惋惜他不能再重新用“彩笔”来描绘开天的盛况啊！可见，盛唐诗歌不管是写前期的蒸蒸日上盛况，还是写后期的由盛世转向乱世而出现的种种矛盾，总还是离不开对“开天盛世”的赞美与向往，这就是盛唐诗歌时代风格在内容方面的重要特点。

“盛唐气象”不仅有内容方面的特点，而且还有艺术方面的共同特点。严羽在《沧浪诗话》中说：“盛唐诸人惟在兴趣，羚羊挂角，无迹可求。故其妙处透彻玲珑，不可凑泊，如空中之音，相中之色，水中之月，镜中之象，言有尽而意无穷。”严羽这种说法从表面上看，似乎有点玄妙，但是实际上正是对唐诗意境的一种描绘。盛唐诗歌特别重在意境刻画，这是它在艺术上的基本特征。盛唐诗歌在艺术上一般都具有含蓄蕴藉、情韵连绵、自然天成、浑然一体的特色，故而诗歌意境最为丰富而深远。翁方纲在《石洲诗话》中说："盛唐诸公，全在境象超诣。"这就是说的"盛唐气象"在艺术上的特征。严羽说："李杜数公，如金鳷擘海，香象过河。"这都是借用佛教的典故所作的比喻。金翅鸟能以清净之眼观察大海龙王宫殿，奋勇猛力以左右翅搏开海水，撮龙宫中命尽者而食之。这正是比喻盛唐诗歌那种"笔力雄壮"的特征。佛经中又以兔马象三兽过河来比喻对佛法的领悟程度，兔渡河则浮于河面，马渡河则半身在水中，象渡河则及底截河，表示象之渡河最为彻底，比喻对佛法领悟最深刻、最透彻。这正是借以说明盛唐诗歌"气象浑厚"之特点，亦即是"透彻玲珑，不可凑泊"之意。由于"盛唐气象"鲜明的时代风格特征，有时我们即使不知道它的时代和作者，也可以从风格上来判别它是否盛唐之作。推而广之，我们可以知道，凡是我国古代一些优秀的诗歌，我们都可以从它所表现的时代风貌来判断它大体上是哪一个时代的作品。

艺术风格的客观因素，除了时代特点的影响之外，另一个很重要的方面，即是不同的文体形式有很不同的风格特征。曹丕在《典论·论文》中说："奏议宜雅，书论宜理，铭诔尚实，诗赋欲丽。"这是一个大体的区分，主要是根据不同的文体形式因其所表达的内容不同，而说明其风格亦各有异。后来，陆机在《文赋》中对此作了更加具体而细致的发挥。他说：

> 诗缘情而绮靡，赋体物而浏亮，碑披文以相质，诔缠绵而凄怆，铭博约而温润，箴顿挫而清壮，颂优游以彬蔚，论精微而朗畅，奏平彻以闲雅，说炜烨而谲诳。

从文体形式来说，陆机分得更加细密了，而更重要的是陆机指出了每一种文体都有与其相适应的不同风格特色。这种风格是与每一种文体所适宜的内容特点分不开的。由于不同的文体形式有不同的内容和风格特点，因此，每一个作家都可以选择与自己的才能、气质、兴趣、爱好相近的那种文体去写作，只有这样才能更好地发挥自己的才能与特长。所以，我国古代对文体的类型及其风格特征研究得很细。刘勰在《文心雕龙》中对文体形式区分得比陆机更为细致。他的《文心雕龙》的上编中,除前面五篇是总论“文之枢纽”之外,全部都是讲的文体论,对每一种文体的产生、历史演变,都作了深入的研究和分析,然后指出这种文体的创作特征和与这种文体形式相适应的风格。虽然,刘勰所说的“文”的概念是广义的,即是指一切用语言文字写的作品都称为“文”,而不是严格意义上的文学,但他所论述的基本原理,也是符合于文学创作实际的,是与文学创作可以相通的。更为重要的是刘勰对每种文体所特有的风格之分析,都是经过对创作实践经验的总结而提出来的,是比较科学的、确切的。例如他说诗歌的风格特征是:

> 若夫四言正体,则雅润为本;五言流调,则清丽居宗;华实异用,惟才所安。(《明诗》)

这里所强调的四言以“雅润”为本,五言以“清丽”居宗,正是对他以前的诗歌创作实际状况的概括。刘勰又说颂这种文体的风格特征是:

> 原夫颂惟典雅,辞必清铄,敷写似赋,而不入华侈之区;敬慎如铭,而异乎规戒之域;揄扬以发藻,汪洋以树义,唯纤曲巧致,与情而变,其大体所底,如斯而已。(《颂赞》)

刘勰分析了颂的特点是介乎赋与铭之间,和赋、铭这两种文体有一致之处,而又有不同之处。这也是从它所写的内容特点而产生的风格特征。对于“铭”和“箴”这两种文体的风格特征,刘勰说道:

> 夫箴诵于官,铭题于器,名目虽异,而警戒实同。箴全御过,故文资确切;铭兼褒赞,故体贵弘润;其取事也必核以辨,其摛文也必简而深,此其大要也。(《铭箴》)

仅举以上三例,即可看出刘勰对每一类文体的风格特征,都从内容和形式两方面作了十分精要的概括。而在《定势》一篇中,他又把这些多种多样的文体形式,分为几个大类,总结了每一大类的基本风格特色。他说:

> 是以括囊杂体,功在铨别,宫商朱紫,随势各配。章表奏议,则准的乎典雅;赋颂歌诗,则羽仪乎清丽;符檄书移,则楷式于明断;史论序注,则师范于核要;箴铭碑诔,则体制于弘深;连珠七辞,则从事于巧艳,此循体而成势,随变而立功者也。

刘勰这种分析和概括都是以当时的创作实际所达到的情况来说的,并不是说每一种文体就只有一个风格了,更不是说文体形式所具有的风格特点是固定死的,没有发展变化的。每一种文体形式虽有自己的特点,但是对不同作家的创作来说,虽然都是写一种文体,由于他们创作个性的不同,也会有各种不同的风格特征。文体形式的风格特征也是在历史发展过程中产生的,它也是有革新、有创造的,而不是死板的、固定不变的。即以诗歌来说,四言的风格特色和五言、七言不同,而四言本身在《诗经》时代和在曹操、陶渊明的时代也是很不一致的,在风格上有明显的差别。但是,一般说来,某种文体形式由于历史发展过程中有许多实际创作经验的积累,仍有一个大体上的风格特征,这对后代的创作影响是比较深远的。

三　八体屡迁,会通合数

在我国古代文学风格理论中,很重要的一个问题是研究风格的基本类型及其特点,研究风格的基本类型和风格多样化的关系。文学作品的艺术风格因人而异,各有不同,这是我国古代文艺家早就看到了的。那么,在这多种多样的艺术风格中,是否可以归纳和总结出一些基本的类型来呢?我国古代文艺家的回答是肯定的。总结和归纳出一些基本的艺术风格类型,并不排斥艺术风格的多样化,相反地正是为了探讨艺术风格的多样化的规律,对它作进一步的深入研究。

刘勰在《文心雕龙·体性》篇中,在肯定艺术风格"各师成心,其异如面"的前提下,提出从艺术风格的基本类型来看,大致可以归纳为八大类。这"八类"就是:

若总其归涂，则数穷八体。一曰典雅，二曰远奥，三曰精约，四曰显附，五曰繁缛，六曰壮丽，七曰新奇，八曰轻靡。

而这八大类中，刘勰又认为可以分为两两相对的四组：

故雅与奇反，奥与显殊，繁与约舛，壮与轻乖，文辞根叶，苑囿其中矣。

刘勰提出艺术风格的八种基本类型的目的，绝不是说文学作品的风格只有这八种，更不是说任何作品都可以随便纳入这八种风格之内，归之于某一类，而是认为这八种是最基本的风格类型，而由这八种基本风格类型的不同组合，就会形成多种多样的不同风格，也就是说，文学作品虽然风格的样式千奇百怪，但都是由这八种基本类型演变出来的。就某一个作家的风格来说，可以是这八种类型风格中的某一种，也可以同时兼有两种或两种以上基本风格类型的特色。试以刘勰本人所举十二位作家的例子来看，有些是基本上可以归入八类之中的一类的，比如贾谊是基本上属于"精约"类的，扬雄是基本上属于"远奥"类的，陆机是基本上属于"繁缛"类的，潘岳基本上是属于"新奇"类的，等等。也有一些作家则同时兼有两类或两类以上的基本风格特色，比如司马相如既有"壮丽"类特征，也有"显附"类特征。刘桢是以"壮丽"为主的，又有"精约"特征，等等。可见，刘勰本人在总结作家艺术风格时，就并非简单地把他们分别归入八类之中的某一类，他之所以要总结出八种基本类型，其目的是更有利于去正确地把握和总结各个作家作品的风格特征。

刘勰对风格类型问题的论述，显然是仿照《周易》的格式来分析的。《周易》以八卦来代表八种类型的基本事物，认为宇宙万物正是由这八种类型的基本事物演变而来的。八卦演化为六十四卦、三百八十四爻，是适应于象征宇宙万物之需要的。八卦又是两两相对而分为四组，这和刘勰对八种基本风格之分析，也是非常相似的。刘勰的《文心雕龙》五十篇，四十九篇是论文章各方面问题的，一篇是序。这就是按《周易·系辞》所说的："大衍之数五十，其用四十有九。"而借此来安排全书结构的。故

《序志》篇中说:“位理定名,彰乎大易之数,其为文用,四十九篇而已。”此亦可作为刘勰研究风格问题的方法论参考《周易》之旁证。当然,这种方法论是不够科学的,因为风格的基本类型并不一定就是八种,也许更多一些,也许还要少一些,而且就是这八种之中,也不能说他们都是两两相对的。但是,刘勰所论也有合理的因素在内。首先,他看到了风格虽然是变化无穷,而没有一定规格的,然而毕竟有一些基本的类型在内,而风格的多样化也正是这些基本类型的融合变化,亦即刘勰所说的“会通合数”而产生的。其次,在不同的风格中往往有对立的类型存在,这也确是客观事实。找出这些对立的风格类型,可以使对风格的研究更加深入一步。最后,更为重要的是刘勰认识到风格的多样化归根到底是因为文学作品所表现的客观现实生活本身是多种多样的。这一点陆机在《文赋》中就已经指出过,他说:“体有万殊,物无一量,纷纭挥霍,形难为状。”又说:“其为物也多姿,其为体也屡迁。”正是“物”的“无一量”和“多姿”,决定了“体”的“屡迁”和“万殊”。刘勰提出风格的“八体屡迁”“会通合数”,也正是基于这样一种观点出发的。既然文学创作是“随物宛转”“与心徘徊”的结果,那么,“物”的多姿和“心”的多变,也必然要使作品的风格有丰富多彩的形态。

刘勰不仅归纳了八种基本风格类型,而且对“八体”的每一体特点都作了具体的分析。他说道:

> 典雅者,熔式经诰,方轨儒门者也;远奥者,馥采典文,经理玄宗者也;精约者,核字省句,剖析毫厘者也;显附者,辞直义畅,切理厌心者也;繁缛者,博喻酿采,炜烨枝派者也;壮丽者,高论宏裁,卓烁异采者也;新奇者,摈古竞今,危侧趣诡者也;轻靡者,浮文弱植,缥缈附俗者也。

从刘勰论述八体特点的语义褒贬来看,他对“轻靡”和“新奇”两类风格显然是不赞成的,是有所批评的。这当然是和当时反对形式主义文风有关系的。但是,刘勰也并不排斥它们,仍然列为两种基本风格。在对这八体的具体特征分析中,我们可以看出刘勰所说的风格,比较多地还是侧重在语言风格方面,是指的语言表达上的特征,而不是讲的艺术形象的风格特征。这是因为刘勰所说的“文”是广义的,其中许多文体不是艺术文学,而是指一般的文章,包括理论文章和应用文章,甚至包括了“诸子”“史传”等哲学、历史著作在内。因此,刘勰所说的风格还是比较广义的文章的风格。当然,艺术文学是以语言为工具的,是语言的艺术,也有语言风格问题。刘勰所说的广义的文章风格的基本原理,对于艺术文学也是适用的。但是,由于他说的是广义的“文”的风格,所以从研究艺术文学风格的角度说,是有一定的局限性的。这一点在我们研究刘勰风格理论时,必须清醒地认识到。

唐代的皎然和司空图有关风格的论述,正好是吸收了刘勰有关风格问题的研究成果,按照文艺的特点,作了进一步的发挥。皎然在《诗式》中把诗歌的风格归纳为十九种,各用一个字来概括、分析其特征,分别为:

高(风韵朗畅曰高)　逸(体格闲放曰逸)　贞(放词正直曰贞)
忠(临危不变曰忠)　节(持操不改曰节)　志(立性不改曰志)
气(风情耿介曰气)　情(缘境不尽曰情)　思(气多含蓄曰思)
德(词温而正曰德)　诫(检束防闲曰诫)　闲(情性疏野曰闲)
达(心迹旷诞曰达)　悲(伤甚曰悲)　怨(词调凄切曰怨)
意(立言盘泊曰意)　力(体裁劲健曰力)
静(非如松风不动,林狖未鸣,乃谓意中之静)
远(非如渺渺望水,杳杳看山,乃谓意中之远)

皎然由于主要是讲的诗歌的风格,而不包括非艺术的文章在内,因此在分析各种风格特征时,很注意从艺术形象的风貌神态出发,而不是仅仅从语言文辞风格方面去讲的。例如讲“高”“气”“思”“情”“静”“远”等等,都很明显地体现了这个特点。但是,他在分析十九体的特征时,角度和标准也并不完全一致。如讲“贞”偏重文辞风格,讲“忠”、讲“志”,主要是指内容特点。唐末的司空图在《二十四诗品》中所论风格,则不像皎然那么混乱不统一,而都是从艺术形象的风貌神态上来讲的。司空图讲的是二十四种不同风格的诗歌境界。这二十四种是：雄浑、冲淡、纤秾、沉着、高古、典雅、洗炼、劲健、绮丽、自然、含蓄、豪放、精神、缜密、疏野、清奇、委曲、实境、悲慨、形容、超诣、飘逸、旷达、流动。从诗歌艺术境界上来研究风格特征，这就比刘勰从语言角度讲风格大大前进了一步。司空图的二十四诗品与刘勰的八体都是讲风格的，但显然有很大的不同。其区别就在这里。刘勰是讲的一般文章的风格，故而实质上主要是讲语言文辞表现上的风格特色。而司空图讲的是诗歌艺术形象塑造上的风格特色，表现为各种不同的诗歌意境。他的二十四品是指二十四种不同风格的形象和意境，而不是仅仅指语言风格。当然，文学是语言艺术，形象和意境也要通过语言来落实，但是着重点毕竟是不同的。过去，人们对司空图的《二十四诗品》有各种不同的解释，我们认为说二十四诗品是讲的二十四种诗境，还是比较符合实际的。王士禛在《香祖笔记》中曾说：

> “采采流水，蓬蓬远春”，形容诗境亦绝妙，正与戴容州“兰田日暖，良玉生烟”八字同旨。

其实，司空图并不只有这两句形容诗境才妙，其他各品形容诗境也都很妙。故袁枚在《续诗品序》中说：

> 余爱司空表圣《诗品》，惜其只标妙境，未写苦心。

其实，司空图在“标妙境”中也是写了创作之“苦心”的，不过，他还是以“标妙境”为主的。司空图注重诗歌意境创造，是他一贯的思想，在整个文艺主张中都很突出。无论是强调“思与境偕”也好，还是强调“象外之象”的“诗家之景”也好，都可以说明他这种论诗主旨所在。清人孙联奎《诗品臆说》中写道：“若司空《诗品》，意在摹神取象。”这个概括是很有道理的。他的二十四品的每一品，都是一种思想精神境界与特殊的艺术境界的统一体。例如他的《典雅》一品说道：

> 玉壶买春，赏雨茅屋。坐中佳士，左右修竹。白云初晴，幽鸟相

逐。眠琴绿阴，上有飞瀑。落花无言，人淡如菊。书之岁华，其曰可读。

这种“典雅”的风格与刘勰所说的“熔式经诰，方轨儒门”的“典雅”是完全不同的。刘勰说的是类似于儒家六经的那种文章，是以表现儒家思想为内容，语言文辞上也比较平实、庄重，学习六经的风格。而司空图说的是诗歌所体现的一种幽雅、闲淡的风格，如《皋兰课业本》所说的“高韵古色”，它是表现道家隐居乐趣，而与儒家思想毫不相干的。它写的是深山“佳士”的幽闲淡泊、心无牵挂的出世情操，借白云、幽鸟、绿阴、飞瀑所创造的一个典雅的艺术境界。从诗歌的艺术意境上来研究风格，毫无疑问是比研究语言风格更为重要的。

宋代严羽在《沧浪诗话》中所论诗歌风格，也是由司空图这条线上发展下来的，也侧重于从诗歌的形象和意境上来区别不同的风格类型。他比司空图要分得更为概括一些，主要共列为九种。他说：

诗之品有九：曰高，曰古，曰深，曰远，曰长，曰雄浑，曰飘逸，曰悲壮，曰凄婉。

严羽分得比较简要，不像司空图那么细密，但也有其长处，这九种都是较有代表性的风格特征。司空图分为二十四品，但是有些品不像风格，似乎接近于创作方法的特征，如“实境”“形容”之类，有些接近于诗人的修养与处世态度，如“旷达”“沉着”“超诣”之类。因此，往往被人误认为不是二十四种风格之诗境，而是有的论风格，有的论修养，有的论创作，等等。

皎然、司空图、严羽等研究诗歌风格的基本类型，归纳出许多不同种类，这和刘勰之论八体一样，和风格之多样化是并不矛盾的。从理论上总结创作实践中各种风格类型及其特点，对于作家创造自己独特风格是有很重要的学习和参考价值的。一个作家要创造自己的风格，也必然要吸取前人经验，学习各家之长，然后有所发挥和创造。这是符合于我国古代文艺家所主张的“摹体以定习，因性以练才”的需要的。

四 阳刚之美与阴柔之美

我国古代关于艺术风格的理论中,有很重要的一部分是探讨风格的艺术美的。我国古代文艺家认为文艺作品的艺术风格尽管千姿百态,然而,从美学的角度讲,不外乎两种类型:一类属于阳刚之美,一类属于阴柔之美。对于风格的艺术美的这种分类,大体上是和西方关于壮美和优美的区别一致的。阳刚之美即是壮美,而阴柔之美即是优美。从理论上明确提出阳刚之美和阴柔之美的,是清代桐城派的代表人物之一姚鼐。他在《复鲁絜非书》中说:

> 鼐闻天地之道,阴阳刚柔而已。文者天地之精英,而阴阳刚柔之发也。惟圣人之言,统二气之会而弗偏,然而《易》《诗》《书》《论语》所载,亦间有可以刚柔分矣。值其时其人,告语之体各有宜也。自诸子而降,其为文无弗有偏者。其得于阳与刚之美者,则其文如霆,如电,如长风之出谷,如崇山峻崖,如决大川,如奔骐骥;其光也,如杲日,如火,如金镠铁;其于人也,如冯高视远,如君而朝万众,如鼓万勇士而战之。其得于阴与柔之美者,则其文如升初日,如清风,如云,如霞,如烟,如幽林曲涧,如沦,如漾,如珠玉之辉,如鸿鹄之鸣而入寥廓;其于人也,漻乎其如叹,邈乎其如有思,暖乎其如喜,愀乎其如悲。观其文,讽其音,则为文者之性情形状举以殊焉。

姚鼐在这里对文章的阳刚之美与阴柔之美作了具体的分析,他以许多具体而形象的描写来分别形容阳刚之美和阴柔之美的不同特点。大体来说,阳刚之美指的是一种雄伟壮阔、崇高庄严、汹涌澎湃、刚劲有力的美,而阴柔之美则是指一种柔和悠远、温婉幽深、细流涓涓、纤秾明丽之美。阳刚之美和阴柔之美的提出有它的哲学思想依据,这就是我国古代的阴阳说。宇宙万物都是禀阴阳二气而生的,人也是如此;人的个性和气质有阴阳刚柔的不同,因此,作为作家个性气质之表现的艺术风格,也就有阳刚和阴柔之别。这一点姚鼐在一开始就说得很明确了。文章是“天地之精英”,是“阴阳刚柔之发也”。从不同作家的文章中,可以看出“为文者之性情形状举以殊焉”。

艺术风格上的阳刚之美和阴柔之美的明确提出虽然比较晚,但这种思想之萌芽则是很早的,以后逐步有更深入的认识,它在我国古代文艺思想史上有悠久的历史。我国古代的阴阳说,原是一种解释宇宙万物起源的朴素天真的哲学观念,它认为世界的本源是物质性的阴阳二气,万物由这二气之交感而生。阴阳说究竟起源于什么时候,尚有待于进一步研究,但是《周易》中的乾坤二卦实际上已经反映了这种观念。阴阳说是《周易》的理论基础。据《国语·周语》记载,周幽王三年阳伯父就曾以阴阳二气不协调来解释地震发生之缘由。阴阳说后来又被解释为在它之前还有一个玄妙的“太极”,阴阳二气是由“太极”所生,这种学说又逐渐和五行说相结合,构成了一幅宇宙产生的模式图:太极──→阴阳──→五行──→万物。在先秦时期,据《国语》《左传》等书的记载,郑国的史伯和秦国的医和都曾用阴阳五行说来解释音乐的起源。当时他们认为五音、五色等都是五行所生,都是源于阴阳二气的。最早用阴阳二气来解释文学风格的当推曹丕。他在《典论·论文》中说的“清气”即是具有阳刚之美的气,而“浊气”即是具有阴柔之美的气。曹丕实际上已经看到了文学风格有这两种不同类型的艺术美,不过还没有从理论上自觉地提出这个问题。刘勰在《文心雕龙·体性》篇中所说的人的“气有刚柔”,也是说的阳刚之气与阴柔之气,不过刘勰只是把它作为风格形成的一个因素,而不是唯一因素。但是,他也同样看到了风格可分为阳刚、阴柔两大类。钟嵘在《诗品序》中赞美刘琨有“清刚之气”,亦即是指他的诗歌所表现的阳刚之美的特点。可见,艺术风格的美学特征可以区别为阳刚、阴柔两大类,并非姚鼐之发明,而是古已有之的。这种思想早就比较流行了。但是,过去有不少文艺家在这两者之中是有所偏好的,所以全面地论述这两种艺术美的不太多。拿司空图来说,他所列举的二十四种不同的艺术风格,虽然也可以分阳刚和阴柔两大类。如雄浑、劲健、豪放、绮丽等可归入阳刚之美一类,而冲淡、纤秾、疏野、超诣等可归入阴柔之美一类。但是,司空图是偏向于阴柔之美的,即使是在表现阳刚之美的一些品目中,仍然具有柔和缥缈的色彩,而和一般的阳刚之美不同。从艺术美的角度,明确地分风格为两大类的,以严羽为最有代表性。他在《沧浪诗话》中

列举诗的九品之后,又说:

其大概有二:曰优游不迫,曰沉着痛快。

严羽这里说的“优游不迫”即是阴柔之美,而他所说的“沉着痛快”即是指阳刚之美。他虽然没有讲到阳刚、阴柔,但和后来姚鼐之论,最为接近。由此可知,姚鼐之提出阳刚之美和阴柔之美,正是对我国古代论艺术风格美的一个总结和发展。

阳刚之美和阴柔之美是风格艺术美的两种基本类型,对于具体的作家作品来说,其表现程度是各不相同的。比如有的偏重阳刚之美,有的偏重阴柔之美。同是阳刚之美或阴柔之美,又有多少强弱之不同,其深浅浓淡也各异。而对于多数作家来说,阳刚之美和阴柔之美可以互相调剂,互相补充,故而,实际上所呈现出来的艺术风格美是千差万别、纷纭复杂的。研究艺术风格的阳刚之美和阴柔之美,和艺术风格的多样化是并不矛盾的,而且正是为了探讨艺术风格多样化的规律,才作出这种概括与总结的。姚鼐认为,对于具体的艺术作品风格美来说,事实上阳刚之美者亦多兼有阴柔之美色彩,而阴柔之美者亦多兼有阳刚之美成分,只不过是有所偏而已。客观事物本身即是如此,他说:“且夫阴阳刚柔,其本二端,造物者糅而气有多寡进绌,则品次亿万,以至于不可穷,万物生焉。”文章是要描写客观事物,表现作者个性气质的,因此,“文之多变,亦若是已。糅而偏胜可也,偏胜之极,一有一绝无,与夫刚不足为刚,柔不足为柔者,皆不可以言文”。姚鼐认为绝对的刚和绝对的柔,是不能成为好文章的,自然,刚不成刚,柔不成柔者,也是不能成文的。最理想的文章应当是刚柔并重而无所偏的,但是那只有圣人才可能做到,一般的人是无能为力的。姚鼐指出,刚柔相济,而偏于一面,这是正常的,都可以成为美的文章。他在《海愚诗钞序》中曾经进一步对这个观点作了论述和发挥。他说:

吾尝以谓文章之原,本乎天地。天地之道,阴阳刚柔而已。苟有得乎阴阳刚柔之精,皆可以为文章之美。阴阳刚柔并行而不容偏废,有其一端而绝亡其一,刚者至于偾强而拂戾,柔者至于颓废而暗

> 幽，则必无与于文者矣。然古君子称为文章之至，虽兼具二者之用，亦不能无所偏优于其间，其故何哉？天地之道，协合以为体，而时发奇出以为用者，理固然也。其在天地之用也，尚阳而下阴，伸刚而绌柔，故人得之亦然。文之雄伟而劲直者，必贵于温深而徐婉。温深徐婉之才，不易得也；然其尤难得者，必在乎天下之雄才也。夫古今为诗人者多矣，为诗而善者亦多矣，而卓然足称为雄才者，千余年中数人焉耳。甚矣其得之难也。

从姚鼐的这一大段分析中，我们可以知道我国古代虽然对艺术风格的美学特征有阳刚、阴柔之分，但实际上并不是把两者绝对对立起来看的，不是把它们看作水火不相容的两个对立方面，而是认为它们都是建立在对立统一基础上的，只是主导方面有所不同而已。而对于绝对的阳刚之美，即所谓流于“偾强而拂戾”者，以及对于绝对的阴柔之美，即所谓流于“颓废而暗幽”者，都是不赞成的，认为那样不是真正的艺术美，也不是真正懂得艺术的作家所创作的好作品。必能体现刚柔相济的特点，则不管偏向于阳刚，还是偏向于阴柔，都是好作品，是不应该对之有所偏废的。“雄伟而劲直”之文，必须同时又有“温深而徐婉”之色彩，方为难得之文，其作者亦为难得之才。

从我国古代文学发展的实际来看，姚鼐这样论述是有道理的。无论是从时代风格、流派风格、作家个人风格，甚至是一篇作品风格来看，大都存在着这种以一方为主，兼有另一方艺术美的特征。比如“建安风骨”总的说是偏向于阳刚之美的，是以慷慨悲壮、刚劲有力为其特点的。但是“建安风骨”也有情韵连绵、温婉深长的色彩。无论是从曹操、曹丕、曹植，还是王粲、刘桢等七子的创作中都可以看出这一点。前面我们所引曹操《短歌行》第一、四节主要是反映了慷慨悲壮的阳刚之美的，但这首诗的第二、三节则比较明显地具有优柔深婉的阴柔之美。如第二节云：“青青子衿，悠悠我心。但为君故，沉吟至今。呦呦鹿鸣，食野之苹，我有嘉宾，鼓瑟吹笙。”气势平稳，情调委婉，与第一节的愤激情状，大不相同。由于全诗刚柔相济，显得波澜起伏，错落有致。曹丕的著名作品《燕歌行》也是如此。全诗既有悲凉忧伤之主调，又有柔和缠绵之意境，也是以“沉着痛快”为主，而兼有“优游不迫”之色彩的。王粲的诗歌创作（如《七哀诗》等）颇似曹丕，同样也是悲凉而缠绵的。故而钟嵘在《诗品》中说他的创作是：“发愀怆之词，文秀而质羸。”前一句说的是阳刚之美，后一句说的是阴柔之美。可见，“建安风骨”是以阳刚之美为主要特色，又兼有阴柔之美的。从一个流派的风格来说也是如此。比如唐代的边塞诗派，其主要方面也是阳刚之美，然而其中亦有阴柔之美。例如岑参的《碛中作》写道：

走马西来欲到天，辞家见月两回圆。今夜未知何处宿，平沙万里绝人烟。

我们借用姚鼐的话说，这首绝句既有“如崇山峻崖，如决大川，如奔骐骥”之美，又有“如珠玉之辉，如鸿鹄之鸣而入寥廓”之美；既给人以英雄豪迈之感，又不乏情思缠绵之致。边塞诗主要方面是写在边疆建功立业的壮志豪情，以及塞外的苍茫景色，艰苦的征战生活等，然而也不乏相思之苦，儿女情长之念。以阳刚之美为主干，而辅以阴柔之美，遂成为边塞诗的艺术风格美的重要特色。从一个作家来说，其艺术风格美也有以一种为主，另一种为辅的特征。比如唐代著名的诗人王维，是以写田园山水诗为主的，而田园山水诗的风格美基本上都是属于阴柔之美的。从王维的代表作《辋川绝句》《渭川田家》《山居秋暝》《新晴野望》等诗篇中，都可以看出艺术风格上阴柔之美的特点。然而在另一些诗中，如《少年行》《从军行》《夷门歌》《老将行》《燕支行》等名作，则和田园山水诗风格迥异，具有英气充沛、豪迈激愤的阳刚之美特色。当然，王维诗歌创作中这种风格的不同，是和他整个生活、思想的变化分不开的。他早年颇有理想抱负，建功立业欲望比较强烈，所以诗歌创作中表现了明显的阳刚之美特色。后期思想比较消沉，隐居学佛，故以阴柔之美为主。从这里我们也可以看到阳刚之美为主还是阴柔之美为主，对于一个作家来说，也不是绝对的。尤其是一些伟大作家往往两方面都很突出，例如像李白、杜甫等即是如此。严羽说：“子美不能为太白之飘逸，太白不能为子美之沉郁。”（《沧浪诗话》）以“飘逸”概括李白之风格，以“沉郁”概括杜甫之风格，这是比较有见地的，故被何日愈赞美为“眼光如炬”（《退庵诗话》）。这说明李白与杜甫在艺术风格上是有差别的,各自都有极为鲜明独特的风格特征。然而这是就其主要方面来说的,当然不能概括他们各自全部的创作。一般地说来,“飘逸”似乎有较多的“优游不迫”的阴柔之美;而“沉郁”似乎有较多的“沉着痛快”的阳刚之美。然而,又绝不仅仅有一个方面,李白的“飘逸”之中亦有“沉着痛快”之处。他的《行路难》《答王十二寒夜独酌有怀》《梦游天姥吟留别》《蜀道难》等名作,既有一泻千里、淋漓痛快之势,又包含有飘逸洒脱、缠婉流离之情,阴阳合调,刚柔互济,是很难以单一之美来衡量的。李白既有上述以阳刚之美为主的作品,也有像《玉阶怨》《静夜思》这样以阴柔之美为主的作品。杜甫的“沉郁”之中也不乏“优游不迫”之调。他的“三吏”“三别”、《兵车行》《丽人行》等名著,固然鲜明地体现了阳刚之美的风格特色,而他的《茅屋为秋风所破歌》《秋兴》八首、《咏怀古迹》五首、《又呈吴郎》等,则不仅有“沉着痛快”的阳刚之美,也明显地反映了“优游不迫”的阴柔之美。至于他的《春望》《月夜》《春夜喜雨》《江村》《江畔独步寻花》等作品,则阴柔之美的特色更为明显了。主张把阳刚之美和阴柔之美结合起来,反对“一有一绝无”,这是我国古代论风格的艺术美的一个非常重要的思想。

后　记

这本《中国古代文学创作论》，是根据我给北大中文系一九七九级同学讲授的专题课讲稿改写而成的。在教学过程中，不少同学和外校来旁听的教师都希望我把讲课内容整理成书，同时也提出了一些很好的修改意见。在大家的鼓励和帮助下，我对讲稿作了一次比较大的修改，补充了若干材料。在这里，谨向这些学界同行致以衷心的谢意。北京大学出版社江溶先生在审阅中提出了许多宝贵意见，为本书出版付出了辛勤的劳动。本书所述，有许多地方还不成熟，希望专家和读者给予批评指正。

作者 1982 年 12 月改定于北京大学燕东园

1990 年 4 月修订于日本福冈九州大学

钟嵘《诗品》

引　言

中国古代文学理论批评史上最为耀眼的、光芒四射的双子星座,就是齐梁时代刘勰的《文心雕龙》和钟嵘的《诗品》。《文心雕龙》体大思精,是论述包括各种文体的、广义的“文”的专著,而《诗品》则是一部细致深入地全面论述诗歌创作及其发展的诗论专著。清代著名学者章学诚在《文史通义·诗话》篇中曾经说过:“《诗品》之于论诗,视《文心雕龙》之于论文,皆专门名家,勒为成书之初祖也。《文心》体大而虑周,《诗品》思深而意远;盖《文心》笼罩群言,而《诗品》深从六艺溯流别也。”它们都是中国古代文学理论批评史上最有系统性、最有理论深度、也是影响最大的文论精品。《文心雕龙》的总体成就毫无疑问是超过了《诗品》的,但是《诗品》也有它的许多特殊贡献,是《文心雕龙》所不可企及的。《文心雕龙》由于是从纵的历史发展与横的理论创作两方面论述各种文体,所以虽然它也包括了诗歌,而且诗歌在他所论的各种文体和理论问题中占有最重要、最突出的地位,但是毕竟不能像《诗品》那样以一部专著的形式来对诗歌和诗人作全面的评论。而且所采取的批评形式和批评方法也和刘勰有所不同,有自己的明显特点。他们两人虽然同处齐梁时代,在文学思想上有不少共同之处,也有很多不同之处。因此,它们在中国古代文学理论批评史上各有自己不同的影响和作用。中国古代是一个诗的国家,凡是有文化、有知识的人都会写诗。在中国古代的各种文学体裁中,诗歌占有最为突出的地位,词和曲从本质上说也是诗,是诗的变体,而戏剧中的曲文又是剧本的主体,连小说中也配有很多的诗词,可以说整个中国古典文学是以诗歌为主体的。所以《诗品》之受到历代文学理论批评家的高度重视,它的直接影响甚至超过《文心雕龙》,也就很可以理解,而不会使人感到奇怪了。

历来研究钟嵘《诗品》的人非常多,根据曹旭《诗品集注》的统计,元、明、清三代有关《诗品》的不同版本有四五十种之多。自清末以来有很多人为《诗品》作注,其中比较重要的著作,有陈延杰《诗品注》、古直《钟记室诗品笺》、许文雨《诗品讲疏》、叶长青《诗品集释》、杜天縻《诗品新注》、王叔岷《钟嵘诗品疏证》、汪中《诗品注》、杨祖聿《诗品校注》、吕德申《钟嵘诗品校释》、蒋祖怡《诗品笺证》等,海外学者的注本比较重要的有日本立命馆大学的《钟嵘诗品疏》、韩国车柱环的《钟嵘诗品校证》、李徽教的《诗品汇注》、法国陈庆浩的《钟嵘诗品集释》等。对钟嵘和《诗品》的专题研究著作和研究论文也不少。最近几年来研究和注释《诗品》的最有代表性成果,当推张伯伟的《钟嵘诗品研究》(1993 年南京大学出版社出版)和曹旭的《诗品集注》(1994 年上海古籍出版社出版),他们两位都是很有才华的年轻学者,他们的著作从收集材料的丰富、吸收已有研究成果的全面、理论探讨的深度和广度、具有创新意义的独立见解方面来说,都是做得非常好的。

应该说,经过历代学者的努力,《诗品》研究中的一些基本问题,已经比较清楚了。我这本小书的目的是想在总结许多学者研究成果的基础上,向爱好古代文学和古代文学理论的朋友们,对钟嵘《诗品》作一个综合性的介绍,特别是想从理论和实践相结合的角度,把钟嵘对五言诗人的评价和这些诗人的创作联系起来分析,并把《诗品》放在整个中国文学理论批评发展史中来考察它的意义与价值,这可能是目前研究中做得还不太够的地方,其间当然也有我个人对钟嵘《诗品》的一点不同于其他学者的见解,因此我这本书虽然说不上是一部学术著作,但是也希望能把学术性和通俗性结合起来,把总结现有研究成果和自己的学习心得结合起来,努力运用深入浅出的方式,讲清楚《诗品》中所体现的文学思想、批评理论和批评方法。

一　我国齐梁时代的诗论专家

钟嵘的生平和思想

钟嵘，字仲伟，颍川长社（今河南长葛）人。钟嵘的生年根据王达津、张伯伟等先生的考证，大约在公元466年到471年之间，因为《南史·钟嵘传》说"齐永明中为国子生"，而按当时规定，国子生的入学年龄应在十五岁至二十岁之间，南齐国学几度兴废，钟嵘之入学当在永明三年（485）。由此上推十五至二十年即为钟嵘所生年代，但究竟是哪一年，学者们的意见颇为分歧，也无很确切的材料可以说明，所以，我个人同意王达津先生的说法，约定为468年比较妥善。钟嵘卒于为晋安王、西中郎将萧纲记室任内。萧纲于天监十七年（518）为西中郎将，钟嵘任职不到一年，故其卒年当为公元518年。据本传记载，齐明帝萧鸾对各种政务管得很细，十分繁忙。钟嵘遂上书说，古代明君善用贤才，各种政务均由臣下办好，君王"可恭己南面而已"，不须事必躬亲。萧鸾看到钟嵘的上书后，很不高兴，曾对太中大夫顾暠说："钟嵘何人，欲断朕机务，卿识之不？"顾暠回答中说："嵘虽位末名卑，而所言或有可采。"但萧鸾不加理睬。可见，钟嵘在当时的门阀社会里，地位是很低下的。虽然他出身于颍川钟氏名门望族，他的祖先在魏晋时期有较高的名位，但到齐梁之际已逐渐败落。钟嵘尽管以出身高贵士族自傲，于梁天监初年上书梁武帝主张严格划清士族与素族的界限，提出："若吏姓寒人，听极其门品，不当因军遂滥清级。"然而，由于他的实际社会地位和寒门素族已经没有多大区别，因此，对士族豪门的腐朽有比较清醒的认识，在文学观点上和当时"王公搢绅之士"颇有不同，对他们有很多批评。钟嵘于建武初（约494至496）为南康王侍郎，永元末（约500至501）除司徒行参军。梁天监三年衡阳王萧元简出任会稽太守，引钟嵘为宁朔记室，后于天监十七年为晋安王、西中郎将萧纲记室。他一生只做过几次小官，多为王室幕僚，也是很不得志的。他对当时政治的腐败很看不惯，曾上书梁武帝反对卖官鬻爵之弊。这与他在《诗品》中比较突出地主张诗歌要表现“怨”情是有关系的。

钟嵘的思想受时代的影响比较明显，《南史》本传中说他“好学，有思理”，“齐永明中为国子生，明《周易》”。《周易》本是儒家经典，但自魏晋玄学兴起，王弼注《周易》之后，《周易》遂成为玄学的主要经典。于是，易学就有代表儒家的郑（玄）注与代表玄学的王（弼）注两种。齐梁之际虽然在国学中是郑、王两注并置的，但在那个时代王注的影响显然要大得多，因为那是最时髦的。现在我们虽然无法断定钟嵘所明的是何种注本的《周易》，然而在那个玄学思想泛滥的时代他不习王注《周易》是根本不可能的，诚如张伯伟先生所指出的，钟嵘习《易》可能是和他的家学传统有关的，颍川钟氏中的钟繇、钟会在魏晋时都是精通《周易》的，而钟会的易学思想与王弼比较接近，两人交厚，在当时齐名，《三国志》中王弼传即附于钟会传后。同时，从《南史》钟嵘本传的记载和《诗品》的内容和方法来看，钟嵘显然也是比较倾向于王弼的易学思想的。他给齐明帝萧鸾上书的内容，很明显地表现了君王应当“无为而治”，拱手南面而坐，把一切政务都交给臣下去办的思想。这就是魏晋以来玄学家所主张的援儒入道，“以道为本，以儒为用”，在政治上的具体表现。王弼注易一扫汉代复杂的象数之学，而易之以简驭繁的体用、本末之学；从研究方法上来说，舍弃汉人的烦琐考证，而易之以“得意忘言”之论，也是一种很大的改革。王弼这种“举本统末”“执一统众”的研究方法对钟嵘《诗品》中追本溯源的研究方法也可以看出明显的内在联系。钟嵘在《诗品》中虽然也表现出有很多儒家文学观念的影响，但是他并不恪守儒家传统，而是在许多方面有所突破，例如对“怨”的强调、对“赋比兴”的解释等，都有创新的独到之见。

《诗品》的体例和结构

钟嵘《诗品》写于他的晚年，大约成书于公元514年至516年之间，因为《诗品》所品评的一百二十二位诗人，其选录原则是“不录存者”。《诗品》中所列诗人去世最晚的是沈约，死于梁天监十二年(513年)，故《诗品》之作当在是年以后。而当时两位重要诗人柳恽、何逊死于天监十六年(517年)，《诗品》则未列入，故《诗品》之作又当在是年以前。《诗品》的体例和《文心雕龙》不同，它不是像《文心雕龙》一样按文体分类和按理论问题的主次来分别论述，而是着重在按艺术水平的高低，对五言诗人分等逐个进行评述。全书把一百二十二位诗人(《古诗十九首》的作者不明，钟嵘单列为“古诗”一家，不在此一百二十二位诗人之内，实际为一百二十三家)，分为上、中、下三品。上品除“古诗”外，列了十一位诗人，中品三十九位诗人，下品七十二位诗人。每一品前面有一篇序，但并不是就这一品诗人所作的评论，而是分别对诗歌创作的历史发展和重要理论问题作了阐述。上品序最为重要，比较全面地论述了诗歌的产生和发展历史，以及诗歌的本质、特征和基本创作理论，并集中说明了他写作《诗品》的缘起和他对诗歌艺术的审美标准。中品序则说明了《诗品》按照“一品之中，略以世代为先后，不以优劣为诠次”的排列方法和“其人既往，其文克定；今所寓言，不录存者”的选录原则。并着重批评了当时创作上堆砌典故而损害了诗歌自然之美的不良倾向，还对自西晋以来的文学批评著作进行了概括评述，进一步说明了正确进行文学批评的必要性。下品序主要阐述了他对当时盛行的永明声律说的看法，批评了当时过分讲究琐碎声律而使诗歌“伤其真美”的倾向。同时还举出了五言诗中的具有代表性的典范之作。钟嵘分一百二十二位诗人为上、中、下三品，是显示了其艺术水平高下不同的。他对每一位诗人的创作特色的分析和评论，也有详略繁简的不同。从批评方法上说，对每个诗人先从溯源开始，在比较中揭示其独特的创作风貌。

对《诗品》的总体结构历来有些不同的看法，这也涉及《诗品》的版本问题。《诗品》的较早版本都是上、中、下三品前各有序的，清人何文焕编《历代诗话》，始将三篇序合在一起置于书前为总序，后来不少《诗品》即按此结构刊行。清代后期张锡瑜以及韩国车柱环等学者则认为上品序是全书总序，而中品序批评用典段是上品评谢灵运条的附论，下品序批评声律派一段是中品评沈约条的附论。那么《诗品》结构的原貌究竟是什么样的呢？我以为《诗品》本身是一部完整的诗论著作，历代版本大都分上、中、下三品为三卷，每卷前各有序，这应当是符合原貌的。何文焕将三篇序合为一篇放在前面，诚如很多学者指出的，并无什么根据，只是"一己之意"，而原来的三篇序各有自己的结构，强编在一起，不伦不类，是很不合适的。至于说中、下品序只是谢灵运和沈约两条的附论，也是很勉强的。中品序提倡"自然英旨"固然与谢灵运有关，但其实更主要的是批评用典过度，当时因堆砌典故而损害了自然之美的代表诗人实为颜延之，而颜延之正是在中品。同时，堆砌典故作为一种不良的创作倾向，并非只在一个诗人身上存在，因此钟嵘之论也不宜仅置于一个诗人之后。而提倡"自然英旨"也是一个总的审美原则，它对所有的诗人都是适用的。更值得我们注意的是，在中品序里钟嵘还专门对自陆机《文赋》以来的文学批评论著作进行了评论，这部分也绝不可能是上品后的跋语了。下品序也包含了两方面的内容，一方面是对永明声律说的批评，这在当时也是一个普遍的创作倾向，并非仅仅沈约一个人的问题，他说："王元长创其首，谢朓、沈约扬其波。"他并未把沈约看作最主要的，而王融正好列在下品，而且他认为追求琐碎声律的弊病更主要还是在王、谢、沈"三贤"的后学，是那些追随他们的水平不高的诗人。至于他在下品序中所列举的五言诗之典范，并非如张锡瑜所说"以见不待讲声韵而自臻佳妙也"，而是就五言诗之总体，从他提倡的风骨、词采等各个审美标准的综合考虑上，所举出的最优秀代表作。因此，他的三篇序如上文所说是各有自己的完整内容的，都适合于所有的诗人，不必也不应当把它们看成只是对某一品而说的。这不妨也可以看作钟嵘《诗品》的一种有创造性的结构。

《诗品》的写作及其与书、画论的关系

钟嵘在《诗品》的三篇序中，都从不同的角度说到了他写作《诗品》的目的。在上品序中他说：

> 今之士俗，斯风炽矣。才能胜衣，甫就小学，必甘心而驰骛焉。于是庸音杂体，各各为容。至使膏腴子弟，耻文不逮，终朝点缀，分夜呻吟，独观谓为警策，众睹终沦平钝。次有轻薄之徒，笑曹刘为古

拙,谓鲍照羲皇上人,谢朓古今独步。而师鲍照,终不及“日中市朝满”,学谢朓,劣得“黄鸟度青枝”。徒自弃于高明,无涉于文流矣。观王公搢绅之士,每博论之余,何尝不以诗为口实。随其嗜欲,商榷不同,淄渑并泛,朱紫相夺,喧议竞起,准的无依。近彭城刘士章,俊赏之士,疾其淆乱,欲为当世诗品,口陈标榜,其文未遂,感而作焉。

从这里可以看出钟嵘对当时文学创作的现状是很不满的,大家热衷于写诗说明诗歌创作进入了一个发展高潮,但是贵族子弟大都十分平庸,虽日夜苦吟,自认为“警策”之作,别人一看却极为浅薄。更有些狂妄轻薄之徒,则自以为很了不起,而实际上是很低劣的。他们不懂得什么是真正的好诗,不仅无知地“笑曹、刘为古拙”,而学鲍照终赶不上他“日中市朝满”(《代结客少年场行》)这样的诗句,学谢朓只能写出像虞炎《玉阶怨》中“黄鸟度青枝”那样拙劣的句子。他们往往以劣为优,失去了正确的创作方向。至于那些“王公搢绅之士”,大都以豪门世族的口味来批评文学,所谓“淄渑并泛,朱紫相夺”,因此在文学批评上也没有正确的标准。像刘士章那样的“俊赏之士”,虽“疾其淆乱,欲为当世诗品”,但又早早去世,未能写出来。钟嵘正是有感于此,为了使诗歌创作走上科学的、健康的道路,才撰写了《诗品》,对诗歌创作的一系列基本理论问题作了明确的论述,对一百二十多位诗人的创作逐个进行评论。

钟嵘对自西晋以来的文学批评著作也很不满意,他在中品序中说:

陆机《文赋》,通而无贬;李充《翰林》,疏而不切;王微《鸿宝》,密而无裁;颜延论文,精而难晓;挚虞《文志》,详而博赡,颇曰知言:观斯数家,皆就谈文体,而不显优劣。至于谢客集诗,逢诗辄取;张隐《文士》,逢文即书:诸英志录,并义在文,曾无品第。嵘今所录,止乎五言。虽然,网罗古今,词人殆集。轻欲辨彰清浊,掎摭病利,凡百二十人。预此宗流者,便称才子。至斯三品升降,差非定制,方申变裁,请寄知者尔。

钟嵘对晋、宋以来文学批评著作的评价是颇值得我们研究的,他既肯定了它们的成就，也批评了它们的不足，总的说是不太满意的。他说陆机《文赋》"通而无贬"，此"贬"字，有的学者据清人朱骏声《说文通训定声》认为通"辨"，即"明"之意，我认为不妥。当如许文雨、郭绍虞等释为褒贬之贬为好。与钟嵘同时的刘勰在《文心雕龙》中有九处用到"贬"字，均为此意。此处所说"通"，即指《文赋》全面地论述了文学创作过程中的理论问题，而"无贬"即是指未举作家作品为例，作出褒贬评价，此与下文"观此数家，皆就谈文体，而不显优劣"正好相应。此所谓"不显优劣"并非如许文雨所说《文赋》中"虽应不和，虽和不雅"一类褒贬，而是指此数家只论文体而不显作家作品优劣。他说李充的《翰林论》"疏而不切"，即是刘勰所说"浅而寡要"之意（参见《文心雕龙·序志》篇）。王微《鸿宝》今已不存，《隋书经籍志》载《鸿宝》十卷，未署撰人。《文镜秘府论》所载王微《鸿宝》可能即据《诗品》。颜延论文有可能是指现存《庭诰》，也可能是现已散佚的文章，难以确考。钟嵘对"挚虞《文志》"评价比较高，称赞它"详而博赡，颇曰知言"，是因为挚虞著有《文章志》（四卷）、《文章流别集》（《晋书》谓三十卷，《隋志》谓四十一卷，注又引阮孝绪《七录》谓为六十卷），前者乃系作家传记，后者则为总集，按文体之不同各选其有代表性的作品，以显其历史发展过程中的流别变化，并对每一种体裁的创作特征有专论，这种既追溯源流又显示作家作品优劣的研究体制和结构，是和钟嵘《诗品》比较接近的。至于谢灵运的《诗集》《诗英》等及张隐的《文士传》只是收录诗文，而不分品级高下。故钟嵘的《诗品》虽只限五言诗，然而网罗了古今所有五言诗人，不但明辨其源流清浊，而且还评析其优劣得失。对于三品等第的划分，钟嵘自己也认为并非定论，只是他自己的一点看法而已。

《诗品》的出现和魏晋以来的人物品评与当时书、画、乐论的发展有十分密切的关系。钟嵘在其上品序中说："昔九品论人，《七略》裁士，校以宾实，诚多未值。至若诗之为技，较尔可知，以类推之，殆均博弈。"可见，他分五言诗人为三品，分别加以论述，是受汉魏的人物品评分为九等以区别贤愚、刘歆的《七略》分七类以论作家影响的结果。同时，他认为诗歌创作和下围棋也是比较类似的，都要讲究技巧，而六朝时品第围棋水平高下的风气很盛，例如《隋书·经籍志》所载，范汪有《棋九品序录》一卷、袁遵有《棋后九品序》一卷、梁武帝有《围棋品》一卷、陆云公有《棋品序》一卷等。日本学者兴膳宏先生在其《〈诗品〉和书画理论》一文中曾指出：宋代虞和《论书表》中说他整理王羲之、王献之等墨迹时分为“好者”“中者”“下者”三类，实际上就是上、中、下三品，对钟嵘以三品论诗有明显的影响。兴膳宏先生还指出：在钟嵘以前以书法家为中心品评优劣的著作还有宋羊欣的《古来能书人品》和齐王僧虔的《论书》，而羊欣书中引张芝与朱宽书自叙曾说：“上比崔、杜不足，下方罗、赵有余。”这与钟嵘《诗品》中评王粲时所说：“方陈思不足，比魏文有余。”在文义和句法上都很相似。中国古代文人常常是琴棋书画都很精通的，所以钟嵘以诗歌和博弈、书法相比也是不足为怪的。而从艺术领域来看，当时的书画也很讲究品级评定。在钟嵘之前，绘画理论批评上有刘宋时代著名的谢赫《古画品录》，它以画家为中心分为六品，明“众画之优劣”，这和《诗品》是基本一致的。谢赫在书序中说：“虽画有六法，罕能尽该；而自古及今，各善一节。”所以有的学者认为六品是和谢赫所提倡的“六法”相应的，但是，这个说法不够全面，谢赫在书序中又说：“唯陆探微、卫协，备该之矣。”并列陆探微、曹不兴、卫协三人为第一品，他还是从体现“六法”整体水平高低来分品的，不过，“六法”中“气韵生动”是最重要的，而“传移模写”则是讲的学习绘画、练基本功的方法，自然是比较不重要的。然而，谢赫在每一品中画家的排列次序是按艺术水平高低，而不是按时代先后，这是与《诗品》不同的。《古画品录》不但在批评形式上对《诗品》有影响，而且在美学思想上也有很大影响，这后一方面我们将在下文再分析。《诗品》是受书、画论影响而产生的，但它反过来又深刻地影响了书、画理论批评的发展。如梁庾肩吾的《书品》分上、中、下三品评论了一百二十三位书法家，不过他在每一品中又分上、中、下三等，实际为九品，并在每一品所列人名后有“论”，评述各人的书法特色与优劣。所不同者，有些等第是综论，而不是像钟嵘那样基本上是逐个评论。袁昂的《古今书评》分论了二十五位重要书法家，也是逐个品评其优劣的。绘画方面，陈代姚最的《续画品》是补《古画品录》之不足的，并对谢赫的分等有所不满，评了二十位画家的绘画特色，因为是补充，故不再分等。这也许看不出多少《诗品》的影响，但是在美学思想上提倡“心师造化”则可看作是对钟嵘提倡“自然英旨”的继承和发展。

二　诗学批评史上的理论丰碑

钟嵘《诗品》最重要的贡献是在诗歌理论上，他既继承了传统诗歌理论上的精华，又不囿于传统的成见，在总结诗歌发展历史经验的基础上，针对当时诗歌创作上的某些不良倾向，在一系列重要的诗歌理论上，提出了自己许多精辟的新见解，对后来诗歌理论批评的发展，产生了很深刻的积极影响。这些比较集中地表现在以下五个方面：

“摇荡性情，形诸舞咏”

——诗歌本质的探索

关于诗歌的本质，早在钟嵘之前就有了很多探讨。从先秦时代的“诗言志”说到陆机《文赋》的“诗缘情”说，对诗歌的本质是人的感情之表现，已经有了很清楚的认识。同时也认识到了人的情志之由静而动，由内在的心灵蕴藏的感受，表现为外在的语言文字，常常是受到外在的某种事物和环境影响之触发而产生的，这就是《礼记·乐记》中提出的所谓“人心感物”之说。与钟嵘同时的刘勰，在《文心雕龙》中对文学的本质从心物关系方面作了进一步深入探讨，指出文学创作过程中主体的“心”和客体的“物”的融合，存在着相反相成的辩证关系：一方面是“情以物兴”，心“随物以宛转”；另一方面是“物以情观”，物“与心而徘徊”，钟嵘对诗歌本质的认识，正是在这样的基础上，又有了新的开拓和发展。他在上品序中首先指出：“气之感物，物之感人，故摇荡性情，形诸舞咏。”这是对传统诗歌本质论的概括，这里的“气”不是他论诗歌创作中所说的“气”，而是指构成宇宙万物的天地间元气，也就是万物所赖以产生的阴阳二气。刘勰在《文心雕龙·物色》篇中说：“春秋代序，阴阳惨舒，物色之动，心亦摇焉。盖阳气萌而玄驹步,阴律凝而丹鸟羞,微虫犹或入感,四时之动物深矣。”由于阴阳二气的流转,产生了四时节气的变化,人们有感于这种变化,故而心灵摇荡,萌发了创作的欲望和冲动,这就是诗歌产生的缘由。钟嵘在这里所说的“性情”是指以感情活动为核心的全部心灵活动,它和当时所常用的“性灵”概念的含义是一致的。钟嵘既认识到诗歌是“摇荡性情”的产物,同时又可以反作用于人们的心灵,使之受到陶冶感化,所以他又说好的诗歌可以“陶性灵,发幽思”(评阮籍诗),这是他对《乐记》中所说“凡音之起,由人心生也”和“凡音者,生人心者也”的运用和发展。

钟嵘对诗歌本质论述的新贡献主要有两个方面:一是对“人心感物”的“物”的内容之阐述和发挥。《乐记》中对物的内容没有作具体的说明,陆机《文赋》中所说的“物”,主要是指自然物色,如自然界的节气和景物之变化,即所谓“悲落叶于劲秋,喜柔条于芳春”。刘勰在《文心雕龙·物色》篇中说的也是自然物色,不过,刘勰在《文心雕龙·明诗》篇中所说的“感物吟志”之“物”,则不仅是自然物色,而更主要是指社会生活内容。所以,建安文学写的不仅是“怜风月,狎池苑”,也有“述恩荣,叙酣宴”。《时序》篇中也说:“文变染乎世情,兴废系乎时序。”但是,钟嵘对“物”的内容从理论上说,比刘勰要讲得更为清楚、明白、确切。他说:

> 若乃春风春鸟,秋月秋蝉,夏云暑雨,冬月祁寒,斯四候之感诸诗者也。嘉会寄诗以亲,离群托诗以怨,至于楚臣去境,汉妾辞宫,或骨横朔野,魂逐飞蓬;或负戈外戍,杀气雄边;塞客衣单,孀闺泪尽;或士有解佩出朝,一去忘返;女有扬蛾入宠,再盼倾国。凡斯种种,感荡心灵,非陈诗何以展其义?非长歌何以骋其情?

他在这里不仅具体阐明了“物之感人”的自然和社会内容,而且很明显地是更为重视社会生活内容的。同时,我们还可以看到他所说的这些自然和社会生活内容,都是在总结和归纳诗歌创作中得出来的。从分析《楚辞》《汉乐府》《古诗十九首》,和建安、正始以来的诗歌创作中,他深深地感到,美丽的自然景色和强烈地激动人心的社会生活,是促使诗人灵感泉涌、诗兴勃发的根本原因。为此,他对文艺和现实的关系作了科学的正确的解释。在这一方面,他比刘勰表现出了更高的理论自觉性。

二是他对诗歌中的感情提出了很高的要求,表现了进步的思想倾向。先秦时期儒家的“诗言志”说,主要是强调诗歌要表现儒家的政治理想和抱负,这个“志”虽然也包含了感情的因素,但这种感情必须是符合于儒家的伦理道德规范的。朱自清先生在《诗言志辨》一书中早就指出了这一点。他在引用《左传》昭公二十五年子产所说的“六志”时说:“孔颖达《正义》说:‘此六志《礼记》谓之“六情”。在己为情,情动为志,情、志一也。’汉人又以‘意’为‘志’,又说志是‘心所念虑’,‘心意所趣向’,又说是‘诗人志所欲之事’,情和意都指怀抱而言;但看子产的话跟子太叔的口气,这种志,这种怀抱是与‘礼’分不开的,也就是与政治、教化分不开的。”他还说《论语》中孔子和他的弟子所说的“言志”,“非关修身,即关治国,可正是发抒怀抱”。汉代《毛诗大序》中持情志统一说,它一方面说:“诗者,志之所之也。在心为志,发言为诗。”另一方面又说:诗是“吟咏情性”的,“情动于中而形于言”,但它又是“发乎情,止乎礼义”的,也就是说,诗歌中所表现的感情必须要符合于儒家礼义的规范。魏晋时代由于儒家思想的衰落,儒家这种传统的诗论也受到了挑战,建安时代三曹七子的诗歌,很多就不再受“发乎情,止乎礼义”的束缚,而比较自由地唱出了自己的心声。嵇康的《声无哀乐论》强调“心之与声,明为二物”的二元论观点,认为音乐与人情哀乐没有直接关系,否定了《毛诗大序》中“治世之音安以乐,其政和;乱世之音怨以怒,其政乖;亡国之音哀以思,其民困”的思想。陆机在《文赋》中提出“诗缘情而绮靡”,虽然他本人并不一定有否定“发乎情,止乎礼义”的意思,但是“缘情绮靡”说在客观上起到了突破儒家“礼义”束缚的作用。清人纪昀在《云林诗钞序》中说:“知‘发乎情’而不必‘止乎礼义’,自陆平原‘缘情’一语,引入歧途。”“缘情”说在六朝占有主导的地位,然而六朝在强调不受“礼义”制约的“缘情”的同时,并没有对感情的积极社会内容提出要求,因此又出现了像宫体诗那样放纵情欲、表现不健康感情的作品,钟嵘正是在这样的情况下,既坚持了诗歌以“缘情”为主,不受“礼义”束缚的正确方向,又提倡表现具有深刻社会内容的健康思想感情,抵制了当时诗歌创作上的不良倾向。

钟嵘《诗品》的基调是要求诗歌充分体现“怨愤”之情,所谓“嘉会寄诗以亲，离群托诗以怨”，其实主要是讲“怨”，下举“楚臣去境，汉妾辞宫”等等大都是“怨”的内容。曹植是他最佩服、评价最高的诗人，他赞扬其诗：“情兼雅怨，体被文质。”又说《古诗十九首》“多哀怨”，李陵的诗“文多凄怆，怨者之流”，班婕妤的诗“怨深文绮”，王粲的诗“发愀怆之词”，左思的诗“文典以怨”，秦嘉的诗“文亦凄怨”，刘琨的诗“多感恨之词”，等等。强调“怨”本是中国文学理论批评史上的一个进步的传统，春秋末年的孔子在总结《诗经》的社会作用时，就已提出了诗“可以怨”的思想，按照汉儒的解释，即是“怨刺上政”（《论语集解》引孔安国说），也就是对不良政治的批评，对腐败、黑暗现实的讽刺和不满。《诗经》中的“怨”比较突出地体现在《国风》和《小雅》中。《楚辞》中的基本思想也是“怨”，诚如《九章·惜诵》所说，是“发愤以抒情”的结果，故司马迁在《史记·屈原贾生列传》中说：“屈平之作《离骚》，盖自怨生也。”钟嵘以《诗经》中的《国风》《小雅》和《楚辞》作为五言诗人创作渊源的两个源头，也显然与其“怨”的传统是分不开的。被钟嵘作为五言诗人最杰出代表的曹植，是一个有远大理想抱负的诗人。在《与杨德祖书》中说他的人生目的是：“戮力上国，流惠下民，建永世之业，流金石之功。”如果这种愿望不能实现，他也要“采庶官之实录，辨时俗之得失，定仁义之衷，成一家之言”。由于受到曹丕的排挤和迫害，他郁郁不得志，心情十分凄苦，所以在诗中充满了强烈的愤激、怨恨之情。在《赠白马王彪》中他对曹丕听信小人谗言，对他和曹彪等兄弟的猜忌和防范，十分不满，内心积压着深深的不平：“鸱枭鸣衡轭，豺狼当路衢。苍蝇间黑白，谗巧令亲疏。”由于他手中无权，所以更直接地感受到世态的炎凉：“高树多悲风，海水扬其波。利剑不在掌，结交何须多?”（《野田黄雀行》）在《杂诗》之五中，他为壮志不遂而感到无穷的遗憾：“江介多悲风，淮泗驰急流。愿欲一轻济，惜哉无方舟。”《古诗十九首》也多哀怨之词，诚如沈德潜在《古诗源》中所说：“《十九首》大率逐臣弃妻朋友阔绝死生新故之感，中间或寓言，或显言，反复低徊，抑扬不尽，使读者悲感无端，油然善入。此《国风》之遗也。”李陵的诗自南朝颜延之开始，有很多学者认为是伪托之作，但刘勰、钟嵘都是肯定为李陵所作的。《与苏武诗》三首，例如“风波一失所，各在天一隅”“远望悲风至，对酒不能酬”“徘徊蹊路侧，悢悢不得辞”，都充满了凄怆之意。王粲的代表作为《七哀诗》两首,第一首记载了他由关中到荆州途中所见的战乱惨状:“出门无所见,白骨蔽平原。路有饥妇人,抱子弃草间。顾问号泣声,挥涕独不还。”他的作品表现了感时伤怀、壮志不遂的悲哀,也是建安风骨的代表诗人之一。左思的诗作对当时门阀社会的等级制度、对“上品无寒门,下品无世族”的现状,表示了十分强烈的不满。他在著名的《咏史诗》中说:“郁郁涧底松,离离山上苗。以彼径寸茎,荫此百尺条。世胄蹑高位,英俊沉下僚。地势使之然,由来非一朝。”如果是寒士出身,那么,虽然才华出众、英俊特立之士,也只能一辈子沉沦下层;反之,如果是高门世族的子弟,即使愚蠢平庸、碌碌无为之辈,也自然而能世袭高位,左思的“怨”就体现在他这种忿忿不平上。刘琨的诗之所以有“怨恨”之情,是因为他具有“闻鸡起舞”的爱国壮志,曾为恢复中原而转辗抗敌,但在那个腐朽黑暗的社会里,他以个人之力实无回天之能,故而有满腔悲愤无处言说。“烈烈悲风起,泠泠涧水流。挥手长相谢,哽咽不能言。”(《扶风歌》)可见,他说的“怨愤”之情,都有明显的积极社会意义,而不是那种格调低下的庸俗艳情。

赋、比、兴的重新阐释

钟嵘对诗学理论的另一个重要贡献,是对赋、比、兴的重新解释。风、雅、颂和赋、比、兴本是前人对《诗经》的种类和艺术表现方法的一种归纳和总结,最早见于《周礼·春官·大师》,当时称为“六诗”。这里,风、雅、颂是《诗经》不同类型的三个部分,而赋、比、兴则是指三种不同的艺术表现方法。《毛诗大序》称为“六义”,它们的次序是:风、赋、比、兴、雅、颂。这种排列的意思是:风有赋、比、兴三种表现方法,故将其置于风之下,雅、颂也都有这三种表现方法,因为风下面已列就省略了。所以孔颖达在《毛诗正义》中说:“然则风、雅、颂者,诗篇之异体;赋、比、兴者,诗文之异辞耳。大小不同而得并为六义者,赋、比、兴是诗之所用,风、雅、颂是诗之成形,用彼三事,成此三事,是故同称为‘义’,非别有篇卷也。”他又说:“风之所用,以赋、比、兴为之辞,故于风之下即次赋、比、兴,然后次以雅、颂。雅、颂亦以赋、比、兴为之,既见赋、比、兴于风之下,明雅、颂亦同之。”赋、比、兴这三种艺术表现方法,按照历来传统都是“赋”在前,“兴”在后,然而，钟嵘在《诗品序》中则是按"兴"在前，"赋"在后排列的。这不是一种偶然现象，而有他不同于一般的认识和看法在内的，也就是说，他认为"兴"在三者之中的地位最重要。由于《诗经》在中国古代有崇高的地位，而赋、比、兴的次序又是早在《周礼》中已经确定了的，自汉以来的儒家在解释"六经"时也都遵循赋、比、兴这个次序，因此，钟嵘对这个次序的变更便显得很突出，并具有反传统的革新意义。

对赋、比、兴这三者在诗歌创作中的地位和作用的不同看法，是和对这三者的具体含义的解释分不开的。汉代儒家对赋、比、兴的解释，可以郑玄为代表。毛诗郑笺释赋、比、兴云：

> 赋之言铺，直铺陈今之政教善恶。比，见今之失，不敢斥言，取比类以言之。兴，见今之美，嫌于媚谀，取善事以喻劝之。

郑玄的这个解释是与汉儒的"诗教"思想有密切关系的。《礼记·经解》篇所提出的"温柔敦厚"的"诗教"说，诚如朱自清在《诗言志辨》中所说："'诗教'虽托为孔子的话，但似乎是《诗大序》的引申义。"郑玄把赋、比、兴和美刺善恶紧紧地联系在一起，他认为"赋"是指直接铺陈现实的政教善恶，而"比""兴"则是指对政教的善恶进行赞美或讽刺的不同方法。按照郑玄的理解，赋、比、兴并不是三种并列的艺术表现方法，"赋"是从《左传》中的"赋诗言志"的"赋"演化出来的，故而"赋"中可以是"比"，也可以是"兴"。在郑玄看来，"赋"只是指一种铺叙的方法，而具体说来，不是"比"就是"兴"，不是讽刺政教的恶坏，就是赞美政教的美善，所以，兴美、比刺遂成为汉儒说《诗》的基本思想。其实，美刺和比兴之间本来并不存在这种必然性，汉代早于郑玄的郑众在解释"比""兴"时只说："比者，比方于物也。兴者，托事于物。"（见毛诗郑笺所引）认为它们仅仅是艺术表现技巧，和思想内容没有直接联系。唐代孔颖达也曾很明确地指出："其实美刺俱有比兴者也。"但是，由于汉儒强调以政教言诗，在解诗过程中用政教善恶来比附，甚至把许多主观臆测强加于诗，所以在解释赋、比、兴时，混淆了文学创作中思想和艺术的界线，机械地把美和兴、刺和比合而为一。这种对赋、比、兴的解释，曾经在中国古代成为一种经典性的看法,对后代的影响是很大的。刘勰在《文心雕龙·比兴》篇中的解释虽然已经看到了郑笺的某些缺点,但还没有完全摆脱其影响。刘勰说:"《诗》文弘奥,包韫六义,毛公述《传》,独标兴体,岂不以风通而赋同,比显而兴隐哉!故比者,附也;兴者,起也。附理者切类以指事,起情者依微以拟议。起情故兴体以立,附理故比例以生。比则蓄愤以斥言,兴则环譬以寄讽。盖随时之义不一,故诗人之志有二也。"刘勰着重从艺术表现技巧的角度,区别了比和兴的不同,提出了"比显而兴隐",一附理、一起情的重要见解。他关于"比则蓄愤以斥言,兴则环譬以寄讽"的说法,主要是在说明"比显而兴隐"的不同,"蓄愤以斥言"者显,而"环譬以寄讽"者隐。在这里,"斥言"和"寄讽"都是"刺",可见他并不像郑玄一样把兴和美、比和刺直接联系起来,而且从他在本篇中所举的比兴例子看,也是主张"美刺俱有比兴"的,但是他还没有完全把思想内容和艺术表现技巧严格地区别开来,多少还有些郑笺的影子在,这是和他受儒家思想影响比较深有关的。

钟嵘对赋、比、兴的解释,就比刘勰大大地进了一步。他摆脱了儒家传统的束缚,放眼于整个中国古代诗歌的历史发展,特别是结合五言诗的创作实际,给予了赋、比、兴以新的解释。他在《诗品》的上品序中说:

> 夫四言,文约意广,取效《风》《骚》,便可多得,每苦文繁而意少,故世罕习焉。五言居文词之要,是众作之有滋味者也,故云会于流俗。岂不以指事造形,穷情写物,最为详切者邪?故诗有六义焉:一曰兴,二曰比,三曰赋。文已尽而意有余,兴也;因物喻志,比也;直书其事,寓言写物,赋也。弘斯三义,酌而用之,干之以风力,润之以丹采,使味之者无极,闻之者动心,是诗之至也。若专用比兴,则患在意深,意深则词踬。若但用赋体,则患在意浮,意浮则文散,嬉成流移,文无止泊,有芜漫之累矣。

钟嵘是从分析诗歌艺术形象的特征出发,来说明赋、比、兴的不同特点的。中国古代诗歌在其历史发展过程中,五言诗要代替四言诗而成为诗坛的主流,这是一个文学的必然现象。五言诗之所以能"居文词之要",是因为它是"众作之有滋味者也",而它之所以能"有滋味",则是因为它"指事造形，穷情写物，最为详切”。这“指事造形，穷情写物”八个字，就是对诗歌艺术形象特征的深刻的理论概括。文学创作的内容无非是抒情叙事，但是它的抒情叙事都是在塑造形象和描写物象的过程中体现出来的。钟嵘对赋、比、兴的解释，是和诗歌的“指事造形，穷情写物”紧密地联系在一起的，是“指事造形，穷情写物”的几种不同的表现方法。他对“兴”的解释是很特殊的，所谓“文已尽而意有余”，是因为诗人把自己的思想感情隐蔽地寄寓于形象的描写之中，需要读者去联想、去体会，并用自己的生活经验去丰富它、补充它，从而感到有无穷的余味。“文已尽而意有余”正是在当时玄学的“言不尽意”论影响下，对诗歌审美特征的概括，也是对刘勰所提出的“隐秀”论的一种发挥。言意关系在六朝不仅是一个哲学思想问题，也是一个重要的文学理论问题。从哲学上说，言能不能尽意，是指的语言和思维的关系问题，实际上涉及人能不能正确地认识客观事物，世界是可知的还是不可知的问题。文学是语言的艺术，言能不能尽意，对文学创作来说关系也十分重大。如果言不能尽意，那么，文学创作还有什么意义呢？庄子在强调言不能尽意的时候，曾经说过一切圣人的书籍都不过是糟粕（参见《庄子·天道》篇）。但是从老、庄为代表的道家到魏晋玄学，并没有完全否定语言的必要性，庄子的思想也还是要用语言来表达的。《庄子·外物》篇中提出了一个“得意忘言”“得鱼忘筌”的思想，把意和言的关系比作鱼和筌、兔和蹄的关系。也就是说，“言”只起一个象征“意”的作用，他本身并不是“意”，仅仅是得“意”的一个工具，得到“意”后就要忘掉这个工具，不受它的束缚和限制，好像得到鱼和兔后，就要抛开筌和蹄一样。这种思想运用到文学创作上，就要求作者充分发挥“言”的象征、暗示作用，而读者在理解和体会“意”的时候，不要受“言”的局限，而要能联想到“言”外的无穷之意，从而尽可能地减少语言在表达思维内容时的不足。文学创作运用语言所描写的具体景象总是有限的，而怎样能使这有限的景象体现出作家无穷的深意，才是作家应当努力追求的目标，也正是文学艺术的美学特征之体现。因为在文学创作中，语言实际上也只是一种塑造形象的工具。“兴”是一种象征性的表现方法，例如《诗经》第一首《关雎》中写道：“关关雎鸠，在河之洲。窈窕淑女，君子好逑。”这就是“兴”，用雎鸠和鸣来起兴，引起读者的联想，它象征着下文所写的“窈窕淑女,君子好逑”,但两者又不是直接的明显的比喻,正是在这似是而非、似非而是中间,使读者感到有无穷的言外之意,味外之味。又如《孔雀东南飞》中的头两句:“孔雀东南飞,五里一徘徊。”这也是“兴”,它象征着刘兰芝被婆母遗弃,不得不走,又极不愿意离开和她情意深笃的焦仲卿,一步一回首的情状,但又不是以孔雀来直接比喻刘兰芝,而只是一种起兴,诚如刘勰所说的“依微以拟议”。但是它和“比”“赋”相比较,更为明显地体现了文学艺术那种寓无限的情意于有限的形象之中的审美特征。而“比”和“赋”则在一般的非文学的应用文章中也是常用的,不容易体现文学艺术特有的美学特征,而“兴”则一般都只在文学创作中才运用。为此,毛诗在各首诗下对明显地运用了“兴”的方法的诗,特别标出“兴也”,而对“比”和“赋”则并不标出来。所以刘勰在《文心雕龙·比兴》篇中说:“毛公述传,独标兴体。”他又感叹汉赋在艺术上不如《诗》《骚》,就因为它以“比”“赋”为主,而少用“兴”体,他说:“炎汉虽盛,而辞人夸毗,讽刺道丧,故兴义销亡。于是赋颂先鸣,故比体云构,纷纭杂遝,信旧章矣。”钟嵘对“比”和“赋”的论述,也从文学创作是“指事造形,穷情写物”的角度给予了新的解释。他说“比”是“因物喻志”,也就是借助于具体物象来比喻诗人的心志,也是从文学创作是寓心意情志于生动的艺术形象中,来解释这种“比”的表现方法的。他对“赋”的解释是“直书其事,寓言写物”,也和汉儒解释不同,突出了其“寓言写物”的特点,这也是和他从诗歌创作“指事造形,穷情写物”角度来理解“赋”的方法分不开的。

由此可见,钟嵘对赋、比、兴的解释,和汉儒的解释在基本出发点上是很不相同的,汉儒是生硬地把它和诗人的美刺倾向机械地联系在一起,而即使像郑众的解释那样,没有作这种牵强的比附,也只是把它当作一种任何类型文章都适用的普通修辞方法来看待的。而钟嵘则摆脱了汉儒传统思想的束缚,而能从文学艺术的美学特征方面来认识赋、比、兴,不仅对他们作了符合文学创作特征的解释,而且看到了“兴”在三者之中有更为突出的重要地位,因此,把这三者的次序也作了更动,按兴、比、赋的先后来排列。从而在中国古代对赋、比、兴的解释上开辟了一条新路。自钟嵘之后,历代对赋、比、兴的解释就有了两种不同的类型:一种是经生家的解释，另一种是文学家的解释。前者虽也常有和以郑玄为代表的汉儒不同的说法，并不都和美刺相联系，但一般只局限于修辞技巧。后者则沿着钟嵘的思路，从对文学艺术特征的认识出发，不断深化了对“兴”的意义的认识，并且对“兴”义的阐述有了进一步的发展。比如盛唐人讲的“诗兴”，即是指诗人的创作灵感。王昌龄在《诗格》中说：“自古文章，起于无作，兴于自然，感激而成。”“意欲作文，乘兴便作。”又说：“作文兴若不来，即须看随身卷子，以发兴也。”他还列出了十四种“入兴体”的方式。杜甫也曾经说过：“草书何太古，诗兴不无神。”（《寄张十二山人彪三十韵》）“感激时将晚，苍茫兴有神。”（《上韦左相二十韵》）“忆在潼关诗兴多。”（《峡中览物》）后皎然在《诗式》中说：“取象曰比，取义曰兴，义即象下之义。”正因为是“象下之义”，所以才会有“言有尽而意无穷”的特点。许多诗论家讲诗歌的“兴”，就不再沿袭汉儒和后代经生家的“比兴”之说，而是从钟嵘“文已尽而意有余”的角度，涉及了诗歌的创作特征、审美趣味、艺术鉴赏等各个重要方面。比如严羽论诗歌创作就讲究要有“兴致”“兴趣”，重在“意兴”。他在《沧浪诗话・诗辨》中说：“盛唐诸人惟在兴趣，羚羊挂角，无迹可求。故其妙处透彻玲珑，不可凑泊，如空中之音，相中之色，水中之月，镜中之象，言有尽而意无穷。”他批评了宋人诗歌创作“多务使事，不问兴致”的缺点，而唐人之诗的优点即在“尚意兴而理在其中”。明末清初的王夫之则更直接把可不可以“兴”作为诗与非诗的区别界线，他在《唐诗评选》中评孟浩然《鹦鹉洲送王九之江左》一诗时说：“诗言志，歌永言，非志即为诗，言即为歌也。或可以兴，或不可以兴，其枢机在此。”

“骨气奇高，词采华茂”
——诗歌的精神风貌与物质形式

钟嵘对诗歌艺术的基本要求是要做到“风骨”与“词采”俱备，他在《诗品》的上品序中，评论诗歌的历史发展时，特别提出了要“干之以风力，润之以丹采”的思想。他评论五言诗的发展以曹植为最高的典范，称其诗歌“骨气奇高，词采华茂”。这“骨气”，也就是“风力”。又评建安七子之一刘桢的诗是：“仗气爱奇，动多振绝。真骨凌霜，高风跨俗。”也是指他的诗有风骨，但又说他“气过其文，雕润恨少”，则是批评他的诗词采不够华茂。他评刘琨的诗有“清拔之气”，说陶渊明的诗“又协左思风力”，也都是指他们的诗有风骨。他批评玄言诗说理太多，过于枯燥，所以“建安风力尽矣”。钟嵘所讲的风骨，和当时诗、文、书、画等领域中讲的风骨，有共同之处，也有不同之处。他强调以“风骨”为主，“词采”为辅，又两者并重，这一点是和刘勰所论及当时书、画理论批评一致的。刘勰在《文心雕龙·风骨》篇中说：“若丰藻克赡，风骨不飞，则振采失鲜，负声无力。是以缀虑裁篇，务盈守气，刚健既实，辉光乃新，其为文用，譬征鸟之使翼也。”又说：“若风骨乏采，则鸷集翰林；采乏风骨，则雉窜文囿：唯藻耀而高翔，固文笔之鸣凤也。”钟嵘显然是继承了刘勰以风骨为主、以辞采为辅思想的，他们对文学作品中精神风貌美与物质形式美关系的基本看法是一致的。南朝的绘画理论批评中十分重视“风骨”与“精彩”的关系，如南齐谢赫的《古画品录》中就主张绘画当以“神韵”“风骨”为主，以“精彩”“综彩”为辅。他赞扬曹不兴的画说：“观其风骨，名岂虚成！”评夏瞻画云：“虽气力不足，而精彩有余。”又评顾骏之的画云：“神韵气力，不逮前贤；精微谨细，有过往哲。”当时的书法理论批评中极为重视“骨”和“肉”的关系、“骨力”和“媚趣”的关系，王僧虔认为张芝、索靖、韦诞、钟会和卫觊、卫瓘父子书法之妙即在“笔力惊绝”。他评郗超书法说：“紧媚过其父，骨力不及也。”又说谢综的书法：“书法有力，恨少媚好。”（以上参见《法书要录》载王僧虔论书）

钟嵘所说的“建安风力”实际正是指建安文学的艺术特征，这和刘勰对建安文学特征的分析也是一致的。刘勰在《文心雕龙·明诗》篇中说：“暨建安之初，五言腾跃；文帝、陈思，纵辔以骋节；王、徐、应、刘，望路而争驱；并怜风月，狎池苑，述恩荣，叙酣宴，慷慨以任气，磊落以使才；造怀指事，不求纤密之巧，驱辞逐貌，唯取昭晰之能：此其所同也。”《时序》篇又说：“观其时文，雅好慷慨，良由世积乱离，风衰俗怨，并志深而笔长，故梗概而多气也。”这里所说的“慷慨以任气，磊落以使才”“梗概而多气”，就是钟嵘讲的“建安风力”。钟嵘和刘勰所提倡的“风骨”，不只是一种艺术美，更主要是一种高尚的人格美在文学作品中的体现，它和中国古代文人崇尚高洁的精神情操，刚正不阿的骨气，是分不开的，也和中国的文化传统中所表现的主要精神，有十分密切的关系。在中国古代文化传统中我们可以看到,在先进知识分子的精神品格上有非常可贵的一面,这就是:建立在“仁政”“民本”思想上的,追求实现先进社会理想的奋斗精神和在受压抑而理想得不到实现时的抗争精神,也就是“为民请命”“怨愤著书”和“不平则鸣”的精神,它体现了我们中华民族坚毅不屈、顽强斗争的性格和先进分子的高风亮节、铮铮铁骨。“风骨”正是这种奋斗精神和抗争精神在文学审美理想上的体现。而这种特点又是和我国的文化传统,特别是知识分子的人格理想、精神情操紧紧地联系在一起的。《论语·子罕》记载孔子说:“岁寒,然后知松柏之后凋也。”这是从松柏之不畏严寒,来比喻人应当有不怕强暴的坚毅品格。故刘勰《文心雕龙·征圣》篇中说:“夫子风采,溢于格言。”孟子说过:“富贵不能淫,贫贱不能移,威武不能屈;此之谓大丈夫。”(《滕文公下》)能够成为这样的“大丈夫”,才富有骨气,具备了理想的人格精神。“大丈夫”的社会政治理想是建立在“民贵君轻”思想基础上的“仁政”,为此就要加强道德修养,使自己具有“配义与道”的“浩然之气”。刘勰对孟子的思想人格是很佩服的,其《时序》篇云:“齐开庄衢之第,楚广兰台之宫,孟轲宾馆,荀卿宰邑;故稷下扇其清风,兰陵郁其茂俗。”庄子对当时社会的黑暗腐朽有非常清醒的认识,他在《在宥》篇中曾说:“今世殊死者相枕也,桁杨者相推也,刑戮者相望也。”所以,楚王虽派人以“千金”聘他为相,但是,他为了保持自己清高的骨气情操,坚决地拒绝了,他说:“我宁游戏污渎之中以自快,无为有国者所羁,终身不仕,以快吾志焉。”屈原之所以“发愤以抒情”,正是出于对腐朽黑暗现实的不满,“长太息以掩涕兮,哀民生之多艰”,为了实现“仁政”的理想,他“虽九死其犹未悔”,宁“从彭咸之所居”,而不与恶浊小人同流合污。他这种高洁品质,在汉代受到刘安、司马迁等的高度评价,赞扬他“虽与日月争光可也”。刘勰说屈原的作品,“观其骨鲠所树,肌肤所附,虽取熔经意,亦自铸伟辞”,“故能气往轹古,辞来切今,惊采绝艳,难与并能矣”(《辨骚》),正是说明屈原的作品有《风骨》篇所强调的以风骨为主、辞采为辅的艺术美。汉代司马迁遭受残酷宫刑折磨,能够“就极刑而无愠色”,“虽万被戮,岂有悔哉!”(《报任安书》)为的就是把自己理想寄托于《史记》的写作。他赞扬屈原“直谏”精神,认为“屈平之作《离骚》,盖自怨生也”,并结合自己的切身遭遇,提出了著名的“发愤著书”说,充分体现了不屈服的奋斗精神。刘勰称其《报任安书》"志气盘桓"而有"殊采"(《文心雕龙·书记》),也是赞扬他作为一个有正义感的知识分子的骨气。中国古代文论特别讲究人品和文品的一致,刘勰在《文心雕龙·情采》篇中,曾严厉地批评了人品和文品不统一的创作倾向,他说:"故有志深轩冕,而泛咏皋壤,心缠几务,而虚述人外,真宰弗存,翩其反矣。夫桃李不言而成蹊,有实存也;男子树兰而不芳,无其情也。夫以草木之微,依情待实;况乎文章,述志为本!言与志反,文岂足征?"文学中的"风骨"就是从人物评品中移植过来的。这一点从六朝的人物品评中可以看得很清楚。如《宋书·孔觊传》中说:"少骨梗有风力,以是非为己任。"《世说新语·赏誉》说:"王右军目陈玄伯,垒块有正骨。"又其注中引《晋安帝纪》说:"羲之风骨清举也。"

钟嵘所提倡的"建安风力",就是建安诗人对动乱现实的悲忧和对壮志抱负的歌颂在艺术风貌上的表现。建安文学把中国古代文学的优良传统发展到了一个新的辉煌时期,而其主要特色正在于:把自先秦以来知识分子的这种追求实现先进社会理想的奋斗精神,和在受压抑而理想得不到实现时的抗争精神,从诗歌创作中极其鲜明地突现了出来。但是,后来六朝文学的发展并没有完全沿着建安文学的道路前进,在某些方面则背离了建安文学注重"风骨"的传统,而朝着追求华丽绮靡的形式美方向发展,钟嵘和刘勰一样,都对这一点有所不满,以他们为代表的六朝"风骨"论的提出,正是为了解决这个问题。以三曹和七子为代表的建安诗人在汉魏之交都是有理想、有抱负的政治家和文学家。曹操是建安文学的创始者,他在几首著名诗中非常鲜明地表现了他对这个动乱时代的深沉感慨,以及实现统一、振兴国家的理想愿望。他对民生凋敝的现状十分关切,"白骨露于野,千里无鸡鸣。生民百遗一,念之断人肠"(《蒿里行》)。为此感到深深的忧虑,"慨当以慷,幽思难忘。何以解忧?唯有杜康"。同时也表现了"山不厌高,海不厌深。周公吐哺,天下归心"(《短歌行》)的雄心壮志。钟嵘说:"曹公古直,甚有悲凉之句。"这种慷慨悲凉的特色也就是"建安风骨"的主要内容。曹植被钟嵘称为五言诗人最杰出的代表,也是体现"建安风力"的典范,《诗品》中说他"骨气奇高,词采华茂。情兼雅怨,体被文质"。曹植的"骨气"就体现在他诗歌中的悲愤之怨气上，从他的诗中可以看出他为实现进步理想而与命运拼搏的奋斗精神和坚毅性格。建安七子中，钟嵘对刘桢的评价最高，说他："壮气爱奇，动多振绝。真骨凌霜，高风跨俗。"早在建安时代曹丕曾在《典论·论文》中说："刘桢壮而不密。"又在《与吴质书》中说："公幹有逸气，但未遒耳，其五言诗之善者，妙绝时人。"谢灵运《拟魏太子邺中集诗·刘桢》诗序中也说他："卓荦偏人，而文最有气，所得颇经奇。"刘勰在《文心雕龙·体性》篇中说："公幹气褊，故言壮而情骇。"他们和钟嵘的看法是一致的。刘桢现存的诗并不多，最有代表性的诗作是《赠从弟》三首之二，其云："亭亭山上松，瑟瑟谷中风。风声一何盛，松枝一何劲。冰霜正惨凄，终岁常端正。岂不罹凝寒，松柏有本性。"它通过对松柏不畏严寒的歌颂，表现了作者不与世俗同流合污的高洁情操和坚贞骨气。唐人也常常曹、刘并提，如杜甫说："方驾曹、刘不啻过。"(《寄高适》)元稹在《唐故工部员外郎杜君墓系铭并序》中曾说杜甫"气吞曹、刘"。宋人严羽于是有所谓"曹刘体"之说，其特点就是重在气骨，也就是风骨。后来，元遗山《论诗绝句》因谓"曹、刘坐啸虎生风，四海无人角两雄"。其实，这都是强调曹植、刘桢诗中所体现的传统知识分子的理想人格精神。

建安之后，以阮籍、嵇康为代表的正始文学，虽然艺术风貌和建安文学有所不同，但基本上是承继了"建安风骨"的精神的，阮籍和嵇康同为"竹林七贤"的代表人物，他们都是胸怀大志，醉酒佯狂，啸傲山林，不拘礼法，品格高尚，而不满于污浊、黑暗的现实的有骨气的知识分子。阮籍的《咏怀诗》也有建安文学那种慷慨悲凉的情调，但是由于他处在司马氏专权的黑暗恐怖的险恶政治环境之下，所以写得较为隐晦曲折，因此，钟嵘说他的诗"可以陶性灵，发幽思。言在耳目之内，情寄八荒之表。洋洋乎会于《风》《雅》，使人忘其鄙近，自致远大。颇多感慨之词。厥旨渊放，归趣难求"。阮籍的《咏怀诗》八十二首之一云："夜中不能寐，起坐弹鸣琴。薄帷鉴明月，清风吹我襟。孤鸿号外野，翔鸟鸣北林。徘徊将何见，忧思独伤心。"其中多处可看出所受曹植、刘桢、王粲等诗歌影响，如首二句源于王粲《七哀诗》"独夜不能寐，摄衣起抚琴"。三、四句与刘桢《赠五官中郎将诗》"明灯曜闺中，清风凄已寒"颇为相近。后四句则明显受曹植《杂诗》"孤雁飞南游，过庭长哀吟""形影忽不见，翩翩伤我心"影响，在思想艺术风貌上均与建安诗歌十分接近。他在《咏怀诗》第三十九首中写道："壮士何慷慨,志欲威八荒。驱车远行役,受命念自忘。良弓挟乌号,明甲有精光。临难不顾生,身死魂飞扬。"这就明显地表现了建安时代那种慷慨悲凉的特色。从正始以后,文学创作如钟嵘所说"陵迟衰微",刘勰在《文心雕龙·明诗》篇说:"晋世群才,稍入轻绮,张潘左陆,比肩诗衢,采缛于正始,力柔于建安,或析文以为妙,或流靡以自妍。"也就是说,文学创作的词采愈来愈华靡,而风力则愈来愈薄弱,不过还没有把"建安风骨"完全抛弃。据钟嵘在《诗品》中的论述,直接讲到有"建安风骨"影响的至少还有左思、刘琨、陶渊明等人。他在论陶渊明诗时说"又协左思风力",说明左思的诗作也有"风力",它诚如我们前面所说,就表现在对六朝门阀社会的不满上。他那种布衣之士的清高之气,正是传统知识分子理想人格的体现。钟嵘说刘琨的诗有"清刚之气""清拔之气",都是指"风骨"而言,显然也是和前面所说刘琨诗歌中的怨恨之情分不开的。刘琨是一个具有报国壮志,为反抗外族入侵勇猛战斗的英雄,他的诗歌中慷慨悲壮之情溢于言表,但壮志未酬而为段匹磾所害。他临死前所写的《重赠卢谌》中云:"功业未及建,夕阳忽西流。""何意百炼刚,化为绕指柔。"正是对他奋力抗争、至死不渝的精神气质和高尚品德的真实描写。钟嵘所说陶渊明"又协左思风力",也是针对陶渊明的崇高人格的赞美。陶渊明也有济世安民的雄心壮志,他在《杂诗》中说:"忆我少壮时,无乐自欣豫。猛志逸四海,骞翮思远翥。"他也曾投身仕途,但他深刻地认识到当时政治的腐败,不愿与黑暗的现实同流合污,遂辞官隐居躬耕田园,以保持自己高洁的情操,而决"不为五斗米折腰"。他在《和郭主簿二首》中说:"芳菊开林耀,青松冠岩列。怀此贞秀姿,卓为霜下杰。"这不仅是对大自然的赞美,也是对自己理想人格的歌颂。虽然他也为自己的"猛志"不得实现感到悲哀,"日月掷人去,有志不获骋;念此怀悲凄,终晓不能静"(《杂诗》)。但是他更为自己能摆脱世俗羁绊,远离污浊社会,回到纯朴的大自然中去获得心灵的净化和解脱,感到无比的高兴。他说:"久在樊笼里,复得返自然。"(《归田园居》)"静念园林好,人间良可辞。"(《庚子岁五月中从都还阻风于规林》)所以他的诗突出地体现了他作为深受儒、道两家思想影响的士大夫之骨气。从阮籍、嵇康到陶渊明,都比较鲜明地表现了魏晋名士的风流旷达。这种名士风流与建安时代的豪情壮志，表现在文学风貌上是颇有不同的，但是它们都是在不同的社会政治环境下知识分子的人格美理想的体现。陆机是西晋初期具有代表性的重要诗人，钟嵘曾说他“为太康之英”，说他“才高词赡，举体华美”，但又严厉地批评他：“气少于公幹，文劣于仲宣，尚规矩，不贵绮错，有伤直致之奇。”刘勰在《文心雕龙·议对》篇中也有类似的看法：“及陆机断议，亦有锋颖，而腴辞弗剪，颇累文骨”，说明了陆机作品缺少风骨，而偏重辞采的华美。钟嵘对此显然有所不满。他对张华、潘岳的评价也是如此。其评张华诗云：“其体华艳，兴托不奇。巧用文字，务为妍冶。虽名高曩代，而疏亮之士，犹恨其儿女情多，风云气少。”而评潘岳云：“《翰林》叹其翩翩然如翔禽之有羽毛，衣服之有绡縠，犹浅于陆机。”东晋的玄言诗人作品则“理过其辞，淡乎寡味”，“平典似《道德论》”，自然也毫无风骨可言。由此可见，钟嵘提倡“建安风力”是有极为深刻的文化历史背景的。

崇尚“自然英旨”，书写“即目”“所见”

钟嵘对诗歌的艺术美重在天工自然，而不赞成过分的人为雕琢。在南北朝时期出现了两种对立的美学观，这就是“芙蓉出水”与“错采镂金”，对当时文学理论批评产生了重大影响。钟嵘在《诗品》中评颜延之诗时，曾引南朝诗人汤惠休对颜延之与谢灵运诗歌不同美学特色的评价。汤说：“谢诗如芙蓉出水，颜如错采镂金。”颜“终身病之”。《南史·颜延之传》也有类似的记载：“延之尝问鲍照，己与谢灵运优劣。照曰：‘谢五言如初发芙蓉，自然可爱，君诗若铺锦列绣，亦雕缋满眼。’”诗歌艺术上这两种不同的美学观，一为天工自然之美，一为人工雕饰之美。这两种对立的艺术美看法之产生，和儒、道两家思想影响有十分密切的关系。儒家比较推崇雕饰之美，重视人为加工。因为儒家提倡积极入世，重视人的主观努力。所以历来受儒家影响较深的文艺家，大都偏重人工雕饰之美。道家思想是主张天然，反对人为的，因此，在艺术上提倡自然天成之美，而不喜欢人为雕饰之美。汉代经学昌盛，汉赋的创作比较典型地反映了雕饰之美，讲究铺张的描写，华丽辞藻的堆砌。魏晋以后由于儒家思想一统天下的局面被打破，玄学老庄思想占了主要地位，这种崇尚自然之美的思想遂得到极大的发展。六朝时期的诗歌创作虽然还是以人工雕饰之美居多,但从文艺思想上说,则比较侧重在提倡天工自然之美,这在其他艺术领域中也有不少表现。例如王羲之的书法、顾恺之的绘画等,都表现了一种自然天成如化工造物般的艺术美。在理论批评上,刘勰在《文心雕龙》中以自然美为最高原则,《原道》篇云:“云霞雕色,有逾画工之妙;草木贲华,无待锦匠之奇。夫岂外饰,盖自然耳。”顾恺之提倡绘画要有“天趣”“天骨”,庾肩吾《书品》中提出要有“天骨”“风采”,也都是竭力提倡自然美的意思。钟嵘则更为突出,他在反对排比典故、反对琐碎声律,及对许多五言诗人的评价中,都鲜明地体现了提倡自然真美的思想。但是对各个文艺家来说,由于受儒道两家思想影响的具体情况不同,在对待自然之美和雕饰之美的态度上也是有所区别的。比如刘勰受儒家思想影响较深,虽然主张以自然美为最高标准,但并不否定人工雕饰之美,对两者持调和态度,认为可以通过雕饰而达到自然之美。而钟嵘则受儒家思想影响小一些,明显地反对雕饰之美而竭力倡导自然之美。不过,他也不把雕饰之美排斥于创作之外,认为可以作为一种辅助手段。

钟嵘提倡自然之美的思想比较突出地表现在《诗品》的中品序和下品序中。中品序主要是反对当时创作中排比、堆砌典故的恶劣风气,下品序主要是反对当时创作中追求琐碎声律的弊病,而其基本思想是认为这两种不良倾向都严重地妨碍了文学创作的自然、真实之美,也就是他说的“自然英旨”。其中品序说:

> 夫属词比事,乃为通谈。若乃经国文符,应资博古,撰德驳奏,宜穷往烈。至于吟咏情性,亦何贵于用事?“思君如流水”,既是即目;“高台多悲风”,亦唯所见;“清晨登陇首”,羌无故实;“明月照积雪”,讵出经史?观古今胜语,多非补假,皆由直寻。颜延、谢庄,尤为繁密,于时化之。故大明、泰始中,文章殆同书钞。近任昉、王元长等,词不贵奇,竞须新事。尔来作者,寖以成俗。遂乃句无虚语,语无虚字,拘挛补衲,蠹文已甚。但自然英旨,罕值其人。词既失高,则宜加事义,虽谢天才,且表学问,亦一理乎!

钟嵘在这里对大量堆砌典故的批评,也是从他对文学特征的深刻认识出发的。他十分明确地指出:文学创作和非文学的一般应用文章的写作不同,那些治理国家政治事务的诏书、文告,如章、表、奏、议之类,以及表彰德行的应用文章,如颂、赞、碑、铭之类,可以大量地引经据典,即使用事过于"繁密",雷同于"书钞",也没有什么关系。然而,文学创作则不同,它是以"吟咏情性"、塑造形象为目的的。诗人不同于学者,他需要有艺术的"天才",有创作的灵感和形象的思维,虽然他也要有学问,但不能仅仅依赖学问,光有学问并不一定能写诗,而诗歌的好坏也不是看其中的学问是否渊博。钟嵘认为历史上许多优秀的诗歌往往不用典故,而是具有"自然英旨"的"直寻"之作。他所说的"直寻"之作,即是指诗人在灵感涌现、即景会心之时,书写"即目""所见"的作品,钟嵘在这里显然已经体会到了文学创作过程中"直觉"的重要作用。其实,这种对艺术直觉的认识并非始自钟嵘,《庄子·田子方》篇中所说的"目击道存"就已经接触到了哲学上的直觉问题,但是从文学艺术创作和理论批评上提出这个问题则是在六朝。刘宋时代著名画家和佛学理论家宗炳在他的《画山水序》中说:"夫以应目会心为理者,类之成巧,则目亦同应,心亦俱会,应会感神,神超理得。虽复虚求幽岩,何以加焉。"这种"应目会心"的创作,就是把"目击道存"思想运用于绘画创作的表现。刘勰在《文心雕龙》中也运用这种"应目会心"的思想来分析文学创作问题,他所说的"物以貌求,心以理应"和"目既往还,心亦吐纳",即是对直觉在作家艺术思维过程中作用的阐述。沈约在《宋书·谢灵运传论》中说:"至于先士茂制,讽高历赏,子建函京之作,仲宣霸岸之篇,子荆零雨之章,正长朔风之句,并直举胸情,非傍诗史,正以音律调韵,取高前式。"这里沈约虽然是强调声律的重要,然而其"直举胸情,非傍诗史"之说,却正是钟嵘"直寻"之意。不过,钟嵘不同于前人的是,他把"直寻"提到了一个非常突出的重要地位,所谓"观古今胜语,多非补假,皆由直寻",诗歌创作只要即景会心,直接描绘出激起诗情的景物或社会生活内容,就是最好的作品。"直寻"说强调外界形象和诗人心灵的直接碰撞,它并不排斥创作中理性的参与,但必须以直接可感的形象为主,使之作用于接受者的感官,进而感染、震撼其心灵。钟嵘并且把"直寻"和文学作品的自然之美、亦即所谓"自然英旨”密切地联系了起来，认为只有“直寻”之作才具有自然真美，而那些堆砌典故的“拘挛补衲”之作是完全违背了“自然英旨”的原则的。钟嵘这种抒写“即目”“所见”的“自然英旨”的创作思想，对后来诗歌理论批评的发展产生了极为深远的影响。唐代的司空图在其《与李生论诗书》中强调“直致所得，以格自奇”，也就是钟嵘所说的“直寻”之意。后来明末清初王夫之的“即景会心”说、“现量”说，直至王国维的“不隔”说，就都是对他的一种发展。

不过，钟嵘在强调“直寻”、反对用典的方面也有一些过于片面之处。诗歌创作中并不是完全不能用典，典故用得好是可以提高诗歌的艺术表现力的，也可以更加突出“文已尽而意有余”的作用，它并不都会妨碍作品的自然美。刘勰对用典的看法和钟嵘就不大相同。他在《文心雕龙·事类》篇中充分肯定了作家的文学天才和知识学问之间相辅相成的关系，提出了“才为盟主，学为辅佐，主佐合德，文采必霸，才学褊狭，虽美少功”的思想，认为用典的关键在是否妥帖合适。他说：“凡用旧合机。不啻自其口出，引事乖谬，虽千载而为瑕。”并且提出了“综学在博，取事贵约，校练务精，捃理须核”的原则。应该说刘勰的看法比较全面稳妥，钟嵘完全否定典故在诗歌创作中的作用是过于偏激的。

钟嵘重视自然美的思想也清楚地表现在他对声律派的批评中。他在下品序中说：

> 齐有王元长者，尝谓余云：“宫、商与二仪俱生，自古词人不知之，唯颜宪子乃云：‘律吕音调。’而其实大谬。唯见范晔、谢庄颇识之耳。尝欲进知音论，未就。”王元长创其首，谢朓、沈约扬其波。三贤咸贵公子孙，幼有文辨。于是士流景慕，务为精密，襞积细微，专相凌架。故使文多拘忌，伤其真美。余谓文制本须讽读，不可蹇碍。但令清浊通流，口吻调利，斯为足矣。至平上去入，则余病未能；蜂腰、鹤膝，闾里已具。

钟嵘对当时声律派理论的尖锐批评，也是从重视自然真率之美出发的。他认为前代诗人写出了很多好诗，但并不讲究烦琐的声律，如曹、刘、陆、谢等都未论及宫、商、四声。古人并不是不重诗歌的音韵，他们在写配乐的歌词时，也很注意音律的和谐，但这和永明声律派不同。他说："今既不被管弦，亦何取于声律耶?"他并不否定诗歌要有声韵之美，然而"文制本须讽读，不可蹇碍。但令清浊通流，口吻调利，斯为足矣"。不可因为追求琐碎繁苛的声律而丧失了自然流畅之美。他对当时文坛上那种盲目追随声律派的无知后学"务为精密，襞积细微，专相凌架"的倾向非常不满，认为那样必然会使诗歌创作造成"文多拘忌，伤其真美"的不良后果。不过，钟嵘在对声律派的批评中，也和他反对用典同样有过于偏激的缺点。刘勰在《文心雕龙·声律》篇中则和他的看法有所不同。刘勰既不陷入烦琐的声病规范之中，也不简单否定声律派的理论，而是深入地研究了声律说的美学原理。刘勰认为文学创作上的讲究声律之美的目的是求得和谐之美，所以他认为声律的关键是在于如何做到"和"与"韵"："异音相从谓之和，同声相应谓之韵。"诗歌语言中相同的声韵互相呼应，称为"同声相应"，比如押韵、双声、叠韵，都可以看作一种"同声相应"，然而这毕竟还是比较单调的。语言的音韵美，主要还是在于不同声音之间的和谐配合，亦即刘勰所说"异音相从"之"和"。诗歌的"和""韵"可以构成抑扬顿挫的节奏，形成摇曳多姿的声律之美。这种诗歌语言上的音韵美，是中国的语言之特有特点，运用得好完全可以做到自然流畅。他说："凡切韵之动，势若转圜；讹音之作，甚于枘方；免乎枘方，则无大过矣。"所以，钟嵘在批评声律派的弊病方面十分尖锐，很有力量，但在观点的全面稳妥方面又明显不如刘勰。

钟嵘重在自然真美的思想也清楚地表现在他对历代五言诗人的评价之中。他对许多诗人受时代风气的影响，追求文辞藻饰之美，而忽视自然之美，是很不满意的。他评陆机诗云："尚规矩，不贵绮错，有伤直致之奇。"即是指他的诗歌创作不符合"直寻"和"自然英旨"的原则。他批评张华的诗云："其体华艳，兴托不奇。巧用文字，务为妍冶。"又批评潘岳的诗："如翔禽之有羽毛，衣服之有绡縠，犹浅于陆机。"即使对谢灵运、谢朓这样曾写过很多具有"出水芙蓉"之美的自然清新作品的诗人，钟嵘在肯定他们重大成就的同时，也批评了他们有些作品中过于繁富、细密，不够自然的缺点。谢灵运诗中有许多生动自然的景物描写，如"池塘生春草，园柳变鸣禽"(《登池上楼》)，"野旷沙岸净，天高秋月明"(《初去郡》),“明月照积雪,朔风劲且哀”(《岁暮》),“密林含余清,远峰隐半规”(《游南亭》),“白云抱幽石,绿筱媚清涟”(《过始宁墅》),“云日相辉映,空水共澄鲜”(《登江中孤屿》),“近涧涓密石,远山映疏木”(《过白岸亭》),“林壑敛暝色,云霞收夕霏。芰荷迭映蔚,蒲稗相因依”(《石壁精舍还湖中作》)等。钟嵘说他的这些作品是:“名章迥句,处处间起,丽典新声,络绎奔会,譬犹青松之拔灌木,白玉之映尘沙,未足贬其高洁也。”但是又批评他诗歌中刻意雕琢、堆砌辞藻的方面:“尚巧似,而逸荡过之,颇以繁芜为累。”谢朓的诗歌既有不少清新、秀丽、自然的作品,例如“余霞散成绮,澄江静如练”(《晚登三山还望京邑》),“天际识归舟,云中辨江树”(《之宣城郡出新林浦向板桥》),“大江流日夜,客心悲未央”(《暂使下都夜发新林至京邑赠西府同僚》),“云去苍梧野,水还江汉流”(《新亭渚别范零陵云》)等,但是他也有过分讲究对仗、格律细密的毛病,故钟嵘评云:“微伤细密,颇在不论。一章之中,自有玉石。然奇章秀句,往往警遒。足使叔源失步,明远变色。”钟嵘主张自然天工之美,然而又不否定人为雕饰之美,所以他对许多诗人创作中的“巧似”,也并不是全部否定。不过,他认为“巧似”不应该影响自然,而要把“巧似”和自然统一起来,经过人为的努力而达到出神入化、天衣无缝的高度艺术美,把自然作为衡量艺术美的基本原则。从这一方面来说,钟嵘的思想和刘勰的思想大体上还是接近的。

“滋味”说的正式提出

——论诗歌的审美特征

钟嵘《诗品》中有一个非常引人注意的地方,就是他特别强调诗歌要有“滋味”。自此之后,特别是晚唐司空图提出“味外之旨”,又发展了钟嵘的思想,“滋味”遂成为诗歌审美鉴赏的一个重要标准。钟嵘“滋味”说的提出,从其思想渊源方面说,有两点值得我们注意:一是文学上“味”的问题的提出有较为悠久的历史,并非始于钟嵘。《左传》昭公九年膳宰屠蒯对晋侯说:““味以行气,气以实志,志以定言,言以出令。”这里的“味”,讲的是酒的口味,酒味香醇可以使气血流通,气血流通可以充实意志,意志充实可以确定语言,语言确定了就可以发布命令,说明“味”可以间接地对“言”起到一定的作用。昭公二十年晏子对齐侯论“和”“同”之时，说“和”与“同”不一样：“先王之济五味、和五声也，以平其心，成其政也。声亦如味，一气，二体，三类，四物，五声，六律，七音，八风，九歌，以相成也；清浊、小大，短长、疾徐，哀乐、刚柔，迟速、高下，出入、周疏，以相济也。君子听之，以平其心。心平，德和。故《诗》曰：‘德音不瑕。’今据不然。君所谓可，据亦曰可；君所谓否，据亦曰否。若以水济水，谁能食之？若琴瑟之专壹，谁能听之？同之不可也如是。”所谓“声亦如味”是指声音也和调味一样，五味协调才有美味，五音和谐才能构成优美的乐曲。这是以“味”来比喻音乐，开始涉及艺术上的“味”的问题。其后《礼记·乐记》中说：“清庙之瑟，朱弦而疏越，一唱而三叹，有遗音者矣。大飨之礼，尚玄酒而俎腥鱼，大羹不和，有遗味者矣。”也是以“味”来比喻音乐美的。后来西晋的陆机就运用《乐记》中这种比喻来形容诗文的艺术美，他说：“或清虚以婉约，每除烦而去滥。阙大羹之遗味，同朱弦之清泛。虽一唱而三叹，固既雅而不艳。”他反对文学作品过于质木无文，“雅而不艳”，缺少给人以回味无穷的“遗味”。应该说，最早把“味”引入文学创作的是陆机。

刘勰在他的《文心雕龙》中进一步发展了陆机有关“味”的论述，在对作家作品的评论和分析创作理论的时候，比较广泛地使用了“味”的概念，全书有二十处论到“味”。其中论作家作品的如：《宗经》篇中说圣人经典是：“往者虽旧，余味日新。”《史传》篇说司马迁的《史记》：“儒雅彬彬，信有遗味。”《体性》篇说：“子云沉寂，故志隐而味深。”《明诗》篇说：“张衡怨篇，清典可味。”论文学创作的就更多了。《情采》篇说：“繁采寡情，味之必厌。”“研味李老，则知文质附乎性情。”《隐秀》篇说：“深文隐蔚，余味曲包。”《声律》篇说：“滋味流于下句，气力穷于和韵。”《通变》篇说：“故论文之方，譬诸草木，根干丽土而同性，臭味晞阳而异品矣。”《附会》篇说：“若统绪失宗，辞味必乱；义脉不流，则偏枯文体。”“道味相附，悬绪自接。如乐之和，心声克协。”《总术》篇中说：“数逢其极，机入其巧，则义味腾跃而生，辞气丛杂而至。视之则锦绘，听之则丝簧，味之则甘腴，佩之则芬芳。”从这些例子来看，刘勰所讲的“味”，主要是指文学作品的艺术特征所给予读者的美学享受。作品必须有“隐秀”特征，做到既有“卓绝”的“篇中之独拔者”，又有“复义”的“文外之重旨”，既能“状溢目前”，又能“情在词外”，这样才可能使作品“深文隐蔚，余味曲包”。《体性》篇说扬雄作品“志深而味隐”，也是指其有“义生文外”的“隐”故其“味”才深。《声律》篇说的“滋味”也是从诗歌的和、韵之音乐美产生的。其他有关于“味”的论述也都是指文学作品的艺术美而言的。不过刘勰虽然多处讲到“味”或“滋味”，但并没有像钟嵘那样自觉地把“滋味”当作一个衡量作品优劣的重要标准突出出来。

钟嵘在《诗品序》中说：“五言居文词之要，是众作之有滋味者也，故云会于流俗。岂不以指事造形，穷情写物，最为详切者邪？”说明所谓的“滋味”，乃是和“指事造形，穷情写物”，也就是诗歌的形象性分不开的。他又说若能很好地运用兴、比、赋的方法，“干之以风力，润之以丹彩，使味之者无极，闻之者动心，是诗之至也”。他批评玄言诗“理过其辞，淡乎寡味”，于是“建安风力尽矣”，正是因为玄言诗过多叙说枯燥玄理，丧失了诗歌作为艺术的美学特征。他赞美张协的诗：“词采葱蒨，音韵铿锵，使人味之，亹亹不倦。”这里所说的“味”，也是指其诗歌的华美词采和铿锵音韵。他评应璩的诗说：“至于‘济济今日所’，华靡可讽味焉。”“华靡”也是指有文采。由此可见，钟嵘所说的“滋味”是和他的整体诗歌美学思想，特别是对诗歌审美特征的认识，紧密地联系在一起的。也就是说，诗歌的“滋味”是和“指事造形，穷情写物”“风力”“丹采”“自然英旨”不可分的。这里尤为值得我们重视的是他对“兴”的解释和“滋味”的关系，诗歌的“文已尽而意有余”即是使诗歌具有“滋味”原由所在。他说如能对兴、比、赋，“弘斯三义，酌而用之”，就可以“使味之者无极”，而在三义之中，“兴”义又是最重要的。钟嵘对“兴”义的解释，是和刘勰所说的“隐秀”，特别是“隐”的含义的阐述是一致的。晚唐司空图所要求的“咸酸之外”的“醇美”之味，就是由诗歌的“象外之象，景外之景”而来的。这也就是北宋欧阳修、梅尧臣讨论诗歌创作时所说的，必须“状难写之景，如在目前；含不尽之意，见于言外”，才是诗家之极致。而这又需要读者自己去品味，“作者得于心，览者会以意，殆难指陈以言也”（参见欧阳修《六一诗话》）。南宋末年严羽《沧浪诗话》中说，诗歌创作不同于学问道理，它要有“别才”“别趣”，盛唐诗人正因为“惟在兴趣”，所以才有“言有尽而意无穷”的滋味。这些可以说都是在钟嵘“滋味”说启发下所作的新的发挥。

三　五言诗和诗人的历史总结

五言诗繁荣兴旺的历史必然性

钟嵘《诗品》是专论五言诗及五言诗人的，全书除《古诗十九首》外，共论了一百二十二位诗人，可以说是一部五言诗的发展史。中国古代诗歌的句式类别很多，有二言、三言、四言、五言、六言、七言、杂言等等，但从诗歌发展的历史看，由四言到五言、七言是一个基本的发展趋势，三言、六言之类句式大概只是杂乎其间，作品也比较少。杂言句式在乐府中比较多，这是和配乐有关系的。所以后来的词曲也是如此，词又称长短句。先秦时期以《诗经》为代表的四言诗较为发达，汉代，特别是东汉后期，五、七言诗开始发展起来，然而，七言诗还不多，五言诗则比较繁荣。尤其是在建安时代，五言诗发展到了很高的水平。六朝时期诗歌以五言为主，七言诗仍是比较少的。钟嵘的《诗品》是针对当时诗歌发展的实际来写的，所以专门评论五言诗和五言诗人。

钟嵘认为五言代替四言而雄踞诗坛，是一个历史发展的必然过程，他在《诗品》上品序中说："夫四言，文约意广，取效《风》《骚》，便可多得，每苦文繁而意少，故世罕习焉。五言居文词之要，是众作之有滋味者也，故云会于流俗。"这里他所说的《风》当是指整个《诗经》而言的，而《骚》则是指《楚辞》中《天问》《橘颂》《招魂》《大招》这一类以四言居多的作品。应该说，《楚辞》中已经没有像《诗经》那样严格的四言诗，但不少是在四言的基础上发展起来的，有很多非四言句子掺杂其中。有的在四言中加上一个语气词"兮"而构成五言句。例如："石濑兮浅浅，飞龙兮翩翩。"（《九歌·湘君》）"灵衣兮被被，玉佩兮陆离。"（《九歌·少司命》）"秋兰兮蘪芜,罗生兮堂下。”(《九歌·少司命》)这些诗句如果去掉中间的“兮”字,就是很好的四言诗句。另外,《楚辞》中有些六言篇章如果去掉语气词“兮”,有很多是五言诗句,如《九歌》中的《东皇太一》全首即是如此。所以五言诗句的萌芽是很早的,钟嵘说:“夏歌曰:‘郁陶乎予心。’楚谣曰:‘名余曰正则。’虽诗体未全,然是五言之滥觞也。”《诗经》中也有个别五言句,刘勰在《文心雕龙·明诗》篇中曾说:“按《召南·行露》,始肇半章;孺子《沧浪》,亦有全曲;《暇豫》优歌,远见《春秋》;《邪径》童谣,近在成世;阅时取证,则五言久矣。”《行露》中云:“谁谓雀无角,何以穿我屋?谁谓女无家,何以速我狱?虽速我狱,室家不足。”这里四句为五言,故云“半章”。《孟子·离娄上》记载道:“有孺子歌曰:‘沧浪之水清兮,可以濯我缨;沧浪之水浊兮,可以濯我足。’”这里去掉“兮”字,就是一首五言诗。《国语·晋语》中记载优施所唱之《暇豫》歌,四句中有三句是五言。而《汉书·五行志》所载成帝时童谣六句均为五言。

从汉以后,四言诗作为一种诗歌体裁,虽然也还不断有人写,有的还写得很好,例如曹操的《短歌行》《步出夏门行》、陶渊明的《停云》《时运》等,但毕竟是很少了,五言诗迅速繁荣发展起来,成为六朝诗坛的主流。从四言到五言有它的历史发展必然性,钟嵘指出四言由原来的“文约意广”,发展到后来的“文繁意少”,所以人们才“罕习”了。钟嵘虽然没有具体论述为什么会发生这种变化,但他非常清楚地指出了这个变化的过程。四言诗创作的这个变化,自然有许多方面的因素,其中语言文字的发展和演变,显然是一个十分重要的原因。在汉语单音节词比较多的时候,四言还是比较能够驾驭的,随着社会生活的不断发展,汉语双音节词汇的大量增加,虚词的日益丰富和广泛运用,以及语言表达方式的复杂化和精细化,四言的形式就很不适应诗歌创作的需要了。四言句是两字一节,在单音词和双音词的配合上比较简单,变化较少,而五言句则以两字节和三字节构成,三字节又可以由单音词和双音词自由结合,这就使句子结构有较多变化,可以表达多种复杂的意思。因此,五言就有比四言更强的艺术表现力,也更加接近当时的口语,能够更好地体现丰富的思想感情。而这时的四言句式由于限制了已经大大发展变化了的语言文字之自由表达,已经丧失了“文约意广”的优点,而常常需要用更多的文句来体现思维内容，即使这样有时还表达得不充分，所以使诗人深感“文繁意少”之苦。可见，用五言诗来代替四言诗，实是历史发展的一个必然要求。

五言诗发展的概况和不同阶段

钟嵘在《诗品》中对五言诗的产生及其历史发展的概况和不同的阶段，都作了很深入的分析。他认为五言句式的萌芽虽早在先秦就已经有了，但五言诗的正式产生则是在汉代。他说：

> 逮汉李陵，始著五言之目矣。古诗眇邈，人世难详，推其文体，固是炎汉之制，非衰周之倡也。自王、杨、枚、马之徒，词赋竞爽，而吟咏靡闻。从李都尉迄班婕妤，将百年间，有妇人焉，一人而已。诗人之风，顿已缺丧。东京二百载中，惟有班固《咏史》，质木无文。

汉代是五言诗发展的产生和形成时期，开始有了正式的五言诗。不过，他所说的李陵的诗，其真伪问题早在六朝已经提出来了。刘宋时代的颜延之在《庭诰》中说：“逮李陵众作，总杂不类，是假托，非尽陵制。”（《宋书·颜延之传》）刘勰《文心雕龙·明诗》篇中说：“至成帝品录，三百余篇，朝章国采，亦云周备；而辞人遗翰，莫见五言，所以李陵、班婕妤见疑于后代也。”有些学者认为刘勰这段话也是和颜延之一样怀疑李陵诗是伪作，这是不对的。刘勰在这里只是解释李陵、班婕妤之作为什么会被后人怀疑，他自己是不怀疑的，这从他《明诗》篇的下文就可以清楚地看出来。任昉在《文章缘起》中则说：“五言诗创于汉骑都尉李陵《与苏武诗》。”萧统编《文选》也是肯定为李陵之作的。钟嵘所说可能即是接受了他们的观点。不过，从文学发展的实际情况看，西汉时尚不可能有这样成熟的文人五言诗，当是后人拟作，这一点自宋代苏轼以来有很多学者已经指出。班婕妤的《怨歌行》也有人怀疑是伪托，但我很同意萧涤非在《汉魏六朝乐府文学史》中所说当非伪作。萧先生说：“第一，以时代论，有产生此种作品之可能。第二，文如其人。‘出入君怀袖，动摇微风发’，不管六朝，无论魏晋，总之非班姬不能道。第三，有历史之根据。按曹植《班婕妤赞》云：‘有德有言，实为班婕。’傅玄《班婕妤画赞》亦云：‘斌斌婕妤，履正修文。’

至陆机《婕好怨》:‘寄情在玉阶,托意惟团扇。’则明指此诗矣。”萧先生说汉代乐府中已有很多五言为主的作品,汉武帝时的《李延年歌》:“北方有佳人,绝世而独立。一顾倾人城,再顾倾人国。宁不知倾城与倾国,佳人难再得!”去掉第五句“宁不知”三字,即是一首纯粹的五言诗。而班固《咏史》虽“质木无文”,但从无人怀疑。因此,五言诗产生于西汉之说,应该说是比较有道理的。[1] 关于《古诗十九首》的作者和时代,钟嵘只笼统地说:“古诗眇邈,人世难详,推其文体,固是炎汉之制,非衰周之倡也。”从其语气看来,他比较倾向于有一部分是西汉之作。这也和他肯定李陵的诗有关,如果李陵的《与苏武诗》不是伪作,那么《古诗十九首》也有可能是西汉之作,因为它们的体制和成熟程度是接近的。刘勰《文心雕龙·明诗》篇中说:“又古诗佳丽,或称枚叔,其《孤竹》一篇,则傅毅之词,比采而推,两汉之作乎?”与钟嵘的看法类似。萧统《文选》置于李陵诗前,当亦认为是西汉之作。徐陵《玉台新咏》将其中九首加上枚乘名字,显然只是臆测,而没有根据的。《古诗十九首》经多数学者考定,当为东汉中后期之作。

钟嵘认为六朝是五言诗的发展成熟和繁荣鼎盛时期,自建安至齐梁的二百多年中,五言诗的发展也是有曲折起伏的,其间经历了三个高峰阶段。第一个高潮是建安时期,他说:

> 降及建安,曹公父子笃好斯文;平原兄弟郁为文栋;刘桢、王粲为其羽翼。次有攀龙托凤,自致于属车者,盖将百计。彬彬之盛,大备于时矣。

建安时代是五言诗发展成熟,并取得很高成就的时期。这一时期最为突出的代表诗人是曹植,钟嵘又说:“陈思为建安之杰,公幹、仲宣为辅。”由于曹氏父子(曹操、曹丕、曹植)都爱好文学,喜欢写诗,所以,以他们为中心,以七子为骨干,形成了一个邺下文人集团。他们的创作以五言诗为主,同时也写作四言诗、七言诗,以及辞赋杂文等其他文学形式的作品。

---

① 萧涤非:《汉魏六朝乐府文学史》,人民文学出版社,1984年,第18—23页。

文学创作的主题也有了很大变化,从表现社会政治主题逐渐转变为以写个人悲欢遭际为主,着重抒发个人喜怒哀乐之情,描写个人生活的曲折经历,以及对动乱现实的深沉感慨。他们的思想从儒家经学的束缚下解放出来,开始觉察到独立的人的意义与价值。从诗歌创作上说,三曹的成就比七子为高。在三曹中,曹操最为人称道的是他的四言诗《短歌行》和《步出夏门行》,曹丕的代表作则是七言诗《燕歌行》,而曹植则不仅以五言诗为主,而且水平很高的五言诗还很多,例如《七哀诗》《赠王粲》《赠白马王彪》《杂诗》等。钟嵘认为曹植不仅是建安时代成就最高的诗人,同时也是整个六朝时期五言诗人的典范,他在评曹植的诗时说:"陈思之于文章也,譬人伦之有周孔,鳞羽之有龙凤,音乐之有琴笙,女工之有黼黻。俾尔怀铅吮墨者,抱篇章而景慕,映余晖以自烛。故孔氏之门如用诗,则公幹升堂,思王入室,景阳、潘、陆,自可坐于廊庑之间矣。"从诗歌发展的实际情况来看,曹植的五言诗在建安称冠是不会有争议的。但从整个六朝诗歌发展来看,则陶、谢之作显然要更高出一筹,至少不比曹植差。钟嵘把曹植提到这样高的地位,是和他的文艺思想和审美观点分不开的。由于他重在"雅怨""风骨""自然""词采",而曹植的诗则正好符合他的这种要求。

钟嵘认为六朝诗歌发展在建安之后曾一度衰微,而到西晋太康年间又进入了第二个高潮。他说:

> (自建安之后)尔后陵迟衰微,迄于有晋。太康中,三张、二陆、两潘、一左,勃尔复兴,踵武前王,风流未沫,亦文章之中兴也。

钟嵘没有讲到正始文学,可能是因为他认为这是建安余波。然而他对阮籍的评价还是很高的,对嵇康的诗虽有"过为峻切,讦直露才,伤渊雅之致"的批评,但是也还充分肯定他:"托谕清远,良有鉴裁,亦未失高流矣。"他之所以认为太康时期是一个中兴高潮,并说:"陆机为太康之英,安仁、景阳为辅。"主要原因是三张、二陆、两潘、一左,确实在五言诗的发展上起过重要作用,特别是在词采华美、音韵铿锵上作出过重要贡献。陆机在《文赋》中特别强调诗歌的"绮靡"、辞赋的"浏亮",并以音乐上的美作比喻,主张在艺术形象上要讲究“应”“和”“悲”“雅”“艳”。所以沈约《宋书·谢灵运传论》中说:“降及元康,潘、陆特秀,律异班、贾,体变曹、王,缛旨星稠,繁文绮合,缀平台之逸响,采南皮之高韵,遗风余烈,事极江右。”这也就是刘勰所说的西晋文风之“轻绮”。钟嵘和沈约、刘勰一样,他也是在文词华美这一点上肯定他们的,例如评陆机:“才高词赡,举体华美。”“咀嚼英华,厌饫膏泽,文章之渊泉也。”他在评潘岳诗时引李充《翰林论》云:“翩翩然如翔禽之有羽毛,衣服之有绡縠。”又引谢混所说:“潘诗烂若舒锦,无处不佳。”评张协云:“词采葱蒨,音韵铿锵,使人味之,亹亹不倦。”此外,他们的诗中也体现了一些怨愤之情,如陆机的《赴洛道中》《拟古》以及左思的《咏史》等。

永嘉(307—313)以后,元嘉(424—453)以前,在近百年中玄言诗泛滥文坛,应该说是一个诗歌发展的低潮时期,钟嵘对此是很不满意的。其间虽有郭璞、刘琨等一些比较刚健有气魄的作品,但毕竟只是少数,直到以谢灵运为代表的山水诗的兴起,才使五言诗的创作又进入了一个新阶段。钟嵘说:

> 永嘉时,贵黄、老,稍尚虚谈,于时篇什,理过其辞,淡乎寡味。爰及江表,微波尚传。孙绰、许询、桓、庾诸公诗,皆平典似《道德论》,建安风力尽矣。先是郭景纯用隽上之才,变创其体;刘越石仗清刚之气,赞成厥美。然彼众我寡,未能动俗。逮义熙中,谢益寿斐然继作。元嘉中,有谢灵运,才高词盛,富艳难踪,固已含跨刘、郭,凌轹潘、左。

这就是钟嵘写《诗品》前,五言诗发展的又一个高潮。钟嵘说:“谢客为元嘉之雄,颜延年为辅。”关于这一时期诗歌的发展,刘勰在《文心雕龙·明诗》篇中是这样说的:“宋初文咏,体有因革,庄老告退,而山水方滋,俪采百字之偶,争价一句之奇,情必极貌以写物,辞必穷力而追新,此近世之所竞也。”山水诗的兴盛并代替了玄言诗的地位,这是符合诗歌发展实际的。钟嵘和刘勰都没有说到陶渊明在诗歌发展史上的作用,刘勰在《文心雕龙》中更是只字未提陶渊明,这确实是一个很值得研究的问题。应该说,钟嵘对陶渊明诗的评价还是比较高的,他说:“其源出于应璩,又协左思风力。文体省净,殆无长语。笃意真古,辞兴婉惬。每观其文,想其人德。世叹其质直。至如'欢言酌春酒''日暮天无云',风华清靡,岂直谓田家语耶!古今隐逸诗人之宗也。"但毕竟只列为中品诗人,而且在序中论及诗歌发展时没有提到他,可见对他诗歌的总的评价不高,这与当时文坛的批评标准和审美观点是有关系的。在晋宋诗歌风貌的演变中,当时人们并不认为陶渊明有多大作用。诚如上文所引刘勰的分析,以辞藻华丽丰赡、讲究骈俪对偶为尚,"窥情风景之上,钻貌草木之中","巧言切状","曲写毫芥"(《文心雕龙·物色》)的时代风气,和陶渊明诗歌的风貌相去甚远。陶诗那种"豪华落尽见真淳"(元好问《论诗绝句》)的朴素平淡之作,在当时的贵族文人看来,不过是一种鄙俗的"田家语",钟嵘赞扬他"真古""质直",有"风力",而且还为他辩护,说他也有"风华清靡"之作,并非都是"田家语",已经很不容易,与刘勰相比,要开明得多了。颜、谢之作则在当时具有代表性,钟嵘指出他们都有"尚巧似"的特点,并说谢诗"繁富""逸荡",颜诗"体裁绮密",这些和当时诗风是很一致的。

从以上钟嵘对五言诗历史的论述看,基本上是符合诗歌发展实际情况的,而且也有他自己独到的看法,这对我们深入研究五言诗的历史发展,研究齐梁以前的诗歌史,都有极为重要的意义。

五言诗人之间的历史渊源关系

钟嵘在对上品诗人及中下品的重要诗人的评论中都首先指出他的创作之历史渊源,构成了一个以《诗经》《楚辞》为源头的发展体系。他的这种"某某源出某某"的说法,受后人非议颇多,当然钟嵘有些看法是不全面的,不确切的,但是后人(包括当代学者)的责难也往往不免带有自己的偏见,因此如何客观地来评价钟嵘的这个五言诗人历史渊源体系,是正确评价《诗品》的重要问题,我们应当采取科学的实事求是的态度来加以分析。

钟嵘《诗品》关于诗人源流发展关系的论述,可以列图如下:

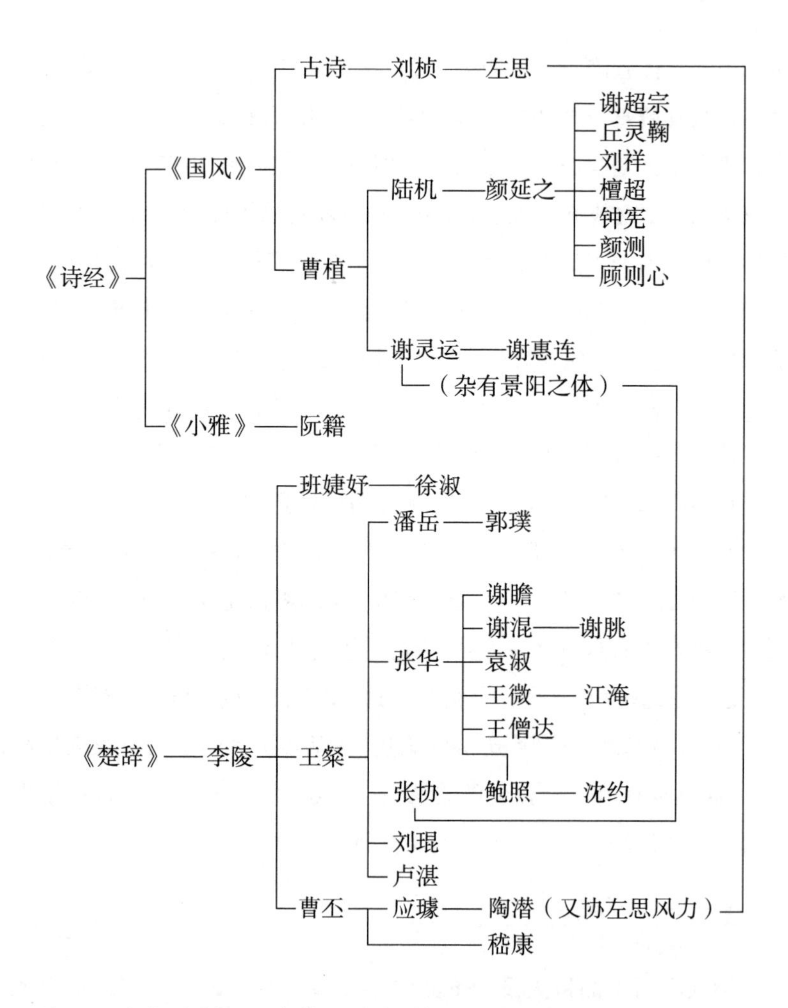

从上面这个图中可以清楚地看出，钟嵘把诗歌发展的源头归纳为《诗经》和《楚辞》，由此而形成了两大系统。从他对这两大系统诗人的具体评论来看，分类的标准主要是从艺术风格角度来考虑的，其中有思想内容方面的因素，也有艺术形式方面的因素。他认为《诗经》的系统，又可以分为《小雅》和《国风》两系。《小雅》一系的特点是：怨雅温柔，文辞典重。也就是说，虽有怨愤不满，但比较委婉曲折，含而不露，文辞较为典雅。受《小雅》影响的比较少，仅有阮籍一人。《国风》一系的特点是怨雅悲壮，文辞华丽。其怨愤程度较《小雅》一系要更为强烈，并带有慷慨悲壮的色彩。受《国风》影响的则比较多，其中又可分为古诗和曹植两个不同分支。古诗的特点钟嵘说是“文温以丽，意悲而远”，他说刘桢诗“其源出于古诗”,可能主要是指其诗颇有气势,哀怨而深远。此点皎然《诗式》中曾经作过这样的解释:“邺中七子,陈(曹植)、王(粲)最高。刘桢辞气偏;王得其中。不拘对属,偶或有之。语与兴驱,势逐情起,不由作意,气格自高,与《十九首》其流一也。”此一分支尚有左思,他说左思“其源出于公幹。文典以怨,颇为精切,得讽谕之致。虽野于陆机,而深于潘岳。”可见,古诗一系温婉多气,文辞虽丽而朴素自然。曹植这一分支在具备怨雅悲壮的同时,文辞讲究藻饰,较为华丽富艳,故钟嵘评曹植之诗云:“骨气奇高,词采华茂。情兼雅怨,体被文质。粲溢今古,卓尔不群。”受曹植影响的诗人,又可以分为陆机和谢灵运两个不同分支。陆机的遭遇也很不幸,与曹植一样壮志难酬,故其诗也有“雅怨”特色,至于在词采华茂方面和曹植就更为接近了。钟嵘说:“其源出于陈思。才高词赡,举体华美。”又说其诗:“咀嚼英华,厌饫膏泽,文章之渊泉也。”但是在自然真切方面,则有所不足,故说他“有伤直致之奇”。陆机之后有颜延之,钟嵘说“其源出于陆机。尚巧似。体裁绮密,情喻渊深。动无虚散,一字一句,皆致意焉”。在文辞的富丽和用事的丰赡方面,显然是受陆机的影响。而受颜延之影响的有齐代的谢超宗、邱灵鞠、刘祥、檀超、钟宪、颜测、顾则心七人,这都属于宋代以学为诗的一派。他说:“檀、谢七君,并祖袭颜延,欣欣不倦,得士大夫之雅致。”受曹植影响的谢灵运这一支,则不仅有“繁富”“逸荡”的一面,而且还有音韵流畅,“丽典新声,络绎奔会”的一面。

《楚辞》一系作品在怨愤凄苦的同时,具有缠绵悱恻的特点,文辞十分华美秀丽。李陵诗歌的真伪且不论,但其“文多凄怆”一面,正是受《楚辞》影响的表现。钟嵘在《诗品》中指出,受《楚辞》和李陵影响的诗歌创作又有三个分支:一是班婕妤,“其源出于李陵。团扇短章,词旨清捷,怨深文绮,得匹妇之旨”。其后又有秦嘉之妻徐淑,也“凄怨”而“亚于《团扇》”。二是王粲,“其源出于李陵。发愀怆之词,文秀而质羸”。王粲的诗不仅“愀怆”,而且“文秀”,是比较典型的承继《楚辞》的诗人。三是曹丕,“其源出于李陵,颇有仲宣之体则”。他的《杂诗》、《燕歌行》(七言)一类作品,正具有忧怨缠绵之特点。《诗品》中属王粲一系的诗人甚多,他们有的和王粲之“愀怆”较为一致,如钟嵘说刘琨的诗“善为凄戾之词,自有清拔之气”。有的和王粲的“文秀”一致,如潘岳之诗,钟嵘引谢混说其诗“烂若舒锦”,又引李充《翰林论》说:“翩翩然如翔禽之有羽毛,衣服之有绡縠。”郭璞的诗也是在这一方面和潘岳接近,故说他“宪章潘岳,文体相辉,彪炳可玩”。说张华的诗“源出于王粲。其体华艳,兴托不奇”。这是指“文秀”一面,又说其诗“儿女情多,风云气少”。则是指其“愀怆”而“缠绵悱恻”的一面。说张协的诗“源出于王粲。文体华净,少病累”,“风流调达,实旷代之高手。调彩葱蒨,音韵铿锵”,也是指其具有王粲“文秀”的特征。张协、张华的诗都有“巧构形似之言”的特点,所以钟嵘说鲍照的诗:“其源出于二张,善制形状写物之词。得景阳之諔诡,含茂先之靡嫚。”而沈约的诗则“详其文体,察其余论,固知宪章鲍明远也。所以不闲于经纶,而长于清怨。”受张华影响的还有谢瞻、谢混、袁淑、王微、王僧达,钟嵘说他们“源出于张华。才力苦弱,故务其清浅,殊得风流媚趣”。钟嵘说谢朓的诗“源出于谢混”,大约是指他“绮丽”的特点,杜甫曾有“绮丽玄晖拥”(《故右仆射相国张公九龄》)之诗句。这都是承继王粲的“文秀”而来。江淹的诗“善于摹拟”,“筋力于王微,成就于谢朓”。关于五色笔的故事也说明他在“绮丽”方面与谢朓、王微一致。曹丕这一分支主要有嵇康、应璩、陶潜三人。对这一小分支,后人批评最多,这点我们下文再论。可见《楚辞》一系和《诗经》一系的不同,很重要的一点是在有无“雅”的特点。

对钟嵘这个诗人渊源体系应该怎么评价呢?我们认为从总的方面说是应该给予肯定的,因为:第一,他以《诗经》《楚辞》为诗歌发展的两大源头的思想,不仅是正确的,也是相当深刻的,它反映了我国古代诗歌创作发展的实际,并成为后代学者所公认的基本规律。第二,他的这个诗人渊源体系的划分,对“某某源出某某”的论述,都是有一定创作实践根据的,并提出了许多精辟的见解,说明钟嵘对这些五言诗人的创作特点和他们相互之间的历史渊源关系的研究是很有深度的,至今对我们还很有启发作用。第三,他以诗人及其创作的艺术风格为中心,兼及思想内容和艺术形式两方面,来探讨他们之间的承传关系,这个基本思路是合适的。第四,他这种“深从六艺溯流别”(章学诚语)的做法,具有深刻的方法论意义,对中国古代文学理论批评的发展,起到了重要的推进作用。但是,他在运用这个方法和具体分析过程中,也存在着一些明显的缺点和不足。

这主要表现在以下几个方面：第一，他在“溯流别”时所运用的具体标准不统一，有的从思想内容、感情特色出发，有的从艺术形式、文辞风貌出发，有的从创作技巧、表现手法出发，这样往往就出现了一些难以自圆其说的矛盾。比如说陆机源于曹植，是因为陆诗和曹植的“雅怨”“华茂”较为一致，然在“直致之奇”方面则和曹植颇不相同，而说颜延之出于陆机，则主要是文辞富丽和用事丰赡方面，颜诗以“错采镂金”、学问富博为其主要特色，正好是发展了陆机“有伤直致之奇”一面，故与曹植之“骨气奇高”而“情兼雅怨”“词采华茂”而自然流畅判若两途。把他们三人放在同一个系列上，就显得很不合适了。第二，诗人在继承前人方面大都不是单一的，常常会多方面、多角度地吸收有益营养，过于简单地说某某一定出于某某，就会产生不全面的弊病。比如阮籍的诗就其“陶性灵，发幽思”“厥旨渊放，归趣难求”的特点说，既有《小雅》的影响，也有《楚辞》的影响。方东树在《昭昧詹言》中曾说：“何（焯）云：‘阮公源出于《骚》，而钟记室以为出于《小雅》。’愚谓《骚》与《小雅》，特文体不同耳。其悯时病俗，忧伤之旨，岂有二哉？阮公之时与世，真《小雅》之时与世也，其心则屈子之心也。以为《骚》，以为《小雅》，皆无不可。而其文之宏放高迈，沉痛幽深，则于《骚》《雅》皆近之。何、钟之论，皆滞见也。”方氏之说应该是比较公允的。第三，有时只从诗人创作的次要方面去说他出自某人，而忽略了诗人的主要思想艺术特色，因而使这种渊源关系的论述，虽从局部看有一定道理，但在总体上往往失当，也就不能为后人所认同。这方面最典型的就是说陶潜出于应璩。此说自宋代的叶梦得在《石林诗话》中提出非议后，如明代谢榛、胡应麟，清代贺贻孙、王士禛、沈德潜等均对此作了猛烈抨击。

应璩的诗目前流传下来的甚少，明清以来很多学者做过应璩诗文的辑佚工作，如冯惟讷、张溥、严可均、丁福保，以及日本的吉川幸次郎等，今人逯钦立《先秦汉魏晋南北朝诗》所辑最多，共三十六首，其中绝大部分均为残篇断句。据《隋书·经籍志》记载，《应璩集》为十卷，注云应贞注应璩《百一诗》为八卷。《文选》李善注引张方贤《楚国先贤传》说：“汝南应休琏作百一篇诗。”引李充《翰林论》云：“应休琏五言诗，百数十篇。”又引孙盛《晋阳秋》云：“应璩作五言诗百三十篇。”这些都可说明应璩的诗作还是不少的。现在仅凭所存的个别诗篇和为数不多的残篇断句，来评价和判断他诗歌创作的特色，并据以考定钟嵘说陶潜出于应璩是否合适，不见得完全正确。如章学诚《文史通义·诗话》篇所说："钟氏所推流别，亦有不甚可晓者，盖古书多亡，难以取证，但已能窥见大意，实非论诗家所及。"从现存应璩诗的特色看，确和陶渊明诗的某些方面较为相似。六朝人看到应诗当是比较多的，《魏书·应璩传》裴松之注引《文章叙录》说："曹爽秉政，多违法度，璩为诗以讽焉。其言虽颇谐合，多切时要，世共传之。"《文选》李善注引张方贤《楚国先贤传》说应璩"作百一篇诗，讥切时事"。又引李充《翰林论》说其诗："以风规治道，盖有诗人之旨焉。"引孙盛《晋阳秋》说其诗："言时事颇有补益。"刘勰《文心雕龙·明诗》篇说应璩《百一诗》："独立不惧，辞谲义贞，亦魏之遗直也。"《才略》篇也说："休琏风情，则《百一》标其志。"陶渊明在当时不为人所重视，但萧统对他独具只眼，评价极高，不仅写了《陶渊明传》，而且为其文集作序，并称其"文章不群，词采精拔"，"语时事则指而可想，论怀抱则旷而且真。加以贞志不休，安道苦节，不以躬耕为耻，不以无财为病，自非大贤笃志，与道污隆，孰能如此乎！"颜延之在《陶征士诔》中说他："学非称师，文取指达。"可见他在感伤时事、微存兴讽、为人贞直、文辞朴素方面，确和应璩有某些共同之处。这些后代文人均有所论及，如明代何良骏《四友斋丛说》中云："诗家相沿，各有流派。盖潘、陆规模于子建，左思步趋于刘桢。而靖节质直，出于应璩《百一》，盖显然明著者也。则钟参军《诗品》，亦自具眼。"毛晋虽不完全同意钟嵘之说，但也指出陶诗内容上有和应璩接近之处："至靖节先生自写其胸中之妙，不屑屑于比拟，乃谓出于应璩，不知何据。岂以靖节《述酒》诸篇，悼时伤国，仿佛《百一诗》托刺在位遗意耶？"（见《诗品跋》）王夫之在《古诗评选》赞扬陶渊明《归田园居》中"桑麻日已长，我土日已广。常恐霜霰至，零落同草莽"四句，认为"乃引人着胜地"，并由此引出："钟嵘目陶诗'出于应璩'，'为古今隐逸诗人之宗'，论者不以为然，自非沉酣六义，宜不知此语之确也。"又说《拟古》"迢迢百尺楼"一首，"此真《百一诗》之杰作，钟嵘一品，千秋论定矣"。因此，钟嵘说陶渊明出于应璩，并非像宋明以来许多学者所说那样毫无根据。但是，说陶渊明的人品及其诗歌创作主要源于应璩，则显然很难以服众。这是因为一个作家及其作品的意义和价值,在当时往往并不能为人们所认识,但是随着时代的推移、社会的进步、文学的发展、审美观念的变化,他就可能愈来愈受到重视,它所蕴含的内在精神和艺术魅力得到深入的开掘,这种现象在文学史上是很多的。陶渊明及其诗歌的意义与价值,虽然梁代萧统给予了很高评价,但并没有产生多少影响,一直到盛唐时期随着以王、孟为代表的田园山水诗繁荣发展,才逐渐为人们所认识,影响也愈来愈大。杜甫在《江上值水如海势聊短述》中说:"焉得思如陶谢手,令渠述作与同游。"白居易写过《效陶潜体诗》十六首,其《题浔阳楼》诗又说:"常爱陶彭泽,文思何高玄。又怪韦江州,诗情亦清闲。"韦应物也写过《效陶彭泽》诗,对陶渊明十分钦佩。晚唐司空图在《休休亭记》中愿意如高僧阊所说"与靖节、醉吟(白居易自称醉吟先生)第其品级于千载之下",对陶渊明极为推崇。自司空图的"澄澹精致",而到欧、梅的"平澹邃美",到苏轼的"发纤秾于简古,寄至味于澹泊",大力提倡平淡而有远趣的诗风,陶渊明自然也就成为最有代表性的诗人。对陶诗艺术特色的真正深刻认识,应当归功于苏轼。他不但写过很多和陶诗,而且在《与苏辙书》中说:"渊明作诗不多,然其诗质而实绮,癯而实腴,自曹、刘、鲍、谢、李、杜诸人,皆莫及也。"这"质而实绮,癯而实腴"八字,道出了陶诗最主要的艺术特色。自唐宋以后人们对陶诗主要是欣赏他这种"外枯而中膏,似澹而实美"(苏轼《书黄子思诗集后》)的艺术美,以及"超然物表,遇境成趣"(明人许学夷《诗源辩体》中语),"境在寰中,神游象外"(清人温汝能《陶诗汇评》中语)的创作特色,这就和应璩的诗相去甚远了。所以有这么多人反对钟嵘的陶潜出于应璩说,也就没有什么可以奇怪的了。

五言诗人艺术水平的等级品第

钟嵘按五言诗人的成就高下分为上、中、下三品,大部分是得到了历代学者认同的。但是有些诗人的品第后人颇多批评,这也和对陶潜出于应璩说的批评一样,有一个不同时代人的不同评价的问题,有当时文艺审美风尚的问题,也有钟嵘自己的文学鉴赏标准问题。这方面批评钟嵘最激烈、最有代表性的是王士禛,他在《渔洋诗话》卷下中说:"嵘以三品铨叙作者,自譬诸九品论人,七略裁士。乃以刘桢与陈思并称,以为文章之圣。夫桢之视植，岂但斥鷃之与鲲鹏耶？又置曹孟德下品，而桢与王粲反居上品。他如上品之陆机、潘岳，宜在中品。中品之刘琨、郭璞、陶潜、鲍照、谢朓、江淹，下品之魏武，宜在上品。下品之徐幹、谢庄、王融、帛道猷、汤惠休，宜在中品。而位置颠错，黑白淆讹，千秋定论，谓之何哉？"置曹操于下品反对的人很多，明代王世贞就说过："曹公屈第乎下，尤为不公，少损连城之价。"（《艺苑卮言》）从诗歌发展的实际来看，这也确实是不公平的。其实，这是和曹操的几首代表作均为四言，而钟嵘只谈五言有关。另外，如许学夷《诗源辩体》所说："今或推曹公而劣子桓兄弟者，盖钟嵘兼文质，而后人专气格也。"从"词采华茂"方面说，曹操是不如子桓兄弟。将刘桢置于上品，是与钟嵘之强调"风力""骨气"，主张抒发怨愤之情有关的，而置陆机、潘岳于上品，则显然是和当时注重华丽富艳的文风分不开的，也是钟嵘提倡"词采华茂"、要求"润之以丹采"的具体表现。置陶潜于中品，其原因已如上述。刘琨、郭璞、鲍照、谢朓、江淹等，今天看来置于上品确也无不可，但按照他们在当时文坛的实际地位和钟嵘的文学审美标准，置于中品，也无可非议。此外，如将李陵、班婕妤置于上品，秦嘉夫妇置于中品，也都是和当时的社会风气有关的。

四　文学批评方法的杰出典范

钟嵘《诗品》之所以能在中国文学理论批评史上作出如此重大的贡献，是和他善于灵活地运用科学的文学批评方法分不开的。张伯伟先生在他的《钟嵘诗品研究》中对此曾作了相当深入细致的分析，分为“品第高下”“推寻源流”“较量同异”“博喻意象”“知人论世”“寻章摘句”六个方面，已经讲得很全面了。这里我想就文学批评方法论的几个主要方面，介绍一下钟嵘的主要贡献，并且对他和刘勰及六朝其他文学批评家的文学批评方法作一点比较。

历史比较法

运用历史的比较的文学批评方法，是钟嵘《诗品》在评论五言诗人创作特色时，一个最为显著的特点。应该说，这种批评方法并不始于钟嵘，它在刘勰的《文心雕龙》中已经发挥了很有成效的作用。刘勰在《明诗》篇中论述了诗歌发展的历史后，曾说：“故铺观列代，而情变之数可监；撮举同异，而纲领之要可明矣。”所谓“铺观列代”和“撮举同异”，就是说的历史的比较的方法。它既要从纵向历史发展上来理清其演变情况，又要从横向的比较上来说明其相互同异。刘勰《文心雕龙》中这种方法的运用，主要是在文体论的研究上。他在叙述每一种文体的发展状况时，都包括了“原始以表末，释名以章义，选文以定篇，敷理以举统”四个方面，详细地分析了这种文体的历史发展过程，每一个阶段的特点及其对前代的继承和革新。也就是说，他对每一种文体都做了推溯源流的工作；而在论述每一种文体的特征时，他又特别注意研究它和相近文体在创作上的异同。其中也涉及了各个不同时代作家的不同创作风格和艺术特色，以及他们之间的相互关系。由于《文心雕龙》所论范围是十分广义的“文”，包括了数十种不同文体，所以他的这种历史的比较的研究是以文体为中心的。他的《明诗》篇和《诠赋》篇是从陆机《文赋》“诗缘情而绮靡，赋体物而浏亮”的思路上来发挥的。虽然他对许多诗人和赋家的创作特征作了很精要的概括，但都是为了说明此类文体演变中的不同情况。《明诗》篇侧重说明各个时代诗人的共同特色，例如：“及正始明道，诗杂仙心，何晏之徒，率多浮浅。唯嵇志清峻，阮旨遥深，故能标焉。若乃应璩《百一》，独立不惧，辞谲义贞，亦魏之遗直也。”“晋世群才，稍入轻绮，张、潘、左、陆，比肩诗衢，采缛于正始，力柔于建安，或析文以为妙，或流靡以自妍，此其大略也。”《诠赋》篇总结了自荀子直到王延寿十位“辞赋之英杰”，则重在指出他们各自的特点及其在赋的历史发展中之不同贡献：“观夫荀结隐语，事数自环；宋发巧谈，实始淫丽。枚乘《菟园》，举要以会新；相如《上林》，繁类以成艳；贾谊《鹏鸟》，致辨于情理；子渊《洞箫》，穷变于声貌；孟坚《两都》，明绚以雅赡；张衡《二京》，迅发以宏富；子云《甘泉》，构深玮之风；延寿《灵光》，含飞动之势：凡此十家，并辞赋之英杰也。”刘勰《文心雕龙》在论述包括各类文体的文学发展历史时所取得的成就，是和他所运用的这种科学方法有密切关系的。

钟嵘和刘勰不同，他是专论诗歌一种文体，因此，他的历史的比较的研究方法是以诗人为中心的。他在对五言诗人创作特征的品评中，都包含着两个方面的内容：一方面是要从纵的方向考察每一个诗人和前代诗人有些什么样的历史联系，并且从总体上清理出一个大的系统来，使我们非常清楚地看到五言诗的发展演变轨迹，以及各个时代诗人之间的相互影响。这就是我们上节所分析的他的诗人渊源关系图表。虽然他在具体论述这些渊源关系时，未必都能做得很全面、很贴切，但是从方法论的角度讲，则是对刘勰所运用的历史比较法的一个新的发展，并且已经取得了很大的成功。因为任何诗人都自觉不自觉地会接受前代文学所积累的艺术经验的影响，研究这种渊源关系有助于我们更深刻地认识他们的创作特点，以及他们在前人基础上所作出的新贡献。他这些关于诗人渊源关系的论断，有很多还是很精辟的，有的虽然只是讲的一个侧面，但多少也有一定道理，为后人研究提供了线索。其中不少说法曾得到历代许多学者的充分肯定,如许学夷在《诗源辨体》中说:“惟言古诗、曹植‘源出于《国风》’,陆机、灵运‘其源出于陈思’为不谬耳。”钱谦益《与遵王书》说:“钟记室谓陈王出于《国风》,莫不应若宫商,辨若苍素。”钟嵘对五言诗人创作特征的分析,除了纵向探讨其源流关系外,另一方面又要具体地分析和比较各个诗人在创作上的异同,找出每个诗人创作的独特之处。比如以建安时代曹操、曹丕、曹植、刘桢、王粲等在诗歌创作上成就比较突出的诗人来说,钟嵘在指出他们都具有“建安风力”的同时,还分别比较了他们之间不同特点。曹植是既有怨愤慷慨的“骨气”,又有“词采华茂”的形式。而刘桢则虽“真骨凌霜,高风跨俗”,“但气过其文,雕润恨少”。王粲诗悲凉凄怨而较为缠绵悱恻,缺少刚劲之力,故云:“发愀怆之词,文秀而质羸。”所以他“在曹、刘间,别构一体。”曹丕“源出于李陵,颇有仲宣之体则”,说明他有“凄怨”“愀怆”之特色,但也有“质羸”之弱点,在“文秀”方面又不如王粲,其“新奇百许篇,率皆鄙直如偶语”。然而,他比曹操之“悲凉”而“古直”,在文辞上也有华丽一面,他的“‘西北有浮云’十余首,殊美赡可玩,始见其工矣”。晋代的三张、二陆、两潘、一左,都讲究辞采的华丽富艳,但是和建安诗人之讲究词采又不同,他们各自也有自己的特点。陆机虽文辞华美,也有哀怨,但“气少于公幹,文劣于仲宣”,过于雕饰而少自然之美。潘岳则“浅于陆机”。张协则“雄于潘岳,靡于太冲”。左思“虽野于陆机,而深于潘岳”。从历史的发展中来比较,而指出每个诗人的特点,使钟嵘的批评有了相当的深度。

理论归纳法

钟嵘对每个诗人的创作特色分析除了进行历史的比较以外,在具体概括时一般都用理论归纳和形象描述两种方法。严格地说,对于一个作家的创作特色、艺术风貌的概括性理论评述,主要是在魏晋南北朝发展起来的。曹丕在《典论·论文》中批评七子时,有应玚“和而不壮”、刘桢“壮而不密”、孔融“体气高妙”之说。其后陆机《文赋》仅论及文体,而未涉及作家。挚虞《文章流别论》以论文体为主,其《文章志》为作家小传,而不涉及创作特色。今存李充《翰林论》佚文,仅有个别涉及作家风格。直到刘勰的《文心雕龙》,才对作家的创作特色和艺术风貌作了精要的理论概括,例如《体性》篇说:“是以贾生俊发,故文洁而体清;长卿傲诞,故理侈而辞溢;子云沉寂,故志隐而味深;子政简易,故趣昭而事博;孟坚雅懿,故裁密而思靡;平子淹通,故虑周而藻密;仲宣躁竞,故颖出而才果;公幹气褊,故言壮而情骇;嗣宗俶傥,故响逸而调远;叔夜俊侠,故兴高而采烈;安仁轻敏,故锋发而韵流;士衡矜重,故情繁而辞隐。”不过这里主要是讲作家的个性和他的作品风格之关系,并非对作家创作特色和艺术风貌的全面概括。《才略》篇中刘勰对历史上的著名作家的才能特长和它在作品中的表现作了系统的评述,如论魏晋的一些作家云:“仲宣溢才,捷而能密,文多兼善,辞少瑕累,摘其诗赋,则七子之冠冕乎!琳瑀以符檄擅声;徐幹以赋论标美;刘桢情高以会采;应玚学优以得文;路粹杨修,颇怀笔记之工;丁仪邯郸,亦含论述之美;有足算焉。刘劭《赵都》,能攀于前修;何晏《景福》,克光于后进;休琏风情,则《百一》标其志;吉甫文理,则临丹成其采;嵇康师心以遣论,阮籍使气以命诗,殊声而合响,异翮而同飞。张华短章,奕奕清畅,其鹪鹩寓意,即韩非之《说难》也。左思奇才,业深覃思,尽锐于《三都》,拔萃于《咏史》,无遗力矣。潘岳敏给,辞自和畅,钟美于《西征》,贾余于哀诔,非自外也。陆机才欲窥深,辞务索广,故思能入巧,而不制繁。”他的论述应该说是非常恰当而又极为精辟的,但也还是从作家才能的特点去讲的,不是对作家创作特色和艺术风貌的全面概括。

钟嵘则对五言诗人的创作特色和艺术风貌逐个作了较为全面的理论概括,当然他对许多不出名的、成就较差的诗人评得很简单,有一些是合在一起一笔带过,但他对上品的所有诗人,中品中成就较高、有较大影响的诗人,以及下品中一些有一定影响的诗人,都作了很认真的分析。他所作的这些分析和概括不是一般化的,而是善于把握诗人创作特色或艺术风貌的主要之点。钟嵘在运用理论归纳法的时候,一般都是以分析诗人的艺术风格为中心来展开的,其中包含着诗人创作的思想内容和艺术形式两个方面,但他在评价每一个诗人、概括其创作特征时,并不一定都涉及这两个部分,而只是突出其有特点的方面。在思想内容方面,他比较注重诗人感情的雅怨和有无讽刺寄托;在艺术形式方面,他比较注重文辞的华美秀丽、用事的丰赡富博、音韵的自然流畅。他善于用精练的语言,正确而全面地概括诗人的创作特色和艺术风貌,这是很不容易的。如说曹植:“骨气奇高,词采华茂。情兼雅怨,体被文质。粲溢今古,卓而不群。”仅仅二十四个字,就把曹植诗的艺术风格、思想内容和艺术特色清楚地凸现了出来,而且还鲜明地表达了对他的高度赞扬。又如说阮籍诗的艺术特征是“言在耳目之内,情寄八荒之表”,也是极为深刻而难以用别的说法来代替的。又如说谢灵运:“若人兴多才高博,寓目辄书,内无乏思,外无遗物,其繁富宜哉!”对他的人品才华和创作风貌的概括也是非常精彩的。他评颜延之说:“尚巧似。体裁绮密,情喻渊深。动无虚散,一字一句,皆致意焉。又喜用古事,弥见拘束。虽乖秀逸,是经纶文雅才;雅才减若人,则蹈于困踬矣。”不仅概括了他以学为诗的特点,而且指出了他堆砌典故、炫耀学问的作法,是和诗歌作为艺术的“秀逸”背道而驰的。所以他只能说是一个“经纶文雅才”,而不是一个优秀的诗人。这都说明钟嵘具有较高的理论思维能力,他在诗歌批评中所运用的理论归纳法,是相当成功的,并对后世产生了积极的影响。

形象描述法

与理论归纳法相辅相成的是形象描述法,这是作为对理论归纳法的一种补充而出现在钟嵘的《诗品》中的。对于有些诗人创作的艺术风貌,往往比较难于用理论的语言表述得很清楚。因此,为了更加确切地反映他们的艺术风貌,钟嵘也经常借用形象的描述和比喻来作说明。这也是当时文人比较常用的一种方法。他在评潘岳的诗时引李充《翰林论》说:“如翔禽之有羽毛,衣服之有绡縠。”又引谢混之说:“潘诗烂若舒锦,无处不佳。陆文如披沙简金,往往见宝。”(按:此又见《世说新语·文学》篇:“孙兴公云:‘潘文烂若披锦,无处不善。陆文若排沙简金,往往见宝。’”)钟嵘在评颜延之时则引用汤惠休的话说:“谢诗如芙蓉出水,颜如错采镂金。”他在评谢灵运的“名章迥句”“丽典新声”时说:“譬犹青松之拔灌木,白玉之映尘沙,未足贬其高洁也。”评范云的诗说:“清便宛转,如流风回雪。”又评丘迟的诗说:“点缀映媚,似落花依草。”这种形象描述的方法在刘勰的《文心雕龙》中也有过许多运用,如《风骨》篇论“风骨”和辞采关系时说:“夫翚翟备色,而翾翥百步,肌丰而力沉也;鹰隼乏采,而翰飞戾天,骨劲而气猛也。文章才力,有似于此。若风骨乏采,则鸷集翰林;采乏风骨,则雉窜文囿;唯藻耀而高翔,固文笔之鸣凤也。"《隐秀》篇论"自然"与"润色"之关系时说:"故自然会妙,譬卉木之耀英华;润色取美,譬缯帛之染朱绿。朱绿染缯,深而繁鲜;英华曜树,浅而炜烨,秀句所以照文苑,盖以此也。"这些虽然不是论作家,但其批评方法是相同的。但刘勰还只是起一种比喻的作用,而钟嵘给我们展示的是一个诗人的整体艺术风貌。它与理论归纳法相比各有千秋,可以相互发明,起到取长补短的积极效果。这种形象描述法对后来文学批评影响很大,比如司空图的《二十四诗品》在对二十四种诗歌意境进行描绘时用的基本上是这种方法。例如《纤秾》一品:"采采流水,蓬蓬远春。窈窕幽谷,时见美人。碧桃满树,风日水滨。柳阴路曲,流莺比邻。乘之愈往,识之愈真。如将不尽,与古为新。"又如《典雅》一品:"玉壶买春,赏雨茅屋。坐中佳士,左右修竹。白云初晴,幽鸟相逐。眠琴绿阴,上有飞瀑。落花无言,人淡如菊。书之岁华,其曰可读。"现在学术界对《二十四诗品》是否为司空图所作有争议,但从目前已有资料来看,这个问题还只能存疑。不过,即使不是司空图所作,而是宋元人所作,其方法也显然是受了钟嵘《诗品》影响的。

环境分析法

钟嵘在评论诗人的创作特色和艺术风貌时,经常注意到诗人所处的时代社会环境对他的影响。比如他在论李陵时说:"其源出于《楚辞》。文多凄怆,怨者之流。陵,名家子,有殊才,生命不谐,声颓身丧。使陵不遭辛苦,其文亦何能至此!"当然,李陵诗有一个真伪问题,但是如前文所说,当时多数人认为是真的。钟嵘这里特别强调了他的遭遇对他诗歌的"凄怨"情调的影响。对刘琨诗的评价也是如此,他说:"其源出于王粲。善为凄戾之词,自有清拔之气。琨既体良才,又罹厄运,故善叙丧乱,多感恨之词。"认为刘琨诗的"凄戾"格调和"清拔之气",是和他的生平遭遇分不开的。刘琨生活在一个动乱的时代,他在给其别驾卢谌的信中曾说:"自顷辀张,困于逆乱,国破家亡,亲友凋残。负杖行吟,则百忧俱至;块然独坐,则哀愤两集。"(《答卢谌书》)他的诗就是这种心情的表述。钟嵘这种环境分析法的运用自然是受到孟子"知人论世"说影响的,不过孟子在对许多《诗经》作品的分析中，还是有不少主观臆断的缺点，汉儒说《诗》也存在这种毛病，穿凿附会十分严重。真正能比较科学地运用"知人论世"方法来分析作家作品的，当推汉代司马迁对屈原及其《离骚》的评论。他在《史记·屈原贾生列传》中说道："屈平疾王听之不聪也，谗谄之蔽明也，邪曲之害公也，方正之不容也，故忧愁幽思而作《离骚》。《离骚》者，犹离忧也。夫天者，人之始也；父母者，人之本也。人穷则反本，故劳苦倦极，未尝不呼天也；疾痛惨怛，未尝不呼父母也。屈平正道直行，竭忠尽智，以事其君，谗人间之，可谓穷矣。信而见疑，忠而被谤，能无怨乎？屈平之作《离骚》，盖自怨生也。……屈原既死之后，楚有宋玉、唐勒、景差之徒者，皆好辞而以赋见称；然皆祖屈原之从容辞令，终莫敢直谏。"与钟嵘差不多同时的刘勰在《文心雕龙》中，也曾比较好地运用了这种方法。他在《时序》篇中分析建安文学时说："建安之末，区宇方辑。魏武以相王之尊，雅爱诗章；文帝以副君之重，妙善辞赋；陈思以公子之豪，下笔琳琅；并体貌英逸，故俊才云蒸。仲宣委质于汉南，孔璋归命于河北，伟长从宦于青土，公幹徇质于海隅；德琏综其斐然之思；元瑜展其翩翩之乐；文蔚、休伯之俦，子叔德祖之侣，傲雅觞豆之前，雍容衽席之上，洒笔以成酣歌，和墨以藉谈笑。观其时文，雅好慷慨，良由世积乱离，风衰俗怨，并志深而笔长，故梗概而多气也。"钟嵘正是在对五言诗人的评论中，继承和发展了司马迁、刘勰这种对"知人论世"方法的运用。只是他在《诗品》中仅对个别诗人作了这样的分析，还没有把这种方法广泛地用来分析更多的诗人及其创作。

小结

——中国古代诗话的滥觞

钟嵘《诗品》的问世是中国文学理论批评发展的一个重要里程碑，是第一部全面、系统、深入的诗学理论专著。从《诗品》以后，有关诗学理论批评的专著就陆续不断出现，并且愈来愈多，特别是唐宋以来的大量诗话，成为中国古代文学理论批评著作中占有最主要地位的部分，而钟嵘《诗品》则正是其滥觞。清代章学诚在《文史通义·诗话》篇中曾说："诗话之源，本于钟嵘《诗品》。然考之经传，如云：'为此诗者，其知道乎？'又云：'未之思也，何远之有？'此论诗而及事也。又如'吉甫作诵，穆如清风，其诗孔硕，其风肆好'。此论诗而及辞也。事有是非，辞有工拙，触类旁通，启发实多。江河始于滥觞。后世诗话家言，虽曰本于钟嵘，要其流别滋繁，不可一端尽矣。"把诗话的起源追溯到先秦，自然也无不可，但后世诗话实本于钟嵘《诗品》，这是不言而喻的事。不过，后世的诗话能在理论体系和思想深度方面赶得上钟嵘《诗品》的实在是微乎其微。所以章学诚又说："盖《文心》笼罩群言，而《诗品》深从六艺溯流别也。论诗论文，而知溯流别，则可以探源经籍，而进窥天地之纯，古人之大体矣。此意非后世诗话家流所能喻也。"唐宋以来的诗格、诗话大都侧重在具体的诗歌写作技巧、诗人的生平轶事、诗坛的杂闻等方面，而有关诗歌的创作理论、诗人的整体艺术风貌、对诗人的历史评价等往往被湮没于其中，这些诗话的成就都无法和钟嵘《诗品》相比。故而，郭绍虞先生在《清诗话·前言》中说："诗话之体，顾名思义，应当是一种有关诗的理论的著作。溯其渊源所自，可以远推到钟嵘的《诗品》，甚至推到诗三百篇或孔孟论诗的片言只语。但是严格地讲，又只能以欧阳修的《六一诗话》为最早的著作。"[①]不过，我们也可以由此认识到钟嵘《诗品》的重大意义与价值，它为后世诗学理论著作树立了一个难以企及的崇高典范。

① 郭绍虞：《清诗话·前言》，载王夫之等：《清诗话》，上海古籍出版社，1963年，"前言"第1页。